# 医行天下

▼ 青斗 著

学苑出版社

# 再版说明

《医行天下》原名《大中医》，此次为修订再版。本小说分为《针灸铜人》《天医堂》《大医精诚》三部。小说已经改编成影视剧，并于2020年开机拍摄。

主人公宋浩在幼时被父亲抛弃，跟随一位老中医学习医术。失踪了千余年的绝世奇珍、医中至圣——针灸铜人突然现世，医道江湖风云再起。江河草原，大漠雪山，上演了一幕幕医门恩怨，情感纠缠。宋浩探危历险，搜异猎奇，尽展人生之幻。历经劫难，宋浩终于脱胎再生，医术渐入化境，传承满天下。小说所描述的古老文明、古老医术和神秘的少数民族……令人心生向往。

学苑出版社有限公司<br>2021年春

# 医行天下

## 第一部 针灸铜人

青斗 著

学苑出版社

图书在版编目（CIP）数据

医行天下/青斗著．—北京：学苑出版社，2021.5
ISBN 978 - 7 - 5077 - 6154 - 2

Ⅰ．①医… Ⅱ．①青… Ⅲ．①长篇小说 - 中国 - 当代 Ⅳ．①I247.5
中国版本图书馆 CIP 数据核字（2021）第 054300 号

**责任编辑：** 黄小龙
**出版发行：** 学苑出版社
**社　　址：** 北京市丰台区南方庄 2 号院 1 号楼
**邮政编码：** 100079
**网　　址：** www.book001.com
**电子邮箱：** xueyuanpress@163.com
**销售电话：** 010 - 67601101（销售部）、010 - 67603091（总编室）
**印　刷　厂：** 北京兰星球彩色印刷有限公司
**开本尺寸：** 710mm × 1000mm　1/16
**印　　张：** 47.5
**字　　数：** 750 千字
**版　　次：** 2021 年 5 月第 1 版
**印　　次：** 2021 年 5 月第 1 次印刷
**定　　价：** 148.00 元（共 3 册）

# 目 录

| | | |
|---|---|---|
| 第一章 | 碧血医心 | 001 |
| 第二章 | 超强指力 | 008 |
| 第三章 | 霹雳针法 | 015 |
| 第四章 | 出走白河镇 | 025 |
| 第五章 | 神秘的宝物 | 034 |
| 第六章 | 针灸铜人 | 044 |
| 第七章 | 铜人之秘 | 053 |
| 第八章 | 劫持 | 062 |
| 第九章 | 唐庄 | 070 |
| 第十章 | 医门旧事 | 079 |
| 第十一章 | 正反针术 | 086 |
| 第十二章 | 神秘女子 | 094 |
| 第十三章 | 冰火神针 | 102 |
| 第十四章 | 生死门 | 111 |
| 第十五章 | 鬼医门 | 120 |
| 第十六章 | 药苗 | 128 |
| 第十七章 | 铜矿探险 | 139 |
| 第十八章 | 古墓迷踪 | 149 |
| 第十九章 | 意外 | 157 |
| 第二十章 | 迷魂针 | 166 |
| 第二十一章 | 上清观 | 177 |

| 第二十二章 | 锋芒毕露 | 188 |
| 第二十三章 | 拜师 | 196 |
| 第二十四章 | 瞒天过海 | 205 |
| 第二十五章 | 天医集团 | 215 |
| 第二十六章 | 迷惑 | 226 |
| 第二十七章 | 真相难明 | 235 |
| 第二十八章 | 真假难辨 | 242 |
| 第二十九章 | 脉法奇人 | 250 |
| 第三十章 | 神奇脉法 | 260 |

# 第一章　碧血医心

这是一座小镇，名为白河镇。青山环绕，白水东流，万松岭西南方向旁卧，白水河上石拱桥飞架，可谓人杰地灵。明清之际，曾出过十几位状元。便是现代，省里那几位有名的大官，也是从白河镇走出去的。小小白河镇古迹众多，南有光和寺，宋朝建筑，北有娘娘庙，唐时遗迹。镇内多有古宅，风格迥异。加上民风古朴，近年来已发展成一处颇有名气的旅游景点。

且说白河镇上有一家中医诊所，名为平安堂，坐堂者是一老医，姓宋，名恒，字子和。这宋子和可是当地一位有名的老中医，饱读医书，精通内、外、妇、儿诸科，是一位全能的医中圣手，不仅是本地的患者，甚至外省的病家也多有来投，经他诊治，每有奇效。

宋子和的医术来自家传，宋氏乃是中医世家。其父宋景纯当年行医北京城内，曾在享誉中外的同仁堂坐过堂，在北京城里有很高的知名度。宋家有一祖传的秘术——回阳九针，可令垂死之人起死回生。据说有一次宋景纯行在山东道上，遇一溺水之人，其家人在下游找到此人时已在两天之后了。当时身体虽未坏，却是气息全无，皆认为已是死了，忙着准备后事。正好被宋景纯看见，说了声"尚可救"！遂施以回阳九针之术，竟将那人救活过来，轰动一时，传那宋景纯有活死人之术。也是那溺水之人命不该绝，没有彻底死透，宋景纯施以神针救之，否则真正的死人是救不过来的。

当时中国的政局混乱，军阀割据。为了照顾大局，国父孙中山先生将本来属于自己的大总统之位让给了势头正旺的袁世凯，希望袁氏能扭转中国的乱局。可是袁世凯当了几天大总统觉得不过瘾，便想做一回黄袍加身的皇帝。结果此举引来了全国上下一片声讨兵伐，令袁世凯坐在龙椅上惶惶不可终日，惊乱之余，急火攻心，气恼而病。这下可忙坏了那班"御医"们，投方下药，百无不效，立时群医束手。

无奈之下，只好另寻名医。那班"御医"们将北京城内所有的名医过了一遍筛子，锁定了五位名医，最终单单选取了宋景纯。宋景纯接到"圣旨"，心中却是一动，不顾日后可能遭受全国人民的谩骂，欣然而往。

进了紫禁城，宋景纯见到了那位大头"皇帝"，一番望闻问切之后献上了一张方子，留下了一句："照此方连服十剂，可保皇帝龙体安康！"说完，提了皇家的赏赐，嘴角带着一丝诡秘的微笑出紫禁城而去。

因为是请的外面的医生，那班"御医"们也自不敢随便投药送给"皇帝"服，先是查验了一遍方药，见皆是清心泻火的寒凉之药，与袁世凯的急火攻心之疾也自对证，于是放下心来照方投药。说也奇怪，袁世凯连服了宋景纯开的两剂汤药之后，病情竟然大有好转，"龙颜大悦"，追赏黄金百两。此时全国各地"兵乱"四起，皆来讨伐他这个窃国皇帝。袁世凯重抖精神，调兵遣将，开始着手平息"叛乱"去了。

就在袁世凯做了"皇帝"仅仅八十余天，也就是刚好服完那十剂汤药之际，忽然间暴怒不已，随即吐血数升，一命呜呼去了。民间传闻，这个窃国大盗是被气死的，殊不知这其中另有缘由。那宋景纯所开的药方中暗藏玄机，所列之药虽皆是清心泻火之品，但在配伍火煎之时已是暗里起了微妙变化，清心泻火之功效转为了清心敛火，暂时将那心火收敛于体内，蓄势待发，十剂之后，火势攒足，偶一动怒引发，直冲脑络，安能不毙命？宋景纯也自胆大，竟借此机会假医之手，除去了这个窃国大盗。也是他的医术出神入化，在那药方的君臣佐使之间，令几味药在配伍上暗里起了奇妙变化，功效逆转，施在反适其症的人身上便可杀人了。此方便是袁世凯的那班"御医"高手们也自看不出这里面的玄机，医道之妙，救人杀人在乎此了。

袁世凯一死，其余党皆作鸟兽散，自无人追究宋景纯的责任了。而此时宋景纯早已携家远遁，来到了这白河镇隐居起来。此般传说属于野史杂闻，未必可信，诸读者也勿去考证它的真伪。这般写来，只是想说明一个问题，医道不仅能救命，也能救国。那袁世凯最终虽不能得势，但有他活着一天，自会作乱中国。

医之为术，救人杀人，就看如何去用了。杀一恶人，以医天下，也未尝不可。

且说宋子和膝下本有一子，叫宋刚，随宋子和习医，共掌平安堂，23岁上讨了一房媳妇，夫妻恩爱，对宋子和又孝顺。一家两代三口，其乐融融，自不必说。孰料天降横祸，宋刚新婚还不到一年，突然遭遇了一场意外车祸，可怜年纪轻轻，就此殒命。那闯祸的司机肇事后逃逸，不知所踪。中年丧子，对宋子和来说是一个沉重的打击，忍着万分悲痛，料理了儿子的后事。那儿媳回归娘家，年轻新寡，耐不得寂寞，半年后也自改嫁他人去了。好在不曾生育，没有留下个一男半女，宋子和便也由了她去。

从此宋子和一人独守平安堂，丧子之痛已是令他心灰意冷，拒绝了好心人给他的续弦延后的建议，一心研究医术，诊治病人，不再做它想。只是一身医术断了传人，自成了宋子和的一块心病，便想收个徒弟。也曾有熟人介绍过几个年轻人来，可是都入不了宋子和的眼，因为都不是学医的材料。那医道，可不是谁人想学就能学得来的。尤其是学习中医，入门已自不易，登堂入室就更难了去了。能吃苦肯学是一方面，还要有一定的天赋，那就是悟性。

由于宋子和收徒弟的要求很严格，宁缺毋滥，以至来推荐的人逐渐少了。县城医院的张院长引荐的一位亲属，是从一家全国有名的医学院毕业的高材生，指望能学到些宋氏医术，宋子和看了一眼后一口回绝了。宋子和也曾暗里到县医院观察过几批实习的学生，可惜皆无中意的，自令宋子和摇头感叹不已。可见，找到一名优秀的中医人才是多么难的一件事，徒弟找师父难，师父找徒弟也不易，或许两者之间要有个缘分吧。

就在宋刚出车祸死去一年后的一天晚上，忙碌了一天的宋子和关了平安堂的门，吃过晚饭后正准备休息，忽听外面响起了刹车的声音，接着便是一阵急促的敲门声。宋子和知道一定是来了患了急症的病人，否则不会这么晚来敲平安堂的门，这种情况时常有的，算不得什么意外。

待宋子和开了门看时，不由一怔。门外站了一对年轻的夫妇，看那穿戴气质俱是不俗，显然不是出自平常人家。那女的怀中抱了一个三四岁的小男孩，面呈焦虑，当是这个孩子病了。门口不远处停了一辆高档小汽车，能开上这种车的人，自是大有来历的。

"您是宋大夫吧？我们的孩子在路上病了，一直昏迷不醒，途经两家医院都不敢收。后来有人介绍了您，专治疑难杂症。恳请您老救他一命吧，这孩子才三岁多一点啊！"那男子焦急道。

"进来我看了再说!"宋子和忙将那对夫妇让进了平安堂。

待那女人将孩子放在了诊室的床上,宋子和上前仔细查看时,却是一怔。那孩子六脉平和,呼吸均匀,全无病象,只是昏迷不醒如在熟睡一般。好奇怪的病症,又好面善的孩子!宋子和心中自是一动。这个陌生的孩子,若那幼时的宋刚,可爱之极,宋子和心中不禁一痛。

"这孩子什么时候,又是如何发的病?"宋子和眉头一皱道。

"三个小时之前,这孩子好像感受了风寒,吃了两枚梨子后,便自沉睡不醒。"那男子忙上前应道。

"哪来的梨子?还有吗?"宋子和道。

"路上买的,只有两枚,都叫孩子吃了。"男子说道。

"这孩子中毒了!"宋子和肯定地说道。

"中毒?"那对夫妇相顾失色。

"不过勿要担心,没有生命危险的,只是这毒性好似一种轻度的迷药,令孩子暂时性昏迷而已,无大碍的。梨子上为何会这种毒,当是古怪!"宋子和迷惑不解道。

那男子的脸色暗里变了一下。

"你们二人请到外室等候一下,我要给这孩子施针,半小时左右也就醒来了。"宋子和说道。

那对夫妇听了,面呈复杂神色,谢了声,退了出去。男子用眼神示意了一下那女人,女人犹豫了一下,随那男子走出了门外。

"年哥,真的要这么做吗?"女人眼中含着泪水道。

"苗妹,"男子深感歉意地道:"事情已经决定了,就不要反悔了,这么做我们也是被逼无奈,只是让浩儿受苦了。"

"对不起!"男子叹然一声,拥了拥那女人,愧疚道:"只是令你们母子……"

女人忍不住抽泣起来。

那男子刚毅的神色也自有些感伤,望着朦胧的夜空,似有所思。

诊室内,宋子和择了几处醒脑开窍的穴位给那小男孩下了针。此时外面传来了汽车启动的声音,随即引擎轰鸣大作并迅速远去。

"咦!人怎么走了?"宋子和闻之一怔,忙出来看时,那对夫妇已失所在,人车俱无,果是离开了。

宋子和以为他们可能去买什么东西了，一会儿应该就会回来的。回到屋内，发现屋中的桌子上多了一个包裹，显是那对夫妇留下的，宋子和隐感不妙。忙上前打开看时，里面是几套小男孩的衣服，上面竟然还压着一叠厚厚的钞票，应有万元之数，这在当时可是一个大数目，钱钞中夹了一张纸签，宋子和抖开看时，那上面写着：

宋大夫：
　　我夫妻现有紧急之事去办，孩子体病，不便携带同行，还请暂时照顾些时日，日后必有重谢！

"敢情是将这孩子留下了！"宋子和看罢一惊。

这对夫妇来得蹊跷，扔下孩子留有万元现金，显是事先计划好的。遇到了什么事，如此匆匆离去，连自己的孩子都顾不上管了？发生这般意外，自令宋子和疑惑不已。

且说宋子和疑惑之余，回身再看那孩子时，他已经醒了，睁着一双大眼睛好奇地四下张望着，安静得很，不似一般的孩子换了陌生的环境见了陌生的人便放声啼哭。

宋子和望着小男孩那双深邃而明亮的大眼睛，一时间呆怔住了。这个孩子的神情竟然给他一种无比的亲切感。想儿子宋刚不死，过几年也自会给他生出一个如这个孩子一般的孙子来。

那小男孩忽地朝宋子和咧嘴一笑，如见了亲人般，灿烂得很。这一笑，自令宋子和心神一荡，几不能持，伸手握了小男孩肉乎乎的小手，亲切地笑道："你认识我吗？我却觉得你很熟悉呢！"

"爷爷！"小男孩怯怯地叫了一声，幼稚之声夹带着几分底气充沛的洪亮。

"乖！真是个懂礼貌的孩子！"宋子和满心欢喜地应了一声。眼角自有些湿润——这孩子要是自己的孙子该有多好。

"告诉爷爷，你叫什么名字啊？"宋子和和蔼地道。

"浩浩！"小男孩应了一声，一翻身坐了起来，四下张望，显是在找自己的父母。

"你的爸爸妈妈有事先走了，过几天就会来接你的，你和爷爷一块住几天好吗？"宋子和忙说道，怕这浩浩哭闹。

"妈妈！"浩浩委屈地叫了一声，望了宋子和一眼，忍着眼中的泪水硬是没有哭出来。

宋子和见状，心中大奇，好一个特别的孩子，竟然在陌生人面前忍住不哭，性格坚韧可见一斑。忙寻了一个物件与他来玩，又端来了一盘糖果，以引开他思念父母的注意力。小孩子家有了吃的玩的便自欢畅起来。宋子和心中一松，看来这孩子还真是好照顾。

待哄了浩浩睡去，宋子和坐在那里不由得犯起愁来：孩子太小了，白日里自己还要接诊病人，无暇照顾。他的父母何以丢下这个年幼的孩子不顾，私下去了？当是遇到了什么急事？素未谋面，萍水相逢，此举当是出乎常理。

宋子和隐感其中似乎有什么不对劲，一时间又想不出是哪里的问题，摇了摇头，无可奈何地一叹，只有麻烦些时日，待那对夫妇来将孩子接走就是了。

第二天一早，宋子和寻了邻居王婶，托请她白天照顾浩浩，只说是一个远房亲戚，因有急事，迫不得已将孩子送来寄住些日子。宋子和平日里为人和善，医术又高，邻里都自敬他，刚一说出自家的意思，那王婶便满口应允，遂将浩浩接到自己家去了。

如此过了五六日，并不见那对夫妇来接孩子，宋子和不由慌了起来。那对夫妇莫不是出了什么事？如此长久下去，怎生是好！

又过了半个月，那对夫妇仍旧音信皆无，怕是不来了呢。宋子和后悔未将那辆汽车的车牌号记住，否则也有个寻找的线索。问那浩浩父母名谁，家住哪里，茫茫然摇头不知，太小了，还不知这些事情。浩浩这些日子倒也乖巧，不哭不闹，想父母想得急了，便静静地坐在一旁不理人，只是强忍着不哭。让人看了也自觉得可怜，却又不得不佩服他的坚韧劲。

一个月过去了，那对夫妇似乎消失一般，宋子和的盼望终于变成了失望，他知道，那对夫妇必是出事了，否则不可能将这么一个可爱的孩子弃在他这里。无奈之余，宋子和开始打算抚养浩浩了。

"你这孩子，莫不是与我有缘，是上天将你送到我这里来的吧！"望着熟睡中的浩浩，宋子和自言自语道。他从浩浩的身上，似乎看到了希望——宋氏医术能传承下去的希望。

"你这个被父母遗弃的孤儿,就随我的姓氏好了,叫宋浩吧,我要将你培养成一名出色的医家,宋氏医术传至我已十四代了,还真是需要你这个小家伙来继承呢!"宋子和兴奋道。这个平淡的晚上,他做出的这个决定,也自决定了日后一位名医的诞生。

从此以后,每当闲暇时,宋子和便教宋浩背诵一些中医歌赋,如《汤头歌诀》《药性赋》,宋氏家传验方也被宋子和编成了朗朗上口、易学易记的歌诀。

每当夜幕降临,平安堂内便传出了那幼稚的童声。

"四君子汤中和义,参术茯苓甘草比。益以夏陈名六君,祛痰补气阳虚饵……"

"犀角解乎心热,羚羊清乎肺肝。泽泻利水通淋而补阴不足,海藻散瘿破气而治疝何难……"

## 第二章　超强指力

如此过了一年有余，宋浩的父母再无消息，好似不曾来过一般，宋浩乃是上天凭空赠送给宋子和的。宋子和先前也曾担忧过，说不定哪一天宋浩的父母突然到来将他领走，那他还真是舍不得了。后来也自想通了，便是宋浩的父母出现，他会恳请对方将宋浩留下跟他习医的。宋子和认为自己能说得动对方，心中也自坦然起来。其实他心中也知道，日后便是宋浩的父母不来，他的家族中人也一定会来寻找宋浩，令他认祖归宗的。不管怎么样，这个已被自己认为孙子的孩子，是他宋氏医术的传人，因为他感觉到这孩子有一种习医的灵性，是他百转渴求的好徒弟。

白河镇上的人都知道宋浩是宋子和收养的亲戚家的孩子，以为是过继来的，自无人知道这其中的缘由。时间久了也无人再说起这件事，宋浩早已认为自己是宋子和的亲孙子了，对自己的身份也已忘得干干净净。

闲暇时，宋子和抱着宋浩教他辨认药橱里的中药，当归、白芍、生地、山栀子……药性归经，寒热温凉，一一讲解，配合以宋浩先前背诵的《药性赋》，且不管他能记下多少，能理解多少，但叫他有个印象就是了。小孩子家天真无邪，性情专一，尤其是在三四岁，记东西的最好时机。宋浩也自聪明，学起东西来极快，宋子和说上几遍，便能记下，全然不用多费口舌。宋子和见状，心中欣喜不已，这个宋浩是比自己的那个亡儿宋刚小时候还要好教得多。由于宋浩的意外到来，宋子和的丧子之痛慢慢地淡化去了。

待到宋浩五六岁时，那些中医歌赋早已记得熟了，宋子和便开始教他背诵起《黄帝内经》《伤寒论》等一些经典篇章来，也不管宋浩理解与否，但叫他强行背下就是了。尤其是《黄帝内经》中十二经的原文，是宋子和令宋浩这时必须记下的。如此打下的基础，对宋浩日后成长为一代名医起到了不可估量的作用。

平安堂中有一具塑料针灸模型，上面标示出了人体全身的穴位，宋子和也自教了宋浩来认。那针灸模型好似一件玩具，以前便已引得那宋浩兴起，胳膊腿的经常被他卸下来玩耍，没想到这上面一条条线上的小点点也是他学习的内容。于是他学起来也是飞快，什么手太阴肺经、足厥阴肝经的，原是他早已背熟的十二经脉，理论联系实际，将那一排排的穴位名称记下来，倒也轻松得很。宋子和看在眼里，喜在心上，他的满腔热血和希望，都已是扑在宋浩身上了，这是他晚年的慰藉。

平安堂的几百味中草药被宋浩遍识之后，宋子和进县城到药材公司购置中药的时候，便开始带宋浩去。因为药材公司的库房里有着上千种中草药，不乏一些冷僻罕用的药物。那个时候药材公司在全国还普遍存在，是个体中医诊所进购药材的唯一渠道。后来药材市场放开，几大药材产地的药贩子蜂拥而入，导致了药材公司的亏损解散，市场经济下，再没有一家独大的道理。

站在药材公司的库房里，宋浩算是开了眼界，在这处中草药的海洋里任意游览。宋子和是药材公司的大主顾，与那里的职工们早已是熟人了，几位老药工早就听说宋子和有一个孙子，五六岁便已能识别出几百味中草药了，都喜宋浩聪明伶俐，也自由了他在库房里辨识药物。开始考验了宋浩几次，让他识别几十种中草药，皆应答无误，令老药工们惊讶不已。来得次数多了，库房里的药物皆被宋浩识遍了，竟使他有了"小药王"的美誉。

待宋浩又长了几岁，能走一些远路了，宋子和便带了宋浩到白河镇附近的山上采集中草药，有时还到那万松岭走上几回，让他识别野生的中草药是什么样子，同时采回一些新鲜方便入药的。万松岭是一座天然的中草药宝库，有着数千种可入药的植物和昆虫。此时在宋浩幼小的心灵中扎根下了一个概念，那就是万物皆为药！

宋浩在平安堂旁观宋子和给患者诊治疾病，逐渐意识到，原来爷爷教给自己这些东西可以解除人的痛苦，他模糊地意识到，自己将来也会和爷爷一般从事这种"神圣"的事业。虽然"神圣"二字对此时的宋浩来说，还不甚清楚是一个什么样的概念，但他知道这是一件了不起的事，因为他也想和爷爷一样，做一个了不起的人，被大家尊敬的人。

药物识得多了，字自然也识得多了，医书上的内容倒也能读得来，虽是不求甚解。有时候竟然也能说出个所以然来。

一次，平安堂内坐满了候诊的患者。宋浩刚从外面进来，一个中年人认得宋浩是宋子和的孙子，便开玩笑地道："小神医，给我看看病吧，人太多，等不得你爷爷来看了。"

宋浩抬头望了那中年人一眼，说了声，"面黑毛涩，声低无力，肾虚。房事过度所致。"说完，便跑出玩耍去了。

一时间，中年人呆怔在了那里。一旁诊病的宋子和也不禁哑然失笑。

这是宋浩从望诊上得出的结论，他自然不知那"房事过度"为何义，但顺着医书上的内容说来就是了。

宋浩到了七岁的时候，已是到了入学的年龄了，于是上了白河镇的一所小学。宋浩先前学记药名，大凡汉字已被他认得差不多了，便是学校的语文教师也自不及他。

一次，宋浩恶作剧般地写了"葳蕤"两个字，请他的班主任语文老师王老师来认，可怜那王老师看了半天，还真是认不出念啥。难为情地摸了摸头，无奈地道："这个嘛……等老师查下字典再告诉你好不好？"

"这是一种药名，唤作葳蕤的。"说完，宋浩笑嘻嘻地跑开了。

"这孩子！不愧是宋大夫的孙子啊！学问渊博得很呢！"王老师非但没生气，而是由衷地赞叹道。

后来王老师又观察了宋浩一段日子，找到宋子和，说道："宋浩这孩子的能力水平再在一年级念下去实在是耽搁时间呢，不如令他跳级到二年级。"

"行啊！"宋子和点了一下头。随后和王老师一同找到了校长。校长也曾去宋子和的平安堂看过病，自是熟人了，听宋子和与王老师如此一说，便找来了宋浩考核了一番，最后拍掌决定道："这孩子真不赖！那就跳级到二年级。"

结果宋浩在二年级念了还不到半年，就又跳到了三年级。

这个时候，宋子和已开始教宋浩习练针灸术了。他先是找来了一个厚皮西瓜，郑重地说道："我们宋家真正拿手的东西乃是针法。《黄帝内经》你囫囵吞枣地也读过两遍了，其内容一半以上讲的都是针道。针道之妙，在于它的简便捷速，随手而应。真正的针灸术并不是你找准了穴位一针刺下去就了事了，关键的是它施针的手法，而手法的成败，是你日久练就的指力。我宋家祖传秘术——回阳九针，没有一定的指力是不能达到那般起死回生效果的。"

宋子和说到这里，取了一根三寸长的毫针，随手一刺，针身便没入了那个厚皮西瓜之中，手法轻灵，如刺豆腐一般。要知道那个厚皮西瓜处在半生未熟之际，皮质滞韧，便是宋浩持刀来切也要费些力气呢，何况是一根纤细的毫针了。看得宋浩惊讶不已，今天才算是见识到了爷爷的施针指力。以前见爷爷在病人身上施针之时，插来刺去的随意得很，以为人人皆可作为呢。

"针灸之道，人多畏之，乃是惧怕它的疼痛。本是治痛，再增其痛，病家便不堪负了。所以要求医者施针之时要有一定的指力，破皮入肉之时，病家无觉，方可达到治疗的效果。这只是其一，其二才是最重要的，那就是以一定的指力施针，可运针自如，手法变化之际，取得医者所要求的疗效。今天开始，你可以练习指力了，然后我再授你回阳九针术和其他针法。"宋子和拍了拍宋浩的肩膀，殷切地说道。

宋子和随后为宋浩做了两个用软纸包扎而成的如小枕头一般的针垫，以做刺练增加指力之用。

宋浩用废了几十根针，扎烂了那两个针垫之后，指力虽有所增，但未达到其预设的效果。于是他开始考虑以别的方法来练习指力。

偶然的一次，在温习功课的时候，宋浩持了一根针无意中刺破了课本中的一页纸，忽有所悟，再合以五六页纸时，仍能轻松刺透，待增加到十几页纸时，便有些阻力了。用此法来练，刺得干脆，不透则折。若是一页一页地不断加厚，到最后说不定一针下去能刺穿一本书呢，那指力不就练成了吗？想到这里，宋浩兴奋不已，便开始以此刺扎纸张之法练习起来。结果指力突飞猛进，待将全部课本刺烂了，已是达到了一针下去贯穿几十页纸的程度了。便又寻了其他无用的书籍来练。

班上的同学见宋浩的课本上无不是布满了密密的针眼，都不解何故，以为是这位跳级的小同学贪玩所至，视为一大奇景。宋浩将手头上的书本都刺烂了，家中的那些医书可是不能用来扎的，无所能用之时，便笑呵呵地向班上的那些大哥哥和大姐姐们说道："有没用的书吗？我收购！"

结果同学们送给了他一大堆的废旧书籍，倒不曾收他分文。宋浩将这些书籍一本本地刺烂，几年下来指力自是大长，百页厚的一本书被他一针下去，从封面至封底全本贯穿而透，针身却自丝毫无损。有道是"读书破万卷，下笔如有神"，而今宋浩则是刺破万卷书，针下生神力了！

小学五年，被宋浩用了不到三年的时间便读过去了，顺利地升了初中。一个不足十岁的孩子上了初中，在白河镇上也算是一件稀罕事了。宋子和心中尤为高兴，指望宋浩能考上一所著名的医学院校，继续进行医学上的深造。

初中增加了地理、历史、植物等课程，自是引起了宋浩极大的兴趣，他如饥似渴地学了起来，课本读完了，又寻了些相关的课外书来读，觉得这天下间真是有好多知识自己还不知道呢！而就在这个时候，宋浩也遇到了一个难题，那就是多出来的英语这一课程。不知何故，宋浩下了万般努力就是学不来，其他功课门门优秀，偏是英语这一关将他拦住了。头一次期中考试，竟然得了个59.5分，那批卷的老师也是认真得很，就是不让及格。这下倒好，宋浩的英语成绩再没有突破他这次的最高纪录。

"爷爷！这鸟语我学不惯的！"宋浩厌烦道。

"能学到什么程度就学到什么程度，再努力些就是了，将来也不指它吃饭呢。"宋子和笑呵呵地道。宋浩目前的成绩已令他很满意了，倒也不甚勉强宋浩去硬学他自己不感兴趣的东西。

宋子和已验过宋浩的指力，几十张纸一针透过，而针身不屈。宋子和欣喜不已，便开始传授针法了。首先传的是宋氏祖传秘术——回阳九针。此回阳九针术与世传的回阳九针不同，传世的回阳九针泛指哑门、劳宫、三阴交、涌泉、太溪、中脘、环跳、足三里、合谷九大穴位，而宋氏家传的回阳九针除去了中脘、环跳，加上了人中、百会，九穴应针，施针的顺序和穴位多少的不同，配合以独特的针法，用以抢救不同的垂危险症，每有奇效。

如此三年一晃过去，宋浩虽是英语成绩不济，别门功课却是优秀，倒也顺利地上了高中。

且说这一天宋子和又要验宋浩的指力了。宋浩指了案头一部厚厚的现代版的《黄帝内经·素问译释》，说道："爷爷，就用这部书来试吧。刺它几针，损坏不了的。"

宋子和知道宋浩拿书来练针，这三年指力必是飞增，笑道："被你刺破的书本这些年来也该有一车了吧，倒是你独创的练针奇法呢！如此厚的

《素问》你也能刺透它吗？"

这部《素问》有八百余页，四百多张纸几近一寸的厚度。

宋浩道："这么厚的书半年前我便已能一针透过了！"

"真的？"宋子和闻之惊讶道。他认为宋浩能一针刺穿百余张纸倒是有可能，若是一针下去能刺穿四百余张硬纸，当是有些夸张了。

"你且试试吧。"宋子和成然道。

宋浩取了一根三寸长的毫针，左手握住《素问》，将另一端搭在了桌边上，右手持了针柄，凝神定志，轻呵一声"破"，手去如电，针身定在了书的封面上，没至其柄，针的锋芒已然从背面透出，纤细的毫针竟然刺穿了四百余张硬纸。

"厉害！"宋子和一惊而起。

宋浩的这一手针实在是出乎宋子和的意外。

宋浩此时一笑，随手将针拔出。那针身被四百余张纸紧紧缚住，便是用钳子夹住针柄硬拔，也可能将针身扯断了去，宋浩却轻描淡写一般，将针身抽了出去。在那厚厚的书体上刺针拔针，需要的是一种极快的爆发力，瞬间力至，方可奏效。

"爷爷！"宋浩看到宋子和惊讶的样子，笑道："这算不得什么，我还能用针刺到爷爷指定的页数。"

"这也可以吗？"宋子和诧异道。

"是啊。这种能力我专门练了一年半呢。"

"那你就试试刺到280页吧。"宋子和将信将疑道。

"没问题！"说话间，宋浩已然又是一针刺入。

宋子和激动地将《素问》翻开，他要看看这个奇迹是否能出现。针身固定了的一少半的书页被同时带起，果是在翻起的末页上看到了那280的页标，针芒微现，只是在281页上留下了一点淡淡的没有刺破的针痕。

"孩子！"眼前的景象令宋子和感到震惊，他没有想到宋浩的针法竟然达到了这般微妙得不差毫发的境界。

"这种针法，便是你太爷爷在世也自不及你的！"宋子和惊叹道。

那宋景纯的事迹宋浩早已听说过，见爷爷这般赞扬自己，宋浩感到非常高兴。

这时候的宋浩，不仅刺破了万卷书，练就了神奇的指力，也自将那经典医书读破了。从《内经》始,《神农本草经》《伤寒论》《脉经》《金匮要略》《针灸大成》……凡宋家所藏之医书,大都泛泛阅过,择其重要者深研之。十五岁上,宋浩便可以独立应诊了,效有七八,从"小药王"又博了个"小神医"的美称。有些病家,到了平安堂见宋浩不在,便坐在那里等着宋浩放学回来给他诊病,连宋子和也自不信了呢,每令宋子和苦笑不已,心中却是喜得很。

每遇有典型的特殊病例,宋子和便令宋浩先行诊过,然后再指点其遗漏,宋浩的医术日渐成熟,白河镇上又出了个名医,一个还上着学的小名医。

# 第三章　霹雳针法

这一天是星期日，天气闷热。下午无事时，宋浩到白水河里洗了个澡，然后在岸边的一片松树林里纳凉读书和温习功课。

书看得累了，宋浩起身活动了一番筋骨。林中阴凉，偶有风吹过，从那松树上飘落下几根松针来。宋浩伸手接住了一根松针，举在眼前看时，翠绿的松针锋芒锐利，宛若自家常用的金属毫针，一时兴起，随手向手中的那部《针灸大成》上刺去。

"扑！"一声微响，那细软的松针竟然透书而过，刺穿了去。

"咦！这样也行啊！"宋浩望着没入书页内的松针，惊讶不已，没想到一针下去，这种细软易折的松针竟和金属针具有同样的效力。

"好指力！"旁边响起了一个洪亮的声音。

宋浩闻声自是吓了一跳，未料到这林中还有人的。转身看时，身旁站立了一位鹤发童颜的老者。背负一包袱，脚穿一双紧口的布鞋，一身灰色的旧款中山装，风尘仆仆的样子，显是一位走远道的人。

"小伙子，以松叶代针竟能刺透这么厚重的一本书，此般指力古今罕有，足可以惊鬼神了！"那老者精铄的双目中呈现出了惊异之色。

"怎么，你是学医的？"老者望了一眼宋浩手中的《针灸大成》，又自讶道。

"是的，老人家。"宋浩点头应道。

"嗯，有了这般指力，你的针道可成大半了。可否告诉老夫，你的这手绝活是如何练就的？"老者茫然道。

"刺扎书本，将纸张一页页的增厚，七八年下来就到了这个样子。"宋浩老实地回答道。

"佩服！是毅力和恒心成全了你，到了这般境界，万物皆可为针了！"老者惊叹之余，似乎犹豫了一下道："针上有这般力道，不点拨一下你，别成一绝技，真是可惜了！今日遇到老夫，也算是咱爷俩有缘，我传你一种霹雳针法如何？"

"霹雳针法？"宋浩闻之一怔。隐感这老者不是一般的人，当是那世间奇人吧。随即躬身一礼，喜道："多谢老人家！"

老者点了一下头道："这也是你的指力已成，否则是学不来的。这霹雳针法乃我鲁门绝学，属于武技范畴，若以霹雳针施之，针下无坚不摧！"

老者说着，右手手指一曲，竟从袖口处随手取出了一支三寸余长，粗若三棱针般，通体漆黑的针来。

"这根霹雳针乃是以一种罕见的玄铁炼制，天下间仅存两根，今日且让你见识一回罢。"说话间，老者持针刺向了旁边的一棵碗口粗的松树。隐见其手指微抖了一下，那针身已入树干，几没其顶，如刺无物。

"咦！"宋浩见状，惊呼了一声。坚硬的树干，那老者却刺若棉絮，毫无阻力。

"你也来试一下吧，以你现在的指力，也能成的。"老者微笑着，从树干上取出了霹雳针，递向了宋浩。

宋浩忙上前兴奋地接了过来。不料那小小的一根霹雳针，却是奇沉压手，若捧着一根铁棍一般，果是那世间奇物。因刚从树干上拔出来，强力摩擦的缘故，竟还有些烫手呢，尤令宋浩惊讶不已。

宋浩持了霹雳针，运足了气力，也刺向了那棵松树。随感针下滞涩，如刺沙袋，却也刺进了大半。

"孺子可教也！"老者一旁点头赞叹道。

老者随后上前将霹雳针从树干上拔了出来，复于袖里藏了，高兴道："好强的指力！已是达到施展霹雳针法的要求了。可惜这种霹雳针老夫仅有一根，另一根在百余年前便流失江湖不得其踪了，否则也送你一根。不过你指力超强，可以用它针代替，也自能达到异曲同工之妙。"

老者接着郑重地道："老夫鲁延平，鲁门第十七代传人，今将鲁门秘传绝学霹雳针法传授于你，一是你在针上自行练就了超强的指力，不点拨你一下实在是可惜了。指力难修，也是鲁门下一代中皆无你这般的毅力和恒心，天长日久的苦练指力，既有缘相遇，我自要成全你一种防身的绝技。二是看你这个孩子是个勤奋好学的善良之人，当不会去做什么恶事。你要向老夫保证，今日之事不要向任何人提起，就当没有见过我，老夫的行踪不想泄于旁人。还有，告诉我你的名字。"

宋浩此时才知道，自己遇到了一位江湖奇人，惊喜之余，躬身一拜道："老人家，我叫宋浩，就住在这白河镇上。您老说的话我都记住了，请您老放心，我绝不会向别人说起见过你的事，包括我的亲人。"

"很好！我相信你！"那鲁延平满意地点了点头道："其实以你现在超强的指力，霹雳针法你也算是练就了八成，只要点拨一下关键之处，霹雳针法你便能收全功了。记住了，这关键之处就是在施针之时，针尖将要刺入目标的一瞬间，手指要抖颤一下。这抖颤之际，本身的指力可令针身产生一种震荡力，刺入目标之后，尤其是血肉之躯，这一瞬间的震荡力，轻者可令其神志暂空，气血滞缓，立时能制住其形体，如被点了穴一般，重者震断其筋脉，取其性命。所以在施针之时，这抖颤之力要自行掌握好，轻重有度，以控生死。选穴位而刺，尤增效果。全身各处，其效一也。便是刺中其手脚，也可震荡周身，令其瘫，让其死，就看自己的意思了。你这孩子不好惹是生非，自然也没的架打，多一防身的本事也不是什么坏事。当今天下虽是太平，却也总有那恶人行世，说不定哪天便有恶人无故地找上门来寻你麻烦，你便施霹雳针法制他就是了。"

"多谢前辈指教！"宋浩惊喜不已。没想到这霹雳针法的关键之处便是那持针之手抖颤之时一瞬间产生的震荡力，真是不点破这玄妙处一辈子也不知道呢。

"你且以平常用惯了的针具和书本试一下这霹雳针法吧。"鲁延平说道。

宋浩激动地取了一根毫针，因没有带来练针时用的废旧书本，便在今天自己捧来读的医书和课本中挑了半天，最后选了那册英语书，此时认为它是最无用的吧。然后左手持书，右手持针，凝思片刻，一针刺下，自是在刺破书的封面之际，指针间抖动了一下。

针身透书而过，开始并无异样，紧接着宋浩但觉手中的那册英语书整体一软，随即化作片片碎纸飘落而散，一册英语课本已是毁了，一时间看得宋浩目瞪口呆。

"好！霹雳针法成了！"鲁延平惊喜道。

"你这孩子于针上真是有着灵性呢！一点即通，妙哉！妙哉！"鲁延平赞叹不已。

"老人家，这……这是真的吗？"宋浩惊讶地望着手中的那根针，几乎不敢相信眼前的情形，自己一针下去，竟将一本书给震碎了。

"霹雳针法成，仙魔难抗，真的是可惊鬼神了！我若是不用霹雳针，换作普通的针来施展，也自不及你的这般效果呢！意起神注而气至，你在练习指力的同时也是在练神练意呢！真意一生，便出神力。适才你以松叶代针，是在那意念中将这易折质软的松叶看作是平常惯用的针具了，神意念力凝在那松针上了，故而能一针透书奏效，否则当作树叶来施，指力再强，其力道也仅能穿透百余页纸也就不错了。你平日里虽是在练习指力，却也是在练神修意呢，如今真意引出，奇力自生，已达那般神化的效果了。这是你的造化，可喜可贺！切记了，此针法属于武技，手法上讲究的是快如闪电，中穴准确。近身搏击，威力巨大，忽然出手，令人防不胜防，制人于顷刻，中针者无不立瘫。只是伤人太过，不可滥施，迫不得已时出一针防身即可。当然，你若能掌控好施出的力度，教训一下对方，倒也不会给其造成太大的伤害，这就需要你日后自家的练习了。"鲁延平语重心长地说道。

"老人家，谢谢你了！"宋浩惊喜之余，伏地而拜。

鲁延平高兴地将宋浩扶起道："你这孩子真是讨人喜欢呢！可惜我还有事要办，急着赶路，否则真想与你多相处几日。"

宋浩闻之讶道："老人家，您要走吗？"

"是啊！我偶然经过这里，因天热进入林中纳凉，却意外地看到了你以松叶代针刺书，惊你指力超强，这才传你霹雳针法，说来也是咱爷俩的缘分呢。我还有要事去办，这就别过吧，日后有缘再见吧。"说完，鲁延平拍了拍宋浩的肩膀，转身大踏步而去。

"老人家！……"宋浩望着鲁延平的背影，感激之余不知说什么好了，站在那里，怅然若失。

宋浩站在林中呆怔了一会儿，这才恍过神来，意外地被一位过路的江湖奇客授以霹雳针法，心中着实兴奋不已，好似做了一场梦呢。随后将书本收在书包里，一路高兴地向家里走去。这件事本应该告诉爷爷的，现在又长本事了，一针下去可将一本书震碎了，一起高兴高兴，可是答应了那鲁延平保密的，且将这个秘密藏在心中吧。日后要多多练习了，以掌握好霹雳针法施出的力度，若遇有歹人，一针制服他就是了，如一针将他震死过去，麻烦就大了。宋浩一路想着，脸上自是抑不住得了奇遇后的欣喜的笑意。

经过一片西瓜地时，有个看瓜人唤作吴二的，远远望见宋浩过了来，忙招呼了道："宋浩，去白水河里洗澡了吧。过来下，摘只西瓜回去给你爷爷尝尝！"

宋浩见是吴二，认得的，此人还欠平安堂百多元药费呢，一年多了也不见来还，便自走了过去，不客气地接过了吴二刚摘下的一只西瓜，笑道："吴二叔，这只西瓜钱就从你的药费里扣除吧。"乃是有意提醒那吴二一下，还欠着平安堂的药费呢。

"你这孩子，这只西瓜是送给你爷爷尝尝的，哪能收钱呢！"吴二讪笑了一下道。

宋浩则笑嘻嘻地抱了西瓜离去。

走在半路上，宋浩望了望怀中抱着的那只西瓜，一时兴起，取了一根毫针施以霹雳针法向西瓜刺去。

"砰！"

一声闷响，针身传出的那种震荡力立时将整只西瓜爆破了去，水瓤瓜肉劈头盖脸溅了宋浩一身。真是浪费了一只甜西瓜呢。

"我……我真的有这么厉害吗？"宋浩又自惊呆在那里。

随后，宋浩"哈哈"一笑，转身朝白水河跑去。他要将身上的西瓜水渍洗去了才能回家。

过了月余，宋浩去那松林中读书练针时，无意中发现被鲁延平施以霹雳针刺过的那棵松树竟然慢慢地枯死了，这才知道，当日鲁延平看似随意刺入的那一针，却是将树干内的脉络尽数震断了，松树失其吸水之力，无了水分之养，逐渐枯萎了。细小的针上产生出了如此不可思议的力量，若是施在虎豹等恶兽身上，钢铁般的骨架也能给它震散了。

宋浩惊异之余，感叹道："这世间真的是有奇人呢！"

从此宋浩暗练霹雳针法，一年过后，那针身上施出的震荡力便是自己有时都感到匪夷所思了。也学了那鲁延平，将三根毫针别在了袖口里面，用时随手便可取出。宋浩练针，乃是两手同时练的，两手上的指力相差无几，施起针来可以左右开弓。给病人针灸，便是将其身上扎满了针，病家也浑然无觉，疗效愈显，人皆称奇。

上了高中的宋浩，虽是学习任务繁重，平日里对那古典医籍仍是勤读不倦，假日里跟随宋子和临床应诊，医术愈加娴熟，倒不曾误了功课学业。只是因对那英语一门总是学不得其法，便自无了兴趣，索性弃之不学了。结果到了高考时，因英语之故，差了几分没有考上填报的那所全国重点的医学院。满校师生无不为之惋惜。

高考成绩传到了宋子和那里，虽是觉得有些遗憾，却也不甚着意。先前为了收个中意的徒弟，曾接触过不少各大中医学院毕业的学生，诸生修为，自没一个被他看在眼里的，尤是感觉奇怪，这医学院校培养出来的中医可都这般水平吗？所以对于宋浩的落榜，祖孙二人唏嘘了一番，也就过去了，谁也没有放在心上。以宋浩此时的中医修为，不落任何一所中医学院的教授，尤其在针法上，不说独步天下也差不多了，再去学习也是走个形式罢了。

宋子和一生所修的是中医，对西医不甚了解，但他是个有见识的，宋浩没有考上医学院，暂失去了让宋浩进行中西医互补的愿望。高考一结束，宋子和便将宋浩送到了县城里的一所初级卫生学校，进行西医方面的学习。

此时的宋浩将近十七岁了，已真正地成为一个大小伙子了。听说上那卫校在医术上又有新的东西可学，很是高兴，将自个儿的行李一卷，辞别了爷爷，一个人来到了县城，住进了卫校。

卫校的校址就在县里唯一的一所中西医结合医院的旁边，这里是地区的一所教学和临床基地。

宋浩所在的班里共有五十多人，大都是卫生系统人员的子女和少数高考的落榜生。宋浩是班级里面年龄最小的，但是没有人敢小看他，因为大家都知道他是县里名医宋子和的孙子，早已在平安堂能独立地给人诊治疾病了，暗里皆自敬他。因此之故，宋浩认识了几个主动和他交好的朋友：刘天、马吉、张宝伦。

卫校的主要课程有《生理学》《人体解剖学》《西医内科理论》《药剂学》等，还有一门《中医基础》，好在还有一门中医课。

宋浩先将几本书泛读了一遍，感觉这中医与那西医实在是不同的两大医学。中医诊病，以望、闻、问、切四诊为主，由表知里，西医诊病，主要是根据化验室里的生化指标。中医诊断好似一个笼统的概念，西医则比较明确，甚至明确到了一个细胞。

有人曾做了个形象的比喻，中医和西医，好比一根麻花上的两股，虽不相关，却彼此缠绕，组合成了一个完整的医学。

这西医学起来和中医的感觉实在是不一样，一切似乎都很明白，但治起病来，也有中医的那般效果吗？这令宋浩有些迷惑。

课程一开，宋浩便全身心地投入到了学习中，他要看看这西医和中医到底有何本质的不同。

讲中医课的是医院里面的一位叫吴全的老中医，他一开课便讲了自己学习中医的心得："学习中医，先是要学个糊涂，而后方能逐渐明白！"

堂下轰然一笑，皆不知所以然。难道那学习西医，先是学了个明白，而后又逐渐糊涂了吗？

在上《人体解剖学》一课时，是要到解剖室面对尸体标本进行实际观摩学习的，自令那些胆小的女学生吓得不敢近前。这对宋浩来说则是一个莫大的好机会，能直接看到了解人体的肌肉、骨骼、脏腑，是宋浩梦寐以求的事。先前虽在中医典籍中看到过古人对人体结构的描绘，但都失于直观。古代医家不乏这方面的探索者，民间多采以动物的脏腑图示，或私下去坟地里掘那无名尸体来剖验，官方也曾以死囚进行解剖，进行医学上研究，传世者比较有名的便是那《欧希范五脏图》，但那画师的笔法有失细致，令人看得不甚了了。

经过十数年的习医历程，宋浩对人体的结构也自充满了好奇和了解的渴望，尤其是对经络的感悟，他仍处在一种茫然状态。经络的实质现今在医学界来说仍然是个谜，虽有一些血管、神经学说来附加解释，依旧不知其为何物。

宋浩曾听爷爷对他说过，垂危之人，哪怕是停了心跳、绝了呼吸，只要经脉之气还存在，此人尚可救。以针灸之术激活经脉之气，尤可激发心跳和呼吸，宋氏家传的回阳九针，在这方面每有奇验。

以后的日子里，宋浩一有时间就泡在那解剖室里，反复观看那几具尸体标本，对每一块肌肉的结构、每一块骨骼的形状、每一条神经的分布、五脏六腑的准确位置和大小、大脑的构造都尽力地做到了然于胸。同时对每一个穴位皮下的组织结构更有了一个新的认识，对进针的深浅、力度上的掌握又有了一个飞跃。对解剖室内福尔马林的刺鼻气味，宋浩全然不顾，仍旧与那尸体地进行"亲密接触"。此举令同学们惊叹不已，也自感动了那教学老师，索性将解剖室的钥匙暂借给了宋浩，由他进出自便。

通过对《生理学》的了解，宋浩知道了生命的过程是一个物理和化学的过程，自与中医在这方面的精气神运化的理论全然不同，这或许是东西方在辨理知物的思维上的异处吧。哪一个更能阐述生命的本质呢？宋浩每每陷入了深深的思考之中。

刘天、马吉、张宝伦三人与宋浩同一宿舍，那三人都是年轻人的性子，闲里总爱去街上玩耍，约了几次宋浩不成，便由了他去。

一日，三人从外面的酒馆里喝完酒回来，那马吉忽捂了腮大呼牙痛，欲去医院寻个医生看看。正在床上读书的宋浩见了，说了声"我来试下"，起身取了一根三寸长的毫针随手斜着刺入了马吉耳前的下关穴，接着捻转了几下，并解释道："下关穴为足阳明胃经穴，治牙痛奇效。"马吉知道宋浩在平安堂就能给人治病了，也自让他来治。

"咦！真是不疼了呢！"马吉惊喜之余，试着咬了一下牙，但觉半部脸发胀，牙痛已失。

"行啊！宋浩，这么厉害！这就是中医里的针灸术吧？"刘天惊讶道。

"宋浩，大家是哥们儿，也教我们两手吧。"张宝伦羡慕之余，恳求道。

"行啊！不过要学针灸术，先要练习一下指力，那样刺针时才能随意些，效果也能好一些。"宋浩点头道。

那三人闻之大喜，一时间兴趣盎然。

"如何才能练那一针而入的指力啊？我姑父也是学中医的，这么长的针他要用两个手夹持着才能刺入呢！"刘天道。

"你们如若想练，就按我的方法来练吧。"宋浩说着，拿起了一本厚厚的书，接着道："找本废书来练吧，先一页页地来刺，每天增加几页，什么时候一针刺透百余页纸就可以了。若能这般更好。"说话间，漫不经意地一针刺下，那轻灵飘逸的手势看去不甚用力，似乎持了针在书面点了一下而已，那柔软细长的针却已透过厚厚的书身，直挺挺地赫然定在了那里。

刘天、马吉、张宝伦三人一时间看得目瞪口呆。

那三人惊叹宋浩"内力深厚"，随后各买了包针具来练。只是三人少年心性，五分钟的热血过后，未及刺透几十页纸便自冷了下来。结果仅仅过了月余，枯燥的练习令三人逐渐失去了兴趣，最后不了了之了。所谓高手难成，便是那恒心和毅力，一般人都坚持不来。

经过一年多的理论学习之后，在正常的课程时间之外，卫校便开始安排学生们进入医院实习了。所谓的临床实习，就是将学生们安插到各个科室，跟随那里的医生们接触患者，实际临床操作。其实也就是令学生们穿一身白大褂，混个"医生"的模样，跟在人家屁股后面熟悉一下医院里的程序罢了。只有少数几个有心计的，真是想学些本事的，才用心跟着老师们去学去练。这般情形，不光是这卫校，甚至那医学院里的大学生们，都不外如是。

这所医院本是家中西医结合医院，但是宋浩发现，实际上都结合到西医那里去了，无论是诊断还是治疗，基本上都是循了西医的模式，只有吴全等几位老中医还遵循传统中医的诊疗模式。习惯了在平安堂以中医诊治的宋浩见此情形，惊讶之余，不禁忧虑起来，原来中医竟然已经到了这般境地。

闲里与吴全淡及此事，吴全叹了口气，拍了拍宋浩的肩膀，语重心长地说："都怪这世界变化快，也说不清是怎么回事，总之老祖宗的好东西都快丢尽了！好好学，将你爷爷的本事都继承下来，这种真正的中医，全国已经不多见了。你们这辈人再学不来，中医真的是要绝了呢！便是不消失，也徒有个形式罢了。"

宋浩听了，暗里感慨不已。后来宋浩又从一些资料上得知，民国和建国初期，竟然还有人提议废止中医这一国粹，可见中西医之争，已同水火。

"要让人们认识到什么是真正的中医才行！"宋浩每每暗里握了拳头道。

时间久了，宋浩发现，在平安堂几十元就能治好的病，到了医院则需要几百元甚至上千元，多是耗在那昂贵的检查费用上了。并且有些功能性的疾病，那些医学仪器也是检查化验不出的，病家痛苦得要命，那医生却是无奈地摇头道："没病。"

宋浩心中豁然一亮：中医，还是有它的优势的。虽然在急症上的抢救和外科手术上中医似乎不及西医，但在慢性病的治疗上，中医的效果则远胜西医。尤其是在诊断上,西医们离了检查仪器几乎是无能为力,而中医望色诊脉,便可以万全了。中医的简捷价廉是它的巨大优势和潜力。当然,特殊情况下的中西医互补,应该是真正的万全之策了。

"将来要开一所真正的中医院才好!"宋浩憧憬着。

·第一部 针灸铜人·

# 第四章　出走白河镇

一次偶然的机会，宋浩令医院的医生们见识到了中医针灸术在抢救急症险症上的神奇效果。

那是在一个炎热的下午，急诊室里送来了一个昏迷的病人。他是一个六十余岁的老者，据陪同的家属说，老者因家庭琐事与家里人吵架，一气而倒，不省人事。

急诊科的几名医生检查了一下，发现病人的呼吸、心率、脉搏等一系列生命体征均为正常，不知那症结所在。又拍了CT，脑部也无异样，五脏六腑自无改变，病人如酣睡一般，只是不醒。这下难住了医生们，用了几种常规的抢救方法都不济事，忙请了各科的医生们来会诊。大家上前看了一番，皆自摇头不解，一时间群医束手。

病人家属见状急了，提出立即转院去省城的大医院抢救，可是到那省城需要三四个小时呢，这期间病人要是有了恶化，后果可就严重了。病人家属明了这般情况之后，无可奈何之余，还是决定铤而走险，去省城，因为在这里也是干耗时间而已。

"能否给我一分钟的时间让我试试？"宋浩这时从人群中走了出来，淡淡地说道。他在旁边观看和听着医生们的议论，心中也自有了个结果，决定用回阳九针一试。

"你？"病人家属见是一个半大孩子，不禁狐疑。旁边的医生们也都不禁皱了皱眉头，一个卫校的实习学生竟也敢出面托大。

"让他试试吧，这孩子是我县名医宋子和的孙子，宋氏在针灸术上还是有独特之处的。"那吴全在一旁发话道。

病人家属听了，无奈之下，点头道："那就请小大夫试试吧。"也自有死马当作活马医的意思。

宋浩上前，取了三根针灸针，用酒精棉球消了毒后，一针刺在了病人头顶的百会穴上，第二针刺在了左脚心处的涌泉上。此时那病人仍然无知觉。几个站在旁边的卫校学生不禁为宋浩暗里捏了一把汗：这个宋浩也太大胆了，虽然这般情况下医治无效也没什么，但是有损平安堂的声誉，主要是要被医院里这些医生们看笑话的，人家这些大医生们都没办法的事，你干什么强出头啊！

就在宋浩将第三针刺入病人鼻下人中穴的时候，那老者喉间忽然一响，随即睁开了眼睛，看着一大群人惊异地望着他，竟然手一支床坐了起来，茫茫然道："咋的了？我怎么在这里？"

人群轰然一笑之余，随即掌声雷动。

"厉害！"医生们惊愕之余，也不禁发出了赞叹声。

"宋浩，怎么回事啊？能说说道理吗？"一名识得他的医生道。

"这在中医上叫作气闭证，气恼之下导致体内气机紊乱，逆冲脑络，蒙蔽清窍，令人暂时性昏迷。理论上当为人体内的天地人三气不接，故而上激百会，下调涌泉，中和人中，三气相继，人便醒了。"宋浩说道。

"有道理啊！"事实面前，众人都不禁点头称是。

"人体气机不和便生险症，家庭不和便生祸端，人体与世事都是一个道理。"吴全一旁语重心长地说。

病人家属愧疚得连连点头不已。

此事之后，宋浩名声大振，小小年纪让人不得不令眼相看了，医院里也同时兴起了一股学习针灸的热潮。看来中医内有真正应人的东西，大家还是愿意接受的。

事后，吴全拍着宋浩的肩膀，不住地赞叹："真行！就凭你手上这几根针，可以吃遍天下了！"

医院里有一个叫王影的年轻护士，长上宋浩两岁，天生丽质，是医院里公认的美人，平日里高傲得很，一般人难与她说上话。自宋浩三针将那老者救醒之后，她便对宋浩产生了好感，时不时地买些好吃的东西来送予宋浩。大家都在医院里，低头不见抬头见，宋浩也自不愿拂了她的好意，令对方下不来台，每次总是笑嘻嘻地说声"谢谢姐姐"，倒也不拒绝地接来受用。那王影暗里愈是喜他，二人的关系于是好过了旁人，自是羡慕倒了一帮王影的追求者。

"先叫姐，后叫妹，拉回家去叫媳妇！"刘天、马吉、张宝伦三人羡慕之余，不时地朝宋浩打趣。

宋浩听了，虽有些难为情，也自不恼，随他三人闹去。

就在宋浩两年的卫校学习快要结束的时候，王影的父母因工作关系转到了外地，她也不得不调离这所医院随父母同去。走的时候约了宋浩见了一次面，痛哭了一场。宋浩虽然没有完全陷入这种初恋里，但头一次有一个美丽的女孩子对他这般好，如今别去，心中也不免有些失落。他劝慰了王影一番，随后二人不忍别去。他的一场初恋就这样匆匆地结束了。

接着，宋浩卫校毕业，回到了平安堂。

就在宋浩准备大展身手，和爷爷共兴平安堂，创建一所他理想中的中医院的时候，一件意外的事件彻底地改变了他祖孙二人的命运，从此令宋浩走上了一条漫漫的游医天下的道路。

且说县卫生局的时任局长是一个叫米长力的人，上任一年来，办着公家的事，也想着私家的事。他想借职务之便打着别人的名头办一所私立医院。他首先相中了白河镇，白河镇以它独特的地理位置和山水古迹，近几年已发展成了一处著名的旅游旺地，是办医院的最佳所在。还有重要的一点，就是那米长力想聘请宋子和到他办的医院里坐诊。以宋子和的名望，医院的门诊量是不用愁的，到时候每位患者都过一遍医院内购置的医疗设备，再赚取昂贵的检查费用，就是闭着眼睛也能发财。

这天晚上，米长力亲自来到了平安堂与宋子和商谈筹建医院的事，以为自己这个大局长亲自出马，又有丰厚的利润等在那里，宋子和自是没有拒绝的道理。米长力的到来令宋子和大感意外，忙招呼着在客厅里坐了。

米长力先是说了下自己建医院的设想和远景打算，以及宋子和每开出一份检查单和药方的提成，这可要比宋子和开平安堂赚的多得多，然后笑眯眯地等着宋子和的回应。

宋子和考虑了一番，随后摇摇头以年老无力为由婉言拒绝了米长力的聘请。原是来平安堂求诊的病家多是农村来的穷困人家，价廉的中草药是他们所能承受得起的，普通小病，十几元或是百余元就能基本上解决了。若是到了医院里，除却那昂贵的医药费，一系列检查下来，还未见到药，几百元就没了，虽然有时必要的检查还是要做的。但在大多数情况下，都是医院里的医生在指挥病人走，一些没有必要的检查也名正言顺要你做，往往一进了医院，病人就身不由己了。那种情形下，为了利润提成，医生也是身不由己的呐。所以为了那些信任自己专门来找自己的病家负担少些，宋子和拒绝了米长力的聘请。

"这个……老宋，你还是考虑一下的好，过两天我再等你的答复吧。"那米长力讪笑了一下，随后带着一脸的不快悻悻离去了。一个大局长被卷了面子，心里真是不好受呐。

米长力在白河镇已选好了院址并已经在建设中了，日后医院建成，若是没有名医坐诊，虽说是经营上能维持下去，但在短期内发大财可就有些困难了。米长力"屈尊下驾"又来平安堂找了宋子和两次，皆是被宋子和婉拒了。后来米长力又找了几个说客来，晓以利害，宋子和仍不为所动，于是将那米长力惹恼了。

"老东西！敬酒不吃吃罚酒！难道不知道我正管着你吗！"米长力愤恨道。

于是那米长力借一次年检的机会，将平安堂的行医执照给扣下了，理由是宋子和没有中医师证，不符合国家规定，此执照作废。

也是宋子和从未考取过中医师证，当年创办平安堂时，还是当时的那位卫生局局长见宋子和医术高超，隐于乡间给人治病，每每药到病除，叹其神技，这般游走乡下行医真是可惜了。于是特殊照顾宋子和，给他特批了一份全县第一个个体行医执照，这才有了平安堂，延续至今，没想到得罪了米长力，被他抓住了这个把柄。

一代名医却没有了行医资格，岂不可笑。宋子和知道是那米长力公报私仇，可人家这个法执行得也是有理有据，令你反驳不来。无可奈何之下，宋子和写了份申请，重新申请行医执照，自令卫生局上下愕然。众人随后明白了这其中的缘由，纵有同情之人，也自无人能帮他，因为这是一言堂，一把手说了算的。那份申请泥牛入海，自被米长力扔进了纸篓里。

宋子和医术高明，却不知道人心的险恶，没有听明白人的劝告，要吃医生这口饭，这米局长可是不能得罪的，仍旧在平安堂诊治病人，等待上面的答复。

宋浩对此事却不以为意，认为爷爷的这身本事，哪有不让行医的道理，那米长力不过是有意为难一下他们罢了，行医执照终究还是要还给平安堂的。这祖孙二人的心思都在研究医术上，将这件事情考虑得过于简单了。

这一天，宋子和、宋浩二人正在平安堂内诊病，旁边坐了十几位候诊的病人。

忽然，门外"嘎吱"一声，一辆警车停在了平安堂门前，随后从车上下来了四个穿着警服的警察。

进得屋来，一个领头的脸色阴沉的警察，四下环顾了一遍，冷冷地说："有行医执照吗？拿来我看一下，有人举报你们这里无证行医。"

此言一出，众人惊愕。

宋子和暗叹一声，已是知道是怎么回事了。便是无证行医，先期也要由卫生局的医政科来查，此番警察直接找上门来，当是那米长力对他施以高压手段，欲逼他就范。

宋子和猜测得不错，这个领头的警察是那米长力的一个亲戚，叫张武，此番授意而来，是要吓一吓宋子和，非要逼他加入他的医院坐诊不可。

"不会吧，平安堂怎么会没有行医执照呢？你们搞错了吧？"一个候诊的中年人惊讶道。

那张武横了中年人一眼，中年人吓得忙低了头去，不敢再出声了。其他病人都是普通百姓，见张武态度蛮横，唯恐避之不及，自无人敢再言语。

"平安堂在白河镇二十多年了，怎么会有人举报我们呢？一定是有人在无理取闹，陷害我们！"宋浩愤然道。他此时才意识到，事情不是那么简单的。

"既然如此，就把行医执照拿出来让我看一下，我们也是公事公办！"张武冷笑了一声道。

"在卫生局还没有拿回来！"宋浩无奈地道。

"平安堂很有名气的，我们在来之前也打电话咨询了一下卫生局，你们原先的行医执照已经作废了，再给人看病就是违法的了，所以还请宋大夫跟我们回县局一趟将事情说清楚比较好。"另一名警察颇有些不自然地道。

"你们……"宋浩气愤得说不出话来。他此时终于明白了，这一切都是那米长力搞的鬼。

"好吧。我跟你们去一趟就是了。"宋子和站起身来，不慌不忙地说道。

"爷爷!"宋浩闻之一惊道。

"没事,我们又没有犯什么罪,爷爷去去就来,你看好家门吧。"宋子和说完,转身走了出去。

那张武得意地笑了一下,一扭头,率了三人和宋子和上了警车,扬尘而去。

宋浩望着远去的警车,忍着悲愤,握紧了拳头。他不知道,平静的平安堂为什么会出这种事。要是爷爷回不来……宋浩的指腹捏了捏隐藏在袖口处的那几根针……

且说宋子和被警车带到了县城公安局,刚一下车,忽听有人惊讶地唤了一声:"宋大夫,你老怎么来了?"

遂见一个威武的中年人走了过来。

"局长!"

张武几个人忙立正叫了一声,神色不免有些慌忙。来者是县公安局的刘海天局长,先前因家里人患了重病,多亏宋子和的几副汤药给救了过来,故而认识宋子和。

"哦,是刘局长,是你们叫我来交代事情的,不能不来啊。"宋子和苦笑了一声道。

"怎么回事?"刘海天严肃地问道。

"有人举报平安堂无证行医,并且我们已证实宋子和确实已无行医资格了,所以……"

"放屁!"刘海天未等那张武说完,怒吼了一声道:"宋大夫没有行医资格,天下间就没有医生了,谁叫你们这么胡来的?马上将宋大夫给我送回去。"

"是!是!"张武几个人惶恐地说。

"算了,用不着你们,一会儿我亲自送宋大夫回白河镇。记住,以后再有这种无聊的举报,先把那个举报人给我扣起来。简直是吃饱撑的!宋大夫,走,去我办公室喝杯茶水压压惊,稍后我亲自送你老回去,下面的人莽撞了,还请见谅!我保证,以后绝不会再发生类似的事情。"那刘海天歉意地道。

刘海天送宋子和回到平安堂的时候,已是傍晚了。宋浩仍站在门前等着爷爷回来，见了宋子和平安归来，宋浩这才露出了欣慰的笑容。

刘海天已听宋子和述说了事情的始末，气愤之余，对这种行业内的报复，同情之下也是无可奈何，好言劝慰了一番，也就开车回去了。

接下来的几天里，平安堂竟然没有一个患者上门求医，乃是大家听说了平安堂的事后，为了不给宋子和添麻烦，那些好心而又无能为力的患者们只好有病先忍着了，等到事情有了结果后再来上门求诊。往日热闹的平安堂一下子变得冷清起来，宋子和、宋浩祖孙二人相对无语。

宋子和上卫生局寻问申请行医执照的事，接待他的人无奈地摇了摇头，露出了同情的神色。宋子和已是知道在白河镇不能继续行医了，失望之余，心情沉闷地回到了家。

"宋浩，"宋子和考虑了许久之后，对旁边坐着的心情低落的宋浩，断然说道："收拾收拾东西，卖房子走人！"

"爷爷！"宋浩闻之愕然。宋子和的决定太出乎他的意料了，就这么放弃经营了二十余年的平安堂。

"爷爷，怪我不中用，没有考上医学院，否则毕业后以医学院的文凭可以取得行医资格的，可惜卫校的文凭不行。"宋浩说着，愧疚地低下了头去。

"有那个人在，我们便是有再高的文凭也不济事的。事已至此，算了吧，谁也怪不来的，造化弄人，注定我们要走这一步的。"宋子和叹息之余，又欣然一笑道："这样也好，让我下了决心也有时间带上你回山东老家走一趟了。几十年未回去过了，还是年轻时你太爷爷领我回去一次，这次也算是落叶归根吧。"

"此地不留爷，自有留爷处！不信以我们的本事，天下间没有吃饭的地方。"宋浩一拍桌子，站起身毅然道。

"说的好！所谓'读万卷书，行万里路'，你也应该到天下间见识一番了。医之为术，各有所长，拘于一家之言难有发展的，去领略天下间的高手医家的医风，才能知道自己短处。我也早有这个想法的，就借这个机会脱身去吧。"宋子和畅然道。

祖孙二人不禁相视一笑，多日来的忧郁一扫而空。这祖孙二人都是性情豁达之人，一拍即合，说走就走，无所羁绊，不佩服还真是不行呢。

接下来的几天里，宋子和将平安堂的门市房便宜卖了，又将药橱和剩余的药物低价卖给了白河镇上另一家中医诊所，为的是钱款一次性付清。那宋景纯曾遗留下一批医学典籍，数量太多不便携带，宋子和于是给老家的族人打了个电话，要了个准确的地址，准备将那些医书和几样重要的物品邮寄回去，同时告诉族人欲回老家定居的消息。宋子和虽多年没有回山东老家了，但未曾与老家的族人们断过联系。

平安堂这边一动作，街上的邻居们闻讯无不感到遗憾和惋惜，事已至此，谁又有能力来挽留这对祖孙名医呢？

这天早上，天色蒙蒙亮，街上还无人走动，宋子和、宋浩祖孙二人负了包裹站在昔日的平安堂前，默默地望了一会儿，凄凉地转身离去。宋子和自是暗里流下了两行伤感的泪水，几十年生活和行医的地方，如今是被人逼着离开了，那种不舍和无奈，又岂是言语所能表达出来的。

宋氏祖孙悄然离开了白河镇，接下来的日子里，远近赴平安堂求诊的病家寻人不在，开始是猜疑纷纷，待有明白人揭露真相之后，立时民怨沸腾，无不破口大骂米长力。本县名医竟然被主管部门逼走他乡，全县传开，县卫生部门陷入了尴尬之中。那米长力家居四楼的窗户连续数次在晚间被飞石砸碎，一家老小苦不堪言。对于宋子和的意外出走，米长力也自感到了震惊，几乎不敢一个人在街上走。平安堂事件不但令他名声败尽，也直接导致了他的下马。

就在宋子和远走他乡的一个月后，县里一位主要领导的孙子患了重病，本县的医院治不了，便连夜赶往省城，可惜那孩子在半路上夭折了。那位领导甚是悲痛，叹息县里无名医。旁有一人说了声："要是有宋子和在，令孙尚可救。"

那位领导也是听说了平安堂事件的，此时闻言一震，眼中呈现出了一股异常的愤恨之意。后来他和县里的几位领导私下里一合计，寻了个由头，将米长力撤了职，并且是一撸到底，连公职都不保了。

后有一个继任的卫生局局长，不敢步前任之辙，曾派人四下寻找过宋子和，欲还他那份令人丢了官的行医执照，复开平安堂。虽欲亡羊补牢，却是为时已晚了，宋子和已不知所往，再也寻不到了。

且说宋子和、宋浩祖孙二人坐上了一列东去的火车。宋家祖籍山东蓬莱，当年宋景纯入京城以医济世，后因时局动荡，携家小远遁白河镇避祸。在之后的岁月里，宋景纯曾带年幼和年轻时的宋子和回过老家蓬莱两次，殁后葬在了白河镇旁边的万松岭。

此番宋子和带宋浩回转祖籍，虽是事出有因，也自有那落叶归根的意思。在蓬莱，宋家还有一座祖屋，现被一位远亲占住着，先前倒也不曾与族人们断过联系，族人们几次表示欢迎宋子和回来，在蓬莱行医，只是念着宋景纯的坟墓在万松岭，祭奠时不方便，宋子和才迟迟未归。如今平安堂办不下去了，宋子和这才下定了决心回归祖籍。

宋子和年纪大了，受不得长途颠簸，所以一上车宋浩便补了两张卧铺票。离开了生活了大半辈子的白河镇和经营了二十几年的平安堂，宋子和心中失落之余，暗里感慨不已，望着对面熟睡了的宋浩，更是心潮起伏难平，此时不由想起了宋浩的父母，那对神秘的夫妇。宋子和等了近16年，如今宋浩也出落成了一个大小伙子，可是他的亲生父母未再来寻过。难道当年宋浩的父母出了什么意外不成？否则不能弃宋浩16年于不顾。每一念此，宋子和心中便有一种不安。虽说宋浩被自己视为亲生的孙子，已学成并继承了宋氏医术，可是这孩子的身份是个谜，他的亲生父母是谁，从当年那对夫妇来时的情形来看，宋浩的家族应该是有一定背景的，他将来或许要认祖归宗的，他身上流淌着的毕竟不是宋家的血，到时候即便自己不忍，但为了宋浩的将来打算，也只能让他走。宋子和胡乱想着，不知何时也自睡去了。

宋浩醒来的时候，从车窗可看到外面的天色已蒙蒙见亮了，此时已不知去那白河镇有多远了。望着窗外不断远去的景色，宋浩心中自生一种迷茫感。失去了平安堂在白河镇的基础，一切要日后重新来过。并且爷爷已和自己说过，回到蓬莱老家安顿下之后，要让自己去天下间游历一番，这本是宋浩少年时的一个志愿，但从未出过远门的他，在激动和兴奋之余，心中也不免忐忑。他此时并不知道自己的身份还是个谜，幼时的记忆早已完全地忘记了，他的生命中只有一个亲人，那就是传授他医术的爷爷，相依为命的爷爷，自己的责任就是要照顾好爷爷过一个安详的晚年，可谁知道现在竟背井离乡，这个世界为什么会是这个样子？宋浩纯洁的心灵上生出了些许疑问。

火车一声长鸣，将沉思中的宋浩唤醒，望着车窗外远去的村庄和城市，不知将要迎来的是一个怎样的陌生世界。

# 第五章　神秘的宝物

中午时分，车厢内正在播放着音乐的广播忽然传出了播音员焦急的声音。

"各位旅客，现在播放一个重要通知，在8号车厢有一位老年旅客不慎将腰扭伤，已经疼痛得不能挪动位置，请本次列车上是医生的旅客前去诊治，以解除那位老年旅客的痛苦，我们全体乘务员将向您表示感谢！"

此消息不断地播放着，打断了车厢内安静的气氛。

"急性腰扭伤！"宋子和对着跃跃欲试的宋浩笑道："既然广播了，当是病家来求，你去看看吧。"

"好吧！"宋浩欢快地应了一声，起身朝8号车厢走去。

8号车厢内，一位衣着朴素的老者正弯着身子扶着座位，坐也不敢坐，站也不敢站，扭曲的脸部和满面的汗水显示着他正在承受极大的痛苦。乃是那老者从座位上站起之时，正赶上列车一个震荡，没有站稳便被闪了腰。

此时在老者的旁边围了一圈人，除了两个乘务员，其他的都是旅客，有几位也是听了广播后赶过来的医生，然而见了这般情形，皆自束手无策。那老者痛得厉害，连碰他一下都不许。有个中年汉子，自称是按摩师，欲给老者以按摩手法舒筋活络。可是手一触及老者的腰部，老者便痛得大叫起来，再也不愿让人碰自己。

这时，有个戴眼镜的年轻人，自告奋勇地站了出来，说自己是医学院的学生，要用针灸给老者治疗。

"身体痛不可触，针灸可行！"那按摩师点头道。

"那就快试试吧！"一名乘务员如遇救星般地欢喜道。

那名医学院的学生便从自己带来的针灸包里取了一根二寸长的毫针，

待往那老者手上寻穴位时不由一怔——老者扶在座位上的一双手掌竟然出奇地粗大，不知是厚皮症还是长年做什么工作的原因，一双手掌上的皮肤又硬又厚。

那个戴眼镜的学生皱了一下眉头，右手持针，左手按了一下老者掌背上的一处腰痛穴，犹豫了一下，还是将针刺了下去，没想到如刺皮革般，那针身竟弯折了去，竟未破皮。那学生显然也是初习针道，无那般强劲的指力，普通人的皮肤或许一针也就刺进去了，但是遇上了这种厚硬的皮肤，便有技难施了。

"老伯伯的皮也……也太厚了！"那学生一脸的无奈道。

旁边闲看的旅客有人禁不住笑出了声来。

"你这娃子，别说你这细针了，就是刀子也难一下割破我的手呢！天生的硬皮肤，没法子，有病时挂吊瓶的小针都刺不进，只好用能吃的药物来顶了。"那老者忍着痛，对好心助他的学生说道。算是安慰一下对方吧。

旁边众人听了，皆为这老者"刀枪不入"的皮肤啧啧称奇，同时为他的无可施治的病症焦虑起来，这般痛下去，可支撑不了多久。

"麻烦将你的针借我一根。"刚刚到来的宋浩对那个医学院的学生笑了笑道。他知道这列火车上除了自己，应该是没人能用针刺破那老者的皮肤了。

众人对宋浩的出现颇感意外，皆是用疑惑的眼光望着他，看他怎生来施针。旁边一位中年女人，眼中闪过了一丝猜疑。

"大哥，都借给你吧。"医学院学生将手中的针具包递向了宋浩。他是抱着将针具包里的几十根针都报废的心理来支持这位同道的。

宋浩笑了笑，从那针具包里取了一根针，说道："一根就够了。"

随即手势一转，朝老者手背上那处刚才未能刺进的腰痛穴刺去。针尖一点即入，如刺无物。接着，宋浩略施手法，捻转了几下。

"咦！"众人呈现出了惊讶的神色。那个中年女人也自点了点头，暗里好像松了一口气。

"老伯，您老试着直一下腰。"宋浩一边运针，一边说道。

宋浩持针一点即入，已令老者感到了诧异，觉得那只被施针的手掌酸麻起来，若触了电一般，同时腰间痛感恍然若失。听了宋浩的话，犹豫着活动了一下腰部。

"你这娃子，可会魔术吗？我的腰怎么不疼了！"老者立时惊喜道，欢快地扭了几下腰，端的是轻松无比。

"好针法！"车厢内掌声雷动。

"留针半小时，等会儿你将针取出就行了。"宋浩拍了拍那个惊讶得说不出话的学生的肩膀笑道，随后转身走去。

宋浩没有去享受老者的感激和旅客们的赞叹之声，向自己的卧铺车厢走去，隐感有一个人跟了上来，宋浩未作理会，以为是去看热闹的人在赶回自己的车厢。在走到两节车厢的连接处时，忽听身后有人唤道："小伙子，能等一下吗？"

宋浩闻声停下了脚步，回身看时，见是一位中年的女人，风衣长发，端庄秀美，有着一种独特的气质，适才在8号车厢好像见过她。

"阿姨，有什么事吗？"宋浩礼貌地问道。

"认识一下，我叫窦海芹，我们应该同属医道中人。刚才见你施针时的指力不一般，在针灸上应有独特的造诣。"那窦海芹和善地笑道。

"窦阿姨你好！我叫宋浩。"宋浩忙伸出手去与那窦海芹轻轻握了一下。原来对方也是个习医的。

"年纪轻轻在针道上竟有如此修为，仅仅一处腰痛奇穴便能在你的针下施出这般效果，着实不简单！刚才我实在是不方便出手，好在你来了，否则我还真是为难呢。说起来应该谢谢你才是。"窦海芹笑道。

宋浩闻之，心中微讶，从对方的语气来看，她竟也能施针给那位老者医治，只是不知道是什么原因令她不方便出手。不管怎么说，对方应是一位医道上的高人了。

"不用谢我，既然遇到了病人，作为医生谁来治都是一样的。对了，窦阿姨学的也是中医吗？"宋浩问道。

"是的，不过我只务针道，习的是家传针术。你家是哪的？这是要去哪啊？"窦海芹问道。

"蓬莱。"宋浩应道。

"哦，是个好地方。"那窦海芹说话间不时地朝两侧的车厢内望着，好似在找什么人，脸上却笼罩着一种忧虑和不安之色。

"宋浩，认识你很高兴！我是杭州人，希望下次有缘还能再见到你，我有事先走了。"窦海芹说着，似乎在一侧车厢内发现了什么人，脸色一变，忙向宋浩说了一句，转身朝另一侧车厢走去，竟有些惊慌。

"好奇怪的阿姨。"宋浩嘀咕了一句，回到了自己的卧铺车厢。

"处理好了？"宋子和见宋浩回来，问了一句。

"嗯。"宋浩点头应道。

宋子和没有再问什么，倒于铺上打盹去了。

中午时分，火车进了青岛站，广播里通知要停上8分钟。

宋浩见站台上排了一队售货车，多是卖些地方风味小吃的，便想买几份车上用，也顺便下车透透气。和爷爷打了声招呼，宋浩下了车，寻了个售货车挑拣起来。此时上下车的旅客人潮如流，天南海北的口音混喧一片。

就在宋浩选了几种当地的风味小吃，正在付钱的时候，忽有人将一个信封递在了他的手上。

"宋浩，帮我一个忙！"来人语气急切，丢下一句话头也不回匆忙而去。

宋浩见状一怔，转头看时，只见那窦海芹的背影消失在了前面的人流中。

"窦阿姨！"宋浩望之愕然，不知那窦海芹此举何意。

就在宋浩疑惑之际，两个强壮凶悍的男人从身边走过，竟自循着窦海芹去的方向追去。

"这娘们儿真他妈的狡猾！别跟丢了，否则上面……"隐听得一个男人阴冷的声音道。

宋浩惊讶之余，忙将那信封揣在了怀里。心知窦海芹必是遇上了麻烦事，不知她匆忙之中丢给自己这个信封是什么意思，能帮上她什么忙。站台上人太多，不方便看里面的内容，宋浩于是回到了车上。车厢里乘客来回走动，也不甚方便阅读那封信，宋浩将买来的东西放在了车窗旁的桌架上，想等到车开了之后到厕所里再看。坐在座位上的宋浩，心中也自感不安，虽说与那窦海芹仅有一面之缘，但感觉对方不是坏人，以刚才的情形来看，她的处境似乎很危险，不知能否甩掉那两个跟踪她的男子。

"我能帮上她什么忙呢？"宋浩不由自觉地摸了摸怀中的那封信，着实迷惑不已。那窦海芹的意思并不是叫自己报警，好像是另有所托。

待列车开动之后，宋浩起身来到了车厢一端的卫生间内，迫不及待地打开那封信来看。里面除了一张折着的信纸外，竟然还有一根针——一根精巧的金针，针柄处竟然雕刻着一条栩栩如生的龙，鳞爪可见，首尾分明，环绕针身，似欲行云驾雾飞天一般，端的是巧夺天工，应是出自高手匠人的工艺，看得宋浩啧啧称奇不已。

宋浩将那封信展开，见字迹虽潦草，显是在匆忙中写就，但不失为秀美和流畅。

宋浩：

我现处在危险之中，迫不得已之下向你求助，请你帮我办一件非常要紧之事，你我虽初识，但我相信你的朴实。

我乃针灸名家窦默之后……

"窦默！"宋浩看到这里不由一惊，窦默，字汉卿，是金元时期著名的针灸大家，曾有《针经指南》一书传世，其所创针灸理论对后世影响甚大。没想到那窦海芹竟然是窦默之后，宋浩心中立生敬意。

我乃针灸名家窦默之后，因家中秘藏一件医道中的神圣之物，半月前不慎走漏风声，引起江湖各门派的注意，甚至招来了国际文物走私集团的窥探。此物乃我中华之国宝，在此不便说出其名称，你日后一见便知。为防意外，我已将此圣物寄存在一安全之处，但防万一之变，近期必须转移别处。我行踪已然暴露，不便再运行此事，倒可以吸引各方的注意力，所以恳请你来助我，暗中将此圣物运至你处妥善保存。

事急矣！无奈之下选取中了你，也算是我们同为医道中人的缘分吧。下有一个地址，你拿着那根"金龙针"作为唯一的信物前去取货，那户人家必会付给你，同时你叫那户人家立即搬家，以防不测。3个月后，你可打下面一组电话号码给我，若无人接听，或者不是我本人接听，就说明我出事了，请你自行保存，当有助于你的针道和医术的提高。

切记！勿令人知，否则祸至。如若感到有危险，无力保其安全，就请将此宝上交国家。

请你看在我们同是华夏子孙和同是医道中人的份上，力成此事，将是功德一件。否则此医中圣物落入小人之手，私运海外，不但是我窦家的罪过，更是中华民族的损失。

地址电话务必请记在心中，然后立即将此信烧毁。切切！

地址：……

电话：……

看完信，宋浩目瞪口呆。

"医中圣物！当是一件价值连城的宝物，能是什么样的东西呢？竟引得各方势力的抢夺，窦阿姨真的是处境危险啊！她又为何信任我呢？我能做得来吗？"宋浩一时间倒不知如何是好了。

事关重大，宋浩决定和爷爷商量一下。他没有将那纸信毁去，只是将上面的地址和电话部分记牢后撕下扯碎，扔于便池中用水冲去了。那上面写有一个位于本次列车的终点站烟台的一户王姓人家的地址。

回到座位上，宋浩才发现同车厢的乘客在青岛站已下去了大半，左右已无人了，正好和爷爷商量此事。

"爷爷，跟你说个事。"宋浩压低了声音道。

见了宋浩神秘兮兮的样子，宋子和笑道："到了烟台，再转乘汽车才能到蓬莱老家，怎么，对老家有些怯生？放心好了，你要是在老宅住不惯，我们就买套新房子。海边风大些而已，开始可能比不得在白河镇习惯，住长了也就好了。实在不行，你就先四下走走吧，天下之大，有你去的地方便是。"

"去哪里都一样的，只要能和爷爷在一起就行。我想说的是另外一件事，一件我刚遇上的怪事，和爷爷商量一下怎么办才好。"宋浩道。

"哦！"宋子和心中感受到了一股暖意，笑了笑道："你我现在是无事一身轻，说说看，什么事啊，还要找我商量。"

宋浩道："上午在给那位扭了腰的老伯治疗后，认识了一位阿姨，也是习中医的，聊了几句后她也就去了。可是刚才在青岛站台上买东西的时候，那位阿姨忽然扔给了我一封信，就匆忙去了，随之有两个人尾追而去，竟然是跟踪她的。我刚才在卫生间读了那位阿姨给我的信，没想到她叫我帮她做一件事。"

宋浩说完，将那封信递给了宋子和。

宋子和闻之诧异，接过信来看罢，脸色大变，持了那根金针，惊讶道："金龙针！金针门的专属之物，没想到这个医门还存在啊！此针制作精巧，当是贵重得很，既以此为信物，此事应该不是假的。她竟然是针灸名家窦默的后人！不简单的！看来那件宝物给她惹来了大麻烦。信中言辞恳切，情急之中向你示警求助，说明她已脱不得身了。如此甘冒风险选你来做此事，除了迫不得已，也应是从你给人治病的针法上信任了你。此人倒也胆大和果断，更是机智，请一不相关的外人将此物运走，谁也想不到。既受她所托，应下这事就是了。什么样的医中圣物竟搞出这么大的动静？难道是……？"

宋子和忽想起一物，又摇了摇头道："不可能是那具东西，不管怎么样，先将那物事转移了再说，顺便带回老家吧。"

"地址和电话你都记下了？"宋子和看了看手中残存的信纸道。

宋浩点了点头。

"做得好！小心驶得万年船，我们现在就要谨慎行事了。"宋子和赞许道，遂将手中的信纸用火烧去了。

"爷爷，金针门是何门派？"宋浩问道。

宋子和道："曾听你太爷爷说起过，是早前江湖上比较有名的几大医门之一，金针门人仅以针具治病，不假药物，在针法上别有奇术，拥有金龙针者当是金针门的重要人物了。如此看来金针门是那窦默后人所创。窦氏针法，尤重'流注八穴'，后世王国端创'飞腾八法'，就是由此而来，也是其父王开师从窦默之故。窦默认为补泻之法在手指而非呼吸，立十二法：动、摇、进、退、搓、盘、捻、循、扪、摄、按、爪、切，开一代针法之风，他不但影响了金元时期的针术，对后世针灸学的发展贡献也很大。元世祖曾谓：'窦汉卿之心，姚公茂之才，合而为一，斯可谓全人矣！'"

宋子和熟读医书，对一些医家的典故倒也知晓些。

"补泻之法在手指而非呼吸……嗯，有道理！"宋浩点头道，似有所悟。

"既是窦默后人所求，我们且助她一次吧，若真是一件国宝级的文物，我们也有责任去保护它。"宋子和又郑重地道。

"我知道了爷爷，到了烟台，我们去那户人家取了东西就走，待日后再联系窦阿姨还她就是了。决不能令这宝物落入坏人手中！"宋浩拍了拍胸脯道。身怀霹雳针法，对这种具有一定潜在危险的事，宋浩倒也无所畏惧。

宋子和听了，欣慰地笑了笑。宋浩生就的一种正义感和坚韧的性格，是宋子和最喜欢看到的。虽然，他感到此时已涉入了一件危险之事中。

列车终于行驶到了它的终点站——烟台。

出了车站，宋子和、宋浩祖孙二人打了辆出租车按窦海芹所写的地址来到了偏近郊区的一片居民区。

下车后，打听了一个行人，又走了一会儿，来到了一条胡同内。宋浩看了看前面几家的门牌号，指了一家院门道："就是这家了！"

这是一家独处的小院落，几间旧式的房屋显示这是一户普通的人家。窦海芹将那物件藏到这不易被人注意之处，实在是煞费苦心。

宋浩上前敲了一通门，里面有人应道："谁啊？"

"受朋友所托，我们来取一样东西。"宋浩说道。

门内沉寂了一会儿，随即开启了一道门缝，露出了一张警惕的中年男人的脸。

"你们是谁？"那男子小心而紧张地问道。

宋浩道："你认识这根针吗？它的主人叫我来取她寄存在这里的一样东西。"随即将那根金龙针递给了他，好似地下党秘密接头一般。

"金龙针！"中年男人见之一喜，忙伸手接过，细看了一眼，神色随之一松，立将大门敞开来，笑迎道："原来是窦姐的朋友，快请进！"

院落不大，几株盛开着的花卉令小院里平生了几分春意。房门前站着一个腰系围裙的朴素的女人，望着进入院中的宋子和、宋浩祖孙俩，友好地笑着。

"我叫王宇，这是我媳妇。"中年男人介绍道。

"王叔叔好！王婶好！"宋浩礼貌地打了招呼，随后道："我叫宋浩，这位是我爷爷，我们是受了窦阿姨所托，来取她寄存在这里的东西的。"

"原来是宋大叔，屋里坐吧。窦姐早就交代过了，见针如见人，你们来取走那箱子我们也放心了。"王宇热情地说道。

屋中落座，王宇的女人端上茶来，宋子和、宋浩祖孙二人谢过用了。

简陋的屋子里除了一套破旧的沙发茶几，就是一张大铁床和一具褪了色的衣柜，此外别无长物，显是一清贫人家。宋子和暗里点了点头，那窦海芹竟能将贵重之物寄放在这里，实在是出人意料，简直是毫无安全保障，可能是基于"最危险的地方也最安全"的想法吧，虽然说是有些冒险，但却是不易令人想到和寻到的。

那王宇又寒暄了几句，还了宋浩那根金龙针，随即从大铁床底下拉出了一只长近两米的木箱子，看似沉重得很，不知里面装了什么样的物件。

"这就是窦姐放在家里的东西，你们要租辆小货车才能运走。"王宇说道。

没想到那宝物竟有这么大的体积，竟然用大木箱子来装，倒出乎宋子和、宋浩二人的意料，开始还以为是一件拿了就走的小玩意儿呢。

"宋大叔，你们要将木箱子运去哪里啊？我出去给你们租辆货车吧。"王宇道。

宋子和犹豫了一下，还是说道："那就谢谢你了，我们要去蓬莱。"显是认为窦海芹能将这贵重的东西寄存在这里，这户人家应该信得过，所以也就说出了去处，否则那货车也是不好租下，没有明确的地点，便谈不好价钱，那司机也难答应，并且还会令人起疑。

"蓬莱，不算太远，跑一趟几百块钱也就下来了。宋大叔、宋浩，你们先坐一会儿，我出去租辆车来。"王宇说完，转身去了。

王宇的妻子便招呼了祖孙俩用茶水候着，闲聊道："你们是窦姐的朋友吧，她还好吧？怎么没有和你们一起来？"

宋浩应道："窦阿姨还好，只是事情太忙，不能亲自前来，所以托了我们来。"

"窦姐可是个好人啊！是我们家的救命恩人。我那口子三年前在外面打工，不慎中了风，那大医院里都说没得救了，叫我们回家准备后事等死，正巧被窦姐赶上了，说也神奇，她就用那么几根细针给我们家那口子扎了几天，就好了呢！"王宇的妻子仍旧感激地道。

宋子和、宋浩互望了一眼，惊讶和敬佩不已，窦默的后人，针法果然不同凡响。

王宇的妻子又说道："前些日子，窦姐开车拉来了这只木箱子，叫我们替她保管一阵，还给了我们一大笔钱，说是日后的安家费，叫我们暂时不要出门，看好了这只箱子就是，也不知搞什么名堂，说是家里出了点事，好像还很紧张的。她是个好人，不要出什么事才好。"

宋浩听了，深感江湖上争这东西已经争得很厉害了，窦海芹将此物转移到这里，倒也是无奈之下的一种明智之举。于是笑了笑道："也没什么大事，家里起了点纷争而已，已经过去了，这才叫我们来取的。"

"哦！这就好，这就好！"王宇的女人连连点头。

这时，门外响起了汽车鸣笛的声音，是那王宇租了车回来了。遂见他领了一个憨厚的年轻人进了院子，当是那车的司机了。

所租的竟然是一辆封闭式车厢的货车，王宇考虑得倒是周到。接着王宇夫妇、宋子和、宋浩，还有那个司机，五人合力将那木箱抬了起来。

"木箱里是什么东西？蛮重的！"司机随口问道。

"是医院里用的检查设备。"宋浩机智地应道。

大木箱装进了车厢，司机将车厢锁了。

"车费我已经付完了，将你们直接送到蓬莱。"王宇笑呵呵地说，好似完成了一项使命，一脸的轻松。

"对了，王叔叔，窦阿姨还让我交代你一件事。"宋浩说着，将王宇拉进了院子里，低声道："窦阿姨让你最好马上搬家，你应该明白她的意思。"

王宇听了，点了点头，肃然道："窦姐私下里早就和我说过，还给了我一大笔安家费，看来这木箱里的东西非同小可，你们一路要小心了。我这边收拾一下，明天一早就回乡下去。请转告窦姐，我会按着她交代的去做的。从现在起，无论什么人问我什么，我都不知道，也不认识窦姐，更没有见过你们。"

宋浩闻之，心中微讶，看来事情远比自己想象的要复杂得多。

# 第六章　针灸铜人

告别了王宇夫妇，宋子和、宋浩上了货车的后排座，那司机开着车出了烟台市区，一路向蓬莱而去。

坐在车上，宋子和、宋浩二人则心事重重，他们虽然还不知道木箱里面究竟是什么东西，但是非常清楚的是，现在已卷进了一场麻烦之中，将来不知还会遭遇什么样的事端。当然，二人对那窦海芹所说的医中神圣之物还有着一种强烈的好奇之心。

在一家加油站司机下车给货车加油的时候，宋浩无意中看到加油站内还有一辆改装有封闭式车厢的小型货车，心中忽一动，忙对宋子和道："爷爷，能不能换车转运一下？这样保险些，不易让人知道我们的去处，以防万一。"

宋子和听了，点头道："可以，你去问问，行的话就换车。"

宋浩下车走到了那边正在给车加油的司机的旁边问了一下，那辆货车倒是一辆正要赶回蓬莱的空车。此地距蓬莱还有一个小时左右的路程，连人带货100元讲定。

宋浩回来与先前的那个司机一说，那司机惊讶道："一个小时就到了，你们还换车吗？"

宋浩笑道："我们临时改主意了，准备转运济南了，放心，你已收的运费不用退还，你返回烟台就是了。"

那司机听了，自无异议，帮助将木箱转到了另一辆货车上，随后自家去了。

车到蓬莱城里已近傍晚了，宋子和凭着记忆引了那货车来到了一片还没有开发的老城区中一座宅院的门前，门上挂着锁。

宋子和下了车，抚摸着门板暗里感慨了一番，然后说道："宋浩，你先在这等一下吧，我去找你的几个叔伯拿门上的钥匙。回来之前我已打过了电话，你们说会在我们到家之前将老屋收拾出来，方便我们入住。"

宋子和去了不多时，便和五六个人有说有笑地回了来。宋浩见了，知道都是老家的亲戚，忙迎了上去。

那几位宋氏族人见了宋浩俱是喜欢，皆以为是宋子和的亡儿宋刚的遗子。宋子和倒没有着意说破，挨个介绍了一番：一位宋浩应唤作三爷爷的老者宋子平，以及大伯宋良、二伯宋立，还有一位与宋浩同辈的叫宋明，最后一位是姑父张河。

那宋立也是学医的，是城里一所医院的医生，此时对宋浩笑道："我们宋家的祖传医术，只有你们这一支继承了下来，我原来也学的中医，后来改习了西医，呵呵！"

宋立开了老宅的院门，大家便将那木箱和几件行李搬下了车抬进了院里。对那只木箱子，宋立等人倒也没有多问，以为装的是一些家什而已。

宋浩欲要和司机结账时，宋立已抢先付了钱，打发那司机走了。宋浩报以感激地一笑，还是老家的人好啊！

宅院里有着明显的刚刚修整过的痕迹，院落不大，前后却也有两排老式的房子，本被宋子和的一位远亲占用作仓库了，年久没有住人了，显得有些荒凉，了无生气。

屋子里收拾得却也整齐，门窗洁净，家具家电都是新置的，为了欢迎宋子和祖孙二人回来定居，族里人显示出了他们的诚意。

"子和，我们只是大致布置了一下，缺什么东西说一声，我叫人送过来。"宋子平道。

"三哥，这样我已经很满意了！"宋子和感激地道。

"四叔，先到我家里坐吧，饭菜已准备好了，为四叔和宋浩接风洗尘。"宋良一旁道。宋子和在族中排行第四。

"是啊，吃完饭你们要好好休息一下，明天会有更多的人来看望你们。"宋子平道。

宋浩望了一眼那只木箱子，想留下来看护着。宋立见了宋浩的犹豫之色，笑道："放心吧，这里的治安很好，丢不了什么东西的。"

在宋良家里，宋子和、宋浩二人受到了热情的款待。席间，宋子和表示出了想在蓬莱开设一处中医诊所的愿望，但是自己没有医师证，他没有说出白河镇平安堂关门的原因，是不想引起大家的不愉快。

宋立听了，说道："没问题，这件事包在我身上了。想我宋家的医术以前就在本地有名得很，只是我没有往这方面悟，几乎断了中医一脉。如今好了，四叔回来了，重振我宋家医术，我也要跟着学习的。至于医师证和行医执照，不是什么大问题，花钱就能解决的。况且以四叔的本事，一说出来，卫生局的人立马就能给办了。宋家医术的声望本地老人也都知道的。"

宋子和听了，心中稍安。

"子和放心便是，那些事情由他们去办好了，各个部门都有咱们的族里人，什么事情都好办。你先休息一些时日，勿急。"宋子平道。

宋浩惦记着那木箱子，扒拉了几口饭便吃完了，然后坐在一旁等着爷爷。宋子和知道他的心事，自己也想早点看到木箱子里装的到底是什么东西，在吃完饭后，又和宋子平、宋良等人聊了会儿家常，便起身告辞，和宋浩回到了老宅。

回到了家里，宋浩忙闩好了大门，然后迫不及待地跑到了那木箱旁边。

宋子和见了，笑道："勿要急，这箱子钉得牢，要寻个工具打开才是。"

宋浩找了一圈，最后在院子里找到了一根铁条。回到屋来先将木箱的盖子撬开了去。箱内是一层厚厚的棉线，里面裹护着一件长形的东西。将棉线去了，下面呈现出了一个被大块红布包裹着的如人形大小的物件。

宋子和见状，心中一阵激动，忙说道："抬出立起来，难道说是一具针灸铜人不成？"

"针灸铜人！"宋浩闻之讶道。

古代针灸医家曾铸造多具针灸铜人，但罕有传世者。

宋浩按捺住心中的兴奋，和爷爷用力将那物件从箱中抬出，虽有红布裹着，沉重的质感仍令人感觉到里面是一种金属物件。放在地上立了起来，宋浩小心翼翼地将那红布一层层地褪去。

布尽物现，一具真人大小的古朴庄严的针灸铜人呈现在了宋氏祖孙的眼前。那铜人仿若一青年男子，面部俊朗，体格健美，头带发冠，上下遍布穴位及穴名，自布成线，隐呈经络之状，周身泛耀着一种神奇的光彩和神韵，令二人看得目瞪口呆。

"果然是一具针灸铜人！"宋子和惊叹道。随之又脸色一变，似乎想起了什么，忙近前细观了片刻，忽激动得颤抖着声音道："宋浩，这……这是王维一所铸造的宋天圣针灸铜人啊!"

"天圣针灸铜人!"宋浩闻言大吃一惊,那是一种极大的震撼和异常的惊喜,因为这"宋天圣针灸铜人"可是大有来历的,更有着一个传奇,大凡习针灸者,无人不知晓此事。

那是在宋天圣年间,天下针道盛行,然世人所循穴法多以古传《黄帝明堂经》为依照,每有谬误。于是在天圣四年(公元1023年),宋仁宗诏令国家医学最高机构医官院编撰《新铸铜人腧穴针灸图经》,这个任务交给了医官院的医官,也是当时著名的医学大家王惟一的身上。历经三年,医官院完成了新的针灸经穴国家标准《新铸铜人腧穴针灸图经》,为了便于保存,将其内容分别刻在了五块石碑上。

"传心岂如会目,著辞不如案形"。为了方便学习针灸术,宋仁宗再次诏命根据《新铸铜人腧穴针灸图经》铸造针灸铜人。王惟一便以朝廷令召集天下间的能工巧匠,由他进行主体设计和监工铸造,后于1027年以青铜铸成了两具一样的针灸铜人,这就是著名的"宋天圣针灸铜人"。

铜人为正立的青年男子形,两手平伸,掌心向前。被浇铸成前后两部分,利用特制的插头可以进行拆卸组合,体现了当时高水平的人体美学和铸造工艺。

铜人标有354个穴位名称,所有穴位都凿穿小孔,体腔内有木雕的五脏六腑和骨骼,不仅可以应用于针灸学,也可以应用于解剖学。

在针灸教学上,铜人有着奇特的用法,每年医官院进行针灸医学会试时,以水银注入铜人体内,体表涂以黄蜡,遮盖经脉穴位,识穴准确者,才可以"针入而汞出"。这是最早铸成的针灸铜人,开创了世界上独具东方传统的用铜人作为人体模型进行针灸教学的先河,可谓独树一帜。

两具铜人铸成,一具放在了朝廷医官院,为习医者进行观摩练习之用,另一具放置在了京城大相国寺仁济殿,供百姓前来参观,"资圣熏风"成了汴京有名的八景之一。

如此稀世奇珍,命运充满了传奇和磨难。

公元1126年,金兵南侵,进逼汴京城下,宋朝遣使求和。金人竟然指要一物作为求和的条件,那便是天圣针灸铜人。大宋国宝,天下皆知,眼下金人竟以兵戈来强行威逼索要。当时宋廷已势微,迫不得已,将一具铜人献出,金兵始退。一具铜人,倒保了那宋廷的一时苟安。

而另一具铜人，在彼时竟然神秘失踪，不知所往。野史传闻，另一具铜人曾出现在襄阳府，被赵南仲所得，献于南宋朝廷，后值天下兵乱，又不知所踪。

公元1232年，蒙人势大，金被其灭，那具铜人复被元人所得，列为国宝，备受推崇。然历经二百余年，"岁久阙坏"，急待修缮。元世祖忽必烈广召天下能工巧匠，最终诏命尼泊尔匠人阿尼哥进行修复，历时四年才修复如新。那阿尼哥自被嘉奖赐官，光耀一时。1264年，元人将那具针灸铜人和刻有《新铸铜人腧穴针灸图经》的石碑由汴京移至了元大都三皇庙。

再后来，布衣皇帝朱元璋立明灭元，又从元人手中抢得了那具铜人，仍置三皇庙。至明末，天下动荡，几易其主的这具针灸铜人便不知去向，和另一具针灸铜人一样消失了，历史上再无痕迹可寻。

这段"宋天圣针灸铜人"的历史，宋子和、宋浩是从一些针灸史料上得知的，以为那是永远消失了的神话。而此时天圣针灸铜人复又出世，并且就在眼前，如何不令他祖孙二人感到震撼。

"爷爷，这具铜人真的是那宋天圣针灸铜人之一吗？"宋浩惊喜之余，提出了自己的疑问。他不敢相信这是真的，或许是另一位古时的针灸家铸造的另一具铜人，针灸史料上也多有记载的。真正的宋天圣针灸铜人早已失踪了，明末之后再无现世过，怎么会被民间私藏至今呢？

宋子和兴奋之余，说道："我也不敢断定这具针灸铜人就是宋天圣针灸铜人的真身，但从其如此高绝的铸造工艺和神韵上看，也应八九不离十了。那位窦女士在给你的信上不是说，此医中神圣之物，你一看便知是什么东西吗，其意所指，应该是宋天圣针灸铜人了，医中之物，何敢称神圣？除此莫属啊！"

"老天爷！天圣针灸铜人竟然会落在窦默的后人手中，真是不敢想象！"宋浩惊叹道。

"你不要忘了，那窦默可是一位针灸名家，他能得到天圣针灸铜人并秘传下来也说得通。"宋子和道。

"咦！还有东西呢！"宋浩无意中发现那木箱子里面还有一个黄布包裹，是压在那铜人身形下面的，适才移出铜人时没有发现。

宋浩忙上前取出，打开来看时，不由一喜，里面是两册纸张早已变黄发旧的古书和一些零散的资料。其中一册竟然是那宋版本的《新铸铜人腧穴针灸图经》，另一册是《铜人针经密语》。

"《铜人针经密语》！"宋子和见状一惊道："此乃窦默所著但已失传了的针法奇书，没想到他的后人竟还保留了下来！"

宋子和随即取过来翻看了一下，又自惊讶道："这具铜人是那宋天圣针灸铜人不假了，原来是那李浩传给窦默的。"

"李浩？"宋浩闻之讶道："他是何人？"

宋子和道："李浩是金元时期的有名医家，史料有载，窦默转客蔡州时，遇名医李浩授铜人针法，看来当时也传给了他这具铜人。原来天圣针灸铜人中的一具竟被这李浩所得！天不亡此国宝！世事变迁，能保存至今，真是不易啊！"

"爷爷，你再看看这些资料。"宋浩将手中的那些资料递给了宋子和。

这是一些围绕有关宋天圣针灸铜人的现代资料，显然是那窦海芹收集的，明确指出了这具针灸铜人就是传说中的宋天圣针灸铜人。

其他的一些资料显示，在20世纪70年代，我国的针灸界得到了一个信息，在1936年，我国针灸学者承淡安在日本东京博物馆发现了一具古代的针灸铜人，怀疑是宋天圣针灸铜人。为了揭开这一悬念，1980年，中国针灸研究院组织考察团赴日本考察，以证其真伪。后从这具针灸铜人的身高和穴位数上排除了是天圣针灸铜人一说。

接着又有消息称俄罗斯圣比得堡的博物馆内也有一具中国古代的针灸铜人，然经考证，那是一具"明正统针灸铜人"，当年八国联军进北京时俄军从故宫里掠去的。

资料中还有一份应该是那窦海芹写的关于宋天圣针灸铜人的简历，其内容为：

> 先祖窦默以针法响世，偶遇蔡州医李浩，因论针道之理遂成至交。李浩于是授先祖铜人针法及秘赠一具，自述此铜人为天圣针灸铜人两具中之真形，是王惟一后人所赠，因力不能保，代为传世，择有针灸天赋者赠之，可长其针法，以不失此国宝之妙用，不负王惟一之苦心。原是金人强索一具铜人之后，宋廷恐金人再来逼取另具真形，故转于民间委托王惟一后人保存。国力势微，尚不能保全一国宝，此举也是无奈，从此真形不再显世。王氏铸此针家至宝，耗毕生心血，终成神器。学者临习，有一眼定穴之奇妙，久之感悟，必成针道。

天圣铜人之真形者，以青铜合金所铸，内腔以檀香木雕为脏腑，皆可万年不朽。另有异能，观者静心，久之必察，尤长针力，堪称神奇。先祖以此神器传后，窦氏针法八百年不衰，暗立金针门以针道济世，全赖此物。

因防意外之变，王氏故同铸另一铜人，大小同一，功能仿若，相像而已，但可以假乱真，也堪称国宝。金人南犯，威逼强索，以此物予之，暂解破国之祸，别立奇功。元人灭金，复得此物。"岁久阙坏"，复又修缮，乃是不如真形之质，可保万年不朽。先祖曾出入元廷，得见另一铜人，细察之下，两者果是有异，暗庆真形我有，自是不敢示人。另具铜人后又易明，终不知所往。所幸真形得我窦氏秘传方以保全。

此国宝奇珍，医中神器，唯于医家有益，不便面世惊俗，免遭小人窥盗之麻烦，故不曾献宝国家。然，毕竟是我中华之瑰宝，私藏之效不及广普之功，也自欲选择适当时机献出。

此时却生意外之变，有金针门人李贺，为长其针法，予其一观天圣针灸铜人真形，后竟违约泄消息于外界，惹来江湖之争。威逼利诱，险恶丛生。窦家现已有一位亲人遇害，一人失踪，金针门几遭灭顶之灾。为保此国宝不流失海外，不负先祖之苦心，为医家留此神圣之物，准备献宝国家。但风声走漏，有人假冒文物部门前来洽谈此事，险被其得手，原是文物部门高层内有内奸，欲私得此国宝。无奈之下，急转它处保藏。

现已将铜人暂时转藏烟台一相知人家，日后若非我亲自去取，必是托请一可信之人，务必转移他处，除非寻得可靠之人，否则万万不可轻易献出。此事或许会给我所托请之人带来无尽的麻烦和凶险，但为保全此国宝，还请全力护之。若是习医者，此天圣铜人和那两册针法书，必会给你带来莫大的好处，算是一种回报吧。

事既已发，吉凶未卜。为安全起见，此天圣针灸铜人或不能再归还金针门，我所托请之人日后也许联系不上我，但请妥善保存，若有能力护之，请代我窦家将此铜人传世，以承针道。

窦海芹拜上

看罢此文，宋子和、宋浩祖孙二人感叹良久。

"原来那两具宋天圣针灸铜人竟还有真假之分，倒是出人意料。王维一为防日后意外之变，同铸两具铜人，必要时弃假保真，可谓煞费苦心。那具假者能被金、元、明三朝所推崇，可见已同真形仿若，以假乱真了。除了在医学价值上，也是真假同价，不分彼此了。宋浩，那位窦海芹女士危急之中将此神器托付于你，令我们有幸一睹宋天圣针灸铜人的真身，实在是你我的造化！窦家将此铜人保存了八百余年，已是不易，而今又付出了血的代价，窦默有此后人，着实令人敬服！你今后的责任就是保证这具铜人的安全，私藏公献，待日后联系上窦女士再说，还是要尊重她的意见。"宋子和感慨道。

"放心吧爷爷，我一定不负窦阿姨所托，便是舍了性命也要保证这具铜人的安全！"宋浩毅然道。

宋子和又忧虑道："天圣针灸铜人面世，金针门又重现江湖，除了那些垂涎铜人文物价值的黑白势力，也要引得那九门十八家医门派别来争夺这神器了。"

"九门十八家？"宋浩闻之讶道："江湖上何以有这么多的医门派别？"

宋子和道："天下之大，江湖之广，有许多门派都是现代人所不知晓的，但是它们在民间存在着。以医门派别来讲，旧时有九门十八家之说，金针门便是其一。有的门派已延续了几百年，各中医门绝技，游走民间，济世者有之，敛财者有之，鱼龙混杂，良莠难分，多不为官方所知。如今天圣针灸铜人面世，得之者尤可壮大本门实力，提高医技，所以都会拼了性命来抢。金针门有此惨变，争斗的激烈程度可见一斑。"

宋浩听了，不由得打了个冷战。随即笑道："好在我们这件事做得隐蔽，没人能查得到。铜人在烟台王宇家存放了多日也无事，如今被我们秘密转走，就更无人知晓了，并且在中途还换了车。我们不说，那些人将世界翻遍了也找不到的。"

宋子和叹息道："但愿如此吧！只是那些江湖上的门派，他们的本事不是我们所能想象得到的。希望不要找到这里才好。"

宋浩听了，心中也自一沉。此事毕竟关系重大，稍有不慎，不但铜人不保，自己和爷爷也许还会搭上性命。此时尤其是为那窦海芹担心，不知她脱险了没有。日后若真是联系不上她，只有靠自己的力量来保护铜人的安全了。

宋浩抬头望了望那具天圣针灸铜人，铜人身上泛起的柔和润朗的淡黄色光泽，加上优美流畅的形体所衬托出的令人陶醉的神韵，使得它布满全身上下的点点穴位生动得似乎在跳动。

立时间，这具针灸铜人给予了宋浩一种无比的亲切感，他不由伸手抚摸去。青铜合金的质地，竟然有那玉一般的滑润手感，大宋的工匠们果是有着鬼斧神工般的铸造工艺，它不仅仅是一件针灸模具，更是一件美妙绝伦的艺术品。面对如此旷世奇珍，任何人都会感到震撼。宋浩呆呆地站在那里，竟自痴了。

## 第七章　铜人之秘

宋子和、宋浩祖孙二人没有想到的是，那只木箱子里面竟然装着的是失踪近千年的足以令世人震惊的中华瑰宝——宋天圣针灸铜人的真形。这具绝世奇珍，终于在千年之后的现代社会重新出现了。

宋浩激动之余，忧虑道："爷爷，铜人摆在这里不行的，太显眼了，也不能再装回木箱子里，我还要用它来长针术临摹学习的。日后也会有族人来看望您，让他们发现传出去就麻烦了。"

宋子和道："不妨，可以移到后宅，并且后宅还有一处别人不知道的密室，那还是年轻时随你太爷爷回来时，你太爷爷私下里告诉我的。将这具针灸铜人藏在密室里最安全不过了，你也可以随时进里面观摩学习。"

宋浩闻之惊喜道："太好了！"随即又犯难道："这铜人太重了，又不方便叫别人来帮忙，我们俩抬不动的。"

宋子和笑道："史料有载，天圣针灸铜人可以拆卸组合，这可是它的一个绝妙处！"

说着，宋子和上前握了那铜人的左手臂，试着活动了几下，然后轻轻一转，便卸了下来。

宋浩见状一喜，上前帮忙，三下五除二，祖孙俩便将那铜人大卸了八块。除了四肢头部，就是那躯干部分也可前后拆卸。看那内腔之时，宋浩但觉眼前一亮，自是惊呼了一声，啧啧称奇不已。

体腔之内，檀香木雕刻的脏腑俱全，并且还有仿真的骨骼，所纳脏器，位置与人体解剖丝毫不差，非血肉之质而已。整个身形，实在是一组美妙绝伦的组合。檀香木有防腐防蛀之能，雕刻成形之后，又以特制的药水浸过，加以青铜合金之质，整具铜人保存得当，只要不遭硬伤之损，犹可上千年不朽坏，果是比金人掠走的那具铜人优良精致得多。

望着眼前如真也假、若梦似幻的一切，祖孙二人对那些铸造出如此惊世骇俗的国宝之人——王惟一和古代的工匠们产生了崇高的敬意。

祖孙二人随后将那铜人的部件一件件地运到了后宅。后宅是寝居之所，几间高敞的大屋已被收拾得干干净净，老式的床铺上叠放着崭新的被褥。两张桌子并在窗侧，上面还摆了几盆花草。一切简朴而自然。

墙壁上挂着一幅发了黄的画像，上面的人像戴着清朝才有的那种瓜皮帽，清瘦的面孔和一双深邃的眼睛显示着此人的精干和智慧。

"宋浩，这就是你太爷爷。"宋子和望着画像，眼角有些湿润。

"太爷爷！"宋浩忙上前毕恭毕敬地跪在地上叩了三个头。

宋景纯是一位传奇式的人物，在宋浩小的时候，宋子和就经常地给他讲这位太爷爷行医天下的传奇故事。在宋浩的心中，太爷爷宋景纯是一位以医济世的英雄。

"父亲，宋家的祖传医术已有了传人了。宋浩这孩子虽不是我宋家的血脉嫡亲，但在医道的悟性上有着凡人不及的天分，是您老生前最想寻到的授艺弟子。这或许是天意吧，让我遇到了他。如今这孩子已学医有成，但还需要磨炼，希望您老在天之灵保佑他在医途上一帆风顺，成就一个和您老一样的济世名医。"宋子和心中感慨道。

休息了一会儿，宋子和在卧室的一墙角处，从下往上数到了第七块砖，然后以手用力向里面一按。那墙壁忽然裂开一缝并朝两侧移动，开启了一处暗门来。

"咦！和电影里一样啊！"宋浩惊讶道。

"影视里的东西也都是取材于现实的。这机关倒没有老化，还可用。"宋子和高兴道。

这间所谓的密室也就是一处夹壁墙，宽两米，长四米余，空无一物。

"明天拉根电线安盏灯，再给铜人做个底座，你就可以在里面对着铜人学习针术了，谁也发现不了的。里面还算干燥，时间久了应该不会对铜人造成什么损害。"宋子和说道。

"没想到老宅里还有这么隐蔽的地方！真是太好了！"宋浩惊喜地道。

接着祖孙二人将那铜人的部件都搬了过来，又重新组合好了，立在了密室里，用红布遮了。宋浩将那两册针法书——《新铸铜人腧穴针灸图经》和《铜人针经密语》，以及那些资料都放在了密室里，然后封了暗门，心中这才稍安。

忙了大半宿，已至深夜了，祖孙二人这才就寝。宋浩未料到自己会有这般奇遇，竟然得到了宋天圣针灸铜人这具绝世珍宝和两册针灸奇书，精神亢奋，加上新的环境，一时间睡不着，躺在床上胡乱想着，天色渐亮时才迷迷糊糊地睡去。

第二天，临近中午时分，睡得正香甜的宋浩被爷爷推醒了。

"宋浩，起来吧，你三爷爷那边请我们去吃饭呢。你这孩子，兴奋得过了头，一晚上都没有睡好吧，待吃完了饭下午再补睡吧，你大伯在前厅等着呢。"宋子和慈祥地笑道。

接下来的几天里，族人们听说宋子和回来了，纷纷前来看望，皆争着请去家里吃饭。宋浩免不得跟了去作陪，心中惦记着那针灸铜人，面对着族人们准备的丰盛酒菜，自无了胃口，心思已是转回了家中的密室里。

宋子和见状，知其缘由，只要不是重要亲戚的饭局，便不拉宋浩去了，人家问起，但说宋浩吃不惯老家的饭菜。

宋浩得了空闲，便打听到了一家木匠铺，订做了一个高半米，长宽一米的木制针灸铜人底座。天圣铜人的双脚下原固定有一块厚重的铜板，以便于铜人正立在地上，此时将那针灸铜人移置在底座上就可以了。接着宋浩又买了一段电线和荧光灯具，寻了一隐蔽处将电线接到了密室里。待灯具一安上，窄小的密室里立时通亮，立在那里的天圣针灸铜人身形上泛起了明绚的光辉，尤是显得生动多彩。

宋浩数了一遍，天圣针灸铜人共标有 354 个穴位名称，与那史料记载相符。所有穴位处都凿穿有小孔，用发丝试探之，临近的同一条经脉上的穴位多是相通的。"针入而汞出"，果然是真的。

自王惟一铸成针灸铜人之后，朝廷医官院每年进行针灸医学针试，先将水银注入铜人的各条经脉中，体表涂以黄蜡，遮盖穴位处，应试者只要择穴准确，自可"针入而汞出"，实是神奇。可见那铜人被铸造得精巧绝妙，堪称鬼斧神工。

这时，宋浩产生了一个疑问，水银质重，灌注一条经脉里，上下当有压差，那么临近下面的穴位，其表面封涂的薄薄的一层黄蜡如何能封得住？便是能封得住，倘若点破下面的一处穴位，那么灌注在整条经脉里的水银岂不一泻皆出？虽然铜人是可以拆卸组合的，连接处同一条经脉是断开的，但是整个双腿部的经络要是相通的，这么长的距离，压差应该很大，脚部的穴位所涂的黄蜡可是封不住腿上的那一线水银的。

抱着疑问，宋浩又将那铜人拆卸开来仔细查看。发现体腔内多有小孔，原来水银是从体腔内注入进一条条细细的经脉通道里的，四肢部的则是从体表的穴位处注入的。

发丝太软，宋浩又寻了根细铁丝，择了几个穴位向远处试探，竟然发现同一条经脉上的穴位，只有临近的三四个或四五个穴位相通而已，内里的经脉并不是一线皆通的，也不是原先想象的体表壁是中空的。

宋浩立时恍然大悟，同一条经脉上只有临近的几个穴位相通，水银量少，便可解决因压差导致水银外泄的问题了，而从铜人表面是看不出丝毫异样的。如此精密至巧的工艺，铸造起来该是多么的麻烦。史料记载，天圣针灸铜人的铸造，历经三年始成，端的是至精至巧，神奇绝妙啊！

仔细端详整具铜人，自令人生出一种奇妙的感觉。那一点点的穴孔清晰无比，似乎可以看到内里经脉中的气血运行变化，非此处不能有此穴，非此穴不能在此处，一目了然，周身穴明。

"学者临习，有一眼定穴之奇效！果然是医家之神器！"宋浩惊叹道。

面对天圣针灸铜人，同时参习《新铸铜人腧穴针灸图经》，宋浩静观领悟了十余日，忽一日豁然开朗，那便是一眼定穴的奇感。针灸铜人之妙，在于形体的标准，穴眼的准确，久观自给摹习者一种独特的感悟。以此为参照，无论高矮胖瘦，均可在瞬间揣穴定位。先前宋浩在卫校学习期间，曾观察人体标本数月，在准确定穴上已有了很好的基础。如今再临摩天圣针灸铜人，自又有了一个质的飞跃。

王惟一铸针灸铜人的目的，就是令习针者能准确地定穴施治。此铜人经高手匠人之工，竟然赋予了它一种独特的神韵和作用，具有了异常的灵性。临者静心，久观自可有一眼定穴的奇妙，似乎是人与铜人之间产生了共鸣，可以助医者增长定穴之能。

宋浩得天圣针灸铜人之助，定穴能力大长，尤是指法娴熟，以红布代衣将铜人遮之，择穴"隔衣而刺"，无不奇中。久之闭眼揣穴寻刺亦然。若是有真人在侧，定其位置，全身上下数百穴，当逃不过宋浩指间之针。

窦默所遗《铜人针经密语》，载以针家大秘，是针法奇书。内述"正反针"，正者治疾，反者害人。也是那万物皆有两端，医道亦然。宋浩复得书中针法，自此针道大成。

宋浩临铜人研习针法，久之痴迷，竟未发觉那铜人枯寂的双目中偶尔会闪过一种诡异的光芒……

这天，宋浩正在屋中阅读医书，宋子和脸色凝重地从外面进了来。

"宋浩，你看一下这则消息。这是我在你大伯家无意中看到的一份好多天以前的报纸。"宋子和将手中的一份报纸递过来，犹自悲叹了一声。

宋浩接过看时，那则消息的标题是"一对夫妇神秘被害家中，警方悬赏向社会征集破案线索"。并附有死者夫妇的照片，竟然是那烟台的王宇夫妇。

宋浩见之脸色大变，一惊而起。"王叔叔他们出事了！"

"时间就在我们将铜人转走的当天晚上，屋子里没有被翻动过的痕迹，抽屉里的数万元现金也分文未动，排除了盗窃杀人。并且他夫妇二人没有外伤，只是被人捏碎了喉咙，一招毙命，当是专业杀手所为。警方初步定为仇杀，不知何人所为，所以向社会悬赏征集破案线索。看来窦女士的这处秘密藏铜人的地点还是被人发现了，好在我们转移得及时，否则就会被人抢走了，好险啊！只是王宇夫妇二人无辜受累，实在令人悲痛！"宋子和叹惜道。

宋浩震惊之余，忧虑道："爷爷，这些人也太厉害了！他们竟然能追查到王叔叔家，也是能追查到我们这里的。怎么办？不如上交国家吧。"

"好在我们在半路上转了车，对方一时半会儿的倒不容易查到我们身上。只是这不是一般的国宝，它足可以诱出人的野心和私欲，令人生异变节。若是上交之时遇人不当，自会有人铤而走险，携宝外逃的。窦女士也曾以正规的渠道献宝国家，但险些被人抢了去。并且消息一泄，整个江湖自会闻风而动，恐怕还未归国库，未来得及得到有效的保护之前，就被外人得手了。那样再想追回来便难上加难了。在没有十分把握之前，我们不能动。这不仅是对窦女士负责，也是对这件稀世珍宝负责。当下之策，暂藏密室，静观其变吧。待风声稍缓，再做打算。"宋子和肃然道。

宋浩点了点头，得见天圣针灸铜人的兴奋立时被紧张冲淡了去。

天津郊区一栋豪华的别墅里，宽敞的大厅中间是一圈真皮沙发，旁边摆了一组古色古香的红木家具，架子上放置着古董器玩，墙壁上还挂了几幅名人字画，这一切显示着主人家的富有和修养。

一位个子矮小但全身臃肿、头顶仅存了几根长发的胖子正仰在沙发上，眯着一双金鱼眼，似睡非睡地在听着对面的人说着什么。

那站着说话的是一个面色阴冷的中年人，全身泛着一股凌人的杀气和蛮横，令人望而生畏。

"我按洛先生提供的消息到烟台找到了那户人家，但是去晚了一步，那件东西被人转走了。那家男人宁死不说东西的去向，我只好杀了他。他的女人倒是怕了，说是几个小时前有一老一少来将东西取走了，地点是蓬莱，但是具体的位置她就不知道了，只说是那个年轻人叫宋浩。我随后命兄弟们查了一下当天去过蓬莱的货车，找到了那辆货车和司机。司机却说那一老一少中途突然转车将东西运往了济南，我查了这么多天，济南那边无结果。"中年人淡淡地说道。

"刁成，你被那一老一小给骗了，那东西根本没有转运去济南，应该是直接运到了蓬莱，他们玩了个障眼法而已。"矮胖子忽然睁开了那双鱼泡眼，一道骇人的精光在他的眼中闪过。

"这我也想到了，所以济南和蓬莱两地同时动手查，蓬莱那边花钱请人遍查当地户籍，一共查出七个叫宋浩的人，两个是十岁以下的孩子，三个常年在外地打工和念书，近期并没有回来过，另外两个也排除了，不是我们要找的人。"那刁成表情漠然道。

"看来是窦海芹请了外地高手来帮忙了，不过可以肯定的是，那东西还在蓬莱的某个地方，你们的重点应该放在那里。放心，事成之后，三千万少不了你们风火堂的。"矮胖子嘴角抽动了一下道。

"堂主有命，令我全力帮助洛先生，钱的事不要和我谈，那是你和堂主的事。"刁成淡淡地道。

"呵呵！"矮胖子讪笑了一下道："我忘了，鬼手刁成不爱财。好性格！我喜欢！"

"如果没有什么事，我现在就动身去蓬莱了。"刁成颔首道。

"去吧，一有那东西的消息立即通知我，事成之后，我会以其他的方式奖励你的。林叔，代我送刁先生出去。"矮胖子满意地点了下头，说道。

一位精明干练的老者从门外进来，随后送刁成出了去。

将刁成送出了别墅的大门之后，那林叔望了望左右没人，忙躲进一处角落里，掏出手机拨了一组号码。

"转告门主，那东西已到了山东蓬莱……"

矮胖男人叫洛北明，可是一位有头有脸的公众人物，以祖传洛氏针法享誉医学界，被称为"洛氏魔针"。在天津、北京、上海等几座大城市办有六所独具特色的针灸医院。这洛北明还有一个鲜为人知的身份，那就是九门十八家医门派别中的魔针门的门主。

说起洛氏针法，还有一段来历。那是在清朝末年，洛氏先人在冰天雪地里救起了一个行将冻毙的游方道士。那道士感激之余，传给了洛氏先人一套亦正亦邪的针法。说它正，治病疗疾，神效非常；说它邪，竟可以暗施针法令人患上怪病奇症，再以此针法解之，以此作为敛财之术。

魔针门是隐藏在社会中的一颗毒瘤，在旧时，凡病家一经魔针门人之手，便伴随上了厄运。新疾虽去，但随生莫名其妙的怪病，又非魔针门的洛氏针法不可解，病家往往耗尽资财方可转危为安。

只是到了现代，魔针门传到了洛北明的手里，他进行了一些"改革"，大凡贫困之家来求医，不再暗做手脚，尽可能地医治好，以此博得名声。本是那些贫困病家实在无油水可捞，暗里算计他一回，得不偿失。于是那些大富且贵之人开始倒了霉，慕名而来，多是针到病除，欢喜道谢而去。可是过不了多久，奇病怪疾便找上身来，做了诸多检查却是找不出病因。只有复求洛氏针法，费去大笔钱财，甚至倾家荡产，才可保全无事。倒有些"劫富济贫"的味道，然非其本意，所以也无什么天理道义可讲了。

洛氏魔针也自奇特，施针时不留痕迹，无证可查，并且只有洛北明的心腹弟子在他的授意下才可施针。在给人医治旧疾的同时，暗施别样针法种下隐患，到了一定的时期开始发作，多是冷热并起，杂症纷扰，似那般神经或内分泌失调的病症。到了医院检查，诸多医学仪器却是查而无果。从无人怀疑是那魔针门人做了手脚，于是洛北明一路做得是风生水起，快速发展起来，从一个江湖游医做到了医学针灸博士的地位，办医院，做名人，青云直上，好不威风，"洛氏魔针"名声大振。

却说着了洛氏魔针算计的人，也不尽数转回来求救，有几位辗转找到了金针门窦家那里。窦家针法非同小可，竟然"拨乱反正"，将那洛氏魔针"种"下的针法给破解了，也自知晓了魔针门竟然给病人下反针。金针门与魔针门从此结下了怨。

洛北明开始忌惮起窦家针法来：竟然能破解他的洛氏魔针，日后当不能一家独大了。于是他想要了解窦家针法，以便对洛氏魔针进行改进，以令对方再无破解之术，将财源垄断在自己的手里，于是玩起了无间道，派出了自己的心腹弟子李贺打入金针门，进行卧底偷艺。

那李贺在针道上也自有些悟性，卧底五年，针术大长，深得金针门门主，也就是窦海芹的父亲窦飞的器重。窦门主欲将其纳作入室弟子，进行重点培养，还令其临习观摩窦家历代秘传的宋天圣针灸铜人，长其针力。不想此举竟给金针门带了血光之灾。

却说洛北明望着刁成离去的背影，一双金鱼眼上下翻了翻，若有所思。

"爸，我看风火堂的人也靠不住，我亲自去一趟蓬莱好了。"从楼上走下了一名颇带些野性的美艳女子。

那女子叫洛飞莺，是洛北明的女儿。洛北明还有一子叫洛飞雄，替他管理着那几所针灸医院。这洛飞莺天生丽质，虽是皮肤略黑，却是一大美人，毕业于天津中医学院。若是说起这对父女来，十个人中当是要有九个人说那洛飞莺不是洛北明的女儿，剩下的一个干脆懒得表态了。其中缘故，谁又能说得清呢。只是在性情上，那洛飞莺倒是继承了些洛北明的老练世故和阴狠毒辣，虽是与她的年龄不相符，近墨者黑，也是家风使然。

"这样也好，你就去一趟蓬莱。趁消息还未传出去，抢先在外人到达之前将那宝贝拿到手。否则一旦走漏风声，江湖上的牛鬼蛇神都涌了去，风火堂也难应付。"洛北明点了下头道。

"那具天圣针灸铜人我们洛家势在必得，谁想分一杯羹，也要掂量一下自己有没有那个分量。"洛飞莺颇为自信地道。

"有莺莺出马，老爸我就放心了！我会通知风火堂的人配合你行动的。另外，海外买家已出到一亿美金，不过那东西若真是宋天圣针灸铜人，我还舍不得卖呢！有此医家至宝，我们洛氏针法在针灸界就可以唯我独尊了，加上我们魔针门在江湖上的影响，日后整个医学界当以我洛家马首是瞻了。"洛北明洋洋自得地说。

"李贺师兄不是说过了，那具铜人是宋天圣针灸铜人两具中的唯一传世真形，假不了的。我在医学院时，针灸系的几个教授都说过，王惟一所铸的宋天圣针灸铜人是无价之宝，价值连城，失踪了近千年，竟被那金针门窦家秘传了下来。那宝贝也该易主了，岂容一家独藏。也亏了李贺师兄有幸见识到了那铜人，否则还不知道这医中至宝竟然还存在世上呢！"洛飞莺身子往沙发上一靠，兴致盎然。

"对了，这几天怎么不见李贺？"洛北明问道。

"金针门突遭变故，他以为都是自己导致的，内疚着呢，不知跑哪里喝闷酒去了。一个汉子，这点事都经不住，还能成什么大事，亏爸爸那么看重他。"洛飞莺有些不屑。

"天圣铜人要是到手，李贺当为首功。卧底金针门偷艺五年，也是难为他了，好在我的一番心血没有白费，竟然意外探得了绝世奇珍天圣针灸铜人的所在。也是奇怪了，这件绝密的消息本应该只有我一家知道，却引来了江湖上几路不明的人马同时出手抢夺，连那窦飞都被人给杀了，看来有人比我们出手还重。事既已泄，就看谁的动作快了。"洛北明眼中又闪过了一道凌厉的光芒。

"我和李贺师兄早就说过了，窦家血案并非全是我们做的，可是他不信。瞧他那样子，很是向着窦家，看来真是与那个窦微有点事。爸爸从小将他养大，这么多年竟赶不上在窦家待的五年，将我们洛家的恩情全都忘了。"洛飞莺自有些埋怨道。

"不管怎么样，李贺毕竟带回来了一个天大的好消息。莺莺，你没事的时候劝劝他。在你们这一辈中，针法最出色的当属他了，又在那金针门学习了五年，某些方面我都不及他呢。这种人才，我们洛家还是要将他留住的。他虽在此事上受了刺激，一时间想不开，日子久了也就淡忘了。不要让他出什么事才好。"洛北明叮嘱道。

"我知道了，待我从蓬莱回来再找师兄谈吧。"洛飞莺点了下头。

# 第八章 劫　　持

山东蓬莱。

宋浩一人独自散步在海滩上，海阔天空的感觉并没有淡化他心中的愁绪，那具宋天圣针灸铜人已经成了他一项沉重的负担。烟台王宇夫妇神秘地被人杀害，自给了宋浩一个警示，针灸铜人在自己手里也并非安全。

这件绝世奇珍意外地转到了自己的手里，日后倘若旁生变数，将这件国宝丢失，那么自己可真成了千古罪人。昨日彷徨之际，宋浩忍不住按那窦海芹留下的电话号码打了一个电话，但是接听电话的并非窦海芹，而是一个女孩子。宋浩发现对方声音不对，立即将电话挂断了。随即懊悔之极，在这么短的时间内给窦海芹打电话实在是太冒失和大意了，虽然是在街上的公共电话亭打的，但是对方若是对那天圣针灸铜人有别有用心的人，当可查到自己的位置所在，并由此断定铜人就在蓬莱。

后悔之余，宋浩心情烦躁，又不敢和爷爷说起此事，免得爷爷担忧。爷爷年纪大了，关闭平安堂，离开白河镇，心情本自不佳，不要再因此事担惊受怕了。

"事已至此，静待其变吧，不管怎么样，这件国宝不能在我手中丢失或损坏！"宋浩握紧了拳头。

时至傍晚，正值海上落日，霞光映照，水天一色，别有一番景致。宋浩自无心观赏，欲转身走去，却突然发现远处站着一个男人，好像已观察他很长时间了。

宋浩见状，心中一惊：可是被人盯上了吗？

那男人见宋浩在看他，便自转身走开了。

"不会这么快吧，昨天才打的电话，今天就找来了？"宋浩心中犯疑，加快了步子返回了市内。好在回来时，并没有发觉有人跟踪。当是心中有事，疑心太重，那个人不过是一个在海边闲走的游人罢了，宋浩这样安慰自己。

宋浩回到家时，宋子和正在整理一些东西，原是从白河镇邮寄来的包裹到了。

见宋浩回来，宋子和起身道："你二伯刚刚送来的，还叫我们晚上去他家吃饭，说是有事商量，应该是办诊所的事有眉目了，你也过去吧。"

宋浩应了一声，随后帮爷爷将邮寄来的医学书籍整理了一下。接着祖孙二人锁了门去了。

吃晚饭时，宋立告诉宋子和，诊所的事他已经找过人了，应该没什么问题，但是要等上一段时间，主要是宋子和没有医师证，办起来要麻烦一些。

"等等就是了，这件事急不来的，最终能办下来就好。"宋子和无奈地说道。

"四叔，您老若是闲不住的话，不如暂时去青岛吧，我有个朋友在那里办了所医院，因没有名医坐诊，效益不太好。昨天这个朋友还打电话来让我给他找几名专家教授去他那坐堂，我提了四叔，他听了高兴极了，说明天就开车来接您老，但是我没有答应他，因为这还要看四叔的意思。诊所那边要等上几个月，您老要是同意，去帮他几个月的忙也不错。"宋立自有些恳求的意思。

宋子和听了，笑了一下道："这样也好，这么待下去我还真是不习惯呢，没病看，手痒得很。"

宋立闻之大喜道："太好了！我今晚就打电话，那个朋友明天就来接您老。四叔放心，到了青岛，一切都由我的朋友安排，亏待不了您老的。"

"对了，宋浩也跟过去吧，听四叔说你在医术上已经成熟了，很了不得的，去了就是专家待遇。"宋立笑呵呵地道。

"这个……"宋浩一时犯起难来。他不愿意离开爷爷，但是家中密室里的那具天圣针灸铜人，他更是放心不下。

宋子和明白宋浩的心思，也自不想令那具铜人有何闪失，于是说道："宋浩还是看家吧，反正我在青岛也做不长，几个月也就回来了。"

宋立笑道："行！以四叔的医术，几个月足以将我朋友的那家医院搞火了，到时候他必是舍不得放四叔回来，那时再让宋浩代四叔去顶一段，有个缓冲也好。要是愿意，宋浩最后留在那里就是了，医院里毕竟能锻炼人的。"

"到时候再说吧。"宋子和笑着点了下头。

一夜无话。

第二天中午,青岛来人接宋子和。宋子和交代了宋浩几句,便赴青岛去了。

宋子和去了青岛一家医院临时坐诊,家里仅剩了宋浩一人守护着密室里的那具天圣针灸铜人。自那日在海边怀疑有人注意上自己后,宋浩愈发地谨慎起来,除了上街购买生活物品,不再轻易地离家远走,每日里潜心研习医术,或是进入密室,研究天圣针灸铜人。

就在宋子和去青岛后的第三天傍晚,宋子平遣宋明来唤宋浩去家里吃饭。宋浩推不开,只好去了。

那宋良、宋立兄弟也在,见了宋浩,亲热地拉过来说话。

"宋浩,有个问题向你请教一下。今天我们医院针灸科的曲医生在给一位病人针刺时,不知何故,那病人竟自昏了过去,虽然十多分钟后醒了过来,那曲医生却是后怕得很。"宋立说道。

"可是晕针吗?"宋浩问道。

"不是。"宋立回答道:"那病人是个粗大汉子,不惧针的,原是腰腿疼,在曲医生的针灸科已治疗了一个星期了,差不多快好了。可就在今天,曲医生照往常一样施了针,那病人便莫名其妙地昏了过去。"

"针施在什么部位?"宋浩问道。

宋立道:"在两腿部,并且还没刺腰部的穴位,离脏器远着呢,很安全。当时我过去看了,也就几根针扎在腿上,本不应该出什么事的。那病人平时身体壮得很,这次除了因受了凉患了腰腿疼来求医外,并无其他疾病,也就是说,没有什么原因能在针灸的刺激下导致昏迷的。我们几个医生讨论了一番,也未理出个缘故来。"

宋浩沉思了一会儿,也自不知原因出在何处。忽想起一事,忙看了一眼墙上的日历,有所悟道:"难道是犯了针灸禁忌?今天是农历二十九,人神所在日膝股禁针的。"

"人神所在日禁针?这是何道理?"宋立讶道。

宋浩道:"内在机理我也不甚明白,但在针灸典籍中多载有针灸禁忌,尤有人神所在日禁针一说。此说法又分多种,又有干支人神禁针、四季人神禁针,便是《内经》也有所提及。至于'人神'为何物,倒不甚明了,或许是人体内游走的一种精气吧,当与经脉之气密切相连的,游走至什么部位,那部位的经脉气便相对弱了,偶遭外力刺激或打击,极易对人体造成伤害。譬如说,平日里打你胸口十拳都没什么事,偶在人神所在日打上一拳,便能将人打死,虽有那'寸劲''巧劲'之说,若以人神所在来论,也有一定道理。'时气'背时,棉花团都能打死人的。又有些人,不经意跌了碰了一下,却造成了大的伤害。那病人昏迷之由,有可能是犯了人神所在日之禁忌了。"

那宋立听得也不甚明白,问道:"难道说是在那人神所在日,就刺不得针了?"

宋浩道:"也不尽然。若是遇有急症,需那人神所在日的穴位抢救时,也要去刺的,或是那急症时,人体气机失调,人神也自乱了所在。当然,此说尚属玄奇,'人神'与经络皆是查无实质的,医书虽载,医家却多不重视。不过古人既传下这种说法,便有其道理,针灸医生还是注意一下的好。"

宋立道:"存在的就是现实的。你可尽知那人神所在的时日吗?我也要告诉那曲医生,日后真是要注意一些呢!"

宋浩道:"针灸古籍中多能查得到,一些民间的风俗方术的书籍中也多有此一说,可见古人对此还是重视的。我且说一回,二伯记下也好。"

宋立听了,忙朝一旁在听故事的宋明说道:"拿纸笔来,你宋浩哥说,你记。这都是知识啊!"

宋浩于是道:"人神所在日,初一在足大趾,初二在外踝,初三在股内,初四在腰,初五在口,初六在手,初七在内踝,初八在腕,初九在尻,初十在腰背,十一在鼻柱,十二在毛际,十三在牙齿,十四在胃脘,十五在全身,十六在胸,十七在气冲,十八在股内,十九在足,二十在内踝,廿一在手小指,廿二在外踝,廿三在肝及足,廿四在手阳明,廿五在足阳明,廿六在胸,廿七在膝,廿八在阴,廿九在膝股,三十在股足。"

宋浩说完,接着又道:"这其中的内在机理还有待研究,是否有此一说还无证可查,日后行医中我也会注意这方面的,古人给我们留下了太多的无法用现代知识来理解的东西。当然,我们也要弃其糟粕,取其精华,真正迷信的东西是不足取的,但有价值的东西我们也不应该忽视。"

"是啊!"宋立感慨道:"便是经络之谜,到现在还没有解开它的实质,但是它已经指导了中医几千年的针灸临床实践,真应该引起世人的重视!"

宋浩道:"古老的,不一定就是落后的,它反而更接近事物的本质。原始的,朴素的,它可能是真相的浅显表现,越是这样,人们越容易忽略它。"

宋立听了,不住地点头道:"受教!受教!"

吃过了晚饭,宋浩别了众人朝家中走去,回到家时,天色已全黑了。

在客厅坐了一会儿,宋浩起身来到了后宅。

"咦!"

宋浩进屋开了灯后,发现几本医书散放在桌子上,本来他整理好了叠放在一旁的,显是有人动过了。爷爷去了青岛,这座宅子里就剩他一个人了,谁能来这里呢?

虽然屋子里其他的地方并无异样,但是宋浩还是感到不安——家里进来外人了。

宋浩扫了一眼墙角处开启密室的那处机关,掩着的一张椅子还在那里未被动过,心中稍安。那密室很是隐蔽,除非将整座宅子扒了,才能被人发现。

宋浩检查了一下,发现唯独少了一部《针灸大成》,自己白日里还看过的,此时却不翼而飞了,而桌子上放着的几百元钱仍在那里,来者显然不是谋财的普通盗贼。宋浩心中感觉到了一种不祥,难道是行踪暴露了?来者若是为那具天圣针灸铜人而来,自己和那铜人可就危险了。这些人好厉害啊,竟然找到了这里!

宋浩持了根棍子到院子里查看了一遍,院门和房屋的锁头都未坏,门窗完整,可见来人有着高来高去的本事。

一晚上宋浩都未敢合眼,一种强烈的不安笼罩在心头。难道是大意之下打的那个电话暴露了自己的所在?或是那些人找到了那辆货车的司机?烟台王宇夫妇被害,说不定那时铜人的去向就已经暴露了。来人倒也奇怪,它物不拿,单单取了一部《针灸大成》去,是何用意?

在不安和忧虑中,宋浩已是倦极,倚在床上不知不觉地竟自睡了过去。

宋浩虽是困乏睡去,但神意上仍保持着高度的警惕。偶觉屋中有异,当是多了一个人，猛然惊醒。

天津，洛北明住处。

洛北明手里拿着宋浩丢失的那册《针灸大成》，同时在接听洛飞莺打过来的电话。

"爸，那部《针灸大成》你收到了吧？我们今天已经找到了那个从烟台转移走货物的叫宋浩的人和他的住处，他也是医道中人，并且应该也学习针术，这部被翻得起了毛边的《针灸大成》就能证明。只是在他的家里我们没有找到那件东西，应该被他藏在别处了，我们没有惊动他，但已在监视了。另外，消息又走漏了，几路来历不明的人马也到了蓬莱，看势头都是有些来历的。不过爸爸放心，那东西我们势在必得，容不得别人得了手去。"洛飞莺在电话里自信地说道。

"莺莺，先下手为强，找不到东西就先将人带回来再说。"洛北明兴奋之余又有些忧虑，他对又有几路人马到了蓬莱感到惊讶。

"另外，莺莺。"洛北明用手抚了抚那部《针灸大成》，有些疑惑道："我刚才竟发现你派人送回来的那部书上有几处针眼，边缘很整齐，应该是一针贯穿的。世上竟有指力如此强的人，很是恐怖，你叫刁成小心些。"

"爸，你看得真是仔细，我怎么没有发现。放心好了，那个叫宋浩的也就是一个普通人，我们对付得了。不过为了防止意外，我们还是听从你的意见，将人带回来，今天晚上就动手。人在我们手里，不怕他不说出那东西的下落。"洛飞莺道。

"不，你们现在就动手，我怕被别人抢了先，那样就麻烦了。"洛北明断然道。

"行，我听你的。放心，今晚我就将人给你带回来。"洛飞莺忙应道。

"好女儿！只要问出那件宝贝的下落，洛家的一切将来都是你的。"洛北明满意地笑了笑。

此时那位林叔站在一旁，虽是一脸的恭敬，却是将洛氏父女的谈话一字不漏地听进了耳里。

再说宋浩发觉屋子里进来了人，一惊而醒，立时站了起来。

此时已有一汉子欺到了身前，伸手欲将宋浩按住。

惊急之下，宋浩忙从袖口处抽出一根针，飞速朝那人手臂上的曲池穴刺去，自是施了一手霹雳针法。

那人身形一震，立时定住。霹雳针法的震荡力由手臂上传，瞬间激遍全身，令其气血滞缓，若电击一般。

宋浩一针奏效，忙闪避一旁，惊讶道："你是谁？"

那汉子身形被制，哪里说得出话来？这是宋浩初次在人身上施展霹雳针法，也是他平时练得出神入化，虽在危急之下施出，也只是用了三成力道，若是施出七成以上的力道，那汉子此时早已筋脉尽断，一针毙命了。

宋浩一招得手，欲问对方来历，忽闻身后有人冷哼了一声道："小子，竟然还有这么一手！"

宋浩闻声未及回身，但觉一股异香飘来，身子一软，竟自昏了过去，乃是被人下了迷药。

对宋浩施迷药的是一个长发的生得白净的年轻女子，此时将手中的用以施迷药的手帕收了，望了一眼地上的宋浩，呈现出了几丝惊讶之色。随后对那汉子道："哥，你没事吧？"

那汉子表情痛苦，呆站在那里仍旧说不出话来。

"你哥是被此人用针封了穴。"

一个中年人走了进来，伸手将刺在那汉子手臂上的针拔了去，又以手掌在其背部拍了拍，那汉子这才缓了过来。

"爹，这小子的针真是邪性！仅刺中我曲池穴，却能瞬间制住我全身，不似那般被点了穴的感觉。"汉子惊异道。

"难道是鲁门的霹雳针法？"中年人闻之讶道。

"不会吧，若是鲁门的人岂能被我轻易地用迷药制服？"年轻女子诧异道。

"先勿管这些了，且将他带走，风火堂的人已被引开，离开这里再说。"中年人道。

"那具针灸铜人……"年轻女子迟疑道。

"风火堂的人已搜查过几遍了，这座宅子里藏不住那么大一件东西的，看来是被这个人藏在别的隐蔽处了，所以将此人劫走，回去再行问话吧，只要他在我们手上，那具针灸铜人就是我们的。"中年人道。

那三人随后将宋浩装进了一条布袋子里面，汉子一手拎起于肩膀上扛了，三人便从大门出了去。此时天色已见亮了。

门外有个望风的，见三人出来，忙迎上前，对中年人恭敬地道："师父，快走吧，二师兄他们将鬼手刁成缠住了，三师兄挡住了另外一伙人，十分钟后警察也会赶过来的。"

"他真是抢手呢！"年轻女子嘟囔了一句。

出了胡同口，一辆黑色的奥迪轿车开了过来，几个人将装着宋浩的布袋子放进了后备箱里，然后急忙上了车，轿车飞驰而去。

半分钟后，洛飞莺率十几个人急匆匆地来到了那座宅子的门前。见院门半掩着，洛飞莺脸色一变道："坏了！有人抢先一步，我们来迟了！"

旁边一人道："大小姐，今晚也不知从哪里冒出来那么多高手，将我们的人都缠住了，连刁成也……"

"不要提他了，你们风火堂的人成事不足，败事有余，连一个人都看不住！"洛飞莺气恼地怒吼道。

那十几个人愧然地低下了头。

远处响起了警笛声。

一个进院子里查看的人走了出来，朝洛飞莺失望地摇了摇头。洛飞莺无奈之余，转身率众离去。

# 第九章 唐　　庄

宋浩醒来的时候，发现自己躺在一张床上。旁边一张椅子上端坐了一位神色严肃的中年人，两侧站了一圈人，其中一个是曾被自己一针定住的那个汉子。另有一长发女子，白净漂亮，双目含笑，尤是引人注目。

宋浩心知自己是被这伙人劫持了，暗叫一声"苦也"，忙从床上坐了起来。感觉头脑仍旧有些昏沉，不知昏迷多久了。

中年人这时轻咳了一声，淡淡道："你醒了。小伙子，你不要害怕，我们不是坏人，之所以带你来这里，是为了你的安全。"

宋浩听了，没言语。知道能私闯民宅，对人施以迷药，又将自己劫持来，哪里是什么好人，必是那般江湖匪类，目的只有一个，那就是医中至宝——宋天圣针灸铜人。

"喂，你不会是哑巴吧？我爹和你说话呢。"那女子见宋浩不应声，自是有些不悦。

"他不是哑巴，一针将我定住时，还问过我是谁呢！"那汉子一旁道。

中年人干笑了一下，随后说道："先介绍一下吧，我叫唐青山，这个是小女唐雨，他是我的长子唐亮，这几个是我的徒弟，刘友和、张朋、王国军。我们是九门十八家中的唐家，唐家立派三百余年，亦医亦武。当然，这是旧时的称呼，你们这些年轻人未必知晓。好了，我们这边介绍完了，应该告诉我你的名字了吧。"

"宋浩。"宋浩只好应了一句。心中却是惊讶不已，宋天圣针灸铜人的出世，果然引动了蛰伏江湖的医门派别九门十八家。今天算是见到了唐家的人。

"宋浩。"那唐青山点了一下头，随后道："宋浩，咱们就开门见山吧，我知道那具宋天圣针灸铜人就在你的手里。此医中至宝外人得之无益，唯于医家有用，希望你能交给我们唐家，由我们唐家代为保管。此乃国宝，你不希望被人抢去吧。"

宋浩听了，知道那间密室还没有被人发现，心中稍安。对于唐家是以医学的目的来求那针灸铜人，倒也不甚反感，只是不屑对方做事的手段。并且那具宋天圣针灸铜人是属于金针门窦氏的，自己受窦海芹所托，暂时不能交给任何人。

"对不起，你说的我不懂，我并不知道什么针灸铜人。"宋浩摇了摇头道。

"喂！事情都到这个份上了，你不要装糊涂好不好！"那唐雨不耐烦地道。

宋浩摇头苦笑了一下，不再说话，心知自己只要不说出铜人的下落，对方当不会对自己怎么样，况且只有这样才能保证安全。

"宋浩，"唐青山脸色变了一下，随即恢复了常态，淡淡道，"那具铜人并不能给你带来富贵，相反，只能给你带来无穷的祸端，甚至是杀身之祸。你我说话的时候，江湖上各种势力应该都到了蓬莱了，那里已经被闹得翻了天。你现在已经不能自由地公开露面了，唯一的解决办法就是将那具针灸铜人交给我们，将自己开脱事外，明哲保身。当然，我们也会付给你一笔数目可观的酬金的，只要你开口，多少都没问题。然后我们会放出风去，那医中至宝已被我唐家所得，与你无关了，你拿着那笔钱去做自己想做的事，也自无人会去寻你的麻烦了，皆大欢喜，何乐而不为呢？如果你执意不说出那具针灸铜人的下落，我们也会有很多法子让你说出来的，到那时，大家面子上都不好看了。"说到最后，那唐青山脸色自是一沉。

宋浩笑了笑，未言语，自是不为所动。

唐青山见宋浩年纪轻轻，竟然在这般情况下还如此镇定，心中有个念头一闪，暗里不由一惊，忙起身道："你自家考虑一下吧，希望能尽快给我个答复。"说完，朝唐雨等人示意了一眼，率众退了出去。

宋浩知道自己已被那唐家囚禁了，看样子不交出针灸铜人是脱不了身的，便是说出铜人的下落，对方又能放过自己吗？况且自己是受那窦海芹危急之下所托，如此国宝，岂能轻易予人？

宋浩叹息一声，起身来到了窗前。窗外是一幅乡村景色，却是一个富裕的地方，从那散布在树木间的豪华气派的小楼房自能看得出来。他从不远处一家好似商店的牌子上竟然看到了"浙江"的字样，心中一惊，方知自己已被那唐家劫持到了浙江省内一所不知名的村子里。

宋浩这时发现身上的物件都已在自己昏迷时被人搜尽了去,唯于袖口处的几根针还在,当是没有被对方发现,心下稍安。

在一座房子里,唐青山坐在那里,表情严肃,眉头紧皱,自是沉默不语。

唐雨见状忙问道:"爹,怎么了?这个宋浩……?"

"此人大有来历!"唐青山叹然一声道:"他针下所发出的震荡力竟能震及全身,一针便将你哥制住了,针下有如此效果,必是那鲁门的霹雳针法了。难道说是金针门邀请了鲁门的人来保护那具针灸铜人?若是这样,事情就有些麻烦了。鲁门门主鲁延平是个极其护短之人,犯了他的门人,他不会善罢甘休的。"

唐亮一旁说道:"鲁门与我唐家也算有旧,我们是在不知情的情况下将这个宋浩掠来的,日后与那鲁延平说开就是了。只是那具针灸铜人……"

"那具针灸铜人我们唐家势在必得!一定要从宋浩的嘴中问出这宝物的下落,待日后那鲁延平找上门来再说。"唐青山无奈地道。

"爹,我看这个叫宋浩的未必就是鲁门的人,可能是修习了一种与那霹雳针法相像的针法而已。鲁门弟子个个身手不凡,便是我从身后偷袭也不会轻易得手的,而这个宋浩看起来不似习武之人,当与鲁门没有关系,爹在这件事上犯不着忧虑。并且从他的身上还搜出一根金针门的金龙针,应该是金针门的人了。金针门窦家以针法闻名而已,不涉江湖事,不足为虑。"唐雨说道。

"此人若与鲁门没有任何关系那是最好不过的了,但是我们还是要小心些。吩咐下去,参与这次行动的人要严守口风,切勿将消息泄露出去。雨儿,你来负责向宋浩问出天圣针灸铜人的下落,不管用什么方法,一定要撬开他的口。"唐青山断然道。

"放心吧爹,我看这个宋浩也就是一个普通人,用不上几日我就能让他开口的。"唐雨点了下头道。

"还有,"唐青山眼中又闪过了一丝忧虑道,"在蓬莱,我看到了洛家的人,洛北明这个老狐狸也对这具铜人垂涎三尺,这件国宝万万不能让他得去,否则就极有可能流失海外了。此医中至宝失踪了近千年,竟然在当代出世了，能有幸一见真颜，乃是我们医道中人梦寐以求的。我们唐家重药轻针，在针术上落后于其他的医门，这是唐家在医术上的缺陷。若能得到那具宋天圣针灸铜人，果如传说中的一般，有能长人针力的奇效，唐家医术当能重振百年前的盛况。这是上天给我唐家的机会，不可错过。"唐青山最后兴奋地说。

天津。

一家酒吧里，一个二十五六岁的年轻人侧伏在一张桌子上，表情漠然，眼神呆滞，烂醉如泥。

一名女子走到了他的跟前，望着他放纵和绝望的样子，不由得摇了摇头。这女子正是洛飞莺，伏在桌子上的年轻人是她的同门师兄李贺。

蓬莱之行失手，回来后洛飞莺被其父洛北明痛斥了一番，心情已自不佳。复又奉父命出来寻找李贺。

"门中有事，还请师兄回去。"洛飞莺淡然道。随即一挥手，身后上来两名大汉，架着李贺出了酒吧上了一辆汽车。

在洛北明的别墅里，望着仰在沙发上萎靡不振的李贺，洛北明摇头叹息了一声，然后道："阿贺，你不能这样消沉下去，会毁了你的。我向你保证过的，只抢那具针灸铜人，不会对窦家的人下手，这一点我绝不会食言。杀害金针门门主窦飞的人真的是另一伙人做的，也不知他们怎么会知道这件事的，与我们无关。现在我们几次动作都已失手，那具针灸铜人下落不明，看来只有找到窦家的人，才能找到那具针灸铜人的线索。能与窦家联系上的人只有你了，为师希望你再去一回。泄露铜人的事窦家未必能怀疑上你，你与那个叫窦微的丫头感情应该很好吧，不妨利用她一次。能有幸目睹一回宋天圣针灸铜人的真形，是为师一生中最大的心愿。我可以向你保证，只要找到那具铜人，你我共有，以后再也不会让你做不愿做的事了。"

那李贺呆呆地望着前方，只是不应。

"唉！你这孩子，师父知道这样做很是令你为难，但是没有办法，再拖下去，恐怕就会让别人得手去了。你先休息几天，缓和一下情绪，再行动吧。"

洛北明说完,挥手让人扶了李贺到房间休息去了。

"爸,李贺师兄这样子成不了事的。"洛飞莺摇了摇头道。

"他是我们最后的希望了。蓬莱事败,我已给风火堂追加到了五千万,并且由风火堂堂主白厉亲自出马,追查抢先我们一步劫走那宋浩的人,江湖上的事由他们搞定。但为万全,我们必须双管齐下,由李贺通过窦家的人查出那具铜人的下落来。若能以另外的途径找到那具铜人,五千万我们自会省了。莺莺,这次行动失败,主要是你的经验不足。记住,日后行事,动作一定要快、狠、准!抢人之先,方能立于不败之地!"洛北明语气阴沉地道。

"我知道了。"洛飞莺低了头应道。

楼上的房间里,李贺躺在床上,望着天花板怔怔地出神。洛北明刚才的一番话对他来说已经毫无意义了,他现在内心深处是极端地痛苦。五年前李贺受师命潜入金针门偷习窦氏针法,五年下来,窦家的人给予了他从未感受到的关怀,虽然他也为此感到内疚过,行业内的偷艺是一种不道德的行为,但是他倒不曾有过负罪感,因为他学的是一种救人的医术,方法虽欠妥当,也自感不甚为过。

在金针门的五年中,李贺是快乐的,除了师父和师兄们的看重外,他也获得了一份爱情。师父的孙女窦微,一个美丽的女孩子,与他一见钟情。那种美妙的感觉,如梦似幻,不可言状。

可是在一个月前,这一切都改变了。

宋天圣针灸铜人密藏在金针门窦家的消息一经李贺泄出,竟然引来了江湖上各种势力的争夺,师父窦飞不幸被人杀死,窦微神秘失踪。金针门遭此惨变,门人只好四下躲避。李贺从师姐窦海芹的眼神中看出了怀疑。

宋浩被囚之地叫做唐庄,是唐青山的老家。唐家抢先魔针门一步将宋浩秘密劫来,显是在各方面都做足了准备。

宋浩此时虽然失去了自由,但心下却稍感安慰,知道蓬莱老宅那间密室安全得很,并且自己又离开了那里,更是引开了诸人的目标。自家闭口不说，谁人能奈我何？只是自己突然失了踪，爷爷和大伯他们会担心的。

就在宋浩寻思的时候，门一开，唐雨走了进来。

"宋浩，你是金针门的人吗？"唐雨直问道。

宋浩摇了摇头。只要不问及针灸铜人，宋浩也自会应付。

"难道说你真的是鲁门的人？"唐雨眉头一皱道。

宋浩又自摇了摇头。

唐雨见状，心中一安，嫣然一笑道："这就好！"

唐雨那一笑，端的是百媚丛生，自看得宋浩心中一荡，没想到会有这么一个漂亮的女孩子来审问自己。

"能告诉我那具针灸铜人所在吗？"唐雨笑吟吟地轻柔说道。她见宋浩被自家的容貌吸引，倒想施一下美人计。

"不知道。"宋浩笑着应了一句。

"你……"唐雨用计不成，不禁有些恼怒。

她随即冷笑了一下道："那具铜人对你无用，只能给你惹来祸端，何必将自己拉进这场是非之中呢？况且以你的能力是不能将那铜人脱手变卖的，也就是说不能给你带来任何好处，固执下去，你将一无所有。你既然落到了我们的手里，本来想令你拿了一笔钱走人就是，你却敬酒不吃吃罚酒，我自然有办法让你开口的。"

"对不起。"宋浩神色一肃道，"不是我的东西我不要，不是你们的东西也勿想得到！"

"是吗？那我们就试试！"唐雨怔了一下道。

这时，门外有人轻咳了一声，随后进来一位八旬老者，长须飘胸，二目闪烁，自不是平凡人物。

"二爷爷！您老怎么来了？"唐雨见了，忙迎上前恭敬地说。

"唉！没想到我们唐家已经沦落到绑人索物的境地了！苍天不长眼，唐家竟生出你们这些不肖子孙来！"那老者摇头叹道。

"二爷爷，此事非同寻常，所以采用了非常手段……"唐雨头一低，有些愧然道。

"雨儿，你爹被那东西迷住了心窍，你怎么也跟着犯糊涂，枉费了这么年我对你的教导。不要多说了，你先出去，我要和这个年轻人说几句话。"

老者神色不悦，转过身去，未在理会唐雨。

唐雨见了，倒也不敢违背，望了宋浩一眼，退了出去，并随手将门掩上。

那老者上下打量了宋浩一遍，自有些歉意道："你叫宋浩吧，对不住了，我们唐家这么做实在不该！不过你放心，我们唐家并不是什么坏人。此事他们做得太过鲁莽了，老夫这里向你赔个不是。"说完，老者竟然朝着宋浩躬身一礼。

"老伯……"宋浩见状，一时茫然无措，不知对方意欲何为。

"孩子，老夫唐纪，虽为长辈，但并不主唐家事，所以制止不了他们一番乱为。不过请你放心，没有人敢对你做出什么不当的举动来，勿要理会他们就是了。"

宋浩见那唐纪态度和蔼，心生感激。然而既落人家之手，对方不免会使出什么阴谋诡计来向他诈出天圣针灸铜人的下落，站在那里未作声，要看看唐纪还会有什么动作。

唐纪见了，知道宋浩还心存疑虑，慨然一声道："孩子，你勿要疑老夫，你心中的秘密自家保住就是，无人强迫你开口。你既然已到了这里，暂且住些日子吧。待我与那主事的侄儿商量一下，一定会放你走的。况且你目前的处境很危险，这里也相对安全一些。你可以在这唐庄里自由走动，等到风声平息后再走不迟。"

"老伯，谢谢你了！"宋浩感激地道。此时感觉那唐纪的态度倒是真诚的。

唐纪说完，朝宋浩点了下头，转身去了。

望着唐纪离去的背影，宋浩心中寻思道："果如此人所说，我倒没有什么危险了。不管怎样，再没有摸清楚这个唐家的底细之前，我不能太冲动。此人的话可信也可不信，为今之计，以静待变吧。"

在屋子里坐了一会儿，宋浩便试探着走出了房间，果然没有人上前阻拦，看来那唐纪已向众人交代过了。但在远处，那刘友和、张朋二人则不时地朝宋浩这边望着，显然仍在人家的监视之下。

唐雨站在一座楼房的窗户内，望着在庄里闲逛的宋浩，对一旁的唐青山说道："爹，二爷爷护着这个人，我施不了法子的。"

"那就先磨磨他的性子再说。叫人看紧了，勿让他离开唐庄半步，可不能令他跑了。我这边再想办法。"唐青山有些无奈道。

"我问过了，此人与金针门和鲁门皆无关，不知道那窦家为何将如此宝物托付给他保护？看样子他除了那种莫名奇妙的能制人的针法，也无其他本事。"唐雨摇了下头道。

"不受威逼利诱这便是本事；能在江湖各路人马的追查下避了这么长时间，也是本事；临危不乱，处变不惊，更是本事。加上一手神奇的震穴针法，此人倒有些深不可测呢！"唐青山眉头皱了下道。

如此过了几日，宋浩心情倒自坦然起来。知道只要自己在这里，那天圣针灸铜人便安全。人家又管吃管住的，何乐而不为呢？

这日午间，一辆面包车驰进了唐庄。

车停下后，唐亮从车上下了来。一旁的张朋见了，忙迎了上去。

"去将我二爷爷找来，从医院里转来一个病人，师叔治不了，让二爷爷试试。"唐亮说道。

张朋应了一声，跑去寻那唐纪去了。

"刘海大哥，你下车吧，一会儿让我二爷爷给你看下，他老人家若没有法子治，你也就不用再找别人了。"唐亮朝车内说道。

随后从车上走下一个疲倦的愁云满面的汉子。

那刘海身形忽一震，忙扶住了车门，面呈痛苦之色道："又来了！"

一种奇异的声响从刘海的足跟部发出，如雷贯耳，直至脑部，旁边的人皆可闻见其声。

一旁的宋浩心中也自讶道："这是什么怪病？"

一阵声响过后，刘海长吁了一口气，脸色愈加疲惫不堪。唐亮忙扶他进了一座房子里。

这时候，唐纪和唐青山、唐雨等人赶了过来。宋浩想看看这个医门唐家如何来治这种怪病，也自跟了进去，倒也无人拦他。

唐纪上前诊脉，唐亮则说了一下病人刘海的情况：一天前不知何故，忽有怪异声响从足跟部发出，如雷轰鸣，上传至脑，一小时内可连发作数次，令其寝食难安，痛苦不堪。

仔细诊过刘海的脉后，唐纪点了下头道："五脉平和，唯肾脉呈芤象，且举而始见，按而不寻，此乃肾败。肾主骨生髓，虚则不济，失其所养，故而骨空。然生异响，倒是不可思议。罕见的奇疾！"

"老大夫，有得救吗？"刘海惶恐道。

唐纪笑道："若不明所以，治不得法，你的命也就到限了。既知病因所在，倒也无妨。我开个方子，服用半个月，可保你无恙。"

"谢谢老大夫！"刘海惊喜道。

唐纪随后寻了纸笔开药方。宋浩上前看了一下，见是六味地黄丸加杜仲、枸杞、鹿胎膏及大量的猪牛的骨髓。

"六味丸加以血肉有情之品大补真元，甚是对证！"宋浩心中自对唐纪佩服起来，能列入医门中九门十八家的唐家果是名副其实。

这时，忽见刘海双腿一颤，随即失声道："又来了！老大夫，快将这该死的声音去了，否则我如何能挨过半个月！"

但闻那怪声又起，若气球爆破，连贯而上，循腿沿脊冲脑，阵阵不止。那刘海双手抱头咬牙硬撑，偌大个汉子立被折腾得不堪之极。

"待补过之后，骨得髓养，那声响可能就消了，现在这般症状，老夫倒也无从下手啊！"唐纪一脸无奈地说道。

满屋诸人闻那怪声惊然，俱无策可施。

宋浩此时心中一动，上前道："给我根针，我来试试。"

宋浩未用自家袖中隐藏的那几根针，是为了防日后意外之变。

"你……"唐亮犹豫不决，显是对宋浩那种制人的针法还心有余悸。

"给他。"唐纪道。

唐雨上前将一针盒递了过来。

宋浩伸手取了两根针，唐家人见状，立时全神戒备起来。

# 第十章　医门旧事

且说宋浩持了针，待那怪异声响从刘海足跟部又一次响起未及过膝时，两手同时出针，分刺刘海两膝内侧阴谷穴，针尖破皮入肉之际指下微微一抖，弱施了一手霹雳针法，有一分的力道，是想以针下的震荡力将那声响拦消去。

空骨发声的怪疾宋浩未曾见过，但想以霹雳针法将声响化解去。所谓一通百通，霹雳针法不仅仅能制人，也能治疾，窦默所遗的那册《铜人针经密语》中就载有"截断法"。

果然，那怪异声响至膝而止，消散无形。肾败之症，虚不能生髓，令骨中失髓血之养而导致怪异之声，并非那骨中真空的。阴谷穴属肾经之穴，疗骨疾尤效。

宋浩两手同时出针，动作飘逸，手法轻灵，中穴准确，竟令那怪异声响立止，满屋之人无不惊愕。

"小兄弟，厉害啊！我的两腿舒服极了！"刘海惊喜道。

"呵呵，我只是暂时止住了那声响而已，仅仅是治标，若是治本，还得服用老伯开出的那首方子才好。"宋浩笑道。

"哈哈！宋浩，没看出来你还是医中的一位圣手！走，去我的屋里说话。"唐纪意外之余，高兴得拉了宋浩就走。

刘海也随即被唐亮送了回去，千恩万谢自不待言。

屋中仅剩下了唐氏父女和几个弟子。

唐青山望着宋浩的背影，兴奋道："此人针法奇绝，说不定是得了那具宋天圣针灸铜人之助，有此验证，这件宝物我们唐家是非得到不可了！"

唐雨站在那里，默然无语，眼中闪过了一丝异样的光芒。

在唐纪的屋里，那老头高兴地将宋浩按在椅子上坐了，兴奋道："行啊宋浩！你竟然身藏绝活，可是师从金针门窦家吗？"

宋浩道:"老伯,我与金针门并无关系,我的医术是爷爷传给我的。"

"哦!"唐纪颇感意外道,"原来是家传医术,不知祖上是哪位高贤?"

宋浩道:"太爷爷名为宋景纯,旧时曾行医于京城。"

"什么!"唐纪闻之惊讶道:"你是宋景纯的后人!久仰其大名啊!说起来我的父亲与你的祖上也是相识的。你太爷爷号称医侠,厉害着呢!"

宋浩听了唐纪对太爷爷的赞誉,心中自是升起了一种自豪感。

"还有啊!"唐纪又兴致盎然道:"你太爷爷宋景纯可是一位传奇式的人物,有许多传奇故事你这个后人未必知道,我给你讲讲吧。"

"好啊!"宋浩高兴地道。

唐纪于是道:"那是民国初立,山东有位督军的独生子患了大病,请了当时有名的天医门门主齐良来治。天医门乃是江湖上九门十八家医门派别中实力最强的一派,在民间声誉极高,门中弟子曾有三十六高手名扬于世。当年慈禧太后主政时,偶患头痛之疾,宫中御医百治不效,便于民间请了天医门的齐良。结果齐良仅仅投了两剂药,便将慈禧的顽症治愈了。慈禧太后大喜之余,特赏赐齐良黄马褂一件,并往来宫门无碍,天医门显赫一时,故又有御医门一说。"

唐纪顿了一下,又道:"可是齐良在给督军的公子治病时,正赶上那个公子疾病发作,昏迷不醒。齐良诊断后说此乃不治之症,病人当熬不过三天,不治也罢。督军闻之大怒,说齐良不尽心,若是救不醒他的公子,必杀之,于是将齐良下在了狱中。此一时彼一时,那个督军可不管什么御医门。"

唐纪摇头一叹,接着道:"适值你太爷爷宋景纯路过此地,被督军府的人请了来。你那太爷爷好生了得,施以家传秘术回阳九针将公子竟然救活了,但没有多说些什么,随即拒绝了督军的重金酬谢竟自离去。当时你太爷爷并不知天医门齐良的事,在离开督军府后曾私下对人说,督军公子是不治之症,施以回阳九针仅续命十日罢了,所以他在暂时得手后很快脱身去了,免得日后麻烦。"

"宋景纯果是医中高人啊!危险之下,救人不得时也可自救!"

唐纪感慨了一番,又道:"那督军公子三日后仍安然无恙,督军便对齐良忌恨起来,欲日后治他死罪。但是在过了一星期后,督军公子旧疾发作,不治身亡。又赶上时局动荡,督军也无暇顾及此事了。后经天医门人多方解救，费尽周折，才将齐良从狱中保了出来。齐良出狱后，闻你太爷爷宋景纯从容脱身之事，感慨万分，说是天医门医术纵横天下，唯缺回阳九针这种救急和'自救'的奇术，是为遗憾。后来齐良托请了医道中的朋友找到了你的太爷爷宋景纯，欲以天医门十大奇方秘术交换他的回阳九针，以补天医门的缺憾。天医门奇方秘术闻名天下，得之者尤可名噪一方，是天下医家梦寐以求的，两下交换当是皆大欢喜之事，对你宋家医术的提升自有莫大的好处。但是不知何故，你太爷爷竟然一口回绝了，传闻你太爷爷似乎与那天医门有隙，这其中可能另有一段故事，却不得而知了。"

唐纪喝了一口水，接着又道："齐良苦求回阳九针秘术不得，郁郁而终。他却也固执，死时曾对子孙及众门人说，天医门不得此术，他将死不瞑目，齐家子孙当不管用什么法子，一定要从宋家的人手中学得那回阳九针术，一代人不成，两代人，两代人不成，那就三代人，无论付出何种代价，天医门一定要拥有此术。齐良倒是一番苦心，为的是日后天医门人再遇到棘手状况时暂时以此术应急，以避免杀身之祸。"

说到这里，唐纪摇头感叹道："医本救人之术，救人之时还要再防人，说起来也是一悲。"

唐纪又道："齐良死后，天医门人不免对你太爷爷私生怨念。后值时局变动，袁世凯公然称帝，招来了全国上下一片反对之声，因此气病。群医束手，便从民间寻找名医。有那心胸狭窄的天医门人，借机极力推荐你太爷爷宋景纯，欲摆他一道，令他羊入虎口，有去无回，以泄私愤。所谓伴君如伴虎，又在那种情形之下，医家唯恐避之不及，败则身死，成则名裂，自是无人敢应。没想到你太爷爷却欣然而往，艺高人胆大，反摆了袁世凯一道，并且再一次全身而退，不过从此便失了踪，当是避走他乡了。天医门齐家再也寻不到你宋家的踪迹，引为憾事。"

"天医门齐家？"宋浩莫名奇妙地嘟囔了一句。

唐纪对宋浩叙说了一番医门旧事，随后又道："据说现在天医门人遍布世界各地，凡是有华人的地方，就有天医门人在行医。旧时的九门十八家都以各种形式延续了下来，共同支撑着中医医道的命脉。虽然其中也有变了性质的，但大多数都以发扬中医医道为己任，维持着传统医学的发展。"

唐纪接着感慨一声道："虽是如此，现今的状况是中医大有被西医取代之势。从某种意义上来讲，西医主在治病，中医则主在调病，就是调理阴阳的平衡。中医和西医、中药和西药，其实在理论上完全不同，在治疗上倒可以互相取长补短，而在药物的研究上若全部按研究西药的方法则有可能将中医引向歧途。"

唐纪接着道："中药是讲究性味归经的，以寒、热、温、凉的药性，也就是'四气'，加以辛、甘、酸、苦、咸五味，按其升降浮沉的特性来调理人体的阴阳平衡。若是放在实验室里化验它的分子结构，是否能杀死某个病毒细菌，那么绝大多数的中草药都会令那些研究者失望，因为他们从那些草根树皮上分离不出他们所期望的东西，当然，少数的一些中草药在实验室里还是能研究出些成果的，但在整体上这么做是偏离了中医真正发展的轨道。以人参为例，在实验室里化验出的结果几无价值可言，甚至还赶不上胡萝卜的营养成分高。但人参大补元气的特性，尤其是山参在虚证的急救中，在古代的病案和现代的临床实践中都已证明确有奇效的。

"中医的发展并不排斥用现代的科技手段来验证和提高它，有些药物是可以在实验室里提取它的有效成分，进而提高治病的疗效，但有些则不然，仍要按自然之材进行传统的炮制。一味药炮制的方法不同，甚至是时间上的差异，都能导致它具有不同的药性，这些才是中草药的特点，是那些研究分子结构的人永远也不会了解的。从西医的角度去研究和看待中医是不行的，所以要找出一个合理的适合中医自己真正能发展的道路来，这是当务之急的大事！"

宋浩听到这里，不住地点头称是。"老伯，西医针对的是单病的治疗，而中医则是整体的调和，说高一点，那就是天人相应。真正的高层次的医道，是要找到适合人调治疾病的契机，有时甚至可以不药而治。"

"说得好！所谓上工治病不用药，是那医家洞彻了天地的奥秘，领悟了天人之间的平衡关系，以自然之法调和疾病，虽是不用药，但万物皆为药，就看医家怎样运用了。"

"我且给你讲个故事吧。"唐纪随后道，"这是一则关于古代医家药王邳彤的传说，勿论其真假，只是说明万物可为药和以自然之法调治疾病的道理。邳彤有药王之称，在他眼中万物皆可为药。一次，南方瘟疫流行，邳彤怀着济世救苦之心远离家乡前去为百姓治病。就在邳彤离家不久，其母患了重病，百医无效。眼见不治，为了不误时间，其兄邳祝只好带了母亲去南方寻邳彤治疗。

"邳彤给母亲诊断之后，对母亲说道：'非儿不孝，乃是儿不才。母亲所患奇疾，非人力可为，虽有药治，却是世间难寻。但若天地有情，念我为世人一心疗疾之德，或能机缘得遇。母亲保重，随兄长回乡去吧，以待命运安排。'邳彤诊治疫区民众，自无暇照顾母亲，其兄邳祝只好带了母亲返乡。

"行至野地，其母口渴难耐。邳祝安置母亲于路旁，四下里却寻不见水源，正焦急万分时，偶在树林中发现了一个死人头骨，内存一汪雨水，然水中竟有两条小蛇嬉戏。邳彤无奈之余，用树枝将两条小蛇挑出，顾不得水脏，端于渴极的母亲喝了。

"后行至一村庄，其母腹饥，便寻了一户人家欲讨口饭吃。可巧那户人家的媳妇生了一对双胞胎，而那家的婆婆是个盲人，公公是个拐子。正值家中添了双胞胎，高兴之际，见有人来讨饭，便热情地将产妇吃剩下的一碗薏米饭加上一个鸡蛋给邳祝的母亲吃了，那薏米是产妇的小姑在磨房中赶着一匹马新碾出的薏米，而那个鸡蛋竟然还是一个双黄蛋，实在是巧合之极。

"说来也怪，那邳祝带了母亲到家之后，先前所患重病竟自不知不觉间痊愈了。几天后，邳彤的一封家信也到了，信上写道：'如母亲能喝到二龙戏珠天然水，吃到一胎双子双黄蛋，牛马小姑碾薏米，跛公瞎婆做成的饭，自然病除。此四般药非人力可为，若母亲命大，自然巧成药到，不知母亲一路如何，十分悬念。'

"那邳祝看罢大惊，想起一路所遇，正合邳彤所开之药方，忙回信告之一切。邳彤接到信，得知了详情，感叹道：'真是神灵天佑！我邳彤当顺天行事，普济众生，以报天恩才是。'"

说到这里，唐纪感慨道："医道到了邳彤的这般境界，堪称天医了！只有天医才能晓得这般天药啊！非穷究万物之理不能窥破也！医道之深奥，不是我们所能想象的。"

唐纪随又笑了一下道："我们谈及这种常人看来'玄而又玄'的东西，又会有人批判我们搞神秘主义和迷信了。古代医巫不分，难免授人以柄。然而巫是什么？现今的各派宗教多起源于古老的巫术，宗教的形成，是从不同的角度来阐释宇宙和生命的奥秘，有时候更接近了事物的本质。道者，亦佛亦上帝，名之不同罢了，其理一也！"

宋浩听罢，感慨道："老伯，闻您一席话，胜读十年书啊！在晚辈看来，医道大者，涵天盖地，不是吃药治病那么简单，它同时是一种哲学，更是一种艺术。"

"是啊！"唐纪感叹道，"学习中医本难，能领悟这种高层次医道的人就更少了。医者意也，几人能解啊？"

晚饭的时候，宋浩坐在了唐家的饭桌上，是唐纪拉他去的。

面对惊愕的唐青山、唐雨等人，唐纪说道："从现在开始，宋浩不再是你们所谓的人质了，而是我们唐家尊贵的客人了。说起来宋浩的祖上宋景纯与我们唐家还有些渊源。"

唐氏父女闻之惊愕。

那唐青山脸色变了变，讪笑了一下道："不打不相识！宋浩，你既是名医之后，算是我们冒犯了，还请原谅。只是那具天圣针灸铜人……"

宋浩道："唐叔叔，那具针灸铜人的确在我手里，被我藏在了一个安全的地方。但是在未征得它主人的意见之前，我不能交付给任何人。"

唐青山还想再说些什么，唐纪一旁止了道："青山，宋浩这孩子现在已是我唐家的客人了，并且说起来我两家还有些渊源，他也算是你的侄子了。那具针灸铜人的事不要再提了，那是他心中的秘密，不说出自有他的理由，勿要强人所难。"

"也……也好。"唐青山极不情愿地点了下头。

"宋浩啊，"唐纪笑了笑道，"你被我们唐家带到这里来，虽说是一场误会，也是一场缘分呢。现在误会解开了，你自是去留随便。但是现在风声很紧，有许多人都在找你的下落。希望你能再住些时日，这样相对地也安全一些。况且保护那具医中至宝——宋天圣针灸铜人，也是我们医道中人的责任。你要信任我们唐家的人，就让我们一起来保护它吧。当然，藏铜人的地点你一个人知道就行了，这样可保万无一失。"

宋浩听了，感激地道："多谢老伯的理解，我现在的压力真的是很大，那具针灸铜人是我们的祖先给我们留下的绝世珍宝，若有闪失，我是承担不起的。现在有了你们大家的支持，我感觉好多了。"

"这就对了嘛！这么大的责任怎么能让你一个孩子来负呢？医中至宝，

就应该由我们医道中人全体来保护才对。"唐纪笑道。

唐青山此时显得十分轻松，有些愧疚道："宋浩，你真是一个有正义感的孩子，和你比起来，我们实在是惭愧啊！虽然我们劫了你来也是为了保护那具针灸铜人，方法是有欠妥当了。"

唐青山随后犹豫了一下道："我想多句嘴，宋浩，那具针灸铜人你将来如何安置它呢？现在它的原有主人金针门窦家的人都已避开了，找寻他们是件极难的事。便是将来物归原主，也只能给金针门带来无穷的麻烦，安全方面自是不能保障了。你要有个长久打算才是啊。"

宋浩听了，忧虑道："是啊，我也正在为此事犯愁呢。最后物归原主不得，只好上交国家了。"

那唐纪与唐青山互望了一眼，俱呈现出古怪之色。

唐青山脸色一寒，杀机隐现。

# 第十一章　正反针术

那唐青山一听说宋浩有将天圣针灸铜人上交国家之意，不由得流露出了杀机来，自被唐纪一旁用眼光严厉地瞪了一下。

唐青山见了，忙收敛了杀意，随即摇了摇头道："上交国家？此举欠妥。要是一件文物也就罢了，可是这具天圣针灸铜人除了它的文物价值外，还有着不可估量的医学价值，物有所用，才能体现出它的真正价值来。你若是上交给国家，倒也是一件稳妥的好事，但是这件医中至宝的真正用途可就再也发挥不出来了，实是有违王惟一铸此针灸铜人的一番良苦用心。因为一旦上交国家，国家自会将之作为重点文物加以保护的，束之高阁，医家若想去观习，程序上就有很大的困难了。"

唐青山顿了下，接着又道："便是国家将那针灸铜人交给相关的医学研究机构，对于那些只会搞理论少临床的专家们来说，也无多大益处。那些专家们在书本上的学问能做到天上，一时兴起，随便在旧纸堆中寻来几句话，就能将现有的几千年流传下来的理论给你推翻，以显示他们的刁钻本事。天圣针灸铜人在他们的手里，实在是可惜了，顶多能研究出几篇与之相关的冠冕堂皇的论文罢了。传说中此铜人有能长人针力的奇效，就应该供那些有需要的针灸医家来临习用，这才不违王惟一铸造天圣针灸铜人的本意。此医家至宝还要真正的医家来用才好啊！"

宋浩听了，点了点头道："唐叔叔说得有道理，待事态安稳之后，我寻到铜人的原有主人，再行商量它的去留问题。到时候自会给这具针灸铜人找到一处安全所在，又能给需要它的医家提供方便的条件，做到物有所用。此天圣针灸铜人的确能令人别生境感，有那一眼定穴的奇妙。针灸医家若有幸能观摩临习数日，果是能长人针力的，对提高医术大有益处。这尊医中至宝，当不能令它失去真正的实用价值。若能如此，这也算是对古人和今人有一个满意交代。"

唐纪、唐青山叔侄听了，相视而笑。

唐雨坐在一旁，默不作声，眉头不禁皱了皱。

这天晚上，在一处房间里，唐纪、唐青山叔侄二人正在掩门密谈。

"二叔，看来你的方法奏效了。"唐青山有些得意地说道。

"宋浩此人眉宇间有种刚烈之气，强迫不得的，便是将他逼死了，我们也未必能得到那具天圣针灸铜人的下落。所以施此怀柔之计，逐渐放松他对我们的戒意，时机一到，令他主动说出来。只要他在我们手里，那铜人日后自会落在我们唐家。"

"青山，"唐纪语气一转，犹自兴奋道，"你这回当是立了大功，一举两得啊！这个宋浩的价值，不亚于那具针灸铜人。没想到他竟然是宋景纯的后人。他施针止那骨响之奇疾时，我便知他家学渊源，细问之下，果是名医之后。若能得宋家的回阳九针秘术，我们唐家的医术便可针药齐飞了，并且还可以与天医门做个交换，那么我们唐家在九门十八家之中的地位自可大大提高了，日后的发展不仅仅是目前办的几所医院了。

"另外，这件事情急不得，要慢慢来，水到渠成，自然会得到我们想要的东西。唐雨这孩子性子直，先不要让她知道实情，否则会坏事的，也会改变对我们长辈的印象。唉！这么做也是迫不得已。说起来也是惭愧，救了一辈子的人，自以为心胸坦荡，老了老了却要对一个年轻人做这种事。"唐纪摇了摇头，感叹不已。

唐青山道："二叔也勿要自责，此事实在过于特殊了，只好采用特殊的手段了。为了唐家日后的发展，我们暂且做一回小人吧。"

唐纪感慨之余，说道："宋浩的安全方面你还要加强，我们已经对不住人家了，不要再令他生出什么意外才好。世上没有不透风的墙，他被我们唐家掳来的消息会泄露出去的，近期庄内一定要加强戒备。便是日后铜人得手，宋浩的安全我们也要负责。

"还有，医院里那两位被洛家的人施了洛氏魔针的病人明天接到这里来，让宋浩以针法进行调治，或能有所转机，否则时间久了，病人会落下残疾的。要不是你林叔给我传来消息，竟不知世上还有下'反针'之说。洛北明也太阴狠毒辣了，以此法诈人钱财，损人利己，必有果报。"唐纪又交代道。

此时在门外已然听得了一切的唐雨，摇头暗叹一声，转身悄然离去了。

这天早上,唐纪唤了宋浩与他同用早餐。

"宋浩,我们唐家在县城有所医院,现在有两位住院的病人治疗效果不太理想,我今天已经叫人将那两位病人接到这里来,希望你能用针术来治一治。"唐纪犹豫了一下,说道。

"那我就试试好了。"宋浩应道,心中寻思:"这唐家倒也蛮有实力的,竟办有医院。看来旧时的那九门十八家也都与时俱进正规化了,不再是江湖游医了。"

中午时分,几辆轿车驰进了唐庄,来者显然不是平凡人物。

唐纪迎了上去,与两位相貌相像的中年人握手寒暄,是唐亮陪着二人来的。那二人是一对兄弟,是当地有名的私营企业家,一个叫蒙武,一个叫蒙文。

"你们唐家真是服务周道啊!竟然叫我兄弟二人来唐庄承唐老先生亲自治疗,荣幸之至啊!"蒙武笑道。

"两位大老板客气了!你兄弟二人的病患一日不除,老夫心中便一日不安,始终惦记着这个事。刚好家中来了位医中的高手,给两位大老板会会诊。"唐纪笑应道。

"如此格外看顾我兄弟,不知如何感谢才好!待我兄弟的病好了,一定会捐笔款子给唐家医院,以表谢意!"蒙武感激地说。

"客气!客气!"唐纪淡淡笑着,将蒙氏兄弟让进了屋子里。

在屋中等着的宋浩站了起来。

"这位是宋大夫,名医之后。……这两位是蒙氏企业的董事长和总经理,是此地乃至全省有名的企业家。"唐纪给双方介绍道。

"哦!"蒙氏兄弟见宋浩年纪轻轻,不免心下疑惑:便是名医之后,如此年轻,又能有多大的本事呢?出于礼貌,那兄弟二人还是上前和宋浩握了握手。

唐纪随后介绍了一下蒙氏兄弟的病情。那是在十多日前,蒙氏兄弟同时在深夜里犯了一种颇为古怪的病症:蒙武是全身奇痒,蒙文是周身麻木,端的是痛苦难耐,但在几个小时后则恢复如常,如此数日,一到晚间那怪疾便在兄弟二人身上同时发作。不得已,兄弟俩到县城唐家办的医院求治。一系列的检查下来,排除了过敏和其他致病因素,竟是不知病因所在。若按西医诊断,属于神经紊乱范畴。经过了一个多星期的中药内服和外洗治疗,虽有所缓解,但夜晚必发如旧。怪就怪在蒙氏兄弟二人均是在夜晚同时发病,只是症状有异。

宋浩听了唐纪的一番介绍,心下茫然,便给蒙氏兄弟诊了脉。兄弟二人均是六脉平和沉稳,无外感风邪之象。

宋浩眉头一皱,又静心在脉象上细查,兄弟二人虽是六脉平和,但隐感脉息上皆有混乱的迹象,浮寻微得,沉则不现,不甚明了。或是在夜晚病情发作时才能症脉同一。

"昼伏夜发,气血动静使然,而脏腑无扰,当是经脉气血逆乱所致。"宋浩想起了《铜人针经秘语》上所载的"反针术",随自一惊道:"二位的经脉被人误刺不相关的穴位,气血调乱了。三个月之内可曾同时被人施针术治疗过别的疾病?"

"厉害!"唐纪暗赞一声。于一旁的唐青山、唐雨父女相视愕然。

"行啊!宋大夫,你看病看得真准啊!"蒙文惊讶道。

蒙武点头道:"不错,两个月前我兄弟二人的确被人施针灸术治疗过。当时我们去上海谈一桩生意,喝多了酒,胃部疼痛难忍,在朋友的介绍下去了一家洛氏针灸医院。记得是一位教授给我看的病,说来也神奇,只用一针,就将我的胃疼止住了。后来那位教授说要巩固一下疗效,防止复发,又在我身上刺了几针。当时我弟弟见针灸术的效果这么好,就请那位教授把他的风湿腰腿疼的病也顺便治一下,结果也给治好了。"

蒙武随即惑然道:"怎么,我兄弟俩这次患病,是与那次针灸治疗有关吗?"

"这个……"宋浩一时也犹豫起来。

依蒙武所述,他们兄弟去洛氏针灸医院尚属正常治疗,应该没有被人下"反针术"的道理。况且说的那位针灸教授,能同时将他兄弟二人的疾病治好,在针灸术上当有高深的造诣,不会误刺穴位导致经络之气紊乱。但是宋浩知道,蒙氏兄弟怪病的根源,一定来自那次针灸治疗。究竟为何被人下了"反针",他也说不清楚,也不能肯定,因为能反致人怪病的"反针术"应已失传,《铜人针经秘语》上也仅载了"反针"致人奇疾的道理,而未载其术。

唐纪轻咳了一声,说道:"在疾病的治疗上,有时候也是利弊并存的。

这种特殊的情况应该属于意外吧。"

对于洛氏魔针，唐纪已有见闻，然不知其理何在，自是无法找出相应的证据来，又不便向蒙氏兄弟挑明，引起医疗纠纷，从而将洛家的人引来，故有此一说。

"唉，没想到这针灸术也有副作用，当时那位针灸教授还对我兄弟说，日后若患了别的病，去找他保管治好。本来我们已经准备再去上海找那位教授了，宋大夫，你有好法子给我兄弟治吗？"蒙武感叹之余问道。

唐纪心中冷哼道："也是你兄弟有钱，着了别人的道还不知晓，若还去那洛家的针灸医院，不丢下个几十万，休想将身上的病治好。洛北明，你老小子够狠的，专在这有钱的主身上下反针，难怪魔针门这些年发展如此迅速。"

宋浩这时道："二位怪疾我也是首见，我且试试吧。问件事，二位可还记得在那家针灸医院治疗时被刺的部位？记得大概就行。"

蒙氏兄弟于是回忆了一下，指了指身上的几处部位。宋浩见了，皆是阴经所在，暗里点头道："是了，定是被刺乱了阴经之气，阻碍了气血，故在晚间发作。既知病因所在，以针法再调和理顺当不是什么难事。只是，若是被误刺倒也罢了，若真是有人施反针术害人，则是一件可怕的事了。"

宋浩回头找寻了一眼。唐雨见状，忙端了针具盒走上前来。

宋浩在蒙氏兄弟身上各寻了几处穴位，分别一针刺入，略施手法，不留针，轻描淡写一般，随即收针。

"这就完了？"蒙武诧异道。

"完了，我已经给二位理顺了经脉，今晚若是不发作，以后也就没事了。倘若还有些感觉，明天再来一次，应该不会有问题了。"宋浩说道。

"真是太谢谢你了！"蒙氏兄弟闻之俱喜。

"小宋，能否讲一下这其中的道理？"唐青山问道。

唐青山急于想知道缘由，故而发问。为了宋浩的安全，未直呼其名。

"这两位先生是在进行针灸治疗时被误刺了穴位，逆乱了经脉之气，可能是施针的医生大意之下造成的，故遗下了那种奇痒麻木的怪症。以人身上的穴位疗疾和药物治病在一定意义上是相通相似的，药物有药性，穴位也有穴性，配伍不当，也有相反作用。适才我以针法调理了经脉气血，应该将那种逆反的作用化解了。"宋浩说道。

唐纪和唐青山、唐雨听了，皆自点头称是，对宋浩有理有据的说法敬佩不已。

蒙氏兄弟千恩万谢后告别离去了。

"宋浩，这兄弟俩的确是被人下了反针。"唐纪郑重地说。

"什么？"宋浩闻之一惊。

"当今之世，真的有人会施反针之术？是了！是了！刚才这两人若不是被人下了反针，岂会无端生出这般怪疾，便是误刺也不会达到这种晚间同时发病的程度，乃是被人算计了。可是刚才老伯为何说是一次意外呢？不叫他们去找那家医院讨个说法？"宋浩茫然道。

"唉！"唐纪叹息一声道，"事情不是这么简单的，要知道上海的那所洛氏针灸医院是有很大背景的，它的业主便是魔针门的洛北明。在九门十八家中，魔针门亦正亦邪，洛家的人向有钱的病人暗里下反针，针法诡异，非魔针门的人不能解，以此诈取病家钱财。被他们算计的病家每发怪疾，诸般医学仪器不能查，也自无证据去揭发他们。今天蒙氏兄弟俩被你以针法调治过来，当属万幸。"

"医道中竟然还有这种阴毒的人物，不可思议！反针术虽是以穴性的不同来配伍，刺乱调逆经脉气血，也是选取特殊的穴位施以特殊的手法来进行的，普通医家便是按法而施也无这般效果。适才这二人虽被下了反针，但是仅中阴经，从脉象上看，尚属轻微，我还能调节过来，若是下得再重些，就不好办了。"宋浩说道。

"你能给调理过来，已是不简单了。"唐纪赞许道。

"宋浩，"唐青山迟疑了一下，说道，"这种反致人怪病的洛氏魔针你要注意了，也许日后还会遇上类似的事情。并且洛家的人你也要留心，在蓬莱，我见到了有洛家的人出现，应该也是奔你去的。你能解去洛氏魔针，再加上天圣针灸铜人的关系，日后被洛家的人知晓，未必能容你。"

宋浩闻之愕然。

"放心，有我们唐家的人保护你，洛家的人不能对你怎么样。"唐纪笑道。

这时，刘友和出现在门外，朝唐青山点头示意了一下。唐青山忙转身出了去。

在另一间屋子里，唐青山问道："什么事？"

刘友和道："师父，这些天庄里出现了几个陌生的人，虽是卖日常用品的小商贩，却不卖力吆喝，而是在观察着什么。我怀疑……"

唐青山闻之一惊道："看来二叔说的对，世上没有不透风的墙，宋浩在我们唐家的消息应该泄露出去了，马上增派人手加强戒备。"

宋浩回到了自己的房间，心中久久不能平静，这治病救人的医道竟也有邪正之分。社会复杂，人心险恶，实在超出了意料之外。自己被"请"到唐庄已经有一星期了，突然失踪，蓬莱的叔伯们不知急成什么样子了，可惜没有记住他们的电话，否则打个电话报个平安也好。在青岛的爷爷也应该知道了吧，也在担心自己呢。没想到离开白河镇，竟发生了这许多的事情，似乎不是他这个年龄的人所能承担得了的。

宋浩回忆起了在白水河洗澡时的惬意，童年的时光是无忧无虑的，尤其是在爷爷的关爱下，万事不扰心，生活就像白水河的水静静地流淌着。但是眼下一切都改变了，无意中卷入了这场是非之中，自己已是脱不得身。现在虽被这唐家以礼相待，但是宋浩隐隐感觉对方还不是那么坦诚，仍对宋天圣针灸铜人有企图。他无奈地感慨一声，倒在床上，迷迷糊糊睡去了。

第二天一早，睡梦中的宋浩被一阵敲门声惊醒，忙起身整理了一下床铺。开门看时，却是唐雨。

"宋浩，你真行啊！刚刚接到蒙家的电话，他们兄弟两个昨晚安然无恙，果如你所言，经你针法调和，竟然治好了。"唐雨一脸兴奋地说道。

"好了就好，也是他们兄弟俩中的反针轻些，否则也要费些力气。"宋浩道，暗里也自一喜，自己的治疗还是得法的。

"蒙家兄弟还说了，要好好地感谢你一次，只是他们今天有个重要的生意要谈，不能来了。说是明天亲自来车接你，设宴答谢。"唐雨望着宋浩，笑吟吟地说。

"客气了，烦请唐姑娘转告对方，用不着的事，明天我还是不去了。"宋浩摇了下头道。

"随你好了。真是佩服你，针法上竟然有如此神奇的效果，是你的父亲传授给你的吗？"唐雨由衷地敬佩道。

宋浩闻之，神色黯然，良久，才叹息一声道："长这么大，我还没有见过父母的样子，是爷爷带大我的，也是他老人家传给我的医术。"

"哦！对不起！"唐雨大感意外。

"没关系。"宋浩笑了一下道。

沉默过了好一会儿，唐雨开口道："宋浩。"

"什么？"

"我们唐家这次将你劫来，实在是迫不得已，还请你见谅。"唐雨低头愧然道。

"没什么了，唐老伯已经和我说开了。"宋浩道。

"你……你不怨恨我吗？那日在你家中，是我施了迷药将你迷倒的。"唐雨顿了下道。

"算是一次意外，就让它过去吧。况且除此之外，你们也没有再强迫我什么。唐姑娘，谢谢你的诚意。"宋浩认真地说道。对于唐雨真诚的道歉，他心中多少有些感动。

"谢谢你的大度！"唐雨脸上呈现出了轻松和欢喜之色。"还有……"旋即欲言又止，忙转了话语道，"二爷爷叫你过去用早点。"说完，望了宋浩一眼，带着一种复杂的神情去了。

# 第十二章　神秘女子

这天晚上，宋浩正在房中阅读从唐纪处借来的一册古医书，忽然从外面传来了一阵打斗声。

宋浩正惊愕间，房门被撞开了，唐雨惊慌地闯了进来。

"宋浩，快跟我走，有一伙来历不明的人进了庄子，应该是冲你来的。"唐雨气喘吁吁道，一脸的紧张关切之情。

突遭变故，宋浩惊讶之余，倒是处变不乱，凛然道："让他们都来吧，事情总要有个了断的时候。"手指不由自主地捏了捏藏在袖口处的几根针。

这时，外面的打斗声愈加激烈起来，隐夹杂着唐青山的怒呵声，并逐渐向这边移动过来。

唐雨脸色一变，显是意识到了事情的严重性，道了声"先离开这里再说"，上前拉了宋浩转身就走。宋浩只好随了她去。

唐雨拉了宋浩离了房间，绕过了几栋房子，向庄后跑去。宋浩感觉到唐雨手心已渗出汗来，不知她为何这般紧张。

出了唐庄，上了一条公路，唐雨这才站下，意识到自己还握着宋浩的手，忙自松开了。随后递给宋浩一只小布包，说道："这是原先你身上的东西，里面我还放了一些钱，你拿着赶紧走吧。记住，你现在的情况非常特殊，日后不要相信任何人。我们唐家对不住你了。"显是话中有话。

"谢谢你，唐姑娘！"宋浩感激地道。

平日里唐纪和唐青山虽然对自己还算友善，但仍有留下自己的意思，而现在唐雨是真的要放自己走了。

"宋浩，你快走吧，以后要知道自己保护自己。"唐雨关切之余，似乎流露出了一丝伤感和留恋。她又掩饰地笑了一下道："还有，我们现在扯平了。"

"是的，我们扯平了。"宋浩也自回笑了一下，感激地望了唐雨一眼，转身消失在了夜色之中。

"对不起，宋浩，那具针灸铜人令所有的人都疯狂了……"望着远去的宋浩，唐雨喃喃自语，怅然若失。

在唐庄附近的一座土岗上，一名年轻的女子正举着望远镜在观察着唐庄的一切动静。当她看到有两个人出了唐庄，其中一人上了公路远去后，嘴角露出了一丝诡秘的笑容。此女子正是洛飞莺。

且说宋浩别了唐雨顺着公路顶着夜色一路狂奔，有种飞鸟脱笼的感觉。半个小时后，离唐庄已是远了，也是累了，宋浩这才放缓了脚步。

置身野外，夜色朦胧，茫然四顾，远近已无了人家。只因紧张和一路奔跑的疲倦，恍恍惚惚，竟不似那真实所在。

宋浩揉了揉太阳穴，深呼吸了几次，知道自己一定要保持清醒和冷静。虽离开了唐家，但是自己仍处在危险之境。为保铜人，蓬莱暂时是回不得了，先去青岛找爷爷吧，再商量个法子，以应眼下之变。

一道耀眼的灯光从身后射了过来，接着是几声鸣笛，驰过来了一辆货车。

宋浩见之一喜，忙招手将那辆货车拦了下来。

"大哥，能捎我一程吗？到前面有车站的镇子就行。"宋浩朝那司机喊道。

货车司机警惕地打量了一遍宋浩，犹豫了一下道："我有急事，赶着去拉货呢，你拦下一辆车吧。"说完，一踩油门，开车去了。

宋浩无奈地摇了摇头。

这时，又有一束灯光在远处亮起。适才被拒，宋浩已自无了兴致，转身而去，倒也不怪那些司机们，深夜之中，没有几个胆大的敢搭载陌生人的。

汽车由远而近，在宋浩身边戛然而止。宋浩一怔，不由得停下步来，奇怪地望了望。那是一辆越野车，随着车窗的落下，呈现出了一名年轻的女子的艳丽面容。

"喂！你这个人的胆子够大的，竟敢一个人走夜路，怎么样，捎你一程如何？"女子爽朗地笑道。

宋浩没想到女子竟然主动地让他搭车，不禁犹豫了一下。

"你如果想走就走下去吧，走上几个小时才有可能遇到有旅馆的镇子。"女子似乎看出了宋浩犹豫不决的心情，笑了笑道。

宋浩听了，想想也是，若这样在夜色中走几个小时下去也不是个事，也不甚安全，于是感激地笑了一下说："谢谢你，看来只好搭你的便车了。"说完，绕过去自行开了车门坐到了副驾驶位置上。

女子暗里得意地一笑，开车而去。

"认识一下，我叫李燕，不知大哥如何称呼？"女子问道。

"宋浩。"宋浩应了一声。

"一个女孩子敢开车跑夜路，不简单啊。"宋浩找了个话题。

"没什么，早已习惯了。我在开车云游全国，走夜道是很正常的事。"李燕笑道。

"哦！开车走遍全国，蛮羡慕的！"

"对了，宋大哥，你这是要去哪啊？"

宋浩道："随便到前面一个只要有车站的地方就行，然后去青岛。"

"青岛！好地方！你要是不介意，我用车直接送你去得了，顺便我也去那里走上一回。"

"这怎么行，岂不误了你的行程？"

"没事，我这是全国游走，没一个明确的目的地，随遇而安，到哪里都行，好人做到底，就将宋大哥直接送到青岛得了。"李燕笑了笑道。

"这个……"宋浩一时间不免犹豫起来。一个陌生的女子主动让他搭车，又要不远千里地主动送他去青岛，且在唐庄遭袭，自己刚刚离开那里的时候，这其中……宋浩心下不禁犯疑。

"怎么，你怀疑我对你有什么企图？那就算了，到前面镇子上你下车就是了，要是过意不去，捎你的这一段路程就给点车费。唉，这年头，好人难做啊！"李燕似乎看出了宋浩的心思，摇头叹息了一声。

"对不起，我没有别的意思。"宋浩神态大窘。

"没什么，随你的便。"李燕自嘲地笑了一下。

气氛暂时陷入了尴尬中。汽车的车速却被李燕有意无意地降了下来。

宋浩这时从衣袋中掏出了唐雨送给他的那个布包，打开来看时，除了自己原先的几种物件还有那根金龙针外，竟还多出了一叠钱，应有一万之数，显是那唐雨所赠。

"唐姑娘如何送我这么多钱？"宋浩心中惑然，也生出一股暖意。

"宋大哥，出门在外，财不外露，你不怕我劫了你？"李燕望了一眼捧着一叠钱在发呆的宋浩，笑道。

"李小姐能如此清闲，并且开着这么好的车全国到处旅游，一定是个有钱人，哪里会看上我这点钱。"宋浩应道，遂将手中的东西收了起来。

"呵呵，你既然认为我不会图你的财，你还怕什么？怎么样，送你走一回青岛如何？无他意，就是想在路上找个人说话而已，这些天实在是闷坏了。"李燕又自来了兴致。

宋浩听了，心下寻思："此女性格倒也开朗，这般气势，当是出自有钱人家，对于一个单身旅行的女孩子，我可能过虑了。她若开车将我直接送到青岛，就可以尽快见到爷爷了，时间上自会省了很多。"

想到这里，宋浩说道："真的不会耽搁李小姐的行程吗？若是同路，我倒是求之不得。"

李燕听了，嘴角挂起一丝诡秘的微笑，随即颇似大度地笑道："不会误我事的，我本来就是天南海北地游荡，去哪里不是去？能在这大半夜里捡着你，也算是我们的缘分。我看你像是个好人，有你在，我夜里开车也有些安全感。你只要陪我说话就行了，一路上的费用自不会用你管，到了青岛，你请我吃一顿大餐就行了。"

"成交！"宋浩不免被李燕的开朗豁达所感染，一口应了。

"坐好了！"李燕兴奋之下，将汽车提速飞驰而去。

行了一程，汽车进了一座小镇。李燕寻了一家旅店将车停了下来。

"宋浩，我们在这里休息一下吧。开了大半夜的车我累了，你应该也没有休息过吧。"

宋浩道："也好，疲劳开车是很危险的，睡上一觉再走不迟。"

旅馆的服务台前。

"你好！二位要住宿吗？请拿出身份证登记，还有，我们要看一下结婚证。"服务台里的服务员彬彬有礼地微笑道，乃是将二人当做夫妻了。

李燕、宋浩二人愕然地互望了一眼，李燕脸上自呈现出一片红晕。宋浩则不自然地揉了揉额头。

"你搞错了，我们是结伴旅行的朋友，要开两个房间的。"李燕不快地说。

"对不起！对不起！"服务员忙道歉，用狐疑的眼光望了望二人，随即办了住宿手续。

宋浩欲要上前付账时，李燕已自抢先付了，说道："这点小账不要争，明天由你来付饭钱好了。"

宋浩听了，只好作罢。服务员见二人如此模样，眉头不禁皱了一下。

二人从服务台上拿了各自房间的钥匙，刚要上楼时，忽从楼梯上涌下来五六个人，面呈惊慌，搀扶着一位痛苦呻吟的双手捂着腹部的老者，显是患了急腹症。

"这位老伯怎么了？"一名旅馆的工作人员听见动静，从一间屋子里走出来惊问道。

"我爹不知怎么回事突然间害起了肚子疼，请问医院离这里远吗？"一个人焦急地应道。

"不算远，打个车几分钟就到了。"工作人员说着，帮忙去开门。

李燕望着眼前的情形，随口小声嘀咕了一句道："半夜三更的去什么医院，两根针就解决了。"脸上呈出几分不屑之色。

医者仁心，宋浩见眼前有病患，欲上前拦下出援手进行诊治，听到李燕的话，不觉一怔，望着那些人搀扶着老者出门去了，没有动。

"宋浩，发什么呆？上楼去了。"李燕用手捅了宋浩一下。

"哦。"宋浩应了一声，随李燕向楼上走去。

"李小姐，冒昧地问一句，你应该是从大学里毕业的吧，不知是学什么专业的？"宋浩边走边问道。

"经济管理。"李燕犹豫了一下，说道。随又笑道："我现在是不务正业，等玩够了再去上班。"

宋浩听了，眉头微皱，没有再说什么。

"对了宋浩，你要是饿了，一会儿我们下去找个地方吃点饭吧。"李燕似乎有意将话题岔开。

"我不饿。"宋浩有些心不在焉。

"那就算了，我也不饿，明天睡醒了再吃顿好的吧。"李燕笑了笑。

"202是你的房间，204我住。晚安！"走到房间门口，李燕说道。

"哦，晚安！"宋浩回应了一声，开门进入了房间。

望着宋浩的身影，李燕站在那里若有所思。

宋浩进了房间，反锁了门，坐在床上寻思：适才在楼下，李燕不经意的一句话说明她是懂医术的，并且精通针术，上楼时探问，她却说是学经济管理的，显然是在说谎。

世上哪有这般凑巧的事，半夜里在路上遇到一个主动让你搭车的女子，又是习医的，不是为了天圣针灸铜人而来，又能是为了哪般？

"现在的女孩子真是搞不懂，一个个看着都是文文静静的，暗里却都藏着杀心呢！"宋浩摇头感叹一声。

看来青岛是去不得了，可不能将麻烦引到爷爷那里去。

"你现在的情况特殊，日后不要相信任何人。"宋浩想起了唐雨临别前的叮嘱。二人相处时日不长，话语也不多，但此时一想起唐雨来，宋浩心中竟自生出了一种莫名其妙的暖意，或是初次受到陌生人关心的缘故吧。

"如何是好呢？"宋浩陷入了两难的境地。

万一自己判断失误，对方是一番好意，岂不错怪了她？可是这个李燕若真的是为天圣针灸铜人而来，当是一个危险的人物。事情未断虚实之前，贸然地拒绝她，出尔反尔的也不甚好。一个小丫头又能施展出什么诡计呢。青岛看来暂时是不能回去了，那就去济南好了，到了济南，离开这个李燕之后再乘车去青岛找爷爷。她若是个真正的旅行者一切倒还好说，倘若有企图，抛开她就是了。一个女孩子，应该对自己施不出什么强硬手段来。

想到这里，宋浩心中倒也坦然下来，洗了把脸，倒床睡去。

在另一房间里，李燕正躲在卫生间里小声地打着电话。

"爸，风火堂的人偷袭唐庄未得手，反将宋浩惊走了。不过他已经在我手上了，我是以一个旅行者的身份在半路上故意让他搭乘我的车。唐家虽然先行将他掠去，过了这些日子应该也没有逼问出铜人的下落，所以我想另施它法从他嘴中套出话来，先不要对他用强。他此次是去青岛，铜人有可能就藏在青岛的某个地方，放心，这次我不会再失手了。这个宋浩看来是个极普通的人，还是比较容易对付的，我要让他主动地说出来，并拱手相送。真想不通，金针门窦家为何将宝物托付给这个人来保管。"

原来这个李燕竟然是洛飞莺化了名的。

"莺莺，"电话里传出了洛北明阴沉的声音，"既如此，就按你的计划行事吧，青岛那边我会安排人手等候你，到时助你将天圣针灸铜人夺来。记住，这次不要再令我失望。"

第二天，睡梦中的宋浩被一阵敲门声惊醒。

"宋浩，起床了，快到中午了，你还走不走了！"门外传来了洛飞莺的声音。

宋浩看了下表——十点多了，忙起身应了一声。

"我在街道对面的四海酒家等你，一会儿先去吃饭。"洛飞莺说了声，转身去了。

在四海酒家，洛飞莺已叫好了一桌子丰盛的饭菜，见宋浩进了饭店的大门，她扬手招呼了一声。

"怎么，还要请别人吗？"宋浩见了满桌子的饭菜，颇感意外。

"请别人干嘛？叫了这些菜是咱们俩吃的。放心啦，不用你掏钱的，我请客。等到了青岛，你陪我好好地玩几天，一切费用可要由你承担了哟！"洛飞莺笑道。

"浪费！"宋浩暗里嘀咕了一声，随即坐下来说道："对了，李小姐……"

"叫我李燕好了，小姐小姐的听了别扭。"洛飞莺打断道。

"也好，李燕，有件事要通知你一声，我不打算去青岛了，改去济南，你还送我去吗？"宋浩说道。

"去济南？"洛飞莺闻之大感意外，眼中不免呈现出失望之色。

她表情上的瞬间变化，已被宋浩收在了眼里。"你要是不方便的话，我去车站乘坐火车好了。"他说。

"去哪里对我来说都是一样，济南就济南吧，路程还短一些。我做你的司机，这辆汽车随你调动就是了，反正我也没有什么事，出来就是玩的。"洛飞莺收敛了惊疑之色，掩饰地笑了一下，心中暗忖："我露出什么破绽了吗？他为什么要改变地点？哼！就是怀疑上我也没什么，我铁定粘上你了，不交代出天圣针灸铜人的下落，我是不会罢手的。"

宋浩见其如此难缠，意图是愈来愈明显了，也自点头默认了。乃是认为对方既然盯上了自己，便不易甩掉，与其令其躲藏在暗中算计自己，不如让其站在明处，即使有变，自己也能察觉，到了济南之后再寻机脱身就是了，顶多也就两天的路程，将对方稳住再说。

二人各揣心思，这顿饭吃得倒也无甚趣味。

洛飞莺见宋浩神态自如，似乎对自己并无怀疑，只是隐见其嘴角挂有一丝冷笑,倒有种高深莫测的样子,心下蓦然一惊,"这小子莫不是在和我玩大智若愚?可是低估了他吗?"

"必须在到达济南之前得手,路上须另做文章,拖延些时日。我就不信了,已经到手的鸭子还能再飞了不成?"洛飞莺暗里冷哼了一声。

吃完了饭,洛飞莺结了帐。宋浩大咧咧地坐在那里用牙签剔着牙,并随口向服务员要了两罐价值不菲的饮料,说是路上喝,明显在拿那洛飞莺开涮了。你不是愿意专车来送我吗,吃住等一切费用也愿意出吗,拉关系、套近乎,那我就接受好了,何乐而不为呢?本来这顿饭是宋浩要请的,但识破了对方的企图后,便心安理得地接受了这一番"好意"。

洛飞莺也自看出了一些意思,干咽了一口怨气,仍旧赔着笑脸,心中却是发狠道:"先别得意,待铜人得手,再收拾你不迟。"

"嘿嘿,李小姐,不好意思,又让你破费了。"宋浩从服务员手中接过那两罐昂贵的饮料,倒是有些难为情地笑了笑。

"没关系。宋大哥倒是知道找机会享受生活啊。"洛飞莺怪怪地笑着,心中却恼道:"小子,有便宜占你尽管占了便是,本小姐可是不缺钱的,但等铜人得手,我要你百倍偿还于我。你即便起疑,只要不挑明撕破脸,我自有机会让你就犯。"

# 第十三章　冰火神针

宋浩、洛飞莺二人随后上了车，继续前行。

宋浩坐在车上悠闲自得，不时地朝后面观察着，倒也没发现有特别的车辆尾随，心下稍安，知道李燕是独自在行动，即使生变，自己也能应付得来。偶尔查看一下路旁的路标，一路北行，倒也不怕对方将自己载到别的地方去。

洛飞莺一时间倒无了话语，乃是在思索着如何令宋浩说出天圣针灸铜人的下落来。气氛暂时陷入了沉默，只有汽车在不紧不慢地行驶着。

午时过后，忽见前方有一人站在路中间招手拦车，旁边竟还坐着一个人，显然是遇到了急事要求搭车的。

"讨厌！"洛飞莺眉头皱了一下，将车速缓了下来。

宋浩见状，心下道："必是这个丫头安排的计划，我倒要看看你能施出什么诡计来。"

汽车在前面停了下来，洛飞莺降下了车窗。

一名戴眼镜的中年人迎上来，焦急地说道："这位姑娘，行行好，我的孩子病了，麻烦将我们带到前方的吴家集，不远，也就半个小时的路程。今天也不知怎么了，这路上车特别少，好不容易才遇上你的车。"

洛飞莺脸上呈现出了不甚情愿的神色，本来有个念头刚刚在脑中形成，自不愿被这意外的事件干扰。

宋浩望了望坐在路边地上的那个病人——那是一个十二三的少年，脸色潮红，正自张口抬肩地喘着粗气。

宋浩见状不由一惊，忙下车走到那个少年身旁，说道："小兄弟，我来给你看一下好吗？"也不管少年同意与否，持了其手腕便诊上了脉。然而宋浩的手一触及少年的皮肤，便感觉烫手，这少年正发着高烧，且两手六部脉弦数有力，乃是一大热之证，这才知道遇到了一个真正的病人，并非是李燕故意安排的，少年的病情可是瞒不了宋浩的。

"都到了这种程度了，怎么才想起来去医院看病？"宋浩朝戴眼镜的中年人喊道。

"这孩子到外面玩了，感觉不舒服便回了家，我也是才发现。"中年人慌乱道。

"我先用针暂缓其病势，一会儿到了医院再治疗吧。"宋浩说着，从袖里出了一针，在少年的少商、大椎等几处穴位上分刺了几针。

洛飞莺坐在车里见了，心下道："这个宋浩果然是个习医懂针术的，老爸说此人的指力超强，并且到了恐怖的地步，我倒是看不出来。"

中年人见宋浩出针治病，知道遇上了一个医生，自是一喜道："谢谢你了！我姓刘，是个老师，这是我的儿子小虎子，不知大夫怎么称呼？"

"叫我宋浩好了。他叫小虎子吧，病情不能再耽搁了。"宋浩随即将小虎子抱了起来，转身放到了汽车的后排座上。

"李小姐，这孩子正发着高烧呢，必须去医院治疗，劳驾你跑一趟了。"

洛飞莺无可奈何地点了一下头，暗里却怨道："你倒是会做好人，以为我会抛下他们不管吗。小子，看看最后谁会来救你！"

待宋浩和刘老师上了车，洛飞莺启动汽车飞驰而去。

一上车，刘老师的神情便放松了下来。

"这下好了！到了冰火神针吴启光那儿，这孩子就有救了！"刘老师长吁了一口气道。

"这种急症最好是送去医院。"洛飞莺边开车边说道。

"到医院挂吊瓶打针，一天半天的也未必能将烧退了。而到了冰火神针那里，顶多个把小时就能令这孩子的高烧退了，也便自好了，不用拖上个几日的。"刘老师自信地说道。

"冰火神针？怎么讲？"宋浩诧异道。

"当然是指吴启光的针灸术了，说起来也是神了，那吴启光用一根普通的针竟能在人身上扎出冷热的神奇感觉来。我就曾感受过一回，那是着了风寒，周身冷痛不止，结果被吴启光几针刺下去，就像泡了回热水澡，连骨头都蒸透了，风寒立解，那是个舒服！这次小虎子发了高烧，扎几下'冷'针，应该就能退烧。有亲戚家的孩子曾感冒发烧，就是被吴启光用针扎好的。一次保好，不用来第二次了。这个冰火神针吴启光可是我们这儿的神医，老先生医术高，人也好，方圆百十里没有人不敬他。"刘老师颇有些自豪地说道。

"一根针竟然能刺出冰火两重天来！世上果有这般奇人吗？"宋浩惊讶道。

"你说得也太夸张了，针上岂能随意刺出这般冷热效果，必是配合了药物，你们这些人不知道罢了。"洛飞莺摇头不信。

"你们是外地人，自然是不晓得了。那些省城大医院里的专家教授也曾到吴大夫那里观察过，还将他用过的针拿去化验，结果什么也没有验出来，最后定了个结论：'冰火神针！人间奇迹！'"刘老师说道。

宋浩、洛飞莺二人未再说话，他二人都是在针术上有着非凡造诣的高手，今闻那"冰火神针"的神奇，皆自有了去见识一下的意思。

汽车行了一程，驰进了一座小镇。在刘老师的指引下，汽车在路旁一家私人中医诊所门前停了下来。门前聚集着一些人，显是来寻那吴启光看病的，屋子里坐不下，只好在门外等了。

望着眼前的情形，宋浩想起了昔日白河镇平安堂也曾有过的患者盈门的盛况，心下不胜感慨。

宋浩将小虎子抱下了车，刘老师则在前面开路，他焦急地说："大家让让！我孩子患的是急病！"

那些候诊的病家听了，便让出了一条路来。

诊室内，坐着的、站着的，一大屋子的人，一位身穿白大褂略发福的满面红光的中年人正坐在一张桌子旁不紧不慢地搭脉诊病，四周墙壁上挂满了锦旗，无非是那些"妙手回春""医德高尚"之类，正中挂着的那面绣着"冰火神针！人间奇迹！"的锦旗最为显眼，落款处竟是"山东省中医研究院、山东省中医院敬赠"看来这位吴大夫的"冰火神针"之术乃是得到了省内中医最高学府及官方的承认。

诊室的里间是中药房，一名妇女正在忙碌着按方配药以及划价收款事宜。可以看出，这位吴启光是一位针药皆能的多面高手。

"吴大夫，我孩子患了急症，先看一下吧。"刘老师排开人群，挤到了桌子旁，松了一口气说道。

"哦，是刘老师啊。既有急症，还是先看吧，稍等一下。"吴启光撇下正在诊着的病人，忙站起身道。

"放这边的病床上。是小虎子吧？"吴启光指了一张坐满了人的木床，对抱着小虎子的宋浩说道。那些人忙让开了去。

吴启光先是摸了一下小虎子的额头，随后又诊了两手之脉，说道："外感了风热。这孩子烧得厉害，再来晚些，怕是要将肺子烧坏的，先解了热再说。"

吴启光在桌子上的托盘里取了一大块酒精棉球，在自家十指上擦了擦，先行消了毒。然后叫小虎子脱去上衣翻身趴在床上，复取了消毒棉球将他的两臂曲池穴及背部两处肺俞穴消了毒。接着从在桌子上的一个密闭的针盒里取出了四根三寸长的毫针，起手照四穴一一刺下，曲池穴刺入得深些，肺俞穴刺入得浅些，免伤肺脏。随手另取一针，扬刺数穴，不留针。手法平常，也无甚异处。

接着，吴启光凝神稍止片刻，右手前伸，握住了刺在一处肺俞穴上的针柄，轻微捻转了几下，便静止不动了，整个身形也如定住了一般。

宋浩是针法方面的行家，此时却惊异地发现，吴启光持针的手指看似不动，实则在疾速微颤，只是频率太快了，加上幅度轻微，令人几乎看不出来。

"果然是针法上的高手！"宋浩暗里惊叹了一声。

三分钟之后，吴启光这才收手，于其他三穴处又如法炮制。诊室里鸦雀无声，众人都在屏息静气地观看吴启光施展冰火神针。

洛飞莺也自看出了吴启光针指之间的细微变化，心下惊疑，本以为洛氏魔针天下无敌的她，此时方知人上有人，天外有天。

"吴爷爷，你的针扎得我好舒服啊！心里像是吃了个冰棍呢！"一直被高烧折磨得眉头不展的小虎子，这时脸上露出了欢快的笑容，高兴地说道。

"吴爷爷在给你治病，不要说话。"刘老师在一旁制止道。

"没关系，这说明孩子的热开始退了。"吴启光笑道，随后收了针，拿过一支体温表，递于小虎子道："放在腋窝下夹上一会儿，看看烧退了多少了。"说完，又去诊治别的病人去了。

"从家里来时我量过一次，41℃。"刘老师说道，此时也自松了口气。

宋浩上前摸了一下小虎子的额头，已不似先前那般滚烫了，触手温热而已，且有些潮润，已自出汗了。

"汗出热解，看来也配合了'汗法'。仅仅十余分钟，施了数针而已，竟令高热退得这么快，果然能在针下刺出冰火两重天来！厉害！"宋浩心中惊叹不已，知道便是自己全力以针法施治，也要两个小时后才能令其退热。

"37.2℃！已经退得差不多了！"刘老师这时举了体温表惊喜地喊道。

吴启光那边笑道："叫孩子该玩的玩，该跳的跳，晚上不烧就没事了。明天若是还有点热，再来一次好了。"

"吴大夫，上次还欠着你的45元药费，加上这次，你看……"刘老师一边说着，一边从衣袋里掏钱。

"给50元得了。"正在诊病的吴启光扬了一下头道。

"够吗？"刘老师有些难为情地说。这等于花5元钱治了一次大病。

"给孩子治病有什么够不够的，就这样了。"吴启光说了一句，便开起药方来。

见吴启光忙得很，刘老师没有再说什么，将50元钱放在桌子上，道谢了一声，领了小虎子向外走去。

"谢谢你们开车将我们送来。"刘老师又朝宋浩、洛飞莺二人点头谢道。随后父子二人高兴地离去了。

宋浩站在那里没有动，遇上吴启光这般医中高手，心中自有了求教之意。洛飞莺也是不急着赶路，见宋浩暂时没有走的意思，站在一旁未吱声，趁机思考着下一步的计划。

这时，一辆黑色轿车在诊所门前停了下来，一位干部模样的人从车中走出，挤开人群向屋子里走去。

"看病排队啊，又不是急症。"有人不满地小声嘀咕道。

那人旁若无人地进了诊室，喊了一声道："老吴！够忙的啊！"

"哟，是王局长啊。"吴启光应了一声，并未起身，仍在看着病。

"请坐吧。"吴启光笑了一下道，虽然诊室里已无可坐之位了。

"不坐了，我还有事。老吴，我爱人的那副药配完了没有？"那王局长蛮横地推开几个人，来到桌子旁边道。

"配完了，就按我以前告诉的方法服用。"吴启光说着，从桌子的抽屉里拿出一包药来。

王局长接过，放进手拎包里，转身便想走，忽觉得不是个事，随口敷衍地问了一句："多少钱啊？"

"卖给别人是 30 元钱，你最好给我 500 元。"吴启光盯着王局长，微笑道。

"嗯？"那王局长脸色变了变，讪笑了一下道："老吴，你宰我宰得也太狠了吧，卖给别人 30 元，凭什么卖给我 500 元啊？"

"王局长别误会，这也是我的一种治疗手段。主要是局长夫人的一双眼睛吊在天上，容不得便宜物。若是听说仅仅是 30 元的药，可能不屑一服，那时灵丹妙药也不起作用啊，如果听说是 500 元买来的药，或许才信，信者为医嘛。当然，我也可以分文不收的，王局长将药拿走了便是，就怕起不到治疗作用啊。"吴启光郑重其事地说道。

"呵呵，你这老吴，治病常出怪法，倒也能每每收获奇效。好，我就信你一回，病好了就成，我不在乎钱。"王局长说着，倒也痛快地从包里数了五张票子放在了桌子上，道声"回见！"转身去了。

待吴启光一双眼睛盯着门外王局长的车离去了，忽如孩童般从座位上跳将起来，哈哈一笑道："痛快！今天又劫富济贫了一回！曹海家的来了没有？"

一个老实巴交的人从一旁站起来，怯怯地说："吴大夫，我来了。"

"呵呵，来了好，你欠我的那 300 元药费免了，这位王局长替你买单了。"吴启光大手一挥道。

"这……这好吗？还是等地里的果子下来卖了钱再还你吧。"那曹海一脸的惊讶。

"我说免了就免了，别客气！对了，你老婆的药我也配好了，也免费送你，记住，服药期间叫她莫要沾凉水和吃生冷食物，也勿要令她生气。吃完这副药也就差不多好了。"吴启光说着，从旁边拾起一包药朝那曹海抛去。

曹海接住药，感激得不知说什么好了。

宋浩、洛飞莺及众病家被吴启光的这种豁达诙谐的态度感染了，无不为之感动。原来病也可以这样来治，医生也可以这样来做。

一位候诊的老者说道："吴大夫，你儿子不是在和你一起看病吗，今天怎么没见他的面？"

吴启光无奈地摇了摇头道："属今天人多，他却去吃朋友的喜酒去了，这小子心里也没个数，要累死我呢！妈妈的！"也不知他在骂谁呢，令旁边之人不禁偷乐。

诊室内的情景令宋浩想起了昔日的平安堂，想起了和爷爷一起忙碌时的情景，不由脱口说道："吴大夫，我叫宋浩，也是习中医的，让我来帮你好吗？"

话一出口，宋浩便后悔起来，在人家的诊室里给那些病人诊治，乃是犯了医家大忌，虽说自己也是一番好意。

吴启光闻之先是一怔，笑了一下道："你不是和刘老师一起来的吗？"

宋浩道："在路上遇见的，他们父子搭的我们的车。"

"是这样。小伙子，你若能帮我那真是太好了！处方和针盒在桌子上，用什么你自己取好了，不过开出的方子让我先看一下。"吴启光竟然应允了。

宋浩没想到对方同意了自己的冒失之举，颇感意外，也自随之一喜，医家心性，倒也未顾及许多，四下扫视了一圈，意思是，谁来让我看病。

那些候诊的病家见一个年轻人贸然地站出来说要给人治病，哪里有信他的，皆坐在那里未应声。人家可是奔着那吴启光来的，如何肯信一个愣头小子。

洛飞莺站在一旁撇了撇嘴，心下道："你自家现在都吉凶未卜，倒有这般闲心来给人治病，且在人家的诊室里，在人家未邀请之下，毛遂自荐，倒真能放得开啊！"

宋浩见无人应他，然而话已经出口，只好硬着头皮上了，见有一人手捂肩膀，面呈痛苦之色，于是过去问道："手臂怎么了？我给你看下吧。"

那人犹豫了一下道："骑自行车摔倒了，不知何故手臂便抬举不来了。到医院拍了片子，骨头也没事，医院大夫也无法子治，我便听人介绍来寻吴大夫治了。"

"那是因为跌倒后挫伤了经脉，阻滞了气血，臂不举的症状虽有，却在仪器上查不出实质性的病变，施针术调理一下就可以了。"宋浩说道。

"那……那你就先给我治一下吧。"那人见宋浩很自信的样子，说的又有些道理，迟疑了一下说道。意思是便是治不好，一会儿再让那吴启光来治疗好了。

宋浩笑了一下，于桌子上的针盒里取了支一寸长的针来，持了那人的手臂，用酒精棉球在食指关节处消了毒。

那人见状惑然道："就用这么短的一根针啊？行吗？"

宋浩笑道："你这病，一根针足矣。取穴不在多而在精。"说话间，指间一动，那针已然刺入了对方病侧食指关节处的三间穴，随即略施手法，留针。

少顷，宋浩道："可将手臂举起来试试。"

那人听了，犹豫了一下，还是试着将手臂伸展来，慢慢抬起，"咦？"惊喜地发现已能活动自如了。

"你已经没事了，只是近几日注意勿要过于用力。"宋浩微笑道。

旁边的吴启光见状，颔首一笑，露出些赞许之意。

"小伙子，厉害着呢！也给我看看！"立时间，有几位腰疼腿痛的病人围了上来，要求宋浩诊治，其他病人仍耐着性子坐在那里等候吴启光的诊治。

宋浩于是该施针的施针，该用药的用药，转眼间又诊治了数名病人。将开出的药方先予吴启光看了。吴启光阅后点头道："药证相合，可用。"显是那几位病人多是他以前诊治过的，开什么方子用何种药他自家心中有数。

洛飞莺一旁心中讶道："宋浩这小子果是有些本事。针法娴熟，取穴精确，当是医道上的高手了。"暗里不免多了几分敬意。

有了宋浩的帮忙，诊室中的病人逐渐地少了。待吴启光治完了最后一个病人之后，站起身来，笑逐颜开地说："宋浩是吧，真是不错啊！一定是家传医术了，否则哪里会有这般效果。今天亏了你了，省去我很多时间，多谢了！"

宋浩欣然道："吴先生不怪我冒失就可以了。"

吴启光笑道："医者仁心，遇病便治，是不分时间地点的，也是要有这份本事才行。没想到你也能针药同用，甚合我性，走，我要请你喝酒。没什么事的话就住一宿，互相交流交流。"

宋浩此时心中一动，高兴地应道："好啊！恭敬不如从命！"随即对一旁的洛飞莺道："李小姐一路车载宴请，在此多多谢过。我与吴先生有缘，还要留下请教，所以决定暂时不走了，还请李小姐自便吧。"欲借此机会脱身。

洛飞莺闻之先是一怔,随即暗里冷哼了一声,讪笑了一下道:"你的主意变得真够快的,也好,反正我也没有什么事,看看这里有何风景名胜,住上几天再走也不迟。"

宋浩听了笑道:"随李小姐的便。"心中却是一懔,知道果然是来者不善。

洛飞莺复狠狠地瞪了宋浩一眼,悻悻离去。

吴启光一旁看得莫名其妙,诧异道:"宋浩,你和这位姑娘不是一起的?"

"搭她的车而已。"宋浩应道。

"哦。俗话说面可相人,这位姑娘虽是美艳不俗,但却是凤眼横眉,当是性情乖张之人,尤其是目中呈带怨意离去,怕是你得罪了她吧。"

宋浩摇头苦笑道:"我与她相识不过一日,哪里能得罪她来?"

吴启光道:"这样最好,这样的姑娘还是少与她接近的好,否则便有麻烦让你来受了。"

洛飞莺离了诊所,坐在自己的车上,心中好生气恼。此时才知道宋浩可不是一般的傻小子,怕是已识出自家的来意了。

"想摆脱本姑娘,做梦!为了针灸铜人,且将就你一回,日后看我用什么法子来收拾你,这江湖上的水,可不是你来趟的!"洛飞莺咬着嘴唇,恨恨地说道。

远处,一位留有山羊胡须的精瘦灰衣老者望了望吴启光的诊所,又望了望洛飞莺的汽车,眸中迸出了骇人的杀气,随即诡秘地一笑,转身悄然隐去。

# 第十四章　生死门

诊所的后宅院，吴启光在厅中备了酒菜招待宋浩。

待问起宋浩家学渊源，吴启光惊讶道："原来你是名医宋景纯之后！失敬，失敬！景纯先生大名在吴某少年习医之时便常闻师父们讲起，实乃医家中的传奇人物，今日有幸得见其后人，也是一种缘分。"

当闻得宋氏后人中只有宋子和和宋浩独延宋氏医道一脉，吴启光也自不胜感慨。说起中医在当今之世有没落之势，吴启光与宋浩相对而叹。

宋浩随后敬佩地说："先生冰火神针堪称神奇，虽说针法上有'烧山火、透天凉'之说，然而能真正地刺出冰火两重天的奇异效果来，古今怕是也只有先生一人了。"

吴启光摇头道："能成就冰火神针者，吴某称不得独家，算起来古今当有六人。此针法源于唐朝刘姓医者，其真名已不可考；宋时著名医学大家席弘承此术，元朝罗天益偶得其法，明人高武又得罗天益遗世之书而成，清朝时有一痴癫道人又偶以此术显世。二十年前吴某从一册在路边书摊上无意收购的古医书中窥得此术，依法苦练数年始成。"说完，那吴启光颇具得意之色。

宋浩闻之惊叹道："真乃天意成全先生！此针法奇效，指针之下，冰火两重，寒热可控，当是有内家修为在里头，否则哪里会有这般速效神感？"

吴启光道："无他，唯手法而已！但以一定的指力为基础，掌握频率快慢强弱的变化，再择以相应的时辰、穴位，日久习练，冷热自出。我且试一下你来看。"

说到这里，吴启光起身取来一玻璃杯清水来，先让宋浩以手指伸入水中试了，乃一杯冷水，又寻了一根针灸用的三寸毫针，右手持针探入水中，凝神定气施起针法来。

乍一看起来，杯中水与吴启光指下的针身并无动静，然仔细观察之下，针尖处却是在微颤不止，偶有提插之象。

少顷，吴启光收手笑道："宋浩，你再试试看。"

宋浩复又将一指探入那杯水中，惊觉水已温热。他取了吴启光刚才用过的毫针，欲效法一试，不料一针刺入杯水中，却习惯性地施了一手霹雳针法。但听得"砰"的一声爆响，水花飞溅，玻璃杯竟被震得破碎了。

"咦！"吴启光一声惊呼，没有想到宋浩的针下竟然能生出如此强劲的震荡力来。"宋浩，你能有这般指力，针道上可称一绝，也是有了能施出冰火神针的基础，但将此力道弱化开去，频震之间，冷热可成。"

宋浩闻之大喜道："还请前辈指教了！"

吴启光笑道："此针法难成，也是难遇有缘之人，先前也曾遇到过几个资质不错的人，虽是尽了心力去教，却无人可成。可见医术也要择人才能成事，所谓神术天成就是这个道理了。"

随后吴启光授以宋浩冰火神针的奥妙，也自是那几句口诀窗户纸一捅就破的事。

宋浩拜受，欣喜非常。

"你是古今能施此冰火针术的第七人。按我传你的法子去习练，一个月便能产生效果，三个月可成！也是你指力奇强，故能一通百通，一成百成，好宋浩！三月之功，抵我多年苦练，真是没地方说理去啊！"吴启光高兴之余，也自感慨道。

"多谢前辈成全之恩！"宋浩感激地道。

"哈哈哈！今天真是痛快！结识了你这位年轻的高手，我老吴也心满意足了！"吴启光爽朗地笑道。

"先生如此豁达！更能不吝奇术，提携后辈，宋浩当不会令先生失望。"宋浩敬佩之余，诚恳道。

吴启光笑道："莫要夸赞我吧，脸都红了。你这孩子我看好的，日后必有大出息！"

谈笑间，屋子里进来了一个年轻人，却是吴启光的儿子吴松醉酒归来。吴启光将宋浩与他引见了。吴松打了声招呼，便进自己的房间歇息去了。

眼见天色已黑，宋浩想起自家现在的处境，忙道："不瞒先生，晚辈这次孤身游走，乃是遇上了一件极其棘手的麻烦事，现在不方便与先生说，待日后有机会解释。今晚我必须离开这里，否则也会给先生带来麻烦的。"

吴启光闻之惊讶道："你的麻烦莫不是来自白天的那位姑娘？"

宋浩忧虑道："只是一部分，大麻烦可能还在后边。"

"哦？"吴启光眉头皱了一下，"看不出你会是个惹是生非的人啊。既然如此，一会儿吴松醒酒后我叫他用摩托车送你走，到了前面镇子上的火车站，你再乘车走吧。"

宋浩听了，感激地说："这样最好了！"

吴启光又说道："那个丫头非善类，或许未走，在留意你行踪。你且过了午夜再走不迟，想个法子引开她。呵呵，我也觉得有些紧张呢。"言罢，摇头苦笑不已。

宋浩愧然道："拖累先生了。"

吴启光笑道："不妨，看你不是那种能做出什么坏事的人，既然有人寻你麻烦，我暂助你脱身就是。也是同为医道中人，些许小忙，算不得什么。"

宋浩感激道："日后有机会必来谢过先生！"

吴启光笑道："勿要客气，能结识你这位不一般的小朋友，且能习了我的冰火神针去，便是你我的缘分。"

二人又聊了一会儿，将至午夜时分，吴启光唤醒了吴松，将宋浩现在的处境说了一下。

吴松微讶之余，倒也不甚为意，笑道："没问题，玩一次游戏而已，我保证宋浩兄弟能脱身。"

接下来吴松给附近的朋友打了几个电话，不到十分钟，外面响起了一阵摩托车的声音。宋浩随吴松出去看时，乃是来了六辆摩托车，每辆摩托车上又载着一个人，皆是些年轻人。

宋浩随后与吴启光一拜而别。吴松叫宋浩与其中的一位年轻人换了衣服，戴了头盔，然后亲自驾驶一辆摩托车载了宋浩与那六辆摩托车上了公路后分两路飞奔而去。

到了一路口处，与吴松同行的三辆摩托车分别择路驰骋而去，吴松载着宋浩下了公路沿一条土路抄近道向前方的一座镇子去了。

将近一个小时左右，吴松的摩托车到了一座镇子上。吴松又打电话唤来了一位开出租车的朋友，然后对宋浩笑道："宋老弟，我只能送你到这里了，你且坐了我朋友的车去吧，天亮后再换一次车去你想去的地方，那时便是神仙也难摸清你的行踪了。"

宋浩感激地说："谢谢吴大哥了，日后有机会一定回来拜谢你和吴先生。"

吴松笑道："好！希望以后还有机会见到你。"说完，吴松又叮嘱了朋友几句，挥了挥手，驾驶摩托车去了。

出租车载了宋浩离了镇子，悄然消失在了夜色之中。

一路行来，宋浩不时地回头观察，倒也未见可疑的跟踪车辆，心下稍安。

至一加油站，宋浩见有一辆开往山东某城市的长途客车，于是辞谢了出租车司机，上了客车。

这辆客车上的乘客不多，宋浩有些困倦，靠在座位上迷迷糊糊地睡了过去，也是觉得这般走来，再无人知晓他的踪迹，自感安全了。

睡梦中，客车一个震荡，将宋浩激醒。睁眼看时，原来是客车停下了。此时天色已见亮，只见前面的道路上横了一辆大货车，车上载的几件货物散落在路中间，还有一辆小型客车停在一边，显然发生了交通事故。

"倒霉！"客车司机嘟囔了一声，下车去查看情况。

时间不长，司机回了来，摇了摇头，无奈地坐回驾驶位，等待故障排除。约过了半个小时，车上便有些乘客坐不住了，下车到前面闲看，有的则是到外面透风散步。宋浩觉得有些内急，便也下了车，朝路旁走去。

在一处草丛后面，宋浩方便完了，刚要回身时，忽感有人来至身侧，心中一惊，右手一探，已然从袖里出了一针。然而未及宋浩查形辨穴施针自卫，便觉脑后疾风袭至，立感神志一空，昏了过去。

偷袭宋浩的是鬼手刁成，他施重手一击成功之后，提了宋浩避开公路上众人的视线，在野地里一路行去。

一片树林里的一棵大柳树下，站立着先前的那位神秘的精瘦老者，此老者便是风火堂的堂主白厉。看到刁成将昏迷的宋浩提了来，白厉眼中闪过了一丝得意的微笑。

"堂主，人带到了。"刁成将宋浩放在地上，淡淡地说。

"这小子还真是不简单呢,险些从老夫的眼皮子底下走脱了。"白厉干咳了一声道。

"你先去吧,此人我自会处置。记住了,我们得手的事勿要令那洛北明知晓,他问起时就说人还未找到。洛家想利用我们风火堂得到那件价值连城的针灸铜人,也太小瞧我白厉了,这宗大买卖我们自己做了。"白厉严肃地叮嘱道。

"属下明白!"刁成应了一声,面无表情地转身退去。

待刁成走远了,白厉看着昏迷不醒的宋浩暗道:"小子,落到老夫的手里,你的秘密便不再是秘密了,老夫自有法子令你说出你不想说的话来。"随即上前欲施手法将宋浩激醒。

这时,旁边忽然响起一个低沉的声音道:"白厉,此人你们风火堂动不得。"

白厉闻声一惊。待他回身看时,但见十余米外站着一个身穿黑色风衣,头戴一顶鸭舌帽的人,衣领竖起,帽檐低压,自是看不清来人的面貌。

"阁下是?"白厉见对方悄然而至,自家竟浑然不觉,当是来者不善,眸子中露出了一丝怯意。

"我是谁并不重要,只是这个地上的年轻人你不能动他分毫。"那人以低沉的声音说道。

"阁下莫非也是为了针灸铜人而来?"白厉全神戒备道。

"针灸铜人我不感兴趣,凡染指此铜人者你也可尽行除去,另想法子得到它就是了。只是这个年轻人你不能动他,否则便是你们风火堂从江湖上消失的时候。"那人淡淡地道。

"阁下的口气不免大了些!威胁我吗?想一日灭尽风火堂,天下间恐怕还无人能有这个本事。"白厉也自有些恼怒。他虽然摸不清对方的来历,但是对方竟有蔑视风火堂之意,这是他忍受不了的。

"白堂主可听说过'生死门'?"那人声音微微顿了一下说道。

"生死门!你是生死门的人?"白厉闻之一惊。

世有生死门一说,不过那已是几十年前就消失了的神话,或仅仅是一个传说。生死门决人生死,是如地府阎王手中的生死簿,对于世界上的任何人,皆是生死可控。若是令一个人今天死,绝不会等到第二天。几十年前，曾有三位在江湖上横行一时的人物莫名其妙地接到了象征死亡的黑色"生死令"，且皆在当天神秘地暴毙家中，死因不明，一时间，江湖中人只要一谈及生死门，无不色变。

白厉万万没有想到，已匿迹了几十年的生死门，如今竟如幽灵一般再现江湖，额头上渗出了一层冷汗。这个神秘的人物既已示出生死门的身份，无论真假，风火堂万不可再牵涉其中。此人能鬼魅般地来至自己身侧，已可见其身手不凡，若是下手偷袭，怕自己早已死于非命了。

"既是生死门关注此人，风火堂避让就是。"说完，白厉望了一眼地上的宋浩，虽是心有不甘，也自黯然退去。

"还算识相。"那个神秘人微点了一下头，随后走到了宋浩的身前。

他先是默默地打量了宋浩一番，自语道："一具针灸铜人，再加上个你，已然搅动了半个江湖。生死门蛰伏世间几十年，如今却为你重出江湖，果是不简单。"说话间，抬脚踢了宋浩一下，将他激醒了过来。

宋浩睁开双眼，见面前站了一位面目被衣帽遮掩住的陌生人，以为便是遭到此人暗袭，忙站起身来，惊怒道："你想做什么？"

"不想做什么，只是将暗算你的人赶走了。"那人淡淡地说。

宋浩抚摸了一下被击过的后颈，望了望四下里的荒郊野地，自是不信："不是你打昏的我，难道说还有别人不成？"

那人笑了一下，说道："眼见都未必是实，何况还没有见到确实是我所为。"

宋浩哼了一声，右手从衣袖里又出了一针，暗扣手中，以待那人近身侧时，突施霹雳针法将其制住。

"你是叫宋浩吧？实不相瞒，我是受一位朋友所托前来保护你的，现在没事了，你可以走了。"那个人抬手揉了一下鼻子说道。

宋浩听了半信半疑，问道："是什么人让你来保护我的？你又是谁？莫不是又在施什么花招吧？"

那人冷哼了一声道："我用得着和你玩花招吗？听好了，我是生死门的人，此番是受朋友所托而已。"

"生死门？没听说过。"宋浩摇了摇头。

"你自然没有听说过，生死门是决定人的生死之门。"那人肃道。

"可是指人体上的周身大穴吗？其实人身诸穴，每一穴都可定人生死，就看医者如何施法了。"宋浩说着，身形开始有意无意地朝那人靠去。

那人闻之一怔，随即笑道："你说的也对，所谓生死之门在每个人的眼里都是不一样的，在此则生，在彼则死，生死之间，唯人而已。"

宋浩这时冷笑道："看来你也是某一医门的人了，就是这个生死门吗？还说是将暗算我的人赶走了，是来保护我的，说漏了吧。既是医门中人，必是为那具针灸铜人而来的，且受我一针吧！"说话间，手起针出，朝那人右肩膀的肩井穴疾速刺去。

那人见宋浩一动作，便知有异，却也不躲避，肩膀一缩，手臂一抬，欲挡住宋浩的来势。

宋浩眼见自己一针将要刺空，正惊讶自己这般快的动作对方竟也能避了开去，忽见对方伸手来挡，有反制自己之意，立时一喜，指间之针立即改道垂刺，透衣入皮肉之际，针身一震，施了一手霹雳针法，直中对方右手腕上的外关穴。一击得手，身形立即旁跃。

那人本见宋浩突然来袭，正自暗笑对方不自量力，抬手间欲将宋浩制住，忽感手臂一震，一股奇异的震荡力瞬间激遍全身，"你……"一字未及吐口，便自惊骇定在了那里。

"这处外关穴此时便是你的生死门了！前辈，你也不要再施什么阴谋诡计了，你刚才制住我时没有杀我，我现在也不杀你，况且我是医生，只救人不杀人，只是希望你不要再缠着我的好，否则真是令我为难。好了，我先走了，一会儿你会自行缓解的。"宋浩说完，转身跑去。

望着宋浩远去的身影，那人伸出的手臂忽地一动，竟将刺在外关穴处的那根针弹射了出去。

"这个宋浩怎么会施鲁门的霹雳针法？"那个人脱下了帽子，露出了一个秃顶来，青黑色的脸上满是惊异。

树林外面，鬼手刁成望着远处宋浩飞奔而去的身影，眉头微皱了一下，随即看到了那位神秘人从树林中走出，忙迎上前恭敬地道："师父，怎么让这个宋浩走了？"

"我来这里就是为了阻止风火堂为难这个孩子的，也是为了还朋友的一个人情。对了刁成，我虽授你些武艺，但并未收你为徒，你还是不要称我为师父的好，况且生死门也不准门人收门外弟子。"神秘人说道。

刁成仍自恭敬地说："既有授艺之恩，便有师徒之分，弟子虽入风火堂讨生活，但是不敢忘记师父的。"

神秘人摇摇头道："真是拿你没办法。好了，先不说这些了，你先回风火堂去，若白厉不再对这个宋浩有所举动最好，否则你通知我，送他一个生死令便了。还有，你一定要替我保护这个叫宋浩的年轻人，除了针灸铜人在他的手上之外，此人还关系着一件大事。"

刁成闻之，暗中惊讶之余，说道："请师父放心，从现在开始，这个宋浩不再是我对付的人，且遵师命护了他的安全便是。白厉既然表示退出，当不敢再轻举妄动，此人贪财，但更惜命。只是洛北明不易罢手。"

"魔针门的所作所为，早就应该送他一个生死令了！"神秘人冷哼了一声道。

刁成闻之一怔："师父，生死门果是要重出江湖吗？"

"宋天圣针灸铜人既已显世，也到了生死门出示生死令的时候了。"神秘人低吟道。

几个小时后，这个神秘的人物出现在某地一座豪华的别墅里。

"晓峰兄，辛苦了！"一位绅士模样的中年人迎上前道："见到他了？"自是一脸的关切之情。

"这个宋浩果是不简单！想不到他竟然能施出鲁门的霹雳针法，我竟也着了他的道，不经意间被他一针制住了。"神秘人摇头苦笑道。

"什么！"中年人闻之惊讶道："当今天下谁能一针将生死门的顾晓峰制住？便是那些名门高手在暗处偷袭也是不能。晓峰兄在说笑吗？他……他又如何习得鲁门的霹雳针法来？"

那顾晓峰笑道："齐兄抬举我了！要知道人上有人，天外有天啊！"

"不过……"顾晓峰语气转而一肃道，"宋浩这个年轻人大有来历，虽不知他如何得到那尊医中至宝宋天圣针灸铜人的，却也身怀绝技。此次从唐家自行走脱，又几番从风火堂和魔针门洛家人的手下避开，就可见不一般了。齐兄此番请我如此看顾他，除了想得到天圣针灸铜人之外，当是还有他意吧。"

"不错，我自想人货双得。"中年人点头笑了一下道："前些日子得知那尊医中至宝宋天圣针灸铜人落在他的手里，倒是意外中的意外。不过对齐某来说，目前最重要的是他的安全不能有任何闪失，宋天圣针灸铜人倒是次要的。这个宋浩对齐某来说关系重大，有些事情现在不便详说，待日后再对晓峰兄解释吧。"

顾晓峰闻之笑道："也好。齐兄做事自有齐兄的道理。生死门日后全力保证宋浩的安全便是了。"

"如此多谢了！"中年人一抱拳，感激地说。

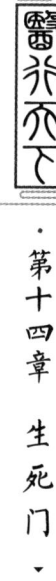

第十四章 生死门

## 第十五章　鬼医门

宋浩回到公路上的时候，已不见了任何车辆的影子，显是道路通畅后那辆客车等他不及，先行去了。宋浩此时恍然大悟，刚才那两辆肇事的车辆必是有人故意设的局，目的是将自己在此地拦下，心中尤是纳罕，自己这般费尽周折走来，仍是被人跟踪上了，这江湖中的人物果然是厉害非常。

"唉！往哪里去呢？"宋浩一时间犹豫起来。"若是回青岛找爷爷，将有可能引麻烦过去，蓬莱更是回不得了，天圣针灸铜人就藏在老宅的暗室中，不能再将他人的注意力引向那里了。"

宋浩想着，一路胡乱走去，却是避开了去山东的道路。

如此过了数日，再无意外出现。并且一路走来，宋浩遇病便治，每获奇效，病家多以钱物酬谢，宋浩不接，但受用了一顿酒菜即去，而后方感觉到这般游医天下的好处来，闲情逸致也就是这样子了。

无事时步行，累时乘车，这一日，宋浩进入了安徽地界。

进一城镇时遇大雨，宋浩避进了一家饭店，吃饭带歇息。

此时在一旁围了一堆人，隐见一白发长须的老者坐在其中，旁边诸人对老者甚是恭敬，似乎在询问着什么。

一人道："纪先生，我这病看了许多的大夫都不济事，可真是无法子治了吗？"

老者笑道："言不治之症者，未得其术也。况且你这不是病。"

那人听了，忙道："如何就不是病？每年总有几次腹痛的。"

宋浩这边闻之，明白了这些人是在求医问药的。

此时闻老者道："适才老夫为你把脉，知道你是一个体质特殊的人。所谓病走一经，就如常说的火走一经一样，有的人一着急上火，就能令某颗牙痛或身体某个部位不适。你这个人则是病走肠胃，但有内外之因令邪侵病生，便自感到腹痛，然则如厕之后一泻即安，诸般病由皆从肠胃走了。也就是说你的肠胃是排病的通道，虽感腹痛，却是在排病呢，用不着特意地去治，你这副特殊的肠胃可保你一生无大病哩！"

那人听了恍悟道："按纪先生所说，还真是这么一回事，有次单位例行体检，说是我患上了肝炎，要住院治疗才行。结果还未等到住院，便拉了几天肚子。待住院复检的时候，一切正常，医院的那些专家教授们都说是误诊了。其实类似的事情有好几次呢，哪能次次都会误诊呢？"

老者笑道："这是你天生异禀，造成了后天之本胃体的特殊性，胃在五行属土，土载万物，又能中和万物，万物入土，皆可化为土，你的胃土强盛，故可化一切病由。腹痛即泻，特殊反应，排病而已，无它异的。"

那人听了，大感欣慰道："照此说来，日后不管患上了什么病，都不用服药了，拉几次肚子就能解决了。"

老者笑道："就是这个理，日后你会有更加确切的切身体会的。"

旁边的人听了，个个啧啧称奇不已。

宋浩心中惊讶道："诊病若此，且说明道理，果是一位医道中的高人！"

这时，一个面目白皙英俊的年轻人见门外雨止天晴，便对老者说道："爷爷，雨停了，我们走吧。"然后唤道，"老板，结账。"

一个胖子笑呵呵地迎上来道："纪先生能到小店用餐，就已经是小店的荣幸了，这顿饭就当是小店请客了。"

旁边的几个人也争着道："遇到纪先生一次不容易，又给我们诊了病，我来付帐，我来付帐……"

年轻人摇头笑了一下说道："你们的好意我和爷爷心领了，但是我们纪家的人吃饭都是要给钱的。"

纪姓老者也自笑道："承蒙老板及各位的好意！医生诊人疾病本是分内的事，所以就不劳各位了。病照看，饭钱照给。"

年轻人此时从怀中掏出了几张钞票放在了桌子上，然后分开众人推了一副轮椅出来，纪姓老者坐在上面，膝下空飘，原来竟是一位截了双肢的残疾人。宋浩意外之余，起身跟了出去。

宋浩尾随纪姓祖孙二人，欲要寻得对方的住处，然后登门求教。这般医道中的高人，宋浩是不想错过的。也是之前宋子和的教导，令宋浩寻访医家高手，请教对方擅长医术，以长自己不足之处。在冰火神针吴启光那里，宋浩便自获益匪浅。并且在这些游走江湖的日子里，依吴启光所传之法，宋浩已将冰火神针练至了三成的火候。

年轻人推着纪姓老者先是在街上走了一会儿，然后拐进了一条街巷，接着方向一转，沿着一条青石路径自进了一片树林。

"这老人家住的地方倒也偏僻！"宋浩暗道，也自跟了上来。

待宋浩进入树林中，却是不见了纪姓祖孙的踪影。

宋浩正自惑然，忽听身后有一人冷冷地道："你是什么人？一路鬼鬼祟祟跟了来，有何目的？"显是早已被人家发现了。

宋浩闻声回身看时，见是刚才的年轻人站在一棵树的旁边，警惕地望着自己，忙说："不要误会，适才在饭店里见老先生语出不俗，必是医道上的高人，在下不才，也是习医的，故而前来向老人家请教些医学上的问题。"

年轻人听了，冷哼了一声道："胡说八道！你们鬼医门的人总是要来寻我们纪家的麻烦。"

"鬼医门？"宋浩闻之讶道："可是那九门十八家中的医门派别吗？"

"你不要装糊涂！"年轻人有些气愤道："鬼医门与我纪家素无瓜葛，为什么总要来纠缠？回去告诉你们门主，无药神方只是个传说而已，本就不曾存在的。所以鬼医门不要抱有什么妄想，徒费工夫了。"

"无药神方？"宋浩听得一头雾水，摇头道："不知道你在说什么。好了，算我失礼了，不该跟来的，在下走就是了。"说完转身欲走。

"年轻人慢走。"纪姓老者坐在轮椅上于一旁现身道："鬼医门人行踪诡异，不似你这般的，你应该不是鬼医门的人了。一路随来，寻老夫可是有事吗？"

宋浩忙施了一礼道："晚辈宋浩见过前辈。适才在饭店偶闻前辈谈起病走胃肠之说，此论医典不载，始知前辈必是医道中的高手名家。晚辈不才，幼承祖业习医，虽至今日，仍在医学上有许多悟不通的地方，故欲向前辈请教一二。"

"哦，难得你有这般上进之心。老夫纪玄，这是小孙纪冬阳。宋浩小友若不嫌弃，还请到前面家中一坐如何？"那纪玄点头笑了一下道。

"宋浩？"纪冬阳闻之先是一怔，眸子中异光一闪即逝。

宋浩此时一喜道："那就多谢前辈了！"

忽听得一个声音道："小伙子，那纪家可是龙潭虎穴，你去得可走不得。"话音落处，从一棵树干后面走出一个人来。

此人一身休闲打扮，手持纸扇，宽额寸头，白面大耳，鼻梁上架了副金丝眼镜，嘴角含着一抹怪异的微笑，阴阳怪气的模样。

"鬼风，你们鬼医门的人果真是阴魂不散，又来寻老夫何事？纪家光明磊落，无你说的那般凶险。"纪玄见鬼风突然出现，颇感意外之余，脸呈愠色道。

一旁的纪冬阳则显得有些紧张。

"鬼医门？纪家？"宋浩心中惊讶道："莫不是遇上了江湖中那九门十八家中的两家？"想到此，又自懊悔刚才自报家门，却是忘了自己现在已是麻烦缠身，好不容易避过了几次劫持，却又在此暴露行踪。天圣针灸铜人在自己手里的消息已是遍传天下，医门中人又如何不知？宋浩一念警醒，欲趁对方还未注意到自己身份时后退避走。

此时但听得鬼风扬声一笑道："纪玄，你勿要装君子和装糊涂。无药神方本属于我鬼医门，十五年前却被你窃走了，并为此断了一双腿去。今天我只是来讨回本门之物，让鬼医门与你纪家的这桩恩怨做个了断。如今你废人一个，已无了当年之勇，识相的交出无药神方，我自会放你性命去，否则……"鬼风随即冷哼了一声。

纪玄闻言下意识地摸了一下空荡的膝下，愤怒道："一派胡言，世上本无什么无药神方。当年老夫就是自断双足以明志，还以自家清白，没想到时至今日，鬼医门仍旧纠缠不休，看来老夫这双腿算是白断了。"

宋浩这边听了，心中惊讶道："原来他的双腿是自家断的，何以为了证明自己的清白下这么重的手？事情太复杂了，还是离远些为好。"一边想着一边后退。

忽听得身后有人喝道："无门主之命，任何人不准离开这里。"

宋浩闻之一惊，回身看时，倒吸了一口冷气，不知何时身后已多了七八个神色冷峻的粗壮大汉。

鬼风转头朝宋浩笑了一下道："年轻人，先不要急着走，今天鬼医门要与纪家做个了断，你是外人，正好来做个见证，免得日后被江湖上的朋友说我以众欺少。"

"这个……，你们的事情还是你们自己解决的好，我只是路过而已。"宋浩忙摇头道。

鬼风阴冷地一笑道："话不能这么说，既来之则安之，做个见证罢了，稍后也少不了你的好处，也是证明我鬼医门光明正大地行事。且在那里站了。"后一句话显是不容宋浩拒绝。

宋浩听了，心中暗暗叫苦，只好尴尬地站在那里。

"鬼风，你我之事与这年轻人无关，让他去吧。"纪玄淡淡地说道。

"不不不！"鬼风摇头冷笑道："留他在这里，一会儿也好有个给你们纪家报信收尸的人啊！"

纪氏祖孙闻之色变，纪冬阳尤其是显得慌张起来。

"你敢！"纪玄涨红了脸，愤怒道。

"如何不敢？"鬼风也自恼怒道："当年你以为自断双腿就能避过这件事吗？骗得家父放过了你，却害得我受尽了门规的责罚。听着纪玄，交出无药神方我还能考虑饶你这个废人一命，否则你祖孙二人就在这里完蛋吧。"

"当年老夫自断双腿除了证明自己清白之外，也是保住了你的一条性命，没想到你却将恩仇报。天可明鉴！老夫从未窃得什么无药神方，又如何交得出来？好好好！你怨恨的是老夫，拿了我的性命去便是，小孙儿与此事无关，让他走了便是。"纪玄激动道。

"爷爷！"纪冬阳惊慌道："我……我不走。"

随即，纪冬阳望了一眼那边正自惊愕的宋浩，上前一步对鬼风说道："无药神方我们纪家没有，今天也自交不出来，所以你杀了我们也没用。不如我们做个交易吧，你若是收手退去，放过我们，我且送你一样无药神方也比不上的宝物。"

"什么宝物？"那鬼风闻之不由一怔。

纪玄闻之茫然。

宋浩这边则是暗叫一声："坏了！"乃是看到了纪冬阳不怀好意的眼神，当是被他识出来了。

"鬼风门主可知道医中至宝——宋朝的天圣针灸铜人出世的消息？"纪冬阳犹豫了一下说道，倒是有些不愿说出来的意思，然而危险在前，暂作为脱身的理由了。

"此事天下间已风传开来。怎么，你知道那天圣针灸铜人的下落？"鬼风疑惑道。

"冬阳，不知道的事的切不可乱说。"纪玄一旁忙说道。

纪冬阳没有理会纪玄，见鬼风已是起了兴致，暗里稍稍松了一口气，于是说道："天圣针灸铜人的具体下落我倒是不知，但是有一个人知道，因为针灸铜人就在他的手上，被他藏匿起来了。"

宋浩这边摇头暗叹一声道："罢了，罢了，走哪里都是避不过去的！"

鬼风这时却是冷哼了一声道："你说的这番话等于白说，现在谁都知道医中至宝天圣针灸铜人落在了一个叫宋浩的小子手里，可是天下之大，哪里有那般好的运气寻得他去。"

纪冬阳忙说道："不然，今天也真是鬼风门主的好运气到了，宋浩现在是远在天边，近在眼前！"

"咦？"鬼风与纪玄俱是一惊，齐向宋浩望来。

宋浩见状，手一摊，故作镇静道："各位勿要认错了人。"

纪冬阳冷笑道："不会错的，你刚才已自报了家门，叫宋浩是吧。还有，你也承认是习医的，传闻宋浩也是医道中人，天下间可没有这么巧的事。你可不要说你不是那个宋浩。"

也是宋浩单纯，不愿说谎，一时语塞在了那里。

纪玄见状，已是猜测出七八分，责怪地瞪了纪冬阳一眼，也自无可奈何。

"你真的是拥有天圣针灸铜人的宋浩？"鬼风眼中一亮。

"呵呵，我若是你们说的那个人，早就逃命去了，哪里还会站在这里？"宋浩勉强地笑了一下道。

鬼风上下打量了一下宋浩，忽地笑了笑道："逃命？你如何知道那个叫宋浩的正在逃命？此事虽有传闻，也仅是江湖上的人知道些，一般人是不会晓得的。适才听了你们的对话，想必是纪玄又在哪里发了高论，你医家好奇的性子，一时耐不住便跟了来，当是送给我鬼医门的一件礼物。暂时勿论你是真是假，且随我走一趟鬼医门，我自会查个明白。"

说完，鬼风又朝纪玄道："你这孙子聪明，我且先应了他。事情有个轻重缓急，我先将天圣针灸铜人的事查明白了再说。今日饶过你们就是了，不过回去将无药神方准备好了待我来取，谅你们也逃不出我的手掌心去。"

"听着小子，"鬼风朝纪冬阳冷哼了一声道，"这个宋浩若非我所要之人，我会让你死得很难看的，鬼医门治人的手段你应该也知道些的。"

言毕，鬼风一招手，抛下纪氏祖孙，率了手下押了宋浩而去。

"冬阳，你闯大祸了！"纪玄坐在轮椅上，摇头叹息道。

"爷爷，这个叫宋浩的不管是真是假，今日救了我们一回，这是他的晦气，怪我们不来，谁叫他私下跟来的。"纪冬阳站那里狠狠地说道。

纪玄摇头道："你错了，鬼风取不到无药神方是不会杀我们的，适才是威胁而已。而你用这个宋浩替我们挡了一次，殊不知会惹来更大的麻烦。我若没有猜错，此人一定是那个知道天圣针灸铜人下落的人无疑。不过他竟然能从几大医门和江湖帮派的手下逃脱，必是有过人的本事和手段，或许有强大的势力在暗中护着他，否则哪里会这般自在地闲走，且有这份心思跟了我们来请教医道，有恃无恐才会这样做的。"

"真是宋浩！可惜便宜了鬼医门，否则我们纪家……"纪冬阳显得有些激动和懊悔。

"没想到此人会在此地出现。不过这样也好，马上将这个消息散布出去，鬼风还以为自己掘了宝藏呢，殊不知是引火烧身，此番麻烦一起，他便无暇顾及到我们了。无药神方马上就要研究成功了，到时谁也奈何不了我们了。"纪玄缓缓说道。

　

且说宋浩被人蒙住眼睛，出了树林上了一辆汽车，感觉走了近一个小时的路程，到了一处地方，下了汽车后，像是进了一座大宅子。被人牵拉着七拐八绕地走了好一会儿。

随后听得一人道："且将此人在屋子里关了，稍后门主问他话。"

进了一间屋子里，有人将宋浩眼睛上的布罩摘去，反绑在一张椅子上。宋浩睁眼看时，见是在一间大屋内，空荡荡的，旁边墙角处堆了几麻袋货物，应该是在一间仓库里，门外有两名汉子守着。

"鬼医门！"宋浩心中寻思道："世间果有鬼医一派！看来传说中的许多事都是真的了。今天实在是大意了，竟然忘记了危险的存在，自暴身份，这才被人家逮来。这鬼医门好似邪得很，不比唐家，说不定会施什么法子令我开口。他们人多，若是一两个，刚才我倒是可以施出霹雳针法来将他们制住。"一念至此，心中懊悔不已。

第十五章 鬼医门

## 第十六章　药　　苗

时近傍晚，也无人来押宋浩去问话，隐听得外面人声嘈杂，众人乱走，连门外两个守卫也去了又回，当是起了什么变故。

过了一会儿，门外响起一声音道："先给这小子送点吃食，待会儿门主在堂上问他话。"

接着两个守卫进了来，端了一份饭菜。

"他怎么吃啊？"一个守卫犯难道。

"当然是给他松绑吃了，难道还让我们喂他不成？"另一人说道。

"若是给他跑了呢，我兄弟可担当不起。"先前那守卫犹豫道。

"有我们俩眼前看着，能跑哪去？就这体格，还能挣脱了我们去？"另一守卫不以为意道。

"也是。"先前那守卫上前来给宋浩松了绑，说道："小子，好吃好喝的给你端来了，赶紧吃吧，有没有下顿饭还不一定呢。"

宋浩也是饿了，懒得应守卫的话，接过饭菜来胡乱用了。吃完后一抹嘴，坐在那里莫名其妙地呵呵一笑。

两个守卫见了俱是一怔，随后走上前来要给宋浩复绑了去。

宋浩早已在袖里抽出了针暗扣手中，待两个守卫一走近，忽而起身，以迅雷不及掩耳之势分刺那二人腹侧大横穴，一举之间分施了两手霹雳针法。两名守卫未及提防，但见眼前人影一动，惊愕间，身形一震，便自定在了那里。

"对不住，我先走了。"宋浩一袭得手，夺门而去。

刚出得门来，耳中隐隐听得一丝细微且带有嘲弄的声音道："呵呵，既有这般霹雳手段，何苦还让人抓了来？劳得我在前面搞些声响，扰得鬼医门的人大乱，都去了那里。好了，你顺东墙根走，左拐到后门去了便是，门给你开着呢。"

宋浩闻声一惊，这才知道有人施声东击西之计来救自己了，四下寻时并无人影，不知对方从哪里发出话来。

"愣着做甚！速速去了！"那声音再起，带着一丝严厉。

"多谢了！"宋浩一拱手，不管对方是谁，转身跑去。

宋浩一路行来，果无人阻挡，显是鬼医门的人都被吸引到前面去了。他见一侧院墙处有一门敞开着，身形一闪而出，随之眼前一阔，已是到了一村庄之外了。前方一侧是树林，一侧是菜地，中间一小路通向远处。回身再看这座村庄，多是高墙大院，显是一处富足的村子。宋浩一怔之下，拔腿跑去。

跑了十多里地，宋浩已是累得气喘吁吁，回头见后面没什么动静，知道鬼医门的人没有追来，这才避入树林中暂歇了。

"是什么人救了自己呢？"宋浩惑然之余，猛然想起那个生死门的神秘人来，可是他救了自己吗？他像影子一样跟着自己，一定有所图谋，当是为了宋天圣针灸铜人了。想到这里，宋浩心中一凛，意识到事态严重了，然而仔细想来，此人又似乎没有什么恶意，否则以他的本事，早已将自己擒住了。

此时天色已全黑，宋浩摸索着又走了一会儿，看见前面有几点光亮，当是到了有人家的地方了。行到近时，发现这是一座村子。

宋浩走到一户亮灯的人家门前，抬手敲了几下。

"谁啊？"屋子内有一男人应道。

宋浩说道："对不起了，过路之人可否借宿一晚？"

男人说道："家里有人生病了，不甚方便。还请去别的村子吧，这里的人家都有病人，不会收留你的。"

宋浩闻之不解：怎么这村子里家家都有病人？医家的性子，便自想搞个明白，于是说道："这位大哥，我是个医生，可否看一下家中的病人？"

屋子内沉默了一会儿，接着门开了，一个40多岁的男人出了来，借着屋内的灯光上下打量了宋浩一番，有些迟疑道："这位小兄弟，不是我不留你，只是我家人病得很重……"显是看宋浩年轻，有些不相信的意思。

宋浩笑了一下道："大哥，你家中有不便，我自会走的，不过我真是个医生，并且是世传中医，不妨令我看一下病人吧，能治我便治了，不能治我立刻走人，不会给大哥添麻烦的。"

男人叹了口气道："也罢，你进来瞧一眼吧。你若不嫌弃，一会儿在仓房里对付一晚就是了。再往前走几个小时才能到下一个村子呢。"说着，将宋浩让进了屋子里。

这户人家也自清贫，屋中只有两件简陋的家具。一张木床上躺了一位中年妇女，昏暗的灯光下，可见其惨白的脸色。闻有生人来家，女人睁眼望了一下宋浩，便又自昏睡去了。

宋浩见女人神色恍惚，气虚无力，躺在床上似活死人一般，一惊之下，忙上前诊其脉象。

"家里穷，也无个座位，小兄弟将就着给我婆娘看一下就是了。"男人充满歉意地说道。

宋浩无意理会那男人，待认真诊脉之下，心中着实惊怪不已：这女人脉搏至数不定，往来不均，证虚而脉实，证不应脉倒也罢了，且有滑、动、洪几种脉象互显之相，是如那罕见的"鬼跳脉"一般。大凡医家诊相似脉时，心中若是认定了一种，指下的感觉也自随了医家的心思去了，故有"三个名医三种脉"之说。而这女人却是几种脉互现，一种脉象出现之后，另一种脉象继之，实是令人匪夷所思。

"这位大哥，你家嫂子如何患上这般古怪的病来？"宋浩惊讶万分道。

"唉！别提了，这村子里，二十岁以上的女人没有不得这病的，谁也不知道是怎么得的，半年前，忽然一起患了病，大医院里都没个治处，只好回家养着等死了。"男人唉声叹气道。

"什么！村子里二十岁以上的女人都得了这种怪病？！这种病不应该能传染的啊！"宋浩又是大吃了一惊，忙问道："难道是误食了什么食物或是水？"

"都不是。"男人摇头道，"多少辈人生活在这里都没事，如何能单单病倒了这些女人？原来村里的百十户又如何独是我们这二十一户人家？"

"怎么，你们这村子里只有这二十一户人家有这样的病人？不是说家家有病人吗？"宋浩惊问道。

"是说现在的旧村子，我们这二十一户人家是从新村子复迁回来的，本来这旧村址废弃不用了，但是为了治病，钱都花光了，没地方住，只好又迁回这旧村子了。本来我们这些人家生活得都很富足，家家都有高墙大宅，但是偏偏得了这要命败家的怪病！要是再有个十万八万的，也能让月和庄的人治好了。"男人叹息道。

宋浩听得半明不白，于是说道："这位大哥，你能说清楚些吗？"

男人不甚耐烦道："说清楚又有何用，难道说你能治不成？"

宋浩点头道："我还不能保证治得好，但是能暂时缓和下来，我且施针法为你家大嫂试治一下，若是能将这逆乱了的经脉调理过来，当有复原的希望。"

男子闻之一怔，继而惊喜道："小兄弟若是能治好我婆娘的病，村子里其他人家的病人也自会治好的，我们一定会给你立长生位，子孙后代都不会忘了你的。"

宋浩道："试试吧，此病虽怪，但只逆乱在经脉，还未伤及脏腑，我虽不明其因，但因症施治，或能调理过来。"说完，在那女人身上选择了神门、太渊、曲池、太冲、百会等十六穴，但只持一针，一穴刺下，略施手法，不留针。一会儿工夫，十六穴刺毕，复诊其脉，已是脉象平和了，自是一喜道："果然是一试奏效！大嫂这病是误食了药了，乱了经脉之气所致。看似很重，拨云见日后，却也简单。养个半月便会好了。"

此时听那床上的女人感激地说："小兄弟真是神医，我原来是胸中苦闷，头脑昏沉，你这几针刺下去便全好了。"

一旁的男人惊喜道："看不出，小兄弟医术这般高明！"

宋浩闻之一笑。

那男人拉宋浩到了另一间屋子里，在一破旧的柜子上坐了，又去倒了一碗热水来，加了点糖，招待宋浩用。

宋浩此时说道："这位大哥，你家嫂子这病很是古怪，可否将来龙去脉对我说一遍？"

男人坐下来，叹息了一声道："说来话长了。我们这村子叫月和庄，共有百十户人家。东去七里有一处旧铜矿，也就是月和铜矿。听老人讲，明朝时候就开采过的，后来不知什么原因废弃了。十年前，一个省里的地质专家进旧矿洞里勘察了一次，竟然发现了新的矿脉，或者说是旧的矿源还没开采尽，于是月和庄的村民各自集资入股承包了旧矿进行开采。"

男人此时又有些兴奋地说道："月和铜矿给村里带来了翻天覆地的变化，仅仅用了三年的时间，便在这十里外建了新的月和庄，全村的人家都搬到那里居住了。

"直到有一天，来了一伙外地人，一切就都改变了。"说到这里，男人低下了头去。

"这伙人说是能治各种疑难杂症，村里有几个长年的老病号还真被他们治好了，并且不收任何费用。后来这伙人便住在了月和庄里。也就在两年前，不知什么原因，村里二十岁以上的女人陆续地患上了怪病，就是我婆娘这样子的。"

"村民们于是请那伙人来家诊治，这个时候他们便开始收费了，而且很贵。直到后来，村民们花光了积蓄，家里人的病虽见好转，但都没能根治。于是有的人家去城里大医院诊治，可是那些大医院也查不出这病的由来，更无法下药。这个时候，在月和庄里的几个病人已被那伙人治好了，但是为了支付昂贵的费用，不得不将自己家里在月和铜矿的股份转让给了他们。"

宋浩听到这里，有所悟道："看来是这伙人搞的鬼，是想谋取村民们手中的那座月和铜矿。"

男人道："也有人怀疑过，但让家里的病人拖累，也是没有证据去问罪人家。后来但凡转让出月和铜矿的人家，家里的病人便都好了。于是村民们也开始明白了是这伙人有所图谋，但为时已晚，他们这个时候已经掌握了月和铜矿的大半股份。只有我们这二十一户人家没转让手中的股份，所以病到今日。

"但那伙人已掌握了月和铜矿主动权，令铜矿停产了。我们这些人也没了生计，将月和庄的房产抵押给他们作为医药费，而家中病人还没治好，被迫又迁回了这旧的村子。那些人还放出风来，只要我们将手中的股份转让给他们，就会治好我们的家人。"

"无耻之极！这明显是在敲诈勒索抢夺你们的财富！"宋浩惊怒道。

"唉！事已到此，又有什么法子？"男人唉声叹气道。

宋浩忽然问道："你刚才说新月和庄距这儿十里？"

"对，就在那边十里的地方。"男人说着，手指的正是宋浩逃离的那个村庄的方向。

"这一切原来是鬼医门的人做的！"宋浩一惊。"鬼医门竟然如此赤裸裸地以邪门医术欺人敛财！可恶！"

"什么鬼医门啊？"男人惊讶地问。

宋浩说道："你们月和庄的村民们是被江湖上的一个邪恶的医门以诡计骗了，他们用本门秘法或是投下了什么药物令你们家人患上怪病，进而强索月和铜矿。"

男人说道："也有人怀疑到了这点，可是在他们掌握了铜矿之后，却为什么还在停产啊？"

宋浩道："可能是为了令你们这二十一户没有转让铜矿的人家断了生计，最后迫使你们交出手中的股份了事，然后完全地占有那座铜矿。"

男人听了点头道："应该是这个理了。这些人也太坏了，月和铜矿是我们月和庄村民生活的希望和保障，没想到就被他们这样夺去了。"

宋浩道："先别急，明天我且将其他病人一一诊治了，然后我们大家再一起想办法讨回公道。"

"恩人啊！我王力给你施礼了！"这叫王力的男人起身，感激地朝宋浩鞠了一躬。

"不要客气，我与鬼医门也有了些过节，既被我遇上，便不能不管，我最恨的就是凭借医术来害人敛财的人。"宋浩一握拳头道。

王力道："小兄弟医术高超，月和庄得你这位高人相助，大家伙都有希望了。我现在就去联系那二十家的人，告诉他们这个好消息。"

宋浩道："也好，不过要告诉大家，我在这里的消息不要传出去，否则鬼医门的人会找上门来的。"

王力说道："放心就是，我们这二十一户人家就是舍了性命也要保护好你这位大恩人的。"

王力说完，兴冲冲地出门去了。

"唉！这怪病我倒是能施以针法破解了，可是又有什么办法去和鬼医门对抗呢？"宋浩此时又犯起愁来。

宋浩又去看了一眼那个女人——她已经睡去了，诊其脉，已复平和。宋浩知道，这是鬼医门的人暗投了一种令经脉气血逆乱的药物所致，看来这江湖上的医门，也有邪正之分了。

这时，王力回来了，还领来了七八个人。王力向众人介绍了宋浩，大家见那女人已有了好转的意思，知道家中的病人也都有希望了，各自欢喜。

其中一老者感激地道:"果然是老天爷派了贵人来救我们了!"

王力引了大家在另一间屋子胡乱坐了。

宋浩说道:"王大哥已和我说过了,各位家中的病人都是那个鬼医门施以邪术造成的,目的就是令你们各家转让月和铜矿的股份。"

老者气愤地说道:"对,这伙外地人就是什么鬼医门的人。现在他们不但令我们倾家荡产,还占了铜矿的主动权,我有个亲戚将手中铜矿的股份给了他们之后,还在他们的蛊惑下加入了鬼医门。听他说,鬼医门来头很大,虽是抢占了我们的铜矿去,但并不是真正地对开采铜矿感兴趣。"

宋浩闻之讶道:"怎么,他们还另有目的?"

老者说道:"不错,我那个亲戚说过,鬼医门的人早就知道这月和铜矿的存在了,好像说是什么时间快要到了,特地来采取矿脉内的什么药苗。"

"药苗?"宋浩闻之惊讶道:"鬼医门果然是另有所图!这铜矿内能出产什么药苗啊?"

老者摇头说道:"详情我也不知晓,那个亲戚说,鬼医门是个势力庞大的江湖组织,并不是看上了这座铜矿,而是铜矿内有个什么神秘的药苗要出世了。因为他已是鬼医门的人,也知道了一些事情。说是他们的事情成功之后,这座铜矿他们也不要,还会还给加入鬼医门的村里人的,所以村里的人加入鬼医门的人有很多。对于我们这些人家,鬼医门就不理会了,要想好病,除非给他们一大笔钱才行。这些人实在是太不讲道理了!"

宋浩问道:"老人家,你那个亲戚还对你说什么了?"

老者道:"也就偷偷地和我说了这么多,说是鬼医门的门规很严格,不准泄露本门的秘密,并且说此事重大,他们的门主鬼风都亲自来了。"

宋浩沉思:"鬼医门医道虽是诡秘,但也是以医术存世的。难道说月和铜矿内要出一种绝世奇药不成?"随后说道:"我们先这样办,明天我先给大家家中的病人调治一下,应该是没有什么大碍的。然后我想到那座铜矿内查看一下,不知能否去得?"

老者说道:"铜矿已经停产了,有鬼医门的人在看守。你若是想去也有办法,有条废弃的矿井能进去,这是鬼医门的人不知道的。"

宋浩听了高兴地说:"好!就这么办。"

王力愤愤地说道:"鬼医门的人毁了我们的生活,我们就应该找他们算账。小兄弟，明天我陪你下铜矿，找到那个什么药苗就毁了它，令鬼医门的人白忙活一场。"

宋浩道："到时候再说吧。只是我们不知道那个药苗的具体位置，不知如何去找。"

老者说道："那东西应该在那条旧矿区里，鬼医门的人去过那里几次，我都看见了。"

王力说道："旧矿区也就那么几条矿井，除了那些废矿石就是些石头，能有什么啊？"

老者说道："今天说起这事我还真想起来了，曾听我的爷爷说过，传说旧矿区内原先有一条延伸地下很深的矿井，后来堵死了，也就没有人知道入口处了。说来也怪，鬼医门的人就像是早就知道了一样，他们第一次到矿上时就去了旧矿区，应该是奔那条旧矿井去的。如今看来，他们是为了掩人耳目，占了整座矿山，令人不得近前。现在他们不但找到了旧矿井的入口位置，也应该打开了，只要进去就能看到的。"

王力听了点头道："嗯是这么一回事，我曾看见他们往旧矿区内运送设备，现在那里戒备得也很严。我会领着小兄弟从废弃的矿道进去，再想法子进到那条矿井里。"

老者又忧虑道："鬼医门现在毕竟是人多势众，不行的话就让他们等那个什么药苗出世，采了后他们也就会去的，暂时不要惊动他们的好。"

王力一握拳头道："事情都到这种程度了，还怕他们不成？他们毁了我们的生活，我们也要毁了他们的东西。"

宋浩说道："大家放心，明天我和王大哥先去看一下，如果确实有危险，我们也不会强行进去的。鬼医门将事态搞成这样，也应该有个了断了。"

这时，旁边一个中年人说道："旧矿区内应该有奇怪的东西，有一次我看见鬼医门的几个人进去后，时间不大又都惊慌失措地跑了出来，像是有什么东西吓着了他们一样。后来就再也没见到那几个人，不知去了哪里。"

老者此时也点点头道："旧矿区是有些古怪，我年轻的时候偶然进去一次，曾听到过奇怪的声音，像是从很深的地下传上来的，当时就把我吓跑了。"

王力讶道:"这么说来,那个什么药苗难道是个活物不成?"

老者道:"谁知道呢,总之鬼医门能来这里,一定是有吸引他们的东西。"

宋浩道:"鬼医门的人从数年前来到这里,就是为了等候铜矿里的东西出世。这个秘密只有他们知道,不行的话我们想法子从鬼医门的人那里打听一下。"

老者摇头道:"村里加入鬼医门的人虽有不少,但多是不能管事的,重要的事情他们也知道不了多少。"

王力道:"百问不如一看,明天我们去实地查看一下,就什么都知道了。"

宋浩笑了一下道:"也好。"

月和庄,鬼医门驻地。

鬼风正在大厅里对两名守卫大发雷霆。他刚将宋浩带回月和庄,还未及审问,就有神秘的人物冲击庄门,鬼风当时率人迎敌,没等和对方交上手,神秘人物便退去了。回来时便得到了宋浩制住守卫逃跑的消息。

"那个小子会用针点穴的,不提防便着了他的道。"一名守卫解释道。

鬼风阴沉着脸,思虑了片刻,一挥手道:"你们先去吧。"

两名守卫见了,心惊胆战地退了下去。

此时从后面转出一个人来,瘦小的身形,尖嘴猴腮,一双绿豆般的小眼睛闪烁不定,一看便是个阴险狡诈的人物。此人叫洪晃,是鬼医门的军师,诡计多端,是鬼风最为倚仗的人。

"门主,今天这事出得有些怪啊!"洪晃摸着他的下巴说道。

"这个宋浩不是一个人来的。"鬼风点了一下头说道。

"也有可能是纪家的人声东击西将那宋浩劫了去。"洪晃说道。

鬼风摇了摇头道:"据我所知,纪家人中还没有这般来去自如的高手。况且他们也不敢和我们做对。"

洪晃道:"莫要小看了纪老头,他心机深着呢。"

鬼风冷哼了一声道:"那又能怎么样,不交出无药神方,他便活不成,不信一个瘫子能跑到天上去。"

"纪氏祖孙在我们的人监视之下，一时半会儿的还跑不了。至于这个宋浩真假还未知，为慎重起见，暂时由了他去吧。过几天铜矿里的药苗就长成了，这是头等大事，紧要关头，不要再节外生枝的好。"洪晃说道。

"先生所言甚是！"鬼风点头赞许道。

鬼风接着说道："这座月和铜矿我们鬼医门关注了几百年，没想到竟然会在我们这个时候药苗长成出世。在明朝铜矿刚刚开采时，我们鬼医门的先人便发现了这矿脉上长有一种世间罕见的奇药，可是那时刚长出药芽，要几百年后才能生长成可用的药苗。鬼医门的先人设法令当时的矿工们患上怪病，以保护药芽不受破坏，真可谓煞费苦心。"

"是啊。此事是我鬼医门几百年来保守的秘密，这几天就要实现了。也是门主有这个福气，否则哪里偏偏在门主主持鬼医门的时候药苗才长成呢？"洪晃奉承道。

"嗯。我鬼医门发扬光大的时机到了！再好的医术没有药是不成的，日后我鬼医门拥此世间奇药，再配合无药神方，天下间的医患将会以我鬼医门为尊了。"鬼风得意地说道。

洪晃道："是啊！也不枉鬼医门在此地经营守护了药苗几百年。闻此药苗可治百病，且百用不损，实在是奇特之药。"

鬼风道："鬼医门的先人留下的秘密中虽是这么说，同时也说了这药苗还有他们不知道的功效，说不定是一味不老神药呢！"

洪晃道："不老之药虽是传说，但天地之间也自会生长有可延人生命的灵丹妙药，即便长生不能，活上个几百年怕也不是什么难事。药苗可能就是传说中的长生之苗吧，人得此苗，可与此苗同寿！"

鬼风听了一怔，随后笑道："洪先生可是听到什么关于这药苗的传闻了？"

洪晃闻之脸色微变，忙干笑了一声道："此药苗唯我鬼医门知道，属下又能从哪里听得什么来？刚才所言只是胡乱猜测罢了。"

鬼风摇头道："洪先生博古通今，更是遍览天下医书典籍，等药苗出世，有不懂的地方还要多多向先生请教呢。"

"属下当尽力而为！"洪晃哈腰笑道。

"对了，现在到了极其重要的时刻，铜矿那边要加强戒备，待药苗到手后，鬼医门立即从这里撤离，这期间不要走漏了任何消息。还有，纪家那里尤其是要注意，一定要得到无药神方。只要这两件事成功，洪先生所需要的一切，我都会满足你的。当然了，这两件事带来的好处，洪先生也有份的。"鬼风拍了拍洪晃的肩膀，笑道。

洪晃忙道："门主放心，属下一定竭力助门主成事，只要门主对属下信任即可，其他的奖励倒不必了。"

鬼风笑道："先生不必客气，有好处大家分嘛！"

# 第十七章　铜矿探险

且说宋浩在第二天一早便随了王力来到村中各村民家中施针诊治病人，也只是施以针法调顺了经脉气血。鬼医门对这些妇女暗投下的秘药导致的症状虽重，好在仅仅限于经脉，未涉及脏腑。宋浩施针之时，想起了洛氏魔针，暗叹天下之医门，都有本门的秘密，正之可济世救人，反之则害人，天下之医术虽是有邪正之说，主要在于医者之心。

村民们见宋浩仅凭几根细针便将困扰病人的怪病一一排除了，皆自惊异不已，自对宋浩另眼相看起来。

宋浩说道："鬼医门投下的秘药只是困阻经脉，导致百症杂生，治不得法，迁延日久，倒也能害人性命的。"

王力道："谁说的不是，有几个年岁大的，经不得折腾，早已去世了。"

宋浩愤慨道："他们在此经营多年，害人夺产敛财，无非是为了什么药苗，今天我一定寻到它，便是毁去，也不能令鬼医门的人得手。"

王力气愤道："对，不能令他们得了手去，他们一心想得到的东西，我们偏偏不让他们得到。"

宋浩的决定获得了村民们的支持，大家为宋浩和王力准备了矿灯、水和食物。

宋浩和王力负了背包朝铜矿进发时，已至傍晚了。前行了几里地，登上了一座山顶，王力指了指前方说道："这里就是月和铜矿了。"

宋浩放眼望去，一处山谷中，几样采矿的机械设备立在那里，旁边是一个幽深的矿洞入口，此时有十几个人在那里看守着。

王力又说道："那条废矿道在山后面，便是村里人也没有几个人知道的，从那里我们就可以进入这矿井了。"

王力说完，引了宋浩转向了矿山的后面。

在一片杂木丛生的树林里，王力找到了一块大石头，石头的后面胡乱地堆放着一些木桩。

"就在这里了。"王力说着，和宋浩一起将那些木桩移开，现出一扇破旧的木门。王力上前一脚将木门踢开，一个一人高的洞穴呈现在了二人的眼前。

王力开了矿灯朝里面照了照，光线似乎被吸进去了一般，探不到尽头，也自令人产生了一种惧意。早已习惯了矿区生活的王力倒不以为意，先行进去了。宋浩随后跟进。

开始时，这处矿道内还有些潮湿，前行了一段，便干燥起来，地势也逐渐低了去。为了节省电力，走在前面的王力用矿灯照路，宋浩在后面紧紧地跟了。初临幽境，宋浩多少有些不适应，寂静的矿道内，似乎可以听到自己的心跳声，尤其是在这黑暗中，宋浩感觉自己好像在黑云里游走一般，身子也有些轻浮了。

"王大哥，这条矿道你以前走过吗？"为了减少些心中的惧意，宋浩轻声说道。

"走过，但没有走这么深这么远。"前面的王力轻声应道。

二人的声音还是在矿道产生了回荡之声，充满矿道的空间向前贯去，似乎达到了极远之地，又好像惊动了地下的神灵，令周围的气氛产生了异样。

宋浩但觉气息一窒，不敢再说话了，他似乎感觉到有无数双眼睛在黑暗中盯着他，尤是诡异。

矿道内逐渐宽阔起来，四下堆满了乱石，二人在石堆上艰难地前进。王力偶尔弯下身去拾起一块石头，在矿灯下查看，然后扔掉，摇头道："这里的矿石含铜量太低，看来距主矿脉还有一段距离。"

"吱嘎嘎……呜呜……"

这时，忽然有一种奇怪的声音好像从前方又好像从地下深处传了过来，在这寂静的矿道内尤其吓人。宋浩和王力二人一惊，忙停下了脚步。

"什……什么声音？"宋浩颤声问道。

"我……我也不知道。"王力慌乱道。

"宋浩兄弟，不……不行我们回去吧。"王力胆怯道。

"王大哥，我们都走到这里了，再往前走吧。这地底下应该是没有什么活物的，可能是矿道内土层松落产生的声音。"宋浩掩饰住自己的恐惧，安慰王力道。

"不像啊。"王力摇头道。

二人又静静地听了一会儿，那种怪异的声音没有再出现。

王力咬了咬牙道："这里估摸着快到旧矿区了，管它呢，往前走就是了。"

二人随后壮了胆子又继续前行。

不知走了多久，二人终于走到了这条矿道的尽头，一堆乱石块堵在了前面。

王力将矿灯在一旁放了，然后和宋浩一起搬运那些石块。几十块石头移去后，扒开了一个可容一人进出的洞口。王力先钻了进去，探查了一下，然后回头惊喜地说道："到旧矿区了！"

二人从洞口钻了过去，王力又将洞口用几块石头堵了，做了一下掩饰，以待回来时还从这里退去。

这边是另一条矿道，很宽敞，地上有一条可进出车辆的通道。

王力指了一个方向道："往那边去就是可以开采的新矿井了，现在已经停产了。这里是旧矿区，存在好几百年了。现在可以放心了，鬼医门的人守在矿井的入口处，不会进来的。我们去找那个什么药苗好了。"

王力持了矿灯四下里照了照，眉头皱了皱，说道："那条传说中的旧矿井在哪里啊？"

宋浩说道："往深里去看看吧。鬼医门的人既然找到了，也就应该打通了入口，我们会很容易发现的。"

王力点头道："嗯，有道理。"

二人于是继续前行。

走了一百米左右，王力忽然惊喜道："在这里了！"

宋浩顺着光线看去，一旁的石壁上呈现出了一个两米高的洞口。

"原来真有传说中的那条旧矿井！我以前倒是来过这旧矿区，竟没有发现这处入口。"王力感叹道。

待二人进入洞内，才发现这是一条狭窄的甬道，前进了几十米才逐渐开阔了去，但是四壁光滑，地上平坦，已不是那般矿井的模样了，好像是人工开凿的，通向了一处天然的溶洞，越往前走，溶岩地貌的形态就越为明显。

"原来这座矿山下面还有这么一处天然的溶洞！"王力惊叹道。

前面愈加宽阔，可见倒垂的石笋，形态各异，大小纷杂，遍布溶洞的顶部，长则数米，小则几寸，在矿灯的照耀下，五彩缤纷，光色炫目，原是石笋内含有多种金属矿物质，反光所致。

王力关闭了矿灯，四下里恢复了无尽的黑暗。

这时，宋浩和王力二人惊奇地发现，前方不远处竟然泛着一种柔软的光晕，当是有什么异物。二人忙开了矿灯，寻找了过去。

一块两米多高的平坦巨石呈现在了二人面前，那光晕来自它的顶端。二人从一旁攀登上去，发现在巨石的中间，竟生有一棵五寸高的碧绿石笋，如雨后新生的竹笋，碧青翠绿，毫光隐现，不是倒垂生长的，而像是从石头里生出的一般。

"药苗！"宋浩、王力二人异口同声地惊讶道。

"天地生物，各有神奇！这所谓的药苗原来是一棵石笋，如苗初长成，可真的是在生长吗？"宋浩惊叹之余，伸手抚摸去。

但感那石笋润泽滑腻，触手柔和，不由讶道："这不是石笋吧，倒像是一种玉笋！"说话间，手上一用力，竟将那玉笋拔了起来，贴石而生，自无根须。

宋浩将那石笋在手上掂了掂，感觉不甚重，倒像一件竹笋状的玉石器具。

"这东西有什么用啊？鬼医门的人可是用它来入药吗？"王力一旁迷茫道。

"谁知道呢。带出去再说，反正不能落在鬼医门人的手里。"宋浩说着，和王力下了巨石。

就在这时，忽然从一旁闪出一个黑影，从毫无防范的宋浩手中夺过石笋，转身就跑。宋浩和王力惊吓了一跳，紧接着恍过神来，知道东西被人抢了，呼喝一声追了上去。

那黑影抢了石笋，慌不择路地乱跑，手中没有照明的矿灯，被地上的石头一拌，跌了个跟头。宋浩、王力二人从后面赶上，将那人按在了地上。

宋浩先自从那人手中夺回了石笋，在王力持着的矿灯照射下，一张熟悉的脸呈现在了眼前。

"你……你是纪冬阳!"宋浩惊讶道。

纪冬阳冷哼了一声道:"你倒是还认得我!"

宋浩眉头一皱,问道:"你怎么进来的?"

"你们怎么进来的?"纪冬阳反问了一句。

"你是跟了我们后面进来的!"王力惊讶道。

"当然,鬼医门戒备森严,不是无意中发现了二位,尾随了来,我又哪里能进得来?"纪冬阳颇为得意地说道。

宋浩此时感觉事情不那么简单,示意王力松开了手。纪冬阳从地上站起来,望着宋浩,充满了敌意。

"看来你也知道鬼医门的事了。"宋浩问道。

"鬼医门的秘密,我们纪家还是知道一些的。"纪冬阳应道。

宋浩举起手中的石笋道:"能否告诉我,石笋到底是一种什么药?"

"告诉你也无妨,此石笋是一种奇药,一百年才能长一寸,呈现出药芽的样子来,五百年才能长到现在这种药苗的形态,而具备了金木水火土五行之性,再长一千年才能长成药材。不过长到药苗成形,也就可以了。"纪冬阳说道。

"果然是一种奇药!那么这种药苗有什么药用价值呢?"宋浩惊讶之余问道。

"天地生长奇异之物,自有它奇异的功效,不过需要一种药引配合,此药苗才可成灵丹妙药,据说可令人起死回生。但是这是鬼医门门主才知道的秘密,旁人得了去,奇玩一件而已,无大用的。"纪冬阳说道。

"那么你为什么抢?对你来说不也是无用的吗?"宋浩问道。

纪冬阳道:"我要用它换取我们纪家的平安,鬼医门对我们纪家所为,你不是已经看到了吗?"

"你……你怎么从鬼医门跑出来了?你果真是宋浩吗?"纪冬阳此时已无了刚才的惧意,问道。

"这个就不用回答你了。好了,你可以走了。"宋浩说道。

纪冬阳闻之一怔,有些不相信道:"你是说放我走吗?"

"当然。"宋浩点头道。

纪冬阳不无遗憾地望了一眼宋浩手中的那棵石笋,说道:"鬼医门在此地守了多年，就是为了等到这种药苗生成之时采走，本来他们定下的良辰吉日是在三天之后，现被你采了去，鬼医门的人不会放过你的。"

"这个就不劳你惦记了。请自便吧。"宋浩淡淡地说。面对这个为了自家的安全而将自己出卖给了鬼医门的年轻人，宋浩自是没有什么好感。

纪冬阳犹豫了一下，没有立即走，阴阴地笑了一下道："宋浩，我们做个交易怎么样？"

"你倒是个十足的生意人，在任何情况下都能做生意。对不起，我没这个兴趣。"宋浩摇头道，已是明白了纪冬阳的意思。

"这对你是有好处的。只要将你手中的药苗给我，要多少钱随你开口，否则这东西你拿去也是没用。"纪冬阳仍旧不死心，说道。

"鬼医门害人敛财，谋取这座铜矿，就是为了这棵奇怪的石笋，我是不能令它落入到鬼医门的人手里的，他们要为自己的不良行为付出代价。"宋浩说道。

"你是想据为己有吧！这个鬼医门几百年留下来的秘密，想必你也知道些了。"纪冬阳冷笑道。

"什么秘密？看来你还没有说实话。"宋浩问道。

"几百年来，鬼医门的人无时无刻不注意这座月和铜矿，就是为了等到药苗长成之时采取。五百年来，这棵石笋仅仅长了五寸，可谓是长生之药。所以鬼医门下了这般力气，乃是为了获取长生不老的神药。"纪冬阳说道。

"长生不老？"宋浩摇了摇头道："世间生有灵异之药，令人延年益寿还可以，长生不老绝无可能，此说害人匪浅，古今多少人迷在其间不可自拔，却从未听说一个长存在世的。"

"就是有高人，又岂能轻易地令你知道？便是医门中的许多秘密你又能知道多少？其实这天地间的一些事情不是我们所想象的那样简单的。传说中的宋天圣针灸铜人被你所得，你应该有所体验。"纪冬阳说道。

"没想到你还有些见识。可惜这棵药苗我是说什么也不会给你的，便是鬼医门的人在此，我也会立即摔毁了它。"宋浩坚决地说道。

"算你狠！出去再说。"纪冬阳见说不下宋浩，转身先行而去。

宋浩将石笋交给王力，说道："王大哥，你将这东西收了吧。这棵石笋属于你们月和庄，待鬼医门的人劳而无功退去之后，你们自己再商量个处理它的办法吧。"

王力本来伸手欲接，不知为什么，犹豫了一下，说道："还是先放在你那里吧，回到地面上再说。什么长生不长生的，都是些骗人的东西，若真有长生之药，这地球早就人满为患了。"

宋浩听了笑道："鬼医门中若是有王大哥这么一个明白人，就不会发生这么多事了。也好，我先拿着，等回到村里再说。"

这时，忽见前面灯光一闪，那纪冬阳持了一只手电惊慌失措地跑了回来，恐慌道："鬼医门的人进来了！"说着，一旁避去。

宋浩和王力闻之一惊，见远处灯光晃动，一大群人正朝这边过来。

王力忙将手中的矿灯转向，拉了宋浩往溶洞深处避去，在一隐蔽处藏了，随即关了矿灯。

不多时，鬼风率了洪晃等一群人走了过来。

走在前面的鬼风说道："我心神不宁得很，怕是有人进来盗采那药苗了。"

洪晃一旁道："矿洞外戒备森严，没有人能进得来。若是门主着急，我看也不用等三天之后的吉日了，今天就采了走人吧，反正药苗也长成了。"

鬼风点头道："也好，我看风声也开始走漏些了，先下手采了去完事，免生意外，也了却鬼医门先辈们的一桩心愿。"

待发现那石笋已不见了踪影时，鬼风惊呆在了那里。

"门主，药苗已……已被人盗走了！"洪晃惊骇道。

"马上给我搜，盗采药苗的人肯定还没有走出矿道。"鬼风厉声道。

鬼医门的人四下里搜索开去。躲藏在不远处的宋浩见了，悄悄地拉了王力摸索着往洞中深处避去。他没有想到鬼医门的人来得这么快。

"门主，这里有人！"一名鬼医门的人高声喊道。乃是慌乱的纪冬阳被人发现了。

纪冬阳急切之下，只好亮了手中的电筒，照着前面的路径跑去。

"抓住他！"鬼风咬牙切齿地说。

"怎么能进来人呢？"洪晃惊异道。

随即，纪冬阳被带至鬼风面前。

"纪家小子！"鬼风惊怒道："好大胆子！竟敢盗采我鬼医门的药苗！

看来鬼医门的事还真是瞒不过你们纪家啊！快将药苗交出来！"

"不是我做的，是那个宋浩偷走的。"纪冬阳惊慌道。

"什么！宋浩？"鬼风与洪晃等人闻之俱是一惊。

"妈的！乱七八糟的，宋浩怎么会出现在这里？"鬼风怒吼道。

有人搜遍了纪冬阳的身上，朝鬼风摇了摇头。

"果真还有人在这里！搜！一定要找出他来！"鬼风吩咐道。

"说，你来这里做什么？"鬼风一掌打去，将纪冬阳的鼻子打出了血。

"我是见有可疑人的从矿山后面的旧矿道进来，怕他们对鬼医门不利，所以跟进来看个究竟。鬼风门主不要误会我。"纪冬阳辩解道。

"纪家的人可真会胡说八道！"洪晃一旁摇头道。

"听着小子！一会儿抓不到宋浩，或是从他身上找不到药苗，我一定将你纪家斩尽杀绝！"鬼风靠近纪冬阳的脸，狠狠地说道。

"我就觉得今天有不对劲的地方。这个宋浩竟敢如此大胆，你跑了也就跑了，我本来要放你一马的，没有想到竟回来破坏我的事。抓到他，夺回药苗，然后将他活活地埋在这矿井里。"鬼风愤恨道。

"吱嘎嘎……呜呜……"

这时，那种奇怪的声音又响了起来。

本来正在四下搜索的鬼医门人，闻此声音皆自大惊失色，纷纷跑了回来。

"门主，那个东西又出来了！"洪晃有些慌乱道。

"妈的！只要有人接近药苗，那东西就出来。先撤出去再说，命人守住出口，不要放走了那个宋浩，还有，矿山后面那个旧矿道的入口也要叫人守住了。"鬼风一边吩咐，一边率人押了纪冬阳快速地撤了出去，好像对那东西很是恐惧，即使暂时不要药苗，也要离开这里。

宋浩和王力躲藏在一边，听得人声喧哗，知道是纪冬阳被擒住了。随闻怪异声音一起，灯光闪动，鬼医门的人竟然撤去了。

这溶洞也不知有多大，待宋浩和王力开了矿灯寻找出去的路径时，已是不知身在哪里了，刚才为了避过鬼医门的人，二人四下摸索旁走，现在却是迷了路了。

"吱嘎嘎……呜呜……"

怪声又起，如在身侧，听得二人毛发直立，尤其是在这黑暗中，如陷万丈深渊，逃而无路。

"什么……东西啊？"王力颤抖着开了矿灯，左右照了照，隐见前方有物移动，吓得二人倒退了去。

灯光下，有一物如无腿脚的长毛怪兽，若海豹般半立，尖嘴幽瞳，吼叫连连，蠕动逼近。又有腥气扑面，令人窒息。

宋浩、王力二人见状，心下大骇，没想到这地下深处竟然还有如此怪物，慌忙向后退去。

忽然四下里怪声大作，乃是出现了许多怪兽，进逼而来。

宋浩、王力二人退到一巨石旁，已是无了退路。正惊急间，宋浩抬头发现那巨石可攀，便拉了王力手脚并用地攀登了上去。上去后，发现有洞穴通往它处，顾不得许多，跑了进去。

此洞穴又不同于那溶洞和矿道，两侧石壁在矿灯灯光的照射下，隐见磷光，五色纷杂。

前行了一段，那怪兽的吼叫声已是远了，二人这才靠在一边喘着气歇息。

"这里的地质结构真是特殊，竟然都不一样，看来这座矿山下面都是空的。"宋浩惊魂未定，说道。

"我也没想到矿山下面能这样的，还存有活物，真是不可思议！"王力应道。

"原来的路是回不去了，怎么办啊？"宋浩忧虑道。

"我……我们被困住了。"王力低下头，无奈地说。

二人心中俱是一紧。

"天无绝人之路。不要着急，我们会出去的。"宋浩安慰王力道，自己心中却是无底。

王力摇头道："哪里能出得去，便是地面上有人想救援，也无处下手。"

宋浩接过王力手中的矿灯，朝前方照了照，深邃不见尽头，不知那里又隐藏着什么危险，一叹无语。

二人随后检查了一下身上带着的物品，还有两只未用的矿灯、几瓶水和部分食物，节省着用倒能捱上五六天。

"往前探寻着走吧,说不定能找到出路呢。"宋浩无奈地说道。

王力应道:"只能这样了。"

二人于是站起身来,继续前进。

# 第十八章　古墓迷踪

漫无目的地也不知又走了多久，宋浩感觉到有什么地方不太对劲，与王力不约而同地停了下来，乃是二人发现这石洞内的地势竟然逐渐低了去，是往地下深处延伸的，如此走下去，真的是再也见不得那天日了。

宋浩持了矿灯在地面上照了照，竟然发现了几处不曾注意到的台阶。心中一动，低头仔细查看，不由惊喜道："这……这台阶有人工雕琢过的痕迹，说明有人进来过，应该不是一条死路，一定有上到地面上的出口。"

王力惊讶道："是啊！没想到这么深的地下也曾进来过人，看来我们有希望出去了。"

二人希望大增。

前面到了一处大的石洞内，除了杂乱的石块，倒没有发现特殊的东西，只是又有几条洞穴通向他处。二人决定在这里休息一下，吃点东西，积蓄些力气再走。

"王大哥，对不起了，没想到我们会陷到这种困境，连累你了。"宋浩歉意地说道。

"没关系，你也是为了我们月和庄的人才这么做的。你是个好人，老天爷应该能保佑我们活着上到地面去的。"王力憨厚地笑了笑。

宋浩听了，也自感激地一笑。二人随后关了矿灯，睡一会儿觉。

躺在那里的宋浩此时感觉身上有种温和的热感，伸手摸去，竟然发现是那支石笋，心中讶道："这东西怎么会发热啊？"也不甚理会，困意袭来，睡了过去。

阴冷的石洞内，不断地有阵阵的寒意侵体，王力蜷缩着身子不由得朝宋浩靠来，是想以二人的体温相互取暖，也是发现宋浩身上竟然绵绵不绝地散发出热力来。

静下来的宋浩，在全身放松的情况下，愈来愈感觉身上暖融融的，如泡在温水里，实在是舒适之极。那热源来处便是石笋了。

睡梦中的宋浩感觉到身体里有种异样，不由得醒了，惊奇地发现自己竟然隐隐地感觉到体内经脉的存在，似乎也能感觉到气血的流注。以前修习针法，也只是在书籍中知道古人有过经脉运行的体验，没想到自己也能亲身经历。于是复又闭上眼睛，默默地去感觉那经络的循行：先是从手太阴肺经开始，如蚁而行，绵绵不绝地行到手阳明大肠经，而后是足阳明胃经——足太阴脾经——手少阴心经——手太阳小肠经——足太阳膀胱经——足少阴肾经——手厥阴心包经——手少阳三焦经——足少阳胆经——足厥阴肝经，复归手少阴肺经。

如此运行了几周之后，奇经八脉竟也有了感觉。

"这只石笋放在身上竟有激活人体经脉的作用，果然是一件奇异之物！经络通畅，不生杂症，我若是每日这样令经脉不断地运行来，岂不是可以百病不生了？"宋浩高兴地想到。

医家只有亲自感受经络运行，才能晓其妙处。

这时，宋浩又开始感觉到身上的几处大穴在跳动，太冲、百会、足三里、劳宫、中脘、气海、风府……

"这些穴位开了！"宋浩心中惊讶道。

"原来药苗的作用竟是这般神奇！怪不得鬼医门如此重视呢！真是天地生奇药啊！"想到这里，宋浩不由自主地伸手握住了那只石笋，放在眼前。黑暗中，碧绿的清光可见，温和润滑，五色光气隐现。

"纪冬阳说此石笋生具金木水火土五行之性，当是如此了。这应该是一种'外药'吧，不知可否内服。"宋浩一边想着，一边不由自主地将石笋放在了嘴里，是如一块生硬的石头而已。

宋浩含着石笋，又在感应着经脉运行的奇妙。

不知过了几时，宋浩忽然发现含在嘴中的石笋竟然似被含化了，慢慢地缩小。

"难道说人嘴中的唾液就是将这石笋合成药的'药引'？"宋浩惊讶道。

数个小时之后，那石笋如冰糖一般在宋浩的嘴中化尽了，随着唾液咽进喉内入胃。他感到全身一颤，经脉运行的感觉更加明显了，如电流通过一般，不过却是舒畅之极。

此时的宋浩如浮水上，若飘空中，周身气血激荡，十二经脉好像江河一般汹涌澎湃，奔流不息，四肢百骸浸润其中，似乎在不断地经受着刷洗，而变得透明无碍……

幽深的地底深处，寂静无扰，宋浩享受着含化石笋带来的奇妙感觉。天地间的一切都淡化了，不复存在，万念俱灭，唯一灵独存。

忽然，那尊医中至宝——宋天圣针灸铜人极其清晰地呈现在了面前，是如真人一般走来，宋浩不由自主地迎上了上去，竟与那铜人合而为一。先前所观这尊针灸铜人带来的奇感妙处，此时又在自家身上体验了一回……

铜人是我，我是铜人，周身经络、穴位，更加明了……

宋浩感觉到自己是在空旷的田野中奔跑，清风绿草，云游烟荡，他不禁挥臂欢呼……忘情中忽被石头绊倒，一转眼看见王力正举着矿灯照着自己，一脸的惊讶。

"宋浩兄弟，你睡觉怎么还放声大笑哩？"王力茫然道。

"我在笑吗？"宋浩坐了起来，感觉到刚才是做了一个梦。

"唉，我们都这样了，你睡觉也能笑得出来，心可真是大啊。能这样想得开也好。"王力感慨道。

宋浩知道一时间与他也说不明白，于是笑道："王大哥，我刚才做了一个好梦，梦见我们出去了。"

"是个好兆头。"王力听了，自我安慰地笑道。

宋浩站了起来，感觉身子轻松之极，并无一点的疲倦。

"王大哥，我们走吧。这地下一行，我们并没有白来。"宋浩背了物品，欢笑着先行走去，自是胡乱地选了一处洞口，撞大运去了，能否出得去，暂且不管它了。

王力在后面摇头道："看不出你这个人倒是很乐观的。"

宋浩将那药苗石笋含化口中，融合体内，愈加觉得神清气爽，步履轻健。王力见他一觉醒来精神百倍，不知他哪根筋出了问题，在后面苦苦追赶。

前行了一程，到了一处宽敞的石厅内。宋浩持了矿灯一照，竟发现四周石壁之上刻画着一些古朴的图案，有鸟兽之形、山川之貌，日月悬天，人行于地，有狩猎的，有耕织的，有嬉戏的，种种不一，纵横之间又似乎有经纬列布。刻画的图案线条虽简单古朴，却是流畅自然而生动，展现出一派人与自然万物和谐的景象。从画的内容来看，这是远古人类的遗迹，绝非出自近代人之手。

"咦？真是奇怪了！"站在另一洞口外的王力，此时开了一只矿灯，望着洞内啧啧称奇不已。

宋浩走过去问道："王大哥，你又发现了什么？"

王力茫然道："这……这里怎么会是坟墓呢？"

"坟墓！"宋浩闻之一怔，顺着灯光朝那石洞内看时，里面竟然并列摆放着五具长方形的超大石棺，石棺旁边又并卧着十几具枯骨。从骨型来看，其生前当是身材高大之人，可以推测，这些人应该是给这五具石棺内墓主人陪葬的奴隶。

石墓内阴冷恐怖，宋浩、王力二人不敢再看，转身退避一旁。

"这是什么时候的人啊？怎么会葬在这里？"王力惊讶道。

"年代久远，不知是哪个朝代的人了，可能是在文字形成之前生活在这里的人了，因为在这石壁上没有任何文字性的东西。"宋浩说道，并指了石壁上的图案让王力来看。

王力看罢惊叹道："我的天！可是原始社会我们的老祖宗留下的吗？"

宋浩兴奋道："应该是吧。这可是我们俩发现的，当是个重大考古发现吧。"

"唉！就是再发现一座宝藏又有何用，我们二人要是出不去，也和这些原始人一样地去做古人了。"王力垂头丧气地说道。

"不会的，这些古人能下到这么深的地下，就一定有通往地面上的路径。虽然年代久远，可能出口已封死了，但也会有临近地面的通道，我们会有机会的，天无绝人之路。"宋浩安慰道。

"这样吧，我们不能再乱走了，否则食物和水用尽了可就危险了。我们现在找地势延上的地方走，越接近地面我们就会越有希望。"宋浩又说道。

王力听了点头道："也只能这样子了。"

二人在几处洞口内查看了一下，地势大多是一样的，看不出个高低来。

宋浩选了一处洞口，说道："往前走走看吧，不行转回来再找。"

二人便又前行，为了省电，只开了一只矿灯。

这地下石洞纵横，也说不出哪里是天然形成的，哪里是人工开凿的，互相联通，是如迷宫一般。好在宋浩在石壁上做了记号，免得走重复的地方。

走着走着，忽觉眼前一阔，矿灯的光亮也被吸去，已是到了一处空旷的大石洞内了。这是一处高宽30余米的大石洞，地上平坦，四壁光滑，便是连一块石头都不见，显然是人工特意整治过的。

这时，宋浩被正面石壁上的一幅图案惊呆了。这是一个高十几米的人形，四肢头发眼睛鼻嘴俱全，手脚展开，身体裸露，在四肢躯干部刻划有几道明显的线条，好像是经络的走向。周围的石壁上十几幅这样的人形图案，刻画着不同的经络线路。

宋浩细观之下，不由一声惊叹道："果然是经络！"

"你说什么经络？"王力一旁不解道。

宋浩激动地道："人体经络！你看到没有，在这幅人形画上，在手臂上刻有手太阴肺经和手少阴心经的走向，腿部刻有足少阴肾经和太阴脾经的走向，躯干竟也有任脉的标记，虽然没有标明穴位，但这几条经络的部位很精确，与现代医书所绘惊人地一致。"

"不会吧！"王力惊讶道："这些原始人怎么能懂医学上的事呢？"

宋浩此时恍悟道："我明白了。经络的发现应该是人体本身反观内照所查得的。"

王力道："宋浩兄弟，你说什么啊？我不懂。"

宋浩激动地道："经络的发现在现代人看来是一种经验的总结，是古人无意中发现刺激身体某个部位可以治病，比如不小心撞到身体的某一处，一些症状就莫名其妙地消除了，于是日积月累，连点成线就成了所谓的经络。其实这种说法是不对的。经络的发现是人的一种内证体验。"

"是了！"宋浩又有所悟道："这地方生有神奇的药苗石笋，可以激活人体经络，古人获得了石笋，从而认证了经络的存在。"

"我们的祖先是伟大的！他们正确地认识了自己天生具有的潜力，并且应该也发挥出了这种潜力，才将这些隐藏在人体中的经络描绘得这么精确，是在向后人显示着，人，本来就是这样的！经络本来就在人体中存在的！这是古人验证的东西，不是什么人发明创造的。"

宋浩激动万分，忘我地讲述着。王力听得一头雾水，不知所以，虽是不感兴趣，倒是站在那里有礼貌地听着。

"奇怪！"宋浩这时停下了话语，因为在另一侧石壁上发现了一幅侧身的人形图案上没有刻画经络，而是在人体正中央的位置刻有一条直线，连于头上的百会穴和两阴间的会阴穴。一线垂下，笔直中正。

在此图案的旁边，又有几幅奇怪的图案，所刻画的"经络"大多是直的，并且都分布在躯干部，应该是在身体内，还有一种如弹簧式的大螺旋，环绕躯体。这种奇怪的"经络"有七八种之多，自是有别于医书上所列的十二经络和奇经八脉。

"这……这也是经络？"宋浩疑惑道："还是隐藏在人体内没有被发现的神秘经络？"

宋浩随后摇了摇头道："不可能是经络的，应该是这些上古的人类即兴发挥的一种艺术的想象吧。人体内有十二正经和奇经八脉就可以了，也自成就了一种完美的经络学说。"

"是的，感觉出如此复杂的经络系统的古人，为了告诉后人这种真实的存在，将他们所认识到的宝贵东西展示了出来。现今的人们不要再为经络是否存在而进行没有意义的辩论了，古人早已为我们证明了的。"

"经无虚言！"宋浩最后感慨道。

王力无感于这些壁画，有些困乏的样子，宋浩于是笑道："王大哥，你累了先休息一会儿吧，我还要再看看这些壁画。"

王力摇了摇头道："又不是什么武功秘籍，看它有何用处？"

宋浩笑道："便是成仙的秘术也没有证实人体内有经络存在来得实在。经络可是我们中国古人发现并且证明出来的，而不是什么人发明出来的，你我身上生来俱有的。什么是神啊？人自己就是神啊！"

王力打了个哈欠，无兴趣地说道："随你吧，我要睡一会儿了。"说完，倒在一边睡了过去。

宋浩将石壁上的图案又仔细地观看了一遍，愈加觉得心血沸腾，文字未发明前，古人们便已证明了经络的存在，实在是令人敬仰。

"为什么没有标示出穴位啊？"宋浩思索了一番，猜测道："可能还没有大规模地发现穴位的存在，况且现今也有一些穴位被不断地发现出来。主要的是，经络的发现，又有药苗石笋的激活，气血通畅，百病不生，穴位对他们来说或许没有太大的意义。"

"还有，这些神秘的经络……"宋浩一时间又迷茫起来。

宋浩关了矿灯，闭目静坐，感应石笋带来的经脉运行的奇妙感觉。恍惚中，仿佛看到了天上的日月星辰、地上的江河湖泊……

"难道说，天地万物都是有着经络的?"宋浩在神思中讶道。

"天人相应！人体是一个复杂的系统，天地自然也是一个复杂的系统，人和自然之间也应该有一种'经络'来联系，否则感应何来？五运六气当是另一种相应的方式。

地底宁静，宋浩静感周围的一切，隐隐地听到一种水滴的声音，心中一动，开了矿灯站了起来，循着水滴声寻去。现在背包里所剩余的水已经不多了。

走过了一条石洞，水滴的声音更加清晰起来。在一侧石壁下面，宋浩看到了一条地下河流，缓缓地朝一个方向淌去。有水滴不断从石壁顶上渗出，垂落地下河中，声响脆然。

宋浩见了眼前的情形自是一喜，忙回去唤醒了王力，接了他来到了地下河旁边，高兴地说："我们顺着这条地下河走，它应该和地面上的河流有相通之处。我们有机会出去了。"

王力无可奈何地道："那就试试吧。"

二人于是顺着地下河流淌的方向走去。

突然，前方河面一响，有个东西浮出了水面。宋浩、王力二人闻声止步，矿灯探照过去，竟发现河水中钻出一个水怪，如一只山羊大小，独角鱼头，两腮煽动，面相凶恶，短足鳞身，长尾似鳄，虽生有眼睛，却已盲了，当是地下黑暗，不见光亮，年久退化所致。那物立在河水中，摇头摆尾，似在用它敏锐的嗅觉四下探寻，已是感觉到了陌生者的存在。接着，它侧着头快速地朝宋、王二人游来。

"跑吧!"宋浩拉了王力飞身跑去。

那水怪随即在河水中游走追来，速度倒不是很快，慢慢地被抛在了后面。

摆脱了水怪的危险，宋浩、王力二人开始与地下河拉开了距离行走，防止再有什么怪物来袭。

"这水中也有活物！它们吃什么活着啊?"王力惊魂未定，茫然说道。

"既然存在，就有它存在的方式。"宋浩说道。

"可别钻到地面上去，这样恐怖的家伙，会吓坏人的。"王力说道。

宋浩道："这种地下怪兽应该只适合地下生存，见不得阳光，所以也不会爬到地面上去的。"

王力道："这些东西哪里来的啊？虽在地下，水里岸上都有。"

宋浩说道："可能是一种远古时代遗下的怪兽吧，可能是和那些原始人同时代的，倒在这地下深处不可思议地生活了下来。别管它们了。"

这时，走到了一个狭窄处，只有下到河水中才能通过。宋浩远近观察了一下，确定这里没有那种水怪之后，和王力跳入水中。

看似缓慢流动的地下河水，内里却是暗流涌动。宋浩、王力二人一进入河水中，便不由自主地被漩涡裹着走了，惊急之下想回到岸上已经不能了，只好随流而去。

一股强大的吸力将二人拉进了水底。宋浩心中一叹"完了！"手中却抓紧了已经昏迷的王力不放，一齐沉了下去。随即，宋浩但觉脑中一片空白，也失去了知觉。

# 第十九章 意　　外

不知过了多长时间，一阵强烈的咳嗽将宋浩激醒，并吐出了几大口河水，迷迷糊糊地睁开了双眼，一道久违了的耀眼的阳光刺痛了眼睛。

"出来了！被地下河水冲到地面上来了！"宋浩心中一阵惊喜，下意识地动了动手臂，发现右手仍紧抓着王力的衣襟，虽不知王力怎么样了，心中也自稍安。它发现自己躺在一处河流的岸边，半个身子还泡在水里。远处是月和铜矿的山体，蓝天白云，草绿树青，一切都是真实的存在。

旁边的王力也咳嗽了几声醒了过来，喃喃地说道："我们这是在哪里啊？"

"王大哥，我们出来了，这是在地面上！"宋浩笑着应道。对这个和自己历经险境的朋友，宋浩心中充满了感激。

"真……真的！"王力立时清醒了过来，站起身，四下里望了望，发现果然是自己熟悉的阳光下的美好环境，激动地朝天大声喊道："我们活着出来了！老天爷！我们活着出来了！"然而劫后余生的喜悦并没持续多长时间，因为一群鬼医门的人突然发现，将他们二人围了起来。

"你们还好吧？怎么从这河里出来了？我们可是在矿道外候了七天。"鬼风古怪的脸上还是带着一种欣喜，随即如释重负一般有气无力地坐在了地上："你们终于出来了！"旁边的鬼医门门众也都松了一口气，好像都对宋浩的安全关心之至。

宋浩正想着如何应付，忽听鬼风莫名其妙地哭出声来："宋浩，你出来就好了，你要是再出不来，我鬼医门可就大难临头了！"旁边的鬼医门门众也都低下了头去，好像他们才刚历劫重生。

"鬼风门主，你这是何意？"宋浩迷惑不解。

"宋浩兄弟，以前多有得罪之处还望见谅，我们鬼医门在这里向你赔礼了。"鬼风说着，竟率了门众朝宋浩恭敬地施起礼来。

"喂！你们这是做什么？可是在耍什么花样？"宋浩愕然。

"不敢！不敢！以前不知宋浩兄弟大有来头，有所冒犯。"鬼风讪笑道。

宋浩见对方只字不提那药苗石笋，反而对自己恭敬有加，实在是不知为什么。

"宋浩兄弟，请你在生死门的人面前多多为我们美言几句，鬼医门一定对你感激不尽。"鬼风已无了往日的威风，卑躬屈膝地说道。

"生死门！"宋浩惊讶道："又是生死门？你们这是……"

鬼风忙说道："宋浩兄弟还不知道吧，我们鬼医门在七天前接到了生死门的生死令，命我们等候宋浩兄弟的消息。七天之内，宋浩兄弟安全地从地下出来，我们鬼医门则生，否则全死。"

"你在说些什么啊！"宋浩惊讶之极，自己好像听说过这个生死门，却不知其是何来历。

"生死门在江湖上销声匿迹了几十年，没想到又重现江湖了，并且第一个将生死令送到了鬼医门。宋浩兄弟，鬼医门日后再也不敢做对不起医门的事了。"鬼风低头说道，犹生怯意。

宋浩这时候知道有人在帮自己了，暗喜之余，煞有介事地说道："既然如此，就请将月和铜矿归还这里的村民吧，你们日后也不要再做以伤天害理之事，否则，我的生死门的朋友会再去找你们的，那时我可说不上话了。"

"一定照办！一定照办！"鬼风忙应道，神色也自一松。

一旁的王力如在梦中一般望着眼前发生的一切，实在是不敢相信，一向横行霸道的鬼医门怎么忽然就向宋浩低下了头，不敢再有所造次。

"好了，就这样吧，希望日后鬼医门能以本门医术济世救人，以不负一个医门的声誉，你们去吧。"宋浩说道。

鬼风此时犹豫了一下，想说些什么，最后还是忍住了，朝宋浩拱了拱手，转身欲去。

"鬼风门主，你是想问那个药苗石笋吧？我可以告诉你，这件东西已经不存在了。"宋浩明白了对方的意思，于是说道。

"啊！没了？这个……"鬼风有些不甚相信，但看到宋浩一脸坦诚的表情，只好摇头一叹，率众而去。

望着远去的鬼医门众人，宋浩眉头一皱，寻思道："生死门是什么江湖门派，竟令鬼医门如此害怕。难道在月和庄助我脱身的人就是来自生死门的人？还有，上次被人劫持，那个神秘人就说是生死门的人，这些人为什么屡次三番地帮助我，应该也是有他们的目的的，当是来者不善！不管他了，以后遇到再说吧。"

此时在远处的一片树林里站着一个人，正是顾晓峰。他此时松了一口气，一颗悬着的心也终于放了下来，自语道："好小子，终于活着出来了，否则还真是无法向老朋友交代。你这小子，胆子也够大的，惹了一身麻烦不说，天敢上，地敢钻，倒是没有你不敢去做的事。"

这时，刁成走了过来，恭敬道："师父，宋浩的爷爷找到了，此人叫宋子和，在青岛的一家医院里坐诊。"

顾晓峰听了点头道："很好。宋浩日后一定会去找他的，你现在立即赶去青岛暗中保护他。"

刁成应道："弟子遵命！"转身去了。

这时，有两个年轻人悄无声息地出现在了顾晓峰的身后，轻声唤道："主人，我们来了。"态度甚是恭敬。

顾晓峰"哦"了一声，说道："鬼医门在此地经营多年，为的是采一种什么药苗，现在何处？"

一人上前应道："鬼风刚才说，宋浩没有带上来，或是……"他犹豫了一下，接着道："或是还在宋浩的身上，有我们生死门插手，鬼风已不敢过问此事了，所以他也就没有细问。我们是否对这个宋浩……"

"不，"顾晓峰抬手止了那个年轻人道，"我们的目的是保证他的安全。"

"当然了，"顾晓峰顿了一下，又说道，"你们继续向鬼医门的人追查此事，搞清楚这所谓的药苗到底有何用处。还有，在不惊动宋浩的情况下，可以暗里查一查他到底将药苗带出来了没有。"

"门主，还有一事。鬼医门抓住的叫纪冬阳的人，我们已查出他是九门十八家中纪家的人，现正和其祖父纪玄生活在一起，居住在距此地不远的镇子上。"

"纪玄!"顾晓峰闻之眉头皱了一下。

宋浩和王力回到了村子里,见他二人安然无恙,村民们才放下心来,并说月和庄那边传来消息,鬼医门的人撤去了,将一切又都归还给了村民们。宋浩听了,很是为村民们高兴。村民们为了表示感谢,将宋浩接到了新月和庄,摆设酒席庆祝了一番。

酒宴当中,有人通知王力说有电话找他,王力便出去了。半个小时后,王力回来时,望了宋浩几眼,眼中已是有了种怪异的神色。

吃过饭后,王力将宋浩接到了自己的家中,并安排了宋浩洗澡,还给他找了一身新衣服。

宋浩洗完澡出来,看见王力正拿着自己的那套旧衣服发怔。

"洗完澡了,将这身新衣服换上吧。"王力说道,随手将那套旧衣服扔在了一边。

"王大哥,没想到我们能在地下困了七天七夜。说起来我们一同历此艰险,实在是有缘分。"宋浩一边穿着衣服一边说道。

"是啊,有缘分。"王力漫不经心地应了一声,随后有意无意地问道:"宋浩兄弟,那只石笋呢,怎么没见你带在身上?"

宋浩听了笑道:"消失了,没有了。"

"哦,可能是掉在那地下河里了,这样也好。"王力说道,竟有了些轻松之色。

宋浩听了未置可否,知道自己含化药苗石笋一事过于离奇,也不想做过多的解释。

"宋浩兄弟,"王力此时显得郑重地说道,"你是个好人,本想留你多住几天的,但是我怕鬼医门的人再回来找你的麻烦,所以明天一早你最好离开这里。虽有个什么生死门的人能控制得住他们,然而事情变化不是人所能想象得到的,避开去会安全些。"

宋浩听了感激道:"王大哥说得甚是,要提防为上,我明天走了就是,很高兴认识你这个朋友,日后有机会我会再来看望你的。"

王力不自然地挠了挠头,笑了一下道:"认识你我也很高兴。"

安排宋浩睡下之后，王力便带上房门去了。

宋浩躺在床上，想起月和铜矿的地下历险，仿佛做了一个离奇的怪梦一般，心中不胜感慨，渐渐睡去了。

一阵急促的敲门声将宋浩惊醒，随见王力推门进了来。

"王大哥，发生了什么事？"宋浩坐起身来，惊讶道。

"也……也没什么事，只是想请宋浩兄弟现在就走。"王力神色焦急地说道。

"这是为什么？"宋浩迷惑道。

"宋浩兄弟，实话和你说了吧，"王力像是下了一种决心，并且像是换了一个人的样子，"我是魔针门的人！"

"什么！你是魔针门的人！这怎么可能呢？"宋浩惊讶万分，但对方既然如此说了，应已知晓自己的身份了，并且魔针门的人正朝这里赶来。他盯着王力看了好一会儿，点头道："谢谢你告诉我实情，还放我走。我想知道的是，怎么这么巧你就是魔针门的人，还想救我？"

王力说道："告诉你也无妨。当年鬼医门谋夺了月和铜矿，便引起了魔针门的注意，令我在这里注意鬼医门的动静，查出他们有何目的。这些情况你知道了，但在以前我知道的太少，只知道鬼医门在这里是想等铜矿内的一种药苗出世。

"不过令我感到失望的是，我的家人被鬼医门的人投了暗药致病后，我曾求助于魔针门。但是魔针门的人为了不暴露我而引起鬼医门的人注意，没有出手相救。从那时起，我对自己暗中接下的这份任务便没有了兴致。前些日子你来了，我当时并不知道你就是魔针门要找的人。

"后来你我二人进入到了地下，采到了药苗。你曾将药苗交给我，我没有接，是因为我不想再为魔针门做事了。并且也好几年没有和魔针门联系了，他们应该已经将我忘记了。但就在昨天晚上，魔针门的人联系上了我，向我打听鬼医门的近况，我便对他们简单说了一下。

"当他们听说你也在这儿，就命令我将你留住，并要我从你那里取回药苗。我知道魔针门的人要找你的麻烦，不忍害你，所以请你快走。

宋浩听了，感激地道："谢谢你王大哥，可是你放了我，就不怕魔针门的人惩罚你吗？"

王力道："当年也是一时糊涂加入了魔针门，以为有个江湖门派照应，日子也能好过些，没想到他们和鬼医门一样，都是以技术敛财的不正门派。我加入的是魔针门的情报部门，所以并不懂任何的医术，对他们来说，我这个人有也可，无也可，没有人重视的。只是昨天无意中说出了你的名字，才被他们注意上。我想他们也不会对我怎么样的。"

宋浩道："王大哥还是小心为好。这样吧，你就说我被鬼医门的人劫走了，让他们找鬼医门去。现在你只知道魔针门在找我，而不知道找我的原因，我想他们应该不会对你怎么样的。"

说完，宋浩收拾了一下，然后告别了王力，一个人悄悄地出了月和庄，寻了公路而去。

"看来鬼医门在这里的动静早已被注意上了，没想到无意中被魔针门的人知道了我在这里。在唐家庄时，就听说魔针门已经对我展开了行动。唉，真是麻烦，为了天圣针灸铜人，引出了这么多的江湖门派。"宋浩边走边想着。

时至午夜，公路上没有见到过往的车辆。

"妈妈的！这种被人追赶无家可归的感觉真是不怎么样！江湖上的事都是大鱼吃小鱼，那个什么生死门降服了鬼医门，免去了一个麻烦，却又引来了魔针门。对了，这个魔针门一开始就对宋天圣针灸铜人注意上了，有志在必得之意。不管怎么样，窦阿姨既然信任我，托付我这件事，就不能令别人得了手去。"宋浩想着，"唉！窦阿姨，你在哪里啊？我现在真是不知道怎么办好了，难道说只有这样一路逃下去吗？"

这时，他发现前方不远处的路边停了一辆汽车，车灯一闪一闪的。待走到近前时，才发现有一女子站在车门旁边，朝他招了招手。

"李燕！"宋浩不由一怔。

女子正是洛飞莺。她朝宋浩冷笑了一声道："这位先生，又是一个人走夜路，搭不搭车啊？"

"你……"宋浩随即恍然大悟道："你是魔针门的人，否则怎么会知道我在这里。"

"王力什么都对你说了吧，真是个不懂规矩的人。好了，上车吧。"洛飞莺开了车门。

"既然已经知道了你的真实身份，你认为我还有必要再上你的车吗？"宋浩淡然道。

"不用怕，我吃不了你，况且就我一个人。放心，你想去哪里我将你送去就是了，我原先就说过的，现在仍旧照办。并且现在你最好上我的车马上离去，否则晚了，会有江湖上的各路人马来寻你的麻烦。不管怎么样，我们毕竟是已经认识的朋友了。"洛飞莺的语气稍缓和了一下，说道。

宋浩站在那里没有动。

洛飞莺见状，笑了一下道："你胆子当真是小。说来我们俩还真是有缘分，两次见面都是在半夜里的公路上。听着宋浩，你现在只能跟我走，因为你在这里的消息已经传出去了，稍后会有别人来找你的，他们可不会像我对你这般客气了。我也没别的意思，只是想和你好好谈谈。"

宋浩知道自己现在无路可走，只能先上对方的车离开这里再说了，并且有一件事他还放心不下，要眼前这个人来处理。况且对方孤身一人，自己应该还是有机会脱身的。想到这里，宋浩不再犹豫，上了车。

洛飞莺见了，脸上得意地一笑，上车启动油门而去。

"事情已经捅破了，希望李小姐能告诉我你的真实身份。"宋浩说道。

"好吧，告诉你也无妨了，我叫洛飞莺，家父就是魔针门的门主。"洛飞莺应道。

"洛氏魔针！你是洛家的人！"宋浩闻之颇感惊讶。

"洛小姐，有一件事还请你帮忙。"宋浩随后说道。

"呵呵，太阳从西边出来了，你还有事请我帮忙啊。说吧，什么事？"洛飞莺笑了笑道。

宋浩说道："希望你们魔针门的人不要难为王力。"

"王力！"洛飞莺点了一下头道，"好吧，看在你的面子上，我们就不追究他失职的责任了。其实他只是情报部门发展的一个眼线而已，用来监视鬼医门的。昨天情报部门想了解一些鬼医门现在的情况，却无意中知道了你在这里，所以我就赶来了。"

宋浩心中稍安，说道："那就谢谢你了。没想到你们魔针门竟也能注意到鬼医门的事。"

洛飞莺道："也没什么，只要是与医学上有关的好东西，我们魔针门都是感兴趣的。数年前我们从另外的渠道得知，鬼医门在等待一种奇药出世，所以我们事先布置了一下。听说药苗本来是被你采去了，在出来时又被河水冲去了，倒也可惜。"

"对了！"洛飞莺又有些嗔怪道，"你倒是够狡猾的，竟能在冰火神针的帮助下从我的眼前走掉，还以为再也找不到你了呢。不过老天有眼，这次又落到了我的手里。"

"洛姑娘想对我怎么样，不妨直说。"宋浩说道。

"那要看你自己了。我们先商量一下吧，你若是将铜人交给我，我们不但会保证你的安全，还会支付你一笔酬金，数目随你开。这样一来江湖上的注意力就会转到我魔针门了，你也不用再疲于奔命了，何乐而不为呢？"洛飞莺说道。

"如果我不答应呢？"宋浩冷笑了一下。

"我会有办法让你答应的，因为你现在是我的俘虏。"洛飞莺也自冷哼了一声。

"我虽然上了你的车，并不说明就是你的囚犯了，洛姑娘以为能制服得了我吗？"宋浩笑了笑道，右手暗中从袖里出了一针，扣在了手中。

"宋浩，你最好绅士一些，不要轻举妄动。"洛飞莺一手扶着方向盘，一手持了一支小巧的银白色的手枪在面前晃了晃。

"看不出，你一个女孩子家也敢玩这种东西。"宋浩摇了摇头道。

洛飞莺虽持有手枪，但在近距离内，宋浩也自不怕她，他寻思道："估计魔针门的大队人马还没有赶过来，这个洛飞莺自己一个人先过来而已，不能让他们汇合了，否则就没有机会脱身了。"

在汽车驶到了一个叉路口时，宋浩说道："洛姑娘请往左拐。"

洛飞莺果然将汽车向左转去，并笑了声道："那就听你的。"

宋浩见了，以为这条路本来就是洛飞莺要走的，自己无意中指正确了而已，心中懊悔不已。

"停车！"宋浩大喊道。

"有本事你将我打昏，车毁人亡，你我同归于尽。"洛飞莺得意地笑道，并加快了速度。

"你果然是一个魔女！"宋浩也自无可奈何。

"要想不再受这种惊吓之罪，就带我去拿针灸铜人。再固执下去对你来说没有任何好处，本姑娘的脾气你还没有真正地领教过呢！"洛飞莺哈哈一笑，加大油门，车身如飞一般驶去。

"你不要命也罢，我陪你。"宋浩系好安全带，抓紧了头上的扶手。

洛飞莺见自己飙起飞车来也没有将宋浩吓住，觉得没什么意思，速度也就慢了下来。

第十九章 意外

# 第二十章　迷魂针

洛飞莺将汽车开到了一座山顶上停了下来，此时旭日初升，天已亮了。

宋浩正不知洛飞莺要做什么，一支冰冷的枪口已抵到了他的太阳穴上。

"告诉我，宋天圣针灸铜人藏在哪里，你若是再不说，我就一枪打死你，让铜人永远地消失好了。我洛家得不到的东西，别人也休想得到。"洛飞莺冷冷地说道。

宋浩静静地望着洛飞莺，没有说话，也没有恐惧，他只是感觉奇怪，一个美丽的女孩子竟也能做出这般强横的事情来。

面对宋浩深邃的眼神，洛飞莺忽然莫名其妙地不自然起来，从来没有过一个男子这么近距离地望着她。这是一个英俊而又固执的男子，沉静的眼神中闪过了一丝惊讶和责怪，却没有她期望的害怕和恐惧。

"你……你再不说我真的开枪了！"洛飞莺的手动了动，似乎觉得这支手枪很沉，不由得两手握住了枪身。

"针灸铜人真的对你很重要吗？"宋浩问道。

"不错！"洛飞莺点了一下头道。

"如果我交给了你，你打算怎么处理这尊针灸铜人呢？"宋浩说道。

"物有所用，我不会浪费这尊医中至宝的价值的。"洛飞莺感觉到了希望，心中自是一喜，自己的施行的方式奏效了。

"可是我真的不能交给你，我是受人所托保管的，并不是我自己的东西。"宋浩说道。

"这个我不管，我只想得到它。"洛飞莺坚决地说道。

"那就没办法了，你开枪吧。"宋浩闭上了眼睛。

"你……"洛飞莺感到自己受到了嘲弄，有些恼火起来。

"你真的不怕死？那我就成全你！"洛飞莺故意狠声道。

宋浩不再理会她，转头望向了车窗外面，"今天的天气不错！"他长吁了一口气道。

"你混蛋！"洛飞莺恼怒地用枪身砸了一下宋浩的额头，随后无可奈何地收回了手枪。

宋浩感到额头上流下了一股温热的液体，摇头苦笑了一下道："你还有的救。"

洛飞莺气得坐在那直翻白眼，她从车镜里看到了宋浩额头上流下血来，抬手递过来一张面巾纸。

"谢谢！"宋浩接过擦拭血迹。"不对啊！我被你打了，干嘛还要谢你，刚才那两个字收回！"

"你……"洛飞莺已是气得一句话都说不出来了。

"我不相信你一个女孩子会朝我开枪。即使你真的开了枪，我们俩也会同归于尽的。"宋浩脸色一肃道，将手中暗扣的针又收回了衣袖里。

洛飞莺惊讶地望了望宋浩，奇怪他为什么会这样说，感觉他不是在开玩笑。

二人随后静静地坐在车里，不再说话。

洛飞莺此时惊讶自己为什么会对这个男人手下留情，若是在平时，她虽然不至于一枪将宋浩打死，但也会开枪将他击残，逼着他将秘密说出来，然而今天自己竟然下不了手。这是为什么？这个固执而又奇怪的男子和自己平时见到的那些男人有什么不一样吗？他第一次从自己手里逃脱时，自己也曾有过一种莫名的惆怅……

一辆黑色的奔驰轿车悄无声息地开了过来，待宋浩和洛飞莺发现时，从奔驰车内出来的两个强壮的男人已经逼到了他们的车身旁边，并各从腰间拔出了手枪对准了他们二人。

"魔针门的人？"宋浩一惊道。

"不是！"洛飞莺脸上呈现出了一丝惊恐。

"你是宋浩先生吧，麻烦你跟我们走一趟。"一个男人站在车窗外面，朝宋浩说道，并摆动了一下手中的枪。

"都出来！"另一个喝道。

宋浩和洛飞莺出了车门，站在了一处。

"宋浩先生，找到你真是不容易啊！"一男人笑道。

"你们是什么人？找我何事？"宋浩问道。

"我们是什么人你不必知道，至于找你何事，你自己应该明白。"那男人说道。

"嘿嘿！这个小妞长得不错！"另一个男人望着洛飞莺，发出了淫笑，并伸手去摸洛飞莺的脸。

"流氓！"洛飞莺抬手就给了那男人一记耳光。

"妈的！你竟敢打老子！信不信我一枪崩了你！"那男子恼怒道，举枪对准了洛飞莺的头部。

"不要难为我的朋友，我可以跟你们走。"宋浩见状，忙说道。

被那男人手枪逼迫下的洛飞莺闻之一怔。

"你自然要跟我们走，至于这个娘们儿嘛，浪费了可惜，先让老子快活一下。"那男人说着，一把将洛飞莺推倒在了车身上，伸手掐住了她的脖子。

"放开她！"宋浩愤怒地冲上前去，欲将那男人从洛飞莺身上拉开。虽然目前来说，洛飞莺也是挟持自己的敌对方，但是自己不能容忍一个女孩子在眼前被人污辱。

"别动！"一支手枪抵在了宋浩的腰间，身后的男人冷冷地道："我们得到的命令只是带你一个人回去，和你在一起的人只能处理掉。"

"宋浩……"被另一个男人按在车身上的洛飞莺绝望地喊道。

宋浩冷静地判断了一下目前所面临的形势，这两个持枪的男人一个在前一个在后，且在身侧一米之内……

"好吧，我现在就和你们走，只是要放了这个姑娘……"说话间，宋浩两手突然前后齐出，两根针分别刺入了前方那个男人腰间的章门穴和身后那个男人肋下的京门穴，指间一颤，俱施了一手霹雳针法。两个男人立时定格在了那里。

宋浩突袭成功，上前将趴在洛飞莺身上的那男人拉开，笑了一下道："你没事吧？"

"宋浩你……"洛飞莺惊魂未定，不明白宋浩两手前后一展，为什么就将这两个男人制住了。

随即，获得了自由的洛飞莺眼中寒光一闪，劈手从一男人手中夺过手枪，举枪就朝两个男人的脑袋"砰砰"开了两枪。两名男人脑浆崩裂，颓然倒了下去。

"不要杀人！"宋浩制止不及，惊在了那里。

"冒犯本姑娘的人都得死！"洛飞莺站在那里，冰冷地说道。

"你又何必呢！"宋浩无可奈何地摇了摇头。

洛飞莺随即搜查了一下两人的身上和他们所乘坐的奔驰车，眉头一皱："他们是什么人？竟然没有任何显示他们身份的东西。"

"上车走了。"洛飞莺坐进了自己的车里，召唤宋浩道。

"我不和你走了。"宋浩摇了一下头。他目睹了洛飞莺毫不留情地杀人，不愿，也是有些不敢再和她在一起了。

"这两个人的后援随时会找来的，你现在不走，仍然会落在他们的手里，到时可别后悔。"洛飞莺盯着宋浩说道。

"唉！"宋浩摇头一叹，只好又坐进了车里。

洛飞莺嘴角呈现出了一丝诡秘而又得意的微笑，驱车而去。

"谢谢你！"洛飞莺望着前面的道路，手中握着方向盘，面无表情地说道。

"不用，就是换了别人我也会这样做的。"宋浩应道。

"没想到你会点穴功的。"洛飞莺道。

"也不全是。"宋浩道。

"哦。你的动作好快，在被人用枪指着的情况下，还能出手反制成功，并且对方是两个人。先前有所冒犯，还请你原谅。"洛飞莺想起了自己也曾用枪抵着宋浩的头部，多亏当时只想吓唬一下他而已，否则真是起了杀机，说不定也会被他制住。

"那么，现在你是我的俘虏，还是我是你的俘虏？"宋浩笑了下道。

"随你便！"洛飞莺撇了撇嘴。

"宋浩，从现在开始，我不会再强迫你了，除非你自己愿意告诉我，否则我不会逼你说出天圣针灸铜人的秘密。"洛飞莺认真地说道。

"好啊，那就谢谢你了。"宋浩笑道。

"你身处困境，怎么总是这般快活的样子，就一点不愁吗？"洛飞莺问。

"已经这样了，又有什么办法？人总是要快乐地生活，否则对不起自己。"宋浩两手一摊道。

"那你现在打算怎么办？江湖上各路人马不会轻易地放过你的。"洛飞莺说道。

"不知道，走一步算一步吧。"宋浩长叹了一声道。

洛飞莺迟疑了一下，说道："宋浩，虽然我们魔针门也想得到那尊铜人，但是你刚才救了我，所以我打算帮你一回。如果你信得过我，我带你去一个地方，一个外人找不到的地方，那里住着一个隐居的高人，他是我信得过的朋友，你可以在他那里住上一段时间，暂避风头，待过个一年半载的再说。"

宋浩听了，没有说话，对身边这个神秘莫测而又心狠手辣的女子多少有些怯意。

"你不相信我就算了！唉，也难怪，我无法令你相信的。"洛飞莺叹了口气。

接着，洛飞莺将车停在了路边，淡然地说道："现在安全了，你可以走了。"

"谢谢你一路相送，再见！"宋浩应了声，推开车门就要下车。

"宋浩！"洛飞莺转头唤道。

"还有什么事吗，洛小姐？"宋浩回身问道。

"你现在真的是很危险，就不能相信我一回吗，或者你说个地方，我送你去，你一个人走，早晚会落入找你的人手里的。"洛飞莺一脸诚恳地说道。

"说实话，洛小姐，我真是信不过你。"宋浩说着，又坐回了车里，接着说道："可是我现在真的是没地方去了，要不，就劳烦你一回，将我送到一个可以避风的地方。"

"没问题！"洛飞莺欢呼一声，一踩油门而去。

宋浩心中寻思道："你这丫头，走到哪里也摆不脱你，既然不曾对我下杀手，一时间应不会有危险，暂且跟你去就是了，否则再遇上几伙持枪的人，还真是不好对付。"

"想什么呢？是不是在想我如何施计谋对付你？放心好了，我刚才说过的，不会再逼迫你了，魔针门的人也不会强逼你的，并且我不会令他们见到你的，我要你自愿地说出来才行。"洛飞莺笑道。

"我倒希望如此。"宋浩应道。

"我这个朋友住在一处偏僻的乡下，没有人会找到那里，最安全不过了，就是家父问我，我也不会说出来的。"洛飞莺说着，将汽车拐向了一条土道。

"你的什么朋友？"宋浩还是不放心地问了一句。

"好吧，实话对你说了也无妨，只是要你相信我，这个人其实是我的大伯父洛北辰。"洛飞莺说道。

"你大伯父！"宋浩眉头一皱，敢情洛飞莺仍是将自己送到了洛家人的手里。

洛飞莺看出了宋浩的意思，于是说道："大伯父和家父自小不和，十几年前便断了往来，一个人隐居在乡下生活。你要是有所怀疑，我再另找一个地方罢了。"遂将汽车停了下来。

"既然是你送我去，哪里还不是一样？就到你伯父那里住一阵子好了。"

"你能相信我，我真的是很感动！"洛飞莺宽然一笑。

汽车前行了五个多小时，来到了一座山村里，山水相映，一派田园风光。

到了一处农舍前，洛飞莺停了车，欢快地跳下来，朝前方一块菜地里正在劳作的老者跑去，挥手喊道："大伯父！"

在菜地里摘着青菜的老者闻声抬起头来，惊喜道："莺儿！你来了！"放下手中的青菜迎了上去。此老者鹤发童颜，容光焕发，当是精通养生之道的人。

"哈哈！莺儿，你怎么想起我这个老头子来了？"洛北辰高兴地说。

"想伯父就来了！"洛飞莺扑到洛北辰的怀里撒娇道。

"怎么，还有客人啊？"洛北辰看到了站在车旁的宋浩，一怔道。

"是我带来的一个朋友。"洛飞莺道。

"哦！"洛北辰说道，"那就给我介绍一下吧。"

"宋浩，过来见过我伯父。"洛飞莺朝宋浩招了招手。

宋浩走过来，恭敬地说："你好，我叫宋浩。"

"欢迎！欢迎！"洛北辰握了握宋浩的手，让请道："屋里说话吧。"

宋浩看到周围的环境和热情的洛北辰，知道这里果然是一处安全的地方，不由得对洛飞莺歉意地笑了笑。

洛飞莺得意地"哼"了一声。

农舍内异常的洁净，简单的木制桌椅摆在客厅中，上置一套精致的紫砂茶具。墙壁上挂着的几幅古人字画，加上书橱里的几十卷古书，为这所简居增添了些书香之气。

宾主落座，洛北辰端上了清香彻肺的茶水。宋浩谢过用了。

"伯父，我们这次来是想在这里住上一段日子，你介不介意啊？"洛飞莺说道。

"你能来陪我这个孤老头子，我高兴还来不及呢。"洛北辰爽朗地笑道。

望了望宋浩，又看了看洛飞莺，洛北辰好像明白了什么，抚须哈哈大笑起来。

"伯父，你笑人家什么啊？"洛飞莺脸色一红道。

"哪是笑你哩，是在赞你有眼光哩！"洛北辰笑道。

"伯父，你说什么啊！再乱说我就走了。"洛飞莺红着脸站了起来，抬腿欲走。

"别走别走！不说了！不说了！"洛北辰忙拉了洛飞莺坐下。

宋浩一旁挠了挠头，好大地不自然。

时近傍晚，用过了饭后，洛飞莺将宋浩安排在了一间客房里。

"我没有骗你吧，住在这里，用卫星都找不到你。"洛飞莺说道。

"是个好地方！谢谢你了！"宋浩感激道。

"好了，你先休息吧，我还要和伯父说会儿话，明天见！"说完，洛飞莺带上房门去了。

"这个丫头真是摸不清她的心思，虽是将我带到这里来，还是有她的目的的。这洛北辰为人面善，当是一名真正的隐者，他倒是不能害我的。只是这个洛飞莺计端百出，总要防着她好。"宋浩想着，觉得头脑有些昏沉，便自睡去了。

客厅里，洛飞莺陪着洛北辰饮茶说话。

"莺儿，你最近还好吧？"洛北辰呷了一口茶，说道。

"好也不好。"洛飞莺叹息了一声道。

"哦！"洛北辰倒未再问，转而慨然道："你还年轻，不要学了你父亲那样，到头来终究害人害己。我洛家的绝世魔针，被你父亲搞得不成样子，医者本有救人济世之责，他却借术害人敛财，此般有伤天和之举，是要遭报应的。"

"伯父，不要谈这些事好吗？我今天来是有件事情求伯父的。"洛飞莺说道。

"唉！你还是认识不到洛家现在行事的后果，你不想听，我也就不多说了，我只是希望你和你哥哥不要随你父亲陷进泥潭里拔不出来。你有什么事要我帮忙就说吧。"洛北辰摇了摇头。

"伯父，洛氏魔针你和爸爸各有所长，尤其是伯父在此基础上独自修习的'迷魂针法'世间无人能为，我想……"洛飞莺犹豫了一下道："我想请伯父施展一次。"

"不行！"洛北辰断然拒绝道，"此针法迷人神智太过，我早已认识到它带来的害处，多年不用了。这也是早年好奇之下，研究出的一套并不能济世的针法，我已决定不再用了，否则和你父亲有何区别？"

"我并不是叫伯父用来害人的，此针法迷人神智，有催眠的作用，可问出被施术者的任何秘密，我只是想请伯父对宋浩施一次。"洛飞莺说道。

"你说什么！"洛北辰惊讶道："你这孩子果然是随你父亲一样入了魔道了，好端端地对宋浩施什么迷魂针？"

"伯父，你不要误会，事情是这样的，宋浩是我新认识的男朋友，我……我很爱他，想知道他的心中是否还有别的女人。"洛飞莺红着脸道。

"唉！你真是孩子气！你既然喜欢他，他又认定了你，就应该相信他。对他施迷魂针进行催眠，问他心中是否有别的女人，亏你想得出来。不行，这是对人家的不尊重，我做不来。"洛北辰摇头道。

"伯父，求求你了，就这一次，下不为例。我只是想知道他对我的爱有多深，我也是不想被人家欺骗嘛。"洛飞莺哀求道。

洛北辰摆了摆手，只是不应。

"伯父！"那洛飞莺竟然哭泣道，"你要是不答应，我只好和他分手了。"

我不想和一个心中有着太多秘密的男人生活一辈子，人家只是想了解一些他心中所想嘛，又不是要害他。这年头人心难测，他要是真的有了别的女人，我岂不是被他害了？伯父，求求你帮帮我吧。"

"你这孩子哭什么呢！我最怕你哭了，好吧，我就施一回迷魂针，不过可说好了，仅此一次，下不为例。"洛北辰无可奈何地说道。

"好伯父！"洛飞莺兴奋地抱着洛北辰亲了一下。

"你这孩子！"洛北辰摇头笑道，"我说今天怎么带个人来，原来是要打打你自己的小算盘。不过……"他又说道，"不能明着对人家施术，要在他不知情的情况下才行，否则他会怀疑的，也自会改变对你的态度，弄巧成拙就不好了。"

"这好办，"洛飞莺说道，"我已经在他的饭菜里下了药，这会儿正在'昏睡百年'呢，正好方便我们行事。"

"你这鬼丫头，原来早就计划好了。记住了，日后要对人家好些。唉，我就做一次恶人吧。"洛北辰一拍大腿道。

宋浩躺在床上昏睡去，在全身放松之下，体内的气血又开始循着经脉运行起来。

这时，宋浩感觉经脉气血在运行到手少阴心经的时候发生了滞涩。心主神明，心经阻滞，本已在睡梦中的宋浩神智更加昏沉。他凭借本能令气血猛然间冲过了阻塞处，心神随之一畅……

"咦!？"忽听得身边有人轻声讶道："他的经脉气血好强盛，竟自行冲破了刚封住的神门、灵道两穴！"

宋浩内里一惊，已是醒了八分。然而忽觉手少阴心经上的少海、青灵穴受制，先前已冲破的神门、灵道两穴复又被封，神志一乱，又自昏迷了过去。

此时站在床边正在施迷魂针法的洛北辰惊讶不已，眼前这个年轻人竟能自行冲破封制的穴位，如此强盛的经脉气血，不但自己在针下能感觉得到，这个睡梦中的年轻人似乎也能感觉得到，并且能有所控制，本能地冲经破穴。

洛北辰好奇之下，又施了两针，才将经脉中的气血封压住，迷魂针法开始起了作用。

"此人经脉中的气血虽强盛但不强劲，应该不是有内家修为的人，难道是一种天生的奇异体质吗？"洛北辰迷惑之余，对等在一边的洛飞莺道："你过来问吧，迷魂针法应该启动他大脑中深藏的意识区了。"

洛飞莺闻之一喜，走上前来，竟自有些激动，终于要将宋浩头脑中的秘密全部挖掘出来了。

"你叫什么名字？"洛飞莺试探着问道。

"宋浩。"宋浩喃喃地应道。

"太好了！"洛飞莺兴奋得几乎要跳将起来。

"伯父，这是人家的私心话，你看你老人家是不是……"洛飞莺望着洛北辰，有些为难地说道。

"好好好！我不听你们的秘密。不过这个宋浩经脉中的气血非常地强盛，时间久了能自行冲经破穴，你要快点问，否则经穴被冲开，迷魂针法就失效了，他明白过来可就答非所问了。我怕伤着他，所以只下了四针，没有七针全施，要他明天醒来感觉正常才好，不要认为我们对他动了手脚，否则会很尴尬的。"洛北辰提醒道。

"我知道了，您老人家快走吧。"洛飞莺忙不迭地将洛北辰推出了房门外，回转身来，得意地一笑："宋浩，看你如何能逃出如来佛的手掌心！"

洛飞莺俯下身来，犹豫了一下，对着宋浩轻声唤道："宋浩，你……你有喜欢的女孩子吗？"

"女孩子……洛小姐……唐雨……"

"唐雨！唐家庄的那个唐雨！"洛飞莺闻之一怔，随即道："我不是说你认识的女孩子，而是你真正喜欢的女孩子是谁？"宋浩叫出了她，还是令她一喜。

"洛小姐……唐雨……"宋浩喃喃应道。

"混蛋！怎么会是两个人啊！我问你最喜欢的一个人是谁？"洛飞莺急切地问道。

"混蛋是洛小姐……"宋浩喃喃地道。

"你胡说些什么啊！"洛飞莺这才知道自己着急之下说了太多的话，有些"误导"宋浩了。

"好了好了，一会儿再问你这些。我现在问你，你知道宋天圣针灸铜人吗？"

"天圣针灸铜人……是我的。"宋浩喃喃地应道。

"嗯，还不傻。"洛飞莺心中一喜，接着问道："告诉我，你将这尊针灸铜人藏在了哪里？"

# 第二十一章　上清观

"藏在……"宋浩喃喃地讲了一半，便自又昏睡了过去。

洛飞莺见状，忙问道："藏在哪里？你快说啊！"

宋浩只是不应，已是深睡了去。洛飞莺以为是"迷魂针"出了什么问题，忙转身出去将洛北辰拉了进来，焦急地道："伯父，眼看他要说出来了，不知为什么又睡过去了，你再想想办法。"

洛北辰上前按了宋浩的脉位，随即眉头一皱，对洛飞莺说道："收手吧，他经脉之气强盛，我若再强行封制，两力相激，或许会产生它变，再进行下去恐怕对他的身体有损。"

洛飞莺听了也自不敢再勉强，无奈地点头道："那就算了。"

"你先回房间休息吧，我施针法给他调理一下，免得明天他发现异样。"

"哦。"洛飞莺听了，无可奈何地望了宋浩一眼，暗叹一声，失望地转身去了。

洛北辰随即关了房门，又候了一会儿，确认洛飞莺已回房间睡下了，然后走到宋浩的床前，轻声唤道："宋浩，对不起了，都是莺儿这孩子央求我的，没想到你竟能自行冲经破穴，将我的迷魂针法解了，佩服佩服！起来吧，我们爷俩儿说会话。"

宋浩一翻身从床上坐了起来，笑道："原来是前辈对我施了针！"

洛北辰歉意地说："冒犯了！你年纪轻轻，竟身怀异能，实在是出人意料。你能及时地激醒自己，未将自家隐私说出，也算是减轻些我的罪过了。"

宋浩笑道："前辈是被洛小姐逼迫的，我不会怪的，并且刚才前辈已经发现我醒了，又将洛小姐支开，当是无心害我。"

洛北辰听了，点头宽然一笑道："你能明白就好。"

宋浩敬佩道："没想到针法上也有此催眠之术！前辈若是多施几针，我也当受不过，在此还要感谢前辈针下留情。"

"惭愧！"洛北辰感慨道："这是早些年无聊时研究出的一种针术，唤作'迷魂针'，非正法，早已不用了。要不是为了莺儿一生的幸福，我也不会轻易施出的。"

"物有两端，事有邪正，也要看用在何处，施在什么人的身上，才能分得清好坏。"宋浩说道。

"嗯，说得有理。"洛北辰点头道："你能有此灼见，果不简单。我这种针法虽能迷人神智，也可感传阳维脉，从医理上讲，能唤醒人大脑皮层下的潜意识，激活沉睡的意识区，对于某种脑干受损之人当有医治作用。"

宋浩道："不错，前辈适才选取的虽仅是心经之穴，却能觉脑部风池穴动，果然感传阳维脉，达到心脑同控的效果，当是借了人体十二经脉与奇经八脉相通互联之故。"

"原来你也是医道中人！"洛北辰微讶道。

宋浩知道这个洛北辰虽是魔针门洛家的人，但心地善良，并非与洛家同流合污，更是一位针道高手，若不是自己得那神奇石笋相助，当是被那"迷魂针"控制住了，天圣针灸铜人的下落也自会被洛飞莺探知了去，于是心生敬意，说道："前辈，实不相瞒，洛小姐此举乃是另有目的，为的是知道我心中的一个秘密，但这个秘密无涉儿女私情，乃是关乎着一件医道中的大事。"

"怎么，你和莺儿不是恋人关系吗？"洛北辰惊讶道。

"甚至连朋友都不是，我现在是魔针门追杀的目标。"宋浩无奈地说道。

"这……这到底是怎么一回事啊？"洛北辰闻之愕然。此人偏居世外，不闻江湖事，也自然不知道那许多的事情了。

宋浩于是将受托保守天圣针灸铜人的始末简述予洛北辰听了。

"我说莺儿这孩子怎么会将你带来此处，原是和她父亲一样的心思。宋浩，谢谢你对我的信任，好在你抗住了我的'迷魂针'，否则要出大事的。我是了解我的那个弟弟的，相中之物，无论如何也要弄到手。你放心吧，到了我这里就是安全的，至于莺儿那孩子，我明天会和她讲清道理的，让她不再打铜人的主意。这孩子虽如她父亲一般争强好胜，性情狠辣，但本性却不坏，我会和她说通的。"洛北辰诚恳地说道。

"如此最好！"宋浩感激地说道。

"唉！你这孩子真是不容易，小小年纪就被牵连进这江湖的是非之中。"洛北辰感慨道。

"我也没有想到自己本是一个习医治病的医生，却要卷进这江湖上的是非中来，实在非我所愿。"宋浩感叹道。

"虽是造化弄人，说不定也是一个成就你的机会。不过你要渡过万般危险，且能洁身自好，不误入歧途，方能逆转目前的处境。"洛北辰说道。

"前辈的意思是……?"宋浩茫然道。

"物极必反！老夫以前也曾习些相术，今见你印堂虽是晦暗，前庭却是隐透光华，渡过此劫，当是有大好前途的。"洛北辰说道。

"前辈是在安慰我吧，我一个习医之人，治病救人罢了，哪里会有那般大好的前程来？眼下的事能躲避过去也就万事大吉了。"宋浩苦笑道。

"莫要看低了自己！"洛北辰说道："你这孩子身禀异能，且全身福相，日后必能成就大事。古人谓：天欲降大任于人，必要磨其意志。就当这些事情是考验你的吧。"洛北辰说道。

"对了，莺儿这孩子的自尊心强，此事勿与她说破，你还是佯装不知道的好，我这边自会劝她放弃对针灸铜人的企图。"洛北辰又叮嘱道。

"我晓得。"宋浩点头应了。

又聊了一会儿，洛北辰便去了。宋浩也自睡去。

第二天一大早，洛飞莺便过来探宋浩的动静，宋浩仍旧与她说笑，昨晚之事全当未曾发生过一般。洛飞莺见了，心中稍安。

吃早饭的时候，洛飞莺说道："伯父，我有事要离开一段时间，让宋浩陪你住在这里吧。"

洛北辰点头道："也好，你去了便是。"

洛飞莺望了宋浩一眼，犹豫了一下道："按我们先前说的，你就在这里住下吧，不要轻易地离开，否则会有麻烦的。"对宋浩施计未逞，洛飞莺便想将宋浩留下再做计较。

宋浩说道："谢谢你了！这里山清水秀，是个好地方，放心好了，我会陪前辈在此地耕田种菜的。"

"你知道我的一番苦心就好！"洛飞莺脸色不甚自然地说道。

其实洛飞莺的心中也是奇怪,屡试屡验的"迷魂针"为何在宋浩身上不起作用?宋浩果真是经气强盛,能自行地冲经破穴吗?大伯父的"迷魂针"她可是见识过的,任凭意志多么坚定的人,便是有内家修为的高手,也自会在"迷魂针"下乖乖就范。当是大伯父认为宋浩是自己的男朋友,不想施针太过,有意地放他一马?

洛飞莺狐疑地望了洛北辰一眼。洛北辰只管自家吃饭,还不时地劝宋浩拣菜,并不理会洛飞莺。

"这小子的人缘倒好!"洛飞莺心中也自明白了几分,无奈地暗里叹息了一声,若非急于想得到天圣针灸铜人的下落,她倒也不想逼宋浩太过。

用过了早饭,洛飞莺又交代了宋浩几句,便准备离开。洛北辰将她送到了汽车前。

"伯父,你千万不要让宋浩自行离开这里,否则会有危险的。他在外面惹了麻烦,我领他来您这里,就是想让他避一避。"洛飞莺此时只好道出了部分真情。

洛北辰道:"你就放心去吧,宋浩在我这里,保证他安然无恙。"

"嗯。"洛飞莺应了一声,望了一眼屋子里正临窗看着她的宋浩,摆了摆手,怀着复杂的心情开车去了。

送走了洛飞莺,洛北辰回到屋子里,对宋浩说道:"莺儿虽然机警,但不能保证你们来时的行踪没有暴露,况且我对于魔针门的那位弟弟也不太放心。收拾一下,我们现在就走,到山里避一避。"

宋浩听了,忙说道:"晚辈不想给前辈添麻烦,我自家去了就是了。"

洛北辰道:"你误会我的意思了,并不是要让你去山里像野人一样地躲藏,而是到我的一位朋友那里暂住。离此地十里的山中有一座上清观,观主是玉灵真人,人称'肖老道',俗名叫肖伯然,率了几十名弟子在那里避世闲居,修真悟道。此人可是一位真正的方外高人,尤其精通医道,且博古通今,广涉杂学,文武兼修,是我一生中最佩服的人,也是我隐居在此地的一个原因。"

宋浩闻之喜道:"能拜见如此高人,可谓是幸甚!"

洛北辰道:"不过你现在的身份特殊,暂时不要暴露的好,就说你是我的一位远房亲戚,叫宋新,喜阅古书,到他那里暂住。他那观中藏书甚丰,不乏医学典籍,你可借此机会增些学识,不要在这种逃亡中耗费了光阴。主要是这上清观很安全，一般人找不到那里。便是有麻烦来扰，那肖老道也会为你解决的。有我的薄面，你住上一年半载不成问题，当年我也曾捐赠给观中一笔巨资。"

"如此最好！"宋浩闻之大喜。

洛北辰随后收拾了一下，锁了房门，引了宋浩出村子朝前面的大山中走去。

路上，洛北辰又叮嘱道："到了那里你要少说话，观中的道人，肖老道的弟子也有常年在外走动的，江湖上的事也会知道些，不要让他们知道你是谁，免生异变。当然了，这个肖老道是我信得过的人，即便出了什么意外的事，他也会保护你的，只是不出意外最好。"

宋浩应道："这个我理会得，前辈放心就是。"

"还有，"洛北辰犹豫了一下道，"这个肖老道，我虽是与他相交甚厚，敬他、信他，但在以往的交往中，我发现他有一些令我猜测不透的地方。此人似乎有特殊的江湖背景，曾与几位江湖上的神秘人物私交甚密，除了上清观住持这个身份外，应该还有其他的身份。所以你住在那里要谨慎些才好，不该看的事不看，不该问的事别问。当然了，这是我的猜测而已。我也是在昨晚思虑再三才决定将你送到他那里的，因为在他那里是最安全的，无论发生什么事，都可以得到他的保护，不管这个肖老道有什么特殊的背景，但绝对是个正派人士。"

宋浩听了又感茫然，没想到走来走去，还是要去一个复杂的地方。

洛北辰见了，宽慰地笑道："放心吧，我将你送到上清观，也是有另一个想法。你这个孩子特殊，又是习医的，那肖老道若是相中了你，收下为徒，那可就是你的造化了。也许这是我的一厢情愿，但至少你住到上清观，不会有人找上门来，起码魔针门的人不敢涉足半步。"

"同时，我也认为这是你的一个机会。"洛北辰接着说道，"你可以把握适当的机会，将自己目前的处境向肖老道说清，他自会给你指出一个好的方向来，帮你解决麻烦。但这要看你们之间的关系发展到何种程度，还有你对他的信任如何了。不过有一点我可保证：不管事情怎么变化，他不会对你不利的，否则我也不会煞费苦心地将你送到他那里了。最次的情况，你在他那悄无声息地住上一年半载，然后离开就是了。"

"前辈，你为什么这样看重我？"宋浩茫然道。

"因为你破解了我的迷魂针。虽然我未施全力将你彻底地控制住，但在四针之内仍无法控制你，并且你能自行地冲经破穴，就凭这一点，那肖老道也会对你另眼相待。不过这件事我日后得了机会再对他说，暂时还需看看你和他之间的相处能达到什么程度。肖老道这个人我虽然捉摸不透他，但是一个好人这是差不了的。我将你引荐给他，也是对他一身绝世之学的敬仰，说白了，就要给他带来一个好徒弟，就看你们之间有没有这个缘分了。宋浩，这也是对你好，希望此行能给你带来人生的转机。等到事情平息后，我也会安全地将你再带出来的。"洛北辰认真地说道。

"行啊前辈！你有这般苦心，我在这里谢谢了！我现在也是进退无路，就到那上清观走一遭吧，若真是有幸遇上一位正派高人，指点迷津，解决了眼下的诸多麻烦，当是我的造化。不行就全当到那里闭门苦读了一回，总是对我有益处的。便是有什么危险，也是命中使然，怪罪任何人不来的。那尊铜人将我逼走江湖，牵涉进是非之中，已是注定了我命中自有这般曲折。"宋浩感慨道。

洛北辰听了，点头道："我果真没有看错你，能以这般豁达之心看待这一切。"

二人说着话，顺了山道一路走去。不觉间来到了一座大山之下，在那半山腰上，呈现出了一座道观的轮廓，依山势而建，半隐松柏之间，红墙碧瓦，斗脊飞檐，规模虽是不大，却也古朴庄严，是那隐士闲居所在。

沿一条石阶上去，到了上清观的山门外。适有一名小道士正在清扫门前的枯叶，见了洛北辰和宋浩上了来，忙迎上前去，施礼道："洛居士安好！"

洛北辰欠身笑道："无尘道友好勤快！你师父在吗？"

无尘应道："师父到后山修炼去了，这会儿也快回来了，洛居士请到客厅等候吧。"随后引了洛北辰、宋浩二人进了上清观，穿过一青石铺成的院子，到了一座大殿之上。洛北辰是熟客，与两名做清洁的道人打了声招呼，拉了宋浩坐在了一旁。

有道人端上茶来，洛北辰示意宋浩用。

"这里好吧，与世无争，是个享清福的地方。"洛北辰说道。

"还不错，是个修身养性的所在。"宋浩点头应道。

"其实人这辈子若能过上这种闲情逸致的清静日子，也算是一种大福了。人生无常，忙碌到最后终难免一死，不如过得这般淡泊实在。"洛北辰感慨道。

"境由心生，法由意成，也要看自家的处世态度了，虽是山高庙远，倘若凡心不断，也自与闹市无异。"宋浩笑道。

宋浩的话令那两名正在清洁的道人不由得望了他一眼，各呈微讶之色。

洛北辰笑道："说得也是，心静四海皆安居，焉求深山一枯坐？"

"说得好！心性修到此处，便是那般散仙的境界了！"殿处响起了一洪亮的声音。

话音落处，一群道士拥了一名年长的道人走了进来。这道人真可谓是鹤发童颜，仙风道骨，黑色道袍裹身，大袖摆动，手持拂尘，二目闪烁，神光犀利，似乎能看透人的内心所想。

"洛兄别来无恙！"道人一拱手道。

"还好，还好。"洛北辰起身笑迎。

"好一个肖老道！果有仙家的气势！"宋浩心中暗赞一声，也自站了起来。

"我来介绍一下，这是我的一位远房亲戚，叫宋新，喜欢读书，听我说你肖老道这里藏书甚丰，便央求我来贵观修习，怕是要住上一段时间，不知是否方便啊？"洛北辰笑道。

"见过道长！"宋浩上前深施了一礼。

"哦！"那肖伯然望了宋浩一眼，微怔了一下，然后坐下道："既然是你洛氏子弟好学喜读，又有何不可？住下便是，本观的藏经室随时对他开放，什么时候读得厌倦了什么时候走。书读于有用之人，才可为书，否则便是废纸一堆了。"

"多谢道长成全！"宋浩闻之喜道，知道这肖老道也是一豁达开朗之人。

那肖伯然随后吩咐道："无果，你领这位小居士去参观一下藏经室吧，他想要看什么书，你尽量地找给他。另备一间客房，饮食上也不要怠慢了。"

一名道人上前恭敬地道："弟子遵命！"接着引了宋浩而去。

"谢谢肖道长应允了此事！"洛北辰复对肖伯然感激道。

"洛兄怎么对我这般客气起来了？小事一桩，不足挂齿。"肖伯然摆手道。

那无果先领了宋浩到了一间客房熟悉了一下，然后引他走向了藏经室。

"宋新居士，你真是好运气，本观的藏经室从未向外人开放的，就是师父的朋友来借阅也是有限制的，不知师父为何独独应了你来。"无果边走边说道，显有不解之意。

"哦！"宋浩心中讶道："看来洛北辰的面子还是很大的。"

待走到那藏经室门前，无果开了门，让进了宋浩。此室内甚大，书架排列，上摆书籍不下万册，皆是线装古籍，看得宋浩惊叹不已。

无果介绍道："本观所藏皆是清朝之前的古籍，为上清观历代祖师的收藏。这里你看清了，按天文、地理、农工、医药等分门别类摆放，你看过之后一定要放回原来的位置，勿放乱了，更不要有所毁损。"

宋浩欣然道："放心便是，我会小心的。"

"这就好，你自家看过吧，有事唤我便可。"那无果说完，轻施一礼去了。

宋浩环视周围，果是进了书山书海一般，不由心花怒放，自家逃来逃去，没想到还会遇到这意想不到的妙处所在，便是在此住上十年也自心甘情愿。

宋浩先按那医药类寻去，竟然发现了几册罕见的绝世孤本，惊喜之余，也自激动不已。

"这道观能收藏有这么多的古籍，那肖老道的学识一定是不浅的了，待日后与他混熟了，真是有许多的问题要向他请教呢！那洛飞莺虽是对我居心叵测，却也是由他的伯父将我引到了这里，当是幸事一件。暂且勿管其他，先将这里有用的古书读过再说。"宋浩想到此，便有些心安理得起来。

略览了一番，偶闻门外脚步声，是洛北辰走了进来。

"前辈，这里果然是个好地方！"宋浩高兴地上前迎了。

"你喜欢就好。肖老道算是给足了我的面子，你日后在此安心读书吧，没人会来打扰你的，避避外面的风头再说。"洛北辰笑道。

"对了，我是来向你告别的，得闲时我会来看你的，记住来时我对你说的话。"洛北辰又叮嘱道。

然后二人又聊了几句，洛北辰便离去了。宋浩欲送，被洛北辰挥手止住。

接下来的日子，宋浩如饥似渴地阅读起上清观的藏书来，并且又练习那吴启光所授的"冰火神针"之术。偶与肖伯然在观中相遇，宋浩施礼避让，肖伯然也自点头而去，彼此未曾说过几句话。

如此过了半月有余，宋浩读书习针，悠然自得，更是落得清静。一次去那大殿上，听肖伯然在给弟子们讲授《道德经》经文，驻足门外听了一会儿，偶有所得，点头而去。

一日，宋浩读累了，又来到大殿上听那肖伯然给弟子们授课，讲的却是医学课，宋浩便悄悄地走到那些道士们的后面，坐着听了。众人对宋浩这位客人已习以为常，任他自便。

肖伯然此时讲道："我道家针灸术的理论实质上也是中医学的理论，只是更侧重于太极阴阳、五运六气，研究河图、洛书、九宫八卦以及干支甲子在针灸术中的应用。世行子午流注针法、灵龟八法、飞腾八法便是由此演化而来。

"世界之始，道之生成。无极而太极，太极生两仪，两仪生四象，四象生八卦，八卦出而万物成。八卦统属全身，古之医家以八卦为则，创以八卦针法，周身各部莫不皆然。诸如眼、耳、脐、手、足各部，皆可以八卦分区相应于五脏六腑，辨证治之，其效捷速。这是在天人相应之下的时间、空间上的整合。

"针灸之道，在于调理激发十二经脉之气血，使之通畅无阻，这是最为直接的，所以古人最重针法。其实无论针药，在于维持人这一机体的阴阳平衡罢了。药物有归经，以寒热之性调和阴阳，平衡内外，道理也然。

"法于阴阳，和于术数。阴阳五行生克制化，干支甲子历数推演，可知万物运行变化之规律，进而决生死、断吉凶，趋利避害，顺天应时。中医之内涵皆在其中了，这是习医者必修之课，否则仅晓针法药性，不足以为大医，混迹于世间乞食的一庸医罢了。

"医乃仁术，济世活人之本，入大道之门。中医一道，实可谓察天地之秘，洞明生命之本质，入大道之阶梯。"

"说得好！"听到这里，宋浩禁不住击掌称赞。

肖伯然话语一顿，与殿中众道士皆望向了宋浩这边。宋浩立感失态，忙歉意地说："对不起，闻道长讲解医道，一时听到妙处，情不自禁，打扰了，还请道长见谅。"

肖伯然微微点了下头道："洛家乃是有名的医门，洛氏魔针更是闻名天下，你既是洛家亲戚，也自熟悉些医道了。说来听听，适才贫道所讲，有何妙处？"

宋浩说道："阴阳之道是最为简单也是最为令人不能明白的道理。习中医者必须先明白什么是阴阳，什么是阴阳的运行变化，施针遣药才有法可循。可惜时至现代社会，人们对阴阳之义不甚明了，以为那是古人的虚妄玄幻之学，实不知阴阳之义，乃是医道之本。明阴阳五行之运行变化，才能晓天人相应之道理，揭示中医的内涵和本质。"

"嗯！"肖伯然点了一下头，说道："'道可道，非常道；名可名，非常名'。'两者同出而异名，同谓之玄，玄之又玄，众妙之门'。宋新居士，你能这般认识和理解阴阳之义，可谓是幸甚！我这里有《阴解经》和《阳解经》各一卷，阐释阴阳之奥理，借你看吧，或能令你更加深刻的理解阴阳之大义。"

说着，肖伯然从座下摸出两册古书放在了面前。殿中众道士见状，皆呈现出羡慕之色，可见这两册经卷他们平时是看不到的。

宋浩闻之，先是一怔，接着忙走上前去，弯腰将那两册古书拾起，感激地说："感谢道长厚爱，我会用心读过的。"

肖伯然淡淡道："此书是集古代圣贤阴阳论之大成，直指阴阳本义，法理深奥，没有悟性之人是读不懂的，故不曾与人看过。你若是有所感悟，请直接到我的居室来找我，贫道愿闻其详。"

"谢谢道长厚爱，我尽力吧。"宋浩鞠了一躬，转身退去。

肖伯然望着宋浩离去的背影，若有所思。

宋浩回到房间，开始以为那《阴解经》和《阳解经》是道教典籍，展开来看时，才发现不尽然，那是专门论述天人之道的经书，有些是《黄帝内经》中的阐述阴阳的句子,更多的是前人在阴阳本义上的发挥。

"阴阳者,天地也,男女也。"

"万物负阴而抱阳,同功而异名。"

"阴阴切切,若即若离;司命无感,物之为也。"

"阳阳切切,同光上下;神之恍若,不明之处。"

……

宋浩有些古文基础,一些句子晦涩难懂,读过几遍之后,方有所悟。

"天地混元,一气初生,晓一知万,吾为之主。变化之际,五行分立,大环无端,莫过如是……"有些句子朗读起来,也自令宋浩如醉如痴。

两书虽是阴阳分解,却也同一而论,侧重点不同罢了。读到妙处,果是令人豁然开朗,明白许多。

## 第二十二章　锋芒毕露

这一日，洛北辰来到上清观看望宋浩，见他日子过得舒适，也自高兴。打过招呼之后，回到厅中与肖伯然说话。

"洛兄，谢谢你了！"肖伯然轻抚了一下胡须说道。

"肖道长谢我何来？"洛北辰笑了笑道。

"宋新这孩子天资聪慧，悟性极高，实乃是少见的习医之才。你引他来此，怕是别有深意吧。"肖伯然不露声色道。

"肖道长的意思是……"洛北辰与肖伯然相视一笑，彼此各自明了。

"这孩子虽有悟性，但现在还不知他在医道上的修为深浅，还要试过些日子，我才能做最后的决定。"肖伯然说道。

"此人经脉气盛，不知是与生俱来还是偶然食了什么奇药，竟能自行破解我的'迷魂针'。仅凭这一点，也有资格做道长的真传弟子了。"洛北辰说道。

"哦！他破解了你的'迷魂针'！怪不得他来观中的第一天我便见他与众不同，原来是经脉气盛的原因，他可是修炼过内家功法吗？"肖伯然一怔道。

"这个我也未及细问。"洛北辰摇头道。

"怎么，你洛家的这位远亲，你也不太了解吗？"肖伯然道。

"一个远房亲戚而已，并非族中人，是我那侄女领来的，见他身怀异能，且言语不凡，又喜读古书，所以引至道长这里，看看是否中道长的意。也是道长一身绝学，非要传个中意的弟子不可，所以我也就给你留意上了。不知这个孩子是否和道长有缘？"洛北辰说道。

"让你费心了。"肖伯然感激地说："所传非人，不如不传，这也是许多古代奇学绝世的原因。贫道虽非学究天人，却也自认为有了一定的造诣，若无个可传心术的弟子，自觉可惜了。我再观察些日子，若这个宋新果然是在医道上有悟性,能专志于此业,我便让他做个出世的名医,代我济世。"

二人又说了会儿话,洛北辰便别了肖伯然转到宋浩的房间。

"今天听那肖老道话里的意思,已经有些味道了。他既然注意上了你,你就要抓住机会表现给他看,若能入他门下,不但能尽得他真传,获绝世之学,又可得他撑腰,不再惧那江湖上的麻烦事。此人乃隐世高人,学问大了去了,我虽识他多年,也不知道他的深浅。此机遇难得,不要轻易地放过。"洛北辰认真地说道。

"我会努力的!"宋浩笑道。

"这样就好,对了……"洛北辰犹豫了一下,然后说道:"宋浩,你对我说句实话,我那侄女虽是对你别有用心,但我发现她对你也是有一定的情意的,你对她可有好感?"

"前辈,洛小姐心地不坏,虽两次引我入局,但终未出狠手,并且这次也算是帮助了我,我现在很感激她。至于前辈所说的意思,晚辈不敢做它想,这也是不可能的事。"宋浩说道。

"哦,是这样。"洛北辰闻之颇有些失望,继而一点头,似乎下了很大的决心道:"你我相识,也算是我们爷儿俩有缘,我想将'迷魂针法'传授给你,但你要答应我此针法只能用于正途,不可施术惑人。此针法依洛氏魔针演化而来,是我几十年的心血,不想就这么失传了。"

宋浩闻之一喜道:"多谢前辈!如此当收了我这个弟子吧。"说着就要下拜。

洛北辰忙扶了道:"切莫这般,你日后真正的师父是那肖老道,他才能传授给你真正的本事。我这点本事,就算是朋友之间的授受吧。况且我从无收徒的念头,洛氏名声不好,也不想因此误你。所以此事不要再提起。"

宋浩听了,无奈地点了一下头。洛北辰随后向宋浩授以"迷魂针法",又讲解了一些洛氏魔针的反针术,令宋浩受益匪浅。

洛北辰惊讶地发现,宋浩在针术上领悟甚快,全不费口舌,一教便会,始知他在医道上修为不浅,暗中高兴不已。

宋浩此时对肖老道是否能收下自己为徒一事倒不以为意,只要能在这里安静地读上一段时间的书就好。且在藏经室中又发现了几册古代针经,读得入了迷，不再理会其他。

这天夜里，宋浩起来解手，偶闻隔墙的院子里有异响，一时好奇，趴在墙头观看。原来是几名道士在习武，月光之下，人影闪动，翻腾跳跃，蹿起来怕是有丈许。又有一个不知练的什么功，原地打转，如陀螺旋转，隐见其形。看得宋浩眼花缭乱，不由惊呆在了那里，没想到这观中道士皆是文武兼修，比那影视中的大侠们还要厉害许多。其中有宋浩识得的几个人，有无果、无尘，还有两名相貌看似凶猛的道士，唤作无法、无天。

"世上果然有这么高深的武功！这些道士都深藏不露，肖老道更是不简单了。看来洛前辈说的没错，此道观真是藏龙卧虎，古风依旧。日后当要谨慎了，免得被他们笑话。"宋浩想到这里，悄然退去，回房间睡觉去了。

从此宋浩的态度愈加恭敬，也自博得了众道士们的喜欢。

两个月的时间很快地就过去了。这天，无果找到宋浩，说道："宋新，可愿随我去山外的医馆走一趟，散散心？这几天轮到我当值了。"

"医馆？什么医馆啊？"宋浩闻之讶道。

无果道："是本观设在山外的一所医药馆，免费给附近的村民们诊治疾病。"

"好啊！"宋浩闻之欣然。

无果随后寻了一套道袍与宋浩换上，然后持了一包裹引宋浩出了上清观的后门，朝山后走去。

"呵呵！穿上这身道袍果是有出世之感！"宋浩边走边兴奋地说道。

"这是为了方便才给你换上的，那些村民们只相信上清观的人。曾闻洛居士说过，你也是习医之人，应是能帮些忙给村民们诊治。这几天人会增多，我们几个师兄弟怕是忙不过来。"无果说道。

"没问题，相信我好了！十年前就随我的爷爷在诊所里给人治病了。"宋浩应道。

"哦！看不出，你原是承家学渊源、世传之术吗？"无果问道。

"不错，听爷爷说起过，太爷爷曾是清末名医。"宋浩说道。此时身在上清观避祸，有些事情也自点到为止，不能细说的。

"失敬失敬！你原是名门之后。"无果微讶道。

二人走了十几里山路，出了一处山口，可看到远方一座孤立的院落，正有一些人朝那里赶去，络绎不绝。

"就是那里了，原是观里设在山外的一处进出时歇脚的驿站，现改为医药馆了。"无果指了前方说道。

二人走进院中，已有几十人排队等候了。一名道士从屋内迎出来，见了无果一喜道："师兄，你可来了，我们几个都忙不过来了。这位师兄面生，是哪个？"

"新来的无名师弟。"无果顺嘴说道。

"原来是无名师弟，欢迎欢迎！我叫无净。"那道士笑道。

"无名？无名就无名吧，都是那无字辈的。"宋浩心中一笑，与那无净见了礼。

屋子里，几名道士在忙碌，见无果到了，还带来了观中增派来的帮手，众道士俱是一喜。彼此打了招呼。

无果和宋浩在一张桌子旁坐了，随即有一队病人围了过来。二人便开始诊治病患了。

宋浩对这一切本是轻车熟路，诊脉之余，问过几句哪痛哪痒哪有不适，病家皆如其所应，于是处方遣药，下手施针，速度快得惊人。无果那边诊治完一个，他这边倒是已有三四个了。无果心中惊讶不已，始知这个借读上清观的宋新原是一医中高手。

宋浩此时对一位老者说道："这位老伯，您的胸中苦满，两肋刺痛，是肝郁气滞所致。久之郁积生火，导致肝阳上亢，又令头疼目眩，晨起口干苦涩。愿发无名之火，凡事瞧着不顺心。"

"这位新来的师父真是厉害啊！一搭脉便知我得了什么病。又知道我爱生气哩！"那老者惊叹道。"我这肝脏可有事吗？前几天去大医院化验过，一切是正常的啊，那位教授说我没病。"

"您这是功能性的，还未导致器质性病变，所以那些生化指标暂时还无变化。放心好了，我开几副疏肝理气、平肝潜阳的药剂，吃过就会没事了。"宋浩宽慰道，于是开出一药方，是龙胆泻肝汤与柴胡舒肝散加减合剂。

无果在那边瞟过一眼，见药证相应，暗里点了点头。

"师兄，"无净这时走了过来，说道，"那边有个急症，怕是不行了，你去看一下吧。"

无果道："但凡遇有急症，应该让他们去医院抢救的。"

无净无奈地摇头道："是从县里的医院刚转过来的，在那里心跳已停，已确诊死亡，让病人家属回去准备后事。可是那些病人家属们却送到我们这里来，跪了一地，硬是请求我们救他一回。我劝不走，还是师兄去看一眼，令他们抬人走吧。"

"我们能治病，但治不了命。唉！"无果叹息一声，站起身来，朝另一诊室走去。

宋浩见了，忙对正在诊治的一位病人说道："请稍候，我去看看就来。"起身跟了去。

另一诊室内，病床上躺了一中年汉子，旁边跪了一地悲泣的男女。

见无果进来，一男子上前哀求道："无果师父，救我大哥一命！否则他一家人可就毁了！"

无果此时只好安慰道："你们先别这样，都起来说话。"

那男子忙起身说道："早上大哥帮人修房屋，不慎从房子上跌落下来，皮毛无损，只是不醒。连忙送到县里的医院抢救，可是医院里的大夫说心跳已停止了，没得救了，让我们回去准备后事。然而这人好好的，啥伤也没有，怎么说没就没了呢？听说上清观的师父们医术高超，都是华佗再世的神医，所以就送了过来。还请师父们出手相救，死马当作活马医吧。"

无果上前持了那汉子的脉位，细察了一下，摇头道："脉息全无，真是没得救了，我们也没有办法，还请见谅！"

男人与其他人听了，这才感觉到了彻底的绝望，一时间悲声一片。

宋浩这时上前，也自持了那汉子的脉位诊察了一下，果是心跳停止。然而再细查之下，却感觉到此人的经脉之气尚存，也自气若游丝，有渐消之势。宋浩本身经脉气盛，对经脉之气的察觉尤为敏感。想起爷爷宋子和说过，宋家的回阳九针可医垂死之人，只要经脉之气尚存，便有激活的可能。于是心中一动，说道："我来试试吧。"

"你？"屋中诸人皆呈现出惊讶之色。

无果眉头一皱道："人已死，不知你有何回天之术？"

宋浩道："此人虽已心跳停止，但经脉之气尚存，且身体未冷，体温还在，或许还有的救。我且试试吧，总有一点希望的，不行也就算了，我们也是尽力了。"

无净将病人家属劝了出去，无果亲自捧了针盒过来。

宋浩宁神定志，轻起一针，朝那汉子头顶百会穴外刺下，依法施"回阳九针"之术。

九针刺下，手法略施。再查其经脉时，已感觉经脉之气有回复之象。

宋浩神色一松，欣然道："有希望了！候一候吧。"

"你实施的可是'回阳九针'之术？却又与世行的回阳九针有所不同。"无果说道。

"同名异功！这是我宋家独有的'回阳九针术'！重在手法，别于穴位选择的先后不同。"宋浩说道。

待无果持了那汉子的脉位诊查时，自是惊喜道："脉气果然被激发了！"

宋浩道："十二经脉之气激活，气血可通，此人也自有得救了。他从房顶跌下，虽未受外伤，但意外地将十二经脉之脉气震荡散了，导致神不守舍，昏迷不醒。但等他经脉之气恢复，自可神归本位。"

此时但闻那汉子喉中一响，有气哽出，脉搏起动，睁开了朦胧的双眼。

"好了！"宋浩见之一喜道："吩咐其家属，小心地抬回家去静养，不可使其大动，一月之内可复如常人。"说罢，将那九针尽行起去。

"厉害！"无果惊叹一声。

那无净早已跑出门外通知病人家属了，随闻外面欢声雷动，自又被无净止了。

宋浩此时一笑，从另一侧门出去，继续诊治其他病人去了。

"这位新来的无名师弟有活死人之术！"医药馆内的几名道士立对宋浩敬若神明。

由于病人太多，无净送过来的午饭宋浩也未有时间吃。待到傍晚时分，宋浩、无果等人才将众病人看完。

就在宋浩想轻松一下的时候，闻外面汽车声响，接着门一开，几个身穿西服的年轻人抬了一个人进来。那人手脚软垂，已是痛得冷汗淋漓。

"各位道长，我们的这位兄弟手脚都脱了臼了，还请帮忙复上位。这是点小意思。"一个满脸横肉的人朝桌子上扔了一叠钱钞，然后一拱手说道。

这些不速之客显是刚和人打过架，每个人脸上都是青一块紫一块的。

无果见了，上前看了一下，淡淡地道："这是被人用重手法卸掉了手脚，当是遇到技击高手了。"

"佩服！不瞒道长，我们兄弟几个遇上了一个对头，妈的！这丫头太狠了，竟然废了我大哥的手脚，还请道长救治，日后必有重报。这种伤在本省没人能治得了，听闻这里的道长医术高明，特来求医的。"先前那人也自恭敬地说。

"既是来求医，尽力为你等治疗便了。"无果说着，上前持了那人的一条手臂，忽地朝上一抬，顺势微拧，闻那人一声大叫，软垂的手臂已被接上。如法炮制，另一条手臂也被无果接上了。

"你们俩将他搀扶起来。"无果指挥对方两个人道。

就在两个人将伤者扶起来的一瞬间，无果忽地两脚飞起，接连踢向了那人两腿根部。动作轻飘，若蝴蝶展翼。"喀嚓！"两声脆响，脱了臼的股骨头复归本位。

"哎呀！"闻得一声惨叫，伤者痛得差点昏过去。

"你……"那几个人以为无果是在攻击，一时惊怒。然见无果两脚踢去，伤者大痛之余，挣脱了扶着他的两个人，竟自站立在了地上。

宋浩可是头一次见识到这种复位的方法，想不到其貌不扬的无果竟有这等绝技。

"三日内动作不可太大，去吧。"无果说完，转身洗手去了。

"道长果然是高人啊！多谢多谢！"几个人扶了伤者千恩万谢地走了。

随之门外传来一人的声音道："既然问不出话来，就想法子将唐雨那丫头废了，替老大报仇。"

"唐雨！"宋浩闻之一惊。忙追出门去，见那几个人上了一辆汽车朝北去了。

"这个人可是被唐家庄的唐雨姑娘打伤的？他们怎么会招惹上了她？"宋浩心中迷惑不已。见有一个自己刚才诊治过的病人正要驾驶一辆摩托车离去，忙上前说道："这位大哥可否帮个忙？"

那人见是给自己看病的道士，笑道："小师父有事尽管说来。"

宋浩说道："能否用你的摩托车带我一程，去追赶刚才走的那辆汽车，我找他们有点事。"

"没问题，上来吧！"那人一点头道。

"谢谢了！"宋浩未来得及和无果打招呼，脱去道袍，上了那辆摩托车飞驰而去。

唐雨在唐家庄私放宋浩，又赠以钱财，已是令宋浩心怀感激，适才闻唐雨可能要有危险，他一时急切之下，顾不得多想，追那些人而去，以此希望能见到唐雨。

"这位无名师弟怎么追那些人去了？"院中的无净摇头不解。

从屋里出来的无果望了望宋浩远去的方向，眉头皱了一下道："那些人非善类，他此去怕是要惹事了。"

"你是说无名师弟吗？"无净问道。

"哪里是什么无名师弟，此人是一位寄住观中借阅经书的外人，叫宋新。师父本叫我唤上他来医药馆试他本事的，果然是一位医道高手。他去追那些人干什么？不像是相识的。"无果茫然道。

## 第二十三章　拜　师

上清观。

"回阳九针!"肖伯然在听了无果的一番汇报之后惊讶道:"难道真是传说中可令人起死回生的'回阳九针'?此神奇针法竟然有传人!这个宋新是什么人,竟有如此修为?"

"那个被人卸掉手脚的人是何来历?宋新为何去追他们?"肖伯然又问道。

"这个弟子不知,不过弟子已叫无法、无天两位师兄追寻去了,要他们保护宋新的安全。"无果说道。

肖伯然点头道:"你做得很对,一定要保护好这个宋新的安全。此人当是大有来历的。去,叫人找洛北辰来,他送来的人,不可能不知道对方的真实身份。不知道他为什么对我隐瞒。"

"可是洛北辰选了族中出色的子弟来观中向师父学艺的?"无果说道。

"不会。"肖伯然摇头道,"洛北辰已退出魔针门,隐世独居,多年来已不再和洛北明有来往。况且,若是他族中有出类拔萃的,他早就推荐来了。这个宋新怕是半路上冒出来的。"

"弟子这就去叫洛北辰来,师父也好向他问个明白。"无果说完,施礼退去。

"好你个宋新!竟然身怀绝技!你果真是我要寻找的徒弟吗?"肖伯然自言自语道。


宋浩乘了摩托车跟在那辆汽车后面到了一座镇子上,见汽车在一家旅馆前停了下来,宋浩便谢过了摩托车车主,下了车自行寻去。远见那几个人进了旅馆，宋浩便走到旅馆对面的一家饭店里坐了，要了份饭菜，边吃边观察对面的动向。彼时天色已暗了下来，临街的店面都亮起了灯。

"他们是些什么人？为什么和唐姑娘过不去？"宋浩胡乱想着，吃完了东西，又要了壶茶水，计划下一步的行动。

这时，一个熟悉的身影从饭店的窗前走过。

"唐姑娘！"宋浩一眼便识出了唐雨，惊喜之下，忙结了帐，追了出去。

刚走出饭店的宋浩忙又站住了，因为他看到那几个人也从对面的旅馆里走了出来，跟踪在唐雨后面。宋浩犹豫了一下，也在那伙人的后面跟去。

唐雨走了一会儿，身形一转，拐进了一条胡同。宋浩随了那伙人快速跟进。里面没有路灯，有些昏暗，那伙人走进去时先是犹豫了一下，还是跟了进去，且从腰间拔出了刀斧，显是有备而来。

这时，走在前面的唐雨停了下来，转过身，冷冷地说："不知死活，被本姑娘教训得还不够吗？"显是早已发觉了那伙人。

那些人虽持有武器，但是被唐雨打得怕了，虽是人多，却也一时间不敢上前。

后面的宋浩刚想跑过去和唐雨站在一起，忽有两个强壮的身形挡在了眼前，却是两个身穿道袍的道士。宋浩认出是上清观的无法、无天二人。

"无果师弟让我们来保护你。"无天淡淡地说。

"多谢！"宋浩闻之一喜，知道有这两个道士在此，再来个几十人也不在话下，自己可见识过他们的功夫。

场地中又多出了三个人，令那些人和唐雨迷惑不已，不知是敌是友，一时间都不敢轻举妄动。

"前面那位姑娘是我的朋友，其他的人有劳二位道长打发了吧。"宋浩说道。

"好说，请你和你的朋友先离开。"无天应道。

"唐姑娘，是我！"宋浩跑了过去。

"你……"唐雨认出了跑到眼前的人正是宋浩，一时惊喜万分。

"跟我走。"宋浩说着，拉了唐雨向前跑去。

那伙人呆怔在了那里，没有敢追，显是看到了两名逼向他们的凶悍道士。

宋浩拉了唐雨跑出了一段，到一没人处这才停了下来。

"不用跑的，那些人我能应付得了。"唐雨看着气喘吁吁的宋浩，不由笑道，内心却是无限喜悦。

"我知道你能打，不过那些人备有武器，勿去吃那个亏。"宋浩说道。

"谢谢你的关心。"唐雨一脸的笑意。

"唐姑娘，你怎么到了这里？对付你的又是些什么人？"宋浩问道。

"他们是风火堂的人渣。我……我出来是找你的，担心你的安全。"唐雨低了头道。

"哦！谢谢了！"宋浩一时间感激不已。

"你怎么也在这里啊？"唐雨问道。

"说来话长，我们先离开此地吧，然后我再对你详说。"宋浩说道。

"也好。"唐雨点了一下头。

宋浩随后引了唐雨离开了这座镇子，朝上清观的医药馆走去。偶然回头望见无法、无天二人在后面远远地跟了，宋浩暗里一笑，知道他们已将那些风火堂的人打发了去。

三个神秘的人影从暗处走了出来，其中一人正是那生死门的顾晓峰，后面是两个年轻的门人。

"宋浩怎么会和唐家的唐雨走在一起？他可是从唐家庄逃出来的。难道说是唐家一计不成，又别出奇计，诱使宋浩说出那尊针灸铜人的下落？"一名门人茫然道。

"这些不重要。宋浩从我们的视线里消失了两个月，原来是住进了上清观。他怎么会结识肖老道呢？事情开始复杂了。"顾晓峰眉头一皱道。

"门主，这个肖老道是什么人？很难对付吗？"一门人说道。

"此人背景相当复杂，虽以道士身份避居上清观，但他的影响力却能渗透整个江湖，究竟是什么门路，还不为人所知。"顾晓峰淡淡地说。

"门主，我们下一步怎么办？并且风火堂的人不听告诫，仍在打那铜人的主意。"一门人道。

"宋浩今得肖老道所护，倒也不用麻烦我们了，你二人在此密切注意他们的动向，若有变化，迅速上报，我还要去见一个人。风火堂的事先不管它，日后再做处理。"顾晓峰说道。

路上，宋浩将自己离开唐家庄后，一路所经历的事大概向唐雨说了一下，令唐雨惊讶不已。

唐雨告诉宋浩，那晚之后，父亲唐青山派人四下寻找他未果，只好暂时作罢。后来查出了夜袭唐家庄是风火堂和魔针门的人所为，但打探得知他并没有落到他们的手里，便遣了人手四处追查。她担心宋浩安危，也自离家寻找，无意中走到了这里，遇上了风火堂的人。对方识出了她，以为她知道宋浩的下落，结果动起手来，一头目的手脚被她废去。

"唐雨，谢谢你了！"宋浩听完唐雨的一番讲述之后，感激地说，知道唐雨是真心帮助自己的。

"不用客气，你能原谅我就好。这一切本是从唐家劫持你开始的，是我给你带来的麻烦。"唐雨歉意地说。

宋浩说道："其实也怨不得你，铜人在我这里的消息走漏后，会有许多人找上门来的，若不是你先行将我劫走，说不定还会发生什么要命的事呢。"

"宋浩，现在一具针灸铜人已搅得各大医门不得安宁，甚至惊动了整个江湖。你现在虽避居那上清观，但也不是长久之计，你日后有何打算？"唐雨忧虑道。

宋浩摇头一叹道："我也不知道，走一步算一步吧。"

二人回到了那座医馆。无净见宋浩莫名离去，大晚上的又领回来一名年轻貌美的女子，暗自惊讶，倒也没有多问，给二人各安排了住处。

"上清观不便入住女客，你日后就暂住这里吧，无事时也可帮道长们给人医病，过些日子我们再做计较吧。"宋浩说道。

"行！"唐雨欣然应道，似乎宋浩能留下她便自满足了。

第二天一早，宋浩刚起床，无果便从上清观过了来。

"宋浩，师父在观中候你有事要说，请随我回上清观吧。"无果走进房间说道。

宋浩听了，知道昨晚发生的事惊动了肖伯然，因为无法、无天二人在昨晚就已经回上清观了。

宋浩应了一声，去和唐雨打了声招呼，随无果回到了上清观。

肖伯然正在书房中静待，无果将宋浩引进来之后，施礼带门退去了。

"听说道长有事找我。"宋浩上前轻施一礼，恭敬地说道。

"哦，宋浩，坐下说话。"肖伯然说。

"啊！……"宋浩闻之一怔，显是对方已经知道了自己的真名实姓。

"昨晚洛北辰来过了，说了你的事，并且一晚上我这里又接到各方面传递过来的消息，已经知道了你的事和你目前面临的处境，先前隐瞒身份来此观中借阅古书，情有可原，怪不得你。"肖伯然语气缓和道。

"多谢道长理解！"宋浩身上不由冒出了一层冷汗——仅仅一晚上的时间，这个肖老道就将自己的来历了解得一清二楚，果是厉害异常。

"你不畏惧江湖险恶，独自一人拼命保护那尊宋天圣针灸铜人，令人佩服。你不用害怕，在这里没有人会逼你说出那尊针灸铜人的下落，你可以将这份秘密永远地保留在心中，这是你的私密和你的权力，也是你的责任。如果相信贫道，本观上下会在不干涉你自由的情况下全力保护你的安全，这也是我们作为医道中人和中国人的责任，以保护此尊国宝无失。"肖伯然随后认真地说道。

"那就谢过道长了！"宋浩起身一拜。

"勿要多礼。此事就此打住，贫道永不再问。只是现有一事不解，昨日你救下了一名垂死之人，施的是'回阳九针'之术。此针家秘法失传已久，不知你从何人那里学来？清末名医宋景纯与你有什么关系？"肖伯然问道。

"回道长，那是我的太爷爷，回阳九针是我宋家世传针法，是祖父所授。"宋浩应道。

"你果然是宋景纯先生的后人！"肖伯然惊喜道。

"道长知道我那太爷爷吗？"宋浩讶道。

"如此名医，焉能不知？并且贫道在年轻时还与宋先生有过一面之缘。宋先生医术高绝，名扬一世，实在是令我等仰慕！"肖伯然神色敬重。

"真的啊！"宋浩闻之一喜，立感与那肖伯然亲近了许多。始知对方能在年轻时与太爷爷见过面，现在怕是已有近百岁的高龄了，敬慕尤生。

"宋浩，你既是我的故人及名家之后，保护你的安全当是责无旁贷了，也希望你不要过于拘束，就将上清观当成你的家吧。并且你承宋家医道，修为深厚，实是继承医家大业的不二人选。你若愿意，可拜我为师，贫道当授你正统医道，做一出世名医，济世救人，扬我中华医术。不愿意也不勉强，但作为朋友仍可授你医术，传我真学。不知可否？"肖伯然郑重地说道。

事情变化之快，出乎宋浩所料。他当即拜倒在地，叩了三下头，激动地说："师父在上，请受弟子参拜！"

"好好好！你果然是一个懂事的孩子！"肖伯然高兴之余，上前将宋浩扶起。

拜肖伯然为师，除了洛北辰介绍的因素外，也是宋浩旁听肖伯然讲解医课月余，知其博学，所释医道深刻，非世间浅解之法，是一位真正领悟中医医道的人。得此良师解惑授道，可谓幸遇之甚。

"宋浩，现在家中还有什么人啊？"肖伯然问道。

宋浩答道："只有一位爷爷在世，现在青岛一家医院坐诊。我出事后，一直未能与他老人家联系上。"说到这里，自是低了头去，暗叹不已。

肖伯然见了，安慰道："这件事不忙，待日后我会安排你和你爷爷见面的。你现今既拜我门下，就要专一医道，勿令其他事情所累，从现在起，要逐渐淡出江湖是非，回归本业，才是正途。"

宋浩一阵激动："弟子何尝不想专务医学？只是现在身不由己。"

肖伯然点头道："你能有此心思最好。一切勿急，为师自有安排。我会设法子将江湖上各门派的注意力从你身上移开。你且将事情从头讲起，不要有何遗漏。放心，师父没有别的本事，但在江湖上，我肖老道还是有几分薄面的。"

宋浩听了，心中稍安，于是将离开白河镇后的诸般遭遇一一道来。

"这个唐家和魔针门、鬼医门、纪家，还有风火堂，这些都不足为虑。为师奇怪的是为什么能将生死门也引出来。"肖伯然茫然道。

宋浩道："弟子也感到奇怪，这个生死门的神秘人物几次救我，似乎并无恶意，可是我并不认识他啊。这生死门很是古怪，师父可知是什么来历？"

肖伯然道："生死门创立于唐末，偶显迹于明初，在民国时期又再现江湖，掀起一波风浪，后又销声匿迹。此门奉行的是替天行道，惩恶扬善的宗旨，门人行踪诡秘，兼修内外攻防之术，偶施以生死令逼人就范，无有能抗衡者。那尊针灸铜人虽说是价值连城，但也不至于将生死门引出来，此中必有其他缘由。对了，你刚才说曾施霹雳针法将生死门的人制住，这本是鲁门绝学，除了门主鲁延平独修自练之外，没有人再能习得，你又如何会的？"

宋浩道："那是多年前的事了，鲁前辈偶然路过，见我针力超强，故教了我霹雳针法的秘诀。"

"原来如此，定是鲁延平见你有习霹雳针法的潜力，所以才破例外传，当是你的运气了。"肖伯然点头道。

"对了"，肖伯然又问道，"那鬼医门果然是在向纪氏祖孙追讨'无药神方'吗？"

"弟子应该没有听错，他们之间争执的的确是'无药神方'。"宋浩应道。

"这么说世上果然有'无药神方'了！"肖伯然眼中精光一闪即逝。

这师徒二人尽兴长谈，似知己相遇，不觉时间流逝。

肖伯然道："为师授你正统医法，传你医道真谛，首先还要重新研习《黄帝内经》，此书是医道正宗。此前你虽是熟读，或已有所感悟，然离其本义还差之远矣。此奇书为医道之源，众经之典，是古之圣贤示大道于世间，然能读透读懂者寥寥无几。但领悟其中数句真言者，便可为一代宗师了。

"此经文成书于春秋，是奠定中医理论的基石。不过《黄帝内经》一书成书的年代及过程后世多有争议，也是实有令人不解之处。《内经》明白阐述了天人之间的关系，创藏象学说，尤其是重于针道。《内经》理论指导了几千年的中医实践，至今不但仍然适用，且尤有深奥待解之处。怕是几千年后，仍然是一个谜。

"《内经》所创立的藏象体系，有别于我们现今所了解的生理解剖系统，这一点你尤其是要注意，切不可生搬硬套。它所阐释的五藏功能，是不可与生理解剖上的五脏同论的。当然，二者也是不能分开来解的。现今研究理论的人往往陷入这个误区，只有医疗实践者，才能知道它们之间的关系是可以区别但不能分割的。

"藏象学说包含了生命的本质，那就是神、魂、魄、意、志。这一体系的功能运化，是通过上下联属的经络来体现的。经络是人之生死的根本所在，凡人唯针可以调控之，所以半部《内经》全释针道。

"《内经》之前，诸多典籍中竟未见有关于其经文只言片语的记述，好似凭空突然冒出来一般，因为它所阐述的理论已远远超出那个时代之人的智慧和思维了，它所具有的独特的完整的理论模式，应当不是集什么众家之言的产物，《内经》如何成书、何人所著，实在是一个谜。也有一种可能，那就是天外来书！

"后世医家以此经文为理论基础，逐渐完善了各大科的理论体系，且有发挥，诸学派及学说涌现，形成了百花争艳的局面，更是形成了独特的中医药文化……"

…………

肖伯然畅述古今医道，条陈各派源流，似乎将庞杂浩繁的中医进行了一次整合，听得宋浩是如醉如痴。

"师父，中医以万物为药，药与意合，虽在治病，重在调病，平衡内外，阴阳互济。小则安身保命，中则济世活人，大则窥破天道，本是天人一体的医学。医家技术行世，是只知医而不知'道'。虽是能以一方一药痊一时之疾，却不能广博医道之妙，更不能阐释其奥秘了。时下中西医之争论，是不知两种医学的根本区别所在。西医是一名率队猛攻一座山头的将军，用的是化学武器，操作不慎，有玉石俱焚之险；而中医则是一位谋略全局统领自然万物的元帅，以草木为兵，持五行无形之利器，化敌于不觉之中，甚或不战而屈人之兵。"宋浩陈述己见。

"此言妙哉！"肖伯然点头赞许。

宋浩又道："当今科学的发展日新月异，中医承传几千年，因其古老而神秘，与现代人的观念多不相合，以致渐失其势。弟子以为，重振中医医道，当是在继承根本上才能发扬光大。不仅是在医道上，更是在文化上的发扬，让人们重新认识古老的中医学所蕴藏着的巨大潜力。这就需要我们医家将中医中神秘的、无形的东西具体地、感官地展现出来，令人知其然而又知所以然，只有这样，才能令已滞缓的中医一道在轨道上快速地前进。"

"说得好！你有此志，便可令现今虽然存世但已颓废的中医医道有望勃发，这是你们青年习医者的责任，这也是为师要找到一位如你这般弟子的真正用意，中医一道再停滞不前，无后来者继承发扬，将大道失传，徒留一种形式罢了。"肖伯然感叹道。

"宋浩，中医医道浩如烟海，各家典籍更是汗牛充栋，便是穷极一生精力也不可能面面学到，但只要抓住根本，自可触类旁通。你现医道小成，再经系统学习和训练，足可为大医名世。为师的意见，先给你制订一套学习的计划，传尽为师一生对医道的领悟和经验，然后游学各地，遍访名家高手，完善自身所学。这方面为师会为你选定几位医学奇人，拜习其所擅长之术，免得自家盲目游走，空耗光阴。学成之后择一适当之地，创医药馆济世活人，发扬我中华医道，当是你的大功德！到时候为师会全力支持你的。"肖伯然最后郑重地说道。

"弟子谨遵师命！"宋浩激动地再拜而倒。师父肖伯然为他确定了发展的目标，自己也找到了人生的方向，还有什么比这更令人激动的呢？

时已旭日东升，这师徒二人竟畅谈了一日夜，彼此不知疲倦。

"好了，你先歇息去吧，明日开始，进入正式的学习阶段。"肖伯然挥了挥手，和蔼地说道。

"弟子告退！"宋浩施礼退出。

# 第二十四章　瞒天过海

宋浩到厨下寻了些东西吃，然后一路轻松地来到了山外的医馆，见到了唐雨，告诉了她拜肖伯然为师一事，令唐雨惊讶不已。

"我这师父果然是博学之人，天下间几乎没有他老人家不知道的事情！"宋浩兴奋地说。

"得遇此良师，实在是人生一大快事！这医馆内的几位道长医术已是不凡，你的师父当是一位不世出的高人了。"唐雨陪着高兴。

"师父说由天圣针灸铜人带来的一切江湖上的麻烦，他老人家会为我解决的，只要求我安心随他学习医道。"宋浩又欣然道。

"哦！要想解决你现在面临的麻烦，可不是一件容易的事，你师父既有此把握，当是不简单了。他到底是一位什么人啊？"唐雨微讶。

宋浩道："虽是避居深山道观，也应该是一位江湖中人。"

唐雨道："若真能如此，实在是最好不过！"

宋浩感慨道："到了这里认了这个师父，我才算找到了自己的人生方向。待我于各方面有所成就之后，要创办一座大规模的医药馆，以医济世的同时，探研中医学的奥秘。师父说了，他会全力的支持我的。"

"我也会支持你的！这才是你真正的事业，沦落江湖，游医般避祸乱走可不适合你。"唐雨听了，欣喜道。

"其实在没有杂事缠身的情况下，游医天下，笑傲江湖，也是人生的一大乐趣。"宋浩笑道。

"还是待你创立医药馆，有了一定的根基再说吧。要想事业做大，这是必需的。"唐雨说道。

"放心吧，目标既定，我会按着这个方向努力的。"宋浩笑道。

宋浩和唐雨帮无净忙了一上午，待病人少了些，宋浩便引了唐雨来到上清观，向师父肖伯然引见。

唐雨上前礼见了。

肖伯然点头道："医门唐家，善用方药，久闻其名。现今门中主事者可是唐纪先生吗？"

唐雨应道："道长说的是我的二爷爷，现在门中照管医事，主门内诸事者是家父唐青山。"

"哦，"肖伯然颔首道，"唐纪先生善用伏药，以待后劲，性情使然。"

唐雨听了，脸上微烫，暗讶眼前这位老道士竟然知人若此，实在是出人意料。想起在唐庄宋浩的一番经历，心中颇不是滋味。

肖伯然随后从座侧取过一卷古书，递给唐雨道："你的事宋浩已和我说过了，唐姑娘能明了大义，也是女中豪杰了。这是一册清代名医傅青主亲笔撰写的《傅青主女科真录》，为独传孤本，不同于世间刊行之书。你也是医门子弟，且作为一件礼物送予你吧，希望能学以致用，展现中医女科独特的临床作用。"

唐雨闻之大喜，拜过接了。

"对了，唐姑娘，贫道有一事相询，你是医门中人，可曾听父辈们说起过'无药神方'吗？"肖伯然问道。

"无药神方？"唐雨努力地回忆了一会儿，摇头道："不曾听说过。"

"哦，那就算了。"肖伯然淡淡地说。

"我想起来了！"唐雨随后说道："记得多年前偶闻二爷爷说起过什么无药方的，传说是鬼医门的一种诡异医术，但不知无药何以成方治病。"

"看来医门相传的事也不尽实的，终归传说罢了。"肖伯然摇了摇头。

见过了肖伯然，宋浩引唐雨来到了自己的房间小坐。

"宋浩，你怎么认识这位道长的？他好像什么都知道似的。"唐雨问道。

宋浩笑道："说起来还要感谢魔针门洛家的人，洛飞莺你应该知道吧，是她将我领到了她的一个伯父那儿以避开江湖人物的追查。我和那位前辈很是投缘，他便将我引到了这里，认识了师父。"

"怎么，是洛家的人将你送到这里的？也就是说，你的行踪都在洛家人的掌控之中。你……你和那个洛飞莺怎么认识的？"唐雨闻之惊讶道。

"还不是为了那尊针灸铜人，洛飞莺才故意接近的我？不过现在她已经对我无恶意了。"宋浩说道。

"宋浩，江湖险恶，不要轻信于人。"唐雨提醒道。

"放心好了，我现在住到了师父这里，是很安全的。"宋浩说道。

唐雨眉头一皱道："洛家的人既然知道你在这里，一定还会采取行动的。你的这位新认的师父实力究竟有多大还是个未知数，要不我们先避开这里吧。"

宋浩摇头道："这个倒是大可不必，那位洛前辈虽是洛家的人，却早已脱离了魔针门避世隐居在此。至于洛飞莺，几次对我用计不成，也就止了，不用对她担心。并且这道观内的师兄弟们都是文武兼修的高手，没有江湖上的人敢来这里生事的。尤其是我这师父，我觉得他老人家更是深不可测，他说能替我摆平江湖上的事，当有他的道理。"

唐雨道："从这些道士走路的姿势上看，当皆是有着深厚内家修为的高手，一旦有事，足以应付一阵，但若是有大批江湖人马来攻，也难抵挡。我看这里也不算是保险，还是随我走吧，待事情了结了，再来和你师父学习医术不迟。"

"这位唐姑娘言重了，更是多虑了。便是有军队来攻，我上清观也足以保宋浩师弟无恙。"却是无果进了来。

"师兄！"宋浩起身迎道。

"师弟，师父让我转告你，观中也可以为这位唐姑娘准备下住处，不必住到山外的医馆去了。"无果说道。

"谢谢道长的照顾！"唐雨感激地说道。犹豫了一下，又道："我只是为宋浩的安全担心，刚才的话有些……"

未待唐雨说完，无果宽慰地一笑道："不必客气。上清观建成三百余年，还未曾有人敢冒犯过。师父说过了，用不上三个月，宋浩师弟的一切江湖恩怨自会了清，到时候不会再有人来找他的麻烦了。"

说完，那无果便自去了。

"三个月！三个月就能将你惹来的麻烦了清！这上清观到底是一处什么所在啊？"唐雨惊讶道。

宋浩道："应该是师父想办法将江湖上的注意力从我身上移开吧。不管怎么样，事情终要有一个了结，师父既有此保证，我也就不费这些心思了。从明天开始，我就正式地向师父学习医道了，这期间我不会有什么事的。唐姑娘无事的话暂在这里住上一段也好。"

唐雨道："现在什么人我也信不过，我还是在你身边保护你吧，要是你不嫌弃我。"

宋浩听了笑道："你这是说何话来，以前的事情我不是说过了吗，已经原谅你了，我们现在是朋友。你真喜欢做我的保镖，我也求之不得。"

唐雨闻之欣然道："就这样说定了，以后可不准无缘故地赶我走。"

宋浩笑道："你想怎样就怎样好了，没人会阻拦你的。"

唐雨的出现，多少令宋浩有所慰藉。先前二人在唐庄相处虽然时日不多，但唐雨后来的变化，以及在唐庄遭袭时放走自己，都令宋浩对她产生了不仅仅是感激之情了。

第二天一大早，宋浩应约来到了师父肖伯然的书房内。肖伯然已正襟危坐在那里等候他了。

"师父！"宋浩上前见了礼。

肖伯然点头笑道："为师多年的心愿今天算是正式开始实施了，应该说是上天将你送到我这里来的。你具有大医之心、宏医之志，正是为师盼求的有缘之徒弟。我先让你见识几样东西吧，虽不及你手中的那尊宝物，但也出自名家之手。"

说着，肖伯然起身来到一侧墙壁旁边，轻启机关，墙壁旋转，呈现出了一道暗门来，里面是一间密室。

肖伯然引了宋浩进去，暗门随即关上了。密室内灯光亮起，但见四壁摆放了一些古董器件和古旧书籍，当是上清观珍藏之物。在一宽大的橱柜内，用黄巾遮了几样东西，立在那里尤是显目。

宋浩见其形状大小，心中一动，已经意识到了什么。

待肖伯然上前将那黄巾撤去，宋浩但觉眼前一亮，三具针灸铜人呈现出来，分男女之形，别有一孩童之貌，神态各异，经脉之线疏布，周身穴明，堪称上流工艺，只是在神韵和质感上比那尊宋天圣针灸铜人差了一些。

肖伯然笑道："医中至宝，那尊王惟一所铸的宋天圣针灸铜人你已经见识过了，可知这三具铜人出自何人之手？"

宋浩略一沉思，随即恍然大悟道："医经曾记载，明代针灸名家高武曾铸男、女和一儿童针灸铜人传世，不过早已失传。难道这三具铜人便是高武所铸的？"

"不错，此三具针灸铜人确是高武所铸之物，为上清观祖师偶然所得，并秘密保存了下来，虽说三者合一也不及你那宋天圣针灸铜人珍贵，也堪称稀世之宝了。高武是明代针灸大家，有《针灸聚英》和《针灸节要》等书传世，所铸这三具铜人也是仅次于宋天圣针灸铜人的。"肖伯然说道。

"宋浩，这边来，还有一具针灸铜人要你看过。"肖伯然走到另一边，将一黄巾撤下，又一具同真人大小的铜人呈现出来。

肖伯然道："此具铜人为清代民间一刘姓之人私下按史书所载宋天圣针灸铜人的资料以铜质仿造，粗具其形而已，本无大用，不过现今看来当要有大用处了，为师要利用此具铜人移花接木，将江湖中人的注意力都转到它的身上来，令你脱开去。"

"师父！"宋浩此时感激地道，"师父为弟子的事竟如此费心，弟子再将那尊铜人的下落隐瞒不说，实有负师父的一番苦心，此铜人藏在……"

"宋浩啊"，肖伯然打断了宋浩的话，说道，"这是你的私人秘密，为师无权干涉，并且我已说过，此铜人的事我不会过问的，只要你认为它现在安全就好，日后有机会再另行妥善处置吧。这是那窦家对你的信任，也算是赠送你了你一件无价之宝和麻烦。麻烦为师为你解决，东西你自己处理好了。"

"事关重大，还请师父为弟子拿个主意，况且此事不对师父明说，弟子心中也是不安。"宋浩愧然道。

肖伯然笑道："你能对为师这般信任很好，不过此事现已搞得江湖沸沸扬扬，为师不想因此事落人话柄，所以你的这份秘密还是你自家独知的好。"

"师父，您能这样宽待弟子，弟子谨遵教诲就是。"宋浩愈加恭敬。

"自古利欲熏人心，令人不禁做出些有违正道之事。其实在为师看来，能收你为弟子就是得到了一个无价之宝了，还做何求呢？"肖伯然淡淡地一笑道。

"师父，弟子不会令您失望的！"宋浩激动地说。

自此以后，宋浩潜心学习医术，尽得肖伯然真传，以前的一些迷惑不解之处，在肖伯然的教导下，皆自豁然开朗，医道修为日渐深厚。唐雨也自借此机会阅读上清观所藏医学典籍，与宋浩共同进步。

一天，宋浩从肖伯然那学习完回来，寻找不到唐雨，尔后在房间的桌子上发现了一封唐雨留下的书信，说是有事先走，不久便归。宋浩以为唐雨离家日久，不免思家心切，回唐庄了，不以为意。

这日，在肖伯然讲解了一些经文之后，师徒二人开始闲聊起中医和西医的区别来。

宋浩说道："弟子先前在卫校学习时，一位讲课的老中医曾说过，学习中医，先是学个糊涂，而后方能明白。意思是学习那西医，先是学个明白，而后也就糊涂了。这是两种医学给人带来的感受不同。中医是越学越感到深奥，西医学到一定的程度时，就会感觉到无路可走了。"

肖伯然点头道："中医是学无止境的。西医在达到了一个高度之后，也就限在那里了，除非另辟蹊径，或能有所突破。师父和徒弟在诊断上可能有经验上的差距，但在治疗用药上，多是一个水平了。中医则不然，一方治百病，一病用百方，千变万化，无有尽时，总有治病之方药，是那西医家不可解的事。《内经》有谓：言不治之症者，未得其术也。在真正的中医家眼中，本无绝症难医之说。

"时下之人多是认为西医擅长急救，中医在于缓和，此说也缪矣！只要辨证正确，针药并施，尤可逆转垂亡于顷刻，这一点被现今之人误解得远之又远了。当然了，西医也自有它的长处，刀解手术、抗菌素的消炎，是中医暂不能及的。虽是中医古时也有开颅之术、剖腹涤肠荡胃之法、金针拔障之技，诸般外科手术的精绝技巧，便是现代医学也叹为观止，只是当今之世已少有人去探求了，大环境使然，也无奈何。"

"所以，"宋浩一握拳头，坚定地说道，"我们一定要将这些失传的奇妙医术挖掘出来，做现代医学所不能为之事，才能彰显中医的绝对优势。"

"这就需要你们这一代人的努力了，不要再耗费几代无谓之功了。否则大道失传，正法绝世，再想恢复，晚之晚矣！"肖伯然郑重地说道。

这时门人来报，洛北辰携其侄女洛飞莺来访。

"洛飞莺！"宋浩眉头皱了一下，起身随师父到大殿与他们相见。

殿外爽声笑处，洛北辰与洛飞莺走了进来。

"洛前辈！洛姑娘！"宋浩上前相迎。

"哈哈！宋浩，听说你已经拜了肖道长为师了，果是如我所料啊！"洛北辰兴奋地说。

"多谢前辈成全！"宋浩感激地一笑。

洛飞莺先是上前与肖伯然见了礼，而后望了望宋浩和肖伯然师徒二人，脸色颇为古怪。

"宋浩，你倒是找了一个自在的地方。"洛飞莺冷笑了一声。

"这也要谢过洛姑娘当初的一番好意。"宋浩笑道。

"道长，我要和老朋友宋浩一旁说话，先行告退。"洛飞莺朝肖伯然施了一礼，有些急不可待地说道。

肖伯然笑道："你们既是故人相见，那就去吧。"

"你跟我走！"洛飞莺冷哼了一声，先行转身走出。

宋浩不知她为何生气，挠头笑了笑，朝肖伯然和洛北辰轻施一礼，随后跟出。

洛飞莺气鼓鼓地在前面走，宋浩只好在后面跟了。洛飞莺见宋浩跟了来，便加快了脚步，径直出了上清观，来到了后山一无人之处，停步，转身，怒目而向。

"洛姑娘，这是为何？"宋浩一脸茫然。

"我这般对你，你仍旧信不过我。竟然跑到这上清观来，拜那肖老道为师，还将宋天圣针灸铜人也捐赠给了上清观，你倒是找到了一棵能庇护你的大树。你既然能捐献出来，为什么不捐献给我们，一样能将你从这些事情中开脱出去。宋浩，你太令我失望了！"洛飞莺激动地说道。

"这个……"宋浩一开始听得莫名其妙，随即恍悟，是师父肖伯然已经对外采取行动了，于是含糊其词，未置可否，两手一摊，表示无可奈何。

"你知道吗宋浩，你想通过上清观的力量，经由中国道教协会将宋天圣针灸铜人秘密地上捐国家，但却在海上出了事，运输针灸铜人的货船在途中遇上风浪翻了船，那尊铜人随全船的货物沉到了海底，它已经永远地消失了。是你的无知毁了这尊国宝！"洛飞莺大声地怒喊道。

"你……你怎么知道这些？"宋浩惊讶道。这一切师父肖伯然从未对自己提及，不过前些日子随师父进那密室中观摩那几具针灸铜人时候，无意中发现那巨大的铜人不见了。原来早已被运了出去，实施那偷梁换柱之计了,而自己对这一切毫不知晓。

洛飞莺冷哼了一声道:"此事江湖早已传开,我怎么能不知道?半个月前就已经传出你投入了上清观,拜那肖老道门下寻求保护,献出铜人由上清观转给中国道教协会,以其名义上交国家。这一切虽是在秘密进行,却已在江湖上走漏了风声,并且那尊铜人在港口装船的时候,货箱无意中跌落,那尊针灸铜人从里面滚了出来,被人发现。就在昨天晚上,货船在海上失事,虽然船上人员全部被海事救援部门救出,可那尊铜人彻底地石沉大海,永无见天之日了。你知道你做了什么吗?一件极其愚蠢的事!"

"真的啊!"宋浩呈现出遗憾之色,心中却是暗叹道:"我这师父果然有通天的本事!"

"这样也好!"宋浩故作感慨道,"北宋天圣针灸铜人本就不曾真正面世,世人更不知此事的真假,既然毁去,就当它不曾出现罢了,一切麻烦也就让它烟消云散吧。"

"说得轻巧,这尊国宝可是由于你的不慎而毁去的,你已经成了千古罪人。算是我看错你了,还以为你是一个能与那铜人生死共存的大丈夫呢,原来也是一个懦夫!"洛飞莺不屑地说。

"我本来就不是什么大英雄,这件事是人家硬加给我的,我也没法子。"宋浩心中忍着笑,呈现出无奈之色。

"胆小的笨蛋!我真是后悔认识了你和放过你。"说完,洛飞莺转身离去。

宋浩望着远去的洛飞莺,摇头一叹,转身欲回上清观,忽闻旁边有人唤道:"宋浩,这一切都是真的吗?"

一脸疑虑的唐雨从树林中走了出来,显是已到多时了,听到了宋浩和洛飞莺的谈话。

"你回来了!"宋浩见了唐雨自是一喜。

"我问你话呢!"唐雨盯着宋浩的眼睛说道。

"你说呢?"宋浩反问。

…………

沉默了一会儿,唐雨才说道:"几天前我偶然发现道观中的道士在秘密地向外面运送一具针灸铜人,我怀疑是你将那尊天圣针灸铜人送给了上清观,并且要偷运出去,于是我便跟踪上了那些道士,只要铜人不在你的手里,我便有理由把它抢走。原来你到这上清观是有目的的,并早已将那尊针灸铜人暗藏在了这道观中,怪不得你一向放心得很呢!你们的计划倒也算是周密,我若不住在道观中,也是不能发现的。"

"师父果然厉害!"宋浩心中暗叹,"竟能利用唐雨将消息泄露出去。"

唐雨接着说道:"我后来发现有道教协会的人共同护送那尊铜人,并且偷听到他们谈话,这才知道你借上清观的力量要将它上交国家。我见事已至此,只好放弃了抢夺的计划,因为这也是这具铜人最好的归宿了。没想到他们竟然翻了船,真是可惜了!"

"不过……"唐雨顿了一下道,"刚才那人是魔针门的洛家大小姐吧,我发现你在和她谈话的时候表情不对,好像对这一切事情还无所知,难道说是上清观的道士们背着你做的这件事?还是另有什么原因?"

"唐雨,我现在只能告诉你,关于这件事,我此时确实是不方便多说什么,希望你能理解。"宋浩认真地说道。他不想欺骗唐雨,但也不能将师父苦心安排的这一切计划揭穿。

"看来果是如我所料了,你这么做也对,毕竟你一个人的力量还是太弱小,只是可惜了那尊国宝。"唐雨摇了摇头。

"现在好了,你终于摆脱了这件事带来的麻烦,可以放心地露面了,不用再担心会有什么人追杀你了。此事江湖上已广传开,甚至还有人说本就没有什么宋天圣针灸铜人现世一事,那是人为杜撰出来的,那个叫宋浩的人也根本就不存在。"唐雨又说道。

"哦,这样最好了,我也希望这一切本来就是一场梦。"宋浩高兴地说。

"既然是这样,你也有就不会有什么危险了,并且在上清观,更不会出事的。我离家日久,应该回去了,日后有机会再相见吧。"唐雨微叹了一声,显是有不舍之意,但是已经失去了再留下的理由。

"谢谢你唐雨,日后有机会我一定会去唐庄找你。"宋浩感激道。

"那就一言为定。"唐雨说完,又望了宋浩一眼,暗里一叹,转身别去。

送走了唐雨,宋浩回到了上清观。此时洛北辰和洛飞莺已经离开了。

"师父,感谢你为我做的一切。"宋浩上前,激动地说。

"嗯,看来那个洛家的丫头已经和你说过了。宋天圣针灸铜人给你所带来的影响现在已基本解除，不过也不能太大意了。智者千虑，总有一失，也要提防他变。"肖伯然点了一下头，淡淡说道。

　　回到自己房间，宋浩坐在那里心潮起伏，事情变化太快，也来得太突然了。自秘密保护那尊宋天圣针灸铜人开始，诸般事由便纷至沓来，令自己难以应付。而今诸事落尽，一切似乎又恢复到了本来状态。可是自己再难回到以前那种无忧无虑的生活中去了，因为现在又肩负起一项更为重要的新的使命——振兴医道。

# 第二十五章　天医集团

一天，肖伯然正在给宋浩讲解《内经》中关于五运六气的经文："明五运六气，便是明天道，可为'天医'！现今所谓时间医学多源于此说。然而古之圣贤示以后人这般窥破天道之法，当世之人几乎无人重视，或有为者，也只是在理论上做一些研究罢了。"

这时，无果进来禀报道："师父，山外医馆传来消息，有一病甚为棘手，众师弟无法医治，还请师父开示。此为一年逾六旬的男性病人，体瘦却感身重，且畏寒肢冷，夜必腹泻，脉沉细，投附子理中汤不效。"

肖伯然闻之略思，说道："岁乃丑未，太阴湿土司天，太阳寒水在泉，体虚受困，脾土邪犯，原方中加几味芳香化湿之药即可；太阴脾经择穴重灸。"

"弟子明白。"无果听后，施礼退去。

"湿寒当令，体虚受伐。医人'医天'之药也应有别，总在振复阳气。"肖伯然复对宋浩说道。

宋浩点头称是。


转眼间，宋浩已在上清观住了半年有余。这半年来，以原有的医学修为为基础，在肖伯然全面系统的教导下，宋浩在医道上有了一个质的飞跃。

这日，肖伯然对宋浩说道："医道正法你现已全面领悟，日后需要的是再往深层的感悟，获大成医道，这是时间的问题。现在你可以去游学天下了，去学习各家所长。可以先回去看望一下你的爷爷，然后再按为师为你安排的行程走。"

闻要与离别日久的爷爷见面了，宋浩兴奋不已。

肖伯然道："你日后先要去拜会一个人，此人姓林名凤义，是一位脉道高手，精研脉象五十年，已得脉道真髓，天下无二。脉理精微，其理难的，往往是心中易了，指下难明。古人脉法书传世者虽众，但少有通晓其义者。凡习医之人，除了先明阴阳五行之理外，必要精通针道脉道，而后才是方药，如此方能行医济世。你针道已成，脉道欠妥，所以令你师从此人，获其脉道之法。不过这个林凤义性格孤僻，不易与之相处，要得其脉法真学，还要费些周折。你带上《阴解经》和《阳解经》的复制本与他，先动其心，以诚意感他，再动其志。此两部经书他曾向我讨借过，我未与，乃是为了今天成全你，虽然当年还不知日后的徒弟是谁。"

"这位林前辈是师父的朋友吗？"宋浩问道，心中却是暗叹肖伯然的深谋远虑。

肖伯然道："泛泛之交而已。为师曾留意天下间擅一技之长的医中奇人，人若是精专于一技，可通鬼神。数年前闻那林凤义脉法精绝，诊病如神，曾去拜会他。原是此人酷爱脉法，借在一所大医院坐诊中医科的便利，每诊一脉，必要病家去经那些现代医疗设备复查，以验是否合其所诊，古今合修，久之成就了这种神奇的脉道，但于指下寸、关、尺间，遍查人身诸疾，竟无所差漏，堪称奇绝！曾见其诊一病人，言对方右膝下有弹丸大赤色肉瘤三颗，且其中一颗已萎缩。病家惊讶，挽裤视之果然。又诊一妇人，言其经血长流不止，非子宫瘤的原因，乃是胎死腹中之故，两月之胎，未成全形，死萎腹中，被那仪器误诊为病瘤，保守治疗，以至于此。脉法这般精妙，鬼神也莫测也！所以令你先师投此人，得其脉法精要，而后便可创办医药馆，济世活人，扬以医道。另有几位医中高手，以后待得机会再去拜访不迟。"

"天下竟有如此神脉！古书所载那些脉诊奇闻当是不虚了！"宋浩惊讶道。

肖伯然道："指诊三关，又谓之三指禅！此道若成，尤可令医家凭借三指在数寸肌肤间遍查全身疾患，简单快捷，且直中本源，浮沉表里，虚实强弱，内症外疾，一概了然。可惜现今悟精此道者，一万医家中也难有一人了，言此术基本失传也不为过。"

"弟子先前也曾自修脉法，但未能精专进去，若能得此明师指教，当可补全在脉法上的不足。"宋浩激动地说。

"为师也是意在于此。"肖伯然道，"那林凤义修成此脉道不易，且不可令其自生自灭，又在他的手里毁去了。此人倒是也希望有一个传承者，只是未得机缘遇到合适的人罢了。你此番去，先可扬术立威，令其刮目相看，处得融洽了，再提拜师的事不迟。中医一道，能真正成就者，只有师徒相授一法可承，薪火相传，真法不绝。否则闭门独修，累积经年，也难成正果。人家已经成就的东西，你复制过来就是了。也是那些拥有奇术的医家思想多为保守，重视的是家族传承，加上各种意外因素，不知令多少奇术未及留给后人便自毁绝了去。更多的是所传非人，不为所用或不能正确利用，也令其术绝世。"

"师父，弟子明白了。光大中华医道，不但要继承发扬先人的成果，更要培养后继之人，才可一脉相承，万古不绝！"宋浩认真地说道。

"知我者，宋浩也！"肖伯然点头笑道。

肖伯然随后告诉了宋浩那个林凤义所在城市和医院的地址，并且吩咐他学成之后便可自行选择一个地点创办自己的医药馆，到时候上清观会有人员和资金上支援，只是未再提及江湖上的任何事情。

又过了两日，宋浩这才别了师父肖伯然由无果送出了山外。无果将备好的钱物递给宋浩，然后指了前方一条公路说道："上了公路便能遇到过往的客车，要记住与观中联系的几种方式，有事及时联系和沟通。另外，师父还要我告诉你，那尊宋天圣针灸铜人万不可再示与人知，否则会令上清观的一番作为付诸东流，麻烦再起，可就不好处理了。"

宋浩感激道："放心吧师兄，我知道怎么做。在上清观半年所学，令我重新认识了中华医道和自己日后所肩负的责任，我不会令师父和众师兄们失望的。"

无果笑道："师父识人不差，说你日后必成大事，我们期待那一天的到来。"

"还有"，无果又说道，"你放心去吧，你此次重新露面，也是师父有意为之的，当令江湖上那些曾打过铜人主意的诸门派明白，你已不再与那尊针灸铜人有任何关系了。当然了，也许有人还会找到你，但你已经没有危险了。并且有些事情上清观仍在处理之中，这些都不要你来管了，只要按师父吩咐的去做就行了，成就真正的医道，才是你要做的正事和大事。"

"我知道了，就此和师兄别过吧！"宋浩一抱拳。

"后会有期！"无果点头一笑。

宋浩上了公路，等候了一会儿，果然遇有过路的客车，也不管是去哪里的，先上了车，到前方有车站的地方再说。

两个小时后，客车到了一座集市，宋浩下了车，忽然想起一件事来，着意在头脑中回忆了一下，记起了一个电话号码，然后找到了一个公共电话亭，犹豫了一下，还是拨出了那个电话。这通电话是打给窦海芹的，宋浩现在很想与对方联系上。

"嘟嘟……"电话打通了，宋浩心中一阵激动。他要告诉窦海芹，那尊宋天圣针灸铜人现在还是安全的。

随即有人接通了电话，但是没有说话。

"请问，是窦海芹阿姨吗？"宋浩问道。

"你是谁？怎么知道这个电话号码的？"电话那边传来了一个女子的冷冷的责问声，显然此人并不是窦海芹。

宋浩闻之一怔，想起昔日窦海芹所言，电话若不是她本人接听，那么就是她出事了。他刚想放下电话，忽又想起对方可能是窦海芹的家人，第一次打这个电话的时候，也是一个女子接听的。于是说道："我是窦阿姨的一个朋友，很久没有她的消息了，想知道她近况如何，请问怎么才能找到窦阿姨呢？"宋浩急着知道窦海芹的下落，便不管此时有无危险的存在了。并且对方并不知道自己是谁、在哪里，打完这个电话就走，即使生变，现在也是安全的。

"你是什么人？找她做什么？"电话那边的女子声音冰冷地说道。

"你是窦阿姨的什么人？"宋浩反问道。

"你……你是李贺那个混蛋的朋友！你们还想怎么样，告诉我那个混蛋在哪里！"电话中的女子激动并愤怒。

"李贺！"宋浩猛然想起这个李贺正是导致金针门窦家一系列惨变的罪魁祸首，意识到了什么，忙将电话挂断。他转身刚要离去，那个电话机却又响了起来，显是对方反打了过来。

宋浩犹豫了一下，没有接，他知道这个时候不能再令自己卷到任何事情中去了，虽然从对方的语气上判断，这个女子可能是窦家的人，但只要不是窦海芹本人，就不能再与对方通话。

宋浩暗叹一声，转身离去。

忽有一人拦住了去路。宋浩抬头一看，自是一惊——是那个生死门的神秘人物。原来是顾晓峰到了。

"宋浩，多时不见，你还好吗？"顾晓峰笑吟吟地道。

"你……"宋浩此时仍然分不出对方是敌是友。

"我们应该算是老朋友了，可否借一步说话？"顾晓峰指了指街道对面的一家酒楼，显是看出了宋浩的顾虑，但也由不得他了。

宋浩心中惊讶，虽然这个人曾经救过自己，但始终"阴魂不散"，当是对自己别有目的。他无奈地点了一下头，随顾晓峰进了那家酒楼。顾晓峰择一雅间坐了，要了一桌子酒菜，持了筷子望着宋浩笑道："先吃些东西，然后我们再说话。"

"这位先生，能否告诉我，你到底是什么人？找我有何事？"宋浩坐在那里未动，先自问道。

"呵呵！"顾晓峰放下了筷子，两手支着下颚，说道："我已经说过了，我是生死门的人，至于找你何事，是有个朋友想见上你一面，请我将你带过去。有一点请你放心，我对你是没有任何恶意的。"

宋浩摇头道："你这样缠着我不放，让我如何相信你？"

顾晓峰说道："宋浩，不要对我有什么误会，跟你实说了吧，本人几次替你解围，是受人之托，保护你的安全，如今这个人要见你一面。他如此关切你，你也应该与他见上一面的。至于这其中缘由，我也不甚明白，你去问我的那个朋友好了。"

"还有"，顾晓峰又道，"你避居上清观半年不出，原是已拜了那玉灵真人为师，你有此造化，可喜可贺，也是出乎我和我朋友的意料之外。你的这个道家师父可不是一般的人物，肖老道之名，江湖上但凡有点影响的人物都知道他，也自敬畏他。能得其尽传医道真学，实在是你的幸运。所以这半年来我们也未曾去打扰你，如今你学成出山，我的那位朋友必要见你一面不可了。"

"顾先生，你和你的那位朋友一直盯住我不放，实在不知是何用意，若是为了那尊针灸铜人，我看也是枉费心思，因为这件事情已经彻底地结束了。"宋浩说道。他猜测，对方如此"关心"自己，也必是为了那尊医中至宝——宋天圣针灸铜人。

顾晓峰闻之微微一笑道："肖老道的这个瞒天过海、偷梁换柱之计，能瞒得过那些江湖中人，却瞒不过我顾晓峰。"

宋浩闻之大吃一惊，没想到这个生死门的顾晓峰竟然如此厉害，可洞察一切。一时无语，呆怔在了那里。

顾晓峰见状笑道："怎么，说中你的心思了？虽然有人看到了那尊针灸铜人装上了货船，离开港口后遇险，但是以肖老道的深谋远虑，岂能做出如此不当之事？你这个师父心机缜密，为此事倒也煞费苦心，其实也只是瞒瞒江湖上那些普通门派罢了，他真正的用意，是要告诉江湖中那些人，你宋浩已拜入他的门下，成为了肖老道的弟子，那尊铜人给你带来的麻烦他已'处理'过了，日后不得再有人打你的主意，制造出这种简单的'事实'，以封江湖诸门派之口，不可再生对他肖老道不敬之举。不明白的人自被他瞒过了，明白的人也多会自此打消对那铜人的企图。并且留你在上清观随他习医半年，也是为了令江湖上淡化此事。"

"这……"宋浩无言以对。

"你放心吧，我和我的朋友对那尊针灸铜人不感兴趣，而是对你这个人感兴趣。当然了，主要是我的那个朋友。话说到这里，你也应该明白了，我们对你是没有恶意的。还有，我的那位朋友一再叮嘱我，不要对你勉强，只是希望你能与他一会，并且让我代他问候你的爷爷宋子和老先生。"顾晓峰说道。

"他……他认识我的爷爷？"宋浩闻之讶道。

"不错，我的那位朋友说，你的爷爷对他有过大恩，一直找不到机会回报，所以才会这般地眷顾于你。"顾晓峰点头道。

"能告诉我顾先生那位朋友的姓名吗？还有，他是做什么的？"宋浩说道。

"这个倒是可以。"顾晓峰说道，"他叫齐延年，是天医门门主。天医门你应该听说过吧，是众医门之首。"

"天医门！"宋浩闻之一怔。在唐庄时，唐纪曾对他讲过天医门的旧事。

"那位天医门的门主是爷爷的故人吗？怎么没有听爷爷说起过有关天医门的事呢？"宋浩心中仍是迷惑不解。

顾晓峰说道："天医门与你宋家应该是有些渊源的，否则不会请我生死门出面全力保护你的安全。生死门本已远离江湖，要不是当年顾某生命垂危之际，得天医门施术救治，我也不会出面来管这些事的。所以我还是希望你能和齐先生见上一面。"

宋浩见顾晓峰言辞恳切，不似虚伪，并且竟是天医门门主要见自己，这可是与对方接触并结识的一次大好机会。在上清观，师父肖伯然也曾讲起过天医门的事：它为众医门之首，门人遍布世界各地，医术冠绝天下，若能得拜天医门下，也可展现自己的宏医之志。还有重要的一点是，自己也要搞明白天医门与爷爷有什么关系，为什么这般关注自己。

想到这里，宋浩点头道："也好，那我就与顾先生走一趟吧。"

顾晓峰闻之一喜："你果然是一个通情达理的人，不枉我替你解了那几次围。来，我们先吃饱了肚子再走。"

吃饭的时候，顾晓峰着意打量了宋浩几眼，暗自寻思："宋浩这孩子的面容和神态竟与齐兄长得有几分相像，并且再三请我全力保护他的安全，这中间怕是另有什么事吧。"

吃过了饭，宋浩起身欲去结账。顾晓峰拦了道："有人算过了，我们走吧。"

"哦！"宋浩闻之微讶，知道顾晓峰不是一个人。

二人出了酒楼，见门前停了一辆黑色的奥迪轿车，一名精干的年轻人立在车前等候，见了顾晓峰，忙恭敬地开了后车门。顾晓峰拉了宋浩坐进了车内，汽车扬尘而去。

"顾先生，我们第一次见面的时候，应该也是你救下的我吧，我还以为是你绑架了我呢，所以才出手相制，多有冒犯，还请见谅！"宋浩说道。

顾晓峰听了，眉头微皱了一下，笑道："你能明白就好。没关系了，没想到你竟会施霹雳针法，此乃鲁门秘传之绝技，你是从何学来的？"

宋浩说道："说来也是一桩奇遇，数年前偶遇鲁延平前辈，见我针力超强，便授我霹雳针法的秘诀，成就了这种防身之术。"

"原来如此。"顾晓峰点头道，"出其不意，近身突袭，能一针将我制住，倒也将霹雳针法发挥到了极致。文武俱全，你真是不简单呢！"

"过奖了！侥幸得手罢了。"宋浩说道。

"可不要这么说。"顾晓峰摇头道，"这是将医武合一的高超之术，可不是轻易能练得来的。此术重在指力，纤细毫针尤可透木贯石，择穴准确,任他多么强悍之人也抵不过你突如其来的这一针。我见你施过几次,以此脱身,果然是厉害非常,倒减少了我的麻烦。"

"你……你始终在暗处保护我啊!"宋浩讶道。

"朋友之托,焉能不尽力?不过现在好了,你基本上是安全的了。你的师父肖老道果然不是一般的人,已将你面临的危险消去了十之八九。"顾晓峰感慨道。

"宋浩。"顾晓峰复又唤道。

"什么事,顾先生?"宋浩应道。

"恕我冒昧,肖伯然收你为徒,意在何为?"顾晓峰正色问道。

宋浩说道:"传我医道正法,并且令我日后创办医药馆,济世活人,光大中华医道。顾先生这般问,可是别有所指吗?"

"那倒不是。"顾晓峰摇了下头道,"肖伯然博及古今,道家学识尤为深厚,提倡道家医学,是百年难得一见的人物,在江湖上的影响力颇大,且能上通政府高官,外达诸国显贵。二十年前曾云游世界各地,宣传道教教义。而后突然销声匿迹,避隐上清观。这些背景资料是在得知你拜他为师之后,天医门紧急搜集来并传给我的,要我查清他收你为徒的目的。原来他是要你做他的医学传承之人,果是有高人的见地。"

"天医门为何如此关注我?并且还要调查我所拜师父的来历,这个齐延年究竟是个什么样的人?"宋浩心中愈加茫然。

"到了他的这般境界,已是物不能扰其心,利不能动其志了。先前我倒是有些误会他了。"顾晓峰一旁自语道。

汽车行到了一座城市的郊区,最后在一幢山间别墅的铁门前停了下来。在望见那幢别墅时,顾晓峰打了个电话。铁门开启后,汽车缓缓驶了进去。这幢大别墅仿欧式建筑,依山靠涯,是若古堡,从其外形上看,已是在百年以上了,当是富贵之人的居家所在了。

汽车在别墅正门前停了下来,一名恭候的仆人开了后车门,宋浩下了车。

顾晓峰没有动身,坐在车里对宋浩说道:"我还有事先走,就不下车了，你自己进去吧，要见你的人在里面等你。不过要记住，我这位朋友不喜欢那种江湖习气和称呼，他现在的身份是天医集团的董事长，不是天医门的门主。"

说完，顾晓峰摆手一笑，乘车而去。

"天医集团！"宋浩闻之一惊，这可是一家在全国甚至在世界上都有名的制药企业，原来天医门就是它的前身。

"这位先生里面请！"那名仆人接过宋浩手中的拎包，恭敬地让请道。

进入大厅之内，宋浩但觉眼前一亮。巨制彩灯悬空高挂，迎面墙壁上是一幅宽大的风景油画，描绘的是欧美风情，客厅当中真皮沙发横摆，古色大钟旁落，余者是一些雕像等艺术品。全部摆设加以高屋穹顶，显得大气磅礴。

"先生请坐，老爷马上就下来。"仆人端过咖啡来，轻轻放下后便悄然退去了。

"这……这里就是天医门所在啊！变了味啊！"宋浩挠了挠头，一旁坐下，闻了一下那杯咖啡，没有喝。

这时，一阵急促的脚步声从旁侧大理石砌的楼梯上传了下来，一个红光满面的，穿了一件米黄色丝绸衬衫的中年男子走了下来。此人方脸浓眉，鼻直口阔，堂堂英俊帅气之中含着一种威严。

宋浩见主人出现，忙站了起来。

"你就是宋浩吧！"那齐延年激动地快步迎上前，张开双臂，有要拥抱宋浩的意思。

宋浩见状一怔，不知初次见面，人家为何这般热情，站在那里不免手足无措。

齐延年随即意识到了自己的失态，双手忙顺势过去握住了宋浩的右手，用力地摇了摇，欢喜道："欢迎欢迎！"

不知对方是过于热情还是什么，宋浩看到这个齐延年时，忽然产生了一种莫名奇妙的亲切感，忘却了对面这个男人是天医门的门主还是什么天医集团的董事长了。

"齐先生你好！"宋浩礼貌地问候。

"你好你好！坐，坐！"齐延年发现自己握着宋浩的手迟迟未松开，忙松手相让道。

"嗯！宋浩！"齐延年对面坐下后上下打量着宋浩，不住点头，自呈惊喜之色。

"齐先生，不知您找我来有什么事？"宋浩忍不住心中的疑惑，问道。

"啊！不急，不急！路上还顺利吧，你饿了吧，桌子上有水果和点心，你先吃些，一会儿就开晚饭了。对了，你喜欢吃什么，我吩咐厨房去准备。"齐延年没有正面回答宋浩的问题，而是问起寒暖来。

"这个……"宋浩也自被对方搞得不知所措。

"哈哈……"齐延年随即朗声一笑，歉意道："你看我，一见到你高兴得什么都忘了，让你紧张了。宋浩啊，到了这里就等于到了自己的家里了，随便些的好。对了，宋子和老先生还好吧？"

"我和爷爷分开将近一年了，正要赶回去看望他老人家呢，也不知道他现在怎么样了。"宋浩低下了头去。

"哦！我忘记了你现在的情况了，待日后见到宋老先生代我问好吧。"齐延年忙说道。

"谢谢！"宋浩应道。

"宋浩！"齐延年轻声唤道。

"齐先生，什么事？"宋浩抬头望去，见那齐延年的眼中呈现出一种异彩，那是一种慈爱的神态，并且他在刻意地抑制着心中的激动。

"宋浩！"齐延年眼中湿润，故作镇静道："你现在不要奇怪我为什么找你，有些事情你日后自会明白。能答应我在这里住两天吗，有一个人正从美国赶回来，两天后到。她一定要见到你，所以请你务必答应我。"

"又有一个人想见我!?"宋浩又自迷茫。

"对不起齐先生，我不能答应你，虽然我不知道你和那个人为什么要见我，但是我必须在明天离开，因为我要先见到我的爷爷，这么长的时间没有见面了，所有的情况我一无所知，不知道爷爷在怎么担心我呢。还请原谅。"

"你和宋老先生的感情很好吧！是啊！应该先去见见他老人家的。"齐延年无奈而又尴尬地说道。

"我自幼父母双亡，和爷爷相依为命，他是我这个世界上唯一的亲人。"宋浩说道。

"你怎么会没有……"齐延年欲言又止，点头道："你应该孝敬宋老先生的，他一个人将你抚养大，并培养你成才，实在是不容易。"

"不过，能否请你多住两天，等到那个人见上你一面之后再走？"齐延年恳求道。

"齐先生，这件事实在是令我一头雾水。顾先生那边说你曾认识我的爷爷，算是他老人家的朋友吧，可是我并不认识齐先生，又能有什么事需要我呢？"宋浩摇头道。

"我的确认识宋子和老先生，并且他老人家对我有过大恩，一直未曾找到机会报答。后来听说了你的事，所以想尽办法来帮助你，也是想以此回报。"齐延年说道。

"原来是这样子的啊。"宋浩闻之高兴道："没想到爷爷还和著名的天医集团的董事长打过交道。我这里也谢谢你了。"

"既如此，明天你还要走吗？"齐延年试探道。

"走！"宋浩以不容置疑的口气说道，"现在对我来说见到爷爷是最重要的。齐先生的心意我会向爷爷转达的。"

齐延年听了显得很失望，笑了笑道："也好，我不勉强你。回去后，请对宋老先生说，十五年前，他曾帮助过的那对夫妻回来了。宋老先生应该会明白的。"

"我会转达的。"宋浩应道，心中暗讶："十五年前爷爷可能治过他们的病吧。可他为什么会采取这种方式来帮助我呢？"宋浩感觉这其中有不甚对劲的地方。

有仆人过来问道："老爷，可以开饭了吗？"

齐延年点了一下头，随后引宋浩来到了饭厅，那里已摆满了一桌子丰盛的饭菜。

"顾先生不过来一起吃饭吗？"宋浩问道。

"他那边还有事要办，就不过来了，我们两个用吧。"齐延年让宋浩坐下，又亲自将餐具摆好。看得几名仆人皆呈现出惊讶之色，这齐延年可不曾这般对待过客人的，并且对方还仅仅是一个二十岁左右的年轻人。

齐延年的过度热情令宋浩感觉到了不安，此人叫顾晓峰将自己找来，竟没有什么具体的事情，似乎仅仅是见上一面而已。显而易见，不是因为爷爷曾对他们有过恩情这么简单的，这里面应该还有其他的什么事，应该回去好好地问一下爷爷。

## 第二十六章　迷惑

宋浩本想拒绝对方，立刻离去，但是这么做不仅是拂了对方的一番好意，而且似乎不那么近情理。他知道明天必须离开这里。顾晓峰识破了师父的瞒天过海之计，这个齐延年也必知晓，保不准又在打那尊宋天圣针灸铜人的主意。看似没有什么恶意的背后，可能掩藏着大恶呢。

不过，宋浩又暗里摇头否定了自己的私下猜测，因为他感觉到齐延年对自己的态度是真诚的，尤其是自己还对此人有着一种莫名奇妙的好感，甚至于是一种奇怪的亲切感。

"宋浩"，齐延年打断了宋浩的思绪，问道，"你继承了宋家的世传医术，又得拜名师，医学修为应该是不简单了，日后有什么打算吗？"

宋浩应道："学医就是为了治病救人，我计划日后开一所医药馆，治病的同时，还要专研医道，希望能将中医一道发扬光大，这也是爷爷和师父对我的期望。"

"有志气！"齐延年兴奋道，"到时候我可以助你一臂之力，资金上我会全力资助你的，可以办一所大型的医院，医疗救治和医学研究同时进行，也可以另行创办一家医学研究所，针对中医学进行全方位的开发和研究。如果你愿意，也可以直接到天医集团下属的医疗机构来担任领导工作，一样可以实现你的志向。"

齐延年举起酒杯，朝宋浩示意了一下，呷了一口，接着说道："你现在也知道了天医门就是天医集团的前身，它早已不是那种江湖上的旧门派了，已转化成企业来经营了。天医门创派五百余年，医术冠绝天下，积累了丰富的医学经验和成果，天医集团以此为基础，将有效世传秘方生产成药剂广济社会，不但继承了医道行医济世的原则，更创造了巨额的财富。如今天医集团在世界各地都有子公司存在，将中医医道走向世界做出了自己的贡献。所以……"他顿了一下，继续道，"我真诚地希望并邀请你来天医集团工作，展现你的所长，实现你的志愿。天医集团将会为你提供一切便利条件，按你自己的愿望和方式来开发和研究中医医道，而不必另走曲折之路。你可以将天医集团视为自己的事业来扩展它，因为我们急需像你这样的具有真才实学的医学人士加入。"

"这个人不免对我好得太过了吧！"宋浩心中讶道。齐延年一系列的举动实令他大感意外，似乎一步将自己送上了天堂，恍若梦中。可是对方为什么要这样对自己呢？爷爷当年究竟做了一件什么样的事，竟能令天医门对自己这般感恩戴德，几乎就要将整个天医集团拱手相送了？

宋浩暗中掐了一下自己的大腿，感觉还是疼的，知道不是在做梦。只是对方的举措进展得太快了，在没丝毫准备的情况下，就将一切呈献到了眼前。他令自己冷静下来，知道这其中必有蹊跷，神秘的天医门忽然间对自己全部敞开，不知他们要做什么。

"对不起齐先生"，宋浩静静地说道，"感谢先生对我的偏爱。只是我现在资历尚浅，医道还未能有所成就，不能担当重任，我还要再进一步地去学习。并且，我希望的是凭借自己的能力去创造一片天地来。所以不能应先生所请，还望见谅！"

"哦！"齐延年听了，眼中呈现出失望之余，也自闪过了一种赞赏的神色。

"也好，人各有志，倒也勉强不得。不过天医集团随时欢迎你的到来。还有，请你不要误会，我所做的一切不是带有什么功利目的的，仅仅是为了报答宋老先生当年对我们施过的恩情。知恩图报，天医集团的人是永远不会忘记的。"齐延年无奈地点了点头。

齐延年又问了一些宋浩生活上的事，多是他以前的经历，宋浩倒是老实的回答了。齐延年不断地点头感叹，似乎又别有感慨。这顿晚餐进行得还算是愉快。

用过了晚餐，齐延年又陪着宋浩饮了一会儿茶，然后安排他到客房休息了。随后，他回到书房，拨通了一个电话，抑制心中的激动，故作平静地说道："我见到他了……"

此时宋浩躺在宽大舒适的床上，却是辗转难眠。天医门之行，令一切扑朔迷离起来。他隐隐地感觉到，自己与这个天医门，与这个齐延年有一种特殊的说不清的关系在里头，而自己此时又不能去问个明白，看来只有爷爷才知道答案了。

第二天，宋浩起来时，齐延年已在客厅等候了，二人彼此问候了一声，共进早餐。

宋浩趁机提出餐后告辞，齐延年又恳求宋浩多等两天，宋浩只是不应，那齐延年也只好同意了，似乎不想违背宋浩的任何意愿。

"一会儿叫我的司机送你，还请你到家后向宋老先生转达我的问候，过些日子，我会亲自去拜访他的。"齐延年说道。

"谢谢了！一会儿将我送到城里的车站就行了。"宋浩应道。

"不用那么麻烦，让车直接将你送到家吧，这样我也放心。"齐延年说道。

宋浩听了，又要推却。齐延年说道："你既然要走，我留不住你，就让我尽微薄之力吧，这算不得什么事。并且让我的人认认你的家门，日后我前去拜访宋老先生时也认得路。"

宋浩听了，只好作罢。对方的热情令他有些承受不了，不过能让自己离开也就行了，随对方安排吧。

宋浩四下寻不见顾晓峰，于是对齐延年说道："请齐先生转达我对顾先生的问候，谢谢他几次帮助我。"

齐延年点头道："我会的，你放心去好了。"说话间，伸手想取身边的一样东西送给宋浩，犹豫了一下，又放下了。

早餐后，齐延年将宋浩送到了门外，介绍了一名叫张平的司机，随后宋浩和齐延年握手告别，坐进了一辆奔驰轿车，出了别墅的大门，沿公路而去。

齐延年望着远去轿车的影子，站在门前久久不动，闭目叹息不已。

张平开着奔驰轿车按宋浩所指朝山东蓬莱驰去。而此时宋浩无意中发现后面竟有两辆黑色轿车跟了上来，心中一惊，正要示警张平注意。张平那边见了，忙说道："没事，这是齐总派来的安全人员，自己人。"

"哦！"宋浩闻之，心中稍安，想不到这天医门对自己真是服务到家啊！

　　自从上次在蓬莱被唐家的人劫走，至现在已近一年了，中间风雨险阻，又奇遇不断，今天总算能平安回去了。就要见到爷爷了，宋浩心中激动之余，也自感慨不已。

　　经过了十几个小时的顺利行程，傍晚时分，一行三辆轿车驰进了蓬莱，循宋浩所指，径直到了那座老宅的门前。

　　"到家了！"轿车刚停下，宋浩便欢呼一声下了来。

　　"大家都下车到里面歇歇吧。"宋浩复对张平说道。

　　"不了，我们还要赶回去。"张平笑了一下道，随手从车中递出一个密封的信封，说道："这是齐总叫我交给宋先生的，让你到家后再打开来看。"

　　"哦！"宋浩接过来，顺手放进了衣袋里，然后目送张平等人车离去。

　　"什么东西啊？"待张平等人车走得远了，宋浩这才取出那个信封，折开来看。里面是一张银联卡，另附有一张纸条，上面写的是：

　　宋浩，卡里以你的名义存有一百万现金，密码是＊＊＊＊＊＊，权作你平时花费。

　　　　齐延年。

　　"这个人到底想做什么啊？"宋浩看罢，持着这张存有巨款的银联卡惊讶不已。茫然之余，他摇了摇头，这才转身去敲老宅的大门。

　　"谁啊？"里面传出了一个苍老而又熟悉的声音。

　　"爷爷，是我，宋浩回来了！"宋浩惊喜地高声喊道。刚才还在担心家中没人呢，原来爷爷就在家中。

　　一阵急促的脚步声临近，随见院门开启，一脸惊喜的宋子和出现在了宋浩的面前。

　　"爷爷！"

　　"宋浩！"

　　祖孙二人激动地拥抱在了一起，俱是喜极而泣。

　　"爷爷！我回来了！"宋浩哽咽道。

　　"回来就好！回来就好！"宋子和抚摸着宋浩的脸，慈爱地说道。

　　"屋里说话吧。"宋子和掩了院门，拉了宋浩走进了屋子里。

"爷爷，您还好吧？"宋浩扶了爷爷坐下，关切道。

"放心吧，爷爷的身子骨硬朗着呢！你这孩子，这一年里去了哪里啊？就是发生了天大的事，也要打个电话报个信啊！"宋子和自有些责怪道。

"对不起爷爷，让您担心了，也是我走的突然，在外面记不得伯父家的电话号码了，所以一直未能与家里联系上。"宋浩歉意地说。

"哦，我说呢。不管怎么样，回来了就好。当时我正在青岛的医院里坐诊呢，接到了你伯父的电话，说你失踪了，可能是不熟悉地方，走丢了。我想起家里密室中藏着的那个东西，就知道事泄了，你出了事了。忙从青岛赶了回来，晚上查看那东西还在，就知道你不会有危险的，所以又回了青岛，免得再引起别人的怀疑寻上门来。后来一直未有你的消息，但是我暗里查看了几次那东西仍在，知道你仍然是安全的，也就静等事情的变化。直到前些日子接到了一个匿名电话，说是你的事情已了，不日将回，我这才辞了青岛那边的工作，回到家中等你。"宋子和说道。

"匿名电话？！"宋浩闻之一怔，随即恍悟，应该是生死门的人通知爷爷的。原来事发之后，自己和爷爷的一切动向尽在生死门和天医门的掌控之中。

宋浩将离家以来的经历大致与爷爷讲了。宋子和听罢感慨万千，并为宋浩得遇肖伯然这一明师感到高兴。

"我现有一事不明，还请爷爷告诉我，此事是在回来的路上遇到的，很是古怪。"宋浩又说道。

"什么事？说来听听。"宋子和闻之，忙问道。

"爷爷应该知道天医门吧，也就是现在的天医集团。"宋浩说道。

"天医门乃是九门十八家医门之首，我怎么能不知道？原来天医集团就是天医门的产业，这个我倒是头一次听说。天医集团是近几年才在国内迅速发展起来的医药企业，听说他们的主要实力是在海外。"宋子和说道。

"怎么，爷爷对天医集团的事也不是很熟悉？那么您是怎么认识天医集团的董事长，也就是天医门的门主齐延年的呢？"宋浩惊讶道。

"天医门主齐延年？天医集团的董事长？我不认识他啊！只是见过一些天医集团生产的药品而已，倒是依据古方研制的，效果还不错。"宋子和听得一头雾水。

"不对啊爷爷，你再好好想想，这个齐延年是天医集团的大老板，他说认识您的啊，还让我回来转达他对您的问候，说是在十五年前，他们夫妻二人曾受过您的大恩。为了报答您，在听说我的事后，请了一个生死门的人保护我，助我几次脱险。"宋浩惊讶道。

"十五年前！一对夫妻！"宋子和听到这两句话形神一震，惊呆在了那里。

"爷爷，您怎么了？"宋浩见爷爷神色有异，忙上前扶了。

"宋浩"，宋子和一把抓紧宋浩，激动地道，"你见过这个齐延年了？他还对你说了什么？"

"是的，我见过他了，昨天就是在他的别墅里住的。非常奇怪的是，他对我的态度出乎寻常的好，一再请我去他的天医集团工作，还说有一个人正从美国赶回来见我，要我等上两天，可是我想先见到爷爷，所以今天就赶了回来，还是他叫人开车护送我回来的。刚才下车时，司机还给了我一张存有一百万的银行卡，说是那个齐延年让送给我的，等我发现要还给他们时，已经来不及了。昨晚听那齐延年话里的意思，他是在报答您当年给予他们的什么恩惠，没想到您也不记得了。这怎么办啊？这怎么能要别人的钱呢？"宋浩摇头道。

"果然是他们找来了！"宋子和坐在椅子上，闭目叹息了一声。

听了宋浩的一番话，宋子和清楚地知道，这个齐延年，就是当年在白河镇平安堂抛下宋浩的人。令他没有想到的是，当年的那个男人竟有着如此特殊的身份，宋浩竟然是世界上最大最显赫的医门家族的后人。世事变化，实在是令人难料。

"齐延年！齐延年！你出现得倒真是时候！我含辛茹苦地将宋浩抚养大了，并培养成才，你便要来将他领走。"宋子和心中不免升起了一种凄苦，近乎当年亡子之痛的感觉又再一次出现了。

但是宋子和知道，他所担心的这一天终究是要到来的，不过来得太突然了，太令人感到意外了。宋子和内心深处也自为宋浩能有这样的一个医门家族而感到高兴，这是宋浩日后能施展抱负最好的所在，那里当是他的天堂。此时此刻，也应该到了告诉他真相的时候了，他也应该知道自己是谁，父母是谁了。

"可是……"宋子和又暗里摇了摇头。宋浩生具习医的禀赋，又得遇高人指点，日后的医学造诣当不可限量，且在继续游学之中，不可令意外之事干扰了他的心境，只有在他医道真正学成之后，才应该将事实的真相告诉他。齐延年说还有一个正从美国回来的人也要急着见宋浩，应该是宋浩的母亲了。他们夫妻过些日子应该会找到这里的，到时候再与他们商量吧，待合适的时机再令宋浩知道真相，认祖归宗。此时应让他以平和的心态去继续医学上的修为，否则他一个孩子家是不可能平和地接受这个事实的。毕竟是他的亲生父母当年弃他于不顾，以宋浩的韧劲，能否立刻去认还难说。

再者，身为天医门门主的齐延年，所拥医术应该说是天下间没有几人能超过他的，怎么就不能救治自己的孩子呢？当时宋浩的病症并不重，却要长途跋涉往求于平安堂，并且趁自己不备，弃了当时仅仅四岁的宋浩于不顾，不辞而别。十五年来毫无音讯。难道说当年他们夫妇真是遇到了什么危急之事，迫不得已才将宋浩留在平安堂的？可是事过之后，为什么没有回来呢？以天医门和现在天医集团的实力和影响，怎么会将自己的亲生骨肉弃于一陌生人家这么多年而不闻不问呢？就是一个平凡的人家也不会这么做的。这其中难道说是另有缘故？一时间，宋子和疑惑丛生。

"爷爷，您怎么了？"宋浩望着闭目靠在椅子上别有所思的爷爷，轻声唤道。

"哦，宋浩，"宋子和睁开双眼，宽慰地笑道，"我现在想起来了，十五年前，确有一对夫妻送来了一个患病的孩子，被我救治了。没想到竟是齐延年一家人。事过多年，我已经忘记了，他倒是还记得，并因此帮助了你。他既然送了一笔钱给你，你就用好了。天医门的人倒是很大方，也是知道了你是我宋家的人，故有此举。"

"原来是这么回事啊。"宋浩闻之笑道，"这是天医门在报恩呢。只是太大方了，一百万啊！还是找机会还他吧。"

"天医集团实力雄厚，这点钱当算不得什么，你要是还了他，反倒以为你不领他的人情呢，既然肯送给你，说明齐延年是非常喜欢你和赏识你的，你也不要拂了人家的一番好意。"宋子和说道。

宋浩见平时从不轻易地接受人家馈赠的爷爷，今天竟出人意料地叫自己接受这笔巨款，颇感惊讶。"也是奇怪，当年齐家孩子得的是什么病啊，竟然来找爷爷救治，天医门医术冠绝天下，如何就救不了自己的孩子呢？"他想，"唯道是须宋家的'回阳九针'才能救的危急之症？"

宋浩先去寻了点东西吃，然后在院子里观察了一番，确定安全之后，转到了后宅，闭了门，启动密室机关，进去查看那尊宋天圣针灸铜人。

一切仍旧，宋天圣针灸铜人静静地立在那里，神韵依然。宋浩望着此铜人，想起由它引来的诸多事由，是如梦境一般历历在目，感慨良久，而后悄然退出。

到了前面，见爷爷站在院中，是在等候自己。

"看过了，也放心了？"宋子和笑道。

宋浩点了一下头。二人心照不宣。

"现在去你伯父那里问候一下吧，他们都在为你担心呢。为防意外，暂且不要和他们说实情，但说你当时迷了路，遇见一个在白河镇时认识的朋友，当时觉得无聊，便随了他去游玩，忘记了和家人打招呼。"宋子和说道。

宋浩应了一声，随宋子和出门去了。

宋浩在伯父家受到了族人的一番责备之后，又享受了一桌子丰盛的酒菜，这才和爷爷又回到了老宅。

到了屋中坐下，宋子和说道："你的几个哥哥为我办下了一份在此地的行医执照，因为你的事，我也没了那个心思去经营。你过些日子就遵你那个师父之命去游学吧，待你走了之后我再去办个诊所，等你学成归来，我们再做打算。"

宋浩道："爷爷还是先休养一段时间吧，我此去顶多一年半载的也就回来了。然后爷爷再助我用那一百万创办一家医药馆，名字我都想好了，就叫天医堂医药馆。"

"天医堂！"宋子和听了一叹，知道宋浩果是与那天医门有不解之缘。

"循天之道，行医济世！进了我天医堂自可安身保命，日后我要赛过那个天医门的！"宋浩兴奋地说道。

"你能有此志向，爷爷很是为你感到高兴！到时候你就放手去做吧。以你的能力，用不上几年，天医堂之名不仅仅会传遍全国，也会名扬世界的。"宋子和欣慰地鼓励道。

"还有，爷爷，你说日后的天医堂设在哪里好呢？"宋浩问道。

"这个嘛，还要看你自己的意思了。"宋子和笑道。

"我想将天医堂设在一处环境优美、交通便利的地方，是不是大城市就无所谓了,只要办起来,自会患者盈门的。将来有了规模,再到各地去办分堂。只是选在哪里好呢?"宋浩略一沉思,忽抬头认真地道:"爷爷,我想日后回白河镇创立天医堂医药馆,那里是我们曾生活过和熟悉的地方,不但有昔日平安堂打下的基础,各方面也都符合我的条件。还有重要的一点就是,太爷爷的坟墓在那里,我想我在那里开创自己的事业,太爷爷在天有灵,也一定会保佑我成功的!"

"宋浩!难得你有这份心思!"宋子和听了,眼睛湿润了,竟自有些激动。

"我们在白河镇被人逼走,日后一定会回去的,哪里跌倒哪里站起,并且还要干出更大的事业来。"宋浩握了握拳头。

"好孩子!你这么做虽然是照顾爷爷的感受,但也是一个正确的决定。事业初始,没有实力去大城市运作,能在白河镇创基立业也好。那里是你成长的地方,不忘根本,是一个男儿丈夫所为!"宋子和赞许道。

"放心吧爷爷,日后我们一定会回白河镇去的,在我们的故乡,开创自己的天地!"宋浩说道。

# 第二十七章　真相难明

又过了几日，在宋子和的一再催促下，宋浩这才恋恋不舍地别了爷爷，起身去拜访那诊脉高手林凤义去了。也是宋子和不想令宋浩耽搁时间，尤其是他隐隐地感觉到，这两天宋浩的父母就要到了，不想让宋浩遇上。

虽然宋子和在当年就已经做好了日后宋浩有可能被家人寻来并认领回去的准备，事到临头，也自感觉到几分的凄凉。意外的是宋浩竟出身天医门齐家，宋子和的心中还是感到了些许欣慰。

"父亲！"宋子和站在宋景纯的画像前，感慨道："这或是天意吧，这个孩子意外地来到了宋家，尽得宋氏家传之学，令宋氏医术没有在我这里失传了去。以这孩子的资质和日后的修为，足以成为如父亲那般的济世名医。虽非宋氏血脉，但宋家医术也算是后继有人了，也当告慰您老的在天之灵！这孩子志向远大，国医之术，或真能在他这里发扬光大。"

此时，门外响起了一阵敲门声。

"该来的总会来的！"宋子和长叹一声，迎了出去。


宋浩坐上了一列通向林凤义所在城市的火车，望着车窗外的景色，心中捉摸着一件令他不解的事情："天医集团的齐延年竟然送了我一百万，而爷爷还叫我收下，当年到底发生了什么事啊？爷爷虽是救了齐家的孩子，就能与他们达成这种默契吗？爷爷真的认为他当年的行为担当得起这一百万吗？不像是爷爷一贯行事的风格啊！

"还有，齐延年对我的态度，似乎有古怪，太过热情了吧。他是报爷爷救子之恩吗？以天医门医术，何病不能治，为何转求爷爷救治？况且和爷爷说起此事时，他老人家的神色有些不对劲。一切都奇了怪了！"

就在宋浩寻思的当，忽觉香气袭人，旁边的空座上已是坐过来一名女子，并朝宋浩递过来一瓶饮料。

宋浩先是一怔，转头看时，不由惊喜道："唐雨！你怎么来了？"

唐雨嫣然一笑道："怎么，不欢迎啊？"

"欢迎！欢迎！你可是答应过做我的保镖呢！"宋浩笑道，接着问："你怎么总是在意想不到的时间和地点出现啊？"

"这就是本姑娘的本事！能算出你何时会在何地出现。"唐雨笑道。

"不会那么神吧！"宋浩讶道。

"是这样的"，唐雨低声一笑道，"我到过你们家了，见到了你的爷爷，说你今天刚走，于是我就追来了，还好，没追丢。"

"哦，是这样。大老远地来找我有什么事吗？"话一出口，宋浩便感觉到了自己的愚蠢。

"宋浩，你是烦我啊！"唐雨脸色微变，不自然地说道。

"别误会，我的意思是，又发生了什么事？否则你不会这么急着追来的。"宋浩忙说道。

唐雨抬头朝四下望了望，见周围都是一些普通的旅客，这才神色一正，低声道："我得到消息，你的危险还没有真正解除，担心你的安全，所以便过来了。"

"谢谢你！"宋浩感激地道，同时心中一动：唐庄的唐纪和唐青山叔侄俩可是察觉到了什么？

唐雨又轻声说道："你避居上清观半年不出，你师父又令那宝物意外消失，此事在江湖上本已淡化。但还是有人怀疑事出蹊跷，仍是有人在暗中追查此事。我怕有人对你不利，故来向你示警。你怎么还要出来走动？"

宋浩说道："不管那么多了，我不想因此事打乱了我的计划。并且师父那边还在处理当中，应该没什么大问题，叫我无视这些事，继续我应该做的。"

"你师父不免太自负！"唐雨说道，"怎么能放心你一个人出来四处乱走？此事一发，已是引出了一些本已匿迹的医门和暗伏的江湖势力，不是那么容易将他们打发的。父亲告诉我，连天医门都已插手此事了。"

宋浩闻之眉头一皱，暗讶道："难道说齐延年借报爷爷救子之恩的名义，令生死门的顾晓峰接近我，并和我见面，也是意在图谋那尊宋天圣针灸铜人？是啊！他们识破了师父的瞒天过海之计，所以用另一种法子软化我。可是……"宋浩又摇了摇头，感觉不是那么一回事。

"唐雨，你对天医门知道多少？"宋浩问道。

唐雨道："也不甚了解，倒是曾听二爷爷说起过一些。在旧时，天医门人凭借冠绝天下的医术不仅噪起民间，还上达权贵、往诊豪门，清时又有'御医门'之称，一时间地位显赫。1949年前天医门齐家族人势力渐转海外，并发展成实业，如今中医药在海外的发展和影响，天医门的贡献是不可磨灭的。近些年天医门以在海外打下的雄厚实力开始投资国内，办药厂建医院，影响颇大。现今的天医集团就是天医门的产业，现在的天医门主和天医集团的董事长叫齐延年，在国内甚至在国际上是个风云人物。

"我还听有一个消息，你获得的那件东西，除了一些江湖上的医门派别想据为己有外，也引来了国内和国际上的文物走私集团，而在背后推波助澜者就是天医门。他们曾放出消息以天价收购此物，故惹人眼红，亡命来夺。也就是说，天医门才是那个东西终极买家。我曾和风火堂的人交过手，他们就是受命于魔针门的洛北明，而洛北明又是受天医门所托来抢那东西的。"唐雨又神秘地说道。

"真的?!"宋浩闻之自是一惊。事情有些复杂了，天医门果然是在谋取那尊宋天圣针灸铜人，原来齐延年百般讨好自己，不是报什么恩，而是另有目的。"他这般对我，原是别有用心！当是在他所授意的一些江湖势力强抢不成，无意中知道了我和爷爷的身份后，另施所谓报恩的奸计。是了，那天圣针灸铜人为医中至宝，凡医门中人谁不想拥为己有？可是爷爷又为什么会信了他所谓的报恩之辞呢？真是令人糊涂了。"宋浩又自茫然。

"宋浩，你放心，虽然我唐家也在力求此物，并且此时也不管那东西是否还在你的手里，我都会全力保护你和那件东西。我想好了，我不再为唐家对那东西动心思了，因为你才是最重要的，并且你才是它真正的主人。"唐雨说话间，脸色自是一红。

"唐雨，你能这样想最好。你我都有责任保护它。"宋浩闭目一叹道。

唐雨闻之，心中一惊，已是知道了那尊铜人还在宋浩的手里，暗喜此宝物没有消失之余，又自为宋浩的安全忧虑起来。

"谢谢你对我的信任！"唐雨竟自有些激动。

"在这个世界上，除了爷爷，我只信你了。"宋浩认真地说道。

唐雨闻之，内心升起无限喜悦。在唐庄，自宋浩医治好了那几位病人开始，唐雨便已经对宋浩莫名其妙地产生爱慕之意了，只是还不知道人家的心思。

宋浩随后告诉唐雨，自己此行的目的是拜访一位精于脉道的高人，并且略说了一下自己日后的计划。

"我支持你！我唐家现办有几所医院，在这方面我倒有一定的管理经验。"唐雨敬佩之余，兴奋地说。

"好啊！就是不知道到时候唐家能不能放你过来助我一臂之力。"宋浩说道。

"我自己的事情我做主，谁也管不来的。况且我们做的是一种真正的事业，济世行医，弘扬医道的事业，这是我们医者的本分。"唐雨嘴角一扬道。

"是啊！医者的本份，除了治病救人，还有重要的一点，那就是弘扬医道。"宋浩点头道。

蓬莱，宋家老宅。

院门外一溜停了十几辆高档轿车，排满了整条胡同。客厅内，齐延年和一名美貌的面呈焦急之色的中年女人恭敬地站着，她是齐延年的妻子，叫杜青苗。对面椅子上的宋子和虽是早已准备好了见这对夫妻，可是见到对方时，也自不免一阵激动。十五年前，这对神秘的夫妻弃幼子而去，音信皆无，而今突然出现，又似回到了十五年前的那个晚上，只是那个早已长大成人的孩子已经离开了。

"宋老先生，对不起！我们这个时候才来见您。"齐延年面呈愧色，和杜青苗一齐朝宋子和鞠了一躬。

"坐下说话吧。"宋子和淡淡地说。

齐延年和妻子仍旧在那里站着，没有坐。齐延年又自鞠了一躬，说道："此时此刻，在宋老先生面前，我们夫妻俩不敢坐，还是站着说话吧。"自觉有愧于面前的这位老人。

杜青苗一进院门就开始四下寻找，可是并没有她所期望的那个情景出现。

终于，她还是忍不住了，急切地道："宋老先生，浩儿在哪里？能让他出来见我一面吗？"说话间，泪水流下。

"来时不是说好了吗，千万不要激动！你会见到浩儿的。"齐延年轻抚了一下妻子的背，安慰道。

"宋浩不在家，到外地拜师学艺去了。"宋子和摇了一下头。

"还请宋老先生体谅一个做母亲的心情，不要将浩儿藏起来，虽然您有权力这么做，可毕竟他是我们的亲生骨肉啊！"杜青苗哽咽间不免有些激动，

"唉！既然如此心疼自己的孩子，为什么还要抛弃他？扔给了一个孤老头子，十五年来不闻不问，这可是为人父母之道吗？"宋子和感慨之余，责怪道。

"宋老先生，对不起，这些年来让您受苦了。当年因遇上急事，未能来得及回来领走幼子。后又不幸遭意外变故，令我夫妻远走异国他乡。这期间又历经坎坷，一直未能有机会回国。直到一年前我才有机会回来，但是到了白河镇，宋老先生已不知去向，无从查找。后来从那具针灸铜人引出的一些事情，我们竟然意外地发现了宋浩和宋老先生的行踪，这才寻来。之前我已与他见过面了，英俊、强壮，这都是得益于宋老先生的苦心栽培和精心调教。实在是给您添麻烦了！"齐延年说完，又是一躬。

宋子和见齐延年态度诚恳，说得也有道理，当年果然是迫于无奈，只好点了一下头道："既然事出有因，也怪不得你们，否则谁愿意将自己的亲生骨肉抛弃？只是我有一点不明，还请指教。"

"不敢！请宋老先生说，知无不言！"齐延年忙说道。

"以天医门的本事，当年宋浩虽处昏迷之中，实则并无大碍，为何自己不施术相救，转而求治于我？"宋子和望着齐延年，缓缓地说道。

一旁的杜青苗听了，忙自低了头去，似乎在掩饰着什么。

齐延年闻之，眼角的肌肉抽搐了一下，眸子中异样闪过，随即恢复了常态，平静地应道："那是因为当年遇到急事，车行路上，身边未带有针药，故而投医于宋老先生处。当然，也有心急而不能自医之故。"

"嗯。"宋子和见齐延年说得在情在理，点了点头道："人都有个事急

的时候，只不过你们的更加特殊。从另一方面说，也谢谢你们给我送来了一个好孩子。宋浩天生聪明，或是随我生活的缘故吧，小时便对医道感兴趣，长大后更是别有感悟，将我宋氏家传医术全都继承了下来，从这点上，我真是应该感谢你们。"

齐延年闻之，脸色一松，呈现出了一种别样的兴奋，暗里掩了，忙说道："这都是宋老先生教导有方，才令犬子成才。"

"好了，你们还是坐下说话吧，有些事情我们还要在一起商量的。"宋子和抬手相让。

"多谢！"齐延年顺便拉妻子坐了。

杜青苗又自急着问道："宋老先生，浩儿真的不在家吗？他去了哪里？听说找到了他，我便急着从美国飞回来了。"

宋子和说道："我正要和你们商量的就是这件事。因那针灸铜人之故，宋浩无意中被卷入到了这个是非之中，辗转江湖，倒也有幸认识了一位修为高深的道家师父，传以医道真法，并令他广泛游历学习，集各家所长，以待医道有所成之后，创天医堂行医济世。"

"天医堂！"齐延年夫妇闻声惊讶。

"是啊，名字是他自己起的，竟暗合了天医门，果然是你们齐家的人啊！"宋子和感慨道。

齐延年与杜青苗听了，相望而喜。

"这一切宋浩还并不知情，我怕他知道后，一时间接受不了这个事实，乱了他的心境，对于医道上的修为不利，所以想和你们商量一下，是否先不急着认他，待他学成归来，再找适当的机会说明一切，令他认祖归宗？"宋子和说道。

齐延年闻之，大受感动，站起身恭敬地说："宋老先生想得真是太周全了！一切就依您老说的办。"

"只是让你们母子相认的时间晚一些了。"宋子和对杜青苗说道。

"只要是为浩儿好，我可以再忍受一段时间。只是不知浩儿现今游学何处，我要找到那里，哪怕是偷着看他一眼也好啊！"杜青苗动情地说道。

"这个我也不知，他遵师命游学，也自无个定处。还是待他归来再议吧。"宋子和并非不知宋浩去处，而是怕他母子相见，扰了宋浩的游学。

"事已到此，也只能这样了。"杜青苗无可奈何地说道，又自泪流不止。齐延年忙劝了。

"你送给宋浩的那一百万，我已叫他收下了。至于日后他创建天医堂也好，回归你们天医门或天医集团也好，希望你们能尊重他的意见。"宋子和说道。

"放心好了，宋老先生，我们会尊重他的选择。"齐延年忙应道。

宋子和点头道："宋浩这孩子生性耿直，凡事要与他商量着来，否则强行加给他任何东西，哪怕是令他一步登天的事情，他也未必能应的。按着他自己的意愿行事，兴趣至处，或能成就大事。你们不急着认他，而怕误了他的学业，这一点我很是高兴。"

"应该的，宋老先生在犬子心中的份量是比我们重的，并且你们之间早已胜似亲人，所以我想日后希望宋老先生仍不离犬子左右，继续教导他，除了令他明白真相后有一个适应的过程，也是希望我们能成为一家人。十五年的养育之恩，无以为报，愿日后携犬子共同赡养宋老先生，不分彼此。我不想说什么补偿的话，那是对您老的不敬，只是为了犬子考虑，希望宋老先生继续留在他的身边，同时也能令我们夫妻有机会孝敬您老，奉养天年。"齐延年诚恳地说道。

宋子和摆了摆手道："这个以后再议，宋浩的去留，本自随他。只要一切不误了他的学业就好。"

杜青苗说道："宋老先生，我能看一下浩儿的房间吗，哪怕是看一下他用过的东西也好。"

"在后宅，你们自己去看吧。"宋子和抬手指了一下。

"谢谢了！"杜青苗感激地说，站起身来拉了齐延年退出。

# 第二十八章 真假难辨

夫妻二人来到了宋浩的房间,望着整齐简朴的卧室,杜青苗激动地上前抚摸着床上的被褥和木桌上的书籍,好像在抚摸着自己的孩子一样,一时间泪水又忍不住流下。

"年哥,十五年来,浩儿不在我们身边,不知受了多少苦。"杜青苗哽咽道。

"他现在不仅长大成人,更是学有所成,也不枉费了我们的一番苦心了。我们今天的一切,都是浩儿带来的,我日后要将这一切补还给他。"齐延年感慨道。

"只是我们太对不起宋老先生了。"杜青苗愧疚地说。

"没有办法,当年也只能那么做了。日后尽我们所能,全力地去补偿吧。"齐延年叹息了一声。

"当年我们做得太过了,实在是对不起人家……"杜青苗愧然道。

"此事不要再提!"齐延年忙打断了妻子的话,警惕地朝门外望了望,然后摇了摇头,压低了声音说道:"那是整个计划中的一个意外,意外,知道吗,不是我们的错!记住,此事永远不要令浩儿知道,否则我们会永远地失去他,也会令我们的一番心血付诸东流,更有负先祖的遗愿。就让这个秘密永远保留在我们心中吧。"

杜青苗神色复杂地点了一下头,随后问道:"你既然早已知道浩儿的消息,为什么这么晚才告诉我?要是我早回来几天,也就与浩儿见上面了,不至于像现在这样近在咫尺而不能相认。"

齐延年道:"一年前,也就是在浩儿满十八岁应该完成了他的使命的时候,我去白河镇找他,但是他和宋子和已经离开了那里,不知所踪。后来风传出宋天圣针灸铜人出世的消息,在调查此事的过程中,我才知道了他们的行踪,不过当时还不敢确认就是浩儿,因为不相信浩儿会是这场事件的主角。此事过于复杂,在顾晓峰最后确定了宋浩就是我们分别了十五年的浩儿之后,我便下令天医集团停止对那尊针灸铜人的秘密收购,以此来减少给他带来的危险。但是已经晚了,各种势力竞相追查此宝物,都收不住手了,我只好请顾晓峰全力地去保护他。"

"好在浩儿及时地认识了他的师父肖伯然,用另一具仿制针灸铜人实施了一个偷梁换柱、瞒天过海的计划,淡化了江湖上对浩儿的注意力。不过他仍然存在着危险,我已请生死门全力去保护他了。并且我也要趁机给浩儿铺就一条成功的道路。"

"可怜的浩儿怎么会卷进这种是非之中呢!"杜青苗忧伤难抑。"对了,顾晓峰暗中保护他,应该知道他现在去哪里了。"

"是的。"齐延年点头道,"不过现在还不是我们和浩儿相认的时候,你再忍耐一阵子吧。宋子和说的有道理,以浩儿现在的情况,我们不宜去干扰他,等他学有所成之后,再择适当的机会和他说明一切。放心好了,浩儿是我们的浩儿,任何人也争不去的。"

"早知道浩儿今天要自己面临这些危险和麻烦,当年我说什么也不会让他离开我们的。"杜青苗懊悔道。

"又是一个意外罢了,不过有生死门的顾晓峰在,他会很安全的。我向你保证,日后会将浩儿完完整整地带到你的面前来,我们一家人永远不再分开!"齐延年安慰道。

"到时候我要将浩儿紧紧地搂在怀里,不再让他离开我半步!"杜青苗拾起桌子上宋浩曾看过的一本医书,抱在怀里。她对宋浩的印象,还停留在十五年前那个仅仅四岁的孩子身上。世间母子之情,莫过如此了。

这天傍晚,宋浩、唐雨二人下了火车,随着熙熙攘攘的人群出了站台。时已夜幕降临,华灯初上,整座城市笼罩在了一种色彩绚丽的幻境之中。

他们先是寻了一家旅馆,开了两间房暂时住下,又在一家饭店吃了顿饭。饭后无事,沿街闲走。偶见一处夜市,人群来往,好不热闹,二人便信步进去了。

街两旁多是风味小吃的摊子,肉串、凉皮、臭豆腐、麻辣烫……诱得两人口水直流,后悔先去了饭店。好在胃里还留些空隙,又寻些开胃的去吃了。

二人边吃边走,不曾食得的便要尝一下,肚子饱了眼睛未饱,一路开心吃去,兴致盎然。

无意中走到一地摊前,却是一蒙古汉子蹲在那里卖虎骨。半张虎皮摆在那里甚是显眼,一堆各部位的虎骨排列旁边,其中一胫骨端竟还带有利爪。

宋浩见状惊讶道:"虎骨乃名贵之药,世间奇缺,出自国家明令禁止狩猎的珍稀保护动物,如何摆到地摊上来售了?"

唐雨闻之笑道:"你识得真虎骨吗?不妨辨认一下真假。"

"那是当然,只要是真品,任它多少年的旧骨,油性不失。少年时我遍识诸药,在药材公司的仓库里见过真骨的。"宋浩说着,蹲下身去,拾起一块所谓的虎骨,用其断裂的尖端在手背上轻轻划了一下,不禁哑然失笑,丢在一旁,又拾起几块看了看,摇头对那蒙古汉子道:"大哥,你这是在'牛假虎威'呢!用牦牛骨来骗人,如何能有那真正虎骨的效用?"

蒙古汉子被揭了底,脸色青红闪变,呈现出怒意道:"你不买就走,乱说些什么,不要搅我的生意。"

宋浩道:"你这骨端扎手,没有真正虎骨的润滑油性,摆在这里冒充虎骨来卖岂不是在骗人?若是真虎骨,任你有多少,我也全买了。"

蒙古汉子听了,站起身来,握了腰间的一柄蒙古刀,发狠道:"小子,成心找事不是?"

旁边的唐雨见状,上前拾起一粗大的长骨,两手一用力,竟折为两段,冷哼了一声道:"想打架吗?"

蒙古汉子见这俏丽女子的气势竟然比男的还猛,坚硬的牛骨竟被她细嫩的双手随意地折成两段,当是惹不起的练家子,内里先自怯了,不再强横,低了头嘟囔道:"讨一生活罢了,你们也不要欺负人呵。"蒙古汉子的窘态不由令一个旁观者笑出了声来。

宋浩转头看时,原来是一个头发全呈银白色的高个子老者站在那里冷笑。

见宋浩看他,老者淡淡道:"年轻人,学识不浅啊,竟能识别真正的虎骨。民间也有一验法,那就是将真虎骨扔给狗,再凶猛的恶犬也会吓跑的。"

"古人确有此验证之法。"宋浩不再理会那蒙古汉子,上前对那老者说道:"老人家也懂这方面的事啊!"

"今非昔比了!虎类将要绝迹,有着祛风通络奇效的虎骨一药更是难求了,故生出这般作假的骗人之术来。"老者说着,转身走去。

宋浩见那老者言语不凡,当也是懂些医药的,便拉了唐雨追上前去道:"现今也曾有人找过代替品,并且经过化验,常见的牛马骨中,所含成分与那真虎骨并无多少差别,以为可以代用,其实这是一个误区。天下间的动植物能入配中药,有的是根据它本身所含有的化学成分在起作用,有的则是取其自然之性。春华秋实,四季变化,虽是一物之中,药性也自迥然不同。"

那老者闻之微讶,停下步来打量了宋浩一番,点头赞许道:"不错,这就是现代人不能真正认识中草药的原因。真正的药性不仅仅是一物本身所含有的化学之性,还要包括自然之性。当然了,这种自然之性一言难以概之,也不是常人所能理解的那样。譬如虎身之物,生就王者之威,随便取其一块置地上,百兽嗅其气味,莫不惧走相避。民间多取之以辟邪,也不是没有道理的。有那种无赖之徒,取虎油涂手,偷窃猛犬,便是凶猛的藏獒,在他面前也乖乖臣服,不敢叫吠惊人,如若探囊取物般的容易。还有古人常取'无根水'和'长流水'为药引治病,每获奇效。清水一杯罢了,何以另有药用?这便是取它的自然之性。医者意也!几人能解?"老者说完,转身走去。

"老人家,等一等,我叫宋浩,不知您老在哪里工作,日后有机会一定前去拜访。"宋浩在后面喊道。

老者回头道:"年轻人,与我这种老朽讨论这般话题对你没有什么益处,还是趁着年轻干点实事去吧,老而论道,现在还没你的份。"说完,摇头而去。

宋浩站在那里望着老者的背影发怔。唐雨见了,捅了他一下,说道:"人家都走了,你发什么愣啊!"

宋浩感慨一声道:"十步之内,必有芳草;十室之内,必有壮士!此言不差啊!哪里都能藏龙卧虎啊!"

"可惜人家看你年轻,还未立世呢,和你论不了道的,所以不理你了。"唐雨笑道。

"老而论道，晚矣！"宋浩摇头感叹道。

"你这医书古籍的看多了，总是之乎者也的，生活在古代就好了，保准是一个大秀才，进京赶考夺取头名状元都不在话下的。"唐雨笑道。

"唉！非我有守旧复古之意，乃是现代人远离了中国古代的那种文化氛围，失去了能领悟其中玄机的境感，才令中医走到了今天这种尴尬的境地，不能不说是一个原因。古老的东西，并不是落后的，能够最直接地显示出事物的本质和它本来的状态。然而，可惜，但是，真的是今非昔比了！"宋浩感慨非常。

"丈夫忧国，匹夫忧食，宋浩忧医，呵呵呵……"唐雨轻快地笑道。

"宋浩庸医？"宋浩误听了去，摇头道："要做就做明医，明白医道的明，否则就不要去做，免得害人误己。唉！天下间，十医九庸，另一位还是个半吊子。也是中医一道博大深奥，令人难明啊！"

"好啦，别发感慨了，我们去那边再吃点什么吧。"唐雨笑着，拉了宋浩便走。

"现在的女孩子都喜欢减肥，你吃那么多好东西，不怕胖啊？"宋浩打趣地笑道。

"今天吃过瘾了再说，明天再减。"唐雨笑应道。

"你是练功夫的，胖不起来，而且没有选学相扑术，否则你可就惨了。"宋浩笑道。

"你才去练相扑术呢！"唐雨嗔怪道，并白了宋浩一眼。

二人欢笑着走去。

宋浩、唐雨二人一路走来，又品尝了几种风味小吃，直至胃实肠满，饱嗝连连，这才心满意足，走出了街口。正要寻找回旅馆的方向，忽听身后有一人大声唤道："宋浩！"

宋浩闻声回身看时，见在一辆高档的轿车旁边站着一名穿西服系领带、大腹便便、容光满面的男子，正惊喜地望着自己。

唐雨忽闻有人直唤宋浩之名，机警地挡在了他的身前。

"宋浩！真的是你啊！我说背影咋这么眼熟呢！"男子惊喜之余，高兴地迎上前来。

"马吉！"宋浩也自一声惊呼，惊喜至极。

二人意外相遇，惊喜之余，拥抱在了一起。唐雨见了，知道宋浩遇上了相识的朋友，便站在一旁笑着看。

"好小子！没想到会在这里遇上你！这位漂亮的小姐是谁啊？"马吉兴奋之余，望了一眼旁边的唐雨，惊讶地问道。

"我的一位朋友，叫唐雨。唐雨，这是我的一位同学，叫马吉。"宋浩介绍道。

"你好！"唐雨笑着招呼道，心中却是奇怪，宋浩怎么会有与他岁数相差这么大的同学，却不知宋浩是跳过级的。

"唐小姐你好！鄙人马吉，是当年在学校时宋浩兄弟的死党。行啊宋浩！有眼光！"那马吉说着，朝宋浩时竖起了大拇指。

"你别瞎想，她是我的一位普通朋友。"宋浩忙解释道。

"明白！理解！"马吉笑道。

唐雨一旁撇了撇嘴。

"走！我请你俩吃饭去，好不容易遇上了你，怎么也得一醉方休！"马吉大手一挥，豪爽地说道。

"不去！"宋浩、唐雨二人异口同声地说道。此时他二人已将那诸般好吃的食物填到了喉咙，再也咽不下任何东西了，便是山珍海味，也无了兴致。

"呵呵！你们俩这是心灵相通啊！真是天生的一对！应该是街里的那些风味小吃吃饱了肚子吧。没关系，我们去茶楼喝茶，消消食。"马吉笑道，转身开了身后的车门，伸手相让。

唐雨见此人倒也风趣，抿嘴一笑，高兴地和宋浩上了车。

"胡说八道！"上车时宋浩伸手捅了马吉一下。

"你轻点，你指头上的劲大，别将我一指点瘫了。"马吉说笑着，坐到了驾驶位上，开车而去。

三人来到一家豪华而又不失雅致的茶楼内，宋浩、马吉二人一边品着茶说着话，一边观赏着茶楼小姐的茶艺表演。唐雨则坐在一旁品茶听了。

"行啊马吉！穿名牌开名车，一副踌躇满志的样子，应该是当上大老板了，混得不错啊！怎么，不干医生了？"宋浩笑道。

"早就改了行了，否则在医院里守着那点死工资，家里的老小不知饿昏过去几回了。我下海捞鱼了，开了家公司，不过也不算离开医药这个行当，我做的是药品。"马吉笑着应道。

唐雨那边听了，忍不住一笑。

"对了，刘天和张宝伦现在怎么样了？"宋浩又问起另两位昔日同窗。

"也跳海里去了。混得都不错，刘天的父亲现在是县长了，这小子也敢干，仗着有个好老爸，将县里的好几处大的建筑工程全承包下来了，做得是风生水起！张宝伦也开了家贸易公司，做建材的，和刘天联手发财呢！"马吉说道。

"唉！没想到你们几个都弃医从商了！"宋浩摇头一叹。

"原来班里的那六七十号人，现在百分之九十以上都改做别的事去了，也是我们这些人不是做医生的料，也担不起做医生的风险责任。并且现在是市场经济，做医生的还有几个能静下心来专攻业务啊，都想着法子发财呢！对了，你现在怎么样啊？"马吉问道。

"我嘛，现在还一言难尽！"宋浩苦笑道。

"你有个有大本事的爷爷，到哪里都能混得开的。知道吗，当年将你祖孙二人逼走的那个县卫生局的局长，在你们走后不久，就被撤职了。县里也曾派人出去找过你们祖孙二人回白河镇继续行医，但没有消息，后来也就罢了。"马吉说道。

"哦。日后我还是会回白河镇创办医药馆的。"宋浩意外之余，点头说道。

"真的？"马吉听了惊喜道，"欢迎你回来，莫说白河镇，就是全县也没有个好医生，老百姓得了大病，全往外地跑。和你爷爷一起回来吧宋浩，现在那里是我们的地盘，咱们说了算，哪个部门敢不给面子？不会再发生以前的那种事了。前些日子我和刘天、张宝伦在一起喝酒的时候还说起你呢，宋浩哪去了，怎么这么久也不见个动静啊。上学的时候，大家公认你是将来最有出息的。"

"现在你们可是都比我强了。"宋浩苦笑道。

"不能那么说，你比我们都小好几岁呢，并且跟着名医爷爷，日后肯定是比我们都强。别看我们混得人模狗样的，其实心理和身体上都虚着呢，等你回来给我们补补。"马吉哈哈笑道。他看出了宋浩现在似乎有几分落魄的样子，便开个玩笑，安慰一下。

"你呀，还是和上学时一个性子，没有变。"宋浩笑道。

"天变地变，我们朋友之情是不会改变的。说好了宋浩，你日后回到白河镇的一切，都交给我们几个张罗好了。干就干个大点的，不要那种小诊所了，开家大规模的医院，到时候资金方面有问题的话，我们哥几个可以以集资入股的方式支持你。钱不成问题。"马吉拍着胸脯保证道。

"真是生意人啊！知道宋浩祖孙医术高明，就要利用他们赚钱了。"唐雨这边暗里感慨不已，同时也知道了宋浩和爷爷当年是被人从那个白河镇逼走的，对宋浩的这番曲折，又生同情。

"好啊！日后回到白河镇，若是遇到什么困难，真的是要找你们帮忙的。"宋浩高兴地应道。

"不用客气。知道吗，现在白河镇变化可大了，是全省的旅游重点。你和爷爷重新回到故乡行医开诊，借助以前的名气，保你能发大财。"马吉说道。

"是啊！我忘不了那个地方。"宋浩感慨道。

# 第二十九章　脉法奇人

告别了马吉，回到了旅馆，宋浩坐在房间里闷闷不乐。

唐雨见了，以为是宋浩见到昔日的同学，看到人家意气风发成功的样子，而自己仍旧无所定处，在那里不开心呢，于是上前安慰道："生意人都是那个样子，得了点势头就什么都不放在眼里了。你和他们不同，日后要做的是大事，只是时机未到而已。"

宋浩摇头道："看到他们成功我自然为他们感到高兴。只是当年班里的六七十号人，现在基本上全都弃医从商了，太可惜了！也太遗憾了！"

"保守中医这块阵地的只剩下你一人了，所以啊，你要肩负的责任很重的，要振作起来，将中医一道真正地发扬光大，不仅是给那些人看，而且要给全世界人民看。"唐雨煞有介事地说道。

"你呀，也和我那个同学一样，开始耍贫嘴了。"宋浩笑道。

"只要你开心就好！"唐雨欢喜道。

第二天一早，宋浩、唐雨二人离了旅馆，打的士按师父肖伯然所给的地址寻到了林凤义所在的医院。

二人进了医院，向门卫打听那林凤义。

"林大夫在二楼的中医科。"门卫道。

宋浩、唐雨上了楼，在二楼的尽头不甚显眼的地方找到了挂有"中医科"牌子的一间诊室，却是铁将军把门，人家不在。

"上班的时间不在，这个林凤义也是个不守铺的大夫。"唐雨说道。

"可能是临时有事出去了，我到旁边的诊室问一下。"宋浩说着，到了隔壁的肛肠科，向一位坐诊的医生打听林凤义去了哪里。

"林大夫啊，好多天没来了。不过下午院里发工资，应该能过来。"那位医生说道。

宋浩听了，与唐雨面面相觑，皆感大失所望。

二人出了门诊楼，在院里的草坪上寻了长椅坐了。

"你那师父给你介绍的什么人啊，哪里像是个有本事的？几天都不来上班，这种人你能跟他学到什么东西，我看不像是一个精通脉法的人，否则何以门庭冷落得自家都不愿意来了？并且诊室在那么不容易找到的地方，一看就是医院里不受重视的人。"唐雨说道。

"不管怎么说，师父能介绍我来这里找这个人学习脉法，就应该有他的道理。我们刚才看到的只能说明中医在这家医院里不受重视。也是怪了，林凤义这种医中高人，怎么会没有病人找他呢？以至于经常锁了门不来上班？这是怎么一回事啊？"宋浩茫然地摇了摇头。

"下午医院里发工资他能过来，到时候再看看是怎样的一个人吧。我们还是在这附近先找一个地方安顿下来。"唐雨说道。

宋浩听了，点了一下头，随后和唐雨出了医院。

这时，宋浩看到不远处有一家公寓招租的牌子，便指向那边说道："到那处公寓看看吧，长期租住可能会便宜些。"

唐雨讶道："你真是打算在这里长住啊？那个林凤义若是没有真本事，会令你失望的。"

宋浩道："既来之，则安之。住上一个月观察观察再说。师父能让我来找这个人，这个人必有过人之处。"

唐雨摇头一笑道："你可真是固执！随你吧！"

二人到了那家公寓，见房间整洁，设施齐全，价格也便宜，但必须包租三个月以上。宋浩没有犹豫，订下了两处房间。

进了房间，唐雨将手中的东西放下，说道："你先歇一会儿吧，我出去买点东西，真要在这里过上些日子，还是要置办部分家什的。"说完，转身去了。

两个小时后，唐雨两手提满了大包小裹地回来，把东西往床上一放，说道："给你买了几件衣服和一些日常用品。还有，给你买了一部手机，电话卡我也到电信部门办好了一张。你怎么不置手机啊？联系起来多方便！昨晚你那个同学向你要电话号码，你说还没有电话呢，看看他的眼神，怪怪的，以为什么似的，我只好将我的电话号码给他了。"唐雨说着，将一部手机电话递了过来。

宋浩接过，笑道："以前没什么大用，所以也没有置办。后来因那针灸铜人被你绑走，接着又被人追着满世界乱跑，没法子去联系别人，也没有人联系我，一直没有买部来用。"

"以前的事不许再提！"唐雨嗔怪道。

"好，不再提了。"宋浩笑道，"谢谢你了！又做保镖又做管家的，让我如何谢你啊？"

"你日后不忘恩负义就好！"唐雨抿嘴一笑。

宋浩随后用新买来的电话给蓬莱的伯父家打了个电话，告诉伯父这是自己的电话，有事联系。正好宋子和也在，便与宋浩通上了话。

"爷爷，我到地方了，现在很好。"宋浩说道。

"那天早上你刚走，便有个叫唐雨的姑娘来家找你，说是你的朋友，我瞧着面善，便说了你的去向，不知有没有追上你？"宋子和说道。

"她找到我了，现在就在我的身边。对了爷爷，有件事我提醒您一下，放在您那里的那张银行卡要保管好，日后我要将它还给那个天医门的齐延年的。天医门来者不善，不要与他们发生任何关系才好。可能齐延年日后还会去家里找您，还是不要理会他吧。此人是冲着那件东西来的。"宋浩说道。

"宋浩！"宋子和闻之惊讶道，"你怎么会有这种想法？可不要误会人家，他是一番好意。"

"爷爷，您就信我的吧，我得到确切的消息，天医门的确是对我别有用心的。齐延年所谓的报恩之举，是另有图谋。"宋浩说道。

"宋浩，你听着，有些事情你现在还不明白，所以不要过早地下结论。你现在重要的是学习医术，勿作它想。"宋子和叮嘱道。

"我知道的爷爷，您那边还是注意一些的好。"宋浩说道。又聊了几句，挂断了电话。

"宋浩，你……你认识天医门的齐延年？"唐雨在旁边听了个清楚，此时惊讶地问道。

"不错，我见过此人。"宋浩将见齐延年的经过说了一遍。

"只是我现在搞不明白，爷爷对天医门的态度有点异常，有要我接受对方一切的样子，实在不知是为了什么。"

"按你所说，这其中一定是有什么别的事情。不过有一点是确定的了，那就是天医门对那尊针灸铜人势在必得，此时说起与爷爷的旧事，应该是一个接近你的借口。"唐雨说道。

"我也是这么想的，只是爷爷的态度令我犯难。"宋浩说道。

"依你所说，齐延年虽是想得到那尊针灸铜人，但对你又似乎没有恶意，不知他打的是什么主意。你现在还是静观其变吧，不要有贸然之举，毕竟爷爷也牵涉进这件事之中了，应该谨慎再谨慎。"唐雨道。

"嗯，目前也只能这样了。"宋浩无奈地点了点头。

中午，二人出去吃了顿饭，等到下午上班的时间，便又来到了那家医院。

上了门诊楼二楼，远远便发现那间中医科诊室的门开了，应该是那个林凤义来了。宋浩见了，一阵兴奋。

"领工资的时候才来上班，这个人也够那个什么的了！"唐雨小声嘟囔了一句。

"求你了，别乱说。"宋浩忙暗里捅了唐雨腰间一下。

"咯咯！"唐雨忍不住一笑，当是被捅在了痒肉上。

"严肃点啊！大小姐！"宋浩轻声央求道。

唐雨忍着笑意，跟宋浩进了诊室。二人随即一怔。

简陋的诊室内，只有一张桌子和一张木板床，一位白发老者正坐桌旁跷着二郎腿，悠闲地吸着一根烟。此人却是昨晚在夜市上遇到的那位老者。

"哟！前辈，是您啊！"宋浩惊喜道。

林凤义闻声转头，见是昨晚遇到的那两名年轻人，颇感意外之余，淡淡地道："你怎么找到这儿来了？"

"林老师，昨日是机缘巧遇。我来这座城市，就是专门找您来的。"宋浩恭敬地说道。

"找我？什么事？"林凤义放下了他跷起的腿，又吸了一口烟，将烟头按灭在了桌上的烟灰缸里。

"我叫宋浩，这是我的朋友唐雨，此番是遵师父之命来向林老师拜师学艺的。"宋浩站在那里鞠躬道。

"你师父是谁？跟我学什么啊？"林凤义眼中呈现出了不耐烦之色。

"家师道号玉灵真人，俗名肖伯然。"宋浩说道。

"哦！你是肖老道的徒弟！我说嘛，说话文绉绉的，有些见识。"林凤义闻之，微讶之余，神色稍缓。

"你那师父本事大着呢！不去跟他学，来我这里能学些什么啊？"林凤义摇头道。

"师父说林老师精通中医脉法，诊断如神，结果奇正。不但领悟了传统脉法的真髓，且独有自家见解，脉道大成，天下无二！故命晚辈前来拜师修学脉法之道，还望林老师指教！"宋浩毕恭毕敬地说道。

"哼！那肖老道清闲惯了，倒是什么都敢想。'脉道大成，天下无二！'真是抬举我。他那是胡说八道，逗你玩呢。回去吧，我教不了你什么东西。你那师父才是一位得道的真人，厉害着呢！"林凤义冷哼了一声道。显是对肖伯然有些怨气。

"这个……"面对林凤义冷淡的态度，宋浩虽是有了心理准备，还是感觉到了意外。

"好了，你走吧。医院里刚才通知，有个会议要开，这也到点了。"林凤义看了一下腕上的手表，站起身说道。

宋浩见状，只好无奈地和唐雨退了出来。林凤义锁了诊室的门，头也不回地去了。

"这个老头，真是古怪！我们大老远来找他，就这态度。明明认识你的师父，却一点情面也不给，怕是你的师父当年得罪过他吧？"唐雨一旁抱不平道。

"我倒是忘了，师父让我带来的那两册书拿来给他好了。明天再来吧。"宋浩摇了摇头。

访林凤义吃了人家的闭门羹，宋浩心中不免感到失落，闷闷不乐地朝公寓走去。

"宋浩，你先回去歇着吧，我有点事要做。"在医院门口，唐雨说了一声，转身又回医院去了。

宋浩不知她要做何事，一个女孩子家也不好细问，应了一声，只好一个人回到了公寓。

傍晚的时候，唐雨才一脸的兴奋回了来。

"我打听过了，这个林凤义果然是一位医道中的高人！你那个道家师父实在见识超人，叫你来此地拜师学艺没有来错地方。"

"怎么，你去打听人家底细去了？"宋浩讶道。

唐雨笑道："知己知彼，才能百战百胜。不探听好了人家的底细，如何有信心去学人家的本事？这个林凤义果是不简单，全医院的医生们对他都有一种敬畏之情。几位老医生对我说，他的诊断之术称得上出神入化，有的竟与现代医疗设备的诊断丝毫不差，甚至于白细胞红细胞数目的多少，他也能说出个八九不离十来，太神了！

"还有，他断人生死，百无一差，定人哪天死，哪天必死无疑，直如那华佗脉术一般的精绝。国家中医学会曾对他的脉法考察过，称之为现代中华脉法第一人！果是天下无二！只是性情有些古怪，不易接近。"

宋浩闻之讶道："既是如此高人，为何不见他坐诊待病，也不见病者来寻啊？"

唐雨说道："那是因为一个星期中他只有在星期天才去医院开诊，已成惯例，病人都知道的，平时便不见他的人影，医院里的领导也拿他没办法。明天就是了，我们正好过去看看他的本事到底怎么样。另外听那几位老医生说，林凤义只给病人下诊断，不开药方，好多年前就这样了。他诊断过的病人大多另寻方药去了，所以没给医院里带来很好的经济效益，于是院方冷落了他，仅给了他一间偏僻的中医诊室。另外都说他是一个怪人，也不肯将脉法传人，便是国家中医学会的领导推荐来的学徒，他也不理。所以你这次拜师是有一定的难度的。不过你放心，我会想法子叫他传授脉道真经给你的。"

宋浩笑道："只要我们没有找错了人就行，这个师父我是拜定了，不会白来一趟的。凡是有本事的人都会有一些脾气，也应该理解。我想我会打动他的。"

唐雨笑道："你有这个信心就好。另外，我还打听到了林凤义家的地址，实在不行就天天到他的家中磨他去，看谁有耐性。"

宋浩笑道："你这些情报打听得值，应该受到表扬。走，我请你吃好东西去。"

"有功受禄，这还差不多！"唐雨高兴地说。

二人出了公寓，正要找什么地方去吃饭，宋浩忽然发现街道对面，一辆红色的跑车旁边，一名美艳的女子正倚在车门旁笑吟吟地望着他。

"她怎么来了？"宋浩见了，眉头一皱。来者正是洛飞莺。

机警的唐雨早已看到了洛飞莺，并认出了她，脸色微变。

"宋浩，别来无恙啊！你离开上清观怎么也不告诉我一声，令我好找。要不是从你的师父肖老道那里打听到你日后可能会来这里，还以为你被人算计掉了呢！"洛飞莺笑着走来，并望了唐雨一眼。

"你就是那个医门唐家的唐雨吧。"洛飞莺说着，不由得上下打量了一遍唐雨。

"那么你一定是魔针门洛家的大小姐洛飞莺了，听宋浩说起过经常算计他的这个人。"唐雨淡淡地说。

"宋浩和你说起过我啊！不过从未在我面前提起过你。"洛飞莺故作得意道。

宋浩见这两个女孩子说话不是味，忙笑道："不知洛小姐找我有什么事吗？"

"当然有事，难道没事就不能找你吗？过来，我有话和你说。"洛飞莺嗔怪地望了宋浩一眼，转身朝自己的跑车走去。

"等我一会儿，我去去就来。"宋浩只好跟了过去。

"上车，找个地方说话。"洛飞莺坐进了车里，头一摆，不容反驳地说。

"有事你就说吧，唐雨在那边等着呢。"宋浩说道，站在车旁边没有动。

洛飞莺见状，生气地一拍方向盘，转头对宋浩冷笑道："你以为唐家的人接近你是为了什么啊？还不是为了得到那件东西，小心自己哪天死了都不知道是怎么回事。我虽然也有目的，但我不会害你。肖老道玩的把戏瞒不过我爹，那东西还在你手里是不？"

宋浩闻之一惊，始知那洛北明果然是老谋深算，于是说道："信不信由你，怎么做也由你，我不想多说什么了。"

"不过我已经说服我爹了，取消了一切针对你的行动，你信不？"洛飞莺望着宋浩，怪怪地一笑道。

"你们洛家想怎么样，我无权干涉。"

"不知好歹的家伙！我饿了，你请我吃饭。"洛飞莺无奈之余，强求道。

"好吧，我们也正要出去吃饭，那就一块吃吧。"宋浩说着，朝唐雨招了招手。

唐雨见了，走了过来。

宋浩说道："大家一起去吃个饭吧。"说着挠了挠头，也颇感为难。因那针灸铜人之故，唐洛两家明里暗里也冲突过几次，唐雨与洛飞莺虽未直接发生过冲突，但都已知道其中的事，所以宋浩此时不免有些尴尬。但他实在是不好舍下洛飞莺，铁着脸与唐雨离去。

他见她二人都不说话，于是指了不远处的一家饭店说道："我们就到那里吃吧。"说着，递给了唐雨一个眼色，先行走去。

唐雨忙跟了上去。洛飞莺坐在车里感觉到了自己应该是一个不受欢迎的人，依她的性子，本要驾车离去，然见唐雨跟了宋浩去，犹豫了一下，也自下车，一脸怨气地跟着走去。

要了饭菜，三个人各怀心思地坐在那里静静地吃饭，气氛自有些沉闷。

洛飞莺终究还是忍耐不住，轻声道："宋浩，你和我说句实话，那东西是不是还在你手里？放心，从现在开始，我不再打它的主意了，我洛家的人也自有自知之明，惹不起你那个师父肖老道的。并且听说天医门和生死门都和你扯上了关系，当今天下，应该没有人再敢打你的主意了。"

唐雨警惕地朝四下望了望，压低了声音责怪那洛飞莺道："天下间少不了亡命之徒，你在这种场合讲这件事，就不怕宋浩有危险吗？"

"你是宋浩的什么人啊，什么事都要你来管。有本小姐在，看有哪个不要命来找麻烦？"洛飞莺白了唐雨一眼。

唐雨未应声，是在照顾宋浩目前的处境，不想与洛飞莺争吵起来，引人注意。暗里却是在责怪宋浩，为何与这洛飞莺牵扯不断。宋浩无事时曾对她说起过洛飞莺的事，也自恩怨难明。

"食不言，睡不语。吃饭吃饭！"宋浩往她二人面前推了推菜盘，佯装听不见，此时倒是希望洛飞莺生气之下，起身摔筷而去。

洛飞莺抢白了唐雨一句之后，见她没有反应，便自有些得意起来，开始有了说笑，并给宋浩夹去了几样菜。

"你大伯他老人家还好吧？离开上清观前几天与他见过一面，说了要走的事，后来就直接去了，没有与他老人家告别。"宋浩说道。

"好啊！大伯还使劲夸奖你呢！再三劝告我，要我珍惜你这个朋友，我这才放弃了以前的计划，否则，哼哼，有你好果子吃。"洛飞莺阴阴笑道。

"他老人家是个好人,希望你能走人间正道。"宋浩心中感激洛北辰之余,知道这洛飞莺果然改恶从善了,不再暗中算计自己了,也自欣慰。

"用不着你来教训我,我知道自己应该怎么做。好坏善恶,那也要看是对什么人。"洛飞莺冷哼了一声,随后又问道:"宋浩,听说你是来此地拜师学艺的,现在住在哪啊,不是你刚才出来的那家公寓吧?"

"哦,就住那里。"宋浩未加思索地应道。

"这种简陋的地方你也能住啊!我这里有一位认识的朋友,闲置着一栋别墅,我已经借来住了,你搬到那里去吧。"洛飞莺说道。

"谢谢你的好意,住在那里很好。"宋浩拒绝道。

见唐雨一旁低头吃饭不语,宋浩知道只顾与洛飞莺说话了,冷落了她,便歉意地说:"唐雨,多吃些东西啊!晚上可没有夜宵买的。"

唐雨理会宋浩的意思,见他没有忘了自己,自是感激地一笑。

洛飞莺见了,酸溜溜地说:"你们俩住在一起啊!"

"什么住在一起,是两个房间。"宋浩忙纠正道。

"我知道,我们俩以前不也曾经那样住过吗?"洛飞莺说着,瞟了唐雨一眼。

"什么我们俩曾经那样住过!怎么话一到你嘴里就变了味呢。"宋浩摇头道。

"有些事情是不用解释的,没人会相信的。"洛飞莺故作怪声道。

"真拿你没办法!"宋浩无奈地说。

"宋浩,我吃好了,先回去休息了。"唐雨说着,面呈不快,起身而去。

"啊,我也吃好了,你慢慢用吧。"宋浩对洛飞莺说道,也想起身离去,忽觉不是个事,忙又坐下了。

"宋浩,你刚才要是走了,我会令你后悔一辈子!"洛飞莺慢悠悠地说道,口气中不免有些冷肃。

"是吗?你要是这么说,我还真得走了。"宋浩,起身到柜台结账。

结完了帐,宋浩刚一转身,便见那洛飞莺笑嘻嘻地站在面前,几乎与她撞个满怀。

"你干什么?"宋浩脸色一肃道。

"你现在走和刚才走是两回事,所以我不介意了。现在你不想请我到你那里坐坐吗?"洛飞莺故作笑意,也自呈现出了一丝的愧疚。

"真拿你没办法。想去就去吧。"宋浩无奈地说。

"谢谢!"洛飞莺面呈欢喜。

第二十九章　脉法奇人

# 第三十章　神奇脉法

正在宋浩房间里看电视的唐雨忽见房门一开，宋浩和洛飞莺走了进来，先自一怔，忙站了起来。

"唐雨姐姐，对不起了，刚才在饭桌上我有些过分了，特来向你道歉。"洛飞莺忽然一改敌对状态，满脸真诚地说道。

宋浩与唐雨二人同时听得一愣。

"没什么……"唐雨忙点头笑了一下。心中却是一片茫然。

"你这样才好。"宋浩也高兴地笑道。

"和你们开个玩笑罢了，也当真。"洛飞莺讪笑了一下。

"坐吧。"唐雨相让道。

"谢谢！"洛飞莺应了一声，于一边坐了。

"这里的条件不错啊！比我想象得好多了，一会儿我也租下个房间来住，人多热闹。"洛飞莺四下打量了一圈，说道。

"不会吧！"宋浩和唐雨同时惊呆在了那里。

"朋友的那栋别墅太大了，我一个人住在里面感觉空空的，晚上也害怕，还是和你们在一起吧。"洛飞莺笑着说。

"你也会害怕？"宋浩摇头道。

"那当然了，我一个女孩子家，怎么会不害怕呢？你说这话什么意思嘛？不想我来就说一声，免得招人烦。你难道忘记了拜那肖老道为师，是我和伯父的功劳了吗？"洛飞莺呈现出一种委屈。

"你愿意来这里住就来这里住吧，这公寓里房间多的是，你不嫌简陋就好。"宋浩无奈地说道。

"好极了！我现在就去将你隔壁的房间订下来。"洛飞莺说着，起身欢快而去。

宋浩无奈地朝唐雨摊了下双手。

"她愿意来就来吧，只要不误了你的正事就行。你们的关系处得不错啊，竟然追到这来了。"说完，唐雨显得颇不是滋味。

"唉！她是自来熟，我有什么办法？总不能阴着脸赶她走吧，她毕竟是帮助过我的。"宋浩叹息了一声。

"随你便了。"唐雨说着，转身走出，回自己房间去了。

"你生什么气啊？"宋浩挠了挠头。

一阵脚步声跑近，房门一开，洛飞莺欢快地进了来。"公寓的老板说了，你隔壁的房间是空的，现在被我租下了，今晚就住进来，不回去了。"

"你这是干什么啊？难道自己就没有事情做了？"宋浩说道。

"我陪你在此地拜师学艺啊！生活上的事我全包了，免得你分心。和你在一起有得刺激玩，再有不知死活的人找你麻烦，我来对付。别忘了，我们俩可是曾经联手歼灭过强敌的。"洛飞莺笑道。

"你就不怕已经惹上了人命案？"宋浩轻声提醒道。

"那是他们该死。况且谁又能查出我来？"洛飞莺不屑道。

"好吧，算我服了你了，想待在这里就待在这里吧，不过日后说话要注意，免得被人怀疑上。"宋浩吩咐道。

"放心好了，我又不是小孩子。不过你能这般地关心我，我倒是很开心的。"洛飞莺高兴地说。

"对了，你怎么知道天医门、生死门和我之间的事？"宋浩问道。

"你离开上清观后，就被人直接请去了天医门，并且你曾经几次脱险，都是生死门的人所为。这些事情现在在江湖上已不是什么秘密了，好像是有人故意在这两天放出的风，表明你此时的特殊身份，加上你师父肖老道那边的影响，此时你就是扛着那尊天圣针灸铜人在大街上走，也没人敢抢劫你了。行啊，宋浩！几时与这两大门派搭上的关系？你真的要将那尊铜人卖给天医门啊？要知道天医门才是这尊铜人的真正的终极买家。我们洛家知道这件事情后，便自放弃了，因为当初也是接的天医门的单。再做下去，也没有意义了。"洛飞莺说道。

"果然是他要做这事！"宋浩心中不免忧虑起来，随即对洛飞莺道："我累了，你也回去休息吧，明天我还有事情要做。"

"晚安！"洛飞莺倒也痛快地离去了。

不过她来到了唐雨的房间门前，敲了一下门，便推开进去了。

正在看书的唐雨见洛飞莺贸然闯进，站起身道："你有什么事？"

"唐雨姐姐，我来和你说会儿话。"洛飞莺笑嘻嘻地说。

"哦？那你坐吧。"唐雨对洛飞莺这种自来熟，也自无可奈何。

"现在宋浩这家伙可不一般了，要与天医门直接做这桩大买卖，现在江湖上几大势力都在护着他呢！他和那尊铜人都算是安全了。"洛飞莺说道。

"你了解宋浩吗？怎么知道他要与天医门的人做这桩买卖？"唐雨淡然道。

"这么说，那尊天圣针灸铜人还在宋浩的手里了？"洛飞莺眼中一亮。

"我没说过！"唐雨神色不变，暗里惊讶洛飞莺是在套她话，知道她此时此地出现，应该不是那么简单的。

"怎么，宋浩没对你说过这件事？他刚才可是对我说了，虽不是直言明了地说，但话里的意思那尊铜人还在他的手里，并且等着天医门开出个天价来。"洛飞莺说道。

"是吗？"唐雨听到这里，冷哼了一声，知道洛飞莺是在诓她了。

"听着洛小姐，我现在是受宋浩所托保护他的人身安全，谁要是对他有不当的行为，别怪我下重手。医门唐家，世传医武双绝之术，你应该知道些吧。"

"唐雨姐姐，你这话是什么意思？要知道，凡是接近宋浩的人谁不是别有用心的？但是我对宋浩说得明白，以前我对他是有企图，但不会害他。现在洛家已经放弃了那个计划，因为天医门直接插手此事了，并有生死门相助，权衡利害，我们只能退出。你们唐家，难道不到黄河不死心吗？我也告诉你，不要打宋浩的主意，否则，我们洛家的人也不是吃素的。"洛飞莺冷哼了一声说道。

"你到底是什么意思？你的话反复无常，我怎么听不明白？"唐雨眉头一皱。

"听不明白最好！"洛飞莺得意地一笑，转身离去。

第二天一早，宋浩刚起床洗漱完毕，便有唐雨和洛飞莺同时买了早点送了过来。宋浩见了，感激之余，暗里一笑，将两样早点合在一起与她二人同用了。

用过了早餐，宋浩从背包里取出了《阴解经》和《阳解经》，寻了张报纸将两本书包裹了，然后对那二女子说道："今天我要办正事去了，你们俩没事结伴逛街去吧。"

唐雨道："也好，你今天再去试一下，若那林凤义仍是不肯理你，我们再想办法。有事给我打电话。"

"怎么宋浩，你去拜师人家不理你啊？不行就将那个人绑来，逼他教你，这方面我在行。"洛飞莺说道。

"行了，你还是别给我添乱了，我的事我自己有办法解决。你以为迷魂针法对什么人都可以用的吗？"宋浩说完，转身去了。

洛飞莺闻之一怔，随即气恼道："这家伙总是将人家的好心当做驴肝肺！不知好歹的人。"

"害人之心不可有，防人之心不可无。宋浩还是谨慎些好，免得又着了小人的道。"唐雨讥讽道。

洛飞莺听了欲要发怒，又觉得动起手来不是对手，转而一笑道："唐雨姐姐，我们不能化敌为友吗？其实我们俩的心思彼此都明白，只是宋浩是个呆子，不解风情。我倒是喜欢他这个样子，很好玩的。物竞天择，就看谁有本事了，用不着这般斗气吧。"

"你在说什么啊！"唐雨脸色一红，转身走去。

"喂！等等我，宋浩让我们俩人一起逛街去呢！"洛飞莺忙追了上去。

## 第三十章 神奇脉法

宋浩来到了林凤义所在的医院，刚上二楼，便看见过道里挤满了人，一直排到林凤义的诊室门前，不下七八十人，并且不断有人排队接上。

"这样才对嘛，有个名医的气势！"宋浩心中赞许道，只是奇怪，有这么多闻名而来的病人，林凤义为何只在星期天开诊。

"喂！小伙子，排队去，不懂规矩吗？"有人见宋浩径直朝里面挤去，以为是抢先的病人。

"对不起，我不是来看病的，是来跟林老师实习的。"宋浩忙解释道。

前面的人听了，倒为宋浩让出了一条道路来。

宋浩到了诊室门前，看见本不宽敞的屋子里面也站满了人，从人群的缝隙中可以看到林凤义坐在桌子旁边正在聚精会神地诊病。

"请大家让一下,我是林老师的学生,来实习的。"宋浩自报家门,并挤了进去,来到了林凤义的对面。

一名坐着候诊的病人听见了宋浩的话,忙站了起来让座,以为他真是来实习的学生。宋浩感激地笑了一下,也自上前坐了。林凤义抬头望了宋浩一下,对他冒充自己的学生,也不甚为意,没有理会他,仍旧在诊查病人,那是一个二十岁左右的年轻人。林凤义按脉之余,对那年轻人道:"张嘴伸下舌头我看看。"

年轻人张开嘴来,舌苔黄白滑腻,且有齿痕。

林凤义点了一下头,问道:"你做过阑尾手术吧?"

年轻人应道:"两年前做过。"

"我说嘛,你右下腹部有一疤痕,应该是割阑尾时留下的刀口。"林凤义说道。

"这也能从脉象上诊查出来?"宋浩一惊,感觉不可思议。

林凤义又道:"你是晚间头疼得厉害吧,头痛一发,两眼热胀,什么也看不了。"

"对啊!这病得了有两个月了,一到晚上头痛便作,两眼也跟着冒火似的,书籍、电视什么也看不了,耽误了很多学习和工作上的事。"年轻人说道。

"右脉弦滑,左脉虚数,证属阳明头痛,厥阴并之,虚实合杂之候。"林凤义点头道。

"林大夫,怎么治啊?这病折腾死我了!"年轻人叹息道。

"只给你下个中医诊断,我不治病的。你可以拿着我的诊断去市一院找董玉良大夫,他治头痛拿手。"林凤义在处方笺上写了一行字,交予年轻人。

"也好,谢谢林大夫了!"年轻人接过诊断书,感激地去了。

"他为何自己不开方药啊,却将自己的病人介绍给了别人?难道说是他只精于脉法诊断,不善于遣方处药?"宋浩心中迷惑。

接着是一位农村来的中年妇女,表情悲凄,坐下欲哭,被同来的家人劝止住了。

林凤义示意那妇女将手腕放在桌上的脉枕上,然后搭脉细诊,神凝气定,似物我两忘。

宋浩这边惊讶道："诊脉之时，如此专注，脉道精妙，当是来自这般修为了！"

片刻之后，林凤义对陪同来的家人道："脉沉细数，情绪郁久不发，抑于胸中，是为郁证。倒也不必用药，但回家中寻一空屋，找几个让她心烦之人，在窗外以言语刺激她，令她大哭。如此几日，此病可解。一哭便劝，反致更甚，久之恐成大病。"

那妇女的家人惊讶道："这让她哭也能治病？她三个月前死了母亲，怕她哭坏了身子，日夜有人陪劝。后见她呆坐不语，木人一般，以为中了邪了，故来诊治。"

林凤义道："这般郁证，属悲情所致，必须将她的情感发泄出来，如果郁积日久，并伤五志，极易导致精神失常。"

那妇女的家人听了，后怕之余，感谢万分，扶了妇女去了。

"果然是一高手！"宋浩暗里点头不已。

林凤义又连续诊断了十几位病人，虽是以脉法为主，却也是望闻问切四诊合参，诊断快捷，更是惊人地准确，手一搭脉，便知病人所苦，言其病由，莫不奇中，惹得满屋子的待诊病人啧啧称奇不已。然而他只开中医诊断，不处方药，但说持其诊断另寻中医，依其诊断辨证施药，保无差错。

又诊一个八九岁的儿童，平脉之后又观舌苔，却见舌苔鲜黄，似乎与那脉象不符。林凤义观察片刻，问道："这孩子来医院时吃了橘子吧？"

那孩子的父亲在一边惊讶道："林大夫，你也太神了，怎么就能知道我家孩子来时吃过橘子呢？都说你脉法神奇，竟能达到这种无所不知的境界！神仙也不过如此了！"

宋浩这边则摇头不信，脉象上能查出人吃了什么东西来，简直是不可能的事。

林凤义笑了一下道："我哪里有那么神，只不过见这孩子不应该有脉象与舌象相差甚远的病候，尤其是舌苔虽鲜黄却无根，又见孩子的前衣襟上溅有几点黄色的橘子汁，故而推测吃过橘子。"

"原来如此！"满屋诸人对林凤义观察如此细致，皆自惊叹不已。

几十位病人在林凤义的诊断下，皆准确无误，欢喜而去。宋浩在一旁观看，好像不是在看他诊病，而是在观赏着一场场精彩绝伦的表演，令人叹为观止。宋浩惊叹之余，暗中发誓，不学到此人脉法，决不离开此地。

临近中午时分，排队候诊的病人已被林凤义诊过大半，足有百人以上。

这时，忽听诊室外一阵骚动，遂闻一人大声呵斥道："都别找这个姓林的看病了！妈的！他是一个大骗子！"

话音落处，进来了一个粗壮的中年男子，满脸的怒气，身后还跟了几个气势汹汹的汉子。诊室内的病人们见来者不善，忙惶恐地避开了。

宋浩则站起来走到林凤义的身边，暗扣毫针，以防不测。

"姓林的，你不是咒我今天死吗！我特地来让你看看，老子还活得好好的！"那男子指着林凤义的脸大骂道。

"原来是你！"林凤义坐在那里未动。

"怎么，出乎你的意料吧。十八天前你诊断老子十八天必死，差点没把我吓死。后来到了几家大医院全面做了检查，不光五脏六腑，甚至于手指尖都他妈的查过了，你猜怎么着？那些专家教授们说了，老子健康得很，没病！现在是喝酒吃肉睡娘们，一点都不耽误。就你他妈的咒我死！"那男子愤怒地骂道。

"我私下对你的家人说了，不要告诉你，准备后事就是了，看来他们没听我的。你是来求证的吧，不过今天正好是第十八天，还没有过完呢，你着什么急啊？要是明天，你就来不了了。"林凤义冷冷地。那男子出言不逊，已是惹恼了他。

"你他妈的！你真以为你是能断人生死的神仙啊？要不是家里人告诉我，我还不知道自己被人咒着死呢！老子现在活生生地就站在这里，什么明天后天的，再过五十年老子还会站在这里。今天就是向你这个骗子讨说法来的，要么让我的兄弟们打断你的腿，要么赔偿老子精神损失费，否则跟你没完！"那男子嚣张地说。

"十八天前，你来我这里就诊，已是真脏脉现，肝至悬绝急，胃气失缓，无神而乱，一派无根之脉象。此种死脉出，神仙难救，当在十八日死，也是好心提醒你的家人做些准备。将死之人，我也不和你计较，明天我还会坐在这里，你要是能来的话，本人将任你处置，毫无怨言。现在请你出去，不要惊扰了我的病人。"林凤义泰然处之，神色平和，淡淡地说道。

那男子自被林凤义这种镇静的气势所震，点了一下头，狠狠地道："好！那就过了今天再说。老子现在就回家待着，闭门不出，你也别指望我会意外地遇上车祸，令你侥幸逃脱。走！明天看老子怎么收拾你！"男子说完，一挥手，率人而去。

"林老师！"宋浩担心地叫了一声。

"没事。林某断脉，就敢定人生死。将死之人，也安慰不来的。"林凤义对宋浩关键时候竟能近身相护颇生好感，此时朝他轻松并友好地笑了一下，毫无顾虑。

这时，忽听门外有人惊呼道："那个人在下楼梯的时候摔倒了，被抬进急救室去了！"

宋浩闻之惊愕，慢慢望向了林凤义……

# 医行天下

## 第二部 天医堂

青斗 著

学苑出版社

图书在版编目（CIP）数据

医行天下/青斗著 . —北京：学苑出版社，2021.5
ISBN 978 - 7 - 5077 - 6154 - 2

Ⅰ.①医… Ⅱ.①青… Ⅲ.①长篇小说 - 中国 - 当代 Ⅳ.①I247.5
中国版本图书馆 CIP 数据核字（2021）第 054300 号

责任编辑：黄小龙
出版发行：学苑出版社
社　　址：北京市丰台区南方庄 2 号院 1 号楼
邮政编码：100079
网　　址：www.book001.com
电子邮箱：xueyuanpress@163.com
销售电话：010 - 67601101（销售部）、010 - 67603091（总编室）
印　刷　厂：北京兰星球彩色印刷有限公司
开本尺寸：710mm×1000mm　1/16
印　　张：47.5
字　　数：750 千字
版　　次：2021 年 5 月第 1 版
印　　次：2021 年 5 月第 1 次印刷
定　　价：148.00 元（共 3 册）

# 目　录

| 第一章 | 脱胎换骨（上） | 001 |
| 第二章 | 脱胎换骨（下） | 014 |
| 第三章 | 绝命反针 | 026 |
| 第四章 | 天医门的阴谋 | 031 |
| 第五章 | 神秘妇人 | 041 |
| 第六章 | 亲生父母 | 054 |
| 第七章 | 真相难明 | 063 |
| 第八章 | 重返白河镇 | 077 |
| 第九章 | 叶氏正骨 | 089 |
| 第十章 | 创建天医堂 | 103 |
| 第十一章 | 铜人归来 | 116 |
| 第十二章 | 药王门 | 128 |
| 第十三章 | 吸血的鬼怪 | 141 |
| 第十四章 | 夜游奇症 | 155 |
| 第十五章 | 拐子药 | 168 |
| 第十六章 | 无药而治 | 179 |
| 第十七章 | 不眠之功 | 192 |
| 第十八章 | 奇方验抄 | 205 |
| 第十九章 | 独龙针 | 214 |
| 第二十章 | 阴谋诡计 | 222 |
| 第二十一章 | 百草园 | 230 |
| 第二十二章 | 西医博士 | 240 |

# 第一章　脱胎换骨（上）

林凤义脉法精绝，断人生死。不多时便传来那男子在急救室死亡的消息，候诊病人闻之惊叹，敬畏犹生。有胆小者竟悄然离去，不敢再问生死之诊。

林凤义此时摇头一叹道："医者救病不救命，此人适才面色鳘黑，已近死候，将亡在顷刻，所以激他暂去，否则死在这里，说不清啊！"

宋浩闻之恍悟，刚才那男子果是面罩黑气，已显危急之象了。适才暴怒质问，神态异常，当是回光返照之态。

林凤义对候诊的病人们宽慰地一笑道："我们继续吧。生死有命，非我能决，不过预先看出罢了。死脉呈现，不忍坐视，只好直言相告，免去做无谓的治疗，增加家庭经济负担。我虽口冷，但也是据实相告，遇上这般情况，也无奈何。"

众病人听了，神色稍缓，各自点头称是。

直至下午四点钟左右，林凤义才将陆续而来的病人们诊毕。宋浩粗略计算了一下，今天的接诊量足有200人以上。

等到打发走了最后一名病人，林凤义伸了下腰，长吁了一口气，望了还坐在那里的宋浩一眼，意思是：看也看了，你怎么还不走啊？

宋浩这时站起身来，恭敬地道："林老师脉法神奇，今天算是见识到了什么才是真正的脉道！对了，这是师父让我转交林老师的两册书。"

宋浩说着，将报纸包裹着的《阴解经》和《阳解经》两册书展开来，放在了林凤义的面前。

林凤义见状，眼中精光一闪，瞬间即逝，似乎冷笑了一下道："那肖老道当年以这两册经书原本示我，我只翻阅了还不足半个小时，正在兴头上，便被讨要了回去，再借不与，看得宝贝一般，今天怎么让你主动献上门来了？可是与我谈什么条件吗？若是有这种打算，拿走就是，林某这辈子可没有与任何人妥协过。这肖老道倒真会与我玩心计，可惜现在我不稀罕了。"言语间冷笑连连。

宋浩被人家说中了心思，不自然地笑了一下道："林老师不要误会，来时师父特别交待过，当年是固执之故，才生那般无聊之举，今日已是醒悟，书送与有用之人读，才是先贤们著书立说的本意。所以令我送与林老师，是不附加任何条件的，还请林老师笑纳。"

"真的?"林凤义听了，斜着眼睛望了宋浩一眼。

"不错。师父说这是当年欠您的一份礼物，今日有机会偿还，也了了一个心愿。"宋浩应道。

"好！既然肖老道这么说，我就收下了，谁叫当年他吊足了我的胃口呢。说起来你这个道家师父心机颇深，现在我才明白他当年之举原是为了今天，为了他的弟子才送我的这份见面礼。只是可惜他的算盘打错了。"林凤义说着，倒也不客气地将那两册书收了。

宋浩见了，暗里一笑，果然是如师父所料，这《阴解经》和《阳解经》是敲门砖，已经敲开了林凤义那扇拒人千里的冷面铁门。

"林老师，您看忙了近一天了，能否赏个脸，我想请林老师吃顿饭。别无他意，只是想和林老师吃顿饭而已，也算是认识一回吧。"宋浩然后说道。

"你这是醉翁之意不在酒啊！不过今天看你这个年轻人还算是懂事，表现不错，就给你个面子吧，陪了我一天了。也是想一会儿告诉你，非我固执，我这脉法，你学不来的。"林凤义倒是点了一下头应道。

"谢谢林老师了！"宋浩闻之一喜，忙给唐雨打了个电话，告诉她到邻近的饭店订桌酒菜，要请林凤义吃饭。

唐雨听了，在电话那边高兴地道："这老头终于动心了，好！就在昨天我们吃饭的那家饭店吧，我现在就去订个包间，半个小时后你们再过来。"

"宋浩，"林凤义这时说道，"你师从肖老道没有几年吧，他倒是很看重你啊。"

宋浩应道："也有半年了。"

"才半年！"林凤义闻之微讶："半年时间你能从他那里学到什么东西?"

宋浩道:"师父主要是令我领悟医道本义,溯本求源。道之一通,术之易解。"

林凤义听了,点头道:"你那师父对医道的修悟尤深,是一个真正明白中医医道的高人,当年与他交流几日,也是受益匪浅。是啊!现在那些学中医的都在术上求显效,难在道上悟真髓啊!大医难成,也就是这个道理了。"

"林老师,我想问个问题,不知可否?"宋浩问道。

"啥子问题?说来听听。"林凤义道。

宋浩说道:"林老师诊断如神,却为何不给病人处以方药呢?昨晚偶与林老师幸遇,虽是聊了几句,也是知道林老师是一位精通药理之人。不知道为什么叫病人们拿了您的诊断另寻医家别觅方药去治呢?"

林凤义见宋浩说的不是拜师学艺的事,暗里一松,随自叹息了一声道:"非我不能处以方药,而是这里边有个'医运'的问题。"

"医运?!"宋浩闻之微讶。

"中医在治疗上讲顺从五运六气,病气合天,才能从根本上显以奇效。行医治病,也要讲个'运气'的问题。知道清代名医叶天士吧,习医经年,一朝有成,然而'医运'未到,治病时每不获显效,故来求诊的病家寥寥。一日遇张天师,拜求缘由。那张天师说,是他的'医运'时气未到之故。信者为医,而后方能行之有效。也是叶天士遇到了张天师,他的医运便到了。依张天师所言,第二天中午时分,叶天士乘船从一桥下经过,正好那张天师也信步走到了桥上,忽站在桥上朝那船中的叶天士施礼而拜。那张天师名闻天下,他拜之人定非凡人。有识得他的路人惊问其故。张天师说:'此乃天医。焉能不拜?'结果他这一句话,将叶天士抬上了天,成就了他一代名医。"林凤义认真地说道。

"呵呵,林老师也信这个。"宋浩听了,不禁摇头一笑。

"当然了,这不是主要问题。"林凤义也自笑道:"也是我当年专研脉法之故,粗略方药,施于病家,效果不是很理想。恐照此下去,自己对已成的脉法也失去信心,要知道对脉法的精微细诊,尤在于自家的心境,所以也就不再处以方药,专事诊断了,以免相扰。"林凤义说道。

"原来如此!"宋浩听了,这才恍悟。

"虽然这几年在方药上有所精进,但意识到自己医运未至,所以仍诊不治，以免疗效不显，病家和自己会失去信心，影响脉法的发挥。不过这样一来，便不能给医院里带来什么经济效益了，于是院里领导将我打发到这间小科室来充个中医的门面。不像以前我研究脉法的时候，每每诊过之后，便叫病人去做相应的检查，以验脉法的精确，那时检查费不贵，所以病人们也都乐意配合，当时我带来的效益是全院最好的。唉！此一时彼一时了！"林凤义又感慨道。

宋浩道："听师父说起过，林老师的脉法是古今合修。"

林凤义道："借助医疗仪器来验证脉法，只是开始研究脉法时的一个辅助手段，以验证一些病候。但是中医脉法所显示的病候，现代医学仪器并不能全部检查出来，脉理精微，还需要自己独自地去感悟。中医脉法的神奇和重要性，并不亚于经络，对于现代医学来说，也是一个谜，它是一种动态下的全息影像，折射全身疾患。尤其是两手腕部三部九候之脉诊，是古人去繁就简的精华。脉法和经络一样，虽然神秘，还不能阐明其实质，但它们是古人发现并证明了的存在和功用，我们只要去利用就是了。"

宋浩道："不知是何种原因促使林老师专研脉道的？"

林凤义道："虽说是偶然触发，自然而成，但凡事也并非偶然，也自有一个契机在里头。那是在三十年前吧，遇到一个游走江湖的游医，自称精通传说中的'太素神脉'，指下脉间，所言病症无不奇中，甚至能断人生死。师从不与，飘然而去。那时我想，他能习成这种通神的脉道，我何不能？于是全力研习，始有小成。开始遵循的也是古人传世的那几种脉法书，十年后便弃书另悟了。"

宋浩道："可是除了《内经》《难经》所记载的脉法外，还应有晋人王叔和的《脉经》、明朝李时珍的《濒湖脉学》、清人周学霆的《三指禅》。"

林凤义道："不错，这些都是显世的脉法书。不过我所涉及的还有《伤寒论》张仲景的脉法、《中藏经》华佗的脉法、王叔和的另部脉书《脉诀》、张锡纯脉法，凡是古人脉法之书，无不猎及，而后归纳合一，形成自己所感悟的脉法。"说到这里，林凤义似乎意识到了什么，忙不再提及脉法，顾左右而言他。

宋浩见了，暗里一笑，见时间差不多了，便说道："林老师，我们先去吃饭吧，我朋友那边应该准备好了。"

"那我就去吃上你一顿!"林凤义站起身来,好像还有些犹豫。

"不要客气!"宋浩上前拉了林凤义走出。

二人出了医院,转到一家饭店门前,唐雨在那里等候。进了饭店楼上一包间内,里面早已备好了一桌子丰盛的酒菜,洛飞莺正在和服务员布置。

宋浩简单地介绍了一下,那林凤义朝洛飞莺望了望,又看了看唐雨,而后朝宋浩诡秘地一笑道:"又来了一个!你行啊!"

宋浩未解其意,先自将林凤义让到里面首位坐了。洛飞莺则在林凤义身后做了一个鬼脸。

宋浩给林凤义斟满了酒。林凤义也自没有推让,说道:"开诊前三天我一般是不喝酒的,今天就和你们几个年轻人喝一杯吧。"

洛飞莺说道:"喜欢酒喝就是了,何必给自家一个限制?"

林凤义摇头道:"开诊前三天必须戒酒的,以平和气血,否则会有失准确的。"

宋浩闻之惊讶,这才知道林凤义诊病还有一套复杂的程序在里面。

林凤义接受了宋浩的一番敬酒,然后说道:"宋浩啊,我知道你是一个勤奋好学的有志青年,你师父肖老道又煞费苦心地将你介绍来,可是我明白地告诉你,我这脉法你是学不来的。非我固执守旧不愿教你,而是这脉法学起来,没有十年工夫你是学不成的。并且先要静心三年,三年里不闻外事,以保持心境平和,这一点,你更是达不到了。"说着,朝唐雨、洛飞莺二人望了望,意思不言而喻。

宋浩听了,先是一笑道:"这一点请林老师放心,心静神安,庞杂无扰而能诊脉的道理我是明白的。并且师父也曾授我道家的静心咒法,所以没有什么事能干扰我。莫说三年,就是十年,我也会随林老师学习脉法的。"

林凤义摇头道:"心静与否不是随便说说就算的,此事先放下不说,还有重要的一点就是增强诊脉三指的指腹敏感度,没有两三年的功夫也是不行的。否则是不能于毫微之间细察精妙变化的。"

唐雨说道:"这些都不是什么难事,只要林老师肯教宋浩脉法,有再大的困难我们都会帮他解决的。只是不知这种增加指腹敏感度的方法是什么。"

林凤义听了，只好说道："我可以告诉你们，一会儿我开个方子，依方抓药回来，煮开之后，待温度适合之后泡手，每天至少要泡上一个小时，三天后双手会脱层皮去，待脱去三层之后，指腹的敏感度也就有些了。然后取一小捏黄米，摊于指下，待能辨清个数之后，也就是一个指头下能辨出二十几粒就可以了。然后上罩一层薄膜，以喻皮肤，如此再辨那下面的黄米个数。这般下来，顺利的话也要两年的时间。这是基础，必须先要达到的，否则学习脉法永远都是心中易了，指下难明，学了一辈子还不知脉为何物。"

林凤义说完，举起了他那双白净的手，果是细嫩润泽，不知被那药水浸泡多少次，脱落多少层皮才会这样子的。

"看见没有，脉道是以手见病，与心相合，才能遍查人身诸疾。什么时候你能达到我所规定的要求了，再来和我谈拜师学艺的事吧。"林凤义摆弄了一下他的双手，笑了一下道，显是欲令宋浩知难而退。

宋浩感激地笑道："既然林老师示以习脉的方法，我就回去试一下吧。咱们说好了，我若是达到了要求，林老师就要收我为徒。"

林凤义笑道："没问题！其实我也希望你能尽早地达到我的要求。要知道，我这一身脉法成之不易，也不想在自家身上自生自灭了去，只是这能领悟脉法真谛的人太难遇了。尤其是现在的年轻人，恋爱、婚姻、工作、房子等一系列人生必须面对的问题，哪一样不能乱其心志，如何肯静下心学习这枯燥的脉法？真徒难遇，大道难传，也是无可奈何的事。"

洛飞莺那边冷笑道："林老师自家学来不易，就以为天下间无人能习得你的脉法了。我看还是林老师想拥奇自居吧。"

林凤义摇头道："到了我这把年纪，名利已经没有什么意义了。你们这两位丫头若想学也可以，与宋浩一同练习吧。达到了我的要求，我自会教你们。"

唐雨闻之喜道："林老师，那就一言为定了。希望我们日后都能成为林老师真正的学生。"

宋浩听了，心中也自高兴，忽想起一事，说道："林老师，现有一事与您商量一下，不知可否？"

林凤义几杯酒下肚，已是有了些兴致，手一挥说道："说吧，只要不强人所难就行。"

宋浩道："是这样的林老师，我们三人都是家传中医，略知方药。您若不介意的话，我想在您下次开诊的时候，我三人暂且作为实习的学生同去，待林老师诊断之后，我们可以根据您的诊断辨证处以方药，勿叫那些病人另投他处了。我相信，有了林老师的精确诊断，我们开出的方药也会有一定的效果，免去一些病家四处奔走的麻烦吧。"

林凤义听了，笑了笑道："你是想偷学脉法吧。记住了，便是我真心传你你也未必能学会，一旁闲看更是行不通了。不过你们三人若真有处以方药的能力，我倒是欢迎。你今天看到了，我这一天的接诊量应该有二百人了，我这边若是开出方子来，中药房那边可要吃紧了，医院的领导求之不得我这样做呢。行啊，下个星期天你们三个人过去吧。"

宋浩听了，与唐雨相视一笑。洛飞莺不曾见过林凤义的脉法，此时倒不以为意，然见宋浩、唐雨同去，也自不甘落后，点头表示同意。

唐雨随后向林凤义讨来了那份泡手的增加指腹敏感度的药方。

吃过了饭，洛飞莺要开车送林凤义回家，林凤义摆手拒绝了，然后自家径直去了。

"这个人的脉法有那么绝吗？"洛飞莺说道。

宋浩望着林凤义远去的背影，感叹道："待到下次你们见识到他的脉法的时候，自会明白什么才叫真正的脉道。"

唐雨道："今天我去他的家了，了解了一下。现在只有他夫妻两个人生活，一个儿子在外地工作。居住着两间平房，家境不算宽余。"

宋浩道："我也看出一些来了，所以要求我们三个人去帮他处以方药，这样会给他增加一部分的收入，同时，我们也可在脉法上进行实习。希望时间久了，我们即便达不到他特定的要求，他也会指点我们一些。当然了，我要在最短的时间内达到他的要求，进而习成真正的脉道。"

唐雨道："你跟了他一天不算白跟，态度大有转变呢！"

宋浩道："林老师并没有想象中的那么固执，只是认为好弟子难遇，所以在一开始才不理会我们。不管怎么样，他既然已经答应了让我们跟他见习，我们便算是成功一半了。"

洛飞莺道："宋浩，你不会真要拿他的那个药方去泡手吧？我可是头一次听说这样来学习脉法的。那要遭多大的罪啊！"

宋浩笑道："非常之人必有非常之处，非常之术必有非常之法，试试吧。"

唐雨道："我去那边的药房把林老师开出的药方抓了，你们俩先回去吧。"

唐雨说完，转身去了。宋浩和洛飞莺便朝公寓走去。

"洛小姐，这个林老师脉法神奇，此种机会难遇，我希望你也能用心去学一学。当然了，你若有事，不必在这里陪我。"宋浩说道。

"你要赶我走吗？"洛飞莺不快地道。

"哪里，我不是说了吗，可以跟林老师学习脉法，只是希望不要因为我，耽误了你的事。我在这里不学有所成，是不会走的，所以你在我这里也是干耗时间不是？"宋浩一语双关地笑道。

"哼！你现在还是信不过我。告诉你宋浩，我真的是听了大伯父的话不再对你有所图谋了，如果你再这般对我，小心我还会改了主意。"洛飞莺冷笑道。

"别，别！我怕了你了！你愿意就留在这里吧。"宋浩忙说道。

"你能让那个唐雨保护你，为什么就不能让我也来保护你？现在你虽然没有大的危险了，但是一旦有事，就是大事，所以我不放心你。"洛飞莺低了头道，显是很委屈的样子。

"我知道，你不会害我的。"宋浩说完，进了公寓。

唐雨买药回来，摇头道："这个林凤义不知是从哪里搞到的这种泡手的方子，其中几种药是有毒的，好似古代的一种'扒皮水'，虽能令人改颜换貌，但刺激性颇大，我看还是慎用的好。"

洛飞莺道："莫不是那个林凤义不想教宋浩，故而想了个害人的法子，令你双手废去，知难而退？"

宋浩道："能令双手的表皮脱落，没有一定的药力怎么行？好在是外用药，我试试吧。"

唐雨道："晚上再试吧，我煮好了用一个生猪蹄子泡过再说。"

"咯咯……"洛飞莺那边颤笑不止。

"怎么了？"宋浩讶道。

"这个药方应该是屠户用以浸脱动物皮毛的，你却拿来泡手，简直是……"洛飞莺大笑不止。

唐雨听了，也自失笑道："这里面还要加醋呢！不然要将你的双手脱几层皮去，连骨头也要泡软了，怕是日后连针都拿不起来了。"

"若是如此，你们二人一家一个，拿去当猪手吃好了！"宋浩笑道。

洛飞莺笑道："我可不吃，怕中毒。"

唐雨道："看那林凤义的双手白嫩光滑，当是被这药水泡过的。若是将其中几种毒性大的药去了，改制成一种皮肤水涂脸，倒是有增白的效果。"

"还有，黄米我也买来了，只是不知如何能在指腹间辨识出几十粒的个数来？"唐雨又拿出了一包黄米来，放在了桌子上。

洛飞莺道："病脉成象，浮沉迟数，一脉了然，指下间又如何去辨那纷杂之乱象，又如何生出这般纷杂之乱象？"

宋浩道："这可能就是如何诊查出一个人是否做过阑尾手术的道理所在了。有些不是病脉的脉象也会呈现在脉里或是主脉的旁边，这种暗伏的脉象，是不易觉察到的。林凤义脉法的玄绝精妙，不仅仅是在指下辨识出几十粒黄米那么简单的，更是一种在动态下的感应，进而掌控全身的疾患。技精通神，也不过如此了！"

洛飞莺道："那林凤义说，就算你能静下心来，这指下的敏感度也要两年的时间才能练得成，你真要在这里待上两年吗？"

宋浩道："能得其脉法真传，五年也值得。"说着，取了些黄米摊在桌子上，三指伸出，每一指腹下压了数粒，细辨其个数。

唐雨一旁捏起几粒，说道："三五粒倒也能辨得了，要辨出几十粒来，可不是短时间能达到的。开始要少些，逐渐增加吧。"

宋浩那里则已是凝神定志，辨那指腹下的黄米个数。几分钟之后，忽眉头一展，笑道："也不是很难的。食指下应该有七粒，中指下应该有六粒，无名指下应该有八粒。"

唐雨、洛飞莺二人闻之愕然。

洛飞莺讶道："不会这么神吧！你这么快就练成一半了！我来查查看。"

待洛飞莺将已粘在宋浩三指下的黄米数过，虽然在无名指下查得是九粒，与宋浩感觉的差了一粒，但这种神奇的效果已是令二女目瞪口呆了。

唐雨惊讶道："宋浩，莫不是你天生就有习这林凤义脉法的潜质，否则怎么能在一开始就有这种效果呢？"

宋浩沉思片刻，随即恍然大悟道："是了，我惯于用针，指下针间每感觉于经络气血的微妙变化，指腹间的敏感度无意中也自练就了，一通百通，自可应于诊脉之上。一定是这个道理了！看来用不了多久，我就能达到林凤义的要求了，真是天助我也！"

唐雨兴奋道："不错，施针诊脉，皆在心神的灵妙感应，方能运指自如。林凤义脉法当是为你而成，为你而备。"

宋浩欣然笑道："这弟子我是当定了，他难不走我了。对了，洛小姐，你洛家人也是用针的高手，指下的敏感度也当是与众不同的，你也试下吧。"

洛飞莺白了宋浩一眼道："你若是叫不惯我的名字，就唤我的小名莺莺好了，洛小姐三字我觉得生分，不爱听，以后不许再叫。"

宋浩笑道："随你便了，快试试吧。"

洛飞莺听了，这才一喜，伸了三指粘了些许黄米粒，一旁感觉去了。

几分钟后，洛飞莺念出数字来再行查验，每指下却是相差了三四粒以上，立时便无了兴致，推却道："姓林的想出这古怪的法子来整人，我练不来的，你自家去玩好了。"

宋浩笑道："要有信心啊！还未泡过手呢！"

洛飞莺摇头道："去他姓林的，我可不按他的法子玩。洛家有针术足够了，诊断能应付过去也就可以了。"

宋浩惋惜道："放着大好的机会你不学，满足于现状，我也就不强人所难了。唐雨，煮药泡手。"

待唐雨将药煮好后，凉过端来，宋浩伸手入那药水中，感觉也无异样。时间稍长，隐隐有刺手的感觉。

唐雨旁边提醒道："林凤义说泡上一小时左右就可以了，不可过长，三天后脱皮。"

宋浩道："不妨，多泡一会儿也好。"

于是宋浩一边泡着手，一边与唐雨、洛飞莺二人说着话。结果足足泡了三个小时，唐雨恐宋浩泡久伤手，便强行令他止住，将药水撤去，又取了盆清水洗了手。

"也没什么，只是有些麻胀。"宋浩举起双手摆了摆。

唐雨望着宋浩被那药水浸泡得泛白的双手，忧虑道："这药水毒性很大，一时间还不能呈现出来，只怕今晚你不好过了。"

洛飞莺幸灾乐祸道："活该！谁叫他逞能泡了这么长时间。猪蹄都泡软化了！"

"没事。"宋浩不以为意道："很晚了，你们先去睡吧。"

待唐雨、洛飞莺各回房间休息去了，宋浩躺在床上，方感双手开始火燎燎地疼痛起来，并且麻痒难耐，这时才知道自己太急于求成了。

半夜里，宋浩已感到双手失去了知觉，并且肿胀延臂。

"这般下去，我双手岂不要废了？"宋浩心中懊悔不已，也无可奈何。

唐雨心中惦记着宋浩的双手，天色未亮便过来查看。见宋浩躺在那里冷汗直冒，两手掌肿胀似馒头，疼痛难触，已是不敢动一下了。

唐雨惊慌之余，忙叫来了洛飞莺，令她火速将林凤义接来救治，解铃还须系铃人。

"这老头害人不浅！"洛飞莺惊呼了一声，忙自去了。

"叫你不要泡那么长的时间，你偏不听，要是有什么意外，如何是好？"唐雨责怪道。

宋浩苦笑了一下，未言语。

一阵急促的脚步声传来，洛飞莺引了林凤义进来。

见到眼前的情形，林凤义倒是不甚急，站在那里摇头道："你这孩子，怎么不听话啊！叫你一天只泡一个小时就行了，若是泡上几个小时，也就成了现在这个样子，救治不得法，你的双手十指也就废了。现在两个选择，一是用清水泡上一天，其药力自然可解，五六日后可复正常，不过再沾不得那药水了，否则指掌间的肌肉有溃烂之险，也就再练不得指腹的敏感力了。诊脉的手指达不到一定的敏感程度，是不能应那万般复杂之脉象的。还有一个选择，那就是继续在那药水中泡下去，令指掌的表皮全部脱落，不过这中间的痛苦可不是一般人所能忍受得了的。"

"你这老头，居心何在？再泡下去，岂不是在生剥活人皮！"洛飞莺一旁怒道。

"我也没有办法，就看宋浩自己如何选择了。"林凤义耸了耸肩膀道。

"把我扶起来，接着泡手。"宋浩朝唐雨说道。

唐雨为难地摇了摇头，眼泪已是在眶内打转。

"哪里有这种自残的法子来学习脉法的，这不是在要人命吗！"洛飞莺已是恼了。

看到宋浩坚定的态度，林凤义暗里点了点头，站在那里淡淡地道："要想学成非常之术，必须要有非常之法。我以前研究脉法二十年，对那些模糊的脉象，始终是心中易了，指下难明。直至我发明了这种药水之后，才增强了手指敏感度，再行抚脉，自有那通体透彻之感，指下脉间丝毫的变化都能感知，自此脉道突飞猛进。此为速成之法，不加以这种特殊的训练，只能达到常人之脉，断平常之疾罢了。习成医道之难，并不是你用心苦读就能成功的，除了天分悟性之外，还要有吃苦受难的准备。你要不是肖老道的弟子，我也不会示你这种方法的。何去何从，你自己选择吧。"

说完，林凤义转身去了。

"我现在已经没有退路了，只能照林老师说的法子走下去，否则是不能成就真正的脉法的。不要再犹豫了，拿药水来继续泡手。"宋浩吩咐道。

唐雨站在那里未动，洛飞莺不情愿地将药水盆端了过来，说道："你自己想泡就泡好了，真要是出了什么意外，我饶不过那个姓林的老头。"

宋浩艰难地抬起双手，伸进药水里，苦笑着安慰她二人道："遭些罪罢了，不会有什么危险的。"

又浸泡了一个小时，洛飞莺取清水为宋浩冲了手。此时他的双手已不能持物，饭已不能自用，唐雨只好站在一旁用勺子喂他粥饭，洛飞莺站在另一边喂他点心。见了宋浩的样子，她二人心疼得眼泪直掉，宋浩也热泪盈眶。

"你哭什么?"洛飞莺哽咽道。
"感动的呗!还没有人对我这样好呢!"宋浩哭笑道。
"缺爹少娘的孩子都这样!"唐雨破涕为笑。

# 第二章　脱胎换骨（下）

中午时分，宋浩的双手表皮已经开始裂纹，有了脱皮的迹象。唐雨恐其受感染，用纱布轻轻地裹了。

宋浩这时四下里张望，似乎在找什么东西，表情很是难受的样子。

"你怎么了？莫不是被那药水弄得毒火攻心了？"唐雨上前问道。

"我……我想上卫生间！"宋浩面红耳赤，难为情地说道。

唐雨听了，心中一松，暗里自是一笑，然后犯难地望了望洛飞莺。

"唐雨姐姐，你该不会让我扶着宋浩去解手吧？"洛飞莺脸色绯红道。

"那怎么办啊？一会儿他要是弄……弄在了裤子里，更不好办。"唐雨站在那里，也自计无可施。

宋浩坐在床上，低下头去，不敢看她二人。

"有了！宋浩，你先忍一会儿。"洛飞莺忽地一笑，跑出了房间。

随即洛飞莺找来了一名公寓里的男服务生，递给了他一张百元的钞票，说道："我这位朋友手有点伤，不方便行动，你扶他到卫生间方便一下，一次一百元怎么样？"

"好说好说！"那服务生连忙点头，高兴地接过钱钞，上前扶了宋浩去了。

"谢谢你了，否则我们真不知道怎么办好了。只是贵了些。"唐雨感激地道。

"不贵，给你五百元你不是也不愿意去吗！"洛飞莺笑道。

"贫嘴，找打啊！"唐雨挥了挥拳头。

"呵呵，和你开玩笑呢！也是你在场，如果你不在这里，我会逼着宋浩就范的。"洛飞莺得意地说道。

"逼他就什么范？"唐雨闻之，机警地道。

"让他喊我小名！"洛飞莺笑道。

唐雨听了，心中一松，也自泛起了一种别样的滋味。

这天晚上，唐雨从外面买了些东西回来，忽然发现有一个穿风衣、戴墨镜的男子先她一步进了公寓，并径直上了二楼。唐雨见状一惊，知道来者不善，忙跟了上去。

那男子走到了宋浩的房间门前，左右望了望，从怀中掏出了一支手枪，并安装上了一只消音器。

就在这男子将要破门而入的时候，忽觉耳侧风动，当是有物袭来，下意识地仰头避去。一声微响，一支牙刷钉进了他面前的门框内，几没全身。那男子见状惊骇，知有高手在侧，转头看时，见有一女子朝他冲来，忙抬手一枪，在她躲避之时，趁机撞破了过道的窗户，跳楼逃去。唐雨临窗下望时，已不见了那人踪迹。她恐宋浩有失，没有追赶，回身进了宋浩的房间查看。

此时宋浩正和洛飞莺坐在那里说话，唐雨一脸严肃地走了进来，洛飞莺察觉不对，问道："唐雨姐姐，外面什么声音啊？"

"没事！"唐雨冷冷地道："你出来，我有话问你。"说完，先行走出。

洛飞莺一怔，努了努嘴道："干嘛啊！这么严肃！"起身跟了出去。

在门外的过道里，唐雨盯着洛飞莺道："宋浩来这里只有你我知道，为何还将魔针门的人引来。"

"你什么意思？除了我以外，魔针门的人何时来了这里？"洛飞莺怨怒道。

"不是你们洛家的人最好。刚才有一杀手被我惊走了，看他的样子是想置宋浩于死地。"唐雨说道。她从洛飞莺的眼神中看出了对方还不知道此事。

"杀手！"洛飞莺闻之一惊。她望了望走廊端破碎的窗户，明白了一切。"这个时候什么人还敢要宋浩的命？"

"当然是那些不要命的人！现在开始，你我晚上值勤，轮流保护宋浩，他现在双手不能动，更加危险了。"唐雨忧虑地道。

由于那药力过猛，又浸泡超时，还未到三天，宋浩的手指掌间便开始脱皮了。在旧的表皮剥离，新皮未生之际，尤是感觉到刀割般的疼痛。好在有洛飞莺施以针术，将那疼痛止住了多半，令宋浩尚能忍受。

又过了一天，疼痛方止。那药水虽有脱皮之功，却也有生肌长肉之能，新的表皮迅速长出。又复将药水泡过，更是钻心般的疼痛。宋浩全然不顾，咬牙硬受。好在林凤义及时赶来制止，说道："忘告诉你了，你第一次将手泡得狠了，脱一次皮足以抵三次了，也只能再泡一天，以和药劲。现在不要再泡下去了，否则会导致皮肉脱骨的，一双手可就真的废了。"

宋浩听了吓得直冒冷汗，唐雨和洛飞莺则气得对林凤义直翻白眼。

在齐延年的别墅内，顾晓峰正在汇报着事情。

"有一个杀手找到了宋浩，从其行为上看，此去行刺是要置宋浩于死地。我的人还未出手制止，那个杀手便被唐家的那个唐雨惊走了。我的人跟踪杀手一路下去，最后看到他进了一家企业内便不见了踪影。"顾晓峰顿了一下道："这家企业是天医集团下属的一家制药工厂，也就是说，杀手来自天医集团。"

"什么?!"齐延年一惊而起。

"齐兄，看来事情有些复杂了，有人想要宋浩的命。还有，天医集团内部的事，我们生死门不方便查。"顾晓峰说道。

"天医集团内部怎么会有人想要浩儿的命呢?"齐延年眉头紧皱道。

"顾兄，事已至此，有件事我也不再隐瞒了，宋浩是我的亲生骨肉，真正的名字叫齐浩，是我唯一的儿子，所以请务必保护他的安全。至于那个杀手为什么来自天医集团，我也不明白，但我现在可以授权给你，在天医集团内外进行全面的调查，一定要查个水落石出。"齐延年说道。

"宋浩果然是齐兄的公子，以前我倒是猜出了一些。现在既然有了齐兄的话，我会将一切事情的缘由查个明白的。"

"此事要在秘密中调查，尤其是不要让内子知道这件事，否则她冲动之下会先行去认宋浩的，这将令我有负对一位恩人的诺言。"齐延年交待道。

"齐兄令我有权调查一切，是否包括嫂夫人？"顾晓峰说道。

齐延年闻之一怔，随即郑重地道："是的，甚至于包括我本人，只要对宋浩有不利之举，任何人你都可以进行击杀。因为宋浩的安全是第一位的，哪怕是用整个天医集团去换取他的安全，我也在所不惜！"

"齐兄言重了！这件事情我会给你一个交待的。"顾晓峰说道。

"对了，宋浩怎么会和医门唐家的人在一起？"齐延年问道。

"不仅是唐家的人，还有魔针门洛北明的女儿洛飞莺。"顾晓峰无奈地笑了一下道。

"洛北明的女儿！难道说是洛北明这条老狐狸的阴谋？"齐延年惊讶道。

"应该是吧。那洛北明几次对公子施计不成，仍旧不放弃。不过令我奇怪的是，那两个女孩子和公子好像处得很好。公子甚至知道洛飞莺以前的事，现在却仍旧与她来往。还有那个唐雨，当时就是她将公子从蓬莱劫走的，不知道他们为什么又都走到了一起。"顾晓峰摇头道。

"估计是那个肖老道引来的麻烦，自以为瞒天过海，将什么人都瞒过了，却不料宋浩的身边仍是麻烦不断。宋浩意外认下的这位道家师父，倒是有些复杂背景的。"齐延年说道。

"肖伯然此人颇为神秘，现有的资料还不足以证明他的一切。不过有一点可以肯定，就是他收公子为徒是诚心实意的，并非别有企图。"顾晓峰说道。

齐延年说道："这个肖伯然的真实背景我这方面还在调查，我要查明白在宋浩身边的每一个人，要知道他们想做什么，是否对宋浩这孩子有利。一旦发现对他产生危险，立即除掉，不管是谁。"

"齐兄如此疼爱公子，果是父子情深。恕我冒昧，齐兄当年掌管天医门，力量已覆盖国内，为何舍了公子十五年不见，而到今天生出这些麻烦事来？此事有关那个杀手幕后真相的调查，如若方便，还请相告，因为我感觉此事与公子当年被齐兄寄养宋子和那里有关。"顾晓峰犹豫了一下，还是问道。

齐延年闻之，闭目长叹了一声，说道："顾兄，非我不告，而是确有难言之隐，还请见谅。日后调查真要是涉及到了此事，到那时我再和你说明真相吧。"

顾晓峰听了，呈现出失望之色，点了下头道："也好。"

又过了一晚上的时间，宋浩双手的十指和掌上的一层厚厚的表皮逐渐地脱落下来，露出了细嫩的肌肉，颜色绯红。新皮薄生，疼痛已是大减，别有轻松之感，是如脱胎换骨一般。此时他还不敢触物，但将双手轻举平伸，闭目微察，十指间竟感觉到了房间内少许气流的波动。以手感之，以心明之，神意合应，端的是美妙之极。

"这种厉害的药水果然是有奇效！日后以手触脉，不止是能察气血运行微毫之间的变化，肺朝百脉，诸般经络也自在指下明了了。原来这便是脉法的精妙，但持寸口，而知全身。"宋浩兴奋地想到。

心神一动之际，恍惚间，那尊宋天圣针灸铜人又呈现在了眼前，已是如水晶般的通明人体，可见五脏六腑之形状，经络气血之运行……

"原来如此！"宋浩随即恍悟："那铜人竟然还有许多妙处未被感应出来，看来只有自身的修为提高到一定的层次，才能对那针灸铜人有相应的感应。"

"还有，指腹间的这种敏感，不仅仅是用于诊脉，更能灵活施针了，对经脉气血的变化感知透彻，无形中倒将针法又提高了一个层次，真是一举多得！"

宋浩神意一荡，如醉如痴，十指摆动，扰动气流，如搅水中。诊"气"之脉，查有异动，睁眼看时，原是窗侧有蚊虫飞过。忽又大悟，古人有悬丝诊脉法，借丝线导传脉之波动，而能诊病家诸症，尚属有形之诊，而我这微察空气的波动，"凭空诊脉"之法，可又似胜一等！古之名医中，不是也有未诊而知脉象的吗？

望着自己这双已变得白皙滑嫩、细软轻柔，而又敏感无比的双手，宋浩畅然一笑。

宋浩坐在那里呆笑，洛飞莺讶道："莫不是被那药水的毒性攻上了脑子坏了神经，变得痴了？"

宋浩笑道："不要胡说。要不是经历了这番苦难，还不晓得这其中有许多妙处呢！你们俩也泡手试试吧。"

"不试！"二女异口同声道。

"泡手而已，又不是泡脸，毁不得容的，怕什么！"宋浩摇头道。

"你这手……"唐雨上前查看，惊讶道："果然变得细嫩了，如女孩子的手一样了，真是脱胎换骨了啊！"

"遭了多少罪了！"洛飞莺一旁叹息道。

"值得！"宋浩点头道。

又过了两天，宋浩双手的新表皮已经长成，但仍旧不敢触物，唐雨只好买了副手套给他戴，进出方便些。不知是十指已生新表皮的缘故，还是其它什么原因，宋浩在偶然间领略到的"凭空诊脉"的神奇感觉竟然慢慢淡化消失了去。

这天是星期天，又到了林凤义在医院开诊的时间了。一大早，宋浩、唐雨、洛飞莺三人便来到了医院，已是有病人在诊室外等候了。

到了上班时间，林凤义过来见了三人，点头招呼了一声，开了门，让三人进去，又自转身到别的科室借了三件白大褂，回来令三人换上了。然后宋浩、唐雨、洛飞莺三人围桌而坐，果似那来实习的学生一般。

林凤义先是诊断出了一位腹有积水的病人，是脾失健运、肝木克土所致的病候。他这边诊断一出，唐雨那边已是开出了利水方药"五皮饮"，辨证加减了几味。林凤义拿来看过，见那君、臣、佐、使配伍得当，甚得用药之法，心中暗讶，始知面前这三位年轻人果然皆是家学渊源，医学造诣不浅，且早已有了临床经验。

林凤义放心地拿出了自己的主治医师的印章递给唐雨，让她以自己的名义遣方处药，否则她三人是没有处方权的。

"林大夫今天也开处方了！我们用不着找别人了！"候诊的病人们见之皆喜。

又诊了一位腰疼病人，洛飞莺那边自告奋勇，施以针法，立时止痛。诸病人惊服，也自信了林凤义带来的这几名"弟子"出手不凡。林凤义见了，也不由得眉开眼笑。宋浩双手不便，帮不上什么忙，只好坐在那里当观众。

林凤义一路诊断下来，所言无不奇中病家诸症，更能查出特殊隐疾，已是令唐雨、洛飞莺二人看得目瞪口呆，方知世间果有如此神脉。洛飞莺心中惊讶之余，已是有了别样打算。

于是林凤义诊病，唐雨处以方药，洛飞莺择缓急施针法调理，诊室内一派忙碌的景象。宋浩则是坐在旁边高兴地闲看。

临近中午时分，听得门外有人说道："让一下，院长来了。"

两名医院的工作人员分开候诊的人群，让进了一位红光满面的领导。

那人一进来便笑呵呵地道："老林啊，听中药房那边说你今天有处方过去了，数量还不少呢！药房的存药已经应付不过来了，我已叫人紧急调配去了。好啊！早就应该这样了。"

"王院长。"林凤义朝那人点了一下头，仍在诊他的病人，未做理会。

"呵呵，收了三个俊俏的徒弟。早就应该收个传人了嘛，否则你的一身绝学可就失传了。这样好！这样好！想开了就好！"那个王院长望了望旁边坐着的宋浩、唐雨、洛飞莺三人，笑嘻嘻地道。

"他们三个是跟我实习的学生。"林凤义应付了一下道。

"你的事你做主，院里不会干涉的。另外你这里太窄了，我已叫人将楼下的那间最大的诊室给你腾出来了，以后搬到那里去吧。呵呵，还有什么困难就和我说，院里一定全力配合，医院中医这块就靠你了。好了，不打扰你看病了，你忙吧。"那王院长说完，转身去了。

"早就应该这样了！林大夫这么好的医生抵得上医院里的全部医疗设备，不重视这样的人才，早干嘛去了？"病人中有人小声嘀咕道。

"你本事再大，不给医院里带来经济效益，领导自然不会看重你了。"有明白人应道。

"以林大夫一天的门诊量，能将中药房的存药抓空。怪不得院长都来过问了，还要换诊室啥的，也真势利！"另一人低声道。

林凤义充耳不闻，只是摇头笑了一下。

直到下午三点多钟，来诊的病人才渐少至无。洛飞莺松了一口气，敬佩地道："老林，你要是自己开家医院，早就大发了，不至于在这里受气，看人眼色行事。"

林凤义对洛飞莺的这种称呼也不甚介意，笑道："一没那个能力，二没那个精力，还是这样自在好。"

唐雨兴奋地道："林老师脉法高绝，今天算是见识到了。忙了一天了，我们请您吃饭。"

"今天的功劳可都是你们的，还是由我来请吧。院里又开始重视我了。"林凤义感慨地道。

"行了老林，别和我们客气了，只要日后教宋浩脉法就行了。"洛飞莺说道。

"那也要看宋浩手指间的敏感度能达到什么程度，若是不理想，我教了也是白教，他感觉不来的。"林凤义说道。

宋浩笑道："请林老师放心，我不会令您失望的。"

四个人随后来到了一家饭店，要了一桌子饭菜。

宋浩双手不便，仍由唐雨和洛飞莺二人喂了。

林凤义见了，笑了一下道："宋浩，诊脉之时虽是以手见病，却是要以心辨之，这个心境可不能乱的。"

宋浩笑道："我现在是心如止水。"

洛飞莺白了林凤义一眼，说道："老林，你胡想些什么，宋浩的手不是不方便吗。我看是你的心先乱了。"

林凤义笑了笑道："其实我所要求的心境并非是不染尘事、枯心独静的，只是要求在诊脉之时将全部心思收回来就行了。你能临美不乱，这方面的修为已是不浅了。"

"对了，今天见到你们这两个丫头出手不凡，我想问一下唐雨，你可是那医门唐家的人？"林凤义问道。

唐雨笑着点了一下头道："林老师猜得不错，我正是医门唐家的人。"

"失敬失敬！果是名门之后！洛飞莺呢？你的针法出奇，不是家传之学，不能有此造诣。"林凤义又问道。

"魔针门。"洛飞莺应道。

"魔针门？"林凤义摇了摇头道："没听说过。"

"那是江湖上的称谓，洛氏魔针应该听说过吧。"洛飞莺道。

"你是针灸博士洛北明的什么人？"林凤义惊讶道。

"我是他的女儿啊！"洛飞莺得意地道。

"原来如此！"林凤义双手朝那二女一拱道："以后我叫你们俩师父得了，学些针药上的本事。"

唐雨笑道："只要林老师教好了宋浩脉法，想从我们这里学到什么，我们都会毫不保留地教您。"

洛飞莺笑道："老林，你心眼儿倒是够多的。"

林凤义笑道："尽我所能，互相交流。"

"对了，老林，有件事想和你商量一下。"洛飞莺说着，望了唐雨一眼。

"你说，我听。"林凤义道。

"日后可愿意到我洛家开办的中医院里任职？那几所大医院任你挑，并且全由你说了算，年薪先定在一百万吧，以后再加。"洛飞莺说道。

唐雨一旁听了，心中道："好鬼的丫头！此人我还想为宋浩日后创办的天医堂请去呢，你却要抢了先！"

"这个……"林凤义犹豫了一下，然后道："谢谢你的好意，此事日后再议吧。"

宋浩听了，知道林凤义还是在乎"医运"的事，同时也佩服洛飞莺的精明，被她抢先一步。然见林凤义未应，自己日后还是有机会的。

"也好，只要老林日后想离开这家医院，我就亲自来接你。"洛飞莺说道。

在以后的几天里，宋浩双手十指渐渐地恢复过来，已能持物了，于是辨摸那黄米粒加强练习。开始时每指之下竟能辨别出十粒以上的个数，超乎寻常，令唐雨、洛飞莺惊讶不已。半个月后几十粒黄米摊于指腹下，并罩以薄膜，仍能辨得清个数，误差在两三粒之间。惊喜之余，示于那林凤义看。

林凤义验过，大惊道："别人要两年的功夫才能达到的效果，你竟然在一个月内就做到了，简直是不可思议！"

宋浩说道："这也是得益于以前我在针法上的修为，运针久了，指下针间，也自能生出那种对气血敏感的反应。如今手指又被那药水泡得脱胎换骨，灵敏度不知增加了多少，所以在短时间内达到了林老师的要求。"

"天意也！那肖老道果然送了我一个好徒弟！"林凤义感慨之余，惊喜道："如此我可以传你脉法了。但这种脉法只有在实际诊病时才能相传，同诊一脉，察其细微的变化，否则在特殊的脉象上是说不清楚的。现在开始，每星期加诊一天。记住，真正的脉法是在病人手腕上摸索感觉出来的。以我现成的心得传你，数十年之功，一朝倾授，你算得了大便宜。这便是得现成师父的好处，也是你有这个能力接受。"

宋浩闻之大喜，一拜而倒道："多谢师父！"

"好好！今天我就收了你这个弟子！"林凤义高兴地说。

唐雨、洛飞莺二人在一旁相视而笑。一切自是水到渠成。

在洛飞莺的建议下，也是为了宋浩的安全和方便学习脉法，三人从公寓搬出，住进了她从朋友那里借来的别墅里。她还将林凤义接来，早晚指教。

正式传授脉法的第一天，林凤义说道："作为一名中医医生来说，你首先要诊断出人家患了什么病，人家才能信你。你以前的脉法虽也有所成，但还不能应世。医理无穷，脉学难晓。古人独取寸口，以决脏腑吉凶，断人生死。寸口为手太阴肺脉处，此乃脉之大会，百脉流会之所。诊脉当以阴阳为纲，万变不离其宗。脉诊是古人早已验证过东西，拿来用了便是，用不好便是自家水平问题。

"当然了，三个名医三种脉，每个人的修为境感不同，对脉道的领悟也自不同，但要先明主脉，而后方能渐悟其它杂脉，形成自己的脉道。浮、沉、迟、数、滑、涩、虚、实、长、短、洪、微、紧、缓、芤、弦、革、牢、濡、弱、散、细、伏、动、促、结、伏，凡二十七种主脉。世间脉法，也多拘于此了。由于自然环境、季节和人体质的不同，一些脉象也多呈现在常人之脉上，每有应时之脉和应人之脉，但贵在一个'缓'字，便是无病。

"主脉内外，另有杂脉暗伏，这是许多人忽略了的也是不能感知的，所以真正的脉道，世传的那些脉书上也仅仅呈现三分，另七分还需自家去感悟。以手去感觉，用心去领悟。这就要求手指的触觉要敏锐，心静神安。三指之下，人身的信息全在里面了，这是我为什么要你辨清指下难分个数的黄米粒的缘故，人之脉象纷杂，不是辨得清几种主脉就能诊断得了的。日后在病人脉上，你自会有新的感觉，这是和以前不同的，到时再临病指导你吧。"

林凤义的中医科诊室已被换到了楼下一处宽敞的房间里，并分出了诊断室和治疗室，开诊的时间每星期又多加了个星期四，这是为了宋浩学习脉法的需要。林凤义每诊过一脉，宋浩复诊。开始时二人差距甚大，时间久了便逐渐接近。有些脉象上，林凤义指点一两句，宋浩便能心领神会，全不费口舌。林凤义心中愈喜，传授得愈来愈顺畅。

到了此时，宋浩才知，这脉法中原是别有天地，已是超乎了自家想象，原先习熟的27种主脉不过是个框架罢了。"林氏脉法"则是详细入微，精妙得令人叹为观止。譬如断血压之高低，最大的误差竟然不过10mmHg。有一高血压病人，林凤义诊为低压100mmHg，高压160mmHg。然后唐雨复以血压计测过验证，实际为低压100mmHg，丝毫不差，高压165mmHg，仅误5mmHg。脉道若此，已近神通了。

洛飞莺、唐雨二人也在旁边跟着习练，林凤义也细心讲解，她二人虽不及宋浩指间敏感，一点即通，也自精进，与原来的脉力相比已有天壤之别。

让林凤义感到惊讶的是，宋浩不仅在处方遣药上与唐雨一般地老道娴熟，在针法上尤是精绝，纤细毫针在他指下运用得出神入化，真可谓针入痛止，顽疾立愈，每引得诊室内病人们惊呼声一片。始知肖伯然引荐过来的弟子原是医道中各方全能的高手，来此地仅是习他脉法而已，暗生敬意。

如此三月有余，宋浩尽得林凤义脉法真传，剩下的只是临床熟练了。于是林凤义与宋浩易位而坐，由宋浩全面接诊，他坐在旁边遇到疑难时给予指导，使宋浩脉法进步飞快。

这期间，宋浩、唐雨、洛飞莺三人已是名声大振，成了这家医院的明星人物，主要是三人的针灸术和开出的方药效果卓著，令远近的病人蜂拥而至。于是这家医院借势水涨船高，原来三元钱一张的挂号费，竟然上涨到了二十元，美其名曰"专家组挂号费"。

而宋浩、唐雨、洛飞莺这三个不知从哪里来的年轻的中医高手，早就引起了那个王院长的注意，他观察发现，这三个年轻人中，宋浩是重要的人物，唐雨、洛飞莺二女则是"陪读"。于是那王院长寻机私下里找到了宋浩，希望高薪聘请他留在这家医院里，自被宋浩一笑拒绝。于是王院长又找到了林凤义，希望他能以师父的名义将宋浩留在此医院工作。林凤义便说了一句："此子非池中物！没人能留得下他。"

那王院长见强聘不成，便想狠狠抓住这个良机，又要求林凤义隔天开诊，以增加接诊量。林凤义一口拒绝。他除了想在空余时间教授宋浩脉法理论外，更为主要的是不能过于疲劳，否则便会误诊。这自然是那个一心想增加医院效益的王院长所不能理解的。

与此同时，宋浩、唐雨、洛飞莺三人也成了另一伙人注意的对象，那就是各大药厂的销售员们，甚至包括了天医集团驻此城市的医药代表。他们想尽一切办法接近三人，希望他们在开方时多开出一些自己药厂生产的中西成药，并承诺给予丰厚的分成和回报。只是他三人没有闲心理会这些，自然是摆手拒绝。

# 第三章　绝命反针

这天休息，宋浩正在房间中整理学习脉法的心得，林凤义过来说道："医院的王院长刚给我打了个电话，说是有一位重要的病人患上了一种特殊的病症需要我去做个诊断，你们三个也去见识一下吧。特殊病症是不好遇的。"

宋浩、唐雨、洛飞莺三人听了，欣然而往。

在医院的院长室里，先见到了那个王院长。

"老林，是这么回事："一见面，王院长先行介绍道，"有一位朋友给我们医院介绍了一位病人，此人姓何，是一位大老板，身家上亿，半个月前得了一种怪病，每到中午便感全身无力，仅能维持站立，两三个小时之后才逐渐恢复。到几家有名的大医院进行全身检查，却没有任何结果，各项生理指标均为正常，无任何病理变化。请了全国五六位神经方面的权威专家会诊，也只得出了一个'怀疑性特殊肌无力症'，还无人能下正确的诊断，也无法去治疗。听说了你在诊断上的名气，想找出一种中医方面的解释和治疗方法。"

"哦！倒真是一种怪病！我看过再说吧，人在哪里？"林凤义道。

一旁的洛飞莺，眉头不由微皱了一下。

"人在接待室里，我们现在过去吧。你的三个学生也来了，你们诊断后就商量个办法吧。这个何老板现在对自己的病已经有些心灰意冷了，希望你们师徒能给他信心。"王院长说着，引了四个人来到了医院里的一间接待室内。

屋子里有七八个人，大多站着。一个身材魁梧的中年人精神颓废地坐在沙发上，目光呆滞，面容疲倦，了无生趣一般。

"何老板，这位就是林凤义大夫，现代中医脉法第一人！"王院长介绍道。

"幸会！鄙人何成中。"那何成中起身相迎，眼中露出了少许的期望。

"坐下说话吧。"林凤义坐到了何成中的旁边上，仔细观察了一番对方的面容——晦暗无泽，神倦无力。

有人捧过来厚厚的资料，说道："这是我们老板在几家大医院做的检查，都是用目前世界上最先进的仪器，各项功能均显示为正常。"

林凤义暗里调整了一下呼吸，说道："哦，正常我就不看这些了。还是给何先生把下脉吧。"

何成中忙将右手伸过来道："林大夫请吧。"

林凤义三指搭于其脉上，轻抚之际，如调琴弦，开张有度，而后静伏不动。

少顷，林凤义眼呈迷惑之色，寻其左手又诊。

待双手诊毕，林凤义未言语，朝宋浩招了下手，示意他来复诊。

宋浩上前，右手三指轻轻抚出，搭那何成中脉位之上，浮取沉按，但觉脉象平和，略呈虚弱，当是正常之脉。指下忽觉异动，由尺及寸，随即消散无形。继而复来，隐隐不绝，却也只在主脉边缘游动，微察始得，重按全消，不似任何病脉，颇显诡异。

"内里无疾，病在经络。"林凤义这边说道。

"专家们也怀疑是神经方面出了问题。"一个随从人员应道。

"经络和神经是两回事。"林凤义道。

"经脉气血有异变，且重在阳经，所以在午时发病。"宋浩说道。

"应时之病，药力暂不能为，当施以针法调之。"林凤义道。

"原来是我的经络出了问题。厉害啊！我查了那么久，都无个定论呢。"何成中感激地道。

"问一下何先生，在此病发作之前，可曾患过其他疾病？"林凤义问道。

何成中应道："那是在两个月之前吧，有些感冒头痛，听朋友介绍，去了一家明成针灸医院，用了一次针灸，病也就好了。谁知道半个月前，一到中午的时候，便莫名奇妙地感到全身无力气，什么事也做不成。几个小时后才逐渐缓和。"

宋浩听了心中一动，意识到了什么，转头望了一眼旁边的洛飞莺，见她脸色有些古怪，看到宋浩望她，忙低头避开了他的目光。

"莺莺，你来施针吧。"宋浩望着洛飞莺说道。

"哦！"洛飞莺闻之一怔，眼中闪过一种复杂之色，还是应了一声。

宋浩道："午时将至，何先生，我们先用针法给您调理一下经络，看看是否能将那全身无力的症状止住。"

"拜托了，最好止住它发作吧。否则好像虚脱了似的，难受得很。"何成中恳求道。

"我们会尽力而为的。"宋浩说着，朝洛飞莺摆了下手，示意她可以开始了。

唐雨一旁见宋浩面对这种怪症不亲自施针，反叫洛飞莺去治，也似乎明白了什么。

洛飞莺在针盒中取了六根三寸长的毫针，犹豫了一下，低着头不敢去看宋浩，叫那何成中坐直了身子，六针尽在他的头上刺去，每针下去皆重施手法。然后收手说道："过了午时再去针吧，先留几个小时。"

说完，洛飞莺转身朝外面走去。宋浩也自尾随而去。

洛飞莺走到了一处无人的阳台上，站在那里，望着远处，别有所思。

宋浩走到洛飞莺的身边，轻声问道："莺莺，你没事吧？"

"我没事。"洛飞莺掩饰着一种慌乱道。

"午时将至，你能保证何先生不发病吗？"宋浩问道。

"应该没什么问题。"洛飞莺应道。

"这样最好。"宋浩点了一下头。

"宋浩……"

"什么？"

"你……你都知道些什么？"洛飞莺犹豫了一下，还是忍不住问道。

"这说明那位何先生果然是中了洛氏魔针中的反针术了。"宋浩语气一肃道。

"不错。你是如何怀疑到的？洛氏魔针不留痕迹，没有人能察觉出来。"洛飞莺茫然道。

"感谢你的坦诚，以前我在唐庄遇到过类似的情况，所以怀疑这位何先生被人下了反针，所以叫你施术去解。"宋浩说道。

"你倒是聪明，竟也知道此事。只是奇怪，这个姓何的被下的反针太重了，不似我那几位师兄的手法，便是家父亲为，也不能达到这种不可逆转程度的。况且也没有必要这么做，除非与这姓何的有仇，下了绝针。但是洛氏门中还没有人有这种修为。"洛飞莺迷惑道。

"什么意思？"宋浩闻之一懔。

"你既然知道了一些我洛家的秘密，有些话我也不妨直接对你说好了。我洛氏针法中确实是有一种令人患上怪疾的反针术，但只暗施于那些有钱人，叫他们破财免灾罢了。日后复诊之时，自有破解之法。然而这个姓何的却是被人施了重手下了绝针，不可治了。我虽施针破解，也只能维持三个月。三个月后当会复发，且会加重，瘫痪在床，全身肌肉松弛，萎缩待死。然而据我所知，反针术修炼到这种程度的，魔针门中还无人能为，包括家父。洛家虽以此术敛财，但不会要人命的。我不知道家里发生了什么事，会出现这种意外。"洛飞莺说道。

"医者救人，你们却在害人。此般有违医道之举，有干天和，希望就此收手吧，否则我们连朋友也没得做了。"宋浩摇头叹息道。

"我从来没有对人施过反针术的。"洛飞莺有些委屈道。

"希望你能劝阻令尊，及时收手，回头是岸，否则事败，会赔上身家性命的。"宋浩告诫道。

"这是洛家独有的生财之道，家父怕是收不了手，劝说不来的，否则当年大伯父也就不会和家父情断义绝了。宋浩，这件事出得奇怪，也是有违洛氏门规的，我要赶回家去调查一下。刚才我施针时你都看到了，依此解法再用针两日，可保那个姓何的三月无事，之后，任何人也都无能为力了。"洛飞莺无奈地说道。

"也好，尽人事以听天命吧！"宋浩叹息道。

"宋浩，我生在洛家不是我的错，希望你不要因此怪我。"洛飞莺望着宋浩，幽幽地说道。

"你能洁身自好，这已经不容易了，我没有责怪你的意思。解铃还须系铃人，你回去查一下吧，看是何人习就了这种置人于死地的绝针，他应该有相应的解法。同时我这边也想办法施救，尽可能地弥补此事。一切先保密进行吧，否则被人了解了真相，你们洛家就要大难临头了，那些被你们施过反针的人非富即贵，可都不是好惹的。"宋浩说道。

"谢谢你宋浩！洛家现在做的虽然是游走在刀锋边缘上的危险生意，但是很隐蔽，不会被人察觉的。即便有所怀疑，也找不到证据。当然了，时间久了，难保不会出事。并且我对这种逼人钱财之法也已感觉到了厌倦，和你在这家医院的几个月里，给人治病，才令我真正地感觉到了做一名医生的骄傲和自豪。所以我希望日后能和你在一起做那真正的医学事业，到时候能接受我吗？"洛飞莺望着宋浩诚挚地说道。

"莺莺，难得你有这份心思，不愿与魔针门人同流合污。我可以向你保证，日后欢迎你加入到我的事业中来。"宋浩高兴地笑道。

"谢谢你！"洛飞莺感动地红了眼圈。"现在我感觉没脸去见唐雨姐姐和老林了，就不和他们告别了，你代我说一声吧，就说我有事先走了。"

"也好。"宋浩点了点头。

那洛飞莺又深情地望了宋浩一眼，转身去了。

# 第四章　天医门的阴谋

送走了洛飞莺，宋浩回来时，看见唐雨在前面等他。

"莺莺呢？"唐雨问道。

"走了。"宋浩应道。

"走了！难道说……"唐雨有所恍悟。

宋浩点了一下头，轻声道："你也猜到了，暂且不要和任何人说起。"

"我明白。"唐雨点头示意。

二人进了接待室，看到那个何成中正兴奋地在屋子里走来走去。此时已至中午，他那全身无力的怪症果然被洛飞莺的针术止住了。

见到宋浩进来，何成中高兴地道："那个小女神医哪去了？真是太神了！每天到这个时候已经难受得要命了，现在却一丝的感觉没有。"

"是这样何先生，我那位朋友临时有急事先走了，以后的针灸治疗由我来接手。"宋浩说道。

"哦！可惜了，我准备重谢她呢。你来给我治也好，看得出来，你们这几个年轻人都不简单，刚才林大夫和我说了，你们都是世传名医之后，怪不得有如此高超的医术。"何成中说道。

"对了王院长，"何成中又对那王院长说道，"为了感谢你们对我的帮助，我准备向医院捐款一百万，作为发展中医方面的资金。我今天算是领略到中医的神奇了！"

"哎呀！真是太感谢何老板了！"那王院长听了，满脸堆笑。

候了一会儿，宋浩将何成中头上的针起去，然后问道："何先生，现在感觉怎么样？"

"除了有点乏力之外，就没什么了，谢谢你们了，真是针到病除啊！"何成中激动地说。

"照此法再治疗两日，以观后效。"宋浩吩咐道。

"我一定配合。"何成中应道。

宋浩、唐雨和林凤义拒绝了何成中共进午餐的邀请，回到了那栋借居的别墅。

"宋浩，今天这个人的病很怪啊！从脉象上看可以说是内外无因，凭空从经络上发作，好在你们能以针术止住，否则令其发展下去可是极其危险的。"林凤义一坐下来便说道。

"师父，这位何老板是被人下了反针术，刺乱了经脉气血所致。"宋浩说道。

"反针术?!"林凤义闻之惊讶。

"针法上的一种邪术，病人被施术之后，不定期发作，可呈现出各式怪疾，令人不能查出原因。以前我遇到过类似的情况。"宋浩说道。

"没想到这医术上也有邪正之分！"林凤义感叹不已。

"正者救人，邪者害人。凡事皆有两端。"宋浩摇了摇头。

"对了，洛飞莺为什么走得这么急啊？"林凤义问道。

"家里出了事吧，所以走得急了，让我和师父说一声。"事情过于复杂，所以宋浩一时也没有说明缘由。

宋浩回到自己的房间，寻思道："依洛飞莺所示之法，再施针两日，可保那何成中三月无事，但是三个月后会病发不治，这之前必须找出破解那反针之法。虽说是已被施成了绝针，不可逆转，然而其命尚在，就有希望和机会救他。病伏经络，也应该在经络上寻治，药不可为，唯当针术了。治疗的法则，还是以激发经脉气血为主，将被那反针刺乱的经脉调理过来，只是不知两力相激会出现什么状况，人体是否能承受得了。不管怎么样，也要一试。"

两天后，那何成中在宋浩的针法治疗下，已经感觉恢复如常。然而宋浩诊其脉，那种诡异的脉象仍在，虽是已弱，仍暗伏脉中，蓄势待发。宋浩于是告诉何成中，明天继续来治疗，他要用自己的针法来救对方的性命。

送走了何成中，林凤义忧虑道："此人病症虽已止住，但是余疾仍暗伏经络，数月后当会发作，届时经气全消，救无可救了。"

宋浩道："所以在这之前必须将那反针破解去。"

林凤义道："先从太阳、阳明经着手吧，只要将阳经气血稳固住，可延长发病的时间。"

宋浩点头道："不错，反针之极虽成绝针，也只是施针者那么认为的。只要人命尚在，经络之气尚存，人便可救。天无绝人之路，世也无绝命之针，除非先将人一针刺死了，否则我是不会放弃的。"

林凤义听了，点头道："你能有此救人之心，上天有德，也会助你的。"

这天晚上，宋浩接到了洛飞莺的电话。

"宋浩，"洛飞莺在电话里急切地说道，"我查清楚了，姓何的那人的病症并不是我洛家的人有意为之的，是个意外。给他施反针术的是我的师兄李贺，他现在神智已乱，也不知道他是怎么将反针术习练到那种绝针程度的。我将此事和家父说了，家父惊怒之下将李贺师兄驱逐师门，现在已经不知去了哪里。听另外几位师兄说，李贺精神错乱之下，开始仇视任何人，但有机会，便在病人身上施以反针，不计后果。"

宋浩听了，大吃一惊道："李贺？原来他是你们魔针门洛家的人。他现在的样子是你们洛家一手造成的，怎么说不管就不管了，如此放任他去，岂不是会害更多的人？要是再有人被他下了绝针，治不得法，就会没命的。这是一个危险的人物，你们应该将他看住并采取治疗措施才对啊！"

"我们也已知道后果严重了，门下的人正在四处找他，但是他从昨天失踪后便无了任何消息。"洛飞莺无奈地说道。

"请告知令尊，不尽快找到李贺并制止他，他会给你们洛家带来大麻烦的。李贺出自洛家，偷艺金针门，应该是因那尊针灸铜人的缘故被令尊逼疯的，这是洛家的责任，你们要负全责的。对于令尊的所作所为，我实在是无话可说。"

"宋浩，你怎么知道这些……"洛飞莺那边惊讶地问道。

宋浩愤慨之下，挂断了电话。

在对何成中的治疗上，宋浩受洛飞莺解针术的启发，几种针法并施，开始取得了一定的疗效。在施针中宋浩发现，何成中身上一些大穴部位气血缓滞，应该是被那反针术所制，所以着重对这些穴位进行调理。十几日后，那种诡异的脉象才彻底消失不见，绝命针被破解。何成中感激万分，拜谢而去。而这些日子里为破解绝命针，宋浩几将自家针力发挥到了极致，尤耗心神，暗中感叹这种针法上的邪术实在是不易应付，全力施针，才收此功。

此时宋浩对脉法的学习已至娴熟，虽不及林凤义那般自如，也自心指同明，洞察病家一切。此般速成之功，令林凤义惊叹不已。唐雨更是为宋浩感到高兴。

这天休息，林凤义和宋浩讨论了一番脉法之后，有事离去。唐雨备好了饭菜，二人刚刚用过，便听门外汽车声响，接着有人叫门。出来看时，却是那位王院长过来了。

"宋浩！"王院长热情地招呼道，"住的地方不错嘛！"

"是借住一个朋友的房子。王院长有事吗？"宋浩应道。

"是这样的，我上边的朋友又介绍来了一位病人，听说了你针术高超，特来求治。"王院长说道。

宋浩闻之一惊道："可又是得了什么怪病之人吗？"

"哪里有那么多怪病！据说是一种陈年旧疾，治不得法，故求高人诊治。怎么样，去一趟吧，算是给我一个面子，听说对方来头不小。"王院长恳求道。

"是这样。既有病人来求，去一趟便是了。"闻知并非又有人被施了反针术，宋浩心中稍安。

"收拾一下，我们走。"宋浩回身对唐雨说道。

"人家点名请你去，还是你一个人去吧，我还要打扫一下房间。"唐雨见有那位王院长陪同，没有多虑。

"也好。"宋浩说了声，便和王院长乘车去了。

王院长的车没有去医院，而是来到了市里的一家星级宾馆。

"这个人很有身份，不见外人，现住在502房间，特叫你一个人上去。"王院长说，似乎为没有机会见到这位特殊人物而感到有些失望。

此时有两名精壮的大汉迎上前来，朝那王院长点了一下头，然后恭敬地站在一侧。

宋浩见了，知道对方果然是有些来历，下了车，由那两个人引着进了宾馆。

到了502房间的门外，又见到两名守卫。一人开了门，让进了宋浩。

装饰豪华的套间内，一位戴着金丝眼镜，面色阴沉，稍瘦高个的中年人正在等候。

"你就是宋浩？"

"你好，我是宋浩。"宋浩礼貌地应了一声。

"鄙人姓齐，请坐。"那人伸手让请道。

"桌子上有饮品，请自便。"那人随后在宋浩的对面坐下，眼镜后面的一双眼睛不时地打量着宋浩。

"齐先生是吧，王院长让我过来为您诊治。"宋浩说道，已是觉得今天的这次出诊有些不同寻常。

"不急不急，你先休息一会儿。"那人呷了一口矿泉水。

"没关系，还是先看过先生的病再说吧。"宋浩说道。

"也好。"那人说着，将左手腕伸了过来。

宋浩抬手搭脉，但觉沉缓有力，不似有病脉存在，再静心细诊，也无它异，换过手亦然。

"齐先生，"宋浩心中微讶之余，收手说道，"先生六脉平缓有力，气血充沛，全无病象，可以看出身体保养得极好。恕在下愚笨，不知病从何来。"

"哈哈哈！果然是英雄出少年！杏林中之国手！搭脉便知病之有无，佩服佩服！"那人点头笑道。

"先生既然无病，为何唤我前来？"宋浩讶道。

"还请少安毋躁。今天借故请你前来，是有一件要紧的事情相告。"那人说道。

宋浩心中顿生警觉，说道："我与先生素不相识，不知能有何事告诉我？"

"这个嘛……"那人犹豫了一下道，"你应该对自己的身世还不太了解吧？"

"不明白先生说的是什么意思。"宋浩摇了摇头道。

"看来我大哥虽然见到了你，却还没有正式地认你。那么就由我将事情对你说清楚了吧。宋浩，实不相瞒，你真实的姓名叫齐浩，是天医门齐家的后代，也就是现在天医集团总裁齐延年的亲生儿子，他是我大哥，我是你的亲叔叔，叫齐延风。"那齐延风望着宋浩，缓缓地说道。

"你说什么？"宋浩闻之，一惊而起道，"请齐先生不要开这种过分的玩笑好吗！"

"我没有开玩笑，我所说的都是真的。你已经见过我大哥了，不觉得有些事情很奇怪吗？还有，我的那位大嫂，也就是你的亲生母亲，也从美国回来了，也急着想认你，但不知道他们为什么没有及时地告诉你真相，令你认祖归宗。唉！真不知道大哥大嫂是怎么想的。"齐延风叹息了一声道。

"你在说谎，你这么做是另有目的。"宋浩震惊之余，警惕地望着齐延风说道。

"我有说谎的必要吗？十五年前，也就是在你四岁多的时候，便被大哥大嫂送到了你现在的爷爷宋子和那里，你知道为什么将你送到他那里和为什么能送到他那里吗？这里面关系着天医门的重大秘密，你是齐家的后代，所以对你说了也无妨，你也应该有权利知道这一切。再瞒下去是对你的不公平，也是对那位宋子和老先生的不公平。你想听我说吗？"齐延风此时似乎呈现出了一种兴奋。

"你想说什么就说吧。"宋浩站在那里，心中充满了迷惑和痛苦。想起昔日见到齐延年时对方对自己的过分亲热和爷爷对此事暧昧的态度，表示果然有不同寻常的事情在里头。

齐延风故作叹息道："十五年前，你的亲生父母将幼小的你扔给了宋子和，乃是为了你能学到宋家的世传绝技——回阳九针。因为这是天医门先人的一个未了的心愿。旧时天医门的先人诊治豪门，因直言对方生死，被囚狱中。然而宋子和的父亲——当时名医宋景纯却能以回阳九针秘术及时脱身而去。此事令齐家的先人不惜一切代价也要学到回阳九针。"

此段医门旧事，宋浩在唐庄时曾听唐纪讲起过，没想到却关系到天医门的一件隐情和自己坎坷的身世。

齐延风接着说道："十五年前正值天医门门主交换之际，遵照齐家先人遗愿，齐家子孙中谁能学到那宋家的回阳九针，谁就有资格担任天医门的下一任门主。我的大哥大嫂子是为了得到门主之位，打听到了宋家后人所在的地址，不惜将幼小的你抛弃为饵。他们这么做也就罢了，为了齐家先人的遗愿，本无可厚非。但是他们为了实现这个计划，竟然暗中实施了一个阴谋，那就是将宋子和唯一的儿子宋刚杀害，以令你有机会作为宋家医术唯一的传人。"

"什么！"宋浩听到这里又是一惊。对于那个英年早逝的宋刚，宋浩是知道的，但一直不知道他是怎么死的，爷爷未曾对自己说明过。

看到宋浩震惊的神色，齐延风脸上呈现出了一抹冷笑，接着说道："那个宋刚新婚还不到一年，未及生子，便在一场你父母精心策划的车祸中丧生。而后他们将你抛弃不顾，强逼那宋子和收养了你。我的那位大哥，也就是你的父亲，因此接任了天医门门主之位。"

"你在说谎！根本就没有这回事！"宋浩怒吼道。

"是真是假，你日后一问你的父母便知。有些事情你也可以回去问一下你的爷爷宋子和，你到底是不是齐家的后人。我对说你这些，是因为我是你的亲叔叔，不忍心看到你还被蒙在鼓里。看到你今天长大成人，学有所成，作为叔叔，我实在是为你感到高兴。只是这十五年来让你一个人承受这样大的责任，真是苦了你了！"说到这里，那齐延风流下了几滴伤感的眼泪。

"这一切都不是真的，都是你们为了得到那那尊宋天圣针灸铜人编造出来的。"宋浩抑制着激动说道。

"我知道那尊宋天圣针灸铜人还在你的手里，不过你既然是我天医门齐家的人，也就等于是我们自己的一样了。此医中至宝，你要好好地保管，它日后可是你回归天医门带回来的最好的认祖归宗的礼物。"齐延风的眼中闪过了一种异样。

"听着，我不是你们齐家的人，更不是天医门的人，我姓宋，叫宋浩，这是永远不会改变的。"说完，宋浩转身离去。

望着宋浩的背影，齐延风嘴角露出了一丝诡秘的微笑。"大哥，你当年借助儿子的力量从我的手中夺去了天医门门主的位置，但我会令你失去的更多，你煞费苦心的计划，其结果将会令你失望的，你会永远地失去你的儿子，他不会再认你们了。我既然杀他一次不成，就让他去折磨你们吧。"

宋浩一路走来，想着齐延风所说的话，已是隐约地意识到此事有可能是真的。那个齐延年竟然会是自己的亲生父亲，这一切难道说是真的吗？宋浩一时间心神大乱，恍惚之际，辨不得来时的路，沿着街道走到了郊外。

"我的父母还在人世吗？我……我原来不是一个幼失双亲的孤儿！还有那个急着从美国回来的女人，是我的妈妈吗？妈妈！她……长得什么样？可是……可是他们为了学到爷爷的回阳九针，竟然杀害了宋刚叔叔，抛弃我十五年不闻不问，天下间有这样的父母吗？这到底是怎么回事啊？这个齐延风是天医集团的人吗？他为什么和我说这些，可是别有用心吗？"

宋浩在路边坐了下来，告诫自己一定要冷静，这可能是某些人为了得到那尊宋天圣针灸铜人而对自己实施的一个阴谋。

这时电话响了。

"宋浩，你在哪里啊？这么晚了还不回来。"电话里传来了唐雨焦急的声音。

"我不知道应该怎么办了！"宋浩痛苦地摇头叹息道。

"宋浩，发生了什么事？"唐雨感觉宋浩的情绪不对，惊讶道。

唐雨找到宋浩的时候，看到他孤孤单单、凄凄凉凉地坐在那里，好是可怜，心中一阵酸楚。她走到宋浩身边挨着他坐下，柔声问道："发生了什么事，怎么一个人走出这么远？"

宋浩将方才之事告知了唐雨，"我现在还不能证实这件事，我要让爷爷亲口告诉我，我才能相信。明天我就回山东蓬莱。"

"按你所说，此事应该是真的了。没想到你是天医门的人，更没想到你的父母为了得到宋家的秘术竟实施了这种阴谋。那个宋刚的死，你爷爷现在还以为是一场意外吧。此事先不要告诉他老人家的好，否则他这么大年纪，承受不了的。尤其是抚养了你这么多年，竟然是仇人的阴谋。"唐雨说道。

"我担心的就是这件事。若是真的，我太对不起爷爷了。"宋浩痛苦地摇摇头。

"明天先回去向爷爷证明一下，你到底是不是天医门齐家的人。如果是，那么那个宋刚的死，十有八九也如那人所说了，此事就永远的不要和爷爷说了吧。至于齐延年，他已经找过你了，应该是有意令你认祖归宗。何去何从，你倒是很难办。"唐雨忧虑道。

"如果此事是真的，"宋浩眼中呈现出了一种复杂的愤怒道，"我将和天医门齐家誓不两立，我没有那样卑鄙的父母。就算没有宋刚叔叔的死，我也不会认他们的。这不仅是一种不光彩的偷艺行为，更是狠心地抛弃了一个孩子。我……我没有这样狠心的父母！"说到这里，宋浩痛苦地低下头去。

"天医集团的董事长齐延年，曾闻此人乐善好施，是一个有名的慈善家，执掌天医集团多年，将天医门从一个江湖医门发展成了国际性的医药集团，在国际医药界是一位举足轻重的人物。他如何为了偷学一种医术，而做出这种事情呢？这有些说不通。"唐雨摇头道。"这个齐延风是天医集团亚太地区的执行总裁，可是他既然是齐家的人，为什么抢在你的父母之前来告诉你这件事呢？我看这里面有问题。"

"我是个孤儿，没有父母，是和爷爷一起长大的。"宋浩冷冷地道。

"对不起，我忘记了你现在的感受。"唐雨歉意地说道。她理解宋浩此时的复杂心情。

"没什么，我只是不想再提起齐家的那两个人。"宋浩长叹了一声道。

"宋浩，那个齐延风的话不可不信，但也不可全信。你现在肩负着那尊医中至宝天圣针灸铜人的安危，难免会遭到别有用心之人的算计。当然了，从目前的情形来看，你应该与天医门齐家有某种关系，但是有些事情还有待证实，这之前，还是不要胡乱猜测的好。"唐雨说道。

"嗯，你说的有道理。"宋浩点点了头。"谢谢你了，唐雨。我现在的心情好多了，刚才真是不知道怎么办好了。"宋浩又感激地道。

随后宋浩、唐雨二人找到了林凤义。

"师父，家中有事，我准备明天离开这里。"宋浩说道。

"你现在脉法已成，可以去了。"林凤义点头应道。

"林老师，日后宋浩的天医堂成立，你可要加盟去助宋浩一臂之力啊。"唐雨要为宋浩先行预定下这位中医高人。

"行啊！你日后需要我这个老头子帮助，随叫随到。"林凤义说道。

唐雨闻之一喜。

"天医堂成立之日，便是师父的'医运'亨通之时！"宋浩笑道。

"哈哈！借你吉言！"林凤义高兴地笑道。

宋浩、唐雨二人告别了林凤义，回到住处，又通知了洛飞莺的那位朋友——此栋别墅的主人，告之明天离去，表示感谢。

第二天一早，宋浩、唐雨二人坐上了去蓬莱的火车。

# 第五章　神秘妇人

那座欧式别墅内。

"你说什么，那个来自天医集团的杀手是我二弟派去的！"齐延年在听了顾晓峰的汇报后，大吃一惊。

"并且二少爷在昨天又以看病为名，私下里约见了宋浩，不知道对他说了些什么，宋浩离开时情绪激动。"顾晓峰接着说道。

"他想干什么？"齐延年眉头一皱，心想："看来到了应该和这孩子说明一切的时候了。"

"顾兄，请派人严密监视我的那个二弟齐延风，他若是再对宋浩实施不利的行动，立即特殊处理，不必先行向我报告。"齐延年冷峻的眼中闪过了一种凛人的杀气。

顾晓峰闻之一怔，随即点头应道："明白！"

坐在返回蓬莱的火车上，看着闷闷不乐的宋浩，唐雨心中也颇不是滋味。

"宋浩！"她情不自禁地握紧了宋浩的手，生怕她所喜爱的这个男人在这场意外复杂的事态变化中失去。

宋浩感觉到了唐雨的忧虑，暗里也握紧了她的手，宽慰般地一笑道："我没事。"

这时，宋浩、唐雨二人但觉眼前一亮，一位美丽端庄的中年妇人坐到了他们的对面。一身白色短领的西装套裙，颈部戴了一条圆润的珍珠项链，朴素自然，而又气质高贵。

那妇人一坐下，便以一种莫名其妙的惊喜望着宋浩，并且明显地在抑制着激动的情绪。

宋浩被那妇人看得浑身不自在，忙转过头看车窗外的景色，但又忍不住回望了那女人一眼，竟然感觉到一种莫名的亲切感。

"阿姨，你有事吗？"唐雨也感觉到了那妇人眼神的不对，在一旁问道。

"啊！对不起，我看你的朋友很眼熟。"那女人觉察到了自己的失态，忙歉意地一笑。

那妇人接着又看了一眼唐雨，发现了她和宋浩还牵着的两只手，脸又呈现出意外的惊喜。

"你们这是去哪啊？"那妇人开始和唐雨搭话，以一种慈爱的笑意问道。

唐雨意识到了什么，忙将手从宋浩的手中抽出，脸色绯红，羞涩地应道："蓬莱。"

"哦，同路，我也是去蓬莱。"那妇人随又说道："我姓杜，你叫什么名字？"

"是杜阿姨啊。我叫唐雨。"唐雨觉得这个女人过于热情了，同时又发现她看宋浩的表情神色除了惊喜和激动外，却又有着一种母亲般的慈爱，心中大惑。她警觉地四下扫视——车厢里并无异样，多是普通的旅客。

"小伙子，你叫什么名字啊？"那妇人似乎忍耐不住，主动地和宋浩搭话。

"我叫宋浩。"宋浩不由自主地应道，心中感觉这女人甚是面善。

"宋浩！"那妇人强忍就要夺眶而出的泪水，笑了一下道："真是个好名字！"

唐雨发现那妇人抬手要去抚摸宋浩的脸，但是立即意识到了自己的不当举动，忙掩饰性地轻抚了一下头发。"阿姨，你是哪里人啊？做什么工作的？"她探问道。

"我是上海人，在一家公司工作。"

"去蓬莱办事啊？"唐雨察觉出了对方的老练，又追问了一句。

"是啊，看望我的儿子。"那妇人慈爱地望着宋浩，眼中呈现出了一种幸福的神色。

"阿姨的儿子是做什么工作的？"唐雨问道。她已经意识到了什么。

"他呀……是个……"。那妇人转头望了唐雨一眼，似乎明白了什么，笑了一下道："他还在学习。"

"哦，还是个学生。"唐雨心中不免感到一丝失望。

这时，一名身着西装的显得非常精干的年轻人走到那妇人身边，腰身微弯，恭敬地低声道："夫人，餐厅那边准备好了。"

那妇人抬手挥示了一下，年轻人点了一下头，转身去了。

"宋浩、唐雨，中午了，我在餐厅车厢订了一桌饭菜，可否赏光一同与我去用餐？旅途寂寞，很高兴能和你们聊天。"那妇人发出邀请道。

唐雨发觉对面的这个妇人身份不简单，疑心大起，忙说道："谢谢阿姨，不用了，我们带有吃的。"

那妇人听了，未言语，又望向了宋浩，恳求的眼神令人不想去拒绝。

宋浩此时也说不清为什么会对这妇人有一种异常亲切的好感，实在是不想回绝对方的一番好意，于是笑道："好啊，那让阿姨破费了！"

"谢谢！能邀请到你们是我的荣幸！"那妇人惊喜道。

唐雨想阻止宋浩，但为时已晚，责怪地望了他一眼。她已明显地感觉到这个神秘的妇人大有来历。

宋浩看到了唐雨的犹豫，以为她怕自己再遇上类似窦海芹临危托物的事，宽慰地笑道："我们就去陪杜阿姨用一次餐吧，没关系的。"

"那就请吧！"那妇人不失时机地起身先行走去，恐宋浩又改了主意。

"你怎么这么随便答应陌生人的邀请！"唐雨嗔怪地望了宋浩一眼，在后面低声说道。

"我也不知道，总之是人家诚心邀请，拒绝了会令她难堪的。吃顿饭而已，不会有事的。"宋浩轻声应道。

"你真是天真得可爱！"唐雨嘟囔了一句，无奈地跟在宋浩的后面一同走去。

走在前面的妇人隐约地听到了他二人的谈话，满脸洋溢着幸福的笑意。

待走进了餐车，宋浩、唐雨二人不由一怔——空荡荡的餐厅里只摆放了一桌子丰盛的饭菜，没有见到其他用餐的旅客。餐厅的几名服务人员恭候那里，偷偷打量着刚刚走进来的那名妇人。餐车的两端站了几名西装革履的年轻人，守在那里不让外人进入，当是那妇人的随从人员。很显然，这节车厢餐厅被那妇人整体包下了。

"这个杜阿姨是什么人啊？这么大的排场！"宋浩心中惊讶道。

唐雨扫了那几名年轻人一眼，感觉若是发生变故，自己还能应付得来，心中稍安。虽是觉得那妇人没什么恶意，她仍自进入了戒备状态。

"宋浩、唐雨，这边坐。"那妇人热情地招呼道。

宋浩走到桌前，望着满桌的酒菜，又环顾了一下四周，诧异道："杜阿姨，您这是……"

"用餐时有个好环境而已。很高兴有你们俩陪我一同用餐。"妇人开心地笑道。

"对了宋浩，我特地叫了几样甜点心，这是你小……你应该喜欢吃的吧，我也不知道，就胡乱叫了来。"

"谢谢阿姨，我从小就喜欢吃这种甜点心，爷爷怕我吃坏了牙齿，吃过后总要让我漱口的。"宋浩说道。

"你有个好爷爷！"妇人轻轻叹息了一声。

三人落座，有餐厅的服务员上前斟酒，那妇人抬手止了，接过那瓶红酒，说道："我自己来吧，我们想安静地说会儿话。"

服务员会意，转身招呼了其他的服务员退去了。

"宋浩，这种红酒很养胃的，你和唐雨都喝点吧。"那妇人竟然起身亲自给二人倒酒。

"谢谢杜阿姨，您这样盛情，让我们受宠若惊了！"宋浩说道。

"不要客气，我和你们俩很谈得来，说明我们是有缘分的。这也是我这么多年来最高兴的一天。"妇人欣慰道。言语间不禁又是一阵激动，将那酒水洒出了杯子外面，忙歉意地一笑："对不起，这火车太不稳了。"

唐雨看得明白，眉头一皱，怀疑这个妇人与宋浩有某种特殊的关系。

"该不会是宋浩的妈妈找来了吧？"她忽然冒出了一个大胆的猜测。

"杜阿姨，您应该是刚从海外回来的吧？"唐雨忽然问道。

"是啊！你怎么知道？"那妇人听了，微讶道。

"您的气质和别人的不一样。"唐雨应了一声，低头吃饭，不再说话。她已经明白了什么。

"你这个小丫头，真会说话。"那妇人笑了笑道。

"一方水土养一方人，尤其是你们这些从海外回来的，并且事业有成的人，那种外显的气质，很自信的，真的是和国内的一些土财主不一样。"

宋浩说道。

那妇人听了，笑道："那你将来有没有兴趣去国外发展啊？也养成一身自信的气质。"

宋浩摇头道："那要看做什么样的工作了，我的事业的根在中国，国外不适合我。"

"哦！这说明你已经蛮有自信了嘛！"妇人惊喜道。

一旁的唐雨望了望宋浩，又望了望那妇人，撇了撇嘴，仍未言语，任他二人说去。

"力能壮胆，才能示气，钱能显势。人到什么时候也就说什么话、做什么事了，也由不得他的。"宋浩说道。

"看来你对人研究得很透彻啊。"妇人笑道。

"我的专业就是研究人的，研究人的好坏的。"宋浩笑道。

"你倒是很幽默！"妇人开心地笑道。

那妇人不断地往宋浩的碗里夹菜，令宋浩感到很难为情，又不好拒绝，连番道谢之后，胡乱地吃了。那妇人坐在那里笑吟吟地看着，一脸的幸福之感。

"杜阿姨，您在国外是做什么的？"宋浩问道。他感觉这位妇人很亲切，和她说起话来竟没有陌生感。

"制药。"妇人笑应道。

"哦！我们也算是同行了！"宋浩高兴地说道。

"你这个大傻瓜！到这种时候了，怎么还不明白，她是你的妈妈啊！"唐雨坐在一旁，暗里直是摇头。自己又不能去点破，怕宋浩一时间接受不了这个事实。

那妇人正是宋浩的亲生母亲杜青苗。连着数月，她实在是忍耐不住思子之情，决意前来见宋浩。齐延年无奈之下只好答应了她。但为了不耽误宋浩的学艺计划，让她保证另寻借口与宋浩结识，而暂不相认，权且为日后一家人相认作个铺垫。

这母子二人坐在火车餐厅里有说有笑，被蒙在鼓里的宋浩心中对这位"阿姨"敬佩之余，愈加感觉到亲切。杜青苗几次忍不住想当场认下宋浩，但还是克制住了自己的情感。15年日夜所盼望的这一刻，已经令她感到很满足了。面对眼前这个已经长大成人的孩子，愧疚之余，更多的是作为母亲的骄傲和幸福。

不知不觉，列车到了蓬莱车站。

在出站台的时候，杜青苗将唐雨拉到自己身旁，边走边轻声说道："你是个聪明的姑娘，有些事情你应该也明白了，请你好好地照顾好宋浩，日后我还要靠你的帮助。"

唐雨闻之，心中一惊："好厉害的女人！她竟然知道了我已经识破了她的身份！"

出了站台，宋浩颇有些不舍地说道："杜阿姨！谢谢你一路上的热情款待，再见了！"

"很高兴与你一路同行！我们还会再见面的。"杜青苗欣然一笑道。

望着宋浩和唐雨远去的身影，杜青苗站在那里久久不动。她的随从人员和两辆豪华车静静地等候在一旁。

出了火车站，宋浩欲招辆的士。唐雨止了道："宋浩，坐了一天的火车，我想走一会儿。"

宋浩道："也好，晚饭之前赶回去就行。昨天晚上爷爷在电话里说了，在家等着我们吃饭呢。"

"宋浩，你对这个杜阿姨的印象怎么样？"唐雨犹豫了一下，说道。

"很开朗的一个阿姨。并且看样子应该是一位很有身份的人，却能和我们坐在一起说话，不简单。"宋浩敬佩道。

"哦，你这样认为就好。"唐雨漫应了一声。

"如果……，我是说如果，这位杜阿姨是你的妈妈呢？"唐雨终于鼓起勇气说道。

"妈妈！"宋浩闻之一怔，随即摇头道："我哪里有这么好的命会有这样一个妈妈！不要再提及家人了。"最后一句，口气肃然。

唐雨听了，知道宋浩对天医门已心存芥蒂，暗里一叹，不再言语，一路默默走去。

宋家老宅内，宋子和已备好了一桌饭菜等待宋浩和唐雨的归来。从昔日唐雨来寻宋浩，又陪了宋浩数月学习脉法，宋子和已是明白了他二人的关系，心中也自为宋浩感到高兴。

听得外面门声响动，宋子和忙迎了出去。

"爷爷！"一脸欢笑的宋浩和唐雨站在了面前。

"回来了！"宋子和高兴道。

看到爷爷又多了些憔悴，宋浩心中一阵酸楚，忙上前扶了，歉意地说："爷爷，我又走了好几个月，让您老一个人在家里度日，我……"

"没关系，你是去学本事的，这是正事，况且我一个人过得也很好。"宋子和笑着安慰道。

"唐雨姑娘，屋里坐吧。"宋子和忙又招呼了唐雨道。

饭桌旁落了座，宋子和问道："这次拜师学艺还顺利吧？"

"还算顺利。"宋浩应道，心中的疑惑，此时却不知如何开口。

"爷爷，宋浩聪明，数月时间便将那脉法习成了。"唐雨一旁说道。

宋子和没有注意到宋浩脸上笼罩着的一层忧郁和他眼中透露出的忐忑，点头笑道："宋浩是为医道而生，这方面的灵机悟性，不是一般人所能比得了的。我早对他有信心。"

"爷爷……"宋浩犹豫了一下，忍不住想问自己的身世。

唐雨则在桌下暗里用脚碰了宋浩一下，意思是吃完饭再问，否则这顿饭便吃不下去了。

宋浩会意，便没有再问。

宋子和见宋浩欲言又止，也自意识到了什么，说道："宋浩，吃过饭我有件事要和你说。"

"哦。"宋浩低了头去。此时他忽然感觉到，没有脸再面对辛辛苦苦将自己养大并培养成才的爷爷了。

宋子和此时还不知道宋浩现在的心思，打算饭后将一切告诉他，也是到了应该告诉他一切的时候了。一个星期前，杜青苗又来到了家里，恳请宋子和在宋浩归来之后讲明一切真相，准备随后正式认领宋浩。宋子和理解母子之情，便答应了。

唐雨见宋浩低落的情绪影响了饭桌上的气氛，于是笑道："爷爷，你知道宋浩是怎么习成那种脉法的吗？那是要先遭受一种'蜕皮'之罪，脱胎换骨之后，方能入那神脉之门。"

宋子和闻之讶道："怎么，习那脉法还要过许多的关口不成？"

唐雨便将宋浩跟随林凤义习脉的经历大致说了一遍。

宋子和望了望宋浩那双已变得白皙的手指，诧异道："世间竟还有这般习脉之法吗？闻所未闻啊！"

唐雨笑道："被那脱皮的药水浸泡下来，果然增加了宋浩指腹的敏感度。我们正常情况下能辨得两三种脉象，他却能辨得五六种甚至更多。那种脉中脉，不知道他是如何辨出来的。"

宋子和点头道："非常之术，必有非常之法！古时医家脉道，也多是独悟而成，仅仅读尽那些脉书是习不来的。宋浩的太爷爷在世时曾说过，脉理精微，阴阳妙变，人身万象自可以气血应动于脉口。心指融会之际，神意感应，可细察毫发之变，尽知人身诸恙。脉道通神，便是如此了。"

宋子和随后又摇头感慨道："脉理精微，其理难得。现今中医界中真正明悉者已无几人，可以说是濒临失传了。脉道经络，医理方药，古今全能者又有几人啊！医道与天地通，能领悟者又有几人？道之不解，术之难明，虽有小效，难应万世。"

"爷爷，你放心吧，过些日子我们便回白河镇创办天医堂去，以医应世之余，我也要将中医医道系统地整理出一种能令大众明白什么是中医的说明来，不能仅是在天医堂凭借几张方药治病救人就行了的。医为何物，现今百分之九十九的习医者都不明白。"

宋子和听了，欣慰道："能脱出术外以道为，方能成就大医之道！能明白天人相应与万物通的道理就是入了道了！"

"丫头，你明白吗？"宋子和又笑着对唐雨说道。

唐雨应道："是否可以这么理解，一张秘方，治病显效。但不知其中药物组成何以显效，只是借术施治而已，自然是落了下乘。若是能通医理药理，知其然而所以然，择证应时，随意变化，愈增疗效，便是入了大医之道了。"

宋子和笑道："秘方无秘，路边一味枯草能治大病便是奇方。只要能懂得为何能应病治病就行了。万物皆可为药，皆可为所谓秘方之药。在我眼中，皆是好药。落叶秉肃杀之气，流水具上下之性，但为药引，皆可奏奇效。医者意也，便是如此了。"

老少三人，谈医论道，其乐融融，暂时隐去了开始时那般沉闷的气氛。

吃过了饭，唐雨到厨房洗碗去了，也是她有意避开祖孙二人，令他们私下说会儿话。

宋浩沏了壶茶水来，和爷爷在沙发上坐了，他已感觉到爷爷要和自己说些什么了。

"宋浩，有件事情今天要和你说一下，你现在长大了，也是到了让你知道的时候了。"宋子和感慨了一声道。

宋浩听了，心中一痛，看来自己所担心的事情果然是真的了。

"你知道那个天医集团的齐延年为什么对你那么好吗？因为他是……"宋子和长叹了一声道，"因为他是你的亲生父亲。你本是天医门齐家的后人，真名叫齐浩。十五年前，一次意外之变，令你的父母无暇照顾你，将你放在平安堂托付给我……"

"爷爷！"这一刻，宋浩泪流满面，起身跪到了宋子和面前，摇头道："这不是真的。"

"傻孩子！这是真的，对你来说也是一件好事。"宋子和抚摸着宋浩的头，慈爱地说道。

"不，我没有什么父母，我只有一个亲人，那就是爷爷。"宋浩坚决地说道。

宋子和闻之一怔，随即恍悟道："看来你已经知道这件事了。"

宋浩点了一下头道："齐家的另外一个人找过我了，但我对他的话是不信的。爷爷，此事不要再提了好吗，我叫宋浩，是爷爷的孙子，和那个天医门齐家没有关系。"

宋子和未料到宋浩在知道了自己的身世后竟如此的冷漠，以为他暂时还接受不了这个事实，于是说道："你勿怪你的父母，当年他们确实是遇上了紧急之事，才将你托付给我的。天下间哪有父母忍心不顾自己儿女的道理？希望你能体谅他们。况且天医门为众医门之首，这对你日后的发展是很有利的，也自能成全你振兴中医医道的志向。上次在你走后，你的父母便来家了，准备要认领你，怕误了你学艺，这才等到现在。宋浩啊，你是个大人了，要面对这种现实的，不要耍小孩子脾气。"

"齐家的人来过了！"宋浩闻之惊讶道。

"是啊。他们先前到过白河镇找你，但是那时我们已经离开了。因那铜人的缘故，这才又找到了你。"宋子和说道。

此时的宋浩，心中也有想认回父母的冲动，去感受一下父母疼爱自己的感觉。但是在知道了这其中有宋刚命案一事，令他对天医门齐家无形中产生了一种愤慨。宋浩的心中万般痛苦，心地狠毒的父母为了实施他们的计划，竟然杀死了宋家唯一的儿子，这是令宋浩最不能忍受的。

"爷爷，您听我说，天医门齐家对我来说没有任何意义，他们是他们，我是我。我永远是宋家的子孙，不想与齐家有任何关系。齐家若再来人，就不要理会他们了。"宋浩毅然说道。

"你这孩子，怎么这般固执，当年你父母将你抛下是有苦衷的，你应该体谅他们的难处。如今回来认你，是一件令人高兴的事情。"宋子和责怪道。

望着不明真相、可怜的爷爷，宋浩心如刀绞，含泪道："爷爷，您不要再说了，总之我永远不会去认他们的。我要照顾您老一辈子。"

宋子和听了，也流下了感动的泪水，感叹道："爷爷算没白疼你一回！你的心情爷爷理解，可是那毕竟是你的亲生父母啊！你便是认了他们，爷爷也不会离开你的。因为爷爷这把老骨头还有用处，会为你的天医堂助把力。其实，我还要感谢你的父母当年将你送到了我这里，否则宋氏医道就会在我的手里失传了的，有负你太爷爷的遗愿啊！"

"爷爷，您老别说了！我……"宋浩咬破了嘴唇，几乎欲将天医门的阴谋说了出来。

"好了！你不能马上接受这个事实，爷爷也理解的，待过些日子你想通了也就好了，终要认祖归宗的。去陪会儿唐雨吧，我们光顾自己说话了，不要冷了人家姑娘，"宋子和说道。

宋浩出了屋子，见唐雨站在院中，歉意地笑道："不好意思，让你一个人在这里。"

"没事，我望会儿风景。"唐雨笑道。

"爷爷和你说过了。"唐雨看到宋浩哭过的眼睛，问道。

"一切都是真的！"宋浩感叹了一声，随后道："走，到我屋子里看看吧。"便引了唐雨转到了后宅。

昔日唐雨在宋浩的卧室内将他劫走，如今竟是二人携手重归旧地，世事变化难料，皆是颇为感慨。

"宋浩，再说一次，对不起了！"唐雨歉疚地笑道。

"要不是当日之变，也不会发生这许多的事情，更不会认识你了。"宋浩笑道。

接着宋浩朝那间密室的墙壁努了一下嘴，轻声道："那宝贝就在里面，待找机会让你见识一下。"

唐雨惊喜道："你胆子好大，竟然把东西藏在这座小院子里。要知道这里已不知被多少人搜过多少次了。"

宋浩笑道："最危险的地方就是最安全的地方。我只能告诉你一个人，莺莺那边我是不敢说的，怕她又转了心思。"

"莺莺！叫得好亲热啊！"唐雨不自然地笑了一下，酸溜溜地说道。

"她其实是一个心地善良的女孩子，生错了人家而已。"宋浩并未注意到唐雨的神色变化。

"唉！事情在爷爷这里已经得到了证实，我应该怎么办啊！"宋浩接着叹息了一声，坐在床上，愁眉不展。

"既然这种事实已经发生了，就面对它吧。重要的是不要告诉爷爷真相，否则他老人家会受不了的。"唐雨说道。

"我现在都有些不敢面对爷爷了。天医门将事情做得太绝了，我……我甚至于想为爷爷、为宋家报仇。"宋浩咬了咬牙，愤慨道。

"你可不要有这种想法，十五年前的事就让它过去吧，否则事情会被你愈加搞乱的。目前最要紧的是让爷爷快乐地过好下半生，这才是你的责任。"唐雨说道。

"宋浩，恕我直言。天医门齐家将你为饵，留在宋家偷艺，目前看来是真的了。不过有些事情不能只听那个齐延风一面之辞，十五年前究竟发生了什么事，还有待证实。以齐延年夫妇的为人品质，不应该会做那种骇人听闻的卑劣之事。"唐雨对杜青苗印象不错，不认为她会参与到一起谋杀事件中去。

"有些人不要看他面子上风风光光的，一旦为了自己的利益，就会不择手段的。那两个齐家的人，怎么就知道他们做不出这种卑鄙的事来？"宋浩冷冷地说。

"其实……，你真的不打算去认他们了？"唐雨犹豫了一下，说道。

"他们与我没有任何关系，我认他们何来？我是爷爷养大的，我的亲人只有爷爷。"宋浩肃然道。

"那你准备怎么办？"唐雨问道。

"什么怎么办？天医门与我没有关系。过几天我就去白河镇筹备天医堂的事，安顿好了再将爷爷接过去。"宋浩说道。

"天医堂！天医门！我……我怎么起了这么个名字，还是再改个称呼吧。"宋浩忽然意识到了什么。

"一字之差也是有别的，况且是你先前定下的，不用再换了吧。天医堂这个名字我很喜欢。"唐雨忙阻止道。

"哦，既然是你喜欢那就算了吧。"宋浩说道。

唐雨听了，欣慰一笑，暗里感叹道："这不是无意中的巧合，说明你是天医门齐家的人。你的妈妈也到了这里，应该这几天就来正式地认你了。可是你现在的态度会将她拒于千里之外的。"

"宋浩。"

"什么？"

"在火车上认识的那个杜阿姨有可能这两天来找你，你要有个心理准备。"唐雨说道。

"怎么，让人家白请了一顿饭，还想占人家的便宜啊！她找我干什么，又不知道我住哪里。"宋浩笑道。

"我感觉她会来找你的。"唐雨肯定地说道。

"找来也好，我们回请她一顿就是了。"宋浩不以为意地说。

"宋浩，你想过没有，这个杜阿姨的身份不一般，并且包下了整个车厢餐厅来请我们。如此有身份的人怎么会和我们一起乘那列普通的火车呢？自然不是为了安全上的问题。出站台时，你也看到了，有两辆豪华的轿车等在那里，一大帮随从人员呢。你就不觉得这里面有问题吗？她为何单单请了你我？"唐雨说道。她知道必须对宋浩讲明白，否则他的母亲寻来，会令他无措的。

"是啊！这个杜阿姨是有点奇怪。对我们也太热情了。"宋浩眉头一皱道："唐雨，你认为这个杜阿姨是什么人？为什么要接近我们？"

"她……她有可能是你的妈妈！"唐雨鼓起勇气说道。

"妈妈！"宋浩闻之，身形一震。

"她……她会是我的妈妈？！"宋浩自是有些激动起来。

"杜阿姨是个如此的面善之人，怎么会参与那种害人的阴谋呢。所以我想，当年宋刚叔叔的死，极有可能是一场意外，那个齐延风借题发挥，将两件事联系到了一起。尤其是，这个人能在这个时候对你说这些话，本身就有些居心叵测。天医门便是有偷艺宋家的计划，也不会用这么狠毒的手段。他们仅仅是为了完成一个齐家先人的遗愿，犯不上杀人。我想，你的父母在认你之时，对这一切应该会给你一个合理的解释。"唐雨想促成宋浩母子的相认，除了让宋浩回归天医门，在日后有个更好的发展之外，凭着一种直觉，像杜青苗这种美丽端庄、雍荣华贵的女人，不会跟这种阴谋诡计联系到一起的。

"就算宋刚叔叔的死是场意外，与他们无关，可是他们竟为了偷艺宋家绝学，欺骗了爷爷十五年，并且十五年后再来将我认走，这对爷爷是不公平的。这本身就是一个大阴谋，不可原谅的阴谋。她……她即便是我的妈妈，我也不会认她的。当年她怎么这么忍心把我丢下？况且爷爷知道了，同样是不会原谅他们的。"宋浩有些激动地说。

"这……"唐雨一时无语。

"你怎么这么肯定那个杜阿姨就是我……我的妈妈？"宋浩随后问道。

"她望着你的眼神，那是一种母亲关爱儿子的神情。并且她是一个聪慧的女人，发觉了我已经猜测出她的身份。在出站台时，她对我说了一句话——让我照顾你和帮助她。"唐雨说道。

"她……她真的是我的妈妈！"宋浩脸上露出了一种幸福的喜悦，随即又摇头道："我不会认她的。我是个孤儿，没有妈妈。这个世界上哪有母亲将自己的儿子送给人家的道理？"

"宋浩，事实如此，你应该面对的。"唐雨劝道。

"齐家在这件事上本身就欺骗了爷爷，而我则是这个阴谋中的主角，我若是认了他们，他们的阴谋不就是得逞了吗？这对爷爷公平吗？你说我应该欢天喜地地去认祖归宗吗？"宋浩激动地反问道。"齐家的人既然这么做了，就要承担这样做的后果。天医门怎么了，就能仗势欺人吗！"

"可是爷爷已经同意你认自己的父母了，日后也不会离开你的，你仍然可以尽自己的孝心。"唐雨说道。

"爷爷并不明白这里的真相，到今天为止，他们仍然没有敢说出他们当年所实施的计划和目的，还是在花言巧语地欺骗着爷爷，说是当年有什么苦衷，迫不得已才将我留给爷爷的。我现在是爷爷的孙子，是宋家的人，我要为爷爷和宋家讨回一个公道，那就是让天医门齐家的这个阴谋永远地不能得逞，也要令他们利用自己的亲生骨肉来做这件事付出代价！"宋浩痛苦地说道。

唐雨摇了摇头，没有再说什么。

# 第六章　亲生父母

当天晚上，唐雨睡在了宋浩的房间里，宋浩则和爷爷同睡一屋。

宋浩这一晚睡意全无，临近天亮的时候才小睡了一会儿。偶一睁眼，天已大亮，索性起了来，移步院中，已是见唐雨在练习晨功了。东向迎日，手势开合，若太极式，如仙子之舞。宋浩一时看得痴了。

待唐雨运动一番收了功，看见宋浩一旁呆呆站着，不由笑道："想学吗？我教你，这是我们唐家的一套'六合养生功'，可柔筋韧骨，安和脏腑。"

宋浩笑道："好啊！日后你再教我吧。"说着，四下望了望，然后轻声说道："走，进屋去，我让你见识一下那宝贝。"

唐雨闻之一喜。

进了室内，宋浩掩了门窗。启动机关，引了唐雨进了那间密室。

"没想到这宅子里还隐藏有密室！"唐雨惊讶道。

"多亏有此密室，否则这宝贝就被人搜走了。"宋浩说着，开了室内的灯，上前将遮着那尊宋天圣针灸铜人的黄丝布扯下。

唐雨但觉眼前一亮，一尊古朴庄严、光泽四溢的针灸铜人呈现出来。

"这……这就是那尊搅得江湖天翻地覆的天圣针灸铜人！"唐雨惊叹道。

"如假包换！"宋浩笑道："不知那王惟一铸造此铜人时加入了什么神念在里头，令此铜人别具一种神韵，久观静感，自有一眼定穴之奇妙，尤增针力。并且似乎还能感应到别的东西，非常神奇。"

"宋浩，你真伟大！"唐雨一脸崇敬。

宋浩听了，心中倒是受用，笑道："谢谢！我也觉得我好伟大！更是一种幸运，令此失踪千年的医中至宝落在了我的手里。"

"藏在这里，时间久了也不是很安全的。"唐雨忧虑道。

"待天医堂成立后，另建密室，再将此铜人秘密转移过去吧。"宋浩说道。

出了密室，唐雨仍自兴奋不已，有幸目睹一回宋天圣针灸铜人的传世真形，那可是医门中人梦寐以求的事。

"你的功夫好，日后保护这宝贝的重任就交给你了，若有闪失，拿你是问。"宋浩笑道。

"我在同时保护两个宝贝，其中一个是傻蛋。"唐雨笑道。

"倘若遇到危险，你只能保护一个，你将选择哪个？"宋浩坏坏地笑道。

"铜人！那个傻蛋连命都不要而保护的东西，当然也是我的首选了。"唐雨笑道。

"唉！这年头都是要财不要命的人。"宋浩故作叹息状。

宋浩和唐雨随后出去买了早点回来，唤了爷爷吃饭。宋子和已知唐雨是医门唐家的人，为宋浩日后能有此贤内助而感到高兴。

老少三人用过早餐，坐在沙发上说话，偶闻外面敲门声。唐雨道："我去看看。"起身出去了。

宋子和对宋浩道："应该是你伯父家的人来看你了，我跟他们说过你要回来的。"

"杜阿姨！"外面传来了唐雨惊喜的声音。

宋浩闻之一怔，脸色微变。

宋子和从窗内看到唐雨迎了杜青苗进入院中，忙对宋浩说道："你妈妈来了，去迎一下吧。"

宋浩则坐在那里未动，复杂的心情令他有些茫然无措。

"傻孩子，还发什么愣，快去！"宋子和一旁督促道。

宋浩不甚情愿地站了起来，走了出去。宋子和坐在那里轻微地叹息了一声。

"浩儿……"杜青苗泪流满面。适才进院时，唐雨已经告诉了她，昨晚宋子和已对宋浩讲明了一切。

宋浩激动地望着眼前的母亲，他是多么想扑过去叫声"妈妈！"但是他止住了自己欲将爆发的冲动，淡淡地说了声："杜阿姨，我们能出去说会儿话吗？"

杜青苗闻之一怔，她期望的母子相拥而泣的场面竟被宋浩的淡漠取代了。

"宋浩，她是你的妈妈！"宋子和走了出来，责怪道。

"爷爷，这件事情让我自己来处理好吗？"宋浩回身说道。

"宋老先生，就让我们出去说会儿话吧。"杜青苗拭去泪水，无奈地苦笑了一下。

"那么就请杜阿姨在外面等我一会儿。"宋浩说完，转身回到了屋子里，取了一样东西后走了出来，径直朝院门走去。

"太突然了，这孩子可能一时间还适应不过来。"宋子和歉意地说。

"没关系，就让我先和他谈谈好了。"杜青苗苦涩地笑道，随后追了出去。

"爷爷，就让他们母子单独说会儿话吧。"唐雨扶了宋子和回屋中去了。

院门外停了一辆林肯轿车，里面坐了一名司机。在巷口处，还停着一辆奔驰车，几名西装革履的精干年轻人站在那里，显是保卫人员。

"浩儿！"杜青苗追出来，看到宋浩站在车旁不动，不明白他为什么会这样。

"杜阿姨，能否借你的车去海边，我们去那里说话。"宋浩冷冷地说。

"好吧，上车吧。"杜青苗亲自上前为宋浩开了车门。

"谢谢！"宋浩淡淡地说了声，坐了进去。

杜青苗随后坐到了宋浩的旁边，对司机道："老王，送我们去海边。"

"是，夫人！"司机恭敬地应了一声，启动轿车而去。

"浩儿，你爸爸稍后就会赶来，我们一家人就会团圆了。"杜青苗激动地说。

"杜阿姨，请叫我宋浩。"宋浩漠然道。

"不要这么说好吗？妈妈心中很痛。妈妈知道对不起你，但是爸爸妈妈会用后半生来补偿你的。"杜青苗摇头哭泣道。

宋浩暗里叹息了一声，闭上眼睛，不再说话。

海边到了，海风腥冷，波涛汹涌，天空阴沉。

宋浩下了车，先行走去。

杜青苗摇了摇头，后面跟上。

宋浩感觉到了母亲走到了自己的身边，望着天水相交的地方，叹息了一声道："能告诉我为什么将我抛弃了十五年吗？请告诉我真相。"

"浩儿，十五年前，我和你的爸爸遭遇到了紧急之事，来不及将你带走，只身到了海外……"

"别说了！"宋浩一声呵止，愤慨道："为了你们自己的目的，将我抛弃了十五年，今天仍旧在欺骗我和爷爷，我没有你们这样的父母。"

"浩儿，你……你在说什么？"杜青苗眼中呈现出了一丝慌乱。

"十五年来我学到了宋家的全部医术，包括回阳九针。但是我要告诉你的是，它是属于宋家的，天医门齐家永远也得不到。"宋浩冷冷地说道。

杜青苗闻之，身形一震，竟呆在了那里。她所担心的事情终于不可避免地发生了。

"你……你怎么会知道这些？谁告诉你的？"杜青苗惊慌道。

"这个你不要管，我现在再问你一件事，请如实相告。爷爷唯一的儿子宋刚叔叔，是不是死在你们的手里？请不要告诉我与你们无关，是一场意外的车祸。"宋浩说着，凌厉的目光望向了毫无准备的杜青苗。

"浩儿……，你怎么……你……"杜青苗一时间惊惶失措。

"果真是你们做的！"宋浩咬着牙上逼一步，愤怒地喊道："为什么这样残忍？令人家家破人亡，断子绝孙！仅仅是为了偷学到那一种针术。看你们道貌岸然的，竟然做出这种伤天害理的事来！你们有什么脸面配做我的父母！"

"浩儿……"杜青苗一声悲切，痛苦万分地跪到了沙滩上。

远处观望的随从人员见宋浩竟敢对杜青苗大声喊叫，想过来制止，但被那个司机老王拦住了。

宋浩将先前齐延年送给自己的银行卡扔到了杜青苗的面前，愤慨道："这是你们的东西还给你们。记住，从现在开始，我与你们天医门齐家没有任何关系，也请你们不要再去家里打扰我和爷爷的正常生活了。我不想再见到你们！"说完，宋浩含着泪水飞快地朝远处跑去。

"浩儿！"杜青苗一声撕心裂肺的呼叫，哭昏了过去。

随从人员见状大惊，忙跑了过来。

海水、沙滩、长空，天地万物，此时在宋浩的眼中都变成了灰色。他狂奔呼啸，跑进海中奋力地拍击海水，但发泄不去心中的苦闷。恍惚一夜之间，一切都改变了，上天改变了他的身份，让他去承担因父母所造成的后果。

"我不是什么齐浩，我是宋浩！"宋浩痛苦得无以复加。爷爷含辛茹苦地将自己养大，却是养大了仇人家的孩子。而自己又不能去为宋家报仇，因为对方是自己的亲生父母。他此时感觉到，造成这一切的罪魁祸首不是齐家的那双父母，而是他自己，等于是他欺骗了善良的爷爷十五年。这种愧疚和负罪感强烈地折磨着宋浩，令他无地自容。

傍晚时分，夕阳西下，失魂落魄的宋浩才慢慢地走回了家里。

为他开院门的是唐雨。"宋浩，你去哪里了？连手机也不带，到处找不到你。"随即，她发现了宋浩精神萎靡的样子，关切道："你怎么了？"

"我没事。"宋浩无力地说道。

"你没事就好！"唐雨心中稍安。"对了，你爸爸来过了。"

"他还来做什么？"宋浩冷声道。

"他是来向爷爷认错的。跪在爷爷的面前将十五年前抛子为饵，潜入宋家偷艺的计划全都说了出来。"唐雨轻声说道。

"什么，他向爷爷坦白了一切！"宋浩惊讶道。此事令他大感意外。

"是的，并说你的妈妈被你气得病倒了，否则会和他一起来认错的。怎么回事啊，如何将杜阿姨气得病倒了？"唐雨问道。

"她病倒了？"宋浩眼光一黯，愧疚地低下了头去。随即又目光一凛道："一切都是他们做的。罪有应得！那个齐延年对爷爷承认了对宋刚叔所做的事吗？"

唐雨回身望了一下院内，低声道："你轻声点。这件事他倒是没有承认，也没有说。"

宋浩冷哼了一声道："谅他也不敢说出此事。只承认偷艺的事又有何用？"

宋浩走进屋时，看到爷爷正在看报纸，脸色平静。

"爷爷！"宋浩走上前跪倒在地，低头不语。

"宋浩，你这是做什么？快起来！"宋子和欲上前搀扶。

"爷爷，就让我给您跪着吧。"宋浩哽咽道。

"你这傻孩子，你父亲中午时来过了，向我解释了一切。齐家倒也是一番良苦用心,我已经原谅他们了。况且此事一开始就与你无关的,你那时还是个孩子,能知道什么?唐雨扶他起来,我有话对你们说。"

唐雨将宋浩扶于沙发上坐了。宋浩愧疚道:"爷爷,真的是对不起。"

"唉!你这孩子,我说过了,我已经原谅了你的父母。派门中弟子潜入别人家里偷艺,本是旧时陋习,倒也不足为过。在这件事上你不必感到愧疚。"宋子和放下了手中的报纸,说道。

"可是爷爷……"宋浩激动之下欲要说出什么,被唐雨暗里用手指捅了一下,才低头不语。

"宋浩啊,"宋子和感慨了一声道,"其实在你上次回来和我说过见到天医门的齐延年,也就是你父亲的时候,我就基本上知道这件事的缘由了。天医门齐家实是煞费苦心,过去这么多年了,仍然没有放弃回阳九针,也够执着的了。"

"什么!那时候爷爷就已经知道了?"宋浩惊讶道。

"不错,天医门齐家的人一出现,我就明白了。你太爷爷在世时曾和我说起过此事,也叫我留意齐家的人。没想到他们竟然实施了这么一个深谋远虑的计划,也真是不容易啊!此事说起来也可叹可笑,齐家的后人竟然令自己的子孙扮作弃儿来实现他们先人的遗愿,这代价不免太大了些。只是苦了你了。"宋子和摇了摇头。

"宋浩啊!你的父亲已经来和我解释过了,也认了错了。事无紧要,你自己也不要有过多的想法。我说过,有些事情看似人为,实则天意。这件事虽是了却了齐家的事,也成全了我宋家,所以说起来还是一件两全其美的事。听你父亲说,你和你母亲发生了争执,将她气病了,这实在是不应该的。爷爷都不在乎,你还计较什么?寄术自居是医门陋习,只要遇到能持此术济世之人,就应该传授他的。"

"不过,你太爷爷当年没有应天医门齐家所请,将回阳九针传授给他们,这里面还是有一段渊源的,是我们宋家和天医门齐家的渊源。我给你们讲讲吧。"宋子和说道。

"当年我的父亲,也就是宋浩的太爷爷宋景纯,年轻时就已经医术超群,游医天下,济世活人,每行仗义之事,人冠以'医侠'之称。当时天医门门主齐良有一个女儿叫齐芸,虽是一个女孩家,却是悟透了医道,尤精女科,并且长得美貌惊人,江湖有谓:娶得医门齐家女,保得门庭百世安。这位医门美女齐芸,不知迷倒了多少公子王孙。

"一次,齐芸应杭州一富家所请,去诊治府上夫人之病。那妇人患崩漏,血流不止,性命垂危。齐芸虽下以方药,也只能暂缓其性命,仍不能尽止其经血。时闻家父宋景纯路过杭州,便前去所投之客栈拜访求教。家父闻其所述,复验其药方,惊叹道:'非此方不能治此病,非此病不能用此方!'

"齐芸于是说,方虽中病,疗效却不显。家父当时笑道:'将方上之药全部炒黑成炭,血遇炭止,一剂可效。'齐芸回去试之果然,心生敬意。也是那血色为红,五行属火,药质炒炭存性色黑,五行属水,水克火,便奇迹般地将那妇人的崩漏止住了。经此一事,齐芸对家父宋景纯的医道佩服之余,也生了爱慕之意。不过当时齐芸已被父亲齐良做主与人定了亲,是齐家的一位世交好友的儿子。

"齐小姐与家父两人交往一段时间后,彼此互生好感,并在医术上毫不保留地进行了交流,家父那时就已经将宋家的家传秘术回阳九针传授给了齐芸。只是当时的环境使然,二人尚属秘密交往,齐芸虽得此术还不被人知,也是不敢令人知。

"后来齐芸对其父齐良直言相告,要毁去先前婚约,另嫁宋景纯。齐良闻之惊怒,自不允许,并将齐芸关在家中不得外出。家父闻之,上门理论,自被齐良羞辱了一番,说是勾引良家妇女,有负名医之名。家父愤怒之下离去。后来那齐芸在出嫁之前便郁郁而终。家父宋景纯得知,悲痛之余发誓,永生不与天医门齐家的人交往。后来齐良身陷豪门被囚,出狱后转求宋家的回阳九针之术,自被家父冷笑拒绝。没想到那齐良心思不断,遗嘱子孙继之,这才演出了十五年前的那一幕,而酿成了今天的这种结果。"

"这真是一段感人的爱情故事!"唐雨听得泪流满面。

宋子和感慨道:"宋齐两家在七八十年前就已有了这种缘分,没想到这么多年后,齐家的子孙会被我当做孙子来养,来传授宋家的家传医术。宋浩啊,你也算是为宋齐两家了了一桩心事,又续了那段前缘。这就是天意!你的父母这么做情有可原,你应该去认他们的。宋齐两家的恩怨已经了去,并且由你这里开始,不再分彼此。"

"宋浩,爷爷说的对,有些事情还是不要再去计较的为好,时间是最好的药，它可以医治一切，过去的就让它过去吧。"唐雨劝说道。

宋浩低头不语，他还是无法原谅父母害死宋刚的行径。"爷爷，给我一段时间好吗？"

"这是自然，也应该有一个令你接受的时间。"宋子和欣慰道。

宋浩和唐雨到了后宅，宋浩坐在那里沉默不语。

唐雨说道："宋浩，你的父母为了能认回你，真是什么事都肯做了。你父亲跪在爷爷面前的时候，我真的是好惊讶，为了你，他们愿意说出自己十五年前实施的计划，以此来请求爷爷的原谅。他应该不会做出杀人之举，也没有必要冒这么大的风险。宋刚叔的事，是杜阿姨亲口承认的吗？"

宋浩摇了摇头。

唐雨心中一松，说道："既然不是杜阿姨亲口所说，这件事情可能真的与他们无关。"

"一定是他们做的，我从她的眼神里看得出来，她知道是怎么回事。"宋浩冷冷地说道。

唐雨听了，心中又自一沉，说道："即便如此，为了顾及爷爷，你也要将此事忘掉。死者不能复生，再做任何事情都是没有意义的。认了你的父母吧，为了爷爷，也为了你自己。"

"不！"宋浩摇头道："别的事我可以原谅他们，唯独此事不行。我不能认杀人凶手为父母，否则爷爷就白养我一回了，那样我还叫个人吗？"

唐雨叹息了一声道："白天我和爷爷在家的时候，也有意地问了一下宋刚叔的事。那年宋刚叔新结婚还不到一年，便意外地出了一场车祸，当场死亡。司机肇事后逃逸，案子至今未破。不到一年时间，你便被父母抛弃在了爷爷那里。从时间上看，似乎有些巧合。这样吧，你既然认定此事不放，过些日子我们不是回白河镇吗，可以去交通部门查看一下旧案底，如果那部分案底还在的话，或许还能找出其它什么线索来。"

"你是说我们去调查一下宋刚叔真正的死因！"宋浩眼中一亮，随即摇头道："事情过去这么多年了，能查出什么来？"

唐雨道："可以去试试嘛！另外，你不妨再找机会接触一下那个齐延风，不管他是何居心，对当年的事应该是知道一些的。还有一点你要注意：十五年前，天医门齐家在实施这个计划之前，一定是对爷爷的家庭状况有所了解的。如果车祸真是个意外，与你父母无关，而这个齐延风却借此来说事，就一定是有他的图谋了。从此事来看，天医门齐家内部也存在争斗，不要让人利用了你。知道你现在回归天医门意味着什么吗？日后的天医门门主可能就是你了。反对你父母的人自然不会甘心的，想着法子令你和父母不和，回不了天医门。这样的话，天医门中另一个阴谋不就得逞了吗？"

宋浩听了，觉得有点道理。"唐雨，没想到你能将事情分析得这么透彻。我的确是要注意有人在这件事上利用我，不过，凭我的直觉，我的父母应该与宋刚叔的车祸有关。尤其是……我母亲的反应，我一说出此事，真的是将她吓着了。心中没鬼，为何这样害怕？"

唐雨见宋浩已不在称呼母亲为"阿姨"了，心中一喜，说道："可能是怕你误会她吧。毕竟是在宋刚叔死后才将你送到宋家的，多个心思的人自然会将两件事联想到一起。"

宋浩道："你也不用劝我，总之在事情没有弄明白之前，我不会去认他们的。那齐家家大势大又能怎样，家里人还不一样是在勾心斗角？从那齐良开始就是不讲理的人，误了太爷爷和那个齐芸的一场姻缘。还有现在的那个齐延风，面上看就是一个阴险的人。以我看，齐家没一个好人……。"猛然想起自己也是齐家的后人，宋浩便止了话语。

唐雨见宋浩对齐家有如此深的成见，暗里无奈地摇了一下头。

## 第七章　真相难明

第二天，吃过早饭无事，唐雨担心宋浩待在家里烦闷，便拉了他去逛街。

一路走来，也无甚趣味，为了不扫唐雨的兴致，宋浩也自强打起精神来，陪她说笑。

在路经一街口的时候，忽闻旁边有人唤道："宋浩。"

宋浩闻之一怔，回身看时，不由惊道："顾先生！"

来者正是顾晓峰。

"别来无恙！"顾晓峰笑着走了过来。

"还好，顾先生这是……"宋浩随即明白了顾晓峰的来意。

顾晓峰指了街道对面停着的一辆奔驰轿车说道："齐先生想见你，请走一趟吧。"

"我不想见他。"宋浩摇头道。

顾晓峰见状，笑了一下道："你的事情我已经知道了，父子之间还能有什么事情说不开的？"

"宋浩，去一次吧，或许齐先生能给你一个合理的解释。"唐雨一旁劝说道。

宋浩犹豫了一下，说道："那你等我一会儿吧。"说完，朝那辆奔驰车走了过去。

这边的顾晓峰朝唐雨点了点头，说道："你是医门唐家的唐雨？唐家医武双绝，果然名不虚传，上次能将那个持枪的杀手惊走，保护了宋浩，不简单啊！"

"先生是？"唐雨闻之惊讶，始知宋浩以前的行踪尽在此人的掌控之中。

"生死门顾晓峰。"顾晓峰淡淡地说。

"生死门！"唐雨闻之，身形一震。

宋浩走到那辆奔驰车旁，朝着他的那扇车门忽然自动地敞开了，一脸严肃的齐延年正坐在里面。

"上车！"齐延年冷冷地说道。

宋浩迟疑了一下，还是坐了上去。

"你妈妈病了，你去看她一下吧。昨天到现在，水米未进。"齐延年望着前方，语气责怪道。

宋浩听了，心中隐隐一痛，坐在那里未应声。

"你是个医生，就算请你去看一下病人吧。"齐延年轻微叹息了一声。

见宋浩没有反对，齐延年对前面的司机道："老王，开车。"

轿车驱动，缓缓朝前面驰去。

齐延年望了一眼一脸漠然的宋浩，仰头叹息了一声道："见过你母亲后，有些话我再对你说吧。事情并不是你想象的那样。"

接着父子间再无言语。

轿车行驶到了东城区的一座大宅院前，关闭着的大铁门自动开启，轿车缓缓开了进去。这是一座幽深的高墙大院，老屋古树，充满了年代感。

下了车，齐延年引宋浩进了一间大房子，穿过一处豪华的客厅，来到了里间的卧室门前。齐延年回头望了宋浩一眼，随后开门走了进去。

"他来了。"齐延年对正躺在床上的杜青苗说道。

"浩儿！"杜青苗支撑着坐了起来。

站在门口的宋浩不由一怔，他看到杜青苗一脸的憔悴，似乎一夜之间便消瘦了很多，只是眼中透着惊喜。

"站在门口做什么，进来。"齐延年转头，语气温和地说道。

宋浩不由自主地慢慢走了进去。

"浩儿！"坐在床上的杜青苗一把拉过走到近前的宋浩，拥在他的怀里大哭起来。

宋浩轻轻拥抱了一下母亲，随即又将手松开了，站在那里，表情漠然。

"年哥，我们一家三口终于团聚了！"杜青苗激动地哽咽道。

"好了，孩子过来了，你要注意身体，还是吃点东西吧。"齐延年不失时机地端过一碗莲子羹，却是送到了宋浩的手上。

宋浩犹豫了一下，将那碗莲子羹接过，递上前，低着头道："你……你还是吃了它吧。"

"孩子端给妈妈的，妈妈吃！"杜青苗高兴地接过来，开始伴着激动的泪水大口地吃了起来。

站在一旁的齐延年暗里松了一口气，拍了拍宋浩的肩膀，对他的配合表示感谢。

"你慢慢吃吧，不要急了。我和孩子出去说会儿话。"齐延年对杜青苗柔声道。

"嗯！去吧！"杜青苗流着泪水，点了一下头。

宋浩望了一眼坐在床上的母亲，低头随齐延年走了出去。

在客厅中，齐延年坐在宋浩的对面，点燃了一支雪茄烟，表情严肃，望着他久久不说话。

宋浩被齐延年看得浑身不自在，见桌子上一只精致的木盒里装着雪茄烟，也想吸一支缓和一下自己紧张的情绪，也想故意显示一下自己乖张不驯的样子，于是伸手去取了一支，拾起桌子上的打火机就要点。

齐延年被宋浩的这番动作搞得一怔，随即眼中闪过了一丝笑意，将一盒精装的火柴递上前，说道："吸雪茄烟是要用火柴的，否则就会走了味。"

宋浩见状，默默地接过火柴，点燃了雪茄烟，皱着眉头吸了起来。父子二人开始对着吸烟，不再说话。

"这小子，一千元一支的雪茄烟就让你这样胡乱地糟蹋掉了，真是可惜！一点绅士风度也没有。"齐延年暗里摇头道。

"这雪茄烟也没什么嘛！装个样子显个派头罢了。"宋浩大口地吸着，好像是在吃冰激凌。

"齐浩。"过了好一阵，齐延年这才轻声唤道。

"我姓宋，不姓齐。"宋浩又吸了一口雪茄，呛得眼泪直流，觉得实在是无什么趣味，索性按熄在了烟灰缸里。

齐延年眉头一皱，随即点了一下头，说道："嗯，也好，宋浩，我将事情的原委都和你爷爷那边说过了，也得到了他老人家的谅解。想必你也知道了我们这样做的原因，在此事上我不想再做解释了。至于宋刚之死……"

宋浩抬起头来，眼神凌厉地直盯着齐延年。齐延年心中一凛，以至于不敢再和宋浩对视，将目光移开了去。

"这件事情是个意外。"齐延年叹息了一声，愧疚道，"由于你所知道的原因，齐家一直没有放弃对宋景纯后人的寻找。费尽曲折，后来终于在白河镇找到了宋子和父子。不错，那场车祸是天医门故意安排的，但是并非想要那个宋刚的命，而是想将宋刚撞伤后，由天医门施术救治，进而接触到宋子和，令他对我们产生感激，以此选定一个合适的门中弟子拜其为师，顺理成章地习到宋家秘术回阳九针。但是这个计划发生了意外，执行这项任务的司机操作不当，将那宋刚撞得伤势过重而当场死亡。这实在是无心之过。也是当年我们将此事想得过于复杂了，才冒此险，现今想来，真是无谓之举。"

"卑鄙！无耻！果然是你们的阴谋诡计！竟然还敢说是无心之过。你们就是杀害宋刚叔叔的凶手！"宋浩愤怒道。

"你不要激动，听我把话说完。为了能安全地实施这个计划，我们选定了一个车技高手，并且不知他模拟训练了多少次，在确认可行之后，才实施了这个计划。可是意外还是出现了，这是我们所没有意料到的。并且那个司机由于自己的失误，悔疚难当，几个月后自杀了。早知如此，我们是不会实施这个计划的。"齐延年叹息道。

"自杀了？是你们杀人灭口吧。"宋浩冷哼道。

"杀人灭口？！"齐延年似有所悟。

"你这句话倒是提醒了我。"他站了起来，面呈愤怒，拾起桌子上的手机想打个电话，但随即又放下了，脸上又恢复了平静。

"宋浩，事已至此，无可补过，我们齐家欠宋家的，我们日后会倾全力对你的爷爷进行补偿。此事不要令你爷爷知道的好，否则这种打击他老人家是受不住的，也可能对你产生仇恨。以后我们会像对自己亲人一样奉养他，为他养老送终。事情的全部经过就是这样，我丝毫没有对你隐瞒。爸爸妈妈将你牵涉进此事中，如今又让你左右为难，也是我们对不起你了，你怎么来惩罚我们都不为过。可是事情已经不可避免地发生了，就让我们一起来尽可能地补救吧。你便是不愿易姓归返齐家，也是应该的。就当将你过继到宋家，为宋家的子孙了。只是希望你能顾及一下你的妈妈，能认下我们。并且我们现在所做的一切，都是为了你的将来，天医集团日后都是你的。"齐延年颇有些激动地说。

"算你诚实，对我说出真相。但是不要再用花言巧语来欺骗我了，我没有你们这样狠心的父母，没有杀人凶手的父母。你那个天医集团与我没有任何关系，我的未来，我自己会努力的。从现在开始，请你们不要再来打扰我和爷爷的正常生活了。十五年来我一直以为自己是个没有父母的孤儿，现在仍旧是个没有父母的孤儿。记住，上天是公平的，你们要为自己所做出的愚蠢行为付出代价，并不是所有的事情都按你们的意志来发展的，你们的财势不能改变一切，否则天理何在？"说完，宋浩起身离去。

齐延年颓然地坐那里，脸呈悲哀，痛苦地闭上了眼睛。

不多时，顾晓峰走了进来。

"齐兄，看来你还是没有说通公子，我看他情绪激动地去了。"顾晓峰遗憾地说道。

"暂时由他去吧。顾兄，事情的缘由昨天我已经全部和你说清楚了，但是现在又有意外的变化了，适才这孩子的一句话提醒了我，当年的那个司机也死得蹊跷。在我看来，当年的那个计划开始实施的时候，就已经陷入到另一个阴谋中了。"齐延年面色忧郁道。

"齐兄是说二爷那边……"顾晓峰闻之一怔。

"不错，除了他还能有谁？否则宋浩哪里会知道这许多的事情？唉！没有想到他对我的怨恨能这么深。"齐延年摇头一叹。

"现今怎么办？"顾晓峰道。

"事过多年，那个司机又死了，已是没有证据来质问他了，他也不会承认的。说起来这也是我的过失，当年怎么就头脑一热，自作聪明地实施了那个愚蠢的计划，如今是悔之晚矣！此事已经搭进去了两条人命，我不想再生出什么意外了。不过有一点，他若是对宋浩采取不利的行动，我还是那句话，立即特殊处理。我已经对不起这个孩子了，不想再让他遭受到任何的意外。至于他那边，我会逐渐削减他的权限，最后令他终老海岛吧。只要他还老实。"齐延年感慨之余，神色一肃。

宋浩出了这座宅院的大门，看到唐雨站在门外等他。

"你怎么也过来了？"宋浩问道。

"是和生死门的那个顾先生过来的。"唐雨应道。"见到杜阿姨了？她没事吧？"

"不要再谈及他们了。所有的事情那个齐延年刚才都已经承认了。"宋浩铁青着脸说道。

唐雨闻之惊讶道："他亲口承认的？"

宋浩点了点头。

"天啊！怎么会这样！"唐雨惊呆了，她知道，宋浩与他父母的关系再也缓和不来了。

二人回转走来。唐雨道："你的……，天医门的人真是不简单，竟然将生死门收归门下听用。在旧时，生死门惩恶扬善，追魂索命，也只是偶现江湖。没想到这个神秘的江湖门派现今仍然存在。"

"助纣为虐罢了！"宋浩扔过来一句冷话。

回到了老宅，宋子和正在后宅的卧室中休息。二人本不想惊动他，不过宋子和已经听到了响动，知道是宋浩和唐雨回来了，隔了窗户说道："宋浩，你们不在家时来了一位道士，说是你的师兄，留了封信在桌上，你看下吧。"说完，便又躺下了。

宋浩听了，忙于桌子上拾起一信封，折开来看时，上面写道：

宋浩师弟：

  别来无恙！

  今奉师命到济南办事，顺便转到家中一望。喜闻师弟已学艺归来，甚慰！请到旅馆一会。

师兄无果

下面是一家旅馆的地址。

"是无果师兄来了！"宋浩惊喜道。

在信中所记的旅馆里，宋浩见到了一身俗家打扮的无果，二人俱是喜极。

"怎么样，可学到了林凤义的脉法真髓否？"无果笑问道。

"真是谢谢师父能荐此高人，否则还不知道这脉中也自别有天地！"宋浩感激地说。

"师父识人，从无差错，这也是你的造化。"无果笑道，接着从怀中掏出一张银联卡来，递给宋浩道："你既学有所成，也应该有所作为了。这是师父让我交给你的，本想交给你爷爷代转，听说你已经回来了，还是亲手交给你吧。里面存有二百万元，是师父个人的积蓄，拿去创办医药馆行医济世吧。"

"师父！"宋浩一时间百感交集，拜泣而受。

"另外，师父还让我带给你一句话："无果郑重地说道，"希望你日后做的是一项事业，而不是一门生意。"

"请转告师父，我会记住他老人家的话的。"宋浩正愁没有资金创办天医堂，师父肖伯然赠送的这二百万，无疑是雪中送炭。

无果随后给了宋浩一张纸条，说道："上面是与我的联络方式。上清观独处深山中，没有电话，你有事需要观中帮助时，打这个电话就行了。会有人通知我的。观中的人财物，随时为你调用，这也是师父吩咐的。这里面还有师父为你选定的几位擅一技之长的医中高人，日后得了机会再去拜访学习不迟。"

"谢谢师父和师兄了！"宋浩感激地接过，小心地于怀中藏了。

"还有一事：观中得到消息，天医门，也就是现在的天医集团齐家的人与你接触频繁。师父让我转告你，要与对方谨慎相处，不可轻信于人，对方的目的有可能是你手中的那尊天圣针灸铜人。师父虽曾设计令你脱身事外，但是有些人还是瞒不过去的，要你一定小心行事。"

宋浩点头道："我知道了，请师父放心吧，宋浩会与那尊针灸铜人同在。"

无果道："你天资虽高，阅历尚浅，容易被人蒙骗上当，只是提醒你一下罢了。并且师父也有过交待，不许我们过多地询问那尊铜人的事。"

无果说完，看了一眼腕上的手表，说道："见上你一面，办完了师父交待的事，我也就放心了。我要赶火车，日后有机会再见吧。"

"为何这么急啊！不妨多住上一天，我带师兄在此地四下转转，好好地招待你一回，以尽地主之谊。"宋浩说道。

无果笑道："没那般闲心了。近日江湖上还要发生一件大事，我奉师命还要去寻找几个人。"

"要发生什么大事啊？"宋浩惊讶道。

无果道："现在我也说不清，到时候你就会知道了。好了，师弟，我这就告别了。不用送。"

那无果说完，提了一包行李，出了房间，先自去了。

"什么？你那个道家师父让人给你送了二百万来！你真是个福将啊！总是有贵人相助！"唐雨听了宋浩一番讲述，惊讶道。

宋浩也自欢喜道："我正愁创办天医堂的资金没有个着落呢。爷爷那里虽有不足二十万，也只够开家小诊所的。虽然你也曾说能为我筹措几十万，可是要向家人开口的，不想让你那么做。这下好了，这笔钱足够办上一家小型医院了。"

唐雨笑道："其实以你现在的本事不愁筹不到资金的，你救过的那几个大老板，一个电话过去，谁都会支援个几十万甚至是上百万的。"

宋浩道："救人性命是医生的本分，哪里能张口朝人家借钱呢？"

"宋浩，你真是正直得可爱！"唐雨欣然一笑。

"我想……"宋浩此时犹豫了一下，说道："我想我们明天就离开这里去白河镇筹备天医堂的事吧，待有个着落后，再将爷爷接过去。此地我觉得是不能再待下去了，一见到天医门的人，我就心烦。"

"好吧，随你。"唐雨微叹了一声，表示了同意。

第二天一早，宋浩和唐雨告别了爷爷宋子和，坐上了一辆直达白河镇所在县城的长途客车，路程遥远，要在第二天早上才能到达。车上共有三十多名乘客，邻座的是一名朴实憨厚的年轻人，在与宋浩、唐雨眼光相碰之际，友善地笑了笑。坐在后面的是两名男子，一上车便倚在座位上旁若无人地大睡。

客车出了蓬莱，沿着公路行驶去。

宋浩此番重返白河镇，计划先去找马吉、刘天、张宝伦三人。上次与马吉偶遇，知道那三人已是今非昔比了，有他三人帮助，在白河镇创办天医堂当会方便许多，也自期待着与他三人相见叙旧。

客车行至中午，到了一座集镇上，停在了一家饭店门前，司机喊道："停车半个小时给大家吃饭的时间，都抓紧点。"

大部分乘客下车进入了饭店吃饭，有几位自带了吃食的，图个省钱，坐在车里自用了，也包括那个憨厚的年轻人，两个馒头就着一瓶水算是午餐了。

宋浩、唐雨要了几样菜，两瓶啤酒，占了张桌子用餐。唐雨偶一抬头，发现座位后面的那两个男子坐在另一侧，大鱼大肉地吃着，并不时地以眼光偷扫观察其他正在吃饭的乘客，神色模样颇有些古怪。

吃过了饭，乘客们又都返回了车上，司机清点了人数，客车又继续前进。时值天气闷热，乘客们大都靠在座位上睡去了。而此时，那两个男子却显得兴奋起来，坐在后面虽不说话，东张西望，冷笑连连。

两个小时后，客车沿着公路进入了一片山地，前后已不见了人家，公路上也少了过往的车辆。

这时，司机发现前方的路中间横躺着一个人，旁边还站了七八个汉子，正在招手拦车，不知发生了什么事。

客车行到近前停了下来，司机从车窗内朝外喊道："怎么了？"

一个粗大的汉子上前道："大哥，帮帮忙吧，我兄弟病了，不是肚子里生了虫就是阑尾炎犯了。"

而此时，车上的那两名男子忽然快速地走到前面，一个人掏出一把尖刀逼在了司机的脖子上，另一个人打开了车门，下面的那些人蜂拥而上，躺在地上的那个人也一个鲤鱼打挺弹跳起来。

车上的乘客看到眼前的情形，意识到发生了什么事，一片惊呼。

"遇上劫路的了！"那个憨厚的年轻人嘟囔了一句，倒不甚惊慌，揉了一下鼻子，两手握了握。

唐雨和宋浩对视了一眼，坐在那里没有动——此时司机被对方逼住，又在狭窄的车上，不适合出手。

"识相的都配合点，否则别怪兄弟们不客气。"先前在车上的一名男子凶狠地对乘客们说道，显是他与另一同伙先行上车，为了摸清情况的。

车匪们没有立即对乘客们采取抢劫行动，而是逼着客车司机将车开下了一条土道。待远离了公路，客车开到了一片树林中的空地上，那名男子才命司机将车停了下来。

"到站了,都下去排队。"另一名男子得意地一笑道。

在车匪们手持铁棍、片刀、匕首的逼迫下,乘客们都被赶下了车,站到了空地上。

唐雨见对方共有十一个人,虽是都持有武器,却也未必对付不了。宋浩两手暗扣毫针,准备寻机出手。

"钱包、首饰、电话,值钱的东西都自己拿出来,否则一会儿再被搜出来,有你们好果子吃。"一个黑脸的汉子环顾惊慌失措的众乘客,狠狠地说道。

一名小个子的车匪笑嘻嘻地捧着一只塑料筐上前收集,倒也不客气。

一个车匪伸手掐了一名美貌少妇的脸蛋,一脸的淫笑道:"真他妈的白嫩!一会儿陪兄弟们玩玩。"

那少妇惊叫一声,躲到了敢怒不敢言的丈夫的身后。

先前车上的一名男子,此时望着唐雨笑了一下,说道:"小妹妹,别怕,这一车人数你最漂亮,一会儿跟哥走,保你没事。"

"好啊!"唐雨冷哼了一声。

不知深浅的那名男子,闻之惊喜道:"真懂事!跟着我们,保你吃香的喝辣的。"

这时,一个愤怒的山东腔传了过来:"大白天的,聚众抢劫,没王法了!"

话音落处,那名憨厚的年轻人握着一双拳头从乘客中走出。

"妈的!充英雄啊!"一名持了片刀的车匪上前一刀砍去。

那年轻人侧身避过,一脚踢出,正中对方小腹,动作迅速敏捷。那名车匪闷哼一声,倒地不起。

"真有敢管闲事的,兄弟们,先废了这小子!"那黑脸汉子一声呼呵,持了铁棍朝年轻人冲去。

唐雨见有人先于自己动了手,知道遇上了同道中人,兴奋地喊了一声道:"小兄弟,我来帮你收拾这帮土匪!"声音未落,已然欺身上前,手脚并施,将两名近在身侧的车匪的肩膀关节卸去。唐门重手,被一名看似弱不禁风的女孩子施出,却是厉害异常。

瞬间三人被制,众匪惊骇。然仗着人多势众,又持有武器,呼呵一声,朝唐雨和那个年轻人围攻上来。

也是今天该着这伙土匪们晦气，遇上了两位武功高手，不到一分钟的时间，便被唐雨和那名年轻人打得遍地哀嚎。

一名车匪见势头不对，伸手从乘客中拉过一个七八岁的孩子，用刀逼着退去，想以此人质脱身。

宋浩摇头道："这样不好吧！"

那车匪惊慌道："你走开！"手中的刀子朝宋浩比划着。

"你们这种人真是没个救了！"宋浩故作摇头叹息之际，猛然间右手疾出，一针直中那车匪持刀之手的合谷穴处，自是施了一手霹雳针法。

那车匪忽见宋浩手臂一动，也不知怎么，自家身形一震，全身麻痹，动不得分毫。

宋浩将那孩子从车匪的手臂中拉出，交给了已被吓得不知所措的孩子父母。

此时其他车匪已尽被唐雨和那名年轻人打瘫在地，哀求不止。

"这位大哥，你怎么会我师门的霹雳针法？"年轻人一脸惊异地走过来问道。

宋浩闻之一怔，讶道："你如何认得这是霹雳针法？"

年轻人道："你虽未用霹雳针，但施出的手法和效果上却是丝毫不差的。当今天下，应该只有家师一人修成了这种威力迅猛却极难练的霹雳针法，没想到这位大哥竟然也会！"

"你是鲁门的人！你的师父是鲁延平前辈！"宋浩惊讶道。

"大哥，你认识我师父啊？"年轻人惊喜道。

"是啊！这霹雳针法还是鲁前辈所授。"宋浩应道。

"原来是师父收的同门师兄啊！我叫伍长。"那伍长惊喜道。

"伍长！这个名字倒是顺口。我叫宋浩，不过鲁前辈并未收我为徒。"宋浩笑道。

"那还传你霹雳针法啊！"伍长闻之愕然。

"这是我和鲁前辈的缘分。"宋浩笑道。

"哦！"伍长一脸的茫然。

"小伍兄弟，你的功夫不错啊，原来是鲁门弟子。我叫唐雨，我的父辈们是和鲁前辈有过交情的。"唐雨走过来笑道。

"原来是医门唐家的人，唐家重手法名不虚传，今天算是见识到了。"

伍长高兴地说。

这时惊魂未定的司机和乘客们围了过来，朝三人感激不尽，已是有人将那些车匪们捆绑了起来，并打电话报了警。

"多亏你们三个人能打啊！否则钱财被他们抢去不说，还指不定要出什么事呢！"一位老者心有余悸地感激道。

"这伙人胆子也太大了！以前听说过在别的路段上发生过这种事，没怎么注意，想不到竟然也劫到我们头上来了。"客车司机愤慨道。

在等了近两个小时，十多辆警车呼啸而至。

望着那十一名车匪，刑警队长惊喜之余，长松了一口气道："这伙车匪路霸我们追捕好一段时间了，由于他们经常变换抢劫的路线，所以难以追捕到他们，想不到在这里落了网。"

听说是唐雨、宋浩、伍长三人制服了这伙车匪，那些警察们惊讶和佩服不已，言语上也自恭敬，并请了三人和乘客们现场做了证人记录。又忙碌了两个多小时，客车才继续上路行驶。

通过和伍长的一番交谈，知道了他来自偏僻的农村，是出来找活干的。

"你师父只教给你功夫，也不给你找个营生做，这么好的功夫真是可惜了。"唐雨说道。

"师父他老人家一生惯走江湖，我自出师后，三年了也没再见过他，他老人家也没心思管我们。"伍长憨厚地笑道。

唐雨这时心中一动，望了宋浩一眼，宋浩会意，点了点头。

唐雨于是道："小伍，你若是不嫌弃，我给你找个工作怎么样？"

"好啊，唐雨姐姐！"伍长闻之惊喜道："做什么都行。俺知识不多，只能出力气。"

"是这样的，"唐雨说道，"你宋浩大哥准备开所医药馆，可能需要人手，你这次就随我们去吧。具体做什么工作到时候再说。"

"行！原来宋大哥是医生啊！"伍长此时对宋浩甚是佩服。

"对了，我是到前面县城下车的，要和你们去还要补上下面路程的车票。"伍长说着，起身要去司机那里补票。

由于路遇车匪，耽搁了数个小时，在第二天临近中午的时候，客车才到达了白河镇所在的县城。

宋浩望了望眼前这座熟悉的县城，想起自己竟然会重返家乡创业，心中不胜感慨。

唐雨找出了昔日马吉留下的电话号码，拨通后将电话递给了宋浩。

"哪位？"电话里传出了马吉有些疲惫的声音。

"我是宋浩，已经到了县城了，你老兄在哪啊？"宋浩说道。

"真的假的！宋浩，你不是骗我吧？"马吉兴奋地道。

"我现在就站在客运站门前。前面的那座宏力购物商场是新建的吧，我当年走的时候还没有呢。"宋浩笑道。

"嘿！好小子！你终于回来了。我现在在外地谈生意呢，今天回不去了。你等一会儿，我叫刘天、张宝伦那两个家伙去接你，不要走开啊！他们顶多十分钟就到。我今晚连夜赶回去。"马吉说完，挂了电话。

"一会儿有人来接我们。"宋浩笑道，已是有了一种回家的感觉。

十分钟还未到，两辆黑色的轿车先后开了过来。

先是下来一个意气风发的胖子，眼睛还未看清宋浩，自被唐雨吸引了去，赞叹道："哇！美女啊！"随即发现那美女身边的人很眼熟，于是举起圆鼓鼓的手指点了点，惊喜道："宋浩！真的是你啊！还以为马吉那家伙骗我呢！"

"刘天！"宋浩高兴地上前迎道。

"喂！宋浩！"又传来一个惊喜的声音。另一辆车上也下来一个发福得不成样子的人，啤酒肚凸起，如怀了双胞胎的孕妇。

"张宝伦！"宋浩又自惊喜道。

"这两个人腐败得可以！"唐雨在后面捂着嘴，忍不住直想乐。

伍长站在那里傻呵呵地笑着。

"这才几年不见，你们俩的变化也太夸张了吧！"宋浩见了那两个人的模样，惊讶道。

"应酬多，又管不住嘴，有啥办法，你回来就好了，给我们弄点减肥药。"张宝伦苦笑道。

"喂！宋浩，那个靓妹是谁啊？"刘天的眼睛又转向了唐雨那边。

"我的朋友。"宋浩说着，回身招过唐雨，介绍道："她叫唐雨。这是我的两个同学，刘天、张宝伦。"

"唐小姐，见到你很荣幸！"刘天这才收敛了好色的模样，彬彬有礼道。

"你们好!"唐雨笑着应道。

"我还有一位朋友,他叫伍长。"宋浩随后说道。

伍长憨笑着朝那两个人点了一下头。

刘天、张宝伦二人望了望伍长一身朴素的穿着,脸上有点古怪地笑了笑。

"别在这站着,有话回来福酒楼再说,上车。"刘天让请道。

"让你破费了!"宋浩笑道。

"来福酒楼是他开的,不吃他吃谁去?"张宝伦笑道。

"就你那肚子还敢再去吃?再吃就成三胞胎了。"刘天哈哈笑道。

唐雨暗里使劲掐了一下宋浩的手,不令自己笑出声来。

宋浩忍着疼顺手将唐雨拉进了车里。

# 第八章 重返白河镇

来福酒楼三层的豪华包房里,刘天、张宝伦、宋浩、唐雨、伍长五人围坐一桌丰盛的酒菜。

"宋浩,真是没想到还能再见到你啊!更没想到你能再回来啊!"刘天先是感慨道。

"是啊,几个月前听马吉说在外地见到过你,我们都还不信呢。上卫校和在医院实习那阵,你可是我们的偶像。这几年虽是见不到了,也时常说起你。现在和你爷爷在哪里又开了诊所啊?"刘天说道。

"是这样的,"宋浩说道,"离开的这几年时间我都在学习,现在也算是学有小成吧。我和爷爷商量了一下,还是舍不下家乡这块地方,所以这次回来准备在白河镇重操旧业,开办一家医药馆。"

"好啊!早就应该回来了。凭你祖孙的本事和以前平安堂的名声,一定会重新干起来的。放心好了,现在这块地方是我们哥儿几个的天下,没人再敢找你们的麻烦了。"刘天高兴地说。

"那日后还要请你们帮忙了。"宋浩感激地笑道。

"没问题,一切都包在我的身上。"刘天一拍胸脯,保证道。

张宝伦笑道:"现在再有不识相的找你的麻烦,那是看不起我们哥儿几个,估计现在也没有人有那个胆量了。你们祖孙回来,那是全县人民的福气。"

"宋浩,你这次回来就说怎么干吧,营业手续包给我了,三天后就能让你开门营业。"刘天说道。

宋浩说道:"谢谢你了!那么程序上的事就托付给你办了。我此次回来,是要创办一家大型的中医馆,名字就叫天医堂吧,不是昔日平安堂的样子了,是要具备一定规模的。所以,首先要在白河镇选定一处好的地方。"

"现成的地方有啊!"张宝伦道,"你记得将你祖孙二人逼走的那个米长力吧,他以前建造的那座医院现在就空着呢,曾经转手几次,都做不起生意来,后来的房主想卖掉但是无人能接手,现在我租着做仓库呢!"

"对,那是个好地方,最适合办医院了。"刘天点头道。

"明天我就和房主谈,估计价格不会很高,也就一百多万吧,赔钱能卖出去也就不错了。你看你现在能接手吗?"张宝伦说着,犹豫了一下,望向了宋浩。

"若是能一百来万买下来,没问题。"宋浩应道。

"哦!在外面发了财回来的吧。"张宝伦和刘天听了,颇感惊讶。

刘天接着感慨道:"这世上的事真是难说,那个米长力因建那座医院将你祖孙二人逼走,可如今你却要回来将它买下,好像那座医院就是为你建造的,就等着你回来接手呢!"

"可不是嘛!"张宝伦道:"当年因为没有你爷爷去坐诊,那座医院也没有干起来,还导致了那个米长力的直接完蛋。这中间换了几回房主,不管做什么生意就是干不起来,一直空着。真是好像就等你回来接过去呢!"

宋浩听了,心中也自感慨不已。

酒过三巡,菜过五味。宋浩与刘天、张宝伦二人谈得极尽兴,唐雨、伍长坐在一旁听着宋浩以前的故事。

刘天借着酒劲,又望了望唐雨,羡慕道:"宋浩啊,你倒是后来者居上啊!领了这么漂亮的一个唐小姐回来,我们实在服气。"

"这可是宋浩的朋友,你别胡说八道。"张宝伦知道刘天的性子,忙提醒道。

"你拿我当什么人了,有美女评论一下还不行啊。"刘天不以为意道。

唐雨臊得脸红,低头不语。她与宋浩相处日久,已互生情感,只是还不曾捅破这层窗纸罢了。

"呵呵!怎么,你这样一位大老板,就没有美女找上门来啊?"宋浩笑着对刘天说道。上学的时候就知道这家伙是个花心萝卜。

"你不知道,"刘天摇头叹道,"虽是鲜花遍地,可没有一枝是那种清新脱俗的、能令你中意的、以心相许的,没有啊!都是为了你手中的票子来的。"

张宝伦笑道:"就你那俗样,还要找个脱俗的呢!有自愿脱……"忽觉得有女士在旁，忙将要说出的话硬生生地咽了回去，接着歉意地笑道："我们这种俗男人在一起除了喝酒就是谈女人，此乃天下风俗，莫怪莫怪！"

刘天笑道："时间久了，也会将宋浩这个君子拉下水的，唐雨小姐可要小心了。上学的时候没扳倒他，现在可是有机会了。"

唐雨笑了一下，未言语。

"我宋大哥是修炼过的人，不怕！"伍长坐在那里应了一句。

"修仙得道啊！嗯！以前就看宋浩有那么一股子仙气，只是不知现在还能剩多少了。"刘天望了一眼唐雨，不怀好意地笑道。

"你们呐，永远改不了那个脾气。"宋浩无奈地摇头笑道。

吃过了饭，已近傍晚，刘天、张宝伦二人将宋浩、唐雨、伍长送到了一家朋友开设的旅馆，说好明天来接他们一同回白河镇，然后开车离去了。

安排了伍长休息，宋浩和唐雨坐房间里说话。

"你的这几个朋友也真是，当着女孩子家说话也没个遮拦，你日后要是和他们混久了，不染上那种油腔滑调才怪呢！"唐雨嗔怪道。

"他们生意人就那个样子，说说而已，本性都是不坏的。"宋浩笑道。

二人又说了一会儿话，才各回房间休息。

第二天一早，张宝伦先行过来了，一见到宋浩，便笑道："刘天来不了了，昨天喝多了，回去的时候将路边一辆停着的轿车给撞了。"

宋浩闻之忙问道："他没事吧？"

张宝伦笑道："没事，他和车倒没怎么样，只是将那辆轿车撞得不成样子了。人家车主打电话报了警，来了一大帮子警察，结果一看是县长的公子，本县最大的建筑商，就先将那个报警的连人带车叫走了。"

宋浩听了，不由得摇了摇头。

"刘天早上给我打电话了，让我先拉你们回白河镇，他那边这两天找人给你办开医院的手续。我已经通知了那个房主，在白河镇等我们。价钱不用你和他谈，我来和他谈，尽可能地以最低的价格买下，原先他想卖给我，我没要，这次我就说买来作仓库的，免得被他抬了价去。估计能给你省下个十万二十万的。"张宝伦又说道。

"那真是谢谢你了！"宋浩感激地说。

"谢啥！你做的事可是比我们做的生意有意义得多了，那是一个治病救人的买卖。你们宋家有这个能力去做，也能做到，所以我们才帮你，也算是积点德吧。就是我弟弟求我这么做我都不理他，他干不起来的，帮了也是白忙活。"张宝伦说道。

"好！感谢的话我不再说了，日后的天医堂虽然说是有我在主持，但是也有你们大伙的功劳。"宋浩认真地说道。

"不客气就对了。昨晚马吉还打来电话，说是今天赶回来见你。要我和刘天尽可能地帮你将医院开起来，说这不仅是为了你，也是为了我们大伙日后的健康，你们祖孙皆是医中高手，天下少有，不将你们留住，那是全县人民的损失。这家伙，说话就是有道理。"张宝伦笑道。

"有了你们大家的支持，我更有信心了。"宋浩感慨道。

白河镇，白水河仍然是那么清澈，远方的万松岭呈现出了它苍茫雄伟的轮廓，与这座古镇相应，一切是那么自然和完美。

此时的白河镇和几年前宋浩离开的时候有了很大变化，旅游业的发展，带动了一系列相应的经济产业，总体经济实力已是远远地超过了县城，并且还在蓬勃发展中。

"好美的地方啊！"唐雨坐在车中望着车窗外的景致，不由得赞叹道。

开车的张宝伦笑道："这是一座古镇，五六百年的光景是有了，有许多古迹，有空让宋浩领你先转一转。任何人到了这里，都会喜欢住下的。"

"怪不得宋浩执意要回来发展呢！天时、地利、人和，果然是一处宝地！"唐雨感慨道。

"最重要的这里是我成长的地方，我童年的幸福时光都留在这里了。"宋浩感叹道。

"宋浩，你知道我们几个为什么喜欢你吗？"张宝伦笑道，"一身与众不同的古代文人气质，正直善良，重情义，念旧情，当年你可不仅是我们的，也是全班的榜样。"

"当着唐雨的面你就敢开了吹吧，回头我请你喝酒。"宋浩笑道。

"这可是大实话，以前谁不知道平安堂的小神医啊！"张宝伦笑道。

说话间，张宝伦将轿车开到了一处院子里，前方是一栋三层的楼房，有二三十间房屋的样子。此地处于白河镇东郊，公路的旁边，前方几百米处就是白水河了。

"宋浩，你们几个先在院子里转一转，看看怎么样，我去和房主讲价钱去。"张宝伦说完下了车，朝楼里走去。

宋浩、唐雨、伍长三人站在院中四下望了望，倒还满意。

"这院子够大的，后面还有很大的空地，日后还能再行扩建，真是不错！"唐雨说道。

"关键是现成的地方，装修一下，购置些药橱就能很快地运行了。"宋浩说道。

时间不长，张宝伦笑眯眯地从楼里走了出来，兴奋地道："成了！一百二十万成交！这栋楼和这块地方就是在几年前买地皮和建造的本钱也值一百五十万呢！下午房主带来产权证和合同交易。现在这里就算是你的了。"

宋浩闻之一喜，高兴地道："多谢了！"

张宝伦道："一楼我还租了几间房间做仓库呢，这几天就会为你腾出来，你就开始为你的天医堂装修吧。得了，这方面还是交给我吧，我找人给你装修，到时候收你个工本钱就是了。"

"那就有劳了！"宋浩感激地说。

唐雨说道："我会提供装修样式的，不过在楼内我们还想进行部分改造，建一处地下室，便于保存一些特殊的药品。"唐雨想起了那尊天圣针灸铜人。

"没问题。"张宝伦说道，"想怎么改你们提供方案就是了，材料和工人随时可以从刘天的建筑工地上调来，这些可是不用花钱的，顺便在后院再建几间仓库，这种便宜不占白不占，对他来说是九牛一毛。"

"这不太合适吧，我们付工本费好了。"唐雨说道。

"没事！"张宝伦笑道："要不是你们着急，时间紧些，就是让刘天将这栋楼推倒给你们翻盖一座新的大楼来，都不用花一分钱，这都是他一句话的事。这小子，现在能耐大着呢！"

宋浩笑道："现在我们就已经很满意了，待日后扩建的时候再找他不迟。"

"行！到时候可千万别和他客气，否则他会说你看不起他的。对了，我还要回公司处理点事，你们先合计合计接下来怎么干吧。中午马吉能赶回来，到时候我和刘天过来和你们一起吃饭。"张宝伦说完，摆了一下手，开车去了。

"你这几个同学看着都像暴发户一般挺俗的，办起事来还真是够朋友！我倒是小看他们了。"唐雨感慨道。

"都是些念旧的好人！"宋浩感叹道。

"接下来怎么办啊？"宋浩有些茫然道。

"不用你管了，我们唐家有办医院的经验，我知道应该怎么做，到时候给你一座现成的天医堂就是了。让小伍陪我去楼里看看怎么布置，你几年没回来了，自己去转转吧，免得在这里碍手碍脚。"唐雨笑道。

"行！"宋浩高兴地点头应道，乐得个一身轻松。

"贵人不劳心，算你命好！"唐雨笑道。

"钱和证件都在你那里，下午的交易也由你来执行吧，我还真有点事去办。"宋浩望了一眼远方的万松岭说道。

"得寸进尺啊！拿我当劳力啊！"唐雨嗔怪道。

"宋大哥是让唐雨姐姐做主事的老板娘哩！"伍长一旁憨憨地笑道。

"小伍，你也学会贫嘴了！不理你们了。"唐雨故作生气地朝楼里走去，心中却是欢喜无限。

伍长挠了挠头，跟了上去。

宋浩笑了笑，转身一人离去。他买了些纸钱、香烛和供品，然后朝万松岭走去。他要去拜奠一下太爷爷宋景纯，还有宋刚。

万松岭上群松翠掩，不乏几百年以上的古松，是故得名。且山高林密，气候适宜，生长着几千种可以入药的植物和几百种昆虫，是一座天然的中草药宝库。当年随爷爷宋子和采药，是宋浩最为惬意的事。

一座山坡上，耸立着两座长满了野草的土坟，里面长眠着宋家的祖孙二人。宋浩清理去了一些杂草，在宋景纯的坟墓前深深地跪拜下去，心中默念："太爷爷，我如今要在这里创办天医堂，济世行医，振兴中医医道，您老人家在天有灵，请保佑我一帆风顺吧。"

在宋刚的坟墓前，愧疚甚至于负罪感令宋浩痛哭流涕。他始终认为是因自己之故，才导致了宋刚英年早逝，惨死于天医门齐家策划的一场阴谋之中。

"对不起，宋刚叔，我虽然不能为你去报仇，但是绝不会让齐家人的计划得逞。我永远是宋家的子孙，我会照顾好爷爷的，你就放心吧。"

宋浩拜奠完，又在那里默默地站了一会儿，转身想离去的时候，忽然发现一旁的树林中有一名蓬头垢面、衣衫褴褛的老乞丐在偷窥着这边。宋浩不由一怔，因为在七八年前他也曾在宋家的坟地旁边发现过这名乞丐的踪迹。那是在一次清明时和爷爷来上坟的时候看到的。当时这名乞丐在太爷爷宋景纯的坟墓旁边转悠，见到宋浩和宋子和过来后就去了，祖孙二人当时也未在意，以为是野外闲逛的乞丐，在坟前找人家祭奠后的供品寻吃食的。没想到七八年后这名乞丐竟然又在这里出现了。

那名老乞丐发现宋浩注意到了他，茫然而又浑浊的双眼中露出了惊怪的神色，随即转身在树林中隐去了。

宋浩摇了摇头，也未在意，在坟前摆放的几种水果供品，一会儿随他拾去便了。

长空万里，清风拂面。群鸟飞天，雾腾烟起。飘渺之间，万物融一。宋浩站在万松岭上，望着远处群山掩映下的白河镇和犹带如练的白水河，心中不胜感慨：自己一生所追求的真正的事业终于可以开始了。医行天下，就从天医堂起步吧。

山脚下的公路上驰过来一辆黑色的轿车，接着在路边停了下来，从车上下来两个人，朝山上张望着。宋浩见了，识出是马吉和刘天两个人，知道是来接自己的，忙从山上下了来。

"就知道你会来这里。上坟去了吧？"见到宋浩，刘天笑道。

"宋浩，我刚从外地回来，听说你要大干一场。好嘛！我们当年卫校的四个死党又可以在一起了！"马吉笑道。

"这次回来的感受真是不错！谢谢你们了！"宋浩笑道。

"你胆子也够大的，这几年生态环境保护得好，万松岭上都出现狼了，竟还敢一个人来！"马吉笑道。

"哦！"宋浩闻之微讶，回头朝深邃的万松岭上望了望，此时想的倒不是狼，而是那个乞丐。

回到了白河镇，已近中午了，会上张宝伦，唤上唐雨和伍长，六个人坐到了一家饭店里用餐。

"你那天医堂的营业手续三天后会有人送来，法人代表用了你名字。人家一听说是你们祖孙二人回来重新开办中医院，二话没说，甚至都不用我的面子，就答应给办了。说来还是你爷爷的面子大，县里先前想请都请不回来呢，如今主动回来，一切事情自会全力支持的。"刘天说道。

"当年要是你和爷爷不走，这医院也早就干起来了。"马吉说道。

"此一时彼一时！出去了这几年也令我明白了许多的东西。今日创办天医堂，不为谋生，而是为了中医事业。"宋浩感慨道。

下午会着了那房主，交易完毕，宋浩、唐雨、伍长三人正式进驻，随即筹备起了天医堂日后的工作。有马吉、刘天、张宝伦那三人相助，各方面进行得很顺利。

这天晚上，唐雨说起日后天医堂的人员安排，有宋浩和爷爷宋子和，还有那个已答应过来的林凤义，加上唐雨，天医堂已是高手会聚，具备了高层次的人力资源。

宋浩此时忽然想起了一个人来，说道："若是能将那位冰火神针吴启光请来，尤能增天医堂的实力。我虽习得此术，但不及吴老师的功力深厚。我看这里暂时不需要我做什么，不如去他那里走上一回，请他日后来天医堂坐诊。"

唐雨闻之惊喜道："我也听说过冰火神针之名，能将他请来，真是再好不过了。有你二人的针灸术、林凤义的脉法、我和爷爷的方药，天医堂足以应天下之病。"

"那好，我明天就去请他。让小伍帮你在这里筹备天医堂。"宋浩欣然道。

"还是让小伍陪你去吧，有他在你身边我也放心。我这边有刘天他们相助，权作个监工是了。"

宋浩歉意地说："留下你一个人在这里，实在是……"

未及宋浩说完，唐雨笑道："没关系了，为了天医堂早日开业，我们各方面都要着手进行的，你就去吧。另外我又从唐家调来了五十万资金，加上手中的，足以应付到天医堂开业了。我们创办的是中医药馆，不需要添置那些医疗设备，先期的开销不是很大。马吉的医药公司答应提供一批中成药，中药饮片方面，我也联系好了以前唐家的中药材供货商，他们倒是答应先赊一批中药过来。所以目前没有什么太大的困难了。"

宋浩听了，感激地说："你想得真是周全！没有你，我是没个头绪，不知道怎么办好了。"

唐雨欣然一笑道："不要忘了，我有在唐氏医院管理上的经验。你这座天医堂目前还是小事一桩，不足为虑。"

第二天一早，宋浩带了伍长，去拜会那冰火神针吴启光了。

他们先是来到了一座城市里，吴启光的诊所在距此地不远的镇子上，明天再去寻他。想着又要见到这位神奇的人物了，宋浩心中犹自兴奋。

此时宋浩又想起了一事：还是应该给窦海芹打个电话。对方留下的电话他打过两次，虽不是她本人所接，也是一个女子，应该也是窦家的人。现在事情过去，可以与她联系了。毕竟那是窦家家传之物，自己不方便长久保存。窦海芹如此信任自己，自己也应该对她有个交待。天医堂即将成立，天圣针灸铜人的保存已经成了一个问题，是暗中转移到白河镇，还是交还给窦家，必须要有个计划了，总之是不能再藏在蓬莱的老宅中了。

为了防止意外，宋浩没有用身上的手机，而是来到了公共电话亭，将那组记在心中的电话号码拨了出去。

电话通了，传来一个女人的声音，杂带着一种犹豫道："你好，请问找谁？"

听到熟悉的声音，宋浩一阵激动，这么长的时间终于和窦海芹联系上了，忙惊喜道："是窦阿姨吗？我是宋浩。"

"宋浩！"电话那边的窦海芹也自惊喜道："你还好吗？"

"我还好，窦阿姨，你现在在哪里啊？"宋浩问道。

"你现在方便吗？"窦海芹还是谨慎地问道。

"放心吧窦阿姨，我现在这里很安全。"宋浩忙应道。

"那好，宋浩，我说个地址你记下，我们可约个时间在那里见面。"窦海芹随即说了一个地方。

宋浩闻之惊喜道："窦阿姨，我就在你说的这座城市里，我们现在就可以见面了。"

"好吧，一个小时后我们在那个地点会面。"窦海芹也高兴地说。

意外地和窦海芹通上了话，令宋浩惊喜不已。随后他和伍长来到了约定的见面地点——永宁寺。时近傍晚，少了游人，寺内仅见几名僧人在走动。宋浩如约来到了永宁寺后面的一座古塔前。

"小伍,我要到塔上去见一位重要的人,你在这里守着,不要让外人进去,除了一位中年阿姨。"宋浩说道。

"知道了。"伍长应了一声,然后像一名忠诚的士兵站在了古塔的门前。

宋浩进了古塔,沿着阶梯朝上走去。

一到顶层,便看到窦海芹已等候在那里了。

"窦阿姨!"宋浩激动地叫了一声。

"宋浩!"窦海芹张开双臂,忍不住上前拥抱宋浩,已是热泪盈眶。

"窦阿姨!终于见到你了。"宋浩兴奋地说道。

"好孩子!我也想早日见到你,这段时间实在是太难为你了!"窦海芹望着宋浩,泪水仍是忍不住流下。

"窦阿姨,你托我保管的那件东西,现在仍完好无损。"宋浩说道。

"我知道,谢谢你宋浩,你不仅仅是为了天下医门,更为了国家和民族保护住了一件中华瑰宝!这是天意,当年要不是遇到了你,此物当会在我的手中失去,窦家也会成为千古罪人。宋浩,真的是谢谢你!"窦海芹说着,朝宋浩深深地鞠了一躬。

"其实真正保护住这件国宝的是你们窦家,有你们窦家人的努力,才令这件医中至宝流传至今,也令我有幸目睹了这件国宝的正品真形。

"窦阿姨,这段时间您去了哪里啊?我试着用那个电话号码联系您,可是虽然打通了,却非您本人,故而没有贸然相告。"宋浩问道。

"一言难尽!"窦海芹叹息了一声,说道:"自那次在火车上与你意外相遇,凭感觉就知道你是一个可信之人,也是当时事情危急,所以迫不得已请你将那东西及时运走代为保管。后来我虽然摆脱了一些江湖势力的追杀,但始终处于危险之中。所幸的是你将那东西及时地转移了,才没有落入他人之手。你后来的经历我也听说了一些,看来你当时还是暴露了行踪。不过那东西终究没有再现江湖,说明你将它保存了下来,这倒是出乎我的意料。你曾经用那个电话联系了我两次,接电话的是我的侄女窦微,那时我还没有告诉她实情,她也感到些莫名其妙。

"宋浩,对不起,是我将你牵涉进了这场是非之中。"

"没什么窦阿姨,我也是医道中人,更是一个中国人,保护国宝是我应该做的。并且通过这次的意外事件,我也学习到了很多东西,也碰上了一些机遇，尤其是改变了我的人生，总的说来是有惊无险。所以，我还要谢谢窦阿姨呢！"宋浩笑道。

"真是个好孩子！"窦海芹不由赞叹道。

"我在这期间认识并拜了一位道家师父，师父已为我将此事平息，这场风波应该算是过去了。"宋浩说道。

"当时我也以为是真的，遗憾和痛惜万分，因为确实有人看到了一具针灸铜人被装上了一艘货船，接着便在海上出了事故。后来经高人点破，这才知道了你是得到了高人相助，在施计平息此事。"窦海芹说道。

"窦阿姨，现在那尊宋天圣针灸铜人安然无恙，就请定个时间和地点交还金针门吧，也算是我完成了你交给我的任务。"宋浩说道。

窦海芹听了，摇头道："我窦家现在已经没有力量再去保护它的安全了，否则会再掀起江湖上的一波抢夺风波。事实证明你有能力保护它，你应该成为它的真正主人。今天约你来此的，就是想告诉你，窦家已经决定将那尊天圣针灸铜人正式赠送给你，由你来继续掌握这尊针灸铜人的命运。当今天下，只有你才符合保管它的条件。"

"窦阿姨，这不合适吧。"宋浩闻之，惊讶道。

"宋浩，请你不要推却，为了这尊医中至宝的安全，日后仍旧由你来保管它吧。并且你也是医道中人，尤精针法，或是天意使然，令你在这场变故中得到了它。在你的手上，应该能真正地发挥出天圣针灸铜人的功用来，也不枉费王唯一铸造此铜人的良苦用心。顺承天意，不可违之，否则再度易人，定当另起变故。"窦海芹殷切地说道。

"这样吧，窦阿姨，此物贵重，我不敢受。既然是为了安全着想，我再保管一段时间吧，待此事完全平息后，再归还金针门。"

"傻孩子，你就放心地接受它吧，因为它已经找到了真正的主人。阿姨相信，你一定会保管好的。"窦海芹笑道。

"我怕我担不起这个责任。"宋浩为难地挠了挠头。

"你担得起，并且已经担负起了这个责任。"窦海芹笑道。

"好吧，窦阿姨既如此看重我，我一定会努力保管好它的。"宋浩最终点头道。他知道此时铜人不能再随便易手，否则会再起风云。

"对了窦阿姨，窦家针法传承近千年，已得针法精髓。我现在正筹建天医堂，济世行医，以振兴中医一道，想请金针门助我一臂之力。"宋浩接着恳求道。

"我果然没有看错你,是一个有着远大志向的人。好吧,日后我可选派门中精干弟子去你的天医堂。"窦海芹说道。

"谢谢窦阿姨了!"宋浩闻之惊喜不已。

窦海芹此时望向塔外,感叹一声道:"经此一劫,金针门已元气大伤,难复昔日之象。我现在要去找一个人,为窦家讨一个公道,更为了我那个痴情的侄女。我要问问那个人,为什么要出卖我们窦家。"

宋浩闻之惊讶道:"窦阿姨可是要去找那个李贺吗?"

"怎么,你知道他?"窦海芹惊讶道。

"这个李贺是魔针门洛家的弟子,当年潜入金针门应该是去偷艺的。"宋浩说道。

"这些我已经知道了。"窦海芹叹息了一声道。

"可是现在窦阿姨找到此人也已经问不出什么了,因为他已经疯了,并且将洛氏魔针中的反针术习到了极致,在神智错乱之下练就了一种可缓夺人性命的绝命针。被施了此术的病人我曾经接诊过,实是难医。"宋浩说道。

"什么?李贺疯了,并将洛氏魔针中的反针术习成了绝命针?"窦海芹惊讶道。

"不错,这是我通过洛家的人证实的。"宋浩说道。

"上天怎么会给他这种报应!"窦海芹摇头一叹。

"宋浩,有件事情事关医道,你日后要注意一下。"窦海芹语气随之一肃道,"江湖上继天圣针灸铜人之后,又出现了一件蹊跷事,那就是流传于众医门的一个神秘的传说——无药神方有可能出世了。"

"无药神方!"宋浩闻之一怔。

# 第九章　叶氏正骨

"无药神方，不药而治，这个在医门中流传了几千年的传说如今变成真实的了。"窦海芹说道，"据传，无药神方是破译了中医本质的一种神秘密码，得之者自可无药而愈人身诸病。此事起于鬼医门和医门纪家。纪家的纪玄曾在鬼医门中窃取了无药神方的方义，以至于付出了双腿被打残的代价。但是前不久，传闻纪玄破译了这个医中的大秘，先将自己瘫痪的双腿治愈，又以此无药神方治好了几例疑难杂症，一时惊动众医门。

"那纪玄以无药神方治病的方法尤为奇特，只拿一碗经他处置过的清水让病人喝了而已，病人竟在短时间内顽症立愈。有病人偷留了部分水样拿去化验，也仅仅是普通的清水而已，并无异物。但是那些病人确实是因为喝了这种水而被治愈。于是江湖再起波澜，有人前去抢夺无药神方，纪玄苦守秘密不吐口被人杀死，他的孙子纪冬阳逃走，至今不知所踪。"

"竟有这种奇事！"宋浩闻之惊讶道，"岂不似道家的那种可以治病的符水？"

窦海芹道："道家符水治病的作用是否存在，现在还未可知。不过日常所见多是些假道士骗人罢了，不足为信。而无药神方的确是一种破译了医道大秘的密码，至于是什么原理，现在除了那个纪冬阳还无人知道，但是效果确实是存在的，这已是得到过验证的。这也说明了古老而神秘的中医中的确还有我们现代人所无法理解的东西。古老，是接近了事物的本质，是有很多我们目前还不能了解的秘密。医道高深若此，由此可见一斑了。天下间果真有此无药神方存在，那当是造福人类的神方，作为医道中人，不可不查。"

宋浩想起昔日曾与那纪氏祖孙二人接触过，没想到在他们身上竟然发生了这种不可思议的奇迹，虽然此时自己还未能定其真假，心中也自不胜感慨。

"此事你日后留意一下便是了，不必过于执着地去追求。"

"我明白！"宋浩点了一下头。

"好了宋浩，认识你真的是好高兴！希望日后我们有机会再聊吧，我还有事，先走一步了。"窦海芹笑道。

宋浩和伍长回到了宾馆。

"宋大哥，"伍长这时说道，"我们这次是来为天医堂请那个针灸高人的吧？"

宋浩应道："不错，为天医堂日后计，必须要请到几位医道中的高手坐诊，否则不足以立世扬名。"

伍长道："有一个人，不知宋大哥可感兴趣，我也是到了这里才想起来的。当年在师门学艺时，有一位师兄练功不慎摔断了腿，便是善于接骨的师父也无法医治。师父说'骨断八节世难医，唯心城叶氏可治，否则便瘫痪'，连夜雇了一辆车拉了那位师兄，在我们几个师兄弟的陪同下来到了这里，找到了一位叫叶成顺的人。此人果是厉害，先是以手法复位，连捏带按的，也知道怎么搞的，一会儿的工夫便说是接好了，随即以木板缠纱布夹住腿部固定。又拿出一包'接骨丹'，说是以黄酒为引，连服一月可愈。后如其言。"

宋浩闻之，惊讶道："既有如此接骨奇人，不可不访，此人现在在哪里？"

伍长道："这位叶成顺虽持此术，却不以医名世，故少有人知。家居城南，开一小货店，贩酒为生。这人性情古怪，不愿为人接骨，极是难请，要不是师父与他有旧，亲自出面，他也不会出手相救的。"

宋浩听了，疑惑道："有此绝技，却不应世，是为何故？"

伍长摇头道："这个我也不知。师父当年说过，叶氏接骨术，天下第一，但却少医外人，日后门中弟子便是再有骨伤难医者，若是没有师父亲自出面，最好不要去找此人，因为去了也是无济于事。我说起这个人来，是想告诉宋大哥这里有一位接骨高人就是了，未必能请得到的。"

宋浩道："有大本事的人都是有脾气的，不足为怪。有时候技不显世是在坐待时机，否则空学一身本事何用？再不就是另有隐情，令他不愿露此绝技于人前，还有就是性情孤僻，拥奇自居，扮个高深莫测的样子。却不知这个叶成顺属于哪一类。"

伍长道:"当年师父也是在屋子里与他商量了半天,他才肯出手救治的。此人性子沉稳,倒也不像那般高傲的人,应该是属于另有隐情的吧。"

宋浩点头道:"必是遭受过什么刺激,才不愿以此术救人的。这些先不管他了,明天一早先去会会此人,果有你说的那般接骨奇术,天医堂当为此人备一个位子。"

"对了,鲁延平师父交游甚广,应该还能识得一些医中的高人,你知道的都与我说说。"宋浩接着说道。

"我知道的就这一个人,还是一个难请的人物。要不日后你去问我师父吧。不过他老人家行踪不定,云游四海,我们这些弟子都找不到他。"伍长挠了挠头,嘿嘿一笑。

宋浩闻之笑道:"能见到的时候,自然也就见到了。当年机缘得遇,授我霹雳针法。而今又遇到了一位他的弟子,应该还是有机会再见面的。"

第二天一早,宋浩在伍长的引领下,来到了近郊区的一处居民区。这里多是平房,临街的也都是一些小店铺,非那繁华所在。在一家批发白酒的店面前,伍长停下了脚步,说道:"就是这里了。"

此店铺很是简陋,门外放置了几口装着白酒的大缸,屋子里也是,一走过便能闻到一股酒的异香。店里面只有一名中年妇女趴在桌子上打着瞌睡,生意也自冷清。

宋浩咳嗽了一声,走了进去。那妇女闻有人来,直了身子,问道:"打酒啊?"

"请问,叶成顺先生在吗?"宋浩问道。

听说找人,本要站起来的妇女又坐下了,打了个哈欠道:"出门了。找他有事啊?"

"哦!"宋浩闻之,颇感失望,说道:"不知叶先生什么时候能回来?我找他是有件事情商量的。"

"谁知道呢!走了半个月了。有事等他回来再说吧。"那妇女显得不甚耐烦。

"是这样。"宋浩无奈之下,朝伍长一摊手,随后走了出去。

"来得不是时候,以后再说吧。"宋浩摇了摇头道。

伍长感到歉意道:"让宋大哥白走一趟了。"

宋浩笑道:"没事,要想请到这种高人,不三顾茅庐,人家会感到没面子的。"

"也是。"伍长听了，不由笑道。

二人刚走到街口，伍长忽然指了前面一人，惊喜道："宋大哥，他就是叶成顺！"

宋浩抬头看时，见有一人，五十多岁，中等身材，胖瘦均匀，虽是红光满面，却略呈些忧郁，显是平日里不苟言笑。左手拎了一兜青菜，哪里像个出门的样子，明明是去菜市场买菜去了。

宋浩听伍长一说，知道是被那叶成顺的家人骗了，惊喜之余，忙迎上前恭敬道："请问，是叶成顺先生吗？"

"啊，是我。有事？"那叶成顺先是一怔。

"你好，叶先生，我叫宋浩，可否借一步说话？"宋浩指了指对面的一家饭店，说道。

叶成顺上下打量了宋浩一番，又望了一眼旁边的伍长，显是没有认出他来，摇了一下头，说道："对不起，我不认识你们。"

"是这样的叶先生，听说您擅长接骨……"

未等宋浩说完，那叶成顺退后一步，大是不悦道："你听谁说的？我哪里会什么接骨，要是有那本事，还在这里住着吗？"说着，让过宋浩就走。

"叶先生请等一下。"宋浩忙上前拦了道："请叶先生不要有什么误会，我是真心诚意来请先生出山的。闻叶氏接骨术天下第一，却不闻于世，叶先生就不感到可惜吗？"

"是谁告诉你的？"叶成顺脸色微呈怒意道。

"是我。"伍长一旁说道，"我是鲁门弟子，当年曾随师父来过这里给一位师兄治腿来着，叶先生不认识我了？"

"鲁门！"叶成顺冷哼了一声道："胡说八道，我不认识什么鲁门的人，你记错了，我也不曾见过你。"

"你这人咋这样！当年我可是亲眼看到你给我师兄接骨的，我师父还让我给你留了一千元钱呢。"伍长也上了倔劲，说道。

"哼！"那叶成顺冷笑了一声道："那就叫你师父来见我，否则我不会和鲁门弟子讲话的。"说完，转身就走。

宋浩没有再追上去，摇了一下头道："这人怪得可以啊！"

伍长也生气地说："明明认识鲁门的人，却装作不认识。给他机会不要，这种不识好歹的人，不请他也罢。"

宋浩笑道："知道了有这个人，知道了他住的地方，暂时就可以了。此事急不来的，先放一放，日后再说。"

伍长道："我就不应该领宋大哥来找这个人，瞧他那劲，像是欠了他多少钱似的。有大本事又能怎么样，施展不出来不也是和没本事一样？"

宋浩望了望叶成顺远去的背影，说道："此人不以医术显世，当是别有原因，待查清楚了再做计较吧。"

随后，宋浩和伍长乘客车来到了吴启光的诊所，远远看到患者盈门，一派繁忙景象。

挤过人群进了诊室，看到吴启光、吴松父子正在给病人诊治。

"宋浩！"吴松无意中一抬头望见了宋浩，不由惊喜道："你怎么来了？"

宋浩笑道："来看看吴老师和你。"

"是宋浩啊！累的话先到后院休息休息，不累就帮我们忙活忙活。"吴启光那边已然瞧见，抬手打了声招呼，病人太多，未及相迎。

"好啊！"宋浩闻之一喜，知道那吴启光已是不拿自己当外人了，于是坐到桌子旁边诊起病来。

病人是一位老者，听到吴启光让宋浩帮忙诊病，以为是吴启光的弟子，也是候诊的人太多，一时半会儿轮不到他，便先过来让宋浩诊治。

宋浩搭手按脉，细诊之下，问道："大爷，您老可是做过胃切除手术？"

那老者闻之一怔，惊讶道："是啊！两年前做的，切去了三分之一呢！这个也能从脉上瞧出来？"

宋浩笑道："不仅如此，您老的右脚也受过外伤吧，脉呈不全之象，可是有了残疾？"

"哎呀！小大夫，你会透视啊！怎么能看得这样明白！几年前因为采石头，不小心被砸去了三根脚趾，这也能看得出来！"老者诧异道。

那边的吴启光闻之愕然，未想到宋浩的脉法竟达到了如此精确的境界，士别三日，当是刮目相看。

"大爷，您老现在的主要症状是大便干燥吧，那是下焦火盛之故，我给您开三剂中药，回去水煎服，每日三次，服完后就没什么问题了，平日里也要配合多吃些水果。"宋浩说道。

"是呀！现在去次茅房苦着呢！两三个小时都下不来，能憋死人呢！"老者皱着眉头道。

宋浩笑道："回去服了药就会改善的，保你顺畅。"

"那敢情好！"老者高兴地说。

结果宋浩刚给那老者开完方药，即有半屋子的病人围了过来，皆是被宋浩神奇的脉法折服。

吴启光坐在那边朝宋浩竖起了大拇指，此人性情豁达，并无责怪宋浩"喧宾夺主"。吴松见宋浩竟有这般高超的医术，索性坐在旁边观看，也懒得去诊治病人了。

宋浩深得林凤义脉法真传，不但诊断精确，而且快速，两个小时之内，几十号病人被他诊治了大半，皆自欢喜而去。另一部分也自被吴启光诊治完毕。

那伍长站在一边啧啧称奇，暗里惊叹道："宋大哥竟有这么大的本事，怪不得要开办天医堂呢！"

待病人走尽了，吴启光走过来，"哈哈"一笑道："多时不见，没想到你的医术竟突飞猛进！后生可畏啊！不佩服真是不行了！"

吴松也自惊喜地说："宋浩，你竟有如此神脉！比那医疗仪器诊断得还要准！"

宋浩笑道："这也是得了机缘，得遇高人授以脉法，否则哪里能有这般手段？"

说完，宋浩介绍了伍长与吴氏父子相识。吴启光随即叫吴松守着诊所，引了宋浩、伍长后院屋中说话。

"吴老师，我此番前来是想请您日后出山助我共创天医堂。"宋浩开门见山，说明了来意。

"天医堂？"吴启光闻之，先是一怔。

"顺天之道，以医济世！创此天医堂的本意是在民间发扬振兴中医一道，召集民间医道高手，汇聚一堂，保持传统的中医特色，继往开来，将真正的中医医道呈现世人。"宋浩说道。

"你能有此志向，并动手实施，当真不易。就冲你这份对中医的热忱，我也要帮你的不是？"吴启光点头应道。

"那真是谢谢吴老师了！有吴老师加盟，天医堂半壁可稳。"宋浩兴奋地说："只是吴老师现在的诊所繁忙，恐有所耽搁。"

吴启光道："不妨，有吴松支撑就行了，也是要让他自己独立行医锻炼一下。其实到了我这个年纪，生意已经不重要了，是到了为中医的发展做点什么的时候了。也谢谢你给了我这个发挥余热的机会。作为医道中人，我们应该正视中医的发展了，不能再为一己之利，为财而忙碌了。虽然现在也有一些机构在研究中医，但多是名存实亡，有的甚至于在一开始就偏离了中医发展的轨道。你的想法很好，虽然我不知道你的天医堂日后能发展到什么程度，但我愿意帮你去试一下，你这份激情感染了我。"

宋浩高兴地说："不仅仅是吴老师加盟天医堂，传授我脉法的师父林凤义老师也答应去了。"

"是吗！那我更应该去了，见识一下这位脉法奇人。"吴启光笑道。

"对了吴老师，城里有一位叫叶成顺的人您可认识？"宋浩问道。

"叶成顺！"吴启光闻之讶道，"你怎么知道他的，这位接骨高手从不显世的。"

宋浩道："我也是听伍长说的，他以前见识到了叶成顺的接骨奇术。所以我也有意请他出山加盟天医堂，但是遭到了他的拒绝。令我不明白的是，既有如此高绝的医术，为何不济世救人，否则习之何益？"

"唉！你倒是问对了人，这个叶成顺我认识他，也多少知道些他不愿意为人接骨疗伤的原因。"吴启光说道。

"真的！"宋浩闻之惊喜道，"难道其中另有隐情？"

吴启光道："不错。叶氏正骨术明清之际就已闻名天下，位属医门九门之列的正骨门。民国时由于战乱开始没落，但是正骨奇术还是由叶氏的后人继承了下来，只是隐居民间，不再以医名世。这其中有一个传说，说叶成顺的祖父曾救治了一位军阀，但是那军阀却忘恩负义，强迫叶氏族人效力军中。后来那军阀倒台，叶氏族人也多死于战乱之中，余下的一支避走民间，隐姓埋名，不敢显世。

"后来全国解放，叶氏正骨术这才又渐渐地显露出来。在叶成顺年轻的时候，他的父亲救下了村里的一位因翻车砸断了双腿的村支书。开始时那村支书倒还感恩戴德，可是那一场人所共知的运动到来后，因叶氏先人以前为军阀效过命，于是叶氏一家被打成了反革命，叶成顺的父亲因此遭到迫害致死，领头的竟然是那个村支书。叶成顺于是发誓，日后叶家正骨术，宁可救条狗也不会再救人了。从此以后，除了亲朋好友中有伤了骨的，迫不得已之下才出手救治外，叶成顺不再理会任何外人了，也很少有人知道他就是大名鼎鼎的叶氏正骨术的嫡传之人。"

"原来如此！我说嘛，是受到了刺激。看他的态度，倒是很难请动。吴老师有法子吗？"宋浩为难地说。

吴启光笑道："我和他是同学，所以才知道的这些。以前也曾劝过他，时代不同了，过去的事就让它过去吧，耿耿于怀只能误了叶氏的正骨奇术。可是叶成顺不听，宁可医狗也不医人。我是没法子了，劝了几十年也没起作用，就看你有没有本事请得动他了。"

宋浩笑道："那就三顾茅庐，精诚所至，金石为开。不能令正骨门的传人出山，当是天医堂的一大憾事。"

这天晚上，宋浩和伍长就住在了吴家，宋浩向吴氏父子讲了一番自己拜师习脉的经历，尤令吴氏父子敬佩不已。随后宋浩演示了冰火神针，已是冷热可出，自令吴启光惊喜万分，激动道："此术有传人矣！"对宋浩又是敬重了几分。

第二天一早，宋浩又要去城里寻那叶成顺，吴启光笑道："这是尊不开面的石佛，你要是请得动他，我请你吃三天酒。"

宋浩笑道："那就暂且记下，我终有法子令这石佛出世的。"

宋浩和伍长到了城里，又朝叶成顺的家走去。

伍长道："宋大哥，这个叶成顺倔得很，怕是又不给我们面子。要不我找到我师父，让他老人家出面请吧。"

宋浩道："几时能找到鲁老前辈？"

伍长道："我联系几位师兄弟找找看，不过也要一年半载的才能有师父的消息。"

宋浩摇头道："一年太久，只争朝夕。我们先努力一下吧，实在不行，还真得请鲁老前辈出马。"

这时，宋浩发现前方的路边卧着一条流浪狗，当是被街上的车辆碰断了后腿，趴在那里低声哀叫。

宋浩见了，心中一动，对伍长说道："这条狗的腿断了，我们将它带到叶家请叶成顺医治一下如何？此人有医狗之志，无医人之心，也算是有一个去见他的由头。"

伍长笑道："好法子，这样他不会立即赶我们走了。"说着，上前将那条伤狗抱起。

"碎成几段了，都黏糊了，应该是被汽车轮子轧的，怕是接不上了。"伍长摸了摸那条狗的后腿，摇头说道。

宋浩见了挠了挠头，苦笑了一下道："这倒是有些难为叶成顺了。不管了，抱去再说。"

到了叶家的酒铺，看到叶成顺夫妇二人正在里面闲坐。

"叶先生打扰了，有条狗的腿断了，还请您给医治一下。"宋浩一走进来，便笑嘻嘻地说。

伍长将那残狗抱上前，示了断腿道："怕是废了，你给瞧瞧吧。"

叶成顺见是昨天的两个年轻人竟抱了条狗来，不由得脸呈愠色，继而冷哼了一声道："何人告诉你们我会医狗的？"

宋浩笑道："医者仁心，泽及万物，也算是爱护小动物吧。"

伍长一旁打趣道："是啊！多可怜的小家伙！"

"狗比人强，看家护院，更不会恩将仇报。随我到后面吧。"叶成顺说着，起身朝后院走去。

宋浩见了，与伍长相视一笑，跟了过去。叶成顺的老婆坐在那里摇了摇头。

出了后角门，到了一处院子里。叶成顺示意伍长将那条伤狗放在地上按住，然后上前蹲下，两手持了狗的断腿摸循捋顺。

"碎成六块了，是被汽车轧的。"叶成顺摸骨断定。

"伤得太重，怕是要残了。"宋浩摇头道。

"还可治。便是残了也无妨，到屠羊的人家去寻一条新宰杀的羊后腿接上就是了。"叶成顺淡淡地说。

"怎么，叶先生还能施断肢再植术吗？"宋浩闻之一惊。

叶成顺未应声，将那条狗腿摸来按去捋顺完了，起身去寻了一包药粉，用酒兑了，搅拌成糊状，于狗腿上涂了。接着找了几支木板条来，量了长短折断，将狗腿固定，外面再用布裹了。

"行了，过个七八天就能着地走动了，狗骨比人骨愈合得快。"叶成顺说完，一摆手，意思是抱走吧。

宋浩此时暗里吃了一惊，这般严重的伤势，在常人看来只能是残废了，而这个叶成顺仅仅是不经意地捋了捋，涂了些药，就能肯定地说七八天可愈，实在是不可思议。

"是这样的叶先生，这是条流浪狗，我们也是在街边拾来的，不如先放在这里养好伤再放它走吧。"宋浩说道。

"随你们便。"叶成顺应了一声。

这时，叶成顺的老婆走了过来，阴沉个脸道："老王又来了。"

叶成顺听了，眉头皱了皱，朝前面的酒铺走去。

店铺里坐了一位中年汉子，吸着根烟，表情严肃，见了进来的叶成顺未吱声。

"是他王叔！"叶成顺满面歉意道："实在是对不住，你看能不能再容我一段时间，眼下手头实在是没钱还你。"显然人家是来讨账的。

"我家里也急着用钱，要不街坊邻居的住着我也不好意思来烦你。"那个汉子不甚耐烦地冷声道。

"唉！"叶成顺叹息了一声，无奈地说："要不你看看我这间铺子值多少钱，抵给你算了。"

"这才值几个钱的玩意儿，要是将前后的房子都算上还差不多。老叶，不是我逼你，这笔钱欠了我好几年了，再不还我实在是说不过去了。再给你三天的时间，到时候再还不上，我也只好来收房子了。"那汉子说完，起身转出，走进了街对面的一家商店内。

叶成顺坐在那里，低着头，愁眉不展。宋浩见此时再待下去不是个事，说道："叶先生，我们就不打扰了，那条狗您先养着，过几天我们再来接它。"说完，递给伍长一个眼色，二人便退了出去。

叶成顺也未起身相送，由他们去了。

出了叶家酒铺，宋浩感慨道："如此一位正骨高手，生活却陷入了这般窘况，真是难以想象！"

伍长道："那也怨不得别人，他藏了本事不使，谁又有什么办法？"

"走，我们先给他解去这个燃眉之急。"宋浩说着，朝那家商店走去。

"宋大哥，你要替他还钱？听他们话里的意思不是个小数目。"伍长惊讶道。

"先去问问再说，我身上带的银行卡里还有几万，不够的话打电话让唐雨给我汇来。"宋浩说着，走进了那家商店。

那位王姓汉子正闷闷不乐地坐在柜台里吸烟，见了宋浩、伍长进来，以为是买东西的顾客，忙起身招呼。

"这位大叔，我是叶先生的朋友，刚才在他那里见过你。我想问一下，叶先生欠你多少钱？"宋浩开门见山道。

那老王听了，想起刚才果然是在叶家的酒铺见过这两个人，复又坐下，叹息了一声道："三万五。两年前他的两个儿子一起考上了大学，因为没有学费去念书，他来向我借，我一时激动，也是为他们感到高兴才借了他，谁知道到现在都还不上。"

"是这样。"宋浩听了，点了一下头，说道："这位大叔，这笔钱我来替他还了，但是不要告诉他是我还的。"

"你……"那汉子闻之惊愕。

"我们现在就去银行将这笔钱提出来给你，算上利息，给你四万吧。"宋浩说道。

"真……真的啊？"那汉子有点不敢相信自己的耳朵。

宋浩笑道："当然，不过要将你们当年的借据给我。"

"有有有！"那汉子惊喜之余，忙不迭地在一旁的箱子里翻出了一张叶成顺签名的借条。

宋浩到银行提出了四万元钱给了那汉子，收回借条撕毁了。

"你真是个好人啊，竟然为老叶还上这笔钱。"

"你也是个好人，所以不能再令你为难了。这件事就算完了，叶家不问，你也不要提了。"宋浩笑道。

"行！"

"宋大哥，你真仗义！我伍长算是没有跟错人！"伍长佩服道。

"小事一桩。总不能逼得人家去收他的房子吧。"宋浩笑道。

"现在债主换人了，我看这次不用再去请他，他也会出山了。"伍长高兴地说。

宋浩摇头道："我们虽然帮助了他，但不能以此作为请他出山的理由，还是想法子说服他，不强人所难为好。"

回来见到了吴启光，宋浩将二访叶成顺的事说了一遍。

"你做得很对,莫说四万,就是为他还上四十万也值。"吴启光对宋浩此举大为赞赏。接着,他又摇头道:"这个叶成顺,家里有困难为什么不和我说?可是又怕我借此事劝他出山?宋浩,这笔钱还是由我来还吧。"说着,起身要去找他的存折。

宋浩忙上前拦了道:"吴老师不要和我客气为好,能帮助一下叶先生,也算是我们之间的缘分。"

吴启光听了,点头道:"也好,那就让叶成顺欠你这份人情。他不是固执吗,我们不妨借这个机会来逼他出山,叶氏正骨术不能因他再尘封下去了,否则真是太可惜了。过几天再去见他,我看他还有何理由拒绝你。"

宋浩道:"我帮他还钱只是想解他燃眉之急而已,并未做他想。我看还是说动他自愿出山为好。"

吴启光道:"我知道你心地善良,是真心帮他,不想以此事来要挟他。不过不借这个机会逼他,他还是不愿意让叶氏正骨术复出的。有时候君子要做,小人也要做,只要把握适度就可以了,否则被人讨了便宜去,人家还不知道怎么一回事呢。"

宋浩笑道:"三顾茅庐不成,我就十顾,时间久了,怎么也能混成一家人的模样,我就不信这尊石佛请不出庙来。"

"好宋浩!天医堂有你主持,不愁不发展壮大。跟着你做事业也令人痛快!"吴启光哈哈一笑道。

"对了,宋浩,过几天先由我去见叶成顺,探一下他的口风,重要的是向他介绍一下你和你的天医堂。其实有本事的人也都想找到一个能令他尽兴发挥的地方,否则学来何用?叶氏正骨奇术隐埋民间几十年不为人知,也是没有遇到令它重新发光的机会。知道吗,这个叶成顺在年轻时,就能令猪马牛羊易腿而走了,堪称神奇!只是家族几遭变故,才令他心灰意冷。你一定要重新燃起他的热情,他能出山,足以造就一系列的奇迹。中医中独特的正骨奇术,简便捷效,在诸多方面是现代医学无法比拟的。"

"召集各科奇才,共兴医道,这是天医堂的一个宗旨。"宋浩说道。

吴启光点头道:"专攻一术者,火候到了,足可通神。一技之长,骄狂天下,百技之长,踏遍诸家,便是如此了。"

宋浩和伍长在吴启光处住了下来，白天帮忙诊治病人，晚上则是和吴启光谈医论道。

过了几日，吴启光便起身去了城里，先行拜会那叶成顺去了。

午后，电话响起，吴松接过，点了点头，随后撂下电话，对宋浩笑道："那叶成顺要和爸一同回来谢你呢！"

宋浩闻之喜道："叶先生可是被吴老师说动了？"

吴松摇头笑道："那倒没有，不过我爸话里的意思，是要借他到家的机会，你二人全力再劝请一番，务必说动他出山。"

宋浩坚决道："好！请不出此人我不会离开这里的。"

两个小时后，听得门外汽车响动，宋浩、吴松、伍长三人忙迎了出去。一辆出租车停在诊所前，先下来的是吴启光，随后叶成顺抱了那条狗下了车。他将狗放在地上，那条狗竟然能以伤腿着地走动了，令宋浩和伍长惊讶不已。

"叶先生，有劳将狗送回。"宋浩迎上前笑道。

"惭愧！要不是老吴今天去我那里，还不知道是你替我还了那笔债务，今天是特地来向你表示感谢的。"说着，叶成顺朝宋浩鞠了一躬。

"叶先生不要这样，也是让我遇上了，否则还不知家中有此困难。先请屋中说话吧。"宋浩忙说道。

"是啊，有话屋里说去。"吴启光笑着，朝宋浩递了一个眼色。

进了诊所内还未及落座，就有一年轻人由其父亲陪了来诊病。吴启光朝宋浩扬了一下头，意思是让他在叶成顺面前展露一下本事。宋浩会意，上前接诊。

抚脉之下，原是那年轻人外感了风寒，此时高热寒战，颤抖不已。宋浩于是施冰火神针，且汗法并施，仅仅十余分钟，汗出热退，令那父子感激不已。

宋浩随后说道："我再开几副汤药，回去服了可保无恙。不过适才察脉，肝胆当有遗疾，以前必是犯过黄疸性肝炎，平常仍感肝区隐痛，晨呕苦水。治不彻底，日后必会复发。我另出张方药，连服十日，可将此病根除。"

那双父子听了，点头称是，惊讶不已。

"有几味药我且告诉你们如何煎法。"宋浩开完了药方，引了那双父子进药房配药去了。

"启光，这……这个宋浩竟有这般修为，脉法精确若此，天下罕见！连你的冰火神针也习成了，不亲眼所见，实在是不相信啊！"叶成顺惊叹道。

"宋浩年轻有为，且立志创天医堂济世行医，为的是振兴中医一道。年轻人能有此热情，我们应该助他才是。来时我已向你介绍了他的情况，此人大才全能，志向高远，又心地善良，乐于助人，日后必能成就大事。我等技术，充其量混个温饱富家而已，实无作为。尤以成顺兄藏技不显，空负一生所学。此机会天授，再不出山，当悔之晚矣！"吴启光说道。

叶成顺听了，沉默不语。

# 第十章　创建天医堂

宋浩送走那双父子，回转来，笑道："吴老师这里的病人多，尤其是在上午，病人拥堵，门都推不开，民间医者，少有这般气象了。"

"也是启光的本事大。"叶成顺随口应道。

宋浩笑道："叶先生的本事也不小啊！若是肯接诊，必是患家云集，怕是一刻闲不着的。"

吴启光点头道："不错，叶氏正骨奇术若能显世，必当名扬天下，更能振我中医骨科神威。此一时彼一时，成顺兄又何必固执如此呢？虽是受了小人的欺负，但也不能将其他的病家一竿子扫尽。与那些小人怄气，犯不上的。"

"唉！叶家每以正骨术招祸，我已是寒了心了。并且我那两个儿子因我之故都不愿继续此术了，说是学也无用，不如不学。"叶成顺摇头叹息道。

宋浩道："先生一技之长，足可贵身富家，掩之不用，不仅受穷遭困，也自有违天道。天成此术于叶氏，当是令叶氏子孙行济世之功德。照先生这般下去，此正骨奇术必将失传，这可不是叶氏一家的损失了，而是整个中医界的一大损失，再想弥补可就来不及了。天医堂是先生施展才能的天地，但有诸般委屈我来受，再不会涉及先生分毫，这一点我可以保证。"

"宋浩！"叶成顺抬起头，眼睛呈现湿润道："我也知道，再这般下去，对不起叶氏的祖先，令先辈们以心血研究出来的奇术在我手中失传，我也自会沦为叶家的罪人。可是我真的是怕了，宁受贫苦，也不敢再以此术招来祸端了。启光也曾劝我，时代不同了，那种恩将仇报的事不会再发生了，但是我转不过这个弯来啊！在旧社会，叶家几乎因此术招来灭族之灾，文革时家父又因此术丧命，所以我发下重誓，宁可医狗也不医人。"

"这都是那种特殊的时代造成的！但是不能因此影响我们行医济世的

准则。"宋浩想起自己也几乎成了那个时代遗留下的一个牺牲品,自不胜感慨。

"成顺兄,"吴启光郑重地道,"你现在出山,并不是违背了你当初立下的誓言。如你所说,再这样下去,叶氏正骨奇术必将失传,你不仅是叶家的罪人,更会成为民族的罪人,因为这等于是你毁去了一件国宝啊!伤心事谁家都有,但要区分大小。从某种意义上说,叶氏正骨术不仅是属于你们叶家的,更属于我们中华民族。并不是我自个儿给你上升到这种高度,而是叶氏的正骨奇术将你抬到了这种高度。这种造福民生的奇术,在你手中发扬了便是功德,否则便是千古罪人,何去何从,你自家考虑考虑吧。"

"首先我要说明的是,天医堂做的是一项事业,而不是一门生意。我们有一个宗旨,就是挖掘民间奇术,令隐藏在民间的奇人、奇药、奇术有一个发扬的舞台,从而对现在的中医一道有全面的补充和提升。现今科技是发展了,但是古老的中医却逐渐被人忽视了。再拿不出应手的东西,让人重新领略中医的魅力,不出几十年,真正的医道将溃矣,我们都将成为罪人。"宋浩说道。

"古人将医道分为十三科,骨科占其一。叶氏既持此术,便是有了使命在身,不可能被个人情绪左右。吴某不才,在针法上有所成就,也应了宋浩所请,日后坐诊天医堂。成顺兄不思进取,甘将此奇术在你身上失传,我们也没办法,强人所难是逼不成事的。要知道,叶氏的先人不知耗费了多少代人的心血才有了如今的叶氏正骨术,你愿意当废物扔掉就扔掉吧。"吴启光摇了摇头,无奈地说。

宋浩道:"叶先生,要不这样,你可以不亲手诊治,最好能收几名中意的弟子,传授此术。不能令叶氏正骨术失传。"

"此术倒也不甚难学,只要熟悉了人体的骨骼,掌握些摸骨的方法就可以了。现在有X光片,可以清楚地看到骨伤的部位和程度,不必要刻意地去追求古人的那种摸骨术了,否则没有三年的摸骨经验,是辨不得骨伤程度的。另外在接骨的手法和经验上要经历一番磨炼才行。当然了,最为重要的还是正骨秘药。"叶成顺沉默了许久,说道。

宋浩闻之一喜,知道叶成顺已然心动,与吴启光相视一笑。

"徒弟再好,没有你这个师父亲临指导也是不行的。宋浩已经为你提供了一切的条件，真心实意地请你出山，你若再犹豫，可就是不识相了，我们朋友也没得做了。"吴启光道。

"行了，你也别说了，我日后到天医堂先带几个徒弟就是了，出徒后我再行隐退。"叶成顺终于点头应了下来。

"叶师父，那你先收了我吧。"伍长一旁已是跪了下去。

宋浩、吴启光二人则是欢欣鼓舞，相对而笑。

"你……？"叶成顺望了望伍长，犹豫了一下，继而点了点头道："你既是鲁门弟子，当是习过功夫的，手上应该是有些力道，也多能熟悉些骨骼，倒是有习成正骨术的先决条件。罢了罢了！看在你师父的面子上，就收了你吧。"

"多谢师父！"伍长惊喜万分，赶快叩拜。

宋浩见状笑道："你倒是机灵，抢了这一先。那就恭喜二位了！"也自为伍长感到高兴。

"吴松，赶紧去饭店订一桌子酒菜，祝贺你叶大叔出山了！"吴启光高兴地盼咐道。

这天晚上，宋浩、吴启光、叶成顺三人醉归。

第二天，宋浩和伍长回返天医堂，与吴启光、叶成顺二人约定，待天医堂正式成立，他二人再赴白河镇。

宋浩此行，不但请到了冰火神针吴启光，还意外地请到了叶氏正骨的唯一传人叶成顺，天医堂实力大增，心中好不得意，一路回转来，一身上下无不充满了喜悦，坐在客车上，轻松得感觉似在飘行一般。

宋浩拍了拍伍长的肩膀，笑道："你和鲁师父学的是防身的本事，这次拜下了叶师父，习的可是吃饭的本事，一定给我学好了、学精了，有可能你便是当今叶氏正骨术的第一传人了。"

"嘿嘿！我还想要是宋大哥请不动叶师父，就将他绑到白河镇，强逼他加入天医堂呢，没想到宋大哥真是将师父请出来了。"伍长憨憨地笑道。

"看不出啊小伍，你倒是很有主意的。也是，若真请不动他，我也想将他绑走呢，因为不想看到他的一身本事浪费了，宁可委屈了他的人，也不能委屈了他的本事。"宋浩笑道。

宋浩、伍长二人回到白河镇时，远远望见"天医堂"三个红色的醒目大字已经竖在楼顶了，看来工程进度很快。

进了楼内，见到一些工人们正在忙碌，唐雨在一旁监工，多日不见，脸色已是有了些憔悴。

"你们回来了！"见到宋浩、伍长，唐雨惊喜地迎了上来。

"辛苦了！"宋浩望着唐雨消瘦的面容，歉意地说。

"没事！可是请到了那位冰火神针了？"唐雨笑道。

"请到了，还意外地请到了一位正骨奇人，日后他二人会一同来此的。"宋浩说道。

"正骨奇人！天下正骨术称奇者当属医门叶家，曾有天下第一之誉，只是叶家沉寂了几十年了，怕是无后人传承了。你请到的是哪位高人啊？"唐雨问道。

宋浩笑道："正是你所说的天下第一的叶氏正骨传人叶成顺。"

"什么！你真的将叶氏的传人请到了！"唐雨惊讶道。

"不错，这还要感谢小伍呢，否则不会有此意外收获的。"宋浩笑道。

唐雨欣喜道："有此人加入，天医堂可谓高手云集了，日后真的要成为中医中的龙头了！"

宋浩笑道："当然，我们既然做了，就要做个天下第一来！"

"再有十天整体装修就结束了，半个月后天医堂就可以正式运营了，各方面我已经准备妥当了。"唐雨说道。

宋浩闻之喜道："太好了！进展的速度比我预期的要快。"

这时听得楼外汽车喇叭声，当是有人在唤。宋浩、唐雨出来看时，却是刘天。

"你可回来了！"刘天望见宋浩，惊喜之余，忙从车里出了来，随即脸上又呈现出焦急之色。

"何事这么急啊？"宋浩见状惊讶道。

"家父患了急症，本是来这里寻不到你就计划去省城了。"刘天说道。

"刘伯伯病了！那我们赶快过去吧。"

刘天载了宋浩奔县城而去。

刘天在车上向宋浩介绍了一番情况：其父刘亚本在上午开了一个会议后，感觉眼部稍有不适，回家后竟然双目失明，视不得人了，送到县医院后，那些大夫们也无计可施。刘天知道宋浩这些日子去了外地，便准备去省城为其父治疗。然一念动，便驱车来到了天医堂，看看宋浩回来没有。

县医院的一间高干病房里，一些大夫们正与坐在床上的刘亚本商量着什么。那刘亚本双目红肿，眼底充血，视不得物了。

"爸，宋浩来了。"刘天说道。

"可是将宋子和老先生也请来了？"刘亚本精神一振。宋子和之名，先前在县内无人不知。

"刘伯伯，爷爷暂时还没有过来，我来给您看一下吧。"宋浩上前说道——他以前倒是曾见过刘亚本几次面。

"哦，是宋浩啊。听说你要和你爷爷重新回来办医院了，这是件好事啊！本县出色的大夫实在太少了。"刘亚本二目微闭，颇显失望。

宋浩上前诊脉，但觉六脉弦数，尤以心经独亢，于是说道："刘伯伯是急火攻心导致的暂时性失盲症，无妨，我且……"宋浩说话间欲寻纸笔处以方药，忽见刘天朝他示以手势，忙跟了他出了病房。

"怎么了？"宋浩问道。

"是这样，我爸一生拒药，甚至闻不得药味，无论中西药，一吃便吐。好在身体健康，没患过什么大病，偶曾感冒，迫不得已之下注射针剂，也是反应强烈，比病本身还要难受，所以我想你用别的法子来治吧。这里的医生说，我爸可能是脑血栓前兆，你可千万别让他患上这种病，否则用不得药，便能要了他老人家的命去。"刘天一脸悲切地恳求道。

"是这样，你别着急，我有办法。"宋浩拍了拍刘天的肩膀，安慰道。

进了病房，宋浩来到了刘亚本的病床前，说道："刘伯伯，你这病虽在眼，因全身经脉相通之故，病根却源于脚，我且在您老左脚上施一针。"

旁边有护士端过针具来，宋浩持了一支三寸毫针，从足心涌泉穴入，透刺足背太冲，而后出针，未按针眼，任其血出，然后说道："刘伯伯，你一定要注意足心我扎针的地方，现在是出了点血，什么时候你感觉有脓水流出，你的眼睛也就好了。"

"哦，谢谢你！不用去省城了吗？那边已联系好了专家会诊呢！"刘亚本还是有些犹豫道。

宋浩笑道："这点小病，不用再折腾了，请刘伯伯相信我好了。"

旁边的县医院医生们，此时却都在摇头，对宋浩这般诊治之法皆感到不屑。原有一个巴结奉承的要劝刘亚本还是去省城诊治为好，然见了刘天对宋浩相信的样子，欲言又止。

刘亚本知道去了省城便是请了专家们会诊，也免不得用药，见宋浩仅仅刺了一针就说能好，不再用他药，半信半疑之间也自点头应了。

出了病房，刘天还是不放心，问道："宋浩，这样行吗？"

宋浩笑道："刘伯伯既然用不得药，只能这么做了，放心吧，明天早上便见分晓。不过你叫人时刻提醒刘伯伯，一定要注意足心我扎针的地方。"

刘天听了，又转回病房吩咐了一番，然后出来将宋浩送回了天医堂。

见到唐雨，宋浩将情形述说了一番。

唐雨恍悟道："心火亢盛，蒙蔽双目，既然用不得药，当是令他转移注意力，专注足心，自会引火下行。"

宋浩道："不错，并且我在涌泉穴上施泻法刺了一针，出针后未按针眼，任其血气出，也自顺引心经之火。"

唐雨点头道："此法应该奏效。"

第二天一大早，刘天便打来了电话，他在电话里激动地道："宋浩！宋浩哥！你简直是太神了！我爸今天早上双眼消肿，已经能看清东西了。只是没有发现足心流脓水，要紧不？"

宋浩笑道："眼疾好了就行了，管他流不流脓水呢，不过是令刘伯伯增加对足心的注意力罢了。告诉刘伯伯，这几天少饮酒和食辛辣的东西。"

"宋浩，我就说你能行嘛！医院里的那些医生们昨天还对你的疗法表示怀疑呢，你猜现在怎么着，惊倒了一片，都说太不可思议了，这种病让他们用最好的药物来治，最快也要几天的。"刘天又开心地说道。

宋浩不药而治，令刘亚本双眼复明，加以宋氏祖孙重返白河镇创天医堂的消息立时在全县传开，老百姓们兴奋不已，前来关注天医堂建设的人群络绎不绝，有的甚至主动前来帮工，令宋浩和唐雨感动不已。

那刘亚本还在县里召开了一个特别会议，指示各级主管部门，要为天医堂顺利营业和日后的发展予以全力支持。名医复返，当是本县的一大幸事。

十几天后，天医堂各项工作都已准备结束。装修朴素自然，别具韵味，窗明几净，药房飘香。除了大内科之外，还专设了骨科和针灸科，全是中医特色。

宋浩通知了吴启光、叶成顺和林凤义，邀请三人前来白河镇会集，又按无果所留的联系方式通知了上清观。

这天晚上，唐雨和伍长秘密离开了白河镇，去了山东蓬莱，会着宋子和。在宋家老宅内，唐雨与宋子和将天圣针灸铜人分卸拆装，而后三人连夜将之运到了白河镇，密藏到了天医堂的地下室内。宋子和见天医堂竟有如此规模，也欣慰不已。重返故乡，犹自感慨万分。

宋子和的到来令白河镇居民为之一振，先前的旧识纷纷前来相见，令人应接不暇。接着，林凤义、吴启光、叶成顺三人也到了。众人相见，俱是欣喜。一切接待工作倒是由刘天、马吉、张宝伦三人做了去，极是周道细致。

两天后的吉日，天医堂张灯结彩，鞭炮齐鸣，白河镇百姓聚集，刘亚本也率了一干县里的领导前来祝贺，天医堂正式开业了。宋浩心中高兴不已，自和唐雨接待不暇。

就在大家兴高采烈的当，一辆汽车停在了天医堂的大门外，那是由省城开来的一辆礼品公司的送货专用车，几名年轻人从车厢上抬下来两只装饰精美的大型花篮，皆是由各种艳放的名贵鲜花插组而成，当是价格不菲。

唐雨上前迎了，一名礼品公司的工作人员和她说了些什么，唐雨不由回头望了宋浩一眼，接着在接货单上签了字。

"谁送的这么大的花篮啊，还是专门从省城送过来的？"来宾皆感到了惊讶。

好奇的马吉先行走过去看了一眼，惊喜道："天医集团！喂！宋浩，你认识天医集团的人啊！好大的面子！还是天医集团的董事长齐延年亲自手书的贺单！"

"天医集团！"宋浩眉头皱了一下，知道是怎么回事了。

"哎呀宋浩！看不出，有天医集团在支持你啊！这天医堂也是天医集团援助你的吧。"众人议论纷纷。

宋浩本想拒收这对花篮，然见众人的神情和爷爷高兴的样子，只好作罢，应付地笑了笑。唐雨那边已是指挥人将花篮摆放在了门外显眼的位置。

马吉对身边的刘天说道："宋浩果然不简单啊，竟然还有这么大的背景！天医集团可了不得，是著名的跨国医药公司，更是中药制剂的龙头企业。董事长齐延年亲自手书贺单，好大的面子啊！"

"这天医堂难道说是天医集团的下属企业，是他们资助的？"刘天惊讶道。

"不像是他们资助宋浩的，否则今天开业为何不派一个代表来？并且也不符合天医集团的风格，他们应该都是办那种大型医院的。当是宋浩认识那齐延年吧，送了对花篮以壮门面。宋浩离开这几年，竟然认识了这么一位大人物，不可思议！"马吉说道。

宋子和和唐雨都希望此时齐延年夫妇出现，借此缓和一下他们和宋浩之间的紧张关系，可是直到那礼品车离去，也未见到齐延年夫妇的影子，不免有些失望。

此时，在距天医堂几百米外路边的一片树荫下，齐延年和杜青苗坐在一辆车里，望着天医堂的方向，都沉默不语。

许久，杜青苗流泪道："年哥，我们还是过去见一下浩儿吧！"

齐延年想起宋浩最后离开时那种怨恨的眼神，摇头道："这孩子现在对我们成见太深，不宜过去，否则会令场面尴尬，破坏气氛的。"

"怎么会这样！好不容易等到了和浩儿相认，他却不认我们了。"

"放心吧，事态失控不了。先让他磨炼一下也好，他永远是我们的儿子，更是天医集团的接任者，这是任何人都改变不了的。他终有一天会明白，我们所做的一切，都是为了他的将来。"齐延年轻轻叹息道。

待到傍晚，宾客们才逐渐散去。忙碌了一天的宋浩、唐雨先安置了宋子和、林凤义、吴启光、叶成顺四人歇息了，然后坐在一间诊室里商量明天的事。

此时闻得外面车声响动，随即伍长进来说道："宋大哥，来了一辆货车，车上的人指名找你，说是上清观来的人。"

宋浩闻之大喜道："是师父派人来了！"忙与唐雨迎出。

门外，一辆货车旁边站着一脸笑意的无果，以及几位已是俗家打扮的上清观道士。

"师兄，你们怎么才来！"宋浩欢喜地上前迎道。

无果笑道："先祝你天医堂开张大吉！因为师父要送你几件礼物，白天不方便，故赶了这时候送来。"

"唐雨姑娘好！"无果又与唐雨打了招呼。

唐雨笑道："无果师父，送贺礼也要这么神秘啊！是什么好东西？"

无果笑道："稍后一看便知。"接着招手令同来的道士从车厢里搬下来三只木柜，抬进了天医堂。

"师父送给我的什么礼物？"宋浩惊讶道。

"明人高武铸造的男、女、儿童三具针灸铜人，师父特遣我来送给你，以作为天医堂的镇堂之物，为天医堂增色，日后也少不得教学之用，虽不比你那件宝贝，却也是珍贵无比的。"无果笑道。

"师父……"宋浩着实感动不已——那三具铜人本是上清观的宝物，没想到师父竟然送给了自己。

昔日唐雨在上清观也见过那三具针灸铜人，见那肖伯然尽数送至天医堂，也颇感意外。惊喜之余，和伍长引了搬运的道士将那装有针灸铜人的木柜抬到一处密室中先藏了。

"代我谢谢师父！"宋浩感激地说。

"客气！"无果四下打量了一番天医堂，点头道："果然有了医药馆的模样，不错，不错！日后若是忙不开时，上清观的人手随你调用。"

"多谢师父和众师兄的支持！"宋浩高兴地说。

无果见此时四下无人，低了声道："师弟可听说无药神方的事了？"

宋浩点头道："曾听一位朋友说起过，事出鬼医门和医门纪家。"

无果点头道："不错，上清观得到的消息也是这样。师父说了，无药神方若是面世，有可能要引起一场医学上的革命。不过详情还不知晓，你在这方面要多留意一下。师父说你见过鬼医门和纪家的人，日后可能还会遇上，有机会查一下无药神方的机理。"

"我会的。"宋浩点头道。

"观中还有事，我们得连夜赶回去，现在就走。"无果见唐雨等人转回来，忙说道。

"这么急啊！不能等到明天再走吗？"宋浩挽留道。

"师命在身，不能耽搁了，这就告别吧。"无果说着，招呼了随同来的道士，转身走去。宋浩无奈之下，只好和唐雨送出。

望着远去的车影，唐雨说道："我怎么感觉你的道家师父和这些师兄们都很神秘的!"

宋浩笑道:"他们是方外之人,行事自然和我们不一样了。"

唐雨道:"以前我也曾怀疑他们对你别有用心,今天看来是我多虑了。"

第二天天色刚见亮时,宋浩便起来了,他已和爷爷约好,早起去一趟万松岭太爷爷宋景纯的坟墓祭奠——宋子和回来这几日诸事繁忙,未得空去。

宋浩提了准备好的祭品,随即与爷爷出了天医堂,叫了一辆出租车直奔万松岭。

到了万松岭下,叫那司机在山下候了,祖孙二人一路上了山,来到了宋家的墓地。重返白河镇,创办天医堂,已使令宋子和感慨不已。在父亲宋景纯的坟墓前,宋子和三拜之后,心中默念道:"父亲,宋浩虽非我宋家骨肉,但已继承了宋氏一脉的医道,算是天赐此子,如今他已然能独立行医,创天医堂行医济世了。宋家有此传人,您老九泉之下,也当安息了。就保佑他在天医堂内大展宏图吧!"

宋浩一旁燃了纸钱,跪地叩了三个头。

祖孙二人在坟墓前又默立了一会儿,这才转身走去。

下山的路上,宋浩说道:"爷爷,也是怪了,我前段时间回来时,到这里给太爷爷上坟,又见到了那个老乞丐,多年前我们在这里遇到的那个。"

宋子和闻之一怔,停下了脚步,讶道:"可看准了,是同一个人?"

宋浩道:"差不了,就是那个人,好多年了,还是那身破衣服。"

"他怎么还出现在这里?你太爷爷当年去世时,下葬的当天,我就曾见到这个乞丐在墓地旁边出现过。有时上这万松岭上采药,偶尔也能在你太爷爷的墓地旁边见到他。此是何人,三十多年来为什么总在这里现身?"宋子和说着,四下里望了望,此时倒是未见到那个乞丐的影子。

"可能是这附近村子里的吧,到墓地旁边寻供品来的。瞧他的模样应该是一个没人管的疯子。"宋浩不以为意地说道。

"真是奇怪了！"宋子和摇了摇头，满面的感然。

此时在一侧的树林里，一双眼睛正盯着离去的祖孙二人，流露出复杂的神色。

宋浩和爷爷回到天医堂时，林风义、吴启光、叶成顺三人已经开始接诊患者了。有唐雨主持一切，倒也井井有条。

"爷爷，你们回来了！"唐雨迎上前道："先去用早餐吧，然后再工作。"

"也好！"对这个精明能干又美丽大方的唐雨，宋子和心中已然当作孙媳妇一样看待了。

"今天的病人还真不少啊！"宋浩望了望几间诊室外候诊的患者。

"这仅仅是开始，现在人们还不知道你请回来的这几位医中高手的真正本事呢。"唐雨笑道。

"不错，用不了十天半月，天医堂便能名扬全省，而后自会传遍天下。"宋浩信心十足地说道。

"你吃完早饭到我这里一下，先见一个人。"唐雨瘪了一下嘴道。

"谁啊？"宋浩问道。

"一会儿你就知道了，一位老朋友。"唐雨说完，转身去了。

用过早餐，宋浩来到了唐雨的办公室兼诊室，看到她正在为病人诊病。见宋浩过来，唐雨脸色不甚自然，摆了一下头道："在里间屋子等你呢。"

"谁啊？怎么不直接找我呢，跑你这里来干什么？"

进了里间屋子，宋浩不由一怔，里面的床上坐着一名年轻的女子，正是洛飞莺。

"莺莺，是你！"宋浩意外之余，顺口说道。

"宋浩！"见到宋浩这般称呼自己，本是愁眉不展的洛飞莺露出了欢喜之色。

"你是怎么找到这里的？"宋浩问道。

"你就是躲到天边我也能找到你。"洛飞莺调皮地一笑道。

"服了你了！我来这里是创办天医堂，哪里在躲你。"宋浩说道。

"你真行啊！将老林都请来了，先下手为强呢！是唐雨的主意吧？"洛飞莺问道。

"呵呵，师父当初可没有答应一定要去你们洛家的。"宋浩笑道。"欢迎来天医堂！怎么，找我有事啊？"

"你什么意思，没有事就不能来你这里啊！"洛飞莺不快道。

"口误口误！你是朋友，不是客人。"宋浩忙歉意地笑道。

洛飞莺冷哼了一声，转过脸去，不再看宋浩。

"你刚到吧？"

"嗯！"

"用过早餐了吗？"

"和唐雨姐姐一起用过了。"

"哦……那么，我领你参观一下天医堂吧，虽暂时比不得你们洛家的大医院，日后也会扩展的。"

"参观过了！"

"哦……远道而来，路上累了吧，要不你先休息一下？"

"不累！"

"这个……"宋浩挠了挠头，又问道："那个李贺找到了吧？"

"没有！"

"哦……你……你还好吧？"

"说了那么多的废话，才有一句是关心人家的。"洛飞莺转过身来，望着宋浩，幽幽地说："我若是不来，你怕是忘了我吧？"

"哪能呢！一想起你我就做噩梦。"宋浩开玩笑道。

"我有那么可怕啊？"洛飞莺白了他一眼。

"说笑了！对了，一会儿我领你参观一下白河镇吧，这里名胜古迹众多，是正在发展中的城镇，又是我的故乡，所以将天医堂建在了这里。"宋浩说道。

"好吧，算你还有点良心。"洛飞莺点了一下头，脸上又现出笑意来。

"忘告诉你了，那个曾被李贺下了绝命反针的何成中，已被我施针法救治过来了，颇费工夫，希望李贺不再以此术害人为好。"宋浩说道。

"什么，那个何成中被你救活了？洛氏魔针中的反针术习到绝命针的地步，神仙难医的！"洛飞莺闻之惊讶道。

"也是那何成中医治得及时，被你施针法缓解了许多，我这才有机会救了他。你要是不嫌弃，我倒想从你这里多了解一些洛氏针法，尤其是反针术。"宋浩说道。

"你想知道什么，我告诉你便是。"洛飞莺应道，须臾脸上又现出忧虑之色来。

"那就多谢了！天下针法，唯洛氏魔针我知之甚少。"宋浩笑道。

"宋浩。"

"什么？"

"我……我想加入你的天医堂，有得吃住就成，我不愿再回洛家去了。你以前可是答应过我的。"洛飞莺犹豫了一下，说道。

"那就留下来吧，洛家诸般作为，早晚出事。你的针法造诣颇深，应该行济世救人之举的。"宋浩一口应允道。

"谢谢你！"洛飞莺听了，感动得泪水在眼眶里打转。

"你善念一起，便是功德，方不枉为医门中人。天医堂也需要你这般好手的加入。"宋浩说道。

"其实我也希望像唐雨姐姐一样，心安理得地为病人医病，做一个真正的医生。"洛飞莺道。

"你日后就做吴启光老师的助手吧，领略一番冰火神针。针法没有止境，你既精于此道，应该更上一层楼才是。"宋浩语重心长地说道。

待唐雨诊完了几位病人，宋浩和洛飞莺走出来。

"莺莺也要加入到天医堂了，日后她就和我们一起工作了。"宋浩说道。

"哦！"唐雨闻之，颇感意外之余，也现出一种复杂的神色。

"唐雨姐姐，以后我们又可以在一起了。"洛飞莺高兴地说。

"欢迎你加入天医堂！"唐雨还是表现出了欢迎的态度。

# 第十一章　铜人归来

第一天，天医堂的门诊量虽然只有三十几人，并且多是慕宋氏祖孙之名而来的病人，但是吴启光精湛的针术、林凤义神奇的脉法，已是令众病家惊服不已，并且在当天已然风传开去。

叶成顺这一天倒是空闲，没有骨伤病人应诊，便开始正式地传授伍长叶氏正骨术。

晚饭后，宋浩向吴启光等人展示了师父肖伯然所赠送的那三具明代高武所铸的男、女、儿童针灸铜人，令大家惊叹不已。

"没想到高武所铸的这三具针灸铜人竟然传世，此乃国宝！你那道家师父真是看重你！天医堂有此物，自增气势！"吴启光慨叹道。

宋浩笑道："此三具宝贝日后也可在针灸教学上用，临者观摩，当会别生境感，可长针力。自对吴老师有用处的。"

吴启光点头道："不错，此物令人望之肃然，神静专一，于针灸教学上大有益处。放心吧，我会好好利用此三具铜人的，众法归一，要那些学徒弟子成就天医堂针法。"

唐雨望了一眼对那三具针灸铜人看得入神的洛飞莺，笑了一下道："安全方面可要由专人负责，免得被贼人盗了去。"

伍长一旁自告奋勇道："就由我来看管吧，有我在，保无闪失。"

宋浩笑道："如此最好！"

洛飞莺听出了唐雨话中的意思，撇了撇嘴道："既是天医堂的宝贝，大家都有保护它们的责任。唐雨姐姐莫要小看了人，你有功夫可拒盗贼，我也有办法以防强人的。"

唐雨笑道："那好啊！保护这三具铜人除了小伍也算你一个，出了事唯你是问。"

洛飞莺冷哼一声道："既然唐雨姐姐这般信任我，我不负使命便是。

就怕生了内鬼，令人防不胜防。"

宋浩此时笑道："现在屋中之人，都是我最信任的人，故而令大家一睹这三件宝贝的真容。纵有外人来盗，以小伍和唐雨的本事，足以应付了。当然了，莺莺在此，更是万无一失了。"

洛飞莺闻之欢喜道："就是嘛！宋浩可是知道我有什么本事的。"

唐雨一旁冷笑道："是啊！千里追踪的本事你是天下第一，纵有贼人得了手去，你也是能找到他的。"

吴启光见状，嘿嘿一笑道："我们大家都是来助宋浩成事的，各尽其责吧。有些事情，终要看缘分的。"他此时心中也自奇怪，当初曾帮助宋浩摆脱了洛飞莺，没想到他二人今天竟做起朋友来。

闲聊了一会儿，众人各自回屋歇息。宋子和见宋浩和唐雨、洛飞莺之间有些说不清道不明的关系，本想随宋浩去他的房间问一下，却被吴启光拉住。宋子和摇头苦笑了一下道："也好，随他们去吧。"

宋浩回到自己的房间，坐在办公桌旁又对天医堂的未来进行了一番规划，偶一抬头，隐约看到窗外有一黑影闪过，忙启窗看时，皎月临空，万籁俱寂，唯见树影摇动。他以为看花了眼，不甚着意，复又回到桌旁工作。

隔壁的唐雨偶觉窗外有异，忙起身看时，见有一条黑影跃出墙外去了。她为防有诈，没有追出，急忙转身到宋浩的房间查看，从门窗望去，见他正在伏案工作，心中稍安。

接着，唐雨又悄然来到了洛飞莺的房门外，隐闻她正在哼着歌，还未睡觉。她驻足听了一会儿，这才退回了房间。

"宋天圣针灸铜人从山东蓬莱被秘密运到了这里，除了我和宋浩还有爷爷知道外，便是一路押运的小伍也不知是何物，应该不会走漏消息，如何又有人注意上了天医堂？洛飞莺今天刚到，神秘的黑影便随之出现，难道是她引来了魔针门洛家的人？她对天圣针灸铜人还不死心吗？"唐雨心中忧虑，几乎一夜未眠。

连续几日，天医堂门诊量俱增，宋浩也开始接诊了。刘天的建筑工地上有一名工人不慎摔断了腿，抬到天医堂，叶成顺展示出了他的正骨绝技。仅仅十余天，那名工人便下地行走了，令人叹为观止。一传十，十传百，天医堂更是名声大振。

这天，两名年轻人来到了天医堂，找到宋浩，递上一封信。宋浩看时，不由一喜。原是窦海芹亲笔手书，介绍了这两名金针门出色的弟子前来天医堂工作，一人叫孔飞，另一人叫付中奇。针灸科的门诊量最大，令吴启光和洛飞莺忙得焦头烂额，此二人到来，倒是解了一时之急。名门出高徒，这二人针法不凡，诊治数名病人之后，令吴启光也赞扬不已。因那李贺曾偷艺金针门之故，宋浩没有对孔飞、付中奇二人说破洛飞莺的身份。洛飞莺见有金针门弟子来助宋浩，也自感到惊讶。

那林凤义自从到了天医堂之后，自我感觉"医运"到了，遣方处药已是得心应手。其神脉惊人，尤令病人信服，信者为医，其方药更是显效，犹如神助。

这天已过了午时，宋浩才将来诊的病人诊治尽，略作放松。随见林凤义笑呵呵地走了进来，说道："宋浩，看看谁来了。"

接着走进一人，满面笑意。洛飞莺笑嘻嘻地跟在后面。

"何先生！"宋浩不由惊喜道。却是那位曾被宋浩从李贺的绝命针下救下性命的何成中。

"好厉害啊宋浩！自创天医堂了！"何成中上前与宋浩亲切地握手。

"何先生怎么找到这里来了？"宋浩高兴地说。

"救命之恩，不敢相忘！从林大夫原来的医院打听到他来了这里，便找了过来，希望能见到你和洛小姐，果然如愿了。"何成中笑道。

"何先生可是旧疾犯了吗？"宋浩一惊，尤是怕那绝命针遗患未除尽。

"你和洛小姐神针精妙，已将我那要命的顽症彻底治愈了。今天找来，是特地向你们表示感谢的。"何成中笑道。

宋浩闻之，心中稍安，欣然道："何先生无事就好，救治疾病是我医家本职，何需道谢？还请到客厅说话吧。"

客厅内落了座。何成中感激道："自上次你治愈了我那怪病，欲谢你而怕不接受，一直感到歉意，总希望能为你做些什么。今天看到你创立天医堂，开始济世行医，敬佩之余，也为天下间的病人感到高兴，又有一处可以救命的地方了。何某不才，经商多年，略有成就，为了感谢你，也为了支持天医堂更好地发展，我捐赠一笔款项，希望你能接受。"

说着，何成中从怀中取出一张支票，递给宋浩道："这是五百万，先用来发展天医堂的事业，日后何某还会捐赠的。"

"何先生，您这般厚意让我如何接受了！"

何成中笑道："些许钱款，不成敬意，相信你和天医堂有能力运用好这笔钱款，也算是我为祖国的中医事业做出点贡献吧。"

旁边的林凤义和洛飞莺也感到惊喜，天医堂现在正需要钱呢，那何成中身家上亿，主动捐赠，倒是求之不得的好事。林凤义笑道："既是何老板一片赤诚，难得有这心思，宋浩啊，你就接受了吧。天医堂初兴，也是需要资金来保障运营的。你不是已经制定了一系列的发展计划吗，那些都是需要资金的。"

宋浩忙站起身来，感激地说："那就谢谢何先生了，我代表天医堂全体同仁接受这笔捐款，同时向何先生表示最为诚挚的谢意！"接着双手接过那张五百万的支票，朝何成中深深鞠了一躬。

"不要客气了！我虽是商人，也明白'取之于民，用之于民'的道理，能为祖国的中医药发展做点力所能及的事，除了我本身已经受惠之外，也是深感中医的博大深奥，更是为你们这些有志于中医事业的人所感动，你们的事业是功及子孙万代的事，应该得到社会各层的支持。"何成中说道。

"何先生能有如此见识，中医何愁不兴？先生的大力支持，便是我们前进的动力，也令我们更有信心将医道发扬光大。"宋浩感慨道。

"你志向远大，又身怀医中绝技，医道中兴，就靠你们这些人了。尽以微薄之力，也是我等的荣幸！好了，我还有事，先走了，日后需要我帮什么忙，就按上次我留给你们的名片上的联系方式找我。"

何成中说完，站起身来，宋浩和林凤义将他送出。

"此人好大方啊，一出手就是五百万，不愧是一个大老板！"洛飞莺说道。

"难得这般有见识的大商家来支持天医堂，也是你们救了他的命，才生此慷慨之举。"林凤义说道。

宋浩轻弹了一下手中的那张支票，兴奋地说："有此资金保障，有些计划可以提前实施了。晚上开会，天医堂要有大动作了！"

这天晚上，会议厅内，宋子和、吴启光、叶成顺、唐雨、伍长、孔飞、付中奇等人听说那五百万捐款的事，无不惊喜万分。

宋浩说道："根据目前的情形，我曾计划的部分事项准备提前实施。首先在万松岭建立一座中草药种植基地，那里是天然的中草药宝库，且近在咫尺，有地利之便，可以先行开发利用起来，这也是天医堂日后对中草药进行研发的一个基地。有些古方，现今多不应验，应该是药性大不如前之故。日后天医堂所用之药，一定要保证质量。并且建这座基地，也是为日后的天医堂药厂做准备。"

吴启光点头道："你能考虑得如此长远，着实不易，这个计划可以实施。"

宋子和、唐雨、林凤义等人也表示同意。

宋浩随后道："还有重要的一项，那就是我准备扩建天医堂。根据发展的势头来看，现有的规模半年之后便有些难以应付慕名而来的患者了，所以我们要事先做足准备。天医堂后院的那一大片空地可以利用，建筑方面找刘天他们就可以了。"

林凤义赞同道："不错，为日后计，天医堂应该扩建，并且要建造成一座现代化大型医院的规模，方能应付以后的发展。还有，天医堂也应该开始招聘一些有经验的医务人员，以补人手上的不足。天医堂二期工程建成后，在保持中医特色的同时，少不得也要进购些医疗设备，才能令天医堂在总体的医疗水平上达到一个高度。"

宋浩点头道："这方面我已经和唐雨拟定了相应的计划，日后会实施的。"

宋子和道："先不考虑天医堂日后的硬件配置问题，就目前这两项计划要同时实施，资金方面还是略显不足。"

唐雨道："我和家里沟通一下情况，借调过来一百万应该不成问题。"

"我能调过来二百万！就当捐赠给天医堂了。"洛飞莺不甘示弱。也是先前谋宋天圣针灸铜人不成，其父洛北明已开始对她有了限制，否则调用几百万的资金，对洛飞莺来说还不是一件难事。

唐雨听了，笑了一下，未言语。医门唐家实力不及魔针门洛家，也自由洛飞莺逞了强去。

"行啊！那就谢谢你们俩对天医堂的大力支持了，如此一来，资金方面应该暂时不成大的问题了，并且我那三位朋友也会给予支持的。"宋浩高兴地说。

第二天一大早，宋浩刚起床，隔窗望见天医堂后院的空地上有几个人正站在那里说话，却是刘天、马吉、张宝伦三人，唐雨也在。那刘天朝周围指指点点的不知道在说些什么。

"我正要找你们呢，可就来了！"宋浩心中一喜，忙穿了衣服，迎了出去。

"三位，早啊！"宋浩迎上前道。

"宋浩！"刘天笑了笑道："听说你要扩建天医堂了，这个大工程可要交给我来做，这不，在实地考察呢！"

"我们昨天晚上刚定下来的计划，你们怎么知道的啊？"宋浩微讶，望了望唐雨。唐雨摇了摇头，表示不是她告诉他们的。

"呵呵！在这地面上，什么事能瞒得过我啊？"刘天笑道。

"你们来得正好，我也正要找你们呢。不错，天医堂是要扩建，你们看看如何建法，建筑上你是行家。"宋浩说道。

刘天道："刚才听唐雨说，要在这片空地上扩建，太小了，要建就建大的。周围那几十户人家都让他们迁走，我要给你建造出全省最大的一家现代化的中医院来。"

宋浩笑道："那敢情好，可是那得需要一大笔资金的。天医堂目前还没有那样大的实力。"

刘天道："这个不劳你费心。白河镇我有一片刚完工的小区，这几十户人家我会安置在那里的，这几天就让他们搬家让地。程序上的事我来做，也不用你管。我今天就派人去省城的设计院找专家给你设计出新的天医堂的图纸来，当然也是由我来承建了。争取半年内完工，交给你一座崭新的天医堂。建筑资金方面你可以少付一部分，我先垫付上，等你有了钱再还我。"

宋浩听了，惊喜道："那可得谢谢你了，不过……"刘天这般大方，令宋浩感觉到了迷惑。

"不过什么，你的事就是我们的事，你专心业务上就行了，这些费力的事就不劳你费心思了，这也是我们的本行。"刘天笑道。

马吉笑道："其实你不决定扩建天医堂，我们今天也会来和你商量这件事的。因为我们已经意识到了天医堂的作用是多么重要，为全县人民福利计，我们也应该做的不是？"

张宝伦笑道："天医堂开业还不到一个月，就要扩建，说明不扩大水池难容你这条真龙。"

"喂！你们三个怎么回事啊？舍了自己公司内的事情不做，来助我建新的天医堂？"宋浩惊讶道。

"这可是我的业务啊！"刘天笑道。

马吉笑道："我们的公司已经上了轨道，交给下面的人打理就行了，不会耽误事的。你的事业刚起步，我们不帮你谁帮你？"

"遇上我们，你就偷着感动去吧！"张宝伦笑道。

刘天四下望了望，说道："整体工程完工，没有一千万下不来……"

宋浩听了，惊讶道："这么大的工程，我可是没有钱付你的，并且我们还要在万松岭建一座中草药基地呢！"

"动作不小啊！没关系，你手中的钱先去万松岭建那座中草药基地吧，这里的事全由我负责好了。"刘天不以为意地说道。

宋浩忽然发现，今天的刘天、马吉、张宝伦三人好像不似往常那般随便了，无形中多了些敬重，且如此大方揽下天医堂的承建工程，实在是令人意外和费解。

"对了，万松岭那边的事就由马吉负责吧，征用土地方面是很麻烦的，没有我们出面，你未必能搞定。"刘天又说道。

宋浩没有再说话，望着这三位昔日的朋友，感觉有些奇怪。

"好了，我们先去准备了。你要是感动就回屋里哭去吧。"刘天说完，招了招手，和马吉、张宝伦上车离去了。

望着那三人远去，唐雨也自迷惑不解。

"你不觉得这三个家伙有些不对劲吗？"宋浩说道。

"是有些异常，不过也在情理之中。他们是有这个能力帮你的。"唐雨说道。

宋浩摇头道："他们也太热心了！还有那何成中，忽然捐赠了五百万来，这三个家伙又主动地来帮我承建天医堂的工程。天下间的好事怎么一下子都降到我头上来了，也太过于顺利了吧。"

唐雨想了想，说道："凑巧了。刘天他们帮你是朋友之义。况且并没有说日后不收你承建费用的，知道你目前资金不足，暂缓支付而已。"

"可这并不是一笔小数目啊！刘天说，要将天医堂建造成一座现代化的大型医院，没有一千万下不来的。我们之间虽有朋友之义，可如此助我，也太离谱了。"宋浩说道。

唐雨道："你这三个朋友重义不重财，尤其是这个刘天，几乎承建了全县的主要建筑工程，他意识到了你和天医堂在此地的重要性，所以才生出此举来，除了他已有的实力外，这也算是一种魄力，一般的商人倒是达不到的，我以前也小看他们了。至于那个何成中，你救了他的性命，捐赠五百万对他来说无伤筋骨，也不足为奇。"

宋浩听了，觉得有些道理，说道："那就由他们承建天医堂吧，日后将款项还他们就是了。"

唐雨笑道："吴老师说的对，你现在是得道多助，天时、地利、人和，无不在助你成事，勿做多想，全身心地做好你的工作吧。"

宋浩道："天医堂新楼的一切，刘天大包大揽地全负责了，倒是不用我们费心太多，万松岭药材基地的建设就按你我制定的计划进行，那边的工程你就多劳心吧。我现在的主要任务是为日后的天医堂招揽人才，所以我准备暂时离开，回上清观见师父一面，从那里借调几位师兄来天医堂工作。"

唐雨道："还是我陪你一同去吧，路上的安全我不放心。小伍拜了叶成顺为师学习正骨术，不可误了他的时间。飞莺有管理才能，她能协调这里的一切。"

宋浩听了，笑道："现在已没有人注意我了，不过你愿意陪我同去也好，回头你向莺莺交代一下工作吧。"

唐雨听了，欢喜地点了点头。那晚她发现有神秘的人物造访天医堂，也自对宋浩的安全担忧起来，毕竟天圣针灸铜人还在宋浩的手中。

洛飞莺听说唐雨要和宋浩出去办事，留下她来暂管天医堂的一切，心中虽是不愿，嘴上也只得应了，并将自己的汽车借与唐雨开，作为交通工具。

第二天，宋浩又和爷爷和吴启光等人打了声招呼，说明了去意。

宋子和说道："天医堂初兴，诸事都需要你去办理，不过在一切稳妥之后，精力还是要花在业务上才是，否则顾此失彼，也违了当初意愿。"

宋浩点头应了，然后和唐雨驾车离去了。二人到了县城，先见了刘天、马吉、张宝伦三人。那三人正聚在刘天的公司议事。

听说宋浩要出门办事，刘天笑道："这时候外出，你倒是真的什么也不管了，尽图现成的了。行，你走吧，我们的工作这几天也就开始实施了。"

宋浩道："你们做事，我放心。另外，万松岭的药材基地工程的总体规划我这里有个样子，你们看一下，不合适的地方，等我回来再说。基础建设先进行就是了。这方面由洛飞莺负责，投入资金等事宜你们日后找她就是了。"

马吉说道："刘天将这个任务交给我了，我会请这方面的专家再给你们的规划做一些补充的。"

张宝伦说道："你招揽人才的计划也很重要，就放心地忙你的去吧。否则日后工程完毕，偌大个天医堂只有那几位前辈坐诊，恐怕忙不来，各方面的人手要充足才行。"

宋浩感激道："三位鼎力助我，大恩不言谢，我也不说什么客气的话了，总之天医堂日后不会负三位期望就是。"

刘天笑道："你这么想就对了，我们兄弟间就是不需要客气的。"

又聊了一会儿，宋浩、唐雨二人驾车离去。

送走了宋浩、唐雨，刘天摇头感慨道："宋浩重返白河镇，另创天医堂，他的来势之猛实在是超乎我们想象。"

马吉道："就按我们的计划进行吧，助他成事，将天医堂建成全国乃至世界上最大的中医医疗机构和研发基地。"

刘天道："是天助他，借我等之力而已……"

宋浩、唐雨二人先去拜会了洛北辰。洛北辰闻宋浩创天医堂，并且洛飞莺也已到了那里工作，尤感欣慰。

而后，宋浩和唐雨徒步来到了上清观。

宋浩的到来，令满观欢喜。

"师父！"宋浩礼见了师父肖伯然。

"为师已听无果说了，你那边一切进行得很是顺利，果不负为师所望。看来也是得了唐雨姑娘所助，才令你不至疲于奔命。"肖伯然欣然道。

唐雨闻之一笑。

"弟子此番回来除了向师父汇报天医堂目前的进展外，也是想借调观里的部分师兄日后前往天医堂助弟子一臂之力。"宋浩说道。

肖伯然点头道："这个不成问题，为师日后自会选派观中好手前往天医堂协助你开展工作的。听说你竟然将林凤义也请到了天医堂，果是为天医堂增势。你一人之力不能成事，是需要得到众多高人相助才好，这方面你做得的确不错！"

宋浩接着又向师父说明了一下天医堂日后的发展计划。

肖伯然听了，点头赞许道："你能有此规划，天医堂定会实现你的理想。为师也会从各方面抽调专业人手全力助你。大老远来此，应该累了，你先和唐雨姑娘歇息去吧，明日为师还有事与你相商。"

宋浩、唐雨二人施礼退去。

上清观地处偏远的深山之中，外人少至，也多不知，犹自安静。宋浩重返旧地，不胜感慨。见了观中的诸位师兄，独不见无果，打听才知，无果出山办事去了。

第二天一早，宋浩一人来到肖伯然的房间见师父。

肖伯然又询问了一些天医堂的事，然后说道："你无果师兄从山外传来消息，传说中的无药神方的确已现江湖，且有验证，堪称奇效。不过研究出无药神方的纪玄被人杀死，只有其孙纪冬阳携此医家大秘不知所踪。"

宋浩听了，叹息一声道："可又现当年针灸铜人事！"想起自己当年因那针灸铜人之故被人追杀，自生与那纪冬阳同病相怜之感，虽然对他的印象不甚好。

肖伯然说道："昔日江湖中人争夺天圣针灸铜人，无非是争此至宝获一富贵罢了。而这无药神方却又不同，不假外物，一碗清水而已，似乎以无形之药医治天下诸病，虽不知其间道理如何，尤是令人惊奇。此神方若能应世，自可造福万民，当以贫困人家获益良多。"

宋浩摇头道："那样岂不会引起世界医药行业崩溃，甚至造成全世界经济的震荡？便是有此神方，此时出世，也是不妥。况且虽有几例验证的病案，却也无人亲见。弟子以为，此事多属妄谈。无药何以成方，又焉能治病？必是巧合罢了。"

肖伯然道："无药神方之说，古已有之。大概是明了阴阳奥义，晓知天人之秘，以一种特异之法来医治疾病的。"

宋浩道："如此说来，此法当不能广济天下，因为操此术之人必须有高深的修为，否则此术即便施之也无效。"

肖伯然道："此术并不是以内家功夫去治病的，譬如气功之流，也不同于佛家道门的咒符禁制，而是一种阴阳五行大术的推演，合了天人相应之义，法于阴阳，和于术数。然而却又不同于世行的运气学说，而别具它理。这也是为师从古人遗世的秘籍中获知的有关于无药神方的只言片语，故相信世间有此一术。"

宋浩听了，迷惑之余，说道："那纪氏祖孙我见过，应该不是有那种修行的人。难道说果然被他们探明了一种别样的道理来，以此施术治病的？古语有云'学会祝由科，治病不用药'或是属于这一类吧。"

肖伯然摇头道："不尽然。那纪玄研究无药神方初成之时，曾试验于几例疑难之症。无果曾拜会了那几位病人，据说，当时纪氏祖孙每诊一人，必要在纸上演算一番，过程也颇为复杂。那病家所饮清水之中，也曾掺杂有少许的五谷之物，数目不一，似以数应。尤其是以功能性疾病最为显效，几乎是水进病除。实质性疾病稍差之，却也疗效非凡，需以时日方能治愈。"

宋浩听了，有所悟道："若是这样，或许还有些道理。五行术数，理奥义深，难窥其实质。古人也多有以术数诊病的实例，不过也要各方面的因素相吻合才行，否则也是无功。"

肖伯然道："无药神方虽是有几例验证，还不足以为凭。此事也过于离奇，暂且勿再深究吧，但有个心思于此便是了，日后若能遇到那纪冬阳，再验真伪。天医堂既立，目前最为重要的是网集医中奇才，众志成城，方可成就大业，一人之力，不足以医天下。"

宋浩道："师父所言极是。先前师父所列的医中高人名单中，有几位隐于民间的高手医家，我还要去拜访，请他们出山加盟天医堂，共成此事业。"

肖伯然道："此法甚佳！若一一向他们拜师求习，不免大费时日，但请于天医堂中，尽其所长便是了。其中儿科圣手章甲方，我与他本是旧识，为师倒可修书一封直接请他来。此事就交给为师这边吧，日后让他自行去天医堂就是了。"

宋浩闻之喜道："最好不过！谢谢师父成全！"

肖伯然道："你这次来得正好，还有一事需要你去办，为师就不派他人了，否则日后也会将此书转交于你的。"

"什么书？"宋浩问道。

"《奇方验抄》。"肖伯然说道："天下万物皆可为药，但能应病者便为好药妙药。然药理博大深奥，纵有《神农本草》也难探究个明白。甚至于是几味药理不相干的药物适当地配伍在一起，便能起到神妙的变化。譬如本观设在山外的医药馆中常用的'消肿散'一方便是取之于《奇方验抄》。此方组成不外乎石膏、黄柏二物，本是寒凉祛火之品，多是内服，虽也偶用于皮肤之疾，但难见于伤科之用。然二药为末合酒成膏，别生活血化瘀之功，敷于伤处，疗跌打损伤之筋肉肿痛奇效。"

宋浩道："不错，世间确有许多奇方，其药物组成不能以常理去揣测，更出经验之外，却每有奇效。"

肖伯然道："人生有一病，天地间便自会生有一药或一方去治之。《内经》所谓：言不治之证者，未得其术也！人之智，还未能穷究万物之理。"

宋浩道："师父，这册《奇方验抄》为何不保存在上清观？"

肖伯然道："为的是增补和验效，且容我说来。二十年前，为师偶遇一位医者，此人叫丁奉杰，游医民间，疗人疾病每以小方取效，价廉药贱，深受病家欢迎。当时为师曾从一故友藏书中搜得一残本《奇方验抄》，方药组成每出人意料之外，因不能遍试其效，便将此书借予了那丁奉杰，得其便利，令其以书上所载之方药验证天下诸疾。丁奉杰感我深义，承诺要将自己一生中所获得的行之有效的秘方、验方增补于此书中，二十年后叫我差人去其故乡取回全本。掐指算来，二十年期限已到，你且前去取回自用了吧，拣书中效著者依方制药，广济于民，当助天医堂之名。不过此人远居青海，路途遥远，要取回《奇方验抄》，免不得一番辛苦。"

宋浩欣然道："民间游医中不乏高人，识病之广，见疾之多，行方之效，施药之能，也是那般坐堂医比不得的。以二十年的时间来验证《奇方验抄》，应也是其一生经验之集成了。能得此书，再于天医堂验证后，便可制成药广惠天下了。"

肖伯然点头道："天医堂若成大事，除了医药馆行医外，也需药厂相辅，才能广济于民，更能集得财力，助事业之成。"随后肖伯然说了那丁奉杰的详细地址，却是一偏僻所在。

宋浩本想将自己和天医门的事说与师父，后又认为这是自己的私事，不必要再令师父费心，也就没有说出来。

# 第十二章　药王门

宋浩随后告别了师父肖伯然，和唐雨回到了洛北辰处，别了洛北辰，驱车开始了青海之行。

宋浩电话里联系上了洛飞莺，告诉她自己和唐雨因有事情要办，暂时回不得天医堂了，要她照顾那里的一切。

"你和唐雨姐姐放心地去好了，有我在，天医堂黄不了铺的。这几天两处工程都要开工了，你们就开我的车去游山玩水吧，回来时尽得现成的就是了。"洛飞莺在电话里酸溜溜地说道。

"辛苦了！"宋浩歉意地笑了一下，收了电话。

汽车上了公路，一路飞驰而去。

"你这个道家师父真是看重你啊！住在上清观这两天，我见那些道士们忙碌得很，问下才知，他们正在整理上清观的藏书，说是日后准备将观中所有的医学药典都运往天医堂，并且一些精于医道和种植中草药的道士们也将前往。为了天医堂，上清观的人、财、物几乎要为你调空了。"唐雨说道。

"哦！师父要将观中的医学藏书赠送于我！那可是一大批珍贵的藏书啊！这件事师父倒是没有和我说。"宋浩心中充满了感激。

"你这位师父有些神秘莫测。你曾在上清观住了半年多吧，叩曾习了何种高超的医道？"唐雨问道。

宋浩道："师父多是为我讲解《黄帝内经》和阴阳五行之义，说是只有明白了这些，才能真正地入医道，至于具体的方药倒是很少讲及。"

唐雨点头道："授道而非授权！你这位师父真是不简单啊！医门中多以方药之术传世，令人不能尽得其神意医理，但得个形而已，去医道本义远了。"

"所以我还有个想法，日后天医堂诸位名医，一定要为他们每人选拔几名弟子，口传心授，薪火相传，令其后继有人。不但要令天医堂成为名医的聚集之所，更要成为培养中医人才的基地。待一切进入轨道之后，先成立个天医堂名医讲习所吧，重在讲授医药经典。有可能的话，日后再建一所真正的中医学院。"宋浩说道。

"主意不错！应该有一个发展中医的明确思路了。现行的中医教育多不得法，主要是忽略了经典的学习，学了几年学生们都不知道在学什么，不知根本所在。"唐雨说道。

宋浩随后向唐雨说了无药神方的事。唐雨听后说道："此事还不足以令人信服，前些日子我和家里通电话时，二爷爷也曾让我注意此事，看来各派医门又都关注这件事了。也是怪了，你那师父为何这般感兴趣，竟派了人去追查？"

宋浩道："师父认为，无药神方是真实存在的。并且天下医事，师父无不关心。从助我成就天医堂，就可见师父对中医药事业的关切程度了。"

唐雨道："你那师父古道热肠，这一点尤其令人敬重，或是他早年的一个愿望在你身上实现了吧。不过肖老道其人本就充满神秘色彩，偏居上清观，隐名几十年不闻于世，然对天下事却无不了然。你还记得生死门的那个顾晓峰吧，我曾与他见过一面，他竟也向我打听上清观和你拜师的事，言语间颇多疑虑。这江湖上的事很是复杂，我们暂时未必能理得清的。现在你又和天医门齐家联系在了一起，不知日后还会有什么事情等着你。"

宋浩叹息了一声道："诸事烦心。管它呢，现在我们的主要任务是经营好天医堂，别的事就由它去吧。"

"不管怎么样，我不相信你的父母当年能做出害人的事来，这其中必是有什么误会，你也不必耿耿于怀。"唐雨说道。

"我可以接受他们对我所做的一切，但是不能接受他们对爷爷、对宋刚叔的做法，这是我永远不能原谅的事实。"

唐雨见宋浩仍然固执若此，无奈地摇了摇头。

这时，唐雨忽然将汽车偏向路边停了下来，接着一辆黑色的轿车从旁边行驶了过去。她望着那辆远去的车影，眉头皱了一下。

"怎么了？"宋浩问道。

"自我们离开白河镇起，这辆车就一直在跟踪我们。"唐雨说道。

"会是什么人?"宋浩颇感惊讶,同时对唐雨的机警敬佩不已。

"不知道。并且小伍也曾和我说过,他和你去请吴启光和叶成顺的时候,也有人跟踪你们,因为对方没有什么举动,所以小伍也就没有告诉你。看来你仍然是某些人的目标。"唐雨忧虑道。

"这些人的目的是什么?可还是在那尊针灸铜人上?"宋浩惊讶道。

"除了那尊医中至宝,你现在又多了一个特殊的身份,那就是天医门齐家的后人,未来天医集团的继承人,这也许是某些人对你的兴趣所在。你的出现,已是令天医集团内部出现了一些微妙的变化,那个齐延风意外出现,并对你说明所谓的真相就是一个例证。"唐雨说道。

宋浩慨叹了一声道:"那种豪门中的恩怨是非我不想牵涉进去,我永远是宋家的子孙,与齐家没什么关系。"

"这仅仅是你自己的想法,有人可不这么想。"唐雨说道。

"不管任何人和事,都不能阻碍我们的行程,但有冒犯者,定惩不赦。"宋浩淡淡地说道。

唐雨闻之,宽然一笑,驱车而去。

临近傍晚时分,汽车缓缓开进了一座大集镇,街道两旁店铺林立,广告杂列,乱人眼目。偶见一家药店门旁挂有一块显眼的木牌,上书"售百草园药"。

"找家旅馆歇一晚再走吧。"宋浩说道。

"这镇子挺繁华的,一会儿出来走走。"唐雨说道。随将汽车行进了一家旅馆的院子里。

订好了两间房间,宋浩、唐雨便出来到街上闲走。一路走来,忍不住街边风味小吃的诱惑,虽是每式样浅尝辄止,也自吃了个半饱,便没心思着意地去吃饭了,索性闲逛去。

此时见前方的路边围了一群人,不知发生了什么事。宋浩、唐雨二人本不是爱凑热闹的人,经过时也自朝里面望了一眼。却是一位卖水果的汉子,正伏在三轮车的车把上,全身颤抖,当是生了病。

"病成这样,还是去医院看看吧。"有人说道。

"可能要住上几天院才行呢!"另一人说道。

虽是有人在说,却是无人上前帮助。

宋浩医家本性,见不得人受疾苦病痛,于是挤开人群,来到那汉子身边，说道："这位大哥，你怎么了？"说话间，右手诊其脉，随觉关部弦紧，当是急性胃寒痛，左手抚其额头，发觉其冷汗渗出，尤在苦撑。

那汉子见有人相问，指了指腹部，意思是肚子疼得厉害。

宋浩知其病所，遂从袖里出了一针，持其左手，择第二掌骨侧之中点，一针刺下。针入痛止，那汉子神色大缓，露出了感激之意。

一针既效，宋浩出针，又命那汉子撩起衣服，择其腹部中脘穴，施冰火神针之火针术，针下催动热量，驱其胃里寒气。

"好舒服！小兄弟，你这针竟能发热！"那汉子长吁了一口气，感激之余，惊讶道。

围观人群惊叹连连，其中有一名白净的少年，见宋浩施针，眼中呈现出惊喜之色。

两针施毕，已奏全功。宋浩收了针，复对那汉子道："凉气犯胃所致，这几天勿再食生冷之物了。"

那汉子道："适才也是渴了，饮那冰水时一股脑儿地将几块冰块也吞了下去，饮得急了，胃就痛了起来。小兄弟的这一针竟能令针下生热，融了冰去，现在胃里仍暖和得很呢！"

宋浩笑道："勿再这般急饮了，否则内里寒热相激，会造成胃痉挛的，救不得法，当会要了你的命去。"

那汉子感激万分，包了一大袋水果欲赠，宋浩不受，拉了唐雨一笑离去。

离了人群，唐雨高兴地道："没想到吴启光老师的冰火神针你竟也习成了，可喜可贺！"

宋浩自豪地说："吴老师曾说，会此术者古今不出七人，我算一个！"

唐雨欣然道："你在针法上别有成就，便是那洛氏魔针中的反针术也能破解，如此贯通针道，古今唯你一人了！"

宋浩道："现今存世的针法中，以洛氏魔针和金针门窦家针法为最，吴启光的冰火神针另为奇数。不过金针门也曾破解过反针术，我问过孔飞和付中奇，他们曾接诊过的。"

唐雨道："虽是如此，那种缓夺人性命的绝命针，也只有你一人能破解了。"

"绝命针！"宋浩闻此，心中不由一沉，摇头道："上次是侥幸罢了。

并且没有莺莺先行施解术，我恐怕也难奏全功。希望日后不要再遇上为好。"

二人又在街上买了些吃食，天色将暗时，回到了旅馆。

在房间中刚坐下没多久，便听有人敲门。唐雨起身开门看时，却见门外站了一群人，一老者恭敬道："听说镇上来了一位神医，可否给我的家人看看病？"

原来宋浩在街上施针术救治了那名卖水果的汉子后，人群中有见识者知道来了医中的高手，机会难得，便一路跟随来，探得宋浩所在的旅馆后，接了家中病患前来求诊。

唐雨见众人一脸的恳切之色，于是笑道："那就都进来吧，让我们的宋大夫看看便是。"

众病家闻之欣喜，一下子涌进来十多个人，其中包括那名白净的少年。

宋浩见有病家来求，便寻了纸笔临时开诊。查色按脉，所言无不中症，令众病家惊讶不已，皆自窃喜有幸遇上了名医。宋浩又自处方遣药，所诊病家捧了药方感激地去了。

此事惊动了旅馆的王老板，他也接了母亲过来求诊。

那老妇人七十余，身体倒是硬朗，唯右手五指筋缩不得展，已三年多了，百治不效，生活上多有不便。

"家母此病颇怪，三年前手臂偶触桌角，便成此症。大医院里的医生说是伤了神经，却也治不好，还请宋大夫好好看一下吧。若能治好，感激不尽！"那王老板说道。

宋浩诊察了一下，说道："这是无意中伤及了经脉，气血阻滞所致，不妨事，我且先用针法调理。"说着，取了一针，择病手后溪穴透刺二间穴。说也神奇，针身一入，那老妇筋缩抽聚的五指立时舒展开来。

"哎呀！手指能伸开了！"那老妇人惊喜道。

"厉害！"王老板暗里赞叹了一声。

宋浩笑道："此病日久，导致经脉不畅，我再开一药方，以调理气血，柔筋缓急，服过几剂后可保无患。"

说完，写了一药方，递给那王老板。

王老板看了一遍药方，点着道："方上有几味药百草园有产，若能得之，可使药力大增。"

宋浩闻之问道："百草园？可是出产中药的地方吗？"

王老板道："是这样的，此镇东去十里，有一个下江村，村中有一户秋姓人家，世代药农，得中草药种植法，建百草园种植几十味常用中草药。因其质量好，药力足，虽是价高于市场几倍，附近几个县城的药店和中医院也多有来购。百草园所出的药，十克的药力可抵其它的几十克，所以我们这地方，但凡能用百草园的药，就不用外来的药了。"

"将中草药种植到这般地步，也算是一种境界了！明天可去一访百草园，看看是何方高人。"宋浩惊讶道。

王老板点头道："你们习中医的，应该去看看百草园。我的一个朋友也是中医，他说今药不如古药，令古方多不效验，这也是一个原因。"

那王老板随又感激地说道："宋大夫年少才高，治好了家母的病，别无感谢，今天的宿费免了就是，一会儿前厅备宴，还请赏光。"

"客气！"宋浩笑道。

那名一直在旁边观看宋浩诊病的白净少年，此时见病人走尽，想上前和宋浩说些什么，欲言又止，随即微微一笑，转身去了。

宋浩、唐雨二人被那旅馆的王老板盛情款待了一番，然后回到了房间里。

"呵呵！有本事就是好啊！走到哪里都能混个吃住来。"宋浩笑道。

唐雨笑道："那也要看你的本事能不能应人。"

"明天去那个百草园看看吧。也为日后的万松岭中草药种植基地学学经验。百草园所出的中药的药力能几倍于常品，实在是不简单！"宋浩说道。

唐雨点头道："不错，这方面我们缺少人才，你既有意在万松岭建中草药种植基地，可到那百草园取经。要知道，旧时的九门十八家医门中，可是有一药王门的，虽不以医名，却是以药闻世。不过自清朝后，由于战乱的原因，药王门便湮于世了。曾听二爷爷说过，药王门所出的中药，皆是上品，虽多是人工种植，野生的也自不及，当是得了植药的秘法。"

宋浩道："莫不是这秋姓人家便是药王门的后人？"

唐雨摇头道："旧时药王门的掌门人本姓连，并非姓秋，应该不是药王门之后。药王门绝世百余年，种植中草药的秘法怕是失传了。"

"可惜了！若是有药王门的后人掌管经营万松岭的中草药基地，天医堂可就更上一层楼了。"宋浩遗憾道。

唐雨笑道："天下间的好处焉能尽归于你一家？如今得了魔针门的洛飞莺和金针门人相助，还有正骨门的叶成顺，以及吴启光和林凤义几位高人，天医堂已称得上天下第一了。"

宋浩笑道："还有医门唐家的大小姐，我也应该感到满足了。这等好事还是多多益善，天医堂海纳百川，日后也自有能人异士来投。"

唐雨笑道："医行天下，自当容得下天下之医！"

第二天一早，宋浩、唐雨驾车奔那下江村而去。行得八九里地的光景，忽觉得一阵奇异的香气从开启的车窗外袭来，沁人肺腑。唐雨遂将车速减慢，和宋浩凭窗望去，但见不远处的一片田地里，花开似锦，团团簇簇，而又枝叶各异，不是那般常见的农作物。

"就是这里了！"宋浩说道。

待唐雨停了车，二人沿路边小径朝那片田地走去。

走得近时，见有一亩地的芍药，花开正艳，旁边又植了一片党参，还有山药、贝母、地黄、龙胆草等，枝粗叶厚，长势尤旺。一大片药草园，不下十余亩，香气杂合，风吹荡漾，令人别生境感。

"当是那秋家的百草园了。竟种得这许多的药材，管理得这么好，实是不简单！"唐雨惊叹道。

一路看来，又见有金银花、牡丹、玄参等物，是如走进了一座花园。

"万松岭日后若如这般最好了！"宋浩忍不住羡慕道。

唐雨道："这里所种植的多是医家常用之物，并且规模也小了些。万松岭若能开垦出百亩之地，当是另一番景象了。"

"不错不错！"宋浩欣然道，"日后的万松岭上才是真正的百草园！不过也要有个行家里手侍弄才好。"

唐雨笑道："我晓得你的意思，那就走吧，去那秋家看看，能否请出个种植中草药的专家来。"

宋浩笑道："若如此，不虚此行！便是拿不到师父交待的那册《奇方验抄》也可以了。"

唐雨笑道:"说得好听,你又岂会心甘!"

二人复又回到了公路上,继续驾车前行。不多时,前方呈现出一座白杨绿柳掩映下的古朴祥和的小村庄来。

在村头一家食品店,宋浩打听那秋家所在,村民便指了方向,以为是去百草园买药的。

到了一座院落前,宋浩上前敲了敲门。

门一开,一名白净的少年迎了出来,见了宋浩、唐雨二人,自是惊喜道:"你们来了!"

宋浩闻之一怔,"你知道我们要来吗?"

"这不是来了吗!"少年笑道。

"昨天我在镇子上见过你,原来你是秋家的人!"唐雨恍然大悟。

"大哥大姐,我叫秋伟,昨天到镇上送药,见到了这位大哥高明的医术,偶然听到你们今天要来这里,所以和姐姐在家候了,里面请吧。"那名叫秋伟的少年热情地说道。

"我说嘛,好像见过你的。"宋浩笑道。

"姐,客人来了!"秋伟回身喊道。

这是一座精致的农家小院,正面是三间瓦房,两侧是厢房,靠墙边还生有一棵高大的枣树,一切显得简洁自然。

此时从屋中迎出一名年轻的女子,令宋浩和唐雨眼前一亮。那女子也就二十左右的年龄,柳眉凤眼,天生娇美,尤其是那白皙细嫩的皮肤,如羊脂玉一般,润滑光泽,吹弹可破。看似柔弱,眉宇间隐现英姿。

"这是我的姐姐秋茹。"秋伟介绍道。

"我叫宋浩,这是我的朋友唐雨。闻百草园之名,特来拜访。"宋浩说道。

"昨日听小弟说起,两位在镇上给人医病,手段不凡。今日光临寒舍,实在是令我姐弟二人荣幸之至!请屋里说话吧。"那秋茹细声慢语,若燕语莺声,一字一言说出来,令人听得手脚软了去。

"好一个令人怜惜的女子!便是我也要心动呢!"唐雨用眼光瞟了宋浩一眼,却见宋浩低头一笑,先行走了进去。

屋中落座,秋伟端上茶来,水面上浮有几片花瓣,红黄两色,在茶水中似沉非沉间,煞是好看。

"这是姐姐为迎两位客人特地亲手泡制的花茶,请宋大哥和唐姐姐品尝。"秋伟说道。

"多谢!"宋浩端起茶来呷了一口,但觉清香满腹,有激肠荡胃之感,脱口赞道:"好茶!"

秋茹那边闻之一笑。

"适才路经百草园,进去看了一下,能人工将草药种植至这般程度,且闻药力尤过常品,实在令人叹服!"宋浩说道。

"惭愧!虽有百草园之名,只因地方有限,所种植的草药也不过十几种常用之品罢了,供应几家药店,但与小弟混个温饱而已。宋大哥这般赞我,令我无地自容了!"秋茹微微笑道。

"家中可是只有秋小姐与令弟吗?"宋浩惊讶道。

"父母早亡,眼下只与小弟二人过活,因祖上为药农,传下些种植中草药的法子,侍弄些草药,勉强维持生计。"秋茹轻声应道。

"哦!也真是不易!既是久务,也当知些药性吧。"宋浩慨叹之余问道,也自想试试秋茹对草药了解的程度。

秋茹闻之,微微一笑道:"万物为药,皆有其性,以应其病。种药人不知药性,如植野草何异?譬如白芍一物,苦酸微寒,入肝脾血分,为手太阴肺和足太阴脾的行经药。养血敛阴柔肝,疗一切血病,生用、炒熟、酒制,性能又各有强弱。"

宋浩闻之一惊,与唐雨相视愕然。未想到秋茹知药若此,略知性能也就罢了,竟也晓性味归经,便是现今医者也不能尽知。

"那么,附子一药又如何?"宋浩继续问道。

秋茹道:"附子一药百草园虽未曾植,但祖上有训,凡天下诸药,皆能知之。此药辛甘有毒,大热纯阳,性浮不沉,用走不守,通行十二经,无所不至。温里祛寒,补阳助火,为回阳救逆之要药。附乌头而生,细长者为天雄,同出而异名。"

"厉害!"宋浩心中赞许道,"此般医家常用之药,你或能知道些,且说味冷僻的,虽是药家,也未必晓得的。"于是又说道:"秋姑娘见多识广,果然不同一般,还有一问,世有黄松节一物,不知是何物?"

唐雨这边听了,暗里摇头道:"这般中药,我也少知,你在难为人家呢!"

那秋茹此时缓缓应道:"茯神心木而已,也即其菌核中间的松根。味甘性平,有平肝安神之功,疗惊悸健忘之能,治中风口眼失正、痉挛疼痛也有效。然世人多不善用,也不见古之成名方中,药书偶载而已。"

"秋姑娘果然博学!失敬失敬!当是有药王之誉了!"宋浩赞许道。

"宋大哥,你是中医,当是医门中人,可听说过医门中有一药王门?"秋伟一旁说道。

"药王门!"宋浩、唐雨二人闻之一惊。

唐雨惊讶道:"旧有药王门,只因研种中草药不同凡响,故而别列医门之中,难道说是你们秋家……"

秋茹说道:"我秋氏虽非药王本家,也算是药王门的传人了。祖姑母曾嫁于药王门连家,因各种原因,连家已无人再经营药王门,那时药王门已不复存在,仅留下了种植中草药的秘法《药王神书》三十卷。祖姑母觉得可惜,在征得连家人的同意后,将药王门的秘法传于我秋家。"

"你们姐弟俩竟然是药王门的传人!真是太好了!"宋浩惊喜道。

"世上果有这般凑巧之事!药王门有此传人,也算是医门之幸了!"唐雨感慨道。

"宋大哥,我有一事相求,不知可否?"秋茹这时认真地说道。

"呵呵!我们今天来也有一事相求,先说说你们是何事吧。"宋浩笑道。

"哦!"秋茹闻之一怔,随后道:"承蒙祖上得药王门之惠,秋氏幸以《药王神书》传家,到我姐弟二人,虽是读破《药王神书》,也仅是知其药性而已,不解医理。尤其是小弟至爱医道,欲成医济世,但无名师可拜,不得其法,自学多年仍旧不敢出手医人。或是天赐机缘,得遇宋大哥路经此地,被小弟幸遇上,能否收下小弟为徒,务习医道,了却他一个愿望?"

那边的秋伟已是躬身跪下,恭敬道:"昨天见宋大哥医人应手而效,便知是一位真正的医家高手。我好医道,尤其是酷爱针法,现虽将十二经络倒背如流,遍识人身诸穴,可是施针时却是达不到书上说的那般效果。宋大哥针法高绝,当是老天爷送来的神针师父,你就收下我吧。"说完,那秋伟一头叩下。

宋浩忙扶了道:"切莫这般!快起来说话!"

"师父可是应了我了？"秋伟喜道。

宋浩道："你志于医道，其情可嘉，并且已得了药王门的真传，于医道上已是成就了一半，收你为徒，我也是得了个便宜呢。"

"那就请师父受弟子一拜吧！"秋伟又是一头叩下。

宋浩笑道："这般旧式大礼不施也罢。"

秋茹欢喜道："小弟快给师父上茶吧。"

秋伟忙又端茶来献。宋浩笑受了，然后说道："不过我也有个条件，希望你们能答应。"

秋茹忙说道："宋大哥能收下小弟为徒习医，对秋家来说已是大恩难报。不管什么条件，我们都会尽力答应的。"

宋浩笑道："请不要误会，若是感觉为难，秋伟这个徒弟我也是收定了的。只是想请秋姑娘移驾天医堂，另建百草园如何？"

"天医堂？"秋氏姐弟闻之一怔。

唐雨说道："天医堂医药馆是宋浩刚刚创立的，旨在弘扬中医一道。因要在旁边的万松岭上建一座中草药种植养殖基地，但无专业之人来掌管，今生有幸遇到了药王门的传人，便有此一请了。"

宋浩道："天医堂内还有几位医道中的高手师父，秋伟想学什么，我介绍了便是。当然了，秋姑娘若是感到为难，我们也绝不勉强。"

秋茹略微考虑了一下，然后说道："为了小弟的将来，我倒也没有什么感到为难的，既是宋大哥所请，我应了就是。宋大哥有创天医堂之举，当是做大事之人。药王门本也是服务于医道的，我们为其传人，也是希望所种之药能真正地应用于医者手中，济世活人。"

宋浩听了，高兴地说："如此多谢了！天医堂得药王门相助，方可称全！"

唐雨一旁也自欣然。

秋伟笑道："师父，姐姐的本事你还未全晓得哩！有一处能令姐姐发挥本事的地方，可重现昔日药王门的辉煌，到时候定能给你带来万般的惊喜！"

秋茹责怪道："哪有在外人面前夸自家姐姐的道理？小弟不懂事，还请宋大哥和唐姐姐勿怪罪。"

唐雨笑道："旧时曾有关于药王门许多神奇的传说，天下奇药，尽出药王一门。希望秋茹妹子能在药上创造出新的奇迹,助天医堂以医药济世。"

宋浩笑道:"那座万松岭已经是一座天然的中草药宝库了,所以我将中草药基地建在了那里。日后有你这位专家掌管,得其便利,尽情地施出本事便是,人、财、物随你调用。能重现昔日药王门之势,天医堂当获全功!"

"对了,我和唐雨因有事要到青海去,暂时回不得天医堂了。秋姑娘若是方便,可早日前去天医堂参加万松岭新百草园的建设,可直接指挥那里的一切。"宋浩又说道。

"好吧,这几日我会和小弟动身的,此地的百草园交给族中人管理便是。"秋茹说道。

"太好了!秋姑娘果然爽快!我会通知天医堂的人接待你们的。"宋浩高兴地说。

秋茹笑道:"小弟认定了你这个师父,做姐姐的也只好随了他去了。先前也是自家力量所限,徒有百草园之名,许多名贵之药都不能去种植和研究,天医堂若果真能提供一切便利,我便能提供所需的一切药物。"

"如此最好!"宋浩欣然道。

"师父,你和唐雨姐姐要去青海?"秋伟问道。

"是的,我们要去青海湖办一件事,很快就会回到天医堂和你们见面的。"宋浩说道。

"哦!"秋伟听了,自有不舍之意。

"青海湖……"秋茹犹豫了一下道:"宋大哥,有件事不知当讲不当讲。"

宋浩道:"但讲无妨。"

秋茹道:"先父在世时曾和我讲过一件事,他年轻时曾去青海湖畔采集药种,在青海湖边的一村庄中识得一位老医师,此人曾言秘藏有华佗所创的千古奇方麻沸散的配方。"

"麻沸散!"宋浩和唐雨闻之,大吃一惊。

汉时华佗所创麻沸散犹如现今的麻醉药,据说合酒饮之,人昏不知痛,而后可实施外科手术,湔洗肠胃,漱涤五脏,甚至可开颅取瘤。传说曹操患脑风,然畏死,不肯服麻沸散,进而怒杀华佗,致使这一千古奇方失传。

"此事确切吗?"宋浩问道。

秋茹道："先父曾见此人试于牛马，麻倒后剖腹取部分肝脏食用，而后将伤口缝合，数小时后，所试验之牛马苏醒，三日后伤口愈合，健走如常。然其不敢以此方示人，怕招祸，因与先父交好，故而一试。先父欲讨其方不与，言先父不精于医，得之无益。并且方中的几味药尤为难寻，便是药物齐全，炮制配伍不得法，也难奏其功，反伤性命。先父求方不得，引为憾事，归家后叮嘱还年幼的小弟，长大后务必习医，虽是知药，因无济世之功，便是得了机遇也会错过。所以我想宋大哥和唐雨姐姐不妨寻下此人，若能讨得麻沸散的配方，我自会以药炼成。藏此秘方之人叫任志千，居青海湖畔盐石村。只是多年过去，不知还能否寻到此人。"

宋浩兴奋道："有个姓名就行，顺道访出他来，也令那千古奇方面世。世间之事，没有什么不可能的。"

秋茹道："若是此人执意不与配方，但能讨得些麻沸散的成药回来也行，我多少也能辨得些出来。"

宋浩惊讶道："神仙难辨丸、膏、散，秋姑娘竟能辨其药物组成吗？"

秋茹道："虽不能细辨周详，但也能得个大概，然后再研究些时日就是了，总能获得八九分的功效吧。"

"果然是药王门传人，厉害！"宋浩惊叹道。

唐雨道："若果然是华佗的麻沸散存世，挖掘出来足以震惊当世。由此可见，古之奇方秘药，多流传于民间，未必就绝了迹的。只要那任志千真的藏有麻沸散的秘方，我们就一定要找到他，令这千古奇方为今人所用。虽然现代医疗上已有麻醉之药，然经文所载，麻沸散的功用别有独到之处，将其效用全部挖掘出来，定能另放异彩。"

宋浩兴奋道："这算是我们青海之行的第二桩任务。"

"师父，我也和你们一起去青海。"秋伟道。

唐雨笑道："你还是先和姐姐到天医堂吧，百草园新建也需人手，也令天医堂的人见识一下药王门的本事。我们办完事后会尽快赶回去的。"

宋浩道："不错，你还是先陪你姐姐到天医堂，否则令她一个人去，我们也不放心。我们要是回转时再接了你们同行，怕是大费时日。"

秋茹听了，感激地朝宋浩一笑。秋伟也只好作罢。应秋氏姐弟挽留，宋浩、唐雨二人便在秋家住了一晚。

# 第十三章　吸血的鬼怪

第二天，宋浩、唐雨别了秋茹、秋伟姐弟，驾车继续前行。几天之后，秋氏姐弟也赴白河镇天医堂去了。

无意中遇到并请到了药王门的传人，犹令宋浩兴奋不已，并且得闻千古奇方麻沸散存世，更令他感觉到此行的意义重大。

宋浩坐在车里给远在天医堂的洛飞莺打了个电话，告诉她秋氏姐弟要去的事，顺便又问了一下天医堂现在的情况，得知工程已经开工，一切都在顺利地进行中，心中欣慰不已。

"秋茹此去，怕是要有人泛酸了！"唐雨边开车边嘟囔了一句。

"你说什么？"宋浩未解其意。

"没什么。"唐雨笑道。

一路行来，经陕西进入甘肃境，天高地远，山浑土厚，一片粗犷景象，路途上已是少见了人烟。

这日，车行到半夜，也未遇到可以住宿的镇子或村庄。时值月隐星藏，四下里漆黑，唯有一点车灯游动，路况又不是很好，颠簸得很，令宋浩、唐雨二人焦虑不已。越是担心什么，就越是容易发生什么，唐雨将汽车停在了路边，摇了摇头道："车子出故障了！"随即和宋浩持了手电筒下车查看。

"能修好吗？"宋浩问道。

查看了一番的唐雨无奈道："发动机故障，只能拖到修理厂了。"

宋浩持了手电筒四下里照看了一遍，黑暗怵人，手电筒的光线也似被无边的黑暗吸去一般，越发地暗了起来。他忧虑道："不能在这里干等，要找到有人家的地方才行，否则引来狼群可就麻烦了。"

唐雨从车上取了些必用的物品，说道："不错，只能去找人帮忙了，我们往前走走看吧。狼群倒是不易遇上，但是不能坐以待毙。这地方偏僻，等上几天也怕是难遇到过路的车辆。"

二人于是沿了公路前行。走了七八里地的光景，宋浩从手电筒的光亮中发现了一侧路边隐现房屋的轮廓，不由惊喜道："可算是遇到人家了！"

这是一座小村庄，一片沉寂，没有星点灯光。宋浩、唐雨二人进了村子，但觉死气沉沉，竟闻不见一声犬吠，气氛多少有些异样。

"太静了，不像是有人住的村子。"宋浩说道。

"是有些古怪，虽多是土房石屋，不过门窗院落都是完好的，应该是有人居住的村子。"唐雨持了手电筒四下里照了照，说道。

"找户人家敲门看看吧。"宋浩说道。

"宋浩，站着别动！"唐雨忽然发出了警告。

"怎么了？"宋浩闻之一怔，随即感觉气氛不大对劲，接着发现黑暗中有十几条人影如鬼魅般进逼围来。

"干什么的？"旁边响起了一个警惕的声音。紧接着十几道手电筒的光亮照射在了宋浩、唐雨二人的身上。

"过路的，汽车在前面坏了，来村子里找人帮忙。"宋浩抬起手臂遮住射来的光柱，发现四下人影晃动，竟是一群手持木棒的人，前面竟然还站有两名身穿制服、持有手枪的警察。

唐雨见状心中一松，收了架势，却感惑然，不知警民为何设伏村中。

一名带头的警察望了望宋浩、唐雨二人的装束，果然是外来的过路客，摆了摆手，示意众人解除警戒，随即朝他二人说道："来这边说话吧。"

进了一间亮了灯的屋子，那名警察先是查看了一下宋浩、唐雨二人的身份证，然后让二人在一旁的木凳上坐了，说道："你们的胆子够大的，竟敢在这么黑的天走夜路。"

唐雨道："没办法，汽车坏了，只好找到这里寻求帮助。"

那名警察道："等到天亮再说吧，我会叫人将你们的车子拖到前面的镇子上修理的。"

"那就谢谢警察同志了！"唐雨感激地说道。

这时，另一名警察进来说道："张所长，刚才这么一折腾，那东西今天晚上怕是不会出现了，天也快亮了，叫大家伙都回去休息吧。"

那张所长听了，点了点头道："也好。"

"张所长，村里发生了什么事，这般如临大敌的样子？"宋浩问道。

"不关你们的事，天亮后我会叫人将你们和车子送到前面的镇子上的。"那张所长刚说完，眉头一皱，用手捂住胸部，面呈痛苦之色。

另一名警察见了，忙端了杯水来，说道："张所长，你该吃药了。"

那张所长拭了下头上的冷汗，从衣袋中掏出一个药瓶，拧开盖子，倒出两粒药片，就水吞服下去。然痛苦之色不减，已是在咬牙硬撑。

宋浩见状说道："张所长可是有心脏病，绞痛发作了吧？"

"哦！是！"张所长诧异地望了宋浩一眼，应道。

"我是医生，能让我看一下吗？"宋浩说道。

"你是医生？"那张所长闻之一怔，随即苦笑道："多年的老毛病了，你看不了的。"显是不甚相信面前这位年轻人的本事。

"将你的左手给我。"宋浩却也不管他，伸手持住了他的左手，以右手拇指代针，以指针法用力按压张所长左手掌鱼际处，力透掌骨。

那张所长立感疼痛大缓，感激道："看不出，你还有这般本事，谢谢了！"

宋浩笑道："不客气！"说话间，袖里出了一针，点刺那张所长左手腕神门穴和内关穴处，略施手法，随即出针。

"咦！"张所长立感痛止，重负若失，惊讶道："你……你是神医啊！"

宋浩一笑，复诊其脉，摇头道："不仅心脏病，胃溃疡、风湿病也都占了，并且右膝外侧有过外伤吧。"

"你怎么都知道啊！"张所长震惊道。

"哇！真是遇到神医了！张所长的病都是累出来的，能不能给治好啊？"那名年轻的警察惊讶道。

宋浩说道："针已缓急，久病当用汤剂。我开三种方药，每日轮换服用，联方合治，坚持两个月，可令诸病皆消。"

"若如此，谢谢你了！"张所长感激地说。

宋浩寻了纸笔，开出三种方药，又交待了服药期间的注意事项。那名年轻的警察持了药方，如捧了救命符一般激动地说："所长，你的病有救了！我今天就给你抓药吃去。"

宋浩施展医术，令那两名警察另眼相看，感激之中多了十分敬重。闲聊得知，那张所长叫张永河，年轻警察叫刘勇，来自镇上的派出所。

宋浩见对方已是热情起来，于是问道："也许我不应该问你们正在办的案子，但是实在是想知道这村子里发生了什么事，竟令你们不辞劳苦地夜里设伏？"

"这村子里闹鬼了！"刘勇顺口说道。

"闹鬼！"宋浩和唐雨闻之一怔。

"哪里有什么鬼，案情未明了之前，不可乱下定论，这三个月来造成的恐慌还不够吗？"张永河责怪地望了刘勇一眼，随后对宋浩说道："跟你们说了也无妨，只是此案特殊，暂时不要对外人说吧。"

宋浩道："我们也只是好奇而已。放心吧，不会说出去的。"

张永河点头道："这就好，既被你们遇上了，说说就是了。这个村子叫阿肯村，三个月前，村长去镇上的派出所报案，说是村子里闹鬼，一些鸡羊在夜里不知被什么东西莫名其妙地咬断了喉咙吸了血去。村里人家养的几条狗是最先被咬死了的，而后那东西开始袭击其他动物。"

唐雨道："可能是野地里的狼或者是什么饿极了的野兽来村里觅食的。"

张永河道："开始时我也是这么认为的，后来调查发现，根本不是那么回事。出事后，村民们都加固了羊圈的围墙和门锁，莫说是狼，就是来了豹子也进不去。可就是这般高墙重门，仍然隔三差五地有羊在夜里被咬死。那东西好像是会飞的。并且有村民曾无意中看到那东西的影子，竟然是一个直立着的人影，偶在墙头闪过。此事已经在这一带造成了一定的恐慌，一到晚上，家家闭门锁户，没人敢外出。我和小刘在村里蹲点三个月了，组织村民们晚上设伏捕捉，可是一无所获。也是这个季节风大扬沙，一些痕迹都被掩盖去了，那东西仍在我们毫不察觉的情况下偷袭村里的动物。并且村头的一个重达五六百斤的石碾，经常在一夜之间由村东头被移到村西头，当非人力所为。鬼我是不相信存在的，可是那东西实在是诡异，来去无踪，神出鬼没，再捕捉不到它，真是无法向老百姓交待了。"张永河颇显无奈。

"这能是什么东西呢？"宋浩、唐雨相望愕然。

此时天色已亮。张永河亲自开着警车载了宋浩和唐雨沿着公路寻到了那辆汽车，然后拖到了二十几里之外的一座镇子。到了一家汽车修理厂，工人们检查后，说是一个星期后才能修好。

张永河见状说道："那你们就在这里住下吧，我给你们找个地方住。"

无奈之下，宋浩、唐雨只好点头应了。

张永河给宋浩、唐雨二人找了一家招待所，安排住下后，便回派出所了。

"阿肯村的鬼事件出得蹊跷，你相信这世上有鬼吗？"唐雨问道。

"大千世界，无奇不有。不过鬼怪之事，多属于妄谈。现在一时走不了，不如我们协助张所长破案如何？"宋浩道。

唐雨笑道："我也正有此意。"

宋浩道："依张所长所说，那东西虽来去无踪，专门吸食动物的血，就一定是有形之物，并且力大无比，真要和村民们遭遇上，村民们未必能制得了它。张所长和小刘虽持有手枪，但火力不大，也未必能对付的了。我们就助他们一臂之力吧。"

唐雨笑道："医者医人，也要斩妖除魔吗？"

宋浩道："因为你有那个本事，如果没有你在此，我也就远远地走了。"

唐雨道："不要忘了，你的霹雳针法可是神魔难抗的。"

宋浩摇头道："那必是在近身得了机会才成，果真是鬼怪，怕是我没近得身，已被它吃了。"

唐雨道："世上哪里有什么鬼怪，都是人自己吓唬自己的。我们去找张所长再了解一些情况吧。"

派出所内，张永河听说宋浩、唐雨二人要协助破案，摇头道："此案一时半会儿地不会有什么进展，会误了你们行程的，况且也有一定的危险，破案是我们警察的事，就不劳你们了。"

唐雨道："修理厂那边要我们一个星期后才能去提车，这期间也没什么事做，就让我们协助你破案吧。"

张永河仍是摇头道："这可不行，你和宋浩是医生，医术又那么高，若是出了什么意外，我可担当不起。况且医病才是你们的专业，此案特殊，三月未破，村民们仍在遭受损失，更为严重的是谣言纷起，已造成了不良的社会影响。我已向上面打了报告，要求增派技术力量来。过几天人也就到了。"

宋浩道："你们夜里在村中设伏三月，仍不得那东西的踪影，所以我们才决定助你们一臂之力。安全方面请张所长不用担心。不错，除了医病我倒是别无他能，不过唐雨出身武术世家，便是十几个训练有素的高手也未必能近得了身。有她在，可以防止些意外发生。"

张永河听了，惊讶地望了望唐雨，又望了望宋浩，说道："看不出，两位都是身怀绝技的高人。你给我扎了两针后，胸部未再痛过。二位如此热心，当是有那个能力了。好吧，此地警力不足，夜里去阿肯村值守的几名同志又病倒了，你二人若愿相助，我感谢了，不过要听从指挥。"

宋浩笑道："这个没有问题。其实我们也是好奇，想搞个水落石出。"

张永河忧虑道："此案是我从警三十年来遇到的最棘手的案子，接到报案后，我们便派人进驻阿肯村。那东西倒不是天天晚上都出来，但是三五天必出现一次，咬死几只羊后，便又销声匿迹。从目前的情形推断，这不是从山里跑出来野兽，而是一个可以穿屋逾墙的怪物，且力大无比。总在人不注意的情况下，移动五六百斤的石碾。这也是最令人担心的事情，它现在仅仅是在袭击村里的动物，还没有攻击人，否则就不可控了。"

唐雨道："张所长说过，有人曾偶然间见到过它，是一个直立的人形？"

张永河说道："那是在一个月前，埋伏在村中的一名村民无意中见有人影从一家的院墙上闪过。等我们包围了那户人家时，发现又有两只羊死在了围圈里。那怪物动作极快，得手即走。要知道，那户人家的羊圈高达两米，便是有东西翻过去也要留有痕迹的，而现场却无一点可疑痕迹可寻，只能说明它是一下子跳跃过去的。我还想象不到，世界上有什么野兽能悄无声息地越过两米高的围墙，且如人立，往来迅速，能在这么多人的眼皮子底下偷袭羊群，而又不被人察觉到。"

唐雨忽想起一事，忙说道："张所长，你们这个地区流传过野人的事吗？我曾从报道上看到过，野人力大，因野性之故，也嗜血的。"

张永河摇头道："这种想法我也曾有过，但是发现野人行踪的地方多在原始森林和雪山高地。这地方植被稀少，不是适合野人生存的环境。况且野人一说，还无实证可查。"

宋浩道："目前情况怎样？"

张永河道："全村六十七户人家，家家都养羊，并且几乎每家都遭受了损失，现在全村共有一百二十三只羊被莫名其妙地咬死。奇怪的是，咬死羊颈的齿痕都甚浅，不像是野兽的长牙利齿所致，大部分的羊都是被拧断脖子后才吸血的。更令人不解的是，在羊圈中也没有发现那怪物留下的痕迹，哪怕是一撮毛之类的东西。怪物噬羊之际，群羊惊乱，也将那怪物的足迹掩盖了。"

唐雨疑惑道："也是奇怪，你们这么多人设伏村中三个月，除了偶然间见到了一次那怪物的影子，就真的再没有发现其他的痕迹？"

"没有，那怪物好像是具有高超的反侦察手段一般，作案时神出鬼没，有时我们设伏的人员天亮后才发现自己看守的羊圈已被那怪物光临过了。并且这怪物的智商很高，先是咬死了村中的狗，然后才继续作案。我们也曾从外面调来几条狼犬，希望能起到警戒作用，但是没用，也如羊一般被莫名其妙地咬死。听到响声过去查看时，已经晚了。"张永河无奈地说。

"这么厉害啊！"宋浩、唐雨相视愕然。

"还有一件事，"张永河犹豫了一下，说道，"你们知道就行了，千万不要和阿肯村的村民讲起。也是你们要协助我破案，多给你们一条线索。那就是，我怀疑这个怪物不是来自村外，而是来自阿肯村中。"

"什么！"宋浩、唐雨闻之大吃一惊。

张永河叹息了一声道："我们部署村中的力量在前两个月没有丝毫的进展，我便另想出了一个办法，那就是在村外设伏。待那怪物出现在村外的时候将其捕获。在村外我们布置得非常严密，可以说一只老鼠跑进村里我们都能发现。但是，村里的死羊案件仍在发生，而村外仍旧一无所获。这'鬼'闹得愈发奇了，村民们也更害怕了。我们曾组织力量进行彻底的搜索，凡是可以藏匿的地方都查遍了，也没有发现那怪物的踪影，好像是从地底下冒出来一般，作案后复归地下。好在它白天不出来，也不曾袭击过人。"

"我不信世界上有什么鬼怪，但这件案子实在是太离奇了。地区上也曾派来力量调查，也没有个结果，只说是野兽作案。没有办法，我们只好继续在阿肯村设伏，希望有一天那怪物露出破绽来，将其捕获或者击毙。"张永河无可奈何地说。

"好了，一会儿我还要赶回阿肯村，你们要是害怕，就不要去了。"张永河站起身道。

"我们去！"宋浩、唐雨异口同声。

这时刘勇进了来，见了宋浩、唐雨，热情地打了声招呼，将手中的一碗汤药端给张永河道："所长，宋医生开的中药熬好了，你趁热喝了吧。"

"真是谢谢你们俩了，本以为我这病没得治了，但是不将阿肯村闹鬼的案子破了，我还真不能罢手归去。"张永河将汤药喝了。

"放心吧张所长，只要你按时服药，你这一身病，我保证能治得好。"宋浩说道，面对眼前这位尽职的好警察，心中颇为感动。

"小刘，你准备一下，宋医生和唐雨小姐也准备和我们一起去阿肯村，协助我们破案。"张永河吩咐道。

"真的?!"刘勇听了，惊讶道，"好奇心害死人，你们可想好了。"

宋浩笑道："想好了，一定要看看那是个什么怪物。"

"大家都说是个妖怪，应该像电影里那样会飞的，否则哪里会来无影去无踪？可张所长就是不信。"刘勇说道。

"要是个妖怪就没得我们活了，你哪里还能站在这里说话？"张永河说道。

"可能是个还没有修炼得道的妖怪，只能吸些羊血，不敢吃人。"刘勇道。

"亏你还是个警察，相信这种怪谈。只能在这里说啊，不可到阿肯村去讲，否则更令老百姓害怕了。"张永河责怪道。

"这个我理会得，我也就不信了，便是妖怪也能避过我的子弹不成？"刘勇说着，摸了摸腰中的配枪。

阿肯村村委会内，几位村干部忧心忡忡地坐在那里，见张永河将那两名过路人又带了回来，也未做理会。

宋浩、唐雨没有参与他们的议事，而是到村子里观察。阿肯村显得并不富裕，多是土石房屋。只是那怪物一闹，打破了这平静的乡村生活，外面少了行人，更是不见小孩子。

"那怪物为何只选择阿肯村，而临近的几座村子却安然无恙？"唐雨提出了自己的疑问。

宋浩忧虑道："果如张所长所说，那怪物仍自藏匿村里，而非来自村外，只能令此事情变得更为复杂和严重了。不管是妖怪或是什么特殊的野兽，虽暂未伤人，毕竟是嗜血之物，时间久了，怕也要袭击人的。"

"那么它能藏在什么地方呢？来时的路上张所长说了，他们曾经搜索得很仔细，没有放过任何可疑的地方，可仍无所获。如果那怪物仍旧藏在村里，只能藏在某户人家了，难道说是有遁形的本事？"唐雨惑然道。

"张所长说，那怪物已经两天没有动静了，怕是这几天又要有所行动。不过它警觉得很，能避开警民设伏的地方，或是在村民的眼皮底下作案而不被察觉，这可不是一般的智商。并且力大而身轻，实是一个危险的怪物，不易对付的。晚上若是与其遭遇，要万般小心了。"宋浩说道。

唐雨感激地笑了一下道："放心吧，我会量力而行的。"心里很欢喜。

二人回到村委会时，仍有几位村民在那里坐着。刘勇笑道："你们回来了，听说宋医生给张所长看了病，这不，有几位村民也想找你给看看。这地方偏僻，缺医少药，小病一般都忍着，大发了也不肯治，觉得不济事时才想法子去医，那时候多是耽误了。得此便利，宋医生就给大家伙看看病吧。"

宋浩道："没关系，这是本行，义不容辞的。"说完，坐下来开始为村民们诊治疾病。

晚饭是在村委会用的，很丰盛，一大锅煮得稀烂的羊肉。

张永河说道："这些便是被那怪物咬死的羊，已验过了，没有毒，放心吃吧。现在多少还能卖出去部分，开始时可不行，都认为是被鬼怪咬死的，人吃了不吉利，损失的人家自己也不肯食，埋掉了几十只呢。"

宋浩道："今晚还是蹲坑守着吗？"

张永河道："没别的法子，只能这样了。我和小刘两个，再加上村里的民兵，十几个人，分两股埋伏——为了安全，不能过于分散了。"

唐雨道："人员太少，又过于集中，这也是造成没有发现那怪物踪迹的一个原因，令它有机可乘了。"

张永河道："没办法，目前只能发动这些人了，只有我和小刘两人配有枪械，保护大家的安全也是很重要的。"

唐雨道："张所长，今晚能否允许我自由行动？当然了，我会小心的，一旦发现异常，我会及时示警，进行围捕。"

张永河摇头道："这可不行，若出了事，我可对不住你们。"

唐雨道："我会保护好自己的。你们潜伏不动便是，走动的人多了，反会引起那怪物的警觉。适才在村中我已经观察好了地形，晓得如何进退。若发现了那怪物，我也不会轻敌，尽可能地将其引向埋伏圈，再合力捕获它。"

张永河考虑了一下，说道："你有把握保证自己的安全吗？"

唐雨笑道："不瞒张所长说，我在十五岁时就曾独自一人在野地里空手搏击过七条狼，毙三伤二跑了两个。至于人嘛，十几名高手中我也往来无碍，便是有危险存在，逃生我也是有把握的。"

"唐小姐这么厉害啊！"刘勇惊讶道。

张永河点了下头道："看来你们是有备而来，也好，若发现异常，立时示警，不可一人应敌。"

夜幕降临，阿肯村又笼罩在了黑暗之中。唐雨轻身独去侦察，宋浩留在了张永河的身边，在一户人家羊圈旁设伏。

"这儿的晚上怎么都这么黑啊！"宋浩说道。

"这一阵子天气阴沉，少见星月，给设伏工作带来了不少困难。不过在月明之夜，那怪物倒是不出来，要不怎么说它智商高呢！"张永河轻声应道。

根据白天观察所得，唐雨选择了村中最高的建筑——一座土楼的屋顶上进行埋伏，在适应了黑暗之后，运目力四望，可隐见二十米左右房屋的轮廓。

夜晚的乡村异常寂静，只有偶尔荡起的风沙。

夜半子时，唐雨从寒冷的夜风中嗅到了一丝的异样，立时警觉起来。

此时的宋浩身上裹了村民借给他的一件羊皮袄，倚在墙角里昏昏欲睡。张永河在旁边轻轻捅了他一下，压低了声音道："唐小姐那边示警了，应该有所发现。"

宋浩闻之一惊，立时振作起来。然而又静候了一个多小时，仍无任何动静。

"唐雨搞什么，令大家紧张兮兮的！"宋浩心中道。

结果一直等到天色见亮，也无新动静。倒是唐雨一脸疲倦地回来了，颇呈失望之色。

"夜里凭直觉，我感到那东西出来了，但是随即又退回去了。"唐雨摇头道。

"莫非这个妖怪也知道有高人来降它？"刘勇讶道。

"它有个怕头就好，大家先回去歇歇吧。"张永河下了撤退令。

用过早饭后，张永河、刘勇便乘了警车回镇上去了，宋浩、唐雨二人留了下来，在村委会的一间屋子里睡了一上午觉，以补夜间的不足。

中午的时候，村长孟德海又领来十几位村民找宋浩诊病，大家伙还送来了一些鸡蛋、米糕、羊肉等食物，以示酬谢。宋浩、唐雨二人开始接诊病人，施针处药，忙得不亦乐乎，愈加获得了村民们的敬重。

这时，一名叫孙包立的粗壮汉子坐到了宋浩面前，说道："宋医生，你给我看看吧，这阵子总是头疼。"

"好啊，先给你诊下脉。"宋浩说着，望了孙包立一眼，随即一怔。

那孙包立面色晦暗，两眼呆滞，一副萎靡不振的样子。搭其脉，宋浩心中又是一惊，孙包立竟呈杂脉之异象，紧、动、数、滑、长、短、沉、伏，乱象纷纭，参差不齐，已是非常人之脉象。

"唐雨，你来看一下这位大哥的脉。"宋浩惊讶之余，唤了唐雨复诊。

唐雨上前诊之，也自一惊，讶道："这……这是什么脉？为何如此杂乱？"

宋浩没有说话，而是在纸上写了"鬼祟脉"三个字，单与唐雨看过后，揉成一团弃之一旁。

唐雨脸色微变，又上下打量了一番孙包立，尤呈迷惑之色。

"这位大哥，你的病需要针法来治，要费些时间的，这样吧，你先回家等我们，待将老乡们的病看完了，我再上你家单独给你用针如何？"宋浩说道。

"也好。谢谢了！"孙包立点头应了，起身离去。

宋浩随将余下的病人诊治完，村民们散去后，对留下来的村长孟德海说道："孟村长，能介绍一下刚才那位大哥的情况吗？他的病情有些复杂，一会儿我要去给他用针的。"

"宋医生说的是孙包立吧。"孟德海说道："一年前他死了老婆，现在一个人过活。以前倒是一个活泼爱说笑的人，自他老婆死了后，变了个人似的，沉默寡言。村里闹鬼，他家的损失最为严重。"

孟德海说着，翻开了桌子上的记账本，说道："他家一共有二十三只羊被那怪物咬死了，一群羊已剩不得几只了。唉！也是可怜，以后的日子怎么过啊！"

"哦！他损失的最多?!"宋浩眉头皱了一下，问道："平时可见到他有什么异常的举动吗？"

孟德海道："也没什么，除了做农活，就是猫在家里不出来，也是没个亲戚走动，朋友又不多，也不爱理我们，村里人也就不喜欢搭理他了。"

宋浩道："是这样。好吧，我们现在去给他治病。"

孟德海道："孙包立的家在村东头，门口有棵大柳树的就是。"

宋浩应了声，随即和唐雨离了村委会朝那孙包立的家走去。

"宋浩，这个脉很怪啊！如果真是你说的'鬼祟脉'，按旧时说法，可是有鬼怪作祟的，你的意思是……"唐雨惊异道。

"还不敢肯定，只是一种猜测而已。既呈怪脉，也是病脉，便是我们的病人，先去治治看吧。"宋浩说道。

唐雨道："应该是两件事，勿要牵涉一起，世上哪里会有这种病人。"

宋浩道："我也希望不是，但是此人的脉象太怪了，如此杂乱，当合鬼脉一说，我还是生平首遇，暂不能确诊，不知他患了什么奇疾怪症。"

唐雨道："鬼祟脉旧说而已，因其杂乱无序，异于常人，故以鬼脉命名，并非是鬼怪附身。乡下的环境有别于城市，尤其是在偏僻的地方，多生少见之病，甚至是怪病，自令迷信滋生，移说于鬼神。无外乎人身阴阳之异变，虽在理上还有不解之处，也属病畴。"

宋浩点头道："说得不错，应该是两回事。"

二人寻到了那孙包立家，其家处于村头，三间土屋，一处羊圈，被一道石砌的院墙围着，几件农具胡乱地堆放在角落里。屋子内摆设虽是简朴，旧箱柜桌椅而已，收拾得倒还洁净。

见了宋浩和唐雨到来，孙包立很是感激，脸上漠然，虽无笑意，却也忙活着端茶倒水捧枣。

"孙大哥，不要忙了，能否说说你还有其他的什么症状，一会儿我好下针一并治了。"鬼祟脉，以杂症现，不见真病脉，每掩其症。

孙包立道："头疼而已，总是昏沉，难受时便想睡觉。"

宋浩道："好吧，我且施针试治一下。"随令孙包立去了外衣，只着短裤，平躺于土炕上。

宋浩此时除了治疗孙包立的头痛之疾外，也是因脉上不能查其病，欲在经络上寻。他先是一针刺入其右手列缺穴，而后运针细感，但觉针下沉涩，经气果是运转异常，心中暗讶，连试多穴，总在阳经为显，似乎有股诡异的力量在经络中游走不定，横冲直撞。宋浩欲施针法压制，短时间内也是不行。

宋浩此时心中忽地一动，想起洛北辰所授的"迷魂针"，欲以此法控制孙包立经脉中的异动。孙包立受针后忽呈睡态，意识迷乱了去。见迷魂针法已然奏效，宋浩一喜。

然而此时孙包立突然身形一颤，双眼忽睁，骇人的精光闪动，脸呈狰狞，欲要动作。宋浩见之大惊，忙迅速地将孙包立身上的针尽数拔去，才使他异样之色渐复平常。

"怎么回事？"唐雨一旁惊讶道。

"一会儿离开再对你说。"宋浩脸色凝重。

"宋医生，我刚才怎么了？"已睁开双眼的孙包立茫然道。

"没事，针法治疗下的一种反应。对了，你这病短时间内治不好，要治上一个疗程才行，明天我还来。"宋浩说道。

"那就谢谢宋医生了，我明天在家候着。"孙包立感激地说。

宋浩随后别了孙包立，拉着唐雨匆匆地离开了孙包立的家。

走得远些了，唐雨才问道："怎么回事？我看你感觉很害怕的样子。"

"那个在村里吸羊血的怪物很可能与这个孙包立有关，并且极有可能就是他本人。"宋浩肃然道。

"你说什么？"唐雨大吃一惊。

"我见他病症怪异，想施以迷魂针法相制。迷魂针法意在控制其神志，没想到却反激它变，将他隐藏的一种病症激发，好在我去针快，否则不知道会发生什么事。"宋浩心有余悸地说道。

"险些激发了他一种什么病症？"唐雨惊讶道。

宋浩摇头道："还不清楚，总之此人体内有一股奇怪力量，但不知是何种病态反应，发作起来他也控制不了。这样吧，今天晚上我们俩重点监视这个孙包立，看他有何举动。"

唐雨道："张所长说那个怪物就在村中，并且有人发现它还呈直立人形，说明它可能就是个人，就是那个处于病态发作中的孙包立。"

宋浩道："我目前也仅仅是怀疑而已，还没有确凿的证据。为了对此人负责，此事先不要告诉张所长，待我们这边有了新的发现后，再说不迟。"

"我明白。不过什么样的病症能令一个人力大无比，又身轻如燕，逾过高墙呢？"

宋浩摇头道："这也是我不明白的地方。或是另有怪物之类的，与孙包立无关。"

# 第十四章　夜游奇症

傍晚的时候，张永河、刘勇二人又来到了阿肯村。宋浩要求今晚和唐雨一同行动，张永河倒也答应了。

是夜，有了些许月光，几十米内可勉强辨物了。宋浩、唐雨二人藏在了孙包立家对面的一处胡同里，严密监视对面的动静。

子时过后，隐隐听得孙家院中有响动，有人开了房门出来。约过了十多分钟，只见那孙包立缓步从院门内悄无声息地走出，他先是抬头望了望天上隐藏在云层里的月亮，并朝天哈了几口粗气，接着有些开始烦躁起来，走向村头空地上的那个石碾。

只见他弯下腰去，双手持了重达五六百斤的石碾，竟然一用劲举了起来，扛在肩膀上后，开始在原地走圈，似乎是在发泄。走了十余圈后，孙包立才将石碾放下。

接着，他朝村子里望了望，似乎知道村里潜伏着危险，在犹豫之后，漠然朝村里走去。

"原来他是患上了夜游症！"宋浩低声惊呼了一声。

"夜游症！"唐雨闻之愕然。

"看看他下一步的举动。"宋浩说着，起身拉了唐雨跟随了过去。

只见孙包立沿墙根处走，避开了警民设伏的位置，行至一户人家，轻身一跃便跳进了那家院子，起落无声，令后面的宋浩、唐雨二人目瞪口呆。这两米高的院墙，便是唐雨也要踏墙借力才能越过，而那孙包立显得煞是轻松，两腿一弹即过，壮硕的体躯却身轻若燕。

"我去制止他吧。"唐雨说着，起身欲去。

宋浩将她拉住，"这是夜游症，惊不得的，否则令他有性命之忧。"

唐雨恍悟道："我差点忘记了，那我们怎么办？"

宋浩道："先由他再做这一回，也是令我们解开了村里的闹鬼之谜，天亮后再想法子医他吧。"

唐雨道："也好……"

就在此时，二人忽觉阴风逼至，回头看时，俱是一惊——那孙包立已不知何时站在了二人身后，表情虽是呆滞，却是目露凶光，抬手欲攻击。

此时宋浩距孙包立最近，不及相避，情急之下，袖里出了一针，随手在他攻过来的右手外关穴上施了一记霹雳针法。那孙包立身形一震，僵在了那里，嘴角犹沾血迹，显是刚吸食了羊血。

后面的唐雨本欲出手相救，忽见宋浩手起针出，一针便将孙包立制住，惊讶之余，也自将宋浩拉至一侧。

"你出针的速度好快！"

"小意思，不过也只能近攻而不能远击，但在身侧，我比对方稍快一点点便可以了。"宋浩笑道。

"现在怎么办，通知张所长他们吗？"唐雨道。

"暂时不要。"宋浩说道，"先将他抬回家再说，否则日后没得他好日子过了。"

宋浩、唐雨二人费了好一番周折才将孙包立抬回了他自己的家，放到土炕上，暂时松了一口气。

"我们下一步怎么办？"唐雨问道。

"先歇会儿，然后给他医医看。"宋浩随即持了孙包立的手腕处，诊起脉来。

唐雨迷惑道："夜游症当是识不得人的，也自受惊不得，他为何能察觉到我们，并且还要进行攻击？"

宋浩道："此症发作时方显真病脉，此时寸脉洪大急数，暴病多火是也；关尺脉牢实，怪病多痰，而呈此复杂的夜游病症。他正值壮年，丧妻鳏居，久积郁火，化为痰实。痰火邪盛，攻伤脑络，成此怪病。听村长说，村里闹鬼之初，是孙包立家的羊先受到攻击，当是此病发作时，虽处夜游状态，但也处于一种潜能被激发的状态，力逾常人，轻身来去。这种突变力无所泄，需要负重运动和吸食鲜血来疏泄，否则令人暴躁，故而先吸食自家之羊。白天发现后，潜意识里便有了个比较，于是便涉猎旁家了。有时症状发作，不得吸食别人家羊的机会，只能以自家羊血解急，所以他家的损失最多，就是这个道理。这般异变之症，古书也偶有所载。没想到竟也能令我们遇上。"

宋浩接着道："此病症尤为复杂和特殊，虽处发病状态，也自处于警觉之中，每每避过张所长他们设伏的位置，故而屡屡作案而不被人觉。这种病态下的潜能激发，从某种意义上说，也是一种返祖现象，因而力量和敏感性都超过常人。人体究竟有多大的潜能，现在还是未知。"

唐雨点了点头道："我多少明白些了。我们应该如何施治？"

宋浩道："以针法调理其经脉，以药力降火祛痰，针药并施，希望能将他体内的那股异常的力量化去。我们还没有能正确引导的能力，令其保留住和利用已经激发出的特异潜力，就权作为一种'病症'为他化去吧，复归正常人身。否则久病成狂，可会袭击人的。"

唐雨不无遗憾地说："也只能这样了，苦练一世也未必抵得上他一朝暴发，要是能将这种病态顺导成常态就好了。"

宋浩道："也不是不可能，不过这需要冒极大的风险，况且也非他本人所愿，就还让他过正常人的日子吧，尤其是他已经闯下了这些祸事，被人知道了，岂还有他立足的地方？那般超常的潜力对他来说无益，要是换在你身上，我会尽可能地保留住的。"

"去你的，让我吸食羊血吗，我可不干。"唐雨嗔怪道。

宋浩笑道："要想成就非常的本事，就要经过非常的历练。好了，不多说了，我且为他医病吧。"

宋浩先行施了几针将孙包立控制之后，才解去了霹雳针，此时孙包立已然昏睡去。宋浩指下施针时感觉奇怪，在孙包立十二经脉中的那股诡异的力量时隐时现，隐去时，经络中遍寻不见，而后又凭空冒出，四下疾窜，令昏睡中的孙包立躁动不已，幸亏以针法制住，否则怪症仍将发作。

一番医治后，宋浩收了针。时已天光渐亮，那孙包立脸上的狰狞之色褪去，复呈呆滞漠然状，睁眼醒来，见宋浩、唐雨二人守在一旁，惊讶而起道："两位何时来的？"

宋浩笑道："一大早便过来了，你去请的我们，怎么，不记得了？"

孙包立茫然地摸了摸头，迷惘道："我怎么不记得了！唉！也是我这头痛的病，一发作起来便不记事了。"说话间，他抹了一下嘴唇，指上沾了些血迹，摇头道："每天早上都流鼻血，也不知怎么回事。"

宋浩道："你内里火旺，故有此症。下午我会再来为你针一次的，症状应该就会减轻的。你先休息吧，我们回去了。"

"谢谢你，宋医生！"孙包立感激地说。

宋浩一笑，和唐雨起身离去。

回到村委会时，张永河和刘勇正等着他们俩，其他的人熬了一宿，都回去休息了。

"才回来，可有何发现？昨晚又有一户人家死了羊。"张永河无奈地说道，也不抱有多大的希望。

宋浩见屋子内只有张永河、刘勇二人，于是说道："我们找到那个怪物了。"

"什么？！它在哪里？"张永河、刘勇二人一惊而起。

"这个怪物是一个人，而且是一个病人。"宋浩说道。

"病人？怎么会是这样？他是谁？"张永河惊讶道。

"孙包立。"宋浩应道。

"孙包立！"张永河、刘勇二人大吃一惊。

"不错，正是他，此人患有一种特殊的夜游症，病态中导致潜能激发，故可力大无比、身轻如燕，往来作案而令人无所觉。"宋浩说道。

"世上会有这种奇怪的病症吗？"张永河惊异道。

"生命是这个世界上最大的谜团，我们目前对人体的奥秘还知之甚少。总之阿肯村的闹鬼事件是孙包立病态下体内阴阳之异变造成的，我现已用针法将其控制住了，治疗上还需些时日。此案算是破了吧，不过为了不影响他日后的生活，我请求保密，不要让此事件的真相令人知道。"宋浩说道。

"没想到会是人！这样就最好了！"张永河兴奋地说道。"我们会保密的，对村民们就说在山里发现了一只豹子，并被击毙，一切应该是那豹子所为。对了，是否将孙包立送往医院医治？"

宋浩道："暂时还不用，我先以中医的方法治治看吧，现在给他用镇静剂会适得其反。"

张永河点头道："也好，那就麻烦你了，有什么要求，我们会尽力协助的。"

宋浩道："一会儿我开几副汤药，张所长叫人买来就是了。"

"没想到这件案子涉及到了医学，要是没有你们，此案一时半会儿的破不了，现在能不能去看一下孙包立？"张永河道。

宋浩道："现在还是不要去看他为好，除了不使别人起疑外，更重要的是不要令他潜意识里对你们警察起了警觉，反激生异变。我可保证控制住他的病不发作，几天后，病情稍缓时，你们再借其他理由去看他就是了。"

"这样也好。"张永河感激地道，"那我们今晚就撤了。折腾三个月了，终于了却了一件麻烦事。真是太感谢你们了！"

宋浩道："也是碰巧遇上了。此病罕遇，我也作为一种尝试吧。"

"所长，这案子真的就这么结了？"刘勇对这说法不甚相信。

张永河说道："开始我判断那怪物藏在村里，又有人无意中发现了是个直立的人形，如今被宋医生证实了是那个孙包立病态下所为，一切都符合逻辑，此案不结，你还真想抓到一个什么鬼怪不成？"

唐雨笑道："确是孙包立无疑。我们亲眼看到了他扛动石碾和跳进一户人家的院子里，出来时已是吸食了羊血。本来发现了我们，欲行攻击，被宋浩施针制住了。"

"听老人说，夜游症不是受不得惊吓吗，并且什么都不知道的，他为什么能发现你们？"刘勇问道。

宋浩道："这是一个极其复杂和特殊的病症，在他的潜意识里有警惕性，有自我防范的意识，这也是三个月来你们没有发现他踪影的原因。也幸好你们没有同他遭遇上，否则双方会遭受损失的，他在潜能激发的状态下，便是有枪也未必能制得住他。此般夜游症，浑不知痛，犹如僵尸，极具攻击力。好在发病时间尚短，若是持续一年以上，久病成狂，便不管白天黑夜到处袭击人了。"

张永河、刘勇二人听了，俱是吓出了一身冷汗。

"还是送到精神病院保险些。"刘勇说道。

宋浩道："此事不妥，他在病态下的本事你们也见识过了，有能关住他的精神病院吗？并且现在还未全知他在病态下的潜能被激发多少种出来，要是激怒了他，可了不得，除了动用武力强行毁灭其肉体，别无解决的法子。"

"这么说，宋医生虽暂时能控制住他，但也是一个极其危险的因素？"张永河忧虑道。

宋浩道："可以这么说。但是只要不激怒他，几天之内，我便能彻底地将他控制住。"

"保险起见，刘勇你还是继续驻守在这儿吧，只是晚上不用再设伏了，协助宋医生医治孙包立。若有意外，你有武力解决的权力。这是为了预防万一，宋医生和唐小姐不要介意，毕竟此案过于特殊，不能再出意外了。"张永河说道。

宋浩道："也好，我争取医治好他便是。"

"那就先这样吧，过几天我再来这里宣布那怪物是一只来自山里的豹子，已被外县的人员击毙了。我先回镇上了，有事让小刘及时通知我。"张永河说完，拿了宋浩开好的药方，驾驶警车去了。

刘勇此时敬佩地说："没想到宋医生也能用医学知识破案，要是让我遇上，只能当做妖物处理了。"

宋浩道："他是一个病人，是在一种特殊的病态下作案，也算是我们医生涉及的范围吧。这些天你也要注意些，因为你是警察，尽可能地不要去接近孙包立，免得他潜意识里生疑。"

刘勇道："只要知道了怪物是谁就行了，他老实些还好，否则再犯起病来开始伤人，只能就地强行用武力解决了。"

"希望这种情况不要出现才好。"宋浩心中也自忧虑起来，因为治疗孙包立的病，他还无十分的把握。

下午，宋浩、唐雨二人又来到了孙包立的家，诊脉之时，竟发现他又复现杂脉乱起的鬼祟脉象。

"今天感觉怎么样？"宋浩问道。

"头脑清楚了些，想起晚上做的一些梦来。"孙包立应道。

"做的什么梦？"唐雨问道。

孙包立道："放羊。"

宋浩、唐雨闻之，相视一笑。

"有时候也梦到一个人，样子看得不甚清楚，领我去东面的山里来着。"孙包立又说道。

"那真是一个梦了。"宋浩笑道。

"对了孙大哥，为了治疗上的便利，如果你愿意，我和我的朋友晚上就住在你家了，我看有闲屋的。"宋浩又说道。

唐雨明白，宋浩是要在晚上孙包立病症欲发作之际，以针法将其控制住，以免他再犯案，甚或酿成其他悲剧。

孙包立此时倒也不甚为意，随口应道："行啊。不嫌弃家里简陋，愿意住就住吧。只要能将我的头疼病治好了，怎么样都行。"

宋浩接着命孙包立躺下，开始择穴施针，针下仍感沉滞，于是指间微施霹雳针法，以震荡力行其气血。那孙包立自感全身麻酥，似触了电一般，心下大异，这才知道宋浩针法不凡。

而就在宋浩施下五针之后，手指偶一触及孙包立的皮肤，忽地弹起——那孙包立竟然全身带电。

宋浩知道，在人身上施针法时，偶然也会激起人身之静电，但如此强烈的电击感，还是大大出乎意外。

"怎么了？"旁边的唐雨见宋浩神色有异，忙上前问道。

"你试试吧，要小心些。"宋浩以手示意。

唐雨见状，伸手微触孙包立的皮肤，如触电般，一个击弹，忙将手收回。"好强的电流！孙大哥，你有感觉吗？"

"没有啊！怎么了？"孙包立一脸的愕然。

"没什么，这几针不知为什么将你身上的静电激活了，你自己可能感觉不到。如果身体有何不适，请告诉我。"宋浩说道。

"哦，没事，只是现在感觉舒服了些。"孙包立说道。

"这样就好。"宋浩知道，孙包立身上出现这么强的电流，可不是激起了静电那么简单的。他将自己刚才进针的穴位和顺序默记了，以待下次依法再试，以验是否还有此效果。

宋浩收针时，触及针身，也有酥酥的感觉，电流稍弱而已。将针尽数去了，再触孙包立的皮肤，已无电感。复诊其脉，忽地一喜——脉搏如常，鬼祟脉已去。细诊之下，宋浩眉头又是一皱。

诊毕，孙包立起身着衣，感激地说："你们在家等着，我去老王家割几斤羊肉回来炖了，他们家昨晚又被怪物咬死了一只羊。"说完去了。

"他的身上怎么会出这种异常的现象？"唐雨惊讶道。

"我也不知，总之是针刺经络导致的变化。适才他的脉象也暂复正常，现出了病脉，我发现他的脑中似乎长有异物，这应该是犯夜游症的原因。此病短时间内是治愈不了的。既然遇此特殊的病例，我们就在此地耽搁些时日吧。"宋浩说道。

唐雨道:"也只能这样了,你就尽力施治吧,放手不治,有可能给他招来杀身之患,救他一命,也是医家职责所在。"

宋浩道:"他现在还不知道自己的处境和所患的病症,没有意外激变最好,否则后果将是很严重的。所以我决定留在他的家中专门看护他,以免他再夜游出去。"

唐雨道:"从张所长所述来看,他并不是每晚都犯病,这个间隔也为你的治疗提供了时间。"

"但愿如此吧。"

"还有,"唐雨道,"我发现他呆滞的眼神后面似乎藏有东西,这是一种说不清楚的感觉。"

宋浩笑道:"你真厉害!还能从他那样的眼神后面发现什么东西!"

"我说是一种感觉而已嘛!总觉得他身上似乎还有别的什么事。"

"早晚变化两个人,自然也会令他自己感觉有不对劲的地方。"

不多时,孙包立持了块羊肉回来,摇头说道:"被那咬羊的怪物闹得,这种羊肉外村人很少买了去吃,虽说是镇上的人验过没有任何问题,就是本村的人也有不敢吃的。我家以前死的那些羊,多半送了人了。再这样下去,日子真的是没法过了。"

宋浩、唐雨听了,相视无语。

这天晚上,宋浩和唐雨没有睡觉,在另一间屋子里监视孙包立的动静。夜里孙包立倒是起来过,只是在屋内自行走了几圈,便又睡去了。

唐雨这边小声道:"看来他每晚都发作,只是轻重不同而已。"

宋浩道:"幸亏就他一人过活,若再有其他家人,不被他吓死才怪!"

一夜倒也无事。

天亮时,宋浩和唐雨回到了村委会,见到了刘勇。刘勇指了桌上十几包草药说道:"张所长昨晚就让人送来了,谁知道你们会住在孙包立家。"

宋浩道:"这是为了方便给他治病,重要的是有个防范,免生意外。"

"你们有心了。"刘勇敬佩地说。

唐雨拾了草药,说道:"我这就去将药煎了,针药合用,效果会更好的。"说完,转身去孙包立家了。

"孟村长那边还奇怪呢,刚出了事,就将警戒撤了,以为我们也没法子了呢。今天让张所长来和他们说吧，不知他们能否相信。"刘勇说道。

"只要不再出事，人心会自安的。"宋浩说道。

这天，宋浩又诊治了几位村民。下午，张永河才过来，召集村民们开了个会，说是在上午，有人在附近的山上发现了一头豹子，是被偷猎者猎杀的，未及运走。从迹象上看，应该就是那个咬死羊的怪物了。

村民们听了，议论纷纷，不免生疑，然而是警察宣布的事，也只好听信，也都希望那吸血怪物就是那头被打死的豹子。

宋浩私下又向张永河汇报了一下治疗孙包立的情况，张永河听了，满意地点了点头，感激之余，也自感歉意。

宋浩又为张永河诊了脉，虽然仅仅服了两天的药，效果却是奇佳，这两天他的一身旧病竟不曾犯过。

"你真是个好医生！又给我治病，又帮我破案。现在就看你的了，治得住他最好，不行就实施强制手段。"张永河道。

宋浩道："既有好转，就让我先治疗下去吧，悄无声息地将此事化解最妙，这毕竟关系着一个人的生命和前途。"

"你能有这般助人的心志，实在是令人感动，我代表所有的人谢谢你了！"张永河感激地说。

宋浩笑道："不用客气，只要给我时间就成，我要对我的病人负责。"

张永河道："幸亏你来了，要是没有你，我们现在仍无所获。不过遇此怪病，治不了也不要勉强，交给我们处理就是了。"

"我尽自己最大的努力吧。"

这时刘勇走进来道："刚才在村子里看到那个孙包立了，怎么看也不像个病人啊。"

宋浩笑道："他只在晚上犯病，夜游而走，并且轻重不一，也不是每晚都出来犯案的。"

刘勇道："我没敢多瞧他，怕他起疑，真看不出他犯病时还有飞檐走壁的本事。"

宋浩道："这就对了，他知道你是警察，你若是特别注意上他，他犯病时也会有一种警惕性在潜意识里面的，保不准在夜游时也会袭击你。"

刘勇吓了一跳，不由得摸了摸腰中的配枪。

宋浩笑道："不过现在没有事了，我住在他家里，便是有所妄动，我也会及时地制止他的。"

张永河道："小刘，事虽如此，你也要保护宋医生和那位唐小姐的安全，只要没有意外变化，你就听宋医生的。"

刘勇道："放心吧所长，目标明确了就好办，宋医生要是治不了，我来治。"

就这样，一连过了几天，孙包立再无异常表现，只是在夜里于屋中乱走，稍后即歇。宋浩、唐雨二人见状，心中方安，知道这都是得了针药之力。

就在第六天的晚上，子时刚过，屋中的宋浩和唐雨听得对门里有响动，知道孙包立又要起身"活动"了，便注意监听。

孙包立突然开了屋门走了出去。

"不好！他的病犯大了，要出去夜游了。"宋浩一念至此，起身要出去制止。

"宋浩，情形不对劲，院子中好像进来了另一个人，他有所觉察才要出去的。"唐雨此时脸色微变，拉住宋浩，凑在他耳侧轻声说道。

宋浩闻之一惊。

唐雨此时轻启窗帘一角，和宋浩隔窗外视。这晚月光皎洁，外面诸物一目了然。院中果是站了一个人，那院门紧闭，不知他是怎么进来的。

孙包立走到那人面前，二人相视无语，好像是熟人一般。接着，那二人转身行至墙侧，竟然齐身弹跳起，双双跃过墙头去了。

"咦！又一个夜游症患者?!"宋浩望之一惊。更没有想到的是，他二人在犯病时，竟然能互识，似同气相感一般。

不及细想，宋浩和唐雨也出了屋子，开了院门追了出去。

月光下，前面两条诡异的人影缓步而行，动作滞板，不同于常人，似那僵尸夜行。

"孙包立曾说梦中见到一个人，原来不是幻境，而是真的，是另一个夜游症患者，他们是怎么在这种梦境中认识的？"唐雨惊讶道。

"这件事远比我们预料到的要复杂得多，跟去看看他们有何举动。"宋浩道。

二人于是悄悄地尾随其后，远远地跟了。知道那孙包立虽在梦境中，警惕性却是高得异于常人，不敢跟得太近。

那个人引了孙包立出了村子，朝东面的山中走去。

"也是奇怪了，张所长他们设伏三个月，为什么没有发现这个人的踪迹？瞧他们的样子，在梦里相识时间不短了。"唐雨轻声说道。

"谁知道呢！事情愈来愈奇了！你看他们现在的样子，诡踪夜行，若是被旁人看到，不吓倒才怪呢。也是有你在我身边，否则我一个人也是不敢跟了他们去的。"宋浩道。

唐雨抿嘴笑道："你也有胆小的时候。"

孙包立像是感觉到了什么，和那个人停下了脚步。唐雨见状一惊，忙拉了宋浩躲藏在了一棵大树后面。

孙包立和那人同时转身，四下里观望了一会儿，然后继续朝前走动。

"莫说话了，被他们发现了，可不是好对付的。"唐雨凑在宋浩耳侧轻声说道。

宋浩点了点头，手里已是暗扣了一针，以防不测。

进了山里，前面的那两个人轻车熟路般继续前行。又走了一程，前方呈现了几间石头房子，窗内映照出灯光，显是有人的。孙包立二人朝一间石头房子走去。

宋浩、唐雨走近看时，发现石头房子周围是一片瓜地，显然是一户种瓜的人家住在此地。此时那个人引孙包立进了屋子内，房门随即关上了。

"他们这种病人还有聚会吗？"唐雨惊讶道。

"这般'高手'聚在一起，若是惹生生非起来，可就乱了套了，非武装部队不能应付得了。过去查看一下吧。"宋浩说道。

二人蹑手蹑脚地摸近石屋，在窗外蹲下。从窗外向内望去，油灯之下，屋中除了孙包立和原先那个年轻人外，还有一位老者。那老者在讲话，宋浩、唐雨便屏息静听起来。

"你来了！"那老者道。

孙包立和那个年轻人漠然呆立，自不应声。

宋浩心中道："夜游症者，但自家盲游而已，和你说话才怪呢！"

那老者果然是在自言自语，在屋中踱步道："你这样下去真不是办法啊！白日里我打听到村中的警察撤了，只留下一个值守的。看来他们也是拿你没办法了，虚构出一头豹子糊弄人。只是你这般下去，迟早会转而攻击人的，那样会要了你的性命去的。"老者不免一阵忧虑。

窗外的宋浩和唐雨互望了一眼，方知那老者了解孙包立的一切，是个正常清醒的明白人，非其"同类"。

"连续五六天你都没有动静了，不吸食羊血你受得了吗？病情可是缓和了吗？我来看看吧。"说着，那老者上前持了孙包立的手腕，竟然诊起脉来。

"咦？！"老者惊讶道，"你这脉象竟然大有改观！你有救了！"

就在此时，屋内灯光忽地一暗。唐雨见状，知道被发觉了，拉了宋浩起身欲走，却是晚了些，那老者率了孙包立和那个年轻人已是拦住了去路。

"你们是什么人？来这里做什么？快快如实说来，否则莫说你们两个，就是二十个也走不得。"老者惊怒道。他身后的孙包立和那个年轻人已是面呈怒意，暴躁起来。

"老先生不要误会，我们是孙大哥的朋友，他今晚犯病走了出来，我们不放心，于是跟了来。"宋浩忙说道。

"你……你们知道是他了？"老者闻之一怔。

"是的，可否屋中说话？"宋浩道。

老者犹豫了一下，随即抚摸着已然作怒的孙包立和那个年轻人，安慰道："没事没事，他们是好人，他们是好人。"他二人暴躁的情绪这才缓和下来。

"好吧，请屋里说话吧。"老者说着，进屋内先又燃亮了油灯。宋浩、唐雨进了屋子，孙包立和那年轻人站在门口守了。

此时在灯光下，孙包立看清了宋浩和唐雨的面容，眼中的敌意竟大为缓解，歪着头做苦思状，意思是，好像在另一个梦境中见过这两个人似的。

老者见状，点了点头道："你们果然是认识的。"

"老先生，您刚才说孙大哥的病有救了，看来我们这些天的医治有效果了。"宋浩说道。

老者闻之惊讶道："原来是你们给他医治的！几天便有如此效果，当是医中圣手了！失敬失敬！"

宋浩道："暂缓其症而已，目前还未找到根治的法子。"

"你们已救了这孩子一命了！来，坐下说话。"

"老夫姓孙，叫孙里同。"老者说着，又指了那个年轻人道："这是我的儿子叫孙包用。"

宋浩和唐雨也自通报了姓名。

唐雨讶道："看来孙大哥和你们是亲戚。"

孙里同道："不错，我是他的二叔。"

宋浩望了一眼孙包立和孙包用，似有所悟道："他二人同患夜游症，家族中可是有此遗传因素？"

# 第十五章  拐子药

孙里同叹息了一声道："你说得不错，孙氏一族中，确有此遗传之症。却也是隔辈遗传，上辈中曾有过一个，下一辈中竟同时出现了他们两个。这种夜游症是一种极其罕见的人格分裂症，每在夜里发病，凭空生出一种他们自己都无法控制的异常力量，白天做自己，夜里做他人。人魔两途，一并做了。"

宋浩道："是的，而从某种意义上来说，此病症却也是在激发人体的另一种潜能，令人获得超乎异常的能力。"

孙里同道："话虽如此，也自扰乱了他们正常的生活。好在小儿包用的病症我已经能控制住了，虽仍患夜游，但无我的指令，已不再随意地攻击人和动物了。只是包立这孩子半年前新发此病，其症尤重，嗜血成性，难以控制。"

宋浩道："老先生竟也明脉知病，能控制住一个，已是不易了。"

孙里同感叹道："也是被逼无奈，我专门研究此病，希望能得到医治的法子，令族人永绝此患，可惜苦研了一辈子也未得其法。包用这孩子十岁上便患了此病，好在我能及时地诱导他，未至狂暴。"

宋浩道："适才闻老先生说孙包立大哥的病有救，不知是何意？果是有根治的法子吗？"

孙里同道："不错，此病之根在于脑中生有异物。我曾于十年前有幸遇到一位过路的老医，拜求解此病之法。那老医言，此病需有缘时方能治得。病起一年之内，将脑中未及生根的异物循经脉导移它处，再服其药，或有的救。包用病程已久，已不得治了。包立这孩子半年前也发病了，或是同气相感吧，他和包用竟在梦境中夜游相识，而被引到这里。三个月前转重，非吸食动物鲜血不得控，以致出了村中闹鬼事件。适才我查其脉，那脑中异物竟然下移至背部了，当是这几日你们医治的结果。不知是用何术?"

宋浩闻之讶道:"主要是施针术,先前我也从脉上得知孙大哥脑中有异物,只是不知是如何令那异物移位的。"

孙里同惊讶道:"有意治病,无意而成,是天意令你的针术直中其病。当是那有缘之医了!"

唐雨道:"这么说,孙大哥的病能根治了。"

孙里同兴奋地说:"不错,明日待他醒如常人时带他来这里,我再按那老医师的法子施术医他。此时在病态中不能动他,否则会生异变。"

宋浩道:"那好,明天我们带他来此处。"

孙里同朝孙包用一挥手道:"包用,送你包立哥回家。"

那孙包用和孙包立转身去了。

宋浩和唐雨也要一同随去,孙里同止了道:"你二人稍后再走吧。我不在跟前,他们是不容外人在侧的。"

宋浩、唐雨二人听了,这才止步。

唐雨道:"老先生,他们二人竟能在梦境中听您指令,不知如何做到的?"

孙里同道:"他们患的是一种特殊的夜游症,夜晚白天的情形自会两相忘,本不能与人交流的。但是自小儿患病之日起,我便想尽一切法子诱导他,时间久了,他也将我当成他梦境中的人,听我指令,不至于造祸为害。至于包立嘛,主要是借包用引导于他,否则我是不能控制他的。"

孙里同接着又道:"当年那老医师独授我专门诊断此病的脉法,故可查知变化,除此之外,我也不解它术。老医师曾言,有缘人方治有缘之病,此病初发时便是被他遇上,也是无法可施的。今竟被你施针术将包立脑中异物移位,令他在有效期内可治,实是救了他一命。"

宋浩道:"不知老先生明日如何医孙大哥?"

孙里同道:"先施术将已移至背部的那异物取出,然后另服'拐子药',这才是最为重要的。"

"拐子药?"宋浩、唐雨闻之俱是一怔。

孙里同道:"此方是那老医师所授。拐子药旧时本是一些武师护院在特殊的时候服下,以抗击打的。那老医却言一方多用,是治疗此种病症的不二法门。效果如何,明天再验吧。"

孙里同随后从一张桌子的抽屉内取出一纸，递给宋浩道："这是拐子药的配方，送你一份吧，以谢救治包立之恩。此拐子药莫要小看了它，人服下，体内自生异力护身，任万般击打，都不觉痛，并且被打得越重，身上便越舒服，否则难受得很。旧时有人触刑犯规之时畏法服之，虽受杖责而不伤身。那老医师却以此来治夜游症，我少知医理，不解是何道理。"

宋浩谢过接了。细阅时，方列几十味药，不知配伍间如何能使人产生神奇的抗击打能力。

宋浩随即恍悟道："此拐子药若真能产生那般抗击打的力量，当是以此药力将孙大哥身上那种病态下生出的异变之力诱出，而后在重力击打时随汗泄去，一方可愈了。"

孙里同听了，点头赞许道："应该是这个道理了。"

唐雨道："若用此法可救孙大哥，施在包用身上也应该有效的。"

孙里同颇显无奈道："包用久病，脑中异物已根深蒂固，牢不可移了。那老医师说了，这种情形下，万不可服用拐子药，否则会激生异变。再说包用这孩子我能控制得了，不惹祸事。虽说昼夜判若两人，但在梦境中可生异能，有时还会有用处。在你眼中是个病人，现在在我眼中可是个宝贝了。既不能医好，就由他去吧，过这种两重人格的生活，虽非人愿，也是他命数使然。"

唐雨道："白天时，他们果然一点不知夜里发生的事吗？"

孙里同道："是的，虽有点印象，也只当是梦了，多数都忘了的。对他们来说，黑天白日就是两个人生世界。"

宋浩、唐雨二人也自感慨不已，又聊了一会儿，便向孙里同告别离去，约好明日与孙包立同来。

回来的路上，宋浩尤不解施针法时如何就将孙包立脑中的异物移位了，也不知是否与那次发生的异常电流有关。

此时见前方人影晃动，知道是那孙包用回来了，二人恐惊了他，忙避开了，待那孙包用走过，才走出来。

"也真是可怜！白天不知自己夜里曾做了什么。"唐雨摇头叹息道。

宋浩望着孙包用的背影说道："你说这个孙包用的病是不能治呢，还是他的父亲不愿为他治，想保留住他病态中的这种超常能力？"

唐雨闻之，也自茫然。

回到孙包立的家，见那孙包立已经又睡下了。宋浩、唐雨二人回到房间歇息了。

第二天一早，三人起了来。

唐雨试问道："孙大哥，昨晚可又做了什么梦？"

孙包立道："睡得实了，倒没梦到什么。看来宋医生的针药起作用了，这两天我已经感觉不到头痛了。"

宋浩道："听村里人说，你有一个叔叔住在东山里？"

"是啊。"孙包立道，"二叔在东山种了一片瓜地，和一个弟弟住在那里。"

宋浩道："今天没什么事，你带我们去那里看看好吗？"

孙包立道："也好，我也有日子没见到他们了，那就一同去看看吧。"

宋浩、唐雨听了，相视一笑。

用过早饭，三人一路朝那山里走去。孙包立不知道昨日晚间三人已来过一次了，说是带路，走在了前面。

到了瓜地的石屋，孙里同远远望见，便迎了上来。

孙包立介绍道："这是我二叔。二叔，这是宋浩医生和唐雨姑娘，这两天给我治病来着。"

孙里同笑着与宋浩、唐雨二人点了点头，彼此心照不宣。

石屋门前站着孙包用，还有五六名强壮的年轻人。

孙里同小声对宋浩道："今天我还请了些族人来帮忙，一会儿为包立治病时用得着他们。并且还要请你配合一下，不要让他明白怎么回事。"

宋浩点头应了。

孙包立同那些人都是认识的，相互打了招呼。孙包用这时看起来倒是个俊朗的年轻人，只是与孙包立一样，目光这些呆滞。

门前摆了长凳，众人于上面坐了。孙包用摘了几个瓜来分给大家吃。

孙里同说道："包立啊，听宋医生说，他这几天为你治病效果不错，只是还要从你背部放点血再吃些药才能好。"

孙包立望了望宋浩。

宋浩笑道："我刚才与孙先生说的，今天还要给你进行下一步的治疗。"

孙包立应道："行啊，怎么治好就怎么治吧。"

孙里同道："那你就趴在凳子上吧，由宋医生指点，我来放血。"

孙包立脱了上衣，趴在了一条长凳上。

宋浩上前在其背部四下按了按，却是不知那脑中的异物移到了何处。

孙里同朝宋浩点头示意了一下，然后持了一粗针，用酒精消了毒，在孙包立背部的大椎穴上挑破了皮肤，遂见一股黑血流出，中间杂有一物，似瓜子仁大小，呈乳白色。

孙里同见之一喜，用针尖挑起，在宋浩、唐雨二人的面前晃了晃，意思是就是这东西了，然后弃之于地。他将孙包立背上的血止了，然后从怀中取了一包药粉来，说道："刚才宋医生给了我一包药，你服了吧。"当是拐子药了。

孙包立接过，就着一碗水将那包药服下，心中奇怪，宋浩为何不在家为他治了，偏偏来到这里再治。

孙里同这时说道："包立，这药霸道，一会儿你可能抗不住劲，需要别人打你一顿才舒服些，你可要挺住了。"

"这点药面子算什么，还需要别人打我……"说话间，那孙包立眉头一皱，"这……这怎么那么胀啊？难受死了，你们还是过来打我几下的好。"孙包立面呈痛苦道。

孙里同朝那几个人一摆头，他们各持棍棒走上前来。

"包立，对不住了，你忍下吧。"一人说着，朝孙包立背部一棍子打去，也是不知利害，未敢用力。

"挠痒痒啊！你狠些才好！"孙包立嚷道。

那几个人互望了一眼，又看了看孙里同。孙里同道："那就用力打他。"

于是棍棒飞舞，朝孙包立身上打去。趴在凳子上的孙包立脸色红胀，皮肤无损，呈潮红而已。

拐子药的药力是令人体产生一种异常的抵抗力，将那外来的击打力无形中卸去，而此同时，却也将孙包立身上的异常力量诱发出来，二力合一，本来会更强，好在有外力打击，得以宣泄，不曾发作起来。

宋浩见孙包立在重力击打下犹能挺住，且呈现出舒适之意，望了唐雨一眼，意思是，你若是服此拐子药，挺得住这般外力，便是与比你高出许多的高手对抗，也不落下风了。

唐雨见了，会意地一笑，心中也对这种神奇的拐子药称奇不已。

那孙包立被一顿乱揍，皮肉却无损，众人之棍棒如打在皮球上一样反弹开去。如此持续了半个多小时，孙里同见孙包立额头上已见汗迹，忙摆手止了众人。孙包立趴在凳子上喘着粗气，大汗淋漓，所着衣衫湿透，若水泼过，体内的怪异之力竟也随同汗液泄出，消散去了。

孙包立此时如释重负，闷哼了一声，半昏过去。

"快将他抬进屋子，我已备好了独参汤。"孙里同指挥众人道。

宋浩听了，暗里点了点头，知道这孙里同准备得很是充分。孙包立津液大泄，当以独参汤急补气血，气能生津，津能生血，以衡其势。

一个多小时后，孙包立逐渐醒来，眼中有了正常的光彩。宋浩诊其脉，虽还虚弱，但已呈缓象，趋于常人，一身之病消失。

"宋医生，早知道这般折腾我，我今天就不来二叔这里了。"孙包立有些后悔地说。

宋浩笑道："只有这样才能彻底治好你的病，否则在家里，我治上一年也未必能医得好你。"

"你这孩子，还不知道老天爷遣了贵人来救你，虽是早有奇人授法，若不得宋医生相助，纵有奇药也是无功。"孙里同感慨道。

孙包立听得莫名其妙，宋浩与孙里同相视一笑，也未做解释。

唐雨这时轻声道："孙老先生，此法也应该与令郎一试。虽不能奏全功，也足以起一半之效，另施针药，可保不犯。"

孙里同闻之一怔，随即摇头道："他病程延久，以此法治已不济事了，若控制不住，反生它变。治好一个也就可以了。"说完，自行出去了。

宋浩、唐雨和孙包立回到了阿肯村。见到刘勇，宋浩简单说明已将孙包立的病彻底治好了，没有说孙氏父子的事。

刘勇闻之大喜，跑到孙包立家观视。孙包立感到莫名其妙，笑道："刘警官，啥事？"

"你……你会笑了，果真是好了！"刘勇惊喜地说。

镇上的派出所里，张永河听到刘勇的汇报大喜过望，又向宋浩、唐雨表示了感谢。此时在修理厂的汽车已经修好，唐雨提了车和宋浩告别了张永河，又继续上路了。

后来张永河还是将孙包立带到了省城的大医院进行了全面的检查，结果一切正常，这才放心。半年后，孙里同携子孙包用弃了山中的石屋瓜地，不知所踪。

 

唐雨、宋浩驾车一路行来，这日进入了青海境。西北高原之地，天高路远，山雄地厚，粗犷浑奇，与人境感又是不同。

"这里的天空真净啊！像面镜子！"唐雨情不自禁地赞叹道。索性将车停在了路边，和宋浩下车观赏景致。

"久染此境，当是令人心胸开阔！"宋浩感叹道。

这时，本是晴朗的天空开始变得昏暗起来。宋浩抬头望了望天，说道："高原气候多变，怕是要有风雨来了。"

唐雨道："不会吧，感觉不到要下雨的味道。"也是，此时清爽无风，路边的草木皆未有摇动的迹象。

就在此时，天色忽地一暗，似乎有股浓云从远方的一山口处移来，遮天蔽日，四周随之呈现出了一种诡异的气氛。

"宋浩，有些不对劲，这天暗得异样，不是要下雨的……"唐雨惊讶道。

"快回车里！"宋浩望着愈来愈浓的黑气，忙拉了唐雨坐回了车内。

而在此时，天地之间暗黑如墨，伸手不见五指，宋浩、唐雨感觉陷入了黑暗的漩涡之中，瞬间失去了依附。

"宋浩……"本是胆略过人的唐雨也害怕起来，抓紧了宋浩的手。

"别怕！"宋浩将唐雨揽在怀里。

如此吓人的黑气，令人茫然无从。宋浩从旁边摸索到了一只手电筒，忙启动开关，企图用光亮驱散一些这种诡异的黑气。但本是电力充足的电筒，此时昏暗不明，光线仅仅射出三四寸去。

这黑气似乎在静静地流淌着，汽车的车身似被浮起，却未曾移动过，若悬空中。

"不要怕！不要怕！"宋浩试图安慰唐雨，但他感觉到自己突然间失语了，好像声音未及出口，便被那诡异的黑气吸收了去。

"怎么会这样?!"宋浩心中惊骇道。唐雨已是不敢再看这股异样的黑气，索性闭上眼睛，紧紧地拥在宋浩的怀里——这是她此时唯一感到安全和所能依靠的地方。

忽然间，黑气顿失，宋浩自感眼前一亮，车身、公路、天空、白云，还有那远处的山，一切事物又突然冒出来，令人恍然若梦。他通过车窗看到那团黑气的影子消失在了远方一处山谷之中。那只还开着的电筒，此时也变得亮了起来。

宋浩用手轻轻地碰了碰怀中的唐雨，告诉她一切已经过去了。唐雨睁开了眼睛，茫然地望着周围的一切，也像做了一场梦一般。二人呆坐车中，相视无语。

又过了半个多小时，一辆过路的汽车从旁边驶过，车内的两个正在说笑的人诧异地望了这边车里的宋浩和唐雨一眼。

"哎呀！汽车怎么跑到公路中间来了，刚才我停在路边的？"唐雨颇感惊讶，忙又将车身移向了路边。

"刚才是怎么一回事啊？"唐雨问道。

宋浩摇了摇头。虽是身处高原地带，气候多变，但是刚才的那般经历，两个人都明白，与天气变化无关。这种奇怪的经历，成了宋浩和唐雨一生中永远未能解开的谜团，日后也自未朝任何人说起过。

汽车行到了前方的一座镇子上，宋浩、唐雨找了一家旅馆住了下来，以缓解刚经历异象的恐惧感。休息了一会儿，二人便到街上闲走。

在一家饭店里吃饭的时候，唐雨低声对宋浩道："宋浩，我怎么感觉到有人在跟踪我们。从白河镇到上清观，再到这儿，一路上总是有人观察我们的举动。"

宋浩四下望了望，未发现有什么可疑的人，摇头道："你过于敏感了吧，我怎么感觉不到。"

"我和你说过的，你的行踪一直有人在注意。"

"管他是什么人，有闲心就让他们跟着好了。"

唐雨忧虑道："不知他们意欲何为。此时的目标怕是不在那尊针灸铜人身上了，而是另有目的，现在对你关切的只有……"

宋浩知道她要说什么，摇头道："也未必是他们，或是仍有对那针灸铜人不死心的人。"

唐雨道："也可能兼而有之。看来我们这次旅行不会那么顺利了。"

宋浩笑了笑道:"大风大浪都过来了,我现在已是无所畏惧了。我便是有了什么意外,天医堂还有你支撑。"

"别胡说,你不会有意外的。"

宋浩道:"那股莫名奇妙的黑气令人乱了神,我们休整几天再走吧。"

唐雨心有余悸地道:"别再提那股黑气了,我不愿再想此事。"

宋浩笑道:"好的。看来你的胆子还没我的大呢!"

唐雨道:"那也要分是什么事,人家毕竟是女孩子嘛!"

宋浩此时无意中一抬头,忽然在街上的人流中发现了一个熟悉的身影,不由一惊,忙起身细看时,已是没了那人的踪影。

"怎么了?"唐雨见状讶道。

宋浩眉头一皱道:"我刚才看到了一个人。他怎么出现在了这里?"

"是谁?"

"纪冬阳。"宋浩道。

"是你和我说过的那个掌握着无药神方秘密的纪冬阳?"唐雨惊讶道。

"是他。"宋浩说着,转身出了饭店。

唐雨忙结了帐,跟了出去。

二人在这座镇子上找寻了一圈,也再未见到那纪冬阳。

"你不是认错人了吧?"唐雨道。

"我对这个人印象极深,认不差的。纪家现因无药神方遭到了变故,仅他一个脱身得逃,难道说是躲避在了这里?"宋浩说道。

"我们要找到他吗?"

宋浩摇头道:"不论无药神方是真是假,我们还是不要涉入此事中为好。听说有许多人在找他,图他手中的无药神方。他现在属于落难之人,我们就不要再落井下石了,被人四处追杀的日子我是经历过的。"

唐雨点头道:"那个什么无药神方和那尊铜人一样,都是招祸的根源,我们敬而远之最好了。其实我是不相信世界上有无药神方的,不过你那师父很感兴趣,曾问过我的。"

宋浩道:"师父也是好奇罢了。"

宋浩心中此时也是犹豫,师父肖伯然显是对此无药神方相当重视,还专门派了无果师兄查办此事,要不要通知上清观自己在这里看到纪冬阳的事呢?随即又打消了这个念头——此行还是办好自己的事吧。

回转旅馆的路上，宋浩看到一家药材铺里有销售冬虫夏草的广告，于是对唐雨说："青藏之地盛产冬虫夏草，且多为真品，我们进去看一下，可为天医堂订购一批这种名贵之药。"

二人进了这家药铺，看了部分样品，又发现了质量上乘的红花和鹿茸，价钱虽贵些，但相比天医堂在当地购药便宜了很多，于是订购了一批。

回到旅馆，宋浩高兴地说："到这原产地购药果然便宜，质量又好，我看日后天医堂要有专门的采购员才是。天医堂所用之药，一定要是最好的，这样疗效才能好，不枉了那些高手们的本事。"

唐雨道："不错，日后虽说是有秋茹主持万松岭的百草园，但不同的药生长需要的环境万松岭占不全，而且数量上短时间内也未必能足货供给，由专业人员建立专门的进货渠道，把握好质量这一关，也是天医堂立世的一个根本所在。"

宋浩点头道："天医堂还有许多待完善的地方，一步步地来吧。"

唐雨随后给洛飞莺打了个电话，告诉她在青海订购了一批名贵的药材，近日发货，让她那边注意接收。二人在电话里聊了半个多小时，笑声嘻嘻不断。

"秋茹姐弟俩已经到了天医堂了，并且已接管了万松岭药材基地建设的工作。莺莺还说，有我在你身边，怎么竟还请了一位对手回去。"

宋浩一时不解，茫然道："什么对手？秋茹可是药王门的传人，是弄药的高手，有她加入天医堂，天医堂的药才称得上真正的中药。"

唐雨也不作解释，笑道："她胡乱说着玩的，小孩子气。"

"对了，莺莺还说，天医堂新的大楼正在顺利建设中，你那三个朋友真够义气，不用天医堂先付一分钱就动工建设了，原有的资金大部分已投入到万松岭了。"

宋浩感慨道："我也没有想到刘天他们这么大方慷慨，天医堂发展的计划都由他帮助实施了。也好，就暂借他们的力量吧，日后再回报就是了。看来将天医堂建在白河镇是明智的选择，我那时还担心地方小，不利于发展呢。"

唐雨笑道："天时、地利、人和都被你占尽了，这样还发展不起来，就是你本事的问题了。"

宋浩道:"关键是人和,几乎是所有的人都在帮我,天医堂搞不起来真是对不住你们。"

唐雨笑道:"众志成城!焉能不成就大事?"

宋浩道:"我们也要将此行的任务完成好,拿到那册《奇方验抄》,就能提前生产出效验的成药来,免去一定的研究时间。还有,不知道是否能找到藏有华佗麻沸散秘方的那个任志千。"

唐雨道:"尽人事听天命,我们努力去做就是了。"

## 第十六章　无药而治

　　第二天，二人在街上又闲逛了一上午，觅了些吃食，正准备回旅馆时，宋浩忽在人群中发现了一个人，是鬼医门的军师洪晃，正率着几个人匆匆地走去。

　　"鬼医门的人到了这里，难道说是……"宋浩随即拉了唐雨跟了上去。

　　那洪晃带着几个人出了镇子，到了郊外的一片菜地旁边，前方有两间破败荒废的房屋。

　　此时从一棵树后闪出一个人，迎向洪晃道："洪先生，人在里面。"

　　洪晃面呈喜色道："好！抓到此人，老板必有重赏。"

　　一群人悄悄摸了过去，将房子围了起来。

　　"纪大公子，有客到了，怎么也不出来迎一下啊！"洪晃得意地笑道。

　　随即从房子里走出一个面呈憔悴且现怒意的年轻人，正是纪冬阳。

　　"洪晃，你竟然追我到了这里。"纪冬阳愤愤地说。

　　"你就是走到天涯海角，也逃不出老子的手心，乖乖交出无药神方，还能考虑饶你一命，否则就让你追你那个固执的爷爷去。"洪晃冷笑道。

　　纪冬阳两手一摊，冷哼了一声道："除了这身衣服，别无他物，不知道拿什么给你。"

　　"将无药神方的秘密说出来。"洪晃说道。

　　"就是将秘密告诉你们，凭你们这些资质愚蠢的家伙，也不会明白其中的道理。"纪冬阳冷哼道。

　　"放肆！不过你说的也有道理。告诉你一个秘密吧，当初你爷爷窃取鬼医门的无药神方，其实是鬼医门的老门主有意为之的。无药神方穷极天地阴阳之秘，鬼医门虽是掌握了秘原本，但是没有人能破解其核心秘密。所以老门主顺水推舟令你的爷爷将方盗去，借他之智来解开无药神方的秘密，没想到你那爷爷果然不是一般的人，竟然研究成了。可惜他不识相，不共享成果，欲拥奇自居，故遭此杀身之祸。"洪晃摇了摇头说道。

"你们鬼医门居心叵测，怎不知无药神方本是我医门纪家祖上失传之秘？秘方原本在上几代中不知怎么到了鬼医门，就敢妄称是自己的东西。若非我纪家之物，我爷爷如何在这么短的时间内将其秘密解出？这是我纪家独有的成果，你们就是取了我性命也休想得到。"纪冬阳漠然道。

"小子，别不识相，此事已经由不得你了！兄弟们，将他拿下！"洪晃不耐烦地一摆手。手下众人立时逼了上来。

那纪冬阳本想在地上寻块石头抵抗，却被人一脚踢翻，接着两个人上前将其按住。

"带走！"洪晃得意地一笑。

"将他放了！"一声传来，一男一女两名年轻人出现了洪晃等人的面前，正是宋浩和唐雨。

"是你?!"洪晃见了宋浩，顿时吃了一惊。昔日在月和铜矿，意外地出现生死门的人助宋浩脱身，令洪晃记忆犹新。

纪冬阳忽见宋浩，也自一怔。

"宋浩是吧。"洪晃眼中闪过了一丝慌乱，说道，"原来你也到了这里，此事还请不要插手为好，以免伤了和气。"

"你们要带走的人是我的朋友，既然他不愿意和你们走，何必强人所难呢。"宋浩说道。

"宋浩！"洪晃此时犹豫了一下，说道："洪某现在已经脱离了鬼医门，而新主家是与你有很大关系的，所以希望你不要干涉此事才好，否则是令我们很为难的。"

"什么意思，请说明白些。"宋浩眉头一皱。

"好吧，那就和你实话说了吧，不过还请移步说话。"洪晃走向一旁说道。

宋浩防其有诈，手中暗扣了一针，随洪晃走去。唐雨则留下监视其他的人。

在离众人远了些，洪晃这才朝宋浩一抱拳，恭敬地说："宋先生，在下现已另受聘于天医集团，也就是天医门。"

"你是天医门的人！"宋浩闻之一惊。

"不错，其实早在二十年前，洪某加入鬼医门的时候，就已经是天医门的人了，当年是受老板所派，潜伏鬼医门，查找无药神方的下落。传说中，无药神方是出自鬼医门的。"洪晃说道。

"怎么，二十年前，天医门就开始注意无药神方了？"宋浩惊讶道。

"不错。天医门是天下众医门之首，凡相关医药事，莫不留意之。宋先生……"洪晃轻咳了一声道，"你与天医门的关系我已有所耳闻，昔日你落入鬼医门，那时还不知你的身份，所以未加援手，还请见谅。我现在是为天医门办事，所以请让在下将那个纪冬阳带走。"

"齐家竟也能做出这等事吗！"宋浩一时间大失所望——那齐延年为了无药神方，竟能再一次逼得人家破人亡。

"对不起，我与你说的那个天医门没有任何关系，至于纪冬阳，你也必须留下。"宋浩说道。

"宋先生，你这不是在干涉自家的事吗？况且洪某受命，必须将纪冬阳带回去，否则就会落入别人的手中。无药神方若是面世，势必对天医集团现在的制药产业造成极大的冲击。"

宋浩恍然大悟道："原来你们这么做是为了防止无药神方面世。"

"应该是这样的，同时也想搞清楚什么是无药神方。所以请宋先生明白这其中的利害，让我将人带走。"洪晃说道。

"用不正当的手段逼迫人做不愿做的事情，这就是天下医门之首天医门的作为吗？请回去转告你的老板，作为医道中人，应该积善行德，做违背道德的事，是要遭报应的。纪冬阳你们今天带不走的，不信可以试试。"宋浩说完，转身走去。

洪晃闻之愕然。

宋浩走回来，对按住纪冬阳的两名汉子道："放了他，不要让我们动手。"

那两名汉子见洪晃与宋浩相识，不知怎么办才好。

洪晃摆了摆手，叫他们放人，然后对宋浩道："宋先生，这件事你要负责任的，此人事关重大，你要是能将他带回去也好。洪某不敢为难你，但日后老板问起，洪某可要实话实说的。告辞！"洪晃说完，率人去了。

"怎么回事？"唐雨见状讶道。

"我稍后再对你说。"宋浩道。随后对纪冬阳道："你受惊了。现在没事了。"

纪冬阳冷哼了一声道："你不要装什么好人，看得出来，你们是一伙的，就不要再使阴谋诡计了。"

宋浩摇头道："你误会了，我们路经此地，无意中发现了鬼医门的人，这才跟了过来。事出偶然，你若不信，也没办法。你现在可以走了，不过日后要万般小心，寻你并要得到无药神方的人应该不在少数。"

纪冬阳疑虑道："你真的要放我走？"

宋浩无奈地笑道："你不走，我们走好了。"拉了唐雨转身走去。

"等一下！"纪冬阳犹豫了一下，喊道。

"还有什么事？"宋浩回身问道。

"我千辛万苦地跑到这里，仍旧被人追了来，看来天下间已无我安身之处了。你当年因那针灸铜人之故，也曾被人追得满世界跑吧，你是怎么摆脱这件事的？"

宋浩闻之笑道："那是因为得到了别人的帮助才化解了此事。"

"我……我现在真是没地方躲藏了，可否让我和你们一起走？"纪冬阳低下头，极不情愿而又无可奈何地轻声说道。

"你要是愿意和放心就和我们一起走好了。"宋浩点头道。

"你可想好了，将此人带在身边，可要给我们招惹麻烦的。"唐雨低声提醒道。

"就带上他走一段吧，他现在行踪暴露，一个人乱走，迟早还会落入别人的手中。就当他是一位病人吧，我们给予的安全是医他的药，找到安全的地方再安置他吧。况且他也是一位医门中人，既然遭了难，作为同道，我们也要帮一把的。"宋浩说道。

唐雨道："随你了。这个纪冬阳性子阴沉，比刚才那个人还不易对付，你不怕麻烦，就带上他吧。"

宋浩朝纪冬阳一招手道："过来吧，我们帮你找一处安全的地方。"

纪冬阳听了，眼中闪过一丝感激之色，遂漠然地走了过来，淡淡地说："那就多谢了。我饿了，能否舍一顿饭吃？"

"我们正好也没有吃饭，那就一块去吧。"宋浩笑道。

三人吃过了饭，回到了旅馆，宋浩又为纪冬阳开了一间房，让他休息，然后才回到自己的房间里。

唐雨正在等他。"宋浩，这个纪冬阳抓到了你的弱点，是想让我们保护他的安全。这样一来，他招惹来的麻烦我们就要为他挡了，还要耽误我们要去办的事。"

宋浩歉意地说："没办法，他既然相信我们，又面临危险，也只能和我们走在一起了。有你这个保镖在，我认为没什么问题的，只是要令你多费些心思了。"

"看他的样子，你的好心他未必领情。"

宋浩道："也要理解他现在的处境，他不相信我们，但和我们在一起，对他来说能相对安全一些。对了，那个叫洪晃的人，其实是天医门的人，他现在已经知道了我和天医门的关系，所以才没有为难我们。无药神方的面世，有可能要触动大医药集团的利益，纪冬阳现在所面临的麻烦要比我当年复杂得多，我们尽可能地保护他的安全就是了。"

唐雨道："不如通知上清观，让你那个道家师父想办法。"

"对啊！师父会处理好这件事的。"说着，宋浩便按照离开上清观时留的电话号码给无果打了过去。

当无果听到宋浩说纪冬阳和他在一起时，激动地说道："你和唐雨带他到西宁，我们在西宁见面。记住，一定要将人安全地带到，然后由我将他安全地转移到上清观，师父那边会处理好一切的。"

和无果通完了电话，宋浩高兴地说："这下好了，我们只要将纪冬阳安全地带到西宁就行了，那里有师兄接应我们。"

唐雨听了，欣然道："这样就好了，要是一路上都带着他，我也感觉不自在呢。到西宁也就一天的路程，明天一早出发，晚上就到了。将人交付给你的师兄们了事。"

"宋浩，"唐雨望了宋浩一眼，犹豫了一下说道，"你想不想知道什么是无药神方？现在可是个绝佳的机会。"

宋浩道："无药而治天下诸疾，有无可能，现在也是真假难辨，就不要和那些人凑热闹了。我和师父也讨论过这件事，师父他老人家有些相信，不过在我看来，纪家还是得了一种特殊的治病法子，冠以无药之名，欲显其术罢了，却因此惹祸，纪冬阳也落得个逃亡在外。说起来也是可怜，也就不要再难为他了吧。"

唐雨道："传说得神乎其神，也不由得人不信了。你若是不感兴趣也就算了。"

宋浩笑道："若如传说中的那般神奇，天下医药岂不尽失？人人手中但得一份无药神方，天下也自无病了，你认为那种事可能发生吗？"

"说得也是。"

傍晚，宋浩叫醒了还在睡觉的纪冬阳，随后和唐雨一道出去吃了饭。那纪冬阳安心地睡了一下午，恢复了些精神，仍自沉默寡言，坐在桌子旁边恣意吃喝，好像这一切理所当然。

吃过了饭，回到旅馆，三人坐在宋浩在房间里，一时相对无语。

过了好一会儿，纪冬阳才说道："宋浩，我知道你们对我也是有目的的，但我感觉你不会害我的，所以才决定跟你们一起走。不过你放心，若能给我找到一个安全的地方，我也会回报你的。"

唐雨听了，不快道："你这个人怎么能这样，为了你的安全考虑，也是你自己主动提出来的，宋浩才收留了你，你却以为我们对你怀有目的。得了，你还是走吧，免得我们将你那个什么无药神方偷来。"

"真正的无药神方本无方可立，神仙也偷不去的，这可是爷爷苦心研究了一辈子才搞清楚的东西。世无凑巧之事，否则你们不会在这里出现的。"纪冬阳冷哼了一声道。

"随你怎么想了！既然你认为我们是有目的的，那就告诉我，世界上果真有那种无药而能治愈天下诸疾的神方吗？"唐雨不屑地说。

"当然有了，无药神方以天下万物为药，法于阴阳，和于术数。此术一出，天下医药尽废。只是此神方不能普及，只有那般熟悉阴阳变化、晓得万物之理的人才能悟得，说与你们也是不懂，所以不要在我身上枉费心机。那些人以为抓到我就能得到无药神方，那是在做梦，我是怕受些皮肉之苦才跟了你们。放心，待我日后治好几位富贵之人，得了好处，自然少不得你们一份。"纪冬阳说道。

"谁稀罕！"唐雨白了纪冬阳一眼。

"纪兄，"宋浩说道，"寄术傲物本无不可，不过若不善用，也是惹是生非的根源。你的东西我们不感兴趣，也不要怀疑我们的用心，否则就没意思了，大路朝天，各走一边就是了。我敬你是医门纪家之后，这才帮助于你。根据你目前的处境，不宜再显现于人前，更不要说医病于豪门了，那般富贵，不是你现在所能去追求的，保命安身才是最重要的。我有个建议，明天我们到西宁，那里会有我的道家师兄接应我们，他们是方外之人，你可随了他们去，暂避世外，待风头过后，你再出来不迟。"

"你说什么？要将我交给别人？这可不行，眼下我只信任你，别人我一个都信不来，谁知道他们安的什么心思。"纪冬阳一惊道。

"你听我解释，"宋浩说道，"我先前落难之时，避得一世外之地，那里是一座道观，人多不知，你可暂避那里，待外面对你的注意力少些后，去留自便。道观里的住持是我的师父，你去那里我是最放心的。"

纪冬阳摇头道："我不去。"

"喂！你要想清楚，我们还要去办自己的事，总带着你会惹来麻烦的，给你找一个安全的地方而已。"唐雨说道。

纪冬阳犹豫了一下，问道："那里真的安全吗？"

宋浩点头笑道："你放心，不仅安全，更是一修习所在。道观里的师父和师兄们也都是懂医的，你也可以和他们交流交流，也不空费了时日。我曾在那里住了近一年，浅悟医道之旨。你虽拥有奇术，但术限一身，不能广济，也是一种遗憾。"

纪冬阳听了，低头不语，显然是默许了。

半夜里，旅馆内一位客人忽然大声呼救。原来此人醉酒晚归，半夜里被肝区阵阵刺痛疼醒，滚落床下，竟不能起，不得已大声呼救。值班的老板闻声赶来，服务员欲上前搀扶，却被拒绝，已是疼得不能触碰了。

宋浩、唐雨也被惊动，过来看时，见那人冷汗直流，咬牙硬撑。宋浩刚要上前欲施针急救，忽听身后有一人道："我来治吧！"却是那纪冬阳。唐雨心中一动，暗里拉住了宋浩。宋浩会意，站在一边未动。

"去端一碗'阴阳水'来。"纪冬阳吩咐道。

"阴阳水？"旅馆老板闻之一怔。

"就是凉水和热水各一半。"纪冬阳说道。

"哦！明白了。快去！快去！"旅馆老板忙叫服务员准备，心中却感怪异，以为遇到了江湖神棍。大半夜里暂且一试，不行再送医院罢了。

"还有，你们这里有粮食吧，取黄豆五粒，赤小豆三粒，绿豆四粒。捣碎了混于阴阳水中与他喝下。"纪冬阳抬起头来四下望了望，说道。

"这些都有，兄弟，可别误了人家的病。"旅馆老板有些担心道。

"小病一桩，不用多虑。"纪冬阳不以为意。

宋浩、唐雨二人愕然地望了一眼，知道那纪冬阳在施展无药神方治病，只是此法奇特，不知何理。

不多时，东西齐备，服务员将"药水"端与纪冬阳。

纪冬阳道："你喂他吧，要一口气全部喝下，三分钟之后，自会痛止。"说完，竟自转回房间去了。

"这……这样能行吗？"那个服务员有些哭笑不得。

"让你喂你就喂吧，不行再打医院的电话。"旅馆老板说话间，挠了挠自己的头，也是心里不托底。

待服务员将那碗无药的"药水"给那人喂下，满屋子的人便静观其变，几名客人则在摇头不已。

仅仅一分钟的时间，坐在地上的人好像缓过了劲来，脸上痛苦之色大减。又过了一会儿，竟自行站了起来，复躺床上，长吁了一口气道："我的妈呀！早知道喝一碗水就好了，就不叫你们了。谢谢各位了。"

"你真的不痛了？"旅馆老板惊讶道。

"不痛了！好了！好像昨日和朋友喝酒喝得急了，引得肝病犯了。"那人说道。

"真是神了啊！"屋中的几位客人和服务员们惊叹不已。

宋浩暗里点了点头，然后拉了唐雨悄然退出，在纪冬阳房间的门口停了一下，回到了自己的房间里。

"世上真有无药神方啊！"唐雨惊讶道。

"眼见为实，今天算是见识了！"宋浩感慨道。

"用这种简单的法子就能止痛医病，没道理啊！应该是他暗里施了什么禁咒吧？医道中也有禁术一说的。"唐雨怀疑道。

"应该不是。"宋浩摇头道，"他站在那里始终未动，并且没有接触到任何东西，都是服务员去准备的。起作用的只能是那碗水和数粒杂粮了。"

"一碗阴阳水，黄豆五粒，赤小豆三粒，绿豆四粒，短时间内竟能止住如此剧痛，堪称神奇！医者意也，以此来解，也似乎合了阴阳五行之道。"宋浩有所悟道。

"啥意思？说来听听。"唐雨忙问道。

宋浩道："时间在夜晚，阴阳交替之际，一碗阴阳水是也。那人手捂右肋部，当痛在肝区，适才病者自己也已证实了的。醉酒以归，肝气不达，引发旧疾，是以痛作。肝在五行属木，色青，也即绿色，易数上应四，故以绿豆四粒应之。肝气犯胃，木克土，也当调脾胃以缓之。其在五行属土，色黄，易数上应五，故以黄豆五粒应之。酒气发火，伤肝而扰于心，反致心火伐肝木。心在五行属火，色红，易数上应三，故以赤小豆三粒应之。所谓'法于阴阳，和于术数'，便是如此了。"

"这也太玄了吧！"

"但目前也只能这样解释了。在这个病上，纪冬阳应该将阴阳五行术数之道发挥到了极致，也不是任何人这样来做都有效的，要应人、应时、应地、应病才行。"宋浩说道。

"我看他也注意了时间，在看墙上的钟表呢。"唐雨道。

"这便是他的高明之处，也是这道无药神方奏效的原因。只是如何令这些因素应这个病，也只有他才能理得清楚了。"宋浩说道。

"这小子，果然有些造诣！我倒是小看了他呢！"唐雨此时也不得不佩服。

"师父一生精于阴阳五行之道，只要纪冬阳点示些要旨，师父自会明白其中的奥秘，无药神方也就无秘可保了。"宋浩兴奋地说。

"原来你将他送往上清观，是有这个心思的。"唐雨笑道。

"师父对无药神方很感兴趣，就满足他老人家这种好奇心吧。"

唐雨道："纪冬阳用此简单而奇特的法子治好了这位客人的病，明天势必引起惊动，他的行踪也会暴露。我看我们应该立即离开这里，免生它变。"

宋浩点头道："你想得真是周到，好吧，我们现在就走。"

宋浩随即唤醒了正在睡觉的纪冬阳。三人上了车，乘着夜色离开了这座镇子，择路往西宁而去。

唐雨在出镇子时前后观察了一下，见无它车相随，心中稍安，加足马力，汽车飞驰而去。

"纪兄，手段真是高明啊！所施之术，应该属于无药神方吧?"宋浩对后座上的纪冬阳说道。

"算你聪明。无药神方止诸痛最为快捷，也是我最拿手的。"纪冬阳颇显得意之色。

"知道鬼医门当年为什么逼我爷爷，还有现在那些人为什么非要找到我不可了吧。无药神方也仅仅是在宋朝时被我纪家的先人研究出过一回，但随即又失传了,只留下了一个传说而已,现在终于又被爷爷破解其秘,并传授于我,爷爷也因此被那些人害死了。"纪冬阳又自满面凄然地说道。

"是洪晃那些人害死的纪老前辈吗?"宋浩问道。

"是另一伙人干的,也不知什么来头。不过洪晃这些人逼得我最紧,有几次险些落在了他的手里。"纪冬阳愤愤道。

宋浩听了,不免忧虑,知道除了天医门,还有其它的江湖势力在追查纪冬阳的踪迹。

天色渐亮,路经一集市时,唐雨停下汽车,三人寻了一家饭馆吃饭。

"宋浩,"咀嚼着食物的纪冬阳迟疑了一下,说道,"谢谢你了!我以前曾那么对你,你却不计前嫌地来帮助我。"说着低下了头去。

宋浩闻之,释然一笑道:"没什么,过去的事不提了。你现在是医门中别生的奇数,我当是有责任保护你的。只是希望日后你能善用无药神方,济世利民,创造一个医中奇迹出来。昨晚已是见识过了,虽未知是何种道理,但立显如此奇效,针药所未能为,可见医中异法奇术,还不是世人所能了解的。在此,向你和纪前辈表示敬意!"

"你们听说过医中奇门吧?"纪冬阳说道。

"医中奇门?"宋浩、唐雨闻之一怔。

"禁术、布气、祝由,还有无药神方皆属此列,皆不假于医药,借助'自然之力'而治。前几者需要一定的修为方可施术,无药神方但知数则可。人与天应,皆有大数,两不相应,便生病症,施法使其数合,阴阳顺应,自然而然,如得了灵异钥匙,打开病灶之门将其放出便是了。"纪冬阳说道。

"当真可包治天下诸疾吗?"唐雨问道。

纪冬阳摇头道:"也不尽然。这就要看你'辨数'的能力达到什么程度了,人与天数若能合到极致,也自无所不治。"

"辨数?!"宋浩讶道,"何为辨数?"

"医者临病时需辨证,无药神方则是辨数,当以意辨,辨证天地之大数。这之前要穷究阴阳五行之义理,明了天人万物之大数才可领会。"

宋浩点了点头道:"你这'意辨'也是入了道了!"

纪冬阳又吃了几口饭菜,望了望宋浩、唐雨二人,说道:"你们就不问我无药神方真正的秘密是什么,又是如何辨数的吗?"

宋浩笑道:"那是你的秘密,同为医者,我们虽是好奇,但是你不说,我们也无权过问。"

唐雨笑讽道:"你日后还是抱着无药神方的秘密躺进棺材里好了,这个世界照样运转,阳光仍旧会普照大地。你那种令医药尽废的神方奇术,可能适合宇宙却不适合地球。"

纪冬阳听了,未言语,低头吃饭。

电话响动,宋浩拿起看时,笑道:"是莺莺的。"随即接通。

"宋浩,你们现在到哪里了?"洛飞莺问道。

"正在赶往西宁的路上。天医堂一切都还好吧?"宋浩应道。

"一切都好,只是我心情不好,早知道让小伍看家,我和你们一同去好了。"洛飞莺幽怨地说。

"爷爷和那几位师父们年纪都大了,天医堂也要有个主事的才行,放心好了,我们办完事,很快就会回去的。"宋浩说道。

"你……你请了秋茹这个漂亮的妹子回来干什么,嫌家里还不够乱啊?"洛飞莺犹豫了一下,颇是责怪地说。

"你说什么啊?秋茹怎么了?"宋浩一时未解其意,也是在行驶的车上听得不甚清楚。

"没什么啦!看把你紧张的。"洛飞莺话语一转,说道:"上清观的那个肖老道,也就是你的师父,派人送来了一汽车的医书古籍,说是赠送你的,以作为天医堂的藏书,我已经收下了。爷爷他们几位老人家见了,像是得了宝贝,说是这批古书价值连城呐!那个肖老道对你倒是够意思。"

"是吗!"宋浩惊喜道,"太好了!这些可是日后研究医学的最好的资料,你先找个房间放了吧,待天医堂新楼建成后,专门成立藏书室收藏。"

"知道了,你和唐姐姐快点回来吧,我好想你们的。天医堂新楼的地基工程都快建好了,马上就要起楼架了。刘天说了,要给你建座十二层的高楼,带电梯的。"洛飞莺说道。

宋浩这才想起,家里进行得热火朝天,而自己却未曾打电话问候一下刘天他们。他和洛飞莺又闲聊了几句,之后拨通了刘天的手机。

"哈哈!是宋浩啊!听洛小姐说你们到了青海了。别急着回来,慢慢地办你们的事吧,我们这边争取在你和唐雨回来之前将天医堂建好落成,给你一个惊喜。"刘天高兴地说。

"刘天,一切有劳了!"宋浩感激之余,深感歉意地说。

"和我们千万别客气!在我们自己的地盘上,一切都不成问题。宋浩,你可真行啊!出去一趟,人还没回来,就已经请了一位种药的大美女回来。唉!你这种有福的人我们是没法子比的。"刘天故作叹息状。

"不要胡说,人家是天医堂请的弄药高手,你们三个家伙若是有本事,自己争取好了。"宋浩笑道。

"真的?这可是你自己松口的,我们可要展开攻势了。"刘天惊喜道。

和刘天通完了电话,宋浩摇了摇头,笑道:"秋茹到了天医堂,扰得那三个家伙乱了心思呢!"

唐雨望了宋浩一眼,撇了撇嘴道:"那三个人一脸的色相,不要令秋茹生烦才好。也是她柔柔弱弱娇贵的样子,便是我们女人见了都自生怜惜之意,莫说那三人了。"

宋浩听了,笑了一下。

"宋浩,你成立了天医堂?是自己办的医院吗?在什么地方?"坐在后座的纪冬阳问道。

"是的。"宋浩应道,随后告诉了纪冬阳天医堂的地址。

"哦。"纪冬阳漫应了一声,未再言语。

"师父已经将上清观的医学藏书尽数运到天医堂了,师父如此看重于我,日后若是做不出好的成绩来,真感觉对不住他老人家呢!"宋浩感慨道。

"遇到这样的好师父,是你的造化,只有用成就来报答他了。"唐雨道。

"是啊!"宋浩随后回头对纪冬阳道:"我们刚才说的上清观就是你日后要去的地方,你先在那里暂避一时,待事情过后,你若是想得到我们的帮助,可到天医堂来找我。"

"我日后也会成立一个神医堂的,专门以无药神方行世,如果抢了天医堂的生意,你可不要介意啊。"纪冬阳踌躇满志道。

正在开车的唐雨听了,冷哼了一声。

宋浩笑道:"纪兄日后若能以无药神方行医济世,当是无上功德!若果建奇功，对我们天医堂来说也是一种激励。医家行医，在于济世救人，勿以生意来论的好。"

"还不是一样？医以致富，才能显出你的本事大小。天下之事，莫不是以生意来做的，都是一个利字当先。你能喊出'天医'之名，造出此势，还不是令人信你，捧了钱财送上门来？"

"医能自养，方可行世，另建功德。若总执于钱物之上，不免会影响对疾病的判断，视病家的贵贱来医了，那样离医道正途远了。"宋浩说道。

"人间三百六十行，莫不是生财之道、求富之本，否则习之何益？"纪冬阳自以为是道。

"你说的不错，人无论从事何种职业，无非是求个安身立命之本。但天下唯医道一途有别，关乎性命之事，无论何时何地何原因，总以救人活命为第一要务，否则不足以言一个医字。"

# 第十七章　不眠之功

纪冬阳听了，未再回应。过了一会儿，忽又问道："你那具宋朝的天圣针灸铜人卖了多少钱？可是用这笔钱创办的天医堂？"

"这件事与你有关系吗？"唐雨实在是忍不住，冷冷地回了他一句。

"问问而已。参照一下，也看看我纪家无药神方的售价，你那针灸铜人仅是一具而已，卖了也就没有了，我这无药神方则是无形之物，可复制千万。当然，只有卖给那些有悟性的人才行。"纪冬阳颇为得意地道。

"那你真是发大财了！我看你那个什么神医堂也不用开了，就办一个无药神方技术传授班得了，听课费一人一百万，几百人一堂课，岂不更省事了？"唐雨不屑地说。

"你这个主意真是不错，我怎么没有想到呢？一百万也算是便宜的了，也只能获得个初级水平，高级班更贵。放心，日后开课时，对你们半价，谁叫我们是朋友呢。"纪冬阳兴奋地说。

"不稀罕。"唐雨淡淡地说。

宋浩坐在那里摇头笑了笑。


下午时分，宋浩看到前方出现了西宁市的楼群，暗里松了一口气，知道纪冬阳现在已是身无分文，于是从皮包里取了两千元钱，转身递给他说："纪兄，到了市里我们就要告别了，这点钱你放在身上零花吧。"

纪冬阳见了，先是一怔，犹豫了一下，随后不客气地接过来，淡淡地说："以后我会还你的。"

宋浩笑道："那倒不必了。"

汽车进了西宁市，宋浩拨通了无果的电话，无果告诉他在清真大寺门前相见，他和无法、无天正在赶过去。

唐雨停车问了一下路人，知道了清真大寺的方向，驱车而去。

到了清真大寺附近，唐雨寻一空地将车停了。

宋浩道："你们在车上等一会儿吧，我到寺门前等师兄他们。"说完，下了车，朝清真大寺的门前走去。

这清真大寺是西宁市规模最大、保存最完整的古代建筑，辉煌壮丽。其正门为一鹅黄色的西式大门，雅观悦目，上嵌"东关清真大寺"。游人信徒如织，川流不息。宋浩站在门前候着，想稍后和唐雨进去游览一番。

不多时，宋浩从人群中看到了三个熟悉的身影，正是无果、无法、无天三个俗家打扮的师兄。

"师兄！"宋浩招了一下手，高兴地迎上前去。

见到了宋浩，那三人也很惊喜。

"那个纪冬阳呢？"无果有些迫不及待地问道。

"和唐雨在那边的车里等着呢。"宋浩应道。

无果听了，略松了一口气，笑道："没想到这个纪冬阳被你遇上了，天助我也！"

宋浩道："也是偶然间遇到他的，他正被人追赶。考虑到他日后的安全，也只有将他送到上清观才算妥当。"

无果笑道："你想得很对，此人到了上清观，自会绝了他人之念。"

无果三人随宋浩朝停车的方向走去。无果兴奋道："宋浩，知道吗，你这次可是立了大功。师父一生曾有两个最大的愿望，一个是从千万人中择一高徒，授以医道，弘扬医学，这个你做到了。令一个就是破解无药神方的奥秘。"

"师父对这无药神方竟如此感兴趣！"

无果道："此奇术若是应世，几无成本，当会广济于民，师父也想建此功德。"

"哦！"宋浩心中对师父肖伯然充满了无限的敬意。

到了停车的地点，只见唐雨站在车门前，一脸的茫然，见了无果、无法、无天三人，笑着打了声招呼。

"纪冬阳呢？"宋浩问道，此时并未见他在车里。

唐雨无奈地两手一摊道："跑了。"

"跑了！"宋浩闻之一怔。

无果、无法、无天三人脸色一变。

无果眼中闪过了一丝异样，冷声道："找到他！"

无法、无天二人应了声，转身搜寻去。

"宋浩师弟，继续去办你的事吧，这件事情你就不要管了，后会有期。"说完，无果也急匆匆地去了。

"师兄……"宋浩一时茫然无措。旁边的唐雨见无果刚才的神情，眉头一皱。

"他怎么跑了啊？"宋浩随后问道。

"本来坐在车里好好的，不知道他忽然看到了什么，一时惊慌失措，开了车门就跑了，连招呼也未打一声。接着你们就过来了。"唐雨说道。

"他看到了什么？"宋浩讶道。

"应该是看到了令他感到害怕的人了，当时他脸色都变了，开了车门就跑。"唐雨道。

宋浩望了望前方清真大寺门前的人群，摇头道："就算看到了追赶他的敌人，也不用跑啊，有你在，还有我那三个师兄，什么人也不能动他分毫的，怎能说跑就跑呢！"

"宋浩，你不觉得今天的事情有点怪吗？"唐雨犹豫了一下，说道。

"怎么了？"宋浩讶道。

唐雨认真地说："我若是说错了你不要责备我，我感觉是你那三个师兄将纪冬阳吓跑的，也不知道为什么能将他吓成那样？"

"不会吧！纪冬阳和师兄们并不认识的，怎么能吓跑他呢？一定是见到了其他的什么人。"宋浩诧异道。

"我也是猜测而已。"唐雨咧了咧嘴道。

事发突然，宋浩也没了游清真大寺的兴致，随后和唐雨找了一家旅馆住下了。

"唐雨，我也感觉今天的事有点奇怪，纪冬阳在走投无路的情况下才和我们走在一起的，也应该相信我们有能力保护他的安全，为什么突然就跑了呢？这其中还是有原因的，你再帮我分析分析，看看是什么地方出了问题。"宋浩说道。

"我刚才将事情的经过又仔细地回忆了一遍，有几个疑点说与你听，还是与你那三个师兄有关的。"唐雨道。

宋浩眉头皱了一下，说道："有什么话你就说吧。"

"首先，纪冬阳认识你那三个师兄，你那三个师兄也认识纪冬阳，并且他们之间一定发生过什么，令纪冬阳害怕见到他们。"唐雨说道。

"根据是什么？"宋浩问道。

"第一，纪冬阳相信我们，即使发现了其他的敌人，也会告诉我而不会自行逃走的。然而当他发现了你和他的敌人走在一起的时候，才怕上加怕。第二，当知道纪冬阳跑了时，你那三个师兄很是失望。当无果说'找到他'时，你那两位师兄竟然转身追去了，这说明，你的师兄是认得纪冬阳的，否则那么多人，他们追谁去。第三，在清真大寺门前见面只有你的师兄们知道，纪冬阳认识的敌人在那里出现的概率非常小。还有一点，那就是，你的师父对无药神方不是一般地感兴趣，而是非常感兴趣，所以有时候也未必不会采取些非常的手段去得到它。纪冬阳现在是个关键人物，得到了他，等于得到了无药神方。"唐雨缓缓地说道。

宋浩沉默不语，种种迹象表明，应该是自己的三个师兄将纪冬阳吓跑的。是的，师父迫切地想知道无药神方的秘密，因为无果说了，这是师父一生的愿望。可是，这毕竟有点逼迫纪冬阳的味道，强人所难了。一向光明磊落的师父和师兄们会这么做吗？

宋浩想不通，便想打个电话朝无果问个明白，却被唐雨止住道："你要给你的师兄打电话问清楚此事吗？"

宋浩道："不错，问一下到底是怎么一回事。"

唐雨摇头道："此事你不要牵涉过深为好，因为这其中发生了什么事你并不知道。事实表明，你那个道家师父并不是你所想象的那般伟大，纵然给予了你个人万般好处，但他在此事上的表现，不得不令人怀疑他的用意。肖老道在江湖上本身就是一个谜样的人物，没有人了解他。目前你们之间还是保持这种正常的师徒关系为好，有些事情就不要过问了。"

"你将事情看得过于复杂了吧，说得也太过了。师父想得到无药神方，也是医家本性，好奇使然，想了解其秘密而已。见过纪冬阳验证一次之后，我们不是也更好奇了吗？只是碍于情面，和他那个人的固执，我们才未强其所难。所以说师父想得到无药神方而找纪冬阳也不足为过。"宋浩说道。

唐雨道:"我感觉事情不简单,尤其是我见到无果听说纪冬阳跑了时的那种表情,很是失望甚至于是恼火,他们和纪家一定发生过什么事。再说,就是你师父想得到无药神方,也不能采取逼迫的手段,否则和那些追赶纪冬阳的人有什么区别?"

宋浩听了,无言以对。

"还有,"唐雨又说道,"昨天见到的那个洪晃,自称是天医门的人,也就是说天医集团指使他追拿纪冬阳的。可见无药神方已扰得人心大变,原本令人尊敬的人物在此事上皆方寸大乱,纷纷采取非常手段,你师父的行为也就可以理解了。"

"天医集团做这样的事可以理解,他们那些人为了达到目的是不择手段的,然而师父应该不是你想象得那样复杂,此事我日后会问明白的。"宋浩说道。

"此事你还是不要再过问了,那个无果的态度你也看到了,也是不想令你再涉及此事,所以就佯装不知吧。师门的秘密,你全知道了也未必是一件好事。"唐雨说道。

"唉!怎么会这样!好吧,我听你的,就不管它了吧。"宋浩无可奈何。

唐雨听了,欣然一笑,将脸上呈现出的一丝忧虑之色掩去了。

"只是不知道纪冬阳能躲哪去。"宋浩又摇了摇头。

唐雨道:"这个人执着于财富,有些财迷心窍了,虽持有奇术,将来也难有大的作为。只要不被人抓住,有术在身,也自饿不死他。便是被人拿住了,以他的性子,宁死也不会说出心中的秘密,暂时不会有性命之忧,所以不用担心他。"

"以术获难,亡命天涯,也是苦了他了。但愿他能安全脱身,从此隐姓埋名,不再招来麻烦为好。"宋浩感慨道。

"他要是能做到这点,也是他的福分,就怕难过名利之关,终要寄术显名于世,那时福祸难料了。"唐雨道。

第二天一早,宋浩、唐雨上街购买了一些物品,然后驱车继续上路,离开了西宁市,奔那青海湖而去。

中午时分,正在驾车的唐雨看到前方公路上有一人在挥手拦车,路边还停了一辆货车,不知发生了什么事。有一辆先行经过的车辆未理会那人，径自去了。

行到近前，看到货车的旁边还站着一个中年人，地上摆放了一些工具，显然是车辆在半路上出了故障，修理不得，在寻求过路车辆的帮助。

那名拦车的年轻人看到一辆轿车过来，并放慢了速度，不由一喜，脸上露出了希望，连着挥手示意。

唐雨将车停下，摇下车窗，问道："怎么了？"

"这位大姐，帮帮忙好吗，我们的车坏了，有几个配件必须到前面的镇子上才能买回来更换，搭个方便好吗？"年轻人急切道。

唐雨望了一眼那辆货车和站在旁边的那个朴实的中年人，不似有诈，果然是遇到困难寻求帮助的，于是点头道："那就上车吧，捎你一程。"

年轻人闻之大喜，忙转身对那中年人道："爹，你看好车等我回来。"说完上了后座。汽车启动离去。

"大哥大姐，谢谢你们了，我们在这里耽搁好几个钟头了，拦了不下几十辆车，可是没一个愿意帮助我们的。"年轻人感激之余，摇头叹息道。

唐雨道："有些人除了怕麻烦外，也是怕遇到劫道的。"

"是啊！虽然有几辆车停了下来，但一听要搭他们的车，连忙开走了。世界上哪有那么多坏人？"年轻人感慨道。

唐雨、宋浩听了，笑了笑。

"谢谢你们的好心帮助，我叫刘宝根，你们这是去哪里啊？"那刘宝根又搭话道。

"青海湖。"宋浩应道。

"你们是去那里游玩的吧？我家就住在湖边。"刘宝根道。

"是吗！真是巧了，打听个地方，有个叫木连村的地方吗？我们要去那里找个人。"宋浩说道。木连村是那个拥有《奇方验抄》的丁奉杰家居所在。

"木连村，知道啊，挺偏僻个地方，就是久居湖边的人也未必晓得，离我们的村子有个三十里地。"刘宝根说道。

"太好了！可以带我们找到那里吗？"宋浩闻之喜道。

"没问题，你们帮了我们一次，我也可以帮你们一次，先住到我家里，明天再领你们去。"刘宝根笑应道。

"谢谢你了！"宋浩、唐雨二人相视一笑。本以为那个地方是很难找的，不仅地图上找不到，就是肖伯然告诉的也只是一个大概的方位。看来帮助了人，才会得到别人的帮助。

行了一个多小时，到了前面的一座镇子，刘宝根在一家汽车配件商店买了更换的配件，高兴地回到了车上。又原路回返去。

"还有一个村子，也在青海湖边，也要问你一下。"宋浩抓住了这个向导，又要打听拥有麻沸散秘方的任志千。

刘宝根笑道："青海湖边的村子多了去了，你说的是哪一个？"

"有个叫盐石村的地方知道吗？"宋浩问道。

"呵呵，你们去那里找谁啊？我家就是盐石村的。"刘宝根笑道。

"真的！"宋浩、唐雨二人闻之，俱是惊喜。

宋浩忙将手中秋茹写的地址递给刘宝根道："可是这个地方的盐石村？不要重名弄错了地方。"

刘宝根看过，笑道："没错，就是俺们的村子。你们去找谁啊？村里人我都熟悉的。"

"任志千这个人你认识吗？"宋浩问道。

"任志千？"刘宝根听了，摇了摇头道："村里没有这个人，连姓任的人家也没有。"

宋浩听了，不免又大失所望。

刘宝根道："一会儿问下我爹吧，他知道得多一些。你们要找的人可能在多年前就搬走了。"

又聊了一会儿，得知刘宝根和父亲刘山是青海湖岸边的渔民，往来西宁送鱼。今天也是巧了，遇上了宋浩、唐雨。

那刘山远远地看到唐雨的车又将刘宝根送了回来，感激地上前迎了。

"爹，这位宋浩大哥和唐雨大姐要到我们村里找一个叫任志千的人，你知道这个人吗？"刘宝根一下车便说道。

"任医生啊，搬走多年了，在宝根四五岁时就搬走了。他的医术可高明了，救治了不少人哩！"刘山说道。

"对，就是这个人，是个中医。大叔，知道他搬到哪里去了吗？"宋浩忙问道。

刘山道："据说当年得罪了县里的干部，在村里住不下去了，便搬走了。也不知道为什么，是在晚上搬的家，第二天，屋子就空了，谁也不知道搬去了哪里。"

"哦！"宋浩听了，无奈地望了唐雨一眼，接着又问道，"对了大叔，宝根兄弟说，离你们村子三十里外有个木连村吧，可知道一个叫丁奉杰的人？也是个中医，年纪应该很大了。"

刘山听了，摇头道："我倒也认得木连村的几户人家，不过不认识这个叫丁奉杰的，并且没听说过木连村有中医大夫。明天让宝根带你们去打听一下吧。"

"是这样啊。"宋浩不免又有些失望。师父肖伯然虽与那丁奉杰有二十年之约，可是这二十年里谁也不知道发生什么变化。并且那丁奉杰常年游医在外，便是现在还活着，可能按时回来赴约？还有，以丁奉杰的本事，应该是有名的人，可刘山并不知晓这个人，若非他真不在此地，便是有意藏匿，总之是难寻了。

唐雨见宋浩一副失望的神情，知道他的心思，安慰道："有些情况可能刘大叔并不了解，我们明天去看一下就知道了。你师父既然让你前去赴约取书，应该不会令你空手而归的。"

宋浩叹息道："两件事已废了一个，希望另一个不要再令我们失望的好。"

唐雨道："你那师父不是一般的人，应该不会让你去做一件没有把握的事，这一点上我倒是对他有信心的。"

刘宝根用了一个多小时才将货车修好，此时走过来，一边用抹布擦拭着手上的油污，一边感激地笑道："多亏你们了，否则到晚上也不能修好的。我们现在走吧，我的车在前面带路。"

唐雨一摆手，和宋浩上了车，两辆车先后启动离去。

数小时之后，前方视野里呈现出了一汪碧水，且逐渐扩大。

"到青海湖了！"宋浩、唐雨二人见之一喜。

车行愈近，愈见那湖光水色，绮丽壮美，高原之上竟也有这一奇妙所在。若不是要跟着刘宝根的车，唐雨和宋浩很想停下来观赏一番这美丽景致。

一路行来，前方出现了一座渔村，当是那盐石村了。进了一处宽敞的院落，两车停好，刘宝根从驾驶室里跳了下来，走过来笑道："到家了！"

宋浩、唐雨下了车，再看时，对面是七八间瓦房，石垒的院墙，一条拴着的狗在朝着陌生的客人吼叫，随被刘宝根一声斥责噤声。

接着迎出了两个女人，年纪大的是刘宝根的母亲，年轻的是他的妹妹。一家人很是热情，将宋浩、唐雨让进屋中坐了，茶水、水果端了上来。

"你们住在这美丽的湖边真是好啊！"宋浩羡慕道。

刘宝根笑道："那是当然，你们来的还不是最好的季节。要是春天来，到湖里去走走，那才叫美呢！尤其是湖中的蛋岛上，鸟群铺天盖地，筑巢垒窝，产卵下蛋，密密麻麻，遍岛皆是，人难驻足。冬天来冰上捕鱼，更是一大乐事。今晚给你们煮几尾湟鱼吃，这是青海湖有名的鱼，你们外地人未必吃过呢。若是不着急办事，这两天我可以带你们到湖里玩玩。"

"谢谢你了！等我们明天到木连村办完了事，才能有心思去玩。"唐雨笑道，并望了宋浩一眼。她知道宋浩不办完事情，是没有兴头去玩的。

刘山道："你们要找的那个任志千，原先和村里的老支书一家的关系比较好，一会儿我去他家问问，看看有没有这个人的消息。"

宋浩听了一喜道："谢谢大叔了！若能找到此人，对我们来说意义非常重大。"

刘宝根道："宋大哥，你找的这两个人都是老中医，难道说你也是医生？"

宋浩道："我们都是习中医的，找那两位前辈，是想拜求些医学上的事。"

"你和唐大姐都是医生啊！"刘宝根惊喜道，"有种病你们能治不？"

宋浩道："说说看。"

刘宝根道："村里有一位高老头，八十多岁了，是个孤寡老人，据说未曾睡过觉，现在也是，也不觉得困。"

"不眠症！"宋浩闻之惊讶道，"此症罕遇，也仅在古医书中偶有记载，没想到竟在此地遇上。"

刘山道："这高老头据说是在二十岁时得上的这种怪病，不过他自己却认为不是病，而是一种特异功能。当年那个任志千还住在村里时，曾给高老头配了副药，说是吃此药能治他的不睡觉的病，可那高老头不治，说是不耽搁吃喝的，没有任何不适之感，治它做啥。并且这样子等于延长了一半的寿命，晚上别人在睡觉，他则躺在那里想事。"

唐雨惊讶道："即便没有任何不适之感，也不曾影响他的生活，可是不羡慕人家睡觉的感觉吗？"

刘山道："可能一人过活，独立惯了，耐得下寂寞，说是睡觉占了人生一半的时间，浪费生命，以此病为豪，用那不睡觉的时间读了很多的书，想了很多的事。多半脑子用过度了，说话也怪怪的，不合常理。"

宋浩听了，对这位高老头产生了兴趣，说道："既有如此怪人，可否引见一下？"

刘宝根笑道："没问题，吃过了饭我带你们去他家玩。要是能治你就给他治一下，若是治过来了，也让他体验一下睡觉的乐趣。一到晚上，想到村里还有一个不睡觉的家伙，总让人感觉心里怪怪的。"

热情好客的刘家人招待了宋浩、唐雨一顿湟鱼宴。那湟鱼遍体滚圆，光滑无鳞，肉多刺细，肥嫩鲜美，加上烹饪得当，令二人赞不绝口。

晚饭过后，天色已是有些暗了。

"走，到那高老头家逗逗闷子，消化消化食去！"刘宝根带了宋浩、唐雨出门去了。

盐石村的东头，有一处独门独院的人家，几棵柳树围绕着，翠绿掩映，显得幽静。

刘宝根自行推开了院门，大咧咧地走了进去，喊道："高老头在家没？睡了吗？"

从亮着灯光的屋子里传出了一声笑骂："是宝根这个小兔崽子吧！一天没事净逗扯你大爷玩，今天又是闲出什么屁来了！"

宋浩、唐雨听那高老头话语诙谐，皆忍俊不禁。

"带了两个朋友，来看看你这位不睡觉的奇人！"刘宝根说着，已是开门进了屋子里。

一位手持书卷的老者坐在椅子上，虽是头发雪白，却是满面红光，站起来身材高大健壮，保养得极好，无一丝病态。屋中简朴，几件家什之外，竟堆了半屋子的书，可见此人多以夜读来打发时光了。

"你倒是真带朋友来了！欢迎！欢迎！老夫高明达，两位小朋友如何称呼？"那高明达笑呵呵地说。

"高老伯你好！我叫宋浩，这是我的朋友唐雨，打扰了！"宋浩忙上前恭敬地说。

"哦！看样子是远道来的吧，坐，坐！"高明达搬了两只矮凳，让宋浩、唐雨坐了。

刘宝根寻了一捆书欲坐下，立被高明达拉起道："坐一边去，莫将我的书本坐臭了，读不得了。"

刘宝根笑嘻嘻道："也就你将这些东西当作宝贝，看你日后永远睡着了的那一天，我会当废品给你卖了。"

"想得倒美，真要到了那时候，我会将这些书捐给乡里的图书馆，一页纸你都得不去。想咒我老人家死，等你七十岁了咱们再见。"高明达笑骂道。

"得了，不和你掰扯了，我这两位朋友是医生，来瞧瞧你这种不睡觉的怪病。"刘宝根道。

"老人家，听说您患有'不眠症'，不曾睡过觉，是真的吗？"唐雨问道。

"纠正一下，老夫健康得很，一生也不曾患过什么病症。这种不睡觉的本事应该唤作不眠之功能，而不应叫'不眠症'。"高明达说道。

"对不起，也许我不应该这么叫，可是这种不眠之功能有违自然的规律，失于正常，应该属于病症的范畴。"唐雨说道。

"呵呵！有违自然的规律？难道说有些东西超出了人类的认识范围，就有违自然规律吗？天地之大，总有那万般不可解之事。就人自身而论，现阶段人类对生命奥秘的了解，不过是沧海之一粟。你们既然是医生，当知脉的吧。既有是病，便有是脉，给我看看，有何病脉？"高明达说道。

宋浩本有此意，于是说道："晚辈粗习脉法，愿意一试。"

高明达笑道："好奇才能令人知学，那就让你学习一下吧。"

宋浩随即持其脉位细诊，但觉六脉平和，缓动有力，直如年轻人一般，不似七八十岁的人所应有的脉象。宋浩心中微讶，宁神定气，指下应心，遍察诸脉，虽是偶有异动，全不是病脉。

少顷，宋浩才收手，恭敬地说："老伯六脉安和，果是一身无病，当是得了养生之道。虽左脉位略呈异样，也是左肩部曾受外力撞击所致的旧伤而已，算不得病。"

"咦？"高明达闻之惊讶道，"看不出你小小年纪，脉法却精确若此！竟能诊出我左肩旧伤来，这可是三十年前的旧疾，是在湖中潜水游泳时，被误行来的船身所撞，今被你从脉中查出，可见你是得了脉法的精髓，神脉也！"说完，那高明达敬佩之余，朝宋浩一抱拳。

刘宝根一旁听得呆了。

宋浩此时说道："老伯脉象缓和，当是气血安然，而生不眠之证，不知是何道理，还请指教。"

高明达道："世间确实有神不安所，气血失和的不眠症。虽是疲倦极度，总是入不得睡，遭受万般痛苦，那才是病。而老夫的不睡之功能，在身体上无任何不适，虽因劳作感觉些倦意，但小坐既可，从无大碍。夜里读书久了，也自卧歇，一静则安。不曾因入不得睡而增其他烦恼，反倒觉得生命的时光延长了一倍，其乐融融！"

唐雨道："不知这种功能是先天生的，还是后天所成？"虽在刘家听那刘山说过，高明达的不眠症是二十岁时出现的，也想证实一下。

高明达道："那是在二十四岁时，年轻气盛，与人在青海湖里比赛憋气，赌一船鱼。结果脑中缺氧过度，竟在水中昏了过去。后来被抢救了过来，从那时起，便自感睡意渐失，一个月后，已是完全入不得眠了。因无任何不适之感，也不理会，随其自然。后在青海湖边遇一游方道士，闻我有不睡之能，查我脉象后，说是因在水中憋气之故，无意中通开了内里经脉，非病也，而是获得了一异能。"

唐雨道："不错，如今看来，这种不睡的现象的确是一种异能。只是人不得眠，如何缓和体力上的消耗，维持这种不入睡的能量从何而来？"

"经脉。"高明达道。

"经脉？"宋浩、唐雨二人闻之一怔。

高明达道："你们是知医的，当知道人体的经脉吧。"

唐雨道："当然知道了，除了十二经络，就是奇经八脉了。"

高明达道："那么人体之中，一共有多少条经脉呢？"

宋浩道："十二经络，左右各一，当为二十四经。奇经八脉中双侧并行的也有阴维脉和阳维脉，阴跷脉和阳跷脉。加上任督二脉和冲脉、带脉，人身当有三十六经。"

"通行的说法的确如此，古今医者也多遵此三十六经疗人疾病，可是……"高明达话语一转道，"三十六经也仅占人体经脉的一半之数，人体是有七十二经的。"

"七十二经！"宋浩首闻人身有七十二经之说，大为惊讶。"老伯如何认定人身有七十二经？"

"非我之言！"高明达道："是当年那个游方道士告诉我的。他说人身本有七十二经，医家所知道的不过是十二经络和奇经八脉而已，倒也足以应世上之疾了。人是万物之灵，还有待开发的潜能暗伏于人体内，尤其是以还未知的另三十六经为最。人身诸病，有时也未必是病，病态之下，方可显示真能。"

宋浩闻之，恍悟那孙包立在夜游状态下呈现出的异能当是这般了。那股异样能力忽隐忽现，当是潜伏另三十六经中，入梦境中始发，所以在其脉上也不能尽察。

高明达道："人体的健康，甚至于人神之间的界线，当是以七十二经中通了多少为基础的。世人谓某某有超能力，是其打通了某一条经脉而已，若是七十二经皆通，必是神仙之体。"

"七十二经！我所知者仅仅是其一半而已！"宋浩心中感慨道。

高明达又道："当年那道士还对我说，人身有七十二经，最为重要者是中脉，居人体正中，尚属无形，调控另七十一经。"

"中脉？人体正中？"宋浩猛然间想起昔日在月和铜矿见到的壁画中一幅就绘有贯穿人体正中的经脉。

# 第十八章　奇方验抄

高明达又道："也许是那个道士见我有别于常人吧，便传授了我一种养生之法，那就是日守一穴，循经脉运行之序，一年之中意守三百六十五人身正穴，以行一大周天之数，说是可保这各种不睡之功，还能延年益寿。我依法运六十余年，而得今日康健。"

"老伯原是得了这种养生之道！"宋浩惊讶道。

"是啊，按那道士所言，我若想长命百岁，当运此功，但不得行以人道，也就是说结不得婚，生不得子。我这个人怕死，所以这辈子但求一人过活，乐得个长寿。"高明达毫不忌讳地笑呵呵道。

"原来是这么回事啊！我说嘛，你一个人怎么过得那么乐呵！看样子，再活个八十年也不成问题。"刘宝根摇头道。

高明达笑道："俺现在是八十岁，但是有着二十岁的心脏，再活一百年也没事。当年那个任志千好生羡慕我哩！"

"老伯，您老认识任志千？"宋浩闻之一喜道。

"他倒算是个医中奇人，搬走好多年了。怎么，你知道这个人？"高明达问道。

宋浩道："不瞒老伯，我们此次来，就是想拜访此人，求教些医学上的事。没想到他已经不在此地住了。"

高明达道："这个任志千是个奇人，尤其是研究出了几种神奇的麻药，便是现代医学上的麻醉效果也不能与之相比。"

宋浩道："听说此人掌握有华佗所发明的麻沸散的秘方。"

高明达道："这个倒是不知道真假，他不曾对我说起过，只是知道他在研究古人麻药的方子。尤其是他发明了一种外用的麻药，涂在皮肤上便能产生麻醉的效果，更令人称绝的是能定位麻醉，将药涂在欲要手术的皮肤上，那个部位便浑然无觉，刀割断取，任你所为，丝毫感觉不到痛。四五个小时药力失效后,也能维持一定的止痛效果。"

"竟有这般奇药!"宋浩、唐雨惊讶道。

"更令人叫绝的还有呢,"高明达道,"如果想在腿上做手术,只要用那种麻药在大腿根部或者距离施术的部位数寸之外涂一圈,整条腿都能起到麻醉的效果,那麻药的药力竟能透肉渗骨,不可思议。若是小手术,甚至能不碍病人行动,自由来去,但觉施术部位微麻而已。我曾亲眼见他施过此术,神奇得不得了!"

唐雨道:"我也曾在街上见到过江湖的游医,以一种名为'鲤鱼霜'的药物涂在人的脸上,以此拔牙。说来也怪,但于腮上某处一点,随手以一竹筷轻轻一拨,那牙齿便掉了,想拔哪颗牙,就拔哪一颗,非常迅速,不仅止痛,还有出牙的作用,甚至牙出而不见血。当与那任志千的麻药有异曲同工之妙了。"

高明达感慨道:"我中华医道,博大精深,自有许多奇方妙药还未曾展现出来,仅在民间流传。这就需要你们这些习医的年轻人去挖掘了,有些方药,自比你们所能想象得还要神奇。"

宋浩此时愈加坚定了寻找那任志千的决心,于是说道:"老伯,可知那位任志千的家搬到何处了?"

高明达摇头道:"自他十五年前搬走,便无任何消息。他不愿应世,所以不被人知,不知道现在避居何处了。"

"没想到我们村里还住过这样的高人!今天听你这高老头一说,才知道你也不简单!"刘宝根听得惊奇,感叹道。

高明达笑道:"十步之内,必有芳草;十室之内,必有壮士。日后留意身边的人吧,说不定哪一个就是身怀绝技的高人哩!俺只有一种睡不着觉的本事罢了,算不得奇。"

宋浩此时见时间不早了,便起身告辞。高明达将三人送出。

"很喜欢和你这样的人谈话,希望有时间再来一叙。"

"能见到老伯,听一席之谈,又学到了许多东西,实在不枉此行。"宋浩感激道。

回到刘家,刘山正坐在那里等着他们。

"我去过老支书家了,那任志千搬走后,曾给老支书来过一封信。"

"来过信!这么说应该有任志千现在的地址了!"宋浩闻之一喜。

刘山摇头道："那是多年前的事了，老支书看过信后，也就随手丢了。我刚才让他找了一遍，也没有找到那封信，只是记得那封信是从云南寄来的，具体的地址已是记不得了。"

"云南！"宋浩无奈地叹了口气，没有详细的地址，找个人无疑是在大海里捞针。

那刘家以为宋浩、唐雨二人是夫妻，特意地为他二人安排了一间整洁的屋子。待宋浩发现时，那刘家人已各回房间休息去了。

"只好将就一晚了。"宋浩无奈地笑说。

唐雨脸色一红道："在这里比不得有旅馆的地方方便，也没人会说你闲话的。"

随后两人各卧一侧歇了，熄了灯后，仍在说着话。

"那个任志千的麻药实在是神奇，我一定要找到此人。"宋浩说道。

"可是云南那么大，到哪里找啊？"唐雨无奈地道。

"有机会再细访吧。对了，你还记得上次刘天的工地上有个工人摔断了腿，送到天医堂后，叶成顺为他接腿。那工人负痛不过，大喊大叫，后来吴启光施针术为他麻醉，针麻的效果也不错的。若真找不到任志千，我们也可在针灸麻醉上进行研究。"宋浩道。

"不错。"唐雨说道，"中医的麻醉简单快捷，易于病人接受，又没有副作用，我们应该开展这方面的课题研究。回去后就实施吧。"

"应该开始了，不能再耽搁了，并且其他的研究工作也要展开，只是人手不够啊。"宋浩道。

"现在知道缺少人才的困难了吧，放心好了，我们只要制定一个招揽中医人才的计划，各方面的工作就会有人去做了。"唐雨道，"当然，天医堂现在已经逐步进入了发展的轨道，有些事情我们也不可操之过急，要稳定进行才好，否则顾此失彼，得不偿失了。所以我们要想得长远些，制定个周密的计划，而后逐渐地去实施就是了。"

"不错，要一步一步地来……"说着说着，宋浩竟自睡了过去。


第二天，用过早饭，由刘宝根带路，宋浩、唐雨驱车去寻那木连村的丁奉杰了。此行却是背离青海湖而去。

三十里的路程虽说不远，但是路况极差，车行的速度不是很快，一个多小时后，才来到了一座偏僻的村子里。

刘宝根先是找到了一个认识的人家，寻问那丁家所在，村子里果然有一户丁姓人家，宋浩、唐雨二人心中稍安。

找到那户人家的院落时，见是三间低矮的草房，显然生活上不宽余，两名小孩子正在一旁玩耍，一名中年人坐角落里编一只草筐。见有三名陌生人过来，那中年人忙站了起来。

"大叔，请问这是丁奉杰先生的家吗？"宋浩问道。

"找我二伯啊，他已经过世三年了。"中年人茫然地说道。

"什么?!"宋浩闻之一怔。

唐雨忙问道："大叔，丁奉杰先生原来可是住在这里的？"

"二伯一生游荡，也没个定处，活着的时候几年也不回来一次，这里也算是他的家吧。你们找他什么事啊？人不在了，有事也不成了。"中年人叹息了一声道。

"是这样的，丁老先生可曾留下一本书？我们是受人之托来取的。"唐雨说道。

"没有，我那二伯一生云游四方，没留下什么东西，快死的时候才回来，只留下了点准备后事的钱，你说的什么书，我不知道。"中年人茫然道。

"唉！"宋浩叹息了一声，到这里要找的两个人，一个搬走了，不知所踪，一个去世多年了，真是白走一回了。"回去吧，日后去上清观再向师父说吧，这种意外的情况他老人家也不能预料到的。"

"上清观！"那中年人忙问道："你们是上清观来的人啊？"

"是的。怎么，大叔知道上清观吗？"宋浩心中一动。

"知道，二伯死的时候和我说过。不过你们也不是道士啊？"中年人挠了挠头道。

"丁老先生曾和你说了些什么？"宋浩忙问道。

"二伯死的时候说，日后可能会有上清观的道士来家，让我转达一个口信。"中年人说道。

"我虽然不是道士，但是上清观的住持是我的道家师父，是他老人家派我来此地寻找丁老先生的。不知丁老先生留下了什么口信？"宋浩闻之一喜道。

"是这样，"中年人点了一下头，说道，"二伯临咽气的时候说，日后有上清观的道士来找他的话，就让我告诉对方，他们所要取的东西被保存在了塔尔寺，去寺中找一个叫乌桑的喇嘛，他会给你们的。"

"太好了！"宋浩、唐雨听了俱是一喜。路经西宁时，就听说过塔尔寺，是喇嘛教著名的寺院，并且在地图上也见到过的。

"大叔，你知道丁老先生生前是做什么的吗？"宋浩心中充满了疑问。

中年人摇头道："不知道，二伯这一辈子也没做过什么正经的营生，也没有结过婚，一个人成年地在外面走。因为这里有老房，所以几年才回来一次，住上一段时间又走了。看他不成个样子，家里也没人问他，由他自己混去。"

被师父肖伯然如此看重并极其信任的一位民间游医，不仅一生飘零落魄，连他的族人都不知道他是做什么的，令宋浩唏嘘不已。但他对那丁奉杰充满了无限的敬意，这是一个守信之人，虽然身死，终未负师父所托，将那册《奇方验抄》寄存在了塔尔寺。接着，宋浩等人到丁奉杰的坟墓祭拜了一番，又留下了身上带的四千多元现金以示谢意，就与唐雨、刘宝根驱车返回盐石村。

"那个塔尔寺就在湟中县，不远的。你们今天就去吗？"刘宝根道。

"是的。"宋浩道。

"留下来在青海湖玩几天吧，我陪着你们。"刘宝根挽留道。

"谢谢你了宝根，我们必须先办好此事，日后有机会再来吧。"宋浩说道。

"是啊，"唐雨也遗憾地说道，"这么美的青海湖，没有时间去观赏，不过以后我们还会来的。"

到了盐石村，宋浩、唐雨向刘家人别过，又去向高明达辞行。刘宝根、高明达二人站在村口相送，唐雨驱车去了，偶然回望，见那刘宝根不知和高明达说了些什么，那高明达抬腿欲踢他，刘宝根笑嘻嘻地跑开了。

"这个高明达倒是一位老顽童啊！"宋浩摇头笑道。

唐雨笑道："此人长寿，虽是得了养生之法，然而与他豁达的心态不无关系。"

宋浩点头称是。

　　塔尔寺位于西宁市西南湟中县县城，是藏传佛教格鲁派六大寺院之一，是一处汉藏结合式建筑群落，依山势居高临下，气势磅礴，甚为壮观。寺内古木参天，佛塔林立，大小金瓦寺和大经堂是寺内标志性建筑。数千喇嘛潜心修行，终日诵经声不断。

　　雄伟壮观的建筑，庄严肃穆的佛像，四布异域风情的壁画，诸般景象令初到喇嘛寺的宋浩、唐雨二人惊叹不已。

　　两人大致游览了一番，而后朝一名喇嘛打听那位乌桑喇嘛，以求一见。两人于是被带到了一间屋子里候着。过了一个多小时，才见一名方面大耳，身材强壮的中年喇嘛走了进来。

　　"你们找我？"那喇嘛淡淡道。

　　"你是乌桑师傅？"宋浩忙站起身。

　　那乌桑点了一下头，一旁坐下，打量了宋浩、唐雨二人一眼，默不作声。

　　"是这样的，乌桑师傅，"宋浩说道，"你认识木连村的丁奉杰老先生吧？"

　　"那又怎样？"乌桑面无表情道。

　　"我们受丁老先生一位故人所托去拜访丁老先生，可是丁老先生已经过世了。他留下遗言，让我们来塔尔寺乌桑师傅这里取回一件他原先寄存的东西。"宋浩说道。

　　乌桑眼中闪过了一丝不易察觉到的异样，淡淡地说："有这事吗？我不知道啊！"

　　宋浩、唐雨闻之一怔。

　　"还请乌桑师傅好好想想，丁老先生临终遗言当不会有假。"宋浩说道。

　　乌桑喇嘛复又打量了宋浩一眼，轻轻摇了一下头道："是他记错了吧，从未有什么人将什么东西寄存在我这里。"

　　"师傅这么说话可就不对了，出家人以诚信为本，不妄言，若是没有丁老先生的遗言，我们又如何会找到这里。你若是不想承认此事，我们会找寺里的住持来主持公道。"唐雨冷冷地说。

乌桑喇嘛仍淡淡道："随你们的便吧。"说完，起身径自去了。

"你……"唐雨见状欲怒。

宋浩忙止道："此事不要操之过急，我们另想办法吧。"

二人随后离开了塔尔寺，找了一家招待所住下了。唐雨气得晚饭也未用，坐在房间里生闷气。

宋浩安慰她道："那个喇嘛这么做可能另有原因，我们明天再去找他理论就是了。丁奉杰能将东西寄存在他那里，必是信得过他。"

唐雨道："我看那喇嘛居心叵测，是想私藏了那册书。丁老先生那边死无对证，只要他闭口不承认，谁也拿他没法子。"

宋浩道："还不至于，那乌桑喇嘛若是喜欢那册《奇方验抄》，复制一份也就是了，不是什么难事，将原本还给我们即可。我现在担心的是，可能此书不在他的手中，也许是丢失了，故以此为托辞，否则不会不承认的。"

"这么宝贵的东西他若是给丢失了，我必找他算账！"唐雨听了一急，说道。

宋浩道："我也仅是猜测而已。如果东西还在他手中，我们一定要想办法要回来。那是师父托付给丁奉杰验证的民间验方集，本属于上清观之物，容不得他人私藏了去。"

"不行就找塔尔寺的住持来管这件事，看他敢不承认此事，我们这边可是有丁奉杰的那个侄子来作证的。"唐雨说道。

宋浩道："还是不要惊动塔尔寺的其他人为好，免得对那乌桑喇嘛造成不利的影响。此人面相非恶，又是出家人，不应该有此私心的，或是不相信我们吧，故而拒认。"

唐雨道："那就明天再找他一次，若是还不将东西交出来，我就大闹塔尔寺，让他下不来台。"

宋浩摇头道："你这个急性子！所谓好事多磨，师父二十年前与人约定的事，岂能让我们一天两天的就办利索了？我们先找他，不行再做计较。"

"看他今天的这副样子，就是再找他十次也未必承认。"

宋浩道："明天先打听一下这个喇嘛的底细再说吧，我不相信丁奉杰所托非人。"

第二天上午，宋浩、唐雨二人再一次来到了塔尔寺寻那乌桑喇嘛讨要《奇方验抄》，却扑了个空，寺内喇嘛告之，昨天晚上，乌桑喇嘛受命赴同仁五屯寺办事去了，需要一个星期才能回来。

"避开我们了，这是故意的。"唐雨愤慨道。

宋浩心中也动了气，说道："那就等他回来再说，跑得了和尚跑不了庙。"

二人随后朝寺里的其他喇嘛打听了一下，知道乌桑喇嘛是塔尔寺一个小部门的掌事，地位在寺中一般，倒不曾有过什么劣迹。

寻那乌桑喇嘛不着，二人索性游览了一遍塔尔寺，午后方回。

宋浩、唐雨二人在街上闲走，看到店铺里面有卖当地工艺品的，唐雨便选了几件，准备回到天医堂送给洛飞莺和秋茹做个纪念。

就这样，二人住在招待所里等乌桑喇嘛回来。三天后，宋浩等不及，又去塔尔寺问了一次，乌桑喇嘛还没有回来，只好再等。唐雨闲着无事，便给洛飞莺打电话聊天，房间里不时传出她咯咯的笑声。宋浩问及天医堂的事，唐雨告诉他，一切进展顺利，万事莫虑。

这天，唐雨见宋浩闷闷不乐，便开车拉他到野外看高原的风景，散散心。将汽车停在一块空地上，二人便一路走去。

"不身临其境，难以体会青藏高原的壮丽奇美！"宋浩望着远方，感慨道。

"是啊！住在这里久了，能令人心胸天阔，山河之美，还能令人移情易性。我曾有一个愿望，那就是周游天下，遍览各地风景名胜。"唐雨笑道。

"日后我们就借医行天下的机会去周游世界吧，我陪着你。"宋浩笑道。

"嗯！"唐雨听了，自生幸福之感，欢喜无限。

"人生有一种事业做，在有所成就之后，再去领略河山之美，境感又是不同的。否则再美的景色，也自给那些飘荡之人徒增些凄凉罢了。境由心生，感物的心态使然。"丁奉杰的遭遇，加上自己这些年的经历，令宋浩感慨万千。

"宋浩，天医堂既立，当能令你施展作为，成就自己的理想，纵有烦恼之事，暂放一边吧。"

"谢谢你！我知道现在应该怎么去做。"宋浩苦涩地笑了一下。

就在这时，忽听得远处一声巨响。宋浩、唐雨二人回身看时，不由大吃一惊——一辆汽车坠毁在山谷里，升腾起了冲天的火焰和浓烟。再看刚才停车的位置，已是不见了那辆汽车的踪影。

宋浩、唐雨相顾色变，急忙跑了过去。

"这车距离崖边有十几米远，又不是陡坡，怎么能掉下去呢？"宋浩茫然道。

唐雨蹲下身去查看了一下车辙的痕迹，眉头皱了皱道："是被人推下去的。"

"什么！被人推下去的？"宋浩闻之一惊，四下看时，并没有发现可疑之人。

"不用找了，人已经跑了。"唐雨站起来道。

"什么人会毁掉我们的车？"宋浩惊讶道。

"看来跟踪我们的那伙人也已经到了此地了。"唐雨说道。

"是什么人在跟踪我们，毁掉我们的汽车是何用意？"宋浩惊讶道。

"开始我怀疑是生死门的人，他们仍在执行天医门下达的保护你的指令，所以我并未在意。而今看来是另一伙人了，毁去我们的汽车是在给我们一个警告。"唐雨说道。

"也就是说这伙人是有敌意的，以此行为证明他们的存在，或者说要对我们采取行动了？"宋浩说道。

唐雨点了一下头道："有这方面的意思。离开白河镇时我就感觉到有人跟踪我们，竟然一直跟到了这里。"

宋浩道："可还是那尊针灸铜人引来的麻烦？"

"还不敢肯定。我们先回去吧，可惜了莺莺的一辆好车，日后再还她一辆吧。"唐雨望了一眼谷底的汽车，摇头道。

# 第十九章　独龙针

二人步行朝城里走去，一路上唐雨全神戒备，倒也没有发现可疑之人。

回到招待所，二人坐在那里，相对无语。过了好一会儿，宋浩道："不管对方是什么人，先不用理会他们，待那个喇嘛回来，我们取了书就返回天医堂去。这期间他们应该还不会对我们采取行动。"

唐雨听了，释然一笑道："你不担心就好。我也在怀疑这些人的企图，你的行动始终在他们的监视之下。"

"我知道有什么人在暗中关注我，但是今天毁去我们汽车的应该是另一伙人。"宋浩道。

"是的，是有两伙人在同时关注你，一伙人是在关心你，而另一伙人的目的还不明确。今天虽然毁去了我们的汽车，但是我感觉还不敢明目张胆地对你动手，因为他们必然知道你有着特殊的身份，所以安全方面我从未过于担心过。只是不知道这伙人对你怀有什么目的。"唐雨说道。

"你是说生死门的人一直在我的周围？"宋浩惊讶道。

"可以肯定。"唐雨道，"那个顾晓峰我见过，此人深不可测，在你和天医门的事未了之前，生死门的人不可能撤去。这也是另一伙人没有敢对你采取行动的原因，毁去汽车或许是一种无奈的举动。当然，这其中可能还会有更加厉害的原因在里头，我们就不得而知了。"

"不过……"唐雨又说道，"敢和天医门、生死门对抗的人，当是不可小看了，应该也是一股强大的势力。"

"难道说还是为了那尊铜人？"宋浩眉头一皱道。

"以目前的情形来看，这种可能不是没有，但是我感觉对方还另有目的……难道说因为你是天医门齐家的后人……？"唐雨有所恍悟。

"是齐家人引来的麻烦？"宋浩脸色一变。

"还仅是一种猜测。或许还和无药神方有关。"

"此话怎讲?"宋浩一怔。

"自从纪冬阳被惊走之后,我感觉我们身后又多了一双监视的眼睛,或许有人想从我们身上找到纪冬阳的线索,进而获取无药神方。"

宋浩挠了挠头道:"我怎么听糊涂了,此事如何又和无药神方扯上关系了?"

唐雨道:"这些日子发生的事情复杂多变,我不能不朝复杂了想,莫说你听不明白,我现在也仍未想清楚。"

宋浩无奈地笑了一下道:"那就不想了吧,事情来时终要来的。"

"事情来时可能就由不得你我了……"唐雨说着,忽然起身开门冲了出去,随即,又转了回来,摇头道:"动作好快!"

"怎么,适才门外有人在偷听?"宋浩讶道。

"嗯!"唐雨点了一下头,忙又伏在窗台上朝街上观看。

宋浩也临窗下望,倒没发现什么可疑之人。

"我们不应该在此地待这么久的,都怪那个喇嘛!"唐雨说着,关上了窗户。

"我们在明处,他们在暗处,还是以静制动吧。"

"也只能这样了。不过我们用不着过分担心,不管什么人,若是想采取危及我们生命的行动,生死门的人会阻止的。所以我们办我们的事便是了。"

"这些人到底想做什么啊?"宋浩摇头不解。

"你现在可是个人物了,一身牵系多种利害关系。还有,我想证明一件事,如果我们能顺利地回到天医堂的话……"唐雨若有所思。

第二天一早,宋浩和唐雨又来到了塔尔寺,询问得知乌桑喇嘛已经回来了,便又坐在那里等。

足足等了一个多小时,乌桑喇嘛才踱着方步走了进来。

"是你们找我!怎么还没有走?"乌桑喇嘛先是一怔,而后漫不经心地坐在了一旁。

"乌桑师傅，我们不远千里而来，为的就是取回丁奉杰老先生寄存在你这里的《奇方验抄》，所以还请乌桑师傅不要为难我们，你若是有什么条件，提出来就是了。"宋浩说道。

"《奇方验抄》！你既然知道要取的是什么东西，为什么在第一次来时没有说清楚？"乌桑喇嘛脸色一缓道。

"那么你承认有这件事了！第一次来时没有说明，以为乌桑师傅应该知道的。"宋浩闻之一喜。

"来的人不对，又没有说明取的是什么东西，我自然不会承认此事了。丁奉杰是我认识的汉人朋友，几年前他将一本书寄存在了我这里，说日后有道士来取，却换了你们俩，让我如何相信？"乌桑喇嘛说道。

"原来是这样。"宋浩心中一松，忙说道："丁老先生所说的道士是我的道家师父，是他命我来取的。让乌桑师傅误会了，实在对不起，是我们没有说清楚。"

"那也不行，这本书还是不能交给你。"乌桑喇嘛道。

"为什么？"宋浩闻之一怔。

"我受朋友的托付，若是所付非人，岂不是对不住朋友？当年他交待得清楚，日后不管何人来取，非医者勿与。"乌桑喇嘛道。

宋浩笑道："丁老先生考虑得周全，他与我的师父虽有二十年的约定，但是为了防止这其中不可预知的变数，有此交待无可厚非。实不相瞒，我自幼便入习医道，来取此书也是医人之用。"

"哦，你学的应该是中医吧？"乌桑喇嘛点了一下头，问道。

"是的。"

"那么就跟我来吧，去验证一下。不是我不信你们，我必须要将那本故人托付的书安全地交给他所要交付的人，还请理解。"乌桑喇嘛站起身说道。

"也好。"宋浩摇头笑了一下，对这个谨慎的喇嘛，心中充满了敬意。

"早知道会这样，第一次来时都说明白就好了，何必等到现在。"唐雨无奈地嘟囔了一句。

乌桑喇嘛领宋浩、唐雨二人来到了另一处院子里，穿过一条绘满壁画的走廊，进了一间宽大的充满药味的屋子。几张床上躺了几名病人，另有几名喇嘛在忙碌，原来是寺内设的一处病房。

乌桑喇嘛来到一张病床前，指着床上的一名中年汉子对宋浩说道："这是一名刚送来的病人，高热不退。中医和藏医在治疗上有所不同，称呼上也不同，你就按中医的治法为他医一回吧。"

宋浩此时恍然大悟，这个乌桑喇嘛原来是一名藏医。

宋浩随即上前诊其脉，六脉浮大而数，当是外感风热而致的高烧。那乌桑喇嘛有意为难宋浩，此般高热，难有速效之法。

宋浩晓得其意，一笑道："此病若是藏医施术，最快多长时间能退其高热？"

"那要看病人是什么型的了，这名病人属于赤巴型，用我塔尔寺藏医秘药，两小时之内可令他热退。你要用多少时间？"乌桑喇嘛反问道。

"十分钟。"宋浩笑道。

"十分钟？"乌桑喇嘛闻之一怔，随即摇头道："你若能在十个小时之内令病人退热，便是中医中的高手了。十分钟退此高热，除非我藏医中的全能神医宇陀·宁玛元丹贡布在世，才能现此神效。"

宇陀·宁玛元丹贡布是古代藏医中的名医，著有藏医中最为重要的医学经典——《四部医典》，其重要性犹如《黄帝内经》。

"且让我一试。"宋浩遂令病人坐起，袖里出了一针，点刺大椎穴，施起了冰火神针中的"冰针退热术"。

乌桑喇嘛倒也见过其他中医施针灸之术，然见宋浩仅持一针，唯取一穴，十分钟内何能退此高热？心下不免诧异。

"哦！好舒服啊！"那病人已是感觉到如沐清风，凉爽畅然，一种奇妙的清凉之感似乎在逼出体内的烦热……

宋浩忽又凌空飞刺，另择三穴，施以"汗"法，最后一针竟施出了一成之力的霹雳针法。一时间，那病人全身的毛孔被震荡开，汗流遍体，热退身安。

乌桑喇嘛和另几名在旁边观看的喇嘛看得呆了。

"好宋浩！竟然几种针法同施！这针术是被你发挥到极致了！两个吴启光也不及你了！"唐雨暗中惊叹道。

"才七分多钟！这热已随汗解了！"一名喇嘛上前摸了一下病人的前额，万分惊讶道。

那病人此时还未缓过神来，依坐在那里闭目体验着冰火交换间的无限快感和惬意……

乌桑喇嘛上前拉了一下宋浩的衣袖，低声说道："请这边说话。"

在一间整洁供有佛像的房间里，乌桑喇嘛恭敬地请宋浩坐了，而后躬身一礼道："先生原来是汉人中的神医！先前有欠礼数，还请见谅！"

宋浩笑道："不要客气！乌桑师傅可是相信我了吗？"

"惭愧！"乌桑喇嘛愧疚道，随即吩咐门外的一名年轻喇嘛："那嘎龙林，去我的房间中，在床头柜里取那件黄布包袱来，我还要与两位客人说话。"

那喇嘛应了一声，转身去了。

宋浩与唐雨相视一笑。

乌桑喇嘛这时道："久闻中医针灸神奇，今日一见果然。我有一请求，不知宋先生能否答应。"

宋浩道："乌桑师傅有事但讲无妨。"

乌桑道："我想日后由寺里派人去宋先生处学习针灸术，这也是我个人的想法，见了宋先生施针后萌生出来的想法。"

宋浩听了笑道："没问题，中医、藏医有很多相似之处，互相交流学习，也是我们全面认识人体生命奥秘的一个好途径。有些真理潜藏在各种医学之中，理论上虽有所不同，但在某些认识上都有相通之处，这相通之处，有可能就是人类共同感知的一个真理。"

"宋先生能有这般认识，不以中医独大，实在令人佩服。"乌桑感慨道。

宋浩道："我虽学习中医，但对各民族医学也是非常感兴趣的，只是未有机会去接触和学习。集众医学之长，才是一个医家所追求的。医乃救人之道，能救人者便是好医术好医生，医无国界，皆是同道。我现在已经创办了天医堂，日后乌桑师傅派人去那里学习便是，我也能顺便多了解一些藏医方面的知识。"

"那就多谢了！"乌桑喇嘛感激地说。

这时，那嘎龙林喇嘛提了一黄色包袱进来，放在桌上后并未离去，笑呵呵地望着宋浩。

乌桑喇嘛将包袱打开，露出了半尺厚的手写本，最上面一本写有"奇方验抄"。

宋浩见了，不禁一阵激动。

乌桑喇嘛感叹道："十年前我外出采药时认识了丁奉杰，通过交谈得知他也是一位医者，更令我惊讶的是，他一生游医天下，几乎识遍了天下间的疾病。可以说，天下病种，他是见过最多的一个人，也是医疗经验最多的一个人。他不但将自己行之有效的验方保存了下来，还收集验证了大量的民间偏方、秘方，集合编成一书。你取回去，好好地利用吧。我选择了部分方药，另行抄写了一本，还请勿怪！"

宋浩道："此书乃丁老先生心血所成，不敢独家藏私，愿与天下医家共享。救人之术，不应该成为秘密。"

乌桑喇嘛听了，颇受感动。

宋浩、唐雨二人随后告别了乌桑喇嘛，提了那套《奇方验抄》高兴地回到了招待所。

"终偿所愿了！你那位道家师父的计划可够长远的，二十年后才令自己的弟子来取，当是为你这个徒弟准备的一份礼物吧。"唐雨感慨道。

"师父做事，每出人意料，并且未曾有不妥当的，这方面我们还真得向他老人家学习才是。"宋浩说着，打开包袱，拍了拍《奇方验抄》说道："此书的底本是师父送与丁奉杰的，他加以验证之后又增加了他自己积累的有效的方药，当是古今民间验方之大成了！"

宋浩打开了第一卷，却见丁奉杰写的序言：

医者，掌人生死之大事！

吾本走方医，世谓之游医也，游走天下六十有七年矣！历尽医中甘苦，人间冷暖。其间或有不屑我者，但以医术取敬。遍走五湖，游经四海，迹布全国，也曾逾境而医。上至高官，下至小民，未尝不受我方药。每以价廉之药取效，得富贵人家之资，以济贫困所不能出诊金者，其家但供我食宿足矣。

昔，遇道友肖伯然，赠古之奇书——《奇方验抄》，托请吾以验天下诸疾，但择有效验者存录，以示后人，效《串雅》之义也。

方之中病，十愈八九，乃敢存录，过百例以上者为上方，百例以下者为中方，十数例者为下方，不显效者弃之。

…………

医之为术，药之为物，每以意取效，故叹国医之博大精深！行之愈久，感之愈切。
…………

宋浩朗声读出，为其义所感，热泪盈眶。唐雨一旁也自感动落泪。

翻阅其中，方药理法具备，乃是一部完整的民间大医案。

宋浩随后将包袱包好，说道："我们现在的主要任务是将这套《奇方验抄》安全地护送回天医堂。"

唐雨道："怎么，你还怕路上有人来抢夺不成？"

宋浩道："那倒不是，不过小心驶得万年船，我们费尽周折才取回此书，不要有何闪失才好。我们现在没有了汽车，就乘火车转道回去吧。"

这时，忽听得门外有人敲门，宋浩忙将包袱于床下藏了。

唐雨开了门，不由一怔，却是塔尔寺的那嘎龙林喇嘛。

"小师傅，有事吗？"唐雨问道。

"我可以见见宋浩先生吗？"那嘎龙林喇嘛显得有些腼腆。

"那就进来吧。"唐雨让请道。

"谢谢！"那嘎龙林感激地施了一礼。

宋浩见是乌桑喇嘛身边做事的喇嘛，于是笑道："有什么事找我啊？"

"是我自己来找你的，想请教一些针法上的事。"那嘎龙林恭敬地说道。

"哦！你也懂针术吗？坐下说吧。"宋浩伸手让请道。

那嘎龙林喇嘛仍是站在那里恭敬地说道："在塔尔寺得见宋先生神奇的针术，好令人羡慕。藏医中无确定的针法，不过三年前我在拉萨哲蚌寺得到一位前辈喇嘛传授'独龙针'法，似与汉医中的针术类同。"

"独龙针？！"宋浩闻之讶道："此是何种针术？"

那嘎龙林从怀中取出一根七寸长的大针，说道："以此独龙针直刺病位，虚证浅刺皮下，实证透刺根部，不似汉医中专选经穴。"

"哦！"宋浩接过看时，见是一根金属合成的七寸长针，针身略粗，极具柔韧之性，与《针经》所载九针中的长针又有所不同。

唐雨一旁道："这么长的针，针体又粗，你是如何施术的？当是用来放血的吧？"

那嘎龙林道："独龙针重在刺法，而非放血。师父说，只要手法快，再粗再长的针，也不会令血出，并且人不知痛。"

宋浩道："独龙针虽然不讲究经穴，直刺病位，也当是取'阿是穴'了。如此长针，能令血不出，人又不知痛，那要快到什么程度呢？"

那嘎龙林道："疾若闪电，方可不惊于人。"

说话间，那嘎龙林接过那根长针，露出了左手手臂。右手手势忽地一动，七寸长的独龙针已赫然贯透了左臂，这一切仅发生在零点几秒间，瞬间而成。

宋浩、唐雨二人见状一惊，没想到那嘎龙林会在自己身上试针。

遂见那嘎龙林右手一动，独龙长针已出，手臂上竟寻不到半点针痕，更莫说血迹了。

"好快的手法！"宋浩惊叹道。"既有如此针力，善治何疾？"

"师父说，可治四方三界一半之病。"那嘎龙林应道。

宋浩闻之笑道："若如此，也可谓无所不治了！"

那嘎龙林道："曾见师父治过一例颈生肿瘤之人，大如悬瓜，一针透刺根部，留针三小时后方取出。数日后，那肿瘤便逐渐缩小枯萎，一个月后竟然自行脱落。"

"独龙针竟然治愈了甲状腺肿大！"唐雨闻之一惊。

宋浩惊讶之余，点头道："以针透刺病位，当是截断其气血，失气血之养，肿瘤方枯萎而落。一针能除此大病，实在是不可思议！施术者要在针上具有极高的修为才行啊！佩服！"

那嘎龙林愧疚道："我目前还没有达到师父的修为，不敢施术医人，虽习独龙针，旁人也不知。见宋先生针术高明，想向先生拜求汉医中的针灸术，或能对我所习的独龙针有所补益。"

宋浩听了，点头道："独龙针有独到之处，你若再知晓中医中的针灸术，可助你针力大长，这个想法很好。乌桑师傅要向寺里申请，选派人员赴天医堂学习针法，我明天向他辞行时可推荐你。"

"谢谢了！"那嘎龙林惊喜道。

## 第二十章 阴谋诡计

这天晚上,洛飞莺打来电话,告诉宋浩、唐雨二人,天医堂现在形势一片大好。由于几位名医坐诊,治疗效果惊人地好,引得四方患者来投,已是日日爆满。为了令宋子和、吴启光、林凤义等人得到适当的休息,以保诊治的质量,她已安排几个人隔日轮流应诊。

"做得很好!莺莺,你们大家都辛苦了,我们这边的事已经办完,明日返回去。"宋浩道。

"对了,宋浩,还有一件事。由于天医堂名声大噪,省中医学院昨天来了一个考察团,一百多名应届毕业生,卫生部门领导的意思是要爷爷、老林他们收一些徒弟,给予临床指导。几位老人家脾气却很大,说是只有他们自己相中的学生才能留下来,结果挑来选去,仅仅留下了十二名资质还算可以的学生,暂时在天医堂实习,半年之后才能确定收谁为徒。这不,今天还有人托刘天他们要在我这里走后门进入天医堂呢。"洛飞莺说道。

宋浩听了,笑道:"这是好事,本来也是我们计划中的事,竟然提前实施了。现在天医堂人手不足,除了爷爷他们自行留下的外,你也可以做主留一部分熟悉药物的,日后表现好了,可以留在天医堂工作。"

"这些学生没一个看似能学成中医的料,就是爷爷他们留下的那十二个,也都是因为他们出身中医世家的关系,入门早一些,矮子里拔大个儿才勉强留下的。药房那边急缺人手,我倒是已经选了几个熟悉中药的留下来了。"洛飞莺说道。

"你现在当家做主,就看着办吧。"宋浩笑道。

"你们还是快点回来吧,都忙死我了。好在有刘天他们自行照管工程,万松岭那边也不需要我管,否则非将我累跑了不可。"洛飞莺埋怨道。

唐雨将电话接过来,笑道:"行了行了,别诉苦了,你以为我和宋浩在外面清闲哪。告诉你一个不幸的消息，你的汽车掉山崖下面去了，烧光了。"

"宋浩没事吧？"洛飞莺闻之一惊。

"刚和你说了半天的话，自然没事了。你怎么不问问我啊？"唐雨笑道。

"你不是也没事吗！汽车毁就毁了，只要你们没事就好。"洛飞莺说道。

"这还差不多。"唐雨笑道，"对了，那秋家姐弟俩可好？"

洛飞莺道："那个秋伟天天和吴启光在一起学习针灸，至于那个秋茹嘛，怎么说呢，除了忙她的百草园建设的事，好像也不甚理会我，欠了她钱似的。"

"搞好团结是最重要的，秋茹性情沉静，有些内向，未必不喜欢你，你也不要故意拧着人家，她可是药王门的唯一传人，日后将是天医堂的司药，我和宋浩特别请来的，千万不要怠慢她。"唐雨吩咐道。

"知道了。盼星星盼月亮，你们快点回来解放我吧。"洛飞莺懒洋洋道。

"我们真得快些回去了，天医堂忙不开了。"挂断电话后，唐雨道。

宋浩笑道："照这种势头，忙的日子在后面呢！我们回去的第一要务就是聘请中医各科人才。"

"还有，"宋浩又兴奋地说，"招聘人才和培养人才要双头并进，待到一定的时机，我们还要在全国各地，乃至世界各国开办天医堂分部，形成全球化的中医网络。我看用不上一年，天医堂制药厂也要成立了。只有这样，才能算是大中医时代的真正到来。"

西宁市一家高级宾馆的一间套房里，洪晃在打电话："老板，那两个人还在那里，看样子是在找塔尔寺的一名喇嘛办什么事。通过这几天的观察，那个纪冬阳果然是失踪了，并且也和他们失去了联系。属下下一步应该怎么办？"

"本来到手的人却被你放了，早知道就不应该和你说明他的事。记住，宋浩再要阻止你做事，不要顾及他的身份，只要将纪冬阳抓到，搞明白无药神方的事，一切都是次要的。你们目前的任务仍是要将那两个人滞留在那里，不要令他们离开青海。他们认识纪冬阳，必会再和他联系，这也是我们目前找纪冬阳唯一的线索。"

"可是老板，宋浩的身份毕竟特殊，属下又不敢对他用强的，实在是难办。"洪晃说道。

对方似乎犹豫了一下，说道："本来对付宋浩我另有安排，没想到他却和寻找无药神方的事搅在了一起。你们先想办法将他拖住几天，尽可能地不要惊动他，我派去的人手随后就到，两件事只好合在一起办了。宋浩是我手中最重要的一枚棋子，不到万不得已的时候我还不想将其拿掉。所以你先不要去动他，暂且敬而远之吧。"

"属下明白了。看样子宋浩和那个丫头明天要走，我会将他们留下的。"洪晃说道。

"洪先生，"对方又说道，"我派你潜入鬼医门多年，为的就是得到无药神方，你目前的任务还是要拿到无药神方。你现在已经暴露身份，宋浩的事就不要干涉过多，将他拖住几天就行。如果纪冬阳在他身边出现，我另行派去的人手还未到，就按我刚才说的办，不用顾及他的身份，应该怎么做就怎么做。"

电话挂断，洪晃接着又打通了另一个电话："风火堂的白厉联系上了没有？"

…………

此时，在西宁市的另一家宾馆里，顾晓峰也在和一个人通着电话："齐兄，公子和唐姑娘此番青海之行是在寻找一个人，应该是受了肖伯然之命。那些人已经动手了，将公子的汽车毁了。另外，公子此行又意外地和无药神方的事缠在了一起，应该是这件事给他带来的麻烦。"

电话那边传来了齐延年的声音："顾兄，不要管无药神方，现在任何东西对我来说都不重要，我只希望我的儿子安全。记住，那些人胆敢做出危及宋浩人身安全的举动，格杀勿论。现在对我来说，即便失去天医集团也无所谓。"

"现在事情变得有些复杂了，几股势力都在寻找纪冬阳，寻找无药神方，公子无意牵涉其中，意外地又成了那些人的目标。还有一件事我必须告诉你，上清观的人也出现了，虽然现在还不知道是不是肖伯然本人的意思，但是上清观的人在监视公子，我估计，是纪冬阳从公子的身边逃走一事，令他们产生了这种举动。"顾晓峰严肃地说道。

"上清观！"齐延年闻之一怔，惊讶道："那肖老道对宋浩的关怀可以说是无微不至，前些日子将上清观上万册的医学藏书赠送给了天医堂，怎么会这样做呢？"

顾晓峰道："现在还只能说是那几名道士的行为，肖伯然本人的态度还不清楚。"

齐延年微顿了一下，说道："如果有一天，生死门对抗上清观，顾兄能有几分胜算？"

…………

顾晓峰放下了手中的电话，回身对屋子内的两名年轻人说道："两件事遇在一起了，我们就一起处理吧。继续寻找纪冬阳。"

一名年轻人恭敬地说道："师父，纪冬阳现已如惊弓之鸟，怕是躲藏起来再不敢露面了，他也应该不会再去联系宋浩了。弟子以为，寻找纪冬阳的事应另派人手。"

顾晓峰道："我知道，不过要先处理好宋浩那边的麻烦。通知刁成，密切注意宋浩和唐雨那边的动静，他二人怕是走不了了。天医门的当家人既然顾不得要那无药神方，我们就代取好了。"

另一名年轻人道："师父，无药神方对我生死门很重要吗？"

顾晓峰道："不要忘了，生死门自古也是医门之一，明代之后才逐渐脱离医道的。先人曾有看破生死之悟，故创生死门，意在明了生死之秘，以医道修炼自身，觅长生之术，永离生死，成就'真人'之道，这才是我生死门的本意。无药神方既然已验证于世，当是那纪玄研究透了天人之间相通的一个法门。也是生死门的先人认为的一种医道中最高的境界——不药而治！若是得到无药神方，参以先人留下的生死秘术，至少也能对人之生死的研究有一个突破。自古无长生之术，但能得一长寿之法，也算是对生死门的先人有一个交待了。"

这天清晨，宋浩、唐雨二人在房间中整理行装，准备稍后去塔尔寺向那乌桑喇嘛辞行后回返天医堂。就在这时，忽听外面警笛声大作，几辆警车停在了招待所的门前。

一阵喧哗过后，一名服务员和一名警察敲门进了来。

"对不起两位，这里昨晚发生了盗窃案，一位客人丢失了三万元现金，根据警方的要求，所有的客人今天都不能离开，以接受调查。"服务员歉意地说道。

"请你们配合一下，将身份证拿出来。"那名警察上前说道。

宋浩无奈地朝唐雨摇了一下头，意思是今天走不成了。

警察将二人的身份证收了去，又问了来此地何干，简单地记录，便去了。

唐雨站在房间的门口看了一下，很多名警察在挨个房间地调查询问，已是严令禁止客人们外出了。

一个小时过后，一名警察进来说道："你们两个出来一下。"

宋浩、唐雨走出房间的门，发现走廊里已站满了入住的客人。

这时，一名神情沮丧的中年男子和两名警察走了过来，男子挨个打量走廊中的客人。

那名男子走到宋浩面前的时候停了下来，着意地看了他几眼，眼中闪过了一丝异样，然后朝身后的两名警察点了一下头。

其中一名警察指着宋浩严肃地说："你和我来一下。"

"什么意思？"宋浩闻之一怔。

唐雨望了望那名男子，眉头一皱。

接着，宋浩和唐雨被分别安排在两间屋子里进行了审问。一名警察在看了刚才的调查记录，又看了看宋浩的身份证，问道："来这里做什么？"

宋浩只好道："受人之托，找塔尔寺的乌桑喇嘛取一些书籍。"

"职业？"

"医生。"

"住在这里几天了？"

"九天。"

"为什么住这么久？"

"乌桑喇嘛外出办事了，昨天才回来，我们也是昨天才又见到他。"

"昨晚这里一位客人丢失了三万元，你知道吗？"

"刚听说。"

"而你和你的朋友今天打算离开这里。"

"是的，事情办完了，自然要走了。警察同志，你们这架势，不是在怀疑我吧？"宋浩讶道。

"案件没有破获之前，这里的所有人都有嫌疑。"那名警察冷冷道。

"听招待所的人说，你们入住时是有一辆汽车的。汽车呢？"警察又问道。

"前天到野外看风景，没有停稳妥，滑落到山谷里面去了。"为避免麻烦，宋浩没有说是被人推下去的。

"为什么没有报案？"

"已经毁了，我们认为没有报案的必要。"

这时，一名警察推门进来，与正在审问的警察耳语了一番。

"你和你的朋友不能走了，直到我们调查清楚。你可以回房间休息了。"审讯的警察说道。

回到房间，唐雨已经在等着宋浩了。

"警察刚才搜查了我们的房间，看来是怀疑上我们了，也询问了我半天，你不觉得有些不对头吗？"唐雨说道。

"你是说有人在故意陷害我们？"宋浩讶道。

"不错。"唐雨点头道。

"清者自清，怕他何来？"宋浩不以为意道。

"前天汽车被人推到崖下去了，今天又被人陷害，我怀疑是有人故意阻止我们的行程，不让我们离开这里，当是要有什么动作。"唐雨忧虑道。

"有道理。"宋浩点了点头，"静观其变吧。"

中午的时候，一名警察过了来，态度有所缓和道："我们调查过了，你们的确是和塔尔寺的乌桑喇嘛认识，乌桑喇嘛也向我们保证你们是清白的。不过失主看到你曾多次在他房间的门前停留，所以认为你嫌疑最大。"

"胡说八道！"宋浩气愤道，"那个人住在哪个房间我都不清楚，怎么怀疑上我呢。他这是……"

唐雨一旁忙道："算了，人家也只是怀疑你，又没有指定是你，警察会调查清楚的。"

"放心，我们会调查明白的。只是要麻烦你们多住一两天了，带来的不便我们深表歉意，希望配合我们的工作。"那名警察说道。

"好吧，我们等你们的调查结果。"唐雨说道。

"谢谢了!"那名警察点了一下头,转身去了。

"事情复杂,不要和警察说太多,否则我们一时半会儿的也走不了。"唐雨说道。

"他们问那辆汽车的事了吗?"宋浩道。

"问了,我怕麻烦,就说是没停稳,滑落下去的。"唐雨道。

宋浩笑道:"我也是这样说的,看来我们的口径是一致的。"

唐雨笑道:"这么说就对了,连一辆汽车都不在乎,还要冒险去偷人家的三万元钱吗?警察不是白痴,应该明白其中的道理。"

"对方将我们滞留在这里,是在等待援手,不知道他们下一步要有什么动作。"宋浩忧虑道。

"我也在担心这件事,一切看来都是有预谋的。本来路上一切还都顺利,只是遇上了那个纪冬阳后,一些事情才显得复杂起来。"唐雨道。

"你是说我们已经卷入了无药神方的事件中?"宋浩惊讶道。

"不错。即便在我们离开白河镇时就有人跟踪,但也仅是在跟踪而已。我们不应该将纪冬阳带在身边的,虽然他只和我们待了一天多就又走掉了,但已经将追逐他的势力分引到我们身上了,想得到无药神方的人,欲在我们身上找到纪冬阳的下落。以前我也和你说过这种想法的。"唐雨说道。

"你分析得有理。"宋浩点头道。

站在窗前的唐雨此时无意中朝街道上望了一眼,脸色微变,低声道:"宋浩,你的老冤家,风火堂的人也到了。"

宋浩闻之一惊,走到窗前看时,却无发现。

唐雨道:"你不认识他们,但我和他们交过几次手,所以对这几个人还有些印象,其中两个还是那次夜袭唐庄的。"

"风火堂的人可还是为了那尊针灸铜人来的?"宋浩惊讶道。

"还不清楚。不过风火堂的人是谁给钱就为谁办事。"唐雨道。

"现在……"唐雨犹豫了一下,说道,"现在天医集团对无药神方也非常感兴趣,上次救下纪冬阳时,洪晁那伙人是顾及你的身份才不敢与你对抗。但是他们恐怕不会罢手的。"

宋浩淡淡地说:"他们都是商人,对商人来说,利益永远是第一位的。否则我也不会落到今天这种尴尬的境地。他们抢他们的去吧,不涉及我们最好。"

唐雨道："我们已经牵涉在内了。目前看来，我们以不动应万变，或能保证自己的安全。只要时间久了，追查纪冬阳线索的人在我们这里一无所获，就会将注意力从我们身上移开的。"

宋浩道："意思是我们在这里住下去，等到人家对我们失去了兴趣，再走？"

唐雨道："目前不管我们去哪里，就是不能回天医堂，不能将这种麻烦引到天医堂去，更是万万不能令那几位老人家们有任何闪失。"

宋浩应道："既然这样，等到这桩盗窃案结束后，我们就到新疆去，离天医堂越远越好，待事情结束了再回去。"

这天下午，乌桑喇嘛来到招待所看望了宋浩、唐雨，对他二人目前的遭遇示以安慰，并说他已和警方打过招呼了，明天就可以不限制他们的行动了。

宋浩说了那嘎龙林的事，乌桑喇嘛点头应了。

宋浩想起一时回不得天医堂，身边带有那套《奇方验抄》多有不便，于是委托乌桑喇嘛带回去，通过快递的方式邮寄回天医堂，免生意外。

# 第二十一章　百草园

第二天，果然有一名警察过来返还了宋浩、唐雨的身份证，并说通过调查，他们的嫌疑已经被排除，可以自行离开了。

唐雨临窗观察了一会儿外面的动静，说道："牛鬼蛇神都出动了，我们也应该走了。"

宋浩道："去哪里？"

唐雨展开地图，手指一点道："乌鲁木齐。先到西宁，坐飞机去。"

宋浩笑道："天南海北地走他一遭，那些人有闲心就跟着来吧。"

宋浩、唐雨二人的意外举动，扰乱了各路人马的视线和判断。洪晃一路，虽是施计阻留了二人两日，见二人脱身离去，未再有动作，因为是此时的洪晃已隐隐感觉到其中的利害关系，只得避开了。风火堂的白厉本是亲自出马，然而当他发现目标竟然还是宋浩时，想起昔日生死门的警告，不敢妄动，收手退去。

宋浩、唐雨二人在乌鲁木齐停留了两日后突然乘飞机直飞上海，在上海未出机场，又改乘航班飞到到了另一个城市，以在空中摆脱地上的跟踪。此法果是奏效，反复几次，竟令各路人马跟丢了，甚至于令擅长跟踪术的生死门人也无可奈何。

消息传到顾晓峰处，他先是一怔，继而笑道："好聪明的唐雨！只好在天医堂等他们自己回来了。"

若干天后，一个傍晚，白河镇天医堂，一辆出租车停在了门前，随后下来了两名年轻人，正是悄然返回来的宋浩和唐雨。此时距他们离开时已过去两个多月了。

望着矗立的正在连夜施工的天医堂新楼，宋浩惊讶道："工程进展好快啊！主体框架已经建成了！"

"宋大哥！唐雨姐！你们回来了！"正要出门的伍长一眼望见了二人，

惊喜地迎了出来。

"小伍，家里还好吧？"宋浩笑道。

"好着呢！就等你们回来了。"伍长忙上前提了二人的行李。

"怎么，这晚上还在施工啊？"唐雨惊讶道。

"是啊，刘总那边说了，要将天医堂新楼的建设半年内全部完工，并且投入使用，几拨工人连班倒，速度可快了！"伍长兴奋地说。

"这个刘天可真是下了大力气了！"宋浩感激地说。

进楼到了房间内，宋浩道："小伍，几位老人家已经休息了，先不要告诉他们我们回来了，明天再见他们吧。对了，莺莺呢？"

伍长道："刘总、马总他们请洛姐出去吃饭了，一会儿就回来。"

唐雨笑道："这个家她管理得还蛮好的嘛！各方关系也都照顾周到。"

伍长道："是啊！这一阵子可将洛姐忙坏了，不但要管理天医堂正常的事务，还要协调工程上和万松岭那边中草药基地建设的事。天天朝我诉苦哩！就盼着你们回来了。"

宋浩听了，感动地说："也真是难为她了！"

"对了，青海方面有一个包裹可寄到了？"宋浩忙又问道。

"到了有几天了，是一些手写的书吧。几位前辈看了，惊喜得什么似的，说是宋大哥此行淘到了一座民间的宝藏，那些书价值连城呢！"伍长应道。

宋浩听了，放下心来。前些日子给洛飞莺打电话问过，那时还未寄到。

随后伍长陪了宋浩、唐雨到后面的工地上看了看。

"这十二层的大楼，刘天他们自作主张地就给我们建上了，要几千万呢，这笔款子一时半会儿的还不上他们啊。"宋浩兴奋之中，也略显无奈。

"说明他们还是有这个实力的。能如此助你，也着实令人感动。"唐雨感慨道。

回到天医堂，闻得外面汽车声响动，临窗看时，门卫开了大门，放进了一辆轿车，却是洛飞莺回来了。

下了车的洛飞莺一抬头发现宋浩的房间竟然亮着灯，有两个人站在窗前正笑着朝她挥着手打着招呼。

"宋浩！唐姐姐！"洛飞莺一声欢呼，跑进了楼。

"唐姐姐！你们可回来了！"一路跑进屋的洛飞莺，和唐雨惊喜地拥抱在了一起。

"宋浩……"随后洛飞莺又惊喜地望着宋浩，似乎在期待着什么。

"好久不见了！你辛苦了，莺莺！来，也拥抱一个吧！"宋浩主动地张开双臂，笑道。

"耶……"洛飞莺一声欢呼，冲上前和宋浩拥抱在了一起。

唐雨见状，嘴角不自然地笑了一笑，转头望向了窗外。

激动过后，洛飞莺一撇嘴道："你们怎么才回来啊！游山玩水的什么都忘了。"

宋浩笑道："本来事情办完了就要赶回来了，没想到遇上一些麻烦事，为了不将麻烦引到天医堂来，只好在外面又滞留了一段时间，事情有所淡化之后，我们这才放心地回来。"

"遇上什么事了？"洛飞莺惊讶道。

"也没什么，已经过去了。"宋浩宽慰一笑。

"莺莺，你倒是有管理上的天才，我们不在这么长时间，竟将天医堂管理得这样好，应该表扬的。"宋浩又笑道。

"小意思，比这还大的医院我都管理过。"洛飞莺不以为然道，听到宋浩表扬，脸上充满了得意。

"宋浩，你那三个朋友真是够意思啊！你不在家这两个多月，一座大楼都给你盖起来了。隔三岔五地我想请他们吃顿饭，替你谢谢他们吧，又都是他们请的客。这种义气朋友，天下少见啊！"洛飞莺随后说道。

"这是一个永远也还不了的人情，明天我再谢谢他们吧。对了，万松岭方面进展得怎么样了？"宋浩道。

"你是在惦记着那个秋茹吧。"洛飞莺立呈不快之色道，"摊子比这边铺得还大，天医堂的大半资金都已经投进去了。瞧她那架势，非要将整座万松岭翻过来不可，你们明天去看看就知道了，也不知她究竟在做什么。"

"没想到秋茹看似柔弱，竟然也有这么大的魄力！当是要展现她的作为，重现药王门的气势了！"唐雨讶道。

宋浩笑道："看来这位药门奇才我们请对了，天医堂医药并重，才能展示出中医真正的特色来。"

"唐雨姐姐，别怪我没提醒你，你可是请来个大麻烦。"

唐雨会意，摇头笑道："那哪是我请来的，是宋浩自己请的。"

"哼！谁知道他揣着什么心思。"洛飞莺白了宋浩一眼道："刘天、马吉、张宝伦三个家伙前一段老往万松岭跑，结果都碰了一鼻子灰，那个秋茹理都不理他们。知道刘天说什么吗？原来还是没我们的份，就让她们三国鼎立去吧。"

正在收拾物品的宋浩，一时未理解洛飞莺话里的意思，随口问道："什么三国鼎立啊？"

"就是天下大乱！"洛飞莺没好气地应道。

"天下大乱?！那三个小子还有令天下大乱的本事？你听他们胡吹去吧。"宋浩摇了摇头道。

"你就装吧你！"洛飞莺生气地一甩手，拉了唐雨道："唐雨姐姐，到我房间说话去。"

唐雨虽是抿嘴一笑，暗里也自一叹，随洛飞莺去了。

第二天早上，宋浩、唐雨二人在食堂和大家见了面。宋子和、吴启光、林凤义、叶成顺几个人十分高兴。

林凤义笑道："好啊宋浩！你真是不虚此行啊！《奇方验抄》我们几个看过了，果然是世间之奇方，这些日子还应用了几种方药，神效啊！"

宋子和道："中药的博大，令人叹为观止！我们目前对中草药还知之甚少。书中所载方药，有的很是出人意料，本是与一种病不相关的几种药物配伍，竟然能起到治疗此病的作用。行医多年，对中草药我们也算是很熟悉了，但是这部方书又给了我们一个新的启示，万物为药同治一病，一药又可用来治万病，古人的认识果是有道理的。有几个治疗常见病的大方子，《奇方验抄》中列为上方的，我们正在临床上应用和研究，日后准备大量配制此药，以便于患者服用和购买。"

林凤义道："按天医堂现在的门诊量来看，药房那边也已经吃紧了，应该有一个小型药厂生产部分成药来解燃眉之急。"

宋浩道："建药厂我和唐雨原来也订了一个计划的，目前看来要提前实施了。"

宋子和道："还有，天医堂新楼再有几个月也就能完工投入使用了，现在人手急缺，相关的人员招聘也要开始了。眼下天医堂这几十人忙得团团转啊。"

唐雨道："我和宋浩虽然这次出门的时间较长，但已对天医堂未来的发展有了一个规划，放心吧爷爷，相应的工作我们马上就会展开的。不过像爷爷和几位前辈这样的支撑天医堂一线工作的名医高手太难找了，短时间内又培训不出新人来，所以目前还需要几位老人家来维持天医堂的运转。当然了，招聘有志之士加入天医堂也是我们的一个重要宗旨，只有不断地有名家加入，才能缓解眼下的压力。"

宋浩道："这些先期工作我们会做好的，毕竟天医堂已经进入正常运转的轨道了。"

叶成顺说道："宋浩，管理不是我们这些医者所擅长的，更不要因为这些事情耽搁了本身的业务，所以请些管理方面的人才也是必须的。像唐雨和飞莺这两个丫头，一身本事若是无所用，误在这上面也可惜了。"

"叶叔叔说得极是，我喜欢治病救人，不愿意管理那些琐事。"洛飞莺说道。

吴启光点头道："老叶说得有道理，我们都是医药上的本事，不能弃了自己的业务去经营上费工夫。尤其是宋浩你，我希望看到的是一个济世的名医，而不是一个成功的商人。否则就违背了你创立天医堂的本意了。"

"几位前辈说的是。"宋浩点头道，"天医堂的确需要有一个专业的人才来协调管理了。这方面我早已考虑过了，在天医堂新楼投入使用前，我会将各种相关的事情都办好的，诸事理顺之后，我会全力地投入到医疗研究中的。唐雨和莺莺虽有着出色的管理经验，但是我也希望她们不要顾此失彼。"

吴启光笑道："你有这种想法就好，我们这几个老家伙也就放心了。"

虽然上班的时间还未到，天医堂门前已经有上百名患者在候诊了。在工作人员中，宋浩又发现了二十多个新面孔，多是那些中医学院的实习生和新招聘的医务人员。宋浩和众人见了面，诸人见天医堂的"老板"竟然是一个二十多岁的年轻人，惊讶佩服不已。

事情太多，宋浩一时间也理不出个头绪来，索性一个人先来到了万松岭的中草药基地，视察这里的进展情况，并看望秋茹、秋伟姐弟俩。

"宋浩呢？"洛飞莺回头不见了宋浩，问正在忙碌着整理工作计划的唐雨。

"听小伍说去万松岭了。"唐雨应道。

"一回来就去看她，真是的！"洛飞莺不快道。

"宋浩先去看望人家是对的，这也是礼貌。况且他也要视察一下那边工作的进展情况。行了，我们也要抓紧工作了，你不是自称电脑方面的专家吗，我准备成立一个'天医堂网站'，在网络上发布招聘信息，请些民间的中医高人加入天医堂。有些工作我们也要为宋浩分担的，忙过这一段也就好了。"唐雨说道。

"宋浩这家伙，令天医堂的动作进展得也太快了，一年还不到，就铺开了这么大的一个摊子，这般下去要累死人的。"洛飞莺感叹了一声。

"干活吧，不要令它成为烂摊子，否则我们以前所做的一切努力就白费了。"唐雨笑道。

## 第二十一章 百草园

万松岭上，宋浩望着眼前一番景象，心中诧异不已——一片正在施工的建筑，几大片已被开垦出来的土地，一片温棚，还有数方不知做何用途的大池子，远处还有几处地点正在施工，整座万松岭都变了样，好像一个有着各种培育模式的大农场。

"秋茹是要将整座万松岭变成百草园了！"宋浩惊讶道。

"师父！"一个惊喜的喊声传了过来。

宋浩回头看时，正是秋伟。

"我远远地看着个人影像师父，果然是了！什么时候回来的？"秋伟高兴地跑了过来。

"昨天晚上回来的，你和姐姐还好吗？"宋浩笑道。

"好极了！我从来没见过姐姐这样地高兴，说这个地方就是她梦想的地方，重现药王门辉煌的地方！"秋伟兴奋道。

"能令你们满意就好。"宋浩欣然一笑道。

在一座刚刚建成的楼房里，宋浩见到了正在忙碌的秋茹。

"宋大哥，你回来了！"秋茹惊喜道。

"怎么样，还适应这里吧？工作也都顺利吧？"宋浩笑道。

"比我想象的还要好！并且你的朋友们全力地支持我这边的工作，有求必应。谢谢你给我提供了这样好的环境，我一生所学，终于有了可以施展的地方了。"秋茹感激地说。

"应该说谢谢的是我，能请到你这样的专家，是天医堂的荣幸。我刚才大致看了一下，工程量不小啊！"宋浩笑道。

"都还未成形，现在还不能看出个模样来，我这有份设计图纸，宋大哥可先了解一下，都是按我的意思规划的，不知道能否达到你的要求。"秋茹说着，展开一张图纸，指了上面的标记，说道："这是第一年的规划，为了保证中草药的质量，先种植一百多种常用的草药，以供应天医堂。日后这里出产的中药，药力可超出其它产地同品种的几倍。还有，入药动物的养殖先进行试验，这里已经建好了蛇池、蝎池、蜈蚣池，在南坡，还建了一片蜜蜂园，准备养殖几种蜜蜂，除了提供蜂产品入药外，应吴启光老师所请，还要为他的针灸科提供'蜂针'用的特殊蜜蜂。以'蜂针'蜇刺患病部分，治疗风湿病是有独特效果的。"

"真是太好了！你的计划比我想象的周全多了！"宋浩惊喜道。

秋茹闻之一笑，又说道："日后的万松岭百草园虽不能尽产天下诸药，但是凡是这里出产的药品，质量当是天下第一，这一点我是可以保证的。另外，《药王神书》中载有不同的草药之间嫁接移植的秘法，日后若是试验成功，一种新药可以具有几种不同的药力功效，甚至于还能产生新的药效。"

宋浩惊讶道："有这种可能吗？"

"世无不可能之事。药王门曾有一个传说，那就是'一药成方'。它不同于单味药治病，而是一味药中，包含了一首方剂中数种药的药力，也就是说，按古之名方的配伍，进行嫁接移植，将几种药力合于一种新的药物品种之上。虽是传说，但药王门中有成功案例的记载。当然了，它还仅限于这首方药中的药物都是植物药和品种相近的才行。不过'一药成方'若是试验成功，其新生的药力，或可补这首方剂中金石动物药的不足。"

"太神奇了！理论上似乎也能说得通，期待你的'一药成方'成功！"宋浩兴奋地说。

秋茹笑道："万松岭这地方最适合种植草药了。也是你那个叫刘天的朋友很有本事，我刚来时，告诉我说林业部门为天医堂在万松岭批了一块地，搞中草药种植用，但是我告诉他，那块地不够用，最好将整座万松岭都圈在内，结果半个月后，他竟然拿来了国家林业部门的正式批文，果然将整座万松岭全拿下来了。"

"刘天有这种手眼通天的本事吗？能拿下一块地已经不容易了，竟然为天医堂申请下了万松岭的几座山？"宋浩心中惊讶不已。

"另外，原来万松岭上的一些耕地，也通过刘天他们做工作，被天医堂征用了，就目前来讲，天医堂在万松岭上的投资已不亚于正在建设中的天医堂新楼。看来你的资金来源真是雄厚啊！"秋茹又说道。

宋浩越听心中越是迷惑，他知道，这所有的一切，已经超出了刘天、马吉、张宝伦三个人所能承受的了。便是将他三个人的公司合起来，三人又心甘情愿地倾家荡产来为自己建设天医堂，目前来说也没有这么大的实力来运作，并且这是不可能发生的事。事实只有一个，他们的背后有一个强大的财团在提供给他们资金，否则不可能当初自己一提出来建新的天医堂，那三人便大包大揽下来，一丝为难的情绪都没有，尤其是现在竟然承包下了整座万松岭，这可不是一般人能做到的。

秋茹此时没有注意到宋浩脸色的变化，仍在说道："宋大哥，我敢保证，一年之后，便是没有天医堂，万松岭百草园的经济收益也可养活一方人。不出三年，万松岭当成为世界上最大的中药种植和养殖基地……宋大哥，你……你怎么了？"秋茹无意中一抬头，这才发现宋浩脸色不对劲，"我的规划若是有不合理的地方，你提出来我可以改进。"

"不不！你的计划很好，就照此发展下去吧。我没什么，可能是刚才上山时走得急了。"宋浩忙解释道。

"你先歇息一下吧。"秋茹关切道。

"不用了，你的计划我还没有听够呢，你接着说。"宋浩说道。

"你倒也是个急性子，日后有的是时间，我再慢慢讲与你听便是了。"秋茹笑道。

这时，山下传来了汽车鸣笛的声音。秋伟进来说道："是刘总的车，应该是来接师父的吧。"

宋浩道："可能是听说我回来了，便过来接我了。我先走了，改天再来看你。"

"不用了，天医堂正处在建设中，诸事繁忙，就不用顾及我这边了，有事我自然会找你。"

"秋伟，我这阵子忙，你先和吴启光老师学习针灸吧，日后有了机会我再教你。"宋浩道。

"不用了师父，以后再说吧，姐姐这边也需我帮助呢。我也好几天没去天医堂了。"秋伟说道。

"那就有劳你们姐弟俩了。"宋浩说完，朝秋茹点了一下头，转身出去了。

秋茹目送宋浩离去，站在那里怅然若失。

"宋浩，听说你昨晚就回来了，怎么也不招呼一声啊！"一见到宋浩，刘天笑呵呵地说。

宋浩则站在刘天的面前，望着他，一脸的严肃，未吱声。

"干嘛啊，这么严肃？见着你那个秋家妹子了吧，应该高兴才是。我知道了，你遇到难题了，这回不知如何应对了吧，两只船能勉强踏得，三只船可就不容易掌握平衡了。"刘天笑着上前拍了一下宋浩的肩膀。

"刘天，能告诉我实情吗？"宋浩说道。

"当然能了，你老弟现在是三花并采，令人羡慕死了！本来以为这位秋茹我们能有点机会，可是人家正眼都不瞧我们一眼，只是吩咐做事时，才和我们说上几句话。宋浩啊，你到底撞上什么大运了，好事怎么都跑到你一家去了？"刘天仍自嬉笑道。

"没个正经。上车，我有话问你。"宋浩说完，自行上了车。

刘天闻之一怔，讪讪地一笑，随后坐到了驾驶位上，正要启动汽车。宋浩止了道："先不忙回去，我有话问你。"

"两个月不见，变得成熟了，说吧。"刘天望着前面，笑了一下道。

"建设天医堂新楼，还有在万松岭这边的花费，现在你已经支付多少了？"宋浩问道。

"我当什么事呢，具体数目我还要问下公司的会计。你问这个做什么，现在有钱给我啊？我说过，你的事就是我们的事，一切由我们代劳就是了。到时候再算总账，连本带利我都会算进去的，经营好你的天医堂赚了钱还我就是了。"刘天应道。

"你哪来的这么多钱？天医堂那边先不说，承包下万松岭，可不是个小数目。"宋浩说道。

"这些钱都是我建筑项目上的贷款，你的天医堂新楼工程算一个，县里还有几处承建项目。至于万松岭，整体运作下来不是件容易的事，那是省林业厅有我爸爸的一位老战友，人家费了好大的力气才帮忙拿下来的。为了天医堂，我们家的力量可都为你使尽了。"刘天说着，从皮包里拿出几份材料递给宋浩道："这是与银行方面的贷款合同，你不信可以看一下。这还只是一部分。"

宋浩接过来一看，每份贷款合同都是几千万的数目，总共将近一个亿，并且贷款的日期都在自己来白河镇创立天医堂之前，心中的疑惑这才解去。

"刘天，你将贷款都帮助了我，岂不要耽搁你的建设项目？"宋浩歉意地说。

"放心，我的工程耽搁不了，并且天医堂也算是我承建的一处工程了。万松岭方面运作的费用，就当我利润投入了，日后还我便是。"刘天笑道。

"你倒是有好大的本事，贷下来这么多钱。"

"老弟，这年头，有势就能有钱，有钱更能有势。"刘天笑道。

"谢谢你！"宋浩感激道。

"和我客气什么。我们做的是生意而已，你做的才是真正的事业，帮你就等于帮我们自己，并且你是一个值得我们帮助的朋友。"刘天认真地说道。

"只要不耽误你生意上的事就好。说实话，因为你们，天医堂才有了现在的规模，这本是我三五年之后才能实施的计划，却被你们提前实施了。开始我以为你们的背后有大财团在资助，原来是银行贷款。也真是难为你了！"

"那是因为我们有战略眼光，看看天医堂现在的门诊量，不下省城大医院。只有建设更大更好的天医堂，才能容得下它日后爆发的能量。"

"天医堂现在的收益还不能支付眼下的各方面投资，你们实在是帮了我的大忙，天医堂有你们的一份功劳。"宋浩说道。

"呵呵，你日后能记住我们的功劳就行。没什么问题了我们就回去吧，马吉、宝伦他们中午设宴请你和唐雨呢。"刘天笑道。

## 第二十二章　西医博士

这天晚上，宋浩将万松岭的事和唐雨说了一下。

唐雨闻之惊讶道："将整座万松岭都承包下来变成中草药基地了！刘天办这事之前为什么不通知你一下，自作主张地说办就办了？并且那一大片山林可不是一般人能运作下来的。我怎么觉得这里面有点奇怪啊！一切太过于顺利了，超乎寻常地顺利。"

"我问过了，是刘天在银行贷的款，一部分投入到我们这边来了。他的父亲在省城有关系，所以才将万松岭的事运作了下来。"

一旁的洛飞莺说道："刘天的几处建筑工地我都去过，规模不小，没有一两个亿的投资玩不转。他的实力还真不小！"

"即使是这样，我也是感觉他们这几个人对天医堂的事有些过于热情了。"唐雨眉头皱了一下，说道。

洛飞莺也点头道："再好的朋友也不会主动拿这么多的钱来帮助你吧，就像办自己家的事似的，我都觉得大方得过了头。或许他们看到了天医堂的红火，做个先期投资，若是这样，倒是有些眼光的。"

宋浩道："这是他们相信我，相信天医堂。为了感谢他们对我们的帮助，日后应该给他们三个人一定的天医堂股份，以作回报。"

唐雨道："这是应该的。今天吃饭的时候，我说了要创办天医堂制药厂的事，刘天他们答应办相关的事宜。药厂成立，将是天医堂一个支柱性产业，我看就将药厂的股份令他们各占一股好了。"

宋浩道："只是建药厂的资金还没个着落，这也是当务之急。"

洛飞莺道："原来的资金大部投到万松岭了，不过还剩了几百万，其他的我和唐雨姐姐商量好了，尽我们努力，从医门唐家和魔针门洛家筹集一些资金。"

宋浩听了，感激地说："那就谢谢你们了，日后的天医堂制药厂就由你们两个占大股份吧，天医堂制药日后的经济效益将会超过天医堂医药馆和百草园中药基地的。"

唐雨笑道："此事日后再议，现在商量一下我们将要开展的工作。天医堂招聘中医专业技术人才和管理人才的信息我已通过几个渠道发出去了，凡擅一技之长者，皆在天医堂招收之列，当然，首先要有振兴中医的决心和信念，有才无德者不收，这方面我们一定要严格把关。因为我们要保证，天医堂的医生，皆是德才兼备的名医，他们将是天医堂的金字招牌。"

宋浩道："我们几个上午坐诊，缓解一下爷爷、吴老师他们的压力，下午办公，两不耽搁。等招聘到了管理人员后，一些事情就交与他们办吧，大事上我们过问一下就行了，万不可因其他的事废医弃术，几位前辈的提醒是非常正确的，医道才是天医堂的根本！"

接下来的几天里，宋浩、唐雨便投入工作中。

这天中午，宋浩诊完了自己诊室内的几十名病人后，松了一口气。这时，林凤义走了进来，兴奋道："宋浩，听唐雨说你们正在筹集建药厂的资金，真是想娘子，媳妇就来了，那个何成中何老板刚派他的秘书送过来一张一千万的支票，说是捐赠天医堂的。"

"何老板又捐了一千万！"宋浩惊讶道，"人呢？"

"来人放下支票就走了，说是他们的老板非常关注天医堂的发展建设。"林凤义说道。

"谁捐给天医堂一千万？"唐雨走了进来。

"还是那个何成中，已经捐赠给天医堂五百万了。"林凤义说道。

"出手真是大方，药厂资金方面正好还有个缺口，这样一来就可开始建设制药厂了。"唐雨高兴地说。"对了宋浩，下午有一个叫江河的人来应聘天医堂行政管理方面的一个职位，说是曾管理过省城的一家大医院，任过院长，很有经验。我们一起见见他吧。"

宋浩道："最好是个有真才实学的，这几天见的那些人都华而不实，吹牛的本事倒是有，可惜不适合天医堂。"

"江河？！"林凤义讶道，"可是曾在省城中医院任过行政院长的那个人？"

唐雨道："对，就是这个人，简历中是这么说的。怎么，林老师认识此人？"

林凤义道："倒不认识，但是听说过，这个江河是个管理方面的奇才，曾令几家濒临倒闭的医院起死回生，在卫生界很有名气的。"

宋浩道："既有此能力，人家争都争不到，怎么会到天医堂来应聘？"

唐雨道："此人在电话中说了，他对天医堂很感兴趣，因为天医堂做的是真正的中医事业，所以他辞了现任的高薪职务来天医堂应聘。"

林凤义点头道："看来想为中医事业真正地做点事的还是大有人在。天医堂的影响力现在已经不小了，也自被有识之士所认可了。这个江河有丰富的医院管理经验，能留下就尽可能将他留下吧。对真正的人才，不要顾忌高薪，再过一年，你再看看天医堂的发展，绝不会是我们现在所能想象的。"

宋浩道："是啊！刚创天医堂的时候，怎么也不会想到还不到一年的光景，天医堂就有了现在的规模了，超出我的计划五年呢。"

下午，宋浩、唐雨如约会见了江河。此人五十多岁，中等身材，极是面善的一个人物，谈笑风生，充满激情，几分钟内就能令对方消除陌生感，很是得人缘。

"几个月前曾闻天医堂之名，开始未做理会，以为是某个医家打出的自大牌号。后来天医堂的名气越来越响，我禁不住好奇，便私下来访了两次。这才知道天医堂果有名家高手坐诊，效果神奇，不愧'天医'之名，本人也为医界能有此真正的中医药馆而感到高兴。后来见到了天医堂招聘管理职位的信息，于是毛遂自荐，应聘天医堂的总经理一职。我的工作简历你们也看到了，算是有一点管理上的经验吧。我希望能加入天医堂，共同做大这个事业。"

"江先生，谢谢你如此关注天医堂，并且能真正地了解天医堂所要做的事业。我决定了，正式聘请江河先生为天医堂总经理，管理一切行政上的事务，年薪和江先生刚辞去的那份职务的报酬等同，日后天医堂若有大发展，另行奖励。"宋浩说道。

江河听了，显是胸有成竹，并未显示出过多的兴奋来，只是点了一下头道："谢谢宋先生对我的信任，如果可以的话，我明天就正式地开始工作。"

"当然可以。"宋浩笑道。

随后，宋浩特意陪江河观看了天医堂建筑工地和万松岭中草药基地。一路看下来，令江河惊叹不已。

"宋先生，你日后应该是天医堂的执行总裁了，就叫你宋总吧。我没想到你能将天医堂搞得这么具有传统特色。中医中药，真要在天医堂发扬光大了！"江河敬佩地说道。

"我们近期还要兴建一座天医堂制药厂。日后的天医堂制药，将是真正的中药，并且有天医堂医药馆这个平台，我们将不做任何广告，让病人自动地去接受它。真正的好药，是不需做广告的。"宋浩淡淡一笑道。

"宋总，你这个人比天医堂还令我感兴趣！"江河认真地说道。

江河的加入，令天医堂有些混乱无绪的现状为之一变，一切开始有条不紊地进行。

一个月后，在白河镇东郊，天医堂征用了一块土地，天医堂制药厂开始兴工建设。

这期间，上清观派来了两名医术精湛的中年道士——无尘、无月，俗家打扮加入天医堂坐堂接诊，同时来的还有一名据说能遍识天下诸药的老道士无非子，宋浩让他去万松岭协助秋茹经营百草园了。

宋子和治愈了一名医疗设备公司老板的顽疾，令这个叫邓同生的人感激万分，赠送了天医堂一批昂贵的诊疗设备，倒是令这些以手知病的中医们感觉无甚大用，此时天医堂新楼全部完工，只好先搬进去充实了部分科室。

十二层高耸的天医堂大楼完工后，便投入了使用，先前的旧楼被推平成了一片广场。天医堂的人事任命也开始正式实施：宋浩被推举为天医堂执行总裁兼全科医生，江河为总经理兼行政院长，唐雨为业务院长兼科室医生，分管天医堂制药，洛飞莺为总经理助理兼科室医生，宋子和、林凤义、叶成顺、吴启光为各科室主任。这个时候，肖伯然推荐的那位儿科圣手章甲方也到了。此人六十余岁，瘦高个，山羊胡，浓眉细眼，别具奇相，擅治儿科诸疾，名噪一方。也不知肖伯然怎将他请出山的，竟弃了私人诊所，从南方某城市独自一人来到了天医堂。林凤义、吴启光曾闻其大名，今日得见，惊喜之余，也自赞服宋浩的招人本事。此人一到，即被任命为天医堂儿科主任。

"九味消风散"是从《奇方验抄》中首选的方药，经宋子和、林凤义临床验证，报请国家药监局申请生产批文获得通过后，成为了天医堂制药的第一个中药品种，随着药厂的建设完工，也即将投入大规模的生产。

经江河提议，天医堂开设了住院部，方便远来的病人诊治，又成立了采购部门，由专业人员采购道地药材。此时经过半年的准备，秋茹的百草园也开始向天医堂供应部分药材了。宋子和、林凤义、宋浩等人自视百草园的药为药中的精品，所开方中若有百草园之药，多是放心疗效，后证果然。于是百草园所出之药，禁不外流，只供天医堂门诊，便是药厂那边暂时也不能求获。

天医堂进入了快速发展的轨道，一切顺理成章地按着宋浩的意愿发展。

这天，宋浩在自己的诊室里给病人们诊治疾病，屋子里坐满了来求诊的病人，大家望着眼前这个天医堂的年轻总裁亲自为病人诊治疾病，无不充满了敬佩之色。

这时，江河进来，分开候诊的病人，走到宋浩诊桌前，附在他耳边轻声说道："宋总，有一位海外归来的华侨，自称医学博士，点名要见你，有应聘天医堂的意思。我说天医堂是中医性质的医疗机构，不招西医，此人却说要见上你一面再说。"

"噢！若是西医中有超人本事的，天医堂也自招揽不误，救人性命的医道不分中西。你先招待一下对方，我忙完了即刻过去。"宋浩说道。

江河点了一下头，转身去了。

宋浩诊治完病人时，已是下午两点多了，想起还有一位客人要见，起身要去接待室。门一开，唐雨和江河进了来。

"宋浩，来了个西医博士，要应聘天医堂。"唐雨也感觉奇怪。

"博士有什么了不起，要论起水平来，吴老师他们哪一个不是博士级的水准？"宋浩笑道。

"事情不对劲，你听我说，我刚才看了这个人的证书了，吓了我一跳——双博士头衔，外科手术全能，更是胸脑外科的权威。"唐雨说道。

"欧洲几家著名大医院的首席外科专家水明扬到了！在海外医疗界人称'水一刀'的，我也是才知道了他的真正身份。"江河说道。

"这么有来头！为什么要应聘我们天医堂啊？"宋浩惊讶道。

"说的就是呢！这个水明扬在欧美任何一家医院里，年薪至少都不下百万美金的，是个炙手可热的人物。"江河说道。

宋浩又坐在了椅子上，茫然道："不会吧，天医堂目前可请不起他。"

"这也是我和江院长感到奇怪的地方，并且已经确认了他的身份，的确是水明扬本人无疑。"唐雨说道。

"应聘是假，怕是来逗我们玩的吧。"宋浩眉头一皱。

"要不，我让他走了就是了。"江河说道。

"不，我先见见他再说。他以为他的本事大，到哪里都能压得住人吗？要知道，天医堂内，比他本事大的人多了去了！"宋浩说完，起身去了接待室。

一名西装革履的、英俊帅气的中年男子正坐在接待室的沙发上，虽是等候了数个小时，仍旧正襟危坐，一脸的严肃。

"你是水明扬先生吧，我是宋浩，让你久等了，刚诊治完病人，实在是对不起。"宋浩走过来说道。

"你好宋总，天医堂的病人这么多，说明天医堂的医术高超。尤其是以中医吸引如此多的病人来此，我还是平生首见。"水明扬起身恭敬地说道。

对方谦逊的态度倒是令宋浩一怔。"请坐！"

"听说水先生有应聘天医堂之意。"宋浩开门见山，以探对方的来意。

"是的，本人旅居海外多年，在外科手术上取得了一些成绩，于是想回来报效自己的祖国。看到天医堂的招聘信息，毛遂自荐，申请加入天医堂，成立外科手术室。虽然天医堂的主要业务是以中医为主的特色医疗，但要体现一家医院的全能，必须要有外科相辅。天医堂立院宗旨虽说是在发展中医，但中西结合才能形成完整的医疗体系。"水明扬缓缓地说道。

"天医堂创立旨在振兴中医，但并非排除西医，但有特殊本事和技能，一样欢迎加入天医堂。先生赤子报国之心，令人佩服，只是以水先生在海外医学界的威望，天医堂怕是请不起。"宋浩说道。

"这个倒不是问题，"水明扬微微一笑道，"现在对我来说，金钱没有多大意义，我只是想为国家为社会贡献一点力量。待遇问题但请宋总放心，和天医堂内那些医生们一样就可以了。并且我还要带自己的几名助手进来，还有一套完整的世界上最先进的外科手术设备。"

"这个……"宋浩闻之,大感意外,以此人的本事,足以创立世界超一流的外科手术室,是对天医堂最大的一个补充。目前中西医对比,西医最大的优势就是外科手术。

宋浩此时竟有些感动,也不想失去这个好机会,上前握住了水明扬的手,激动地说:"先生能有此志,天医堂焉能不接纳?就请水先生和你的助手们来天医堂吧,我们将尽最大的努力为你们提供一切方便。"

站在门外的江河、唐雨二人相望愕然。

水明扬的加入,完善了天医堂的医疗体系,令宋子和、林凤义、叶成顺等人意外之余,也佩服宋浩此举,自此以后,天医堂可以接诊一切病患了。

水明扬的到来,也令邓同生捐赠的那批本要闲置的医学诊疗设备得到了应用。水明扬还带来了几台昂贵的外科手术必用的仪器,他几乎将一个世界上最先进、最完整的手术室搬到了天医堂。对这位不计报酬,甘愿付出的海外归国华侨,大家都充满了敬佩之情。

这天晚上,唐雨在网络上搜索着关于水明扬的资料,她对这个外科手术权威贸然地应聘天医堂还是感觉疑惑。

关于水明扬几十万条信息搜索出来,令唐雨感到了震惊——这位"全能的外科手术专家"创造了很多的外科手术奇迹,"水一刀""神刀"之名扬遍西方医学界。

这时,一条信息引起了唐雨的注意。"难道说是这个水明扬……"

唐雨又查看了几条相关的信息,愈是令她感到茫然。

"若是如此,这一切可都是……"唐雨猛然间恍然大悟。

# 医行天下

第三部 大医精诚

青斗 著

学苑出版社

## 图书在版编目（CIP）数据

医行天下/青斗著 . —北京：学苑出版社，2021.5
ISBN 978 - 7 - 5077 - 6154 - 2

Ⅰ. ①医…　Ⅱ. ①青…　Ⅲ. ①长篇小说 - 中国 - 当代　Ⅳ. ①I247.5

中国版本图书馆 CIP 数据核字（2021）第 054300 号

责任编辑：黄小龙
出版发行：学苑出版社
社　　址：北京市丰台区南方庄 2 号院 1 号楼
邮政编码：100079
网　　址：www.book001.com
电子邮箱：xueyuanpress@163.com
销售电话：010 - 67601101（销售部）、010 - 67603091（总编室）
印　刷　厂：北京兰星球彩色印刷有限公司
开本尺寸：710mm × 1000mm　1/16
印　　张：47.5
字　　数：750 千字
版　　次：2021 年 5 月第 1 版
印　　次：2021 年 5 月第 1 次印刷
定　　价：148.00 元（共 3 册）

# 目　录

第一章　按摩神术 …………………………… 001
第二章　风云际会（一）……………………… 012
第三章　风云际会（二）……………………… 023
第四章　居心叵测 …………………………… 034
第五章　真相难明 …………………………… 047
第六章　针锋相对 …………………………… 060
第七章　祝由奇术 …………………………… 069
第八章　圣手毒医 …………………………… 081
第九章　医心方 ……………………………… 092
第十章　口眼扶正散 ………………………… 103
第十一章　灵兰秘典 ………………………… 114
第十二章　三月街天麻采购战（一）………… 124
第十三章　三月街天麻采购战（二）………… 136
第十四章　古宅探秘 ………………………… 148
第十五章　天一生水 ………………………… 158
第十六章　原来如此 ………………………… 170
第十七章　合作 ……………………………… 181
第十八章　天医药库 ………………………… 191
第十九章　喀伦土堡 ………………………… 203
第二十章　宝藏 ……………………………… 214

# 第一章　按摩神术

天医堂医药馆和万松岭百草园以及天医堂制药厂都已经步入了正常发展的轨道，一系列招聘人才的计划也在顺利地进行中，天医堂呈现出了规模化的模样。

这天，招聘部来了一名中年男子应聘。男子自称雷恒，善按摩术。时值吴启光在此，他问："雷恒？请问，推拿名家雷元刚是你什么人？"

"那是家父。"雷恒淡淡地应道。

"你是雷氏按摩术的传人！"吴启光闻之一喜，随即将雷恒带到了宋浩的诊室。此时唐雨也在，正和宋浩会诊一位病人。

此为一少年，偶进冷食，导致胃气上逆，诸般水食不进，食则即呕。本是唐雨接诊的病人，见药无功，便引至宋浩这里，欲请他施针止逆，哪知那少年天生畏针，死活不医。宋浩见状，便自持针欲吓他，令其"恐则气下"以降逆气。然这少年却是惊惯了的，呼叫不迭，满地乱跑，逆气反甚，哮喘不已，脸色红胀。宋浩见了，只好收针作罢，令其缓歇。

"我来试试吧。"雷恒缓步走出。

见一陌生人出现，宋浩、唐雨自是一怔。吴启光朝二人打了个手势，二人会意，站在一边观看。

"小朋友，不要怕，叔叔给你揉按一下，一会儿就不作呕了。"雷恒轻声说道。

那少年见了，似乎还在犹豫，不知这个医生要施什么法子治他。其父母一旁劝慰。

雷恒笑了一下，上前握了少年的右手，但于掌侧臂间轻轻揉按推捏，继而又在少年腹部的中脘穴以单指揉旋。仅仅过了三四分钟，那少年逆气的症状大缓，轻松安静下来，已是心平气和。

"是一位按摩高手！针药所不能施之症，竟被他顷刻间化解去了！"宋浩、唐雨二人惊讶不已。

"吴老师，你引来的何方高人？"唐雨轻声对吴启光道。

"雷氏按摩术嫡传之人雷恒。"吴启光应道。

"传说中失传已久的医门雷家的按摩神术！"唐雨惊讶道，"原来还有传人的！看来医门九门十八家的医术都不曾绝世！"

"所谓的失传之术是不显世而已，其实大多都隐藏在民间，一脉传承下来。天医堂鸣世，自引得那些高人出山，绝技出世，都是为了振兴中医一道而来。"吴启光说道。

这时，那名少年在雷恒的指法下，经过七八分钟的推拿捏揉，已恢复正常，上逆之气消散。少年与其父母欢喜异常，感激不已。

"雷先生，果然是推拿神手！请里间办公室说话。"宋浩上前恭敬地伸手让道。

"你是宋浩？"雷恒望了一眼宋浩。

"是我。"宋浩点头应道。

"我就是来找你的，若不嫌弃小术微技，请允加入天医堂。"雷恒说道。

"先生客气了！"宋浩随后请雷恒进了里间办公室落座。

"宋浩，医门雷氏按摩术享誉已久，清朝时扬名北方。民国时因战乱之故，销声匿迹，今日重现，实乃病家之福，医家之幸！"吴启光感慨道。

宋浩高兴地说："有雷先生这般推拿高手加入天医堂，可补天医堂的不足。古之医门十三科，按摩是占了一科的。适才先生一施神术，实是超出我等想象之外。"

雷恒道："天医堂不以小术见弃，看来是来对了。这也是家父看到天医堂的招聘信息后，经过一番熟虑才令我前来应聘的。"

吴启光讶道："原来是雷元刚老先生的意思，实是有超人的见地。雷氏按摩神术隐世已久，如今令尊荐了你来，当是为了与天医堂同仁共兴医道。"

"雷家隐居边陲小镇，虽也授徒传业，但门下弟子未习得几成功力便多去大城市的浴池里挣现钱去了，按摩一术，今人也只视为保健之术，虽持秘法，也济世不得。得闻天医堂以医道扬世，当是有令雷氏按摩术用武之地。"

吴启光点头道："不错，按摩之术，便是现今的医家也多视为康复之用，实不知针药所不能为之症，按摩推拿是会彰显奇功的，甚至于能治疗大病顽疾。"

雷恒道："按摩一术，自有独特的诊疗体系。在古代多用于婴幼，因其脏腑娇嫩，针药易伤，又难奏其效，故以手法按摩之，疏其经气，调和阴阳。雷氏按摩术经世七百余年，集各家所长，现今又经过家父和我的整合，择古籍《推拿秘诀》《保婴神术》《推拿秘书》《厘正按摩要术》《小儿推拿广义》等按摩诸书中之精华，参以雷氏祖传按摩奇法，总结了一套新的按摩推拿手法，简便捷效。譬如适才那一逆气作呕症，推其脾土，飞经走气，数分钟内可缓其症。按摩古术中曾有三千四百法，简而化之，分为按法、摩法、掐法、揉法、推法、运法、搓法、摇法、汗法、吐法、下法、针法、灸法、砭法、浴法、疏表法、清里法、解烦法、开闭法、引痰法、纳气法、通脉法、定痛法、熨法、咒法等等诸法。而且与针灸家一样，要先明经络、晓穴位，更为重要的是要练就一定的掌劲和指力，也就是手法，方能运用自如，否则也是无功。"

说着话，雷恒拾起了桌子上的一只玻璃杯，两手轻轻持了，合于掌心搓动几下，而后二指夹了，复放回桌子上。初时看似无损，几秒钟后，原本一体透明的玻璃杯竟然脱落碎裂了一层"皮"去，令杯子变得薄了一半，仍能装水。宋浩、吴启光一旁看得目瞪口呆，这般掌劲指力，足以透脏渗腑，甚则化骨溶肉了。

"好功力！不知如何苦练而来？"吴启光惊叹道。

雷恒道："四五岁上，家父便命我揉搓树木，点压硬物，久之力长，可无形掌控力之进出强弱。分阴阳、推三关、退六腑、捞明月、过天河，运内外八卦，调剂水火，手法之下，也是凭此指掌之力治疾疗伤止痛。"

"此乃为国术中神技也！天医堂又多一按摩科矣！"宋浩惊喜之余，赞叹道。

宋浩、吴启光二人久务针道，犹生神功，自知雷恒的按摩术与针法有异曲同工之妙，皆自高兴天医堂又有此奇人加入。

就在当天，宋浩领略了一次雷氏全身按摩术。雷恒先是凝神定气，而后双手展开来，十指揉按，掌心推放，动作轻灵多变，循经络走向，疏经导气，指力催动，脉气激发，不亚针灸之功。宋浩但觉绵绵之力从雷恒指掌下放出，缓缓散开来，透肤达骨，渗及全身，肌肉似乎被拿开一般，骨头里有说不出的酥麻畅快感觉，若飘云端，如浮水上，似入沐浴之境。

"如果从小儿开始，每月施此按摩术一次，可保其终身无病。"雷恒一边施术一边说道。

"上工不治已病治未病，便是如此了！"躺在那里正在享受着的宋浩漫应了一句。

旁观的吴启光、宋子和、林凤义、章甲方等人敬佩之余，惊叹不已。


这天晚上，宋浩和唐雨、洛飞莺、江河坐在了一起商量事情。

宋浩说道："天医堂现在诸事进展顺利，民间医道中的名家圣手不断加入，门诊量日增。照此势头看，患者盈门之际，也是各位老师们应接不暇之时，所以我们现在应该开始培养天医堂后备力量了，也就是先前计划的名医讲习所，合理地安排时间，由各位老师们为二线的年轻医生讲授医道，让他们日后有接手一线门诊的能力。这方面我们还是早做准备的好。"

江河点头赞同道："宋总想得这么远，实在是件好事，也是当务之急，从明天开始我来安排吧。下午门诊量少些，就安排在下午吧，由各位老师每人每星期讲授两个课时，除了天医堂二线的医生，也可以让那些来实习的学生们来听讲，有出色表现的，日后可考虑留在天医堂。"

唐雨道："这个计划应该实施了，天医堂名医讲习所也要列为我们工作中的重点。中医现在后继乏人，就由天医堂开始培养真正的后备力量吧。等时机成熟，再另行组建天医堂中医学院，这也是宋浩的愿望。"

洛飞莺笑道："宋浩，你这种发展中医的系列样式面面俱到，我们的天医堂日后当是要被你建设成一个包含教育及各项中医产业的中医药帝国了。"

宋浩笑道："那是我曾设想过的一个时代，一个大中医的时代。就让我们创造并迎接这个大中医时代的到来吧！"

天医堂的发展，日声月隆，自是引起了各方面的关注。这天，一位省电视台广告部的经理亲自找上门来，通过江河的关系见到了宋浩。

"鄙人姓李，省电视台广告部的经理，闻天医堂事业兴起，特来联系广告上的业务。"那李经理开门见山地说道，并递上了自己的一张名片。

宋浩礼貌地接过对方的名片，看了一下，笑道："可能我要令李经理失望了。"

"怎么，天医堂已经与别的广告公司联系上业务了？其实那些公司大多是中介，你们与我们电视台直接联系，可以省一大笔费用。我们更有专业的广告策划人员，各方面足以令你们满意。"

宋浩摇头道："天医堂暂时没有和任何广告公司有业务上的联系，天医堂不做广告。"

李经理笑道："这是一个信息的年代，酒香也怕巷子深，广告宣传能提高天医堂的知名度。我这次来是想谈一下天医堂制药的广告，你们药厂生产的几种药，听说效果不错，若是再配合上广告方面的宣传，一定会供不应求的。"

"李经理说得不错，这的确是一个信息爆炸的年代，想尽法子促销自己的产品本无可非议。但医药行业是一个特殊的行业，天下任何东西都可以进行广告方面的宣传，唯独医药不可，病人的口碑是最好的广告。李经理不是也听说过天医堂生产的药吗？非我偏执，而是医药的特殊性，是救人性命的，里头容不得任何假。药品这个东西，一上广告，便会掺水分，久则便假。即便我们对天医堂制药厂生产出的药品质量十分自信，但一种成药并非适用所有的病症，相同病症之间也会有一定的偏差，这就需要准确地辨证来进行全面指正，方可万全。"

"药品如此，医生更是。"宋浩接着说道，"一名好的医生，哪里会有时间去为自己做广告宣传呢？病人认可就是最好的广告，口碑相传的力量和效果虽然不是最大的，却是最好的。天医堂治病，是求一个一个准确无误的治疗，真正地解除病人痛苦，那就是我们的成功。"

"宋总！"那李经理听罢，很受感动，感慨道："谢谢你为我上了一堂很好的教育课。不做广告的天医堂，才是真正的天医堂！"

那位李经理回去后，深有感触，没有做成天医堂的广告，却制作了一个专题片——《不做广告的天医堂》，播出后影响颇大，为不做广告的天医堂也做了一回广告。

日后的天医堂果然没有做任何药品或医药馆的广告宣传，但在媒体上却时常有天医堂治愈疑难杂症的传奇报道。天医堂生产的药品，也自然成了人们心目中解疾救苦的灵丹妙药。

天医堂走出了一种独特的经营模式，那就是：购买天医堂药品的病人，在自行服用治疗后，痊愈则罢，不愈者可持药品包装到天医堂，由名医进行辨证医治，免去之前自行购买药品的费用。

宋子和、林凤义二人又从《奇方验抄》里拣出一方，名为"皮病一扫光"，分内服、外洗两方，对外感风邪所致的风疹、麻疹等皮肤诸病有奇效。外洗方中重用雄黄、硫黄二物，皮肤诸癣，洗之即去，经过部分改进后，投入了批量生产。

对于天医堂制药的产品，宋浩严格执行国家制定的价格标准，尤其是在零售价上，不准许零售商们高出一分钱，否则将取消其销售资格，不给那些靠炒作某一药品而获得暴利的药商们一点机会。

有一个药商主动找到天医堂，要求代理"皮病一扫光"的全国销售权，并且每年交给天医堂三百万的代理费，但有一个条件，那就是他自行进行广告宣传和制定零售价。药商欲将天医堂规定的每盒药28元骤升至148元，并称能保证每年一百万盒的销售量。这件事被宋浩一口拒绝。宋浩郑重地告诉对方，天医堂经营的是一项对病人负责的特殊事业，而不是一种生意，令那药商悻悻而去。

天医堂制药的产品，价廉效实，深得人心，以致时常供不应求。

水明扬到达天医堂后，先后成功完成了十几例复杂的大型胸、脑外科手术，其娴熟的刀法，宛若在表演一种优美的艺术，令宋浩、吴启光等人叹为观止，敬佩不已。其"神刀"之名也增加了天医堂的声势。曾有一名遭到车祸而垂死的病人，在经过水明扬的抢救之后脱险，令他名声大振。此事也让人知道了，天医堂内竟还有世界上最一流的外科医生。

在水明扬进行的几例手术中，宋浩和吴启光在征得他同意的情况下，以研究出的"针刺麻醉术"进行辅助性的局部麻醉，令水明扬惊奇不已。更令他感到惊讶的是，几例他确诊必须实施手术的病人，竟然通过中医"保守治疗"痊愈了。

一次，一名腿部粉碎性骨折的病人被人送到了天医堂，求诊骨科的叶成顺。时值水明扬在侧，他认为这种严重的情况，必须进行外科手术才能保住腿。但是经过叶成顺的手法推拿一阵后，以小夹板固定，X光下显示，碎裂的五块骨头竟然被接上了。病人服用叶氏接骨丹，一个月后便能自行下地走动了。此病例给水明扬带来了一次强烈的震撼，这是西医之术万不能做到的事。叶成顺曾开玩笑地对水明扬说道："见血的是你的，不见血的是我的，勿争勿争！"

在经过了几次考察之后，水明扬感慨道："西医确诊必须进行手术的病例，可有大半经过中医中药的治疗而康复，此般神奇，在海外几十年所未见也！"于是他对中医的兴趣愈发地浓厚起来，并谦虚地认为天医堂所有的医生都是他的老师，颇有一种重新学过的劲头。

宋浩告诉水明扬，古籍有载，中医在几千年前就有人能进行高难度的外科手术了，众所周知的华佗便是一位，并且，华佗发明的千古奇方"麻沸散"有可能存世。水明扬感叹道："若有来生，我当习中医！"

宋浩笑道："现在学习也不晚，天医堂众名医，足令水先生少费三十年之功。"

水明扬闻之，慨然称是。

水明扬以自己的亲身经历撰写了几篇关于中医的文章，在海外的几种重要医学刊物上发表，引起了不小的震动，令世界对中医中药又有了一个新的认识，并令世界医学界知道了天医堂的存在。

儿科圣手章甲方也业绩不凡，他献出了两份儿科药方——"速效退热惊风散"和"小儿止泻神效方"，效验非常。大凡小儿之病，以高热和腹泻最令父母焦虑和棘手，这两份药方配以成药，便是购回家去自行服用，也是一投见效，令那些年轻的父母们视为护儿至宝，居家必备，后来也成为了天医堂制药厂的两块金字招牌。

这天，宋浩请刘天、张宝伦、马吉三人在白河镇的来宾酒楼吃饭。酒过三巡之后，宋浩示意旁边的唐雨拿出了三份文件来。

"天医堂的董事会做了一个决定，为了表彰你们三个人对天医堂建设做出的巨大贡献，准备将天医堂制药的股份分配给你们每人百分之十。这是文件，你们三人签字后即可生效。至于你们先前对天医堂医药馆和万松岭百草园基地总体投入的那四千多万，两年内我会还给你们的。"宋浩感激之余，郑重地说道。

刘天、张宝伦、马吉三人听了，颇感意外。

刘天笑道："宋浩，这么大方啊！好令人感动！不过你的这份好意我们是不能接受的。那四千多万也不用急着还，我们还不缺钱用的。"

宋浩道："这是我对三位表示的一份谢意，也是天医堂的一份诚意。没有你们的帮助，天医堂不可能有现在的规模和气势。你们提前为我实现了这个梦想，获得酬谢也是应当应分的，还是不要推却的好。"

刘天挠了挠头，笑道："帮助你建天医堂是我们应该做的，谁叫我们是兄弟呢。分与我们这么多的股份，实在是有愧啊！宋浩，我们做的是力所能及的事情，情意我们领了，好意是绝不能收的。"

"是啊"，马吉说道，"帮你是应该的，这样对我们可就见外了。想一想，自你重回白河镇建天医堂，我们的亲戚朋友都没少得到天医堂的好处，保护了我们的健康，就是对我们最大的回报。"

张宝伦也自笑道："不错，大家是兄弟，就不要这般客气了。你将天医堂经营好了，我们看着也高兴不是？感谢你的慷慨，天医堂制药的股份我们真的是不能收的，那是你们的心血和汗水。"

见那三人异口同声地拒绝，宋浩心中微讶，忙说道："三位是有功之人，况且天医堂对你们的这点表示还不足以回报你们的付出，可以说，没有你们三个人的帮助，现在的天医堂或许只是一家小型医院罢了。便是论功行赏，你们也是应该得到的。"

刘天、马吉、张宝伦三人只是摇头不应。唐雨坐在一旁倒是默不应声，别有所悟。

酒足食饱，刘天、马吉、张宝伦三人便打着哈哈去了。

"这三个家伙怎么回事？"宋浩坐那里叹息了一声道。

"他们不肯接受你的好意，必是有他们的理由。此事暂且放一放吧，日后再议不迟。"唐雨说道。

宋浩点头道："也好，他们的那份，日后再还给他们就是了。"

"宋浩……"唐雨欲言又止。

"什么？"宋浩望着唐雨道，"你有什么话要说吗？"

"没有。"唐雨摇头笑了一下。

"那好吧。你开车送我去一下万松岭百草园，秋伟上午和我说，工人们在山里挖到了一棵罕见的呈人形的首乌，我去看看，顺便看望一下秋茹。"

"我和江院长那边还有事情要处理，让莺莺陪你去吧。"

"你又要去百草园看望那个冷美人吗？"洛飞莺一脸不情愿地坐进了汽车的驾驶室里，撇了撇嘴道，"那个秋茹，自从来了天医堂经营万松岭上的百草园，就几乎不和我们天医堂的人接触，也不曾看她对别人笑过，唯独对你，总是一脸笑不尽的样子。"

"秋茹性情喜静，也是没有时间过这边来，我们不去看看人家总是失了礼数。今天去也是听说万松岭上出土了一棵罕见的何首乌，去瞧个稀奇罢了。"坐在后面的宋浩说道。

"你总是有借口。"洛飞莺不免有些酸溜溜。

"也多亏有了秋茹，才建成了百草园，令万松岭成了一座中草药基地。日后天医堂的门诊用药多数要由百草园提供，爷爷说了，有了百草园的药，天医堂才能更上一层楼。"宋浩说道。

"她就那么好吗？还有那个秋伟，天医堂独有他可以和任何一位名医学习，你对这姐弟俩照顾得可以！"洛飞莺从反光镜里白了宋浩一眼，启动了汽车。

宋浩说道："她姐弟二人是药王门唯一的传人，抛家舍业来到天医堂帮助我们建成了百草园，一定要格外看顾的。"

"我不也是抛家舍业地来帮助你经营天医堂吗？倒没发现你对我这么用心过。"洛飞莺撅着个嘴道。

宋浩听了，笑道："你是说我不关心你啊？那可真是冤枉我了！上次我和唐雨外出将你的汽车毁了，还不是赔了你一辆新的？听唐雨说比你原来的那辆还要好一些。怎么样，现在开着感觉很舒服吧？"

"将我的车子毁了当然要赔我一辆新的，这就是你关心人的理由啊！真是的！原来是心疼花多了钱啊！小气鬼！"洛飞莺装作不快道。

"莺莺，我真的是很感谢你，为了建天医堂，你几次从家里抽调资金，已有二百多万了，我准备将天医堂制药的股份给你一部分。"宋浩认真地说道。

"不要。"洛飞莺淡淡地应了一声。

"你们怎么都不要啊！"宋浩无奈地挠了一下头。

"我劝你不要这么大方，随便地就将天医堂制药的股份送人，以现在的发展势头看，用不上几年，天医堂制药就能追上天医集团在国内的规模，那可是几个亿甚至于几十个亿的价值。刚才听唐雨姐姐和我说了一嘴，你将天医堂制药的股份送给刘天他们，他们没要，那是不敢要，你的这份大礼没人敢接的，它太重了。"

"那也是他们应该得到的。"

"他们虽然帮助了你"，洛飞莺说道，"但也借了你的光。我们刚来时，他们三人公司的实力不是很强，业务也多限在这个县里面。现在三个人的业务早已扩展到外省去了。无意中听刘天说过一句，说你是他们的贵人，若是早遇到你，早就发到天上去了。"

"他们能借我什么光啊？现在还欠着他们四千多万呢。"

"整件事我也感到奇怪，或许你们四个人都有贵人相助吧。"洛飞莺说道。

"贵人相助？他们三个是我的贵人才是……"宋浩的眉头皱了一下。"莺莺，你将车停一下。"

"怎么，不去百草园了？"洛飞莺将汽车停在了路边。

"我感觉有些事情不太对劲。"宋浩说着，打通了唐雨的电话。

"唐雨，是我。今天和刘天他们吃饭的时候，三个人同时拒绝我送给他们的天医堂制药的股份，而你坐在那里没有说一句话，好像早已知道了他们三人不会接受。告诉我，到底是怎么回事？"

电话里先是一阵沉默，唐雨随后说道："没有啊，我怎么会知道他们三个不接受？这种事我在跟前不好插嘴。怎么了宋浩，我做得有什么不对吗？"

"这……"宋浩一时语塞，"没什么，我只是随便问问。你先忙吧。"

宋浩挂断了电话，沉思起来，他此时感觉到似乎有种神秘的力量时刻在自己身边左右着一切。

"宋浩，你没事吧？"坐在前面的洛飞莺问道。

"莺莺，帮我做件事。"

"说吧，什么事？"

"帮我调查几个人。"

"你是说刘天他们三个？"洛飞莺讶道。

"不错，还有那个何成中。主要是刘天、马吉、张宝伦三人现在的情况，他们在和什么人来往密切，更为重要的是他们投入到天医堂的资金来源。我感觉不是贷款那么简单的。"

"好吧，没问题，我也感觉他们三个人建设天医堂的态度热情得过了头，不是他们现在的实力所能承担的。甚至是将整座万松岭都拿了下来，这可不是一般人能办成的事。"洛飞莺道。

"怎么，你也发现有问题了？"宋浩道。

"当然了，一切过于顺利了，顺利得有些异常。你的想法刚出来，甚至于考虑得还未成熟，那边就有人无偿地为你实施了，并且近乎完美。"

"原来你也有此感觉！记住，此事要秘密进行，连唐雨也不要告诉。"宋浩叮嘱道。

"为什么啊？"洛飞莺惊讶道。

"这段时间，我发现唐雨心中好像有事，却不想对我说。感觉她那边知道一些什么，又有所顾虑，未能对我坦然相告。"宋浩说道。

"你的意思是说，有人在暗中帮助你，这一切的资金来源，都是某一个人借刘天、何成中等人之手来帮助你的？幕后另有其人？"洛飞莺讶道。

宋浩点了一下头，说道："不错，那个何成中，我虽然救过他的命，以此人的身价，开始捐赠的五百万倒还说得过去，但是后来不声不响又捐来的那一千万，可就不是这么简单的了。至于刘天他们，一开始的情况倒还合情合理，可天医堂新楼的建设和万松岭方面的运作便有些出乎寻常了。他们的实力暂时还未到那种程度，这笔钱当是另有来源，那时候我已经有所疑虑了。"

"如果真是这样，那么这个幕后的金主一定是你认识的人，否则这天下哪有这般好事让你来占？也可能你创天医堂的壮举感动了某位也曾有此意愿的豪士，故有此意外之举。"洛飞莺道。

"你不要胡乱猜测了，下手调查便是。我只是想证明一件事。"

"那么万松岭百草园还去不去了？"

"现在没心情去了，回去吧。"宋浩摇了摇头道。

"好嘞！"洛飞莺调转车头，回转天医堂。

# 第二章　风云际会（一）

这时，宋浩的电话铃声响起。

"宋浩，你和莺莺马上赶回天医堂，爷爷那里接到了一个奇怪的病人，与林老师他们几位会诊，竟未得其确切病因，从病人的症状来看，我怀疑中了反针术。"唐雨在电话中焦急地说道。

"反针术?!"宋浩闻之一惊。

"什么？反针术?!"洛飞莺也是一惊。

"哪里来的病人？"

"刚从邻县过来的。"

"李贺到了邻县?!"宋浩讶道。

"李贺师兄到了这里?!"洛飞莺也一怔。

"宋浩，你不用担心，若真是李贺师兄，施出绝命针三日之内，以你的针力可在短时间内解去；便是拖延时日的，也有成功救治何成中的先例，不足为虑。"洛飞莺掩饰心中的惊乱，安慰宋浩道。

"若是一两例也就罢了，我担心会有更多人被李贺施绝命针，那样可就麻烦了。"宋浩忧虑道。

"你是说李贺师兄会滥施绝命针？倒是有这种可能，他现在毕竟神智失常，不能控制自己了。"

回到天医堂，宋浩为这名病人诊治。病人自述昨晚开始全身难受，寒热往来，不可名状。按其脉，沉数弦紧，经脉中似乎有种异力游走不定，与宋浩以前见到的几例中过反针术的病人的脉症相似。

"他说昨天上午因为腰疼，请一位江湖游医施过针术，今天早上便有这般杂症出现了。"唐雨一旁说道。

"给你下针的人长得什么样？"洛飞莺问道。

"是个年轻人，眼睛大大的，样子严肃得很，针好了我的腰疼病也不收钱就走了。"

"是他！"洛飞莺低声在宋浩身侧说道。

"宋大夫，刚才那几位老大夫给我看病，没有和我说清什么就走了，我是不是得了很重的病？"病人问道。

宋浩道："你这病是有些特殊，不过你来得及时，不足为虑，连续治上三天就能好了。"

"这样我就放心了，谢谢你！"病人感激地说。

宋浩随后为病人施针术理顺了经脉，有过治疗反针术的经验，下起针来倒也得心应手。但是他心中明白，这是病人来得及时，要是耽搁十日以上，治起来可就费事了。

回到办公室，宋浩对唐雨、洛飞莺二人说道："李贺到附近了，必须找到，否则他还会施绝命针害人的。目前认得他的人只有莺莺和孔飞、付中奇了，他二人忙碌，脱不开身，只好由莺莺带上伍长去邻县找找他了。找到后带回天医堂，我再想法子医治，不管怎么说，他现在是一位病人。"

"嗯！"洛飞莺无奈地应了一声。李贺的出现，令她忧虑之余，也多少感到了些愧疚——他毕竟是魔针门的人。

洛飞莺刚离开，孔飞敲门进了来。

"宋总，针灸科刚刚接诊了两名奇怪的病人，我和付中奇检查了一下，怀疑是遭到了洛氏魔针中的反针术，情况特殊，特来向你汇报。"

"什么，又来了两个！"宋浩闻之一惊。

唐雨道："我们也刚接诊了一个。"

"怎么有这么多中了反针的人？"孔飞讶道。

"是那个李贺到这里了，并且他所施的针术是比反针还要严重得多的绝命针。"宋浩说道。

"原来是这个金针门的叛徒所为！我去找他！"孔飞气愤道。

"我已经派人去找了。"宋浩拦下了孔飞，说道，"救治那两位病人要紧。"

孔飞这时忧虑道："这两个病人病得很重，应该是中了那种绝命针，并且中针的时间在十天以上，金针门的针法也不能解了。好在师父生前曾指导过我们对付反针术的一个应急方法，那就是十二井穴放血，可暂缓其势，以待针法上的高人施术彻底救治。"

宋浩此时闻之一喜道:"金针门竟有此应急之法!这样,我便有时间施术救治了。"

"怎么,宋总能破解这种绝命针?"孔飞惊讶道。

"以前试过一例,还算成功。"

孔飞惊喜道:"原来宋总就是师父说的针法上的高人!"

"这样,孔飞,你和付中奇先将那两位病人的十二井穴放血,稍后我再去治疗。"

孔飞应了一声,连忙转身去了。

"事情有些不对劲,天医堂在一天之内竟然来了三例中了绝命针的人。这个李贺如此滥施针术,是何用意?"宋浩眉头皱了一下。

"你是说,李贺此举是针对天医堂来的?"唐雨忽有所悟道:"是了!一定是这样了。天医堂的针法现在可以称得上是天下第一了。那李贺极度自傲,以为他的绝命针法天医堂也不能解,要与天医堂斗法。"

宋浩闻之一惊道:"不会吧,李贺神智有损,焉有寻人斗针法之意?或是偶然经过此地,治人疾患的同时,习惯性地施以绝命针。"

唐雨道:"李贺神智虽有损,但也处于清醒状态,并且变得更加偏执。他这种人沉迷于针法,绝命针成后,增其狂志,但闻有针法高人,便起争强好胜之心,今番以病人来试,要与你在针法上较量一回。一天之内,天医堂同时接下三位中了绝命针的病人,绝非偶然。我的意见是,目前这三名病人留在天医堂继续治疗,便是治愈后也先不要离去。若是李贺得知你能破解他的绝命针术,日后对其他的人会施以更重的手法。现在全力找到李贺,阻止他的下一步行为才是当务之急。"

"李贺果有此意可就麻烦大了!通知一下莺莺吧,事情现在变得严重了。"宋浩心中一沉。

"绝命针!"宋子和、林凤义、吴启光等人在听了宋浩的一番讲述之后,皆自吃了一惊。

"目前来说应该是李贺的个人行为,与魔针门无关。此事重大,且已发生,只好向各位前辈讲明这其中的缘由。事关洛氏一族的安危,此秘密暂不要泄露出去为好。孔飞和付中奇那边我已交待过了，且将此事保密。现在找到李贺和解救被他施了针的病人才是主要的。"宋浩说道。

"针灸铜人一事就是这个李贺引出来的事端，没想到此人又在针法上胡作非为，仗术害人。"宋子和摇头叹息道。

"洛氏魔针曾以反针术害人敛财，不曾想那李贺将反针术习到了极致，练成了缓夺人性命的绝命针，便是那洛北明也控制不得他。此事若是曝光于天下，洛家的人可就没的命活了，他们可是惹了太多的仇家。只是连累了莺莺这个丫头。"林凤义感慨道。

"为了莺莺，我们暂且保守这个秘密吧，洛北明日后自会遭到报应的。"宋浩说道。

"莺莺现在去找那个李贺，不会有危险吧？"宋子和问道。

"我让小伍和她一起去的，应该没有事。李贺是一个失了常智的特殊病人，找到他后，希望各位前辈能想法子医好他。此人也是一位针法奇才，不为社会造福，甚为可惜。"宋浩说道。

"找到他再说吧。他能以针法害人，当是心智已乱，应该患上了很严重的病症，能不能救得过来还两说。"吴启光说道。

"若是针药都无功，世上也只有一种办法可救他了。"宋浩此时忽然想起了一个人来。

这天傍晚，洛飞莺打来电话，根据几位病人提供的线索，她和伍长到了邻县后，并没有发现李贺的踪影，她准备继续找下去。

同一天，天医堂又接诊了两名被李贺施了绝命针的病人，且病症比前三名更为严重。宋浩、吴启光、孔飞、付中奇四个人组成了临时应急小组，研究破解绝命针最有效的方法。好在宋浩曾救治过何成中，有破解绝命针的经验，对绝命针所致的各式怪症有了对应方法。

在门诊上，也提醒病人们，再让他们通知亲戚朋友，不要轻易地让陌生人施针。

两天过去了，洛飞莺那边仍旧没有李贺的消息，同时又有三名中了绝命针的病人被送到天医堂。奇怪的病症接二连三地出现，也引起了当地卫生部门的注意。卫生部门派专人入驻天医堂，又对那些特殊病人进行复检，防止有传染病发生的可能。内情缘由宋浩也无法对他们说起。

在宋浩、吴启光等人的精心治疗下，部分病人的症状大有缓解。有三人康复痊愈，但仍被留下继续观察，免被李贺查得，再对他人施重手法，增加救治的难度。

这一系列的异常事件，不免令人起疑，于是谣言风起，说是有人中了"鬼针"了，一时间，民众皆对针灸生惧，更对外地来的施针术治病的江湖游医产生了畏惧之感。听说天医堂能解除这种"鬼针"，大凡在几个月内曾被人针灸过的人，感觉有些不舒服的，纷纷求诊于天医堂，使天医堂门诊爆满。经过宋浩等人认真地检查，这些人的症状多是心理作用所致，讲解一番后，人们消除了疑虑。好在此事令人们提高了警惕，近几日不再有人被施绝命针了，身心疲惫的宋浩也感到了一丝欣慰。解除一例绝命针，便是救人一命，但是十分耗心血，运足十成的针力方可奏效，非平时施针那般轻松。

为了尽快寻找到李贺，孔飞和付中奇也乘车四下寻找他的踪迹，可也与洛飞莺一般，一无所获。

这天，宋浩在施针术后在办公室休息，江河急匆匆地过了来。"宋总，有一个自称顾晓峰的人要见你，说是有要事相告。"

"顾晓峰！他怎么到了这里？"宋浩闻之一怔。

接待室内，正坐在沙发上的顾晓峰见到宋浩进来，忙站起身，笑道："宋浩，别来无恙！"

"顾先生你好！没想到你会来天医堂。"宋浩说着，上前与顾晓峰握了握手。

"短短一年多的时间，天医堂便有此规模和气势，宋浩，果然不简单啊，不佩服你还真是不行。"顾晓峰赞叹道。

"顾先生过奖了！对了，听说你找我有急事，不知是何事？不过……"宋浩顿了一下道，"要是关于他们的事，顾先生还是不要讲的好。"

"没有不是的父母，现在你仍旧耿耿于怀，便是你的不对了。好了，此事暂且不谈吧，我来是要告诉你李贺的下落。"顾晓峰说道。

"顾先生知道李贺的下落！"宋浩闻之一喜。

"此人在这一带故意对人施以邪门针术，还专门命那些被他施了针的人来天医堂医治，当是有寻你斗针法的意思。我的弟子们现已找到了他的行踪，你来处理还是由我来处理？"

"李贺是一位针道上的奇才，因神智失常，不能自控，故以所习的反针术来害人。从这方面来说，他也是一个病人，就由我们来处理好了。"

"也好。"顾晓峰道，"明天会有人将他送到天医堂，有众多医道上的高手云集在此，应该能找出医治他的法子。总是不能令他再害人便是，否则生死门会解决掉。"

"如此多谢了！"宋浩感激地说。

"不必客气！"顾晓峰笑了一下，随后道，"那我就先去了，明日你这边负责接人就是。"

"顾先生既然到了这里，我当尽一回地主之谊才是。"宋浩挽留。

"就怕那边有意外之变，令李贺跑了。等以后有机会的吧，当与你把酒一叙。"说完，顾晓峰转身去了。

宋浩连忙送了出来。

望着顾晓峰乘了一辆轿车离去，宋浩站在天医堂的门前，眉头微皱，似有所思。

"宋浩，刚才那个人好像是生死门的顾晓峰。他既已到了天医堂，怎么又走了？"唐雨这时走过来说道。

"他是来告诉我们李贺下落的。"宋浩说道。

"什么？他知道李贺的下落！"

"是的，他还说，明天会有生死门的人将李贺送过来。"

"是这样！生死门的人简直是无所不能！"唐雨道。

"你不觉得奇怪吗？"宋浩说道，"顾晓峰竟然亲自出现在这里，并为我们找到了李贺的下落。这些应该不是偶然的吧。"

"你是说，生死门的人现在仍于暗中保护你，并为你排除一切意外事件？"

"我和天医堂的一切，始终都处在生死门的监视之下，我的一切活动，那两个人都知道。"宋浩叹息了一声。

"说明他们在关心你。"唐雨说道，并望了宋浩一眼。

"我不需要他们的关心。"宋浩冷冷地说。

"宋浩，还是原谅他们吧，毕竟他们是你的亲生父母，关心你也是应该的。"唐雨柔声劝慰道。

"不要再谈这件事了。对了唐雨,你是不是知道了一些什么?"

"我能知道什么啊!你的意思是?"唐雨呈现出惊讶之色。

"哦,也没什么,我只是随便问问。"宋浩苦笑了一下,"外面风大,我们回去吧。"

唐雨意味深长地望了宋浩一眼,没有再说什么,二人转回了办公室。

"给莺莺和小伍还有孔飞他们打个电话,告诉他们已有了李贺的下落,让他们回来吧。"宋浩说道。

唐雨应了一声,给洛飞莺、孔飞二人各打了个电话。

"生死门的人明天将李贺送过来,你打算医治他吗?医好了后准备放他回归魔针门吗?"唐雨问道。

"此人是莺莺的师兄,看她的意思再说吧。"宋浩说道。

"这个李贺因泄露天圣针灸铜人之密,令金针门人遭遇意外之变,就怕孔飞、付中奇二人饶不过他。"

"我会劝说他们和解的,这些不是问题。我考虑是否将此事告诉窦海芹阿姨,讲明李贺现在的状况,能化解他们之间的这场恩怨最好。"

唐雨说道:"这件事我们可要慎重了。我曾听莺莺说起过,李贺与窦阿姨的一个侄女有过一段情感纠缠,又因那针灸铜人一事令窦家几乎家破人亡,现在已是反目成仇。她们要是知道了李贺在你的手里,一定会向你要人的,到时候你是交还是不交?况且此事还关乎莺莺呢。"

宋浩听了,点了点头道:"你说的有道理,我还真是没想到这么多。为防意外,明天一早可借故令孔飞、付中奇二人去药厂那边办事,避开李贺到天医堂的时间,并且保密起见,明天我们要秘密地接收李贺。只要让爷爷和吴老师他们几位老人家知道就行了。先将李贺安置在万松岭百草园,然后再想法子医治他。窦阿姨那边,日后有适当的机会再向她解释。"

唐雨道:"目前也只能这么做了。"

这时,门一开,洛飞莺和伍长风风火火地闯了进来。

"刚通知你还没有十分钟就回来了,如何这般快?"宋浩讶道。

"找了这么多天也没有找到,便不想找了,刚好在回来的路上便接到了唐雨姐姐的电话,说是有李贺的下落了。他在哪?"洛飞莺问道。

"是生死门的人通知我们发现了李贺的下落,明天会将他送到这里。"

宋浩说道。

"你是说生死门的人发现了李贺师兄,但是现在还没有抓到?"洛飞莺问道。

"应该是这样。不过他的行踪既然被生死门的人发现,也逃脱不了。"宋浩说道。

"我看未必。"洛飞莺说道,"李贺师兄幼小便跟随一位民间的老武师习武,还曾得过一次全国散打冠军。那日他从我家逃走时,伤了十好几个人呢。生死门若非有高手在侧,是制不住他的。而且他持针在手,熟悉经穴,更是厉害,尤其是在被激怒的情况下,纵有高手也难制住他。他当年潜入金针门偷艺,可是藏了一身功夫去的。"

"这个李贺竟然这么厉害!"宋浩惊讶之余,说道,"不过有生死门的顾晓峰,应该能擒住他的。"

"宋浩,生死门这种江湖门派怎么和你扯上关系的?他们怎么会帮助你?还有那个天医门?"洛飞莺茫然道。

"因那尊铜人之故,偶然间认识的。"

"原来是这样。知道吗宋浩,针灸铜人的事为什么现在变得风平浪静?除了你那个道家师父,还有这个生死门和天医门,是这两种力量令天下人再不敢对你小视,也再不敢打那尊铜人的主意了。原来你早已认识了生死门的人,并与他们交上了朋友,所以天医门才撤单了。"洛飞莺惊奇道。

宋浩静静听着,并不去说破这其中的缘由。

"不过,"洛飞莺又说道,"即使是生死门的人,也不能轻易地将李贺师兄抓住的。我看,明天他们未必能按时将人送来。"

"这个我看你不用担心,生死门人做事,就我知道的,还未曾有失手的时候。尤其是他们的门主顾晓峰亲自出马,当是万无一失。"宋浩说道。

唐雨道:"宋浩说得不错,生死门的人会将这件事做好的。我和宋浩商量好了,明天我们接到人后,要秘密地送往万松岭,安置在百草园,然后再想法子医好他,这件事有些危险,就由小伍和我去做好了。记住,千万不要让孔飞和付中奇知道,他们是金针门的弟子,和李贺有仇。就是现在,我们也没有令他二人知道你的真实身份,否则便不好相处了。"

"谢谢唐雨姐姐和宋浩,你们想得真是周全。"洛飞莺感激道。

"对了宋浩,我还有一件事不明白。生死门的门主顾晓峰可是一位极其特殊的人物，没有特殊的事情他是不会亲自现身的，应该也不是李贺师兄引他来的，当是他们无意中发现了李贺师兄的踪迹，故而顺便帮你一回。他这时来当是另有目的。"洛飞莺又说道。

唐雨望了宋浩一眼，呈现出忧虑之色。

宋浩道："顾晓峰这个人其实还不算是我的朋友，我总是感觉他怪怪的，随时都能出现在我的面前，若影子一般，甩之不去。莺莺说得对，他此次来天医堂，应该是有别的事，否则以他的身份不会轻易现身的。"

这天傍晚，宋浩和无尘、无月两位师兄一起在食堂用餐。食堂专门为他二人准备了素食。二人受上清观委派来天医堂相助，施道家医术诊治疾病，效果极佳，声望不下于宋子和、林凤义那几位中医名家，深得众人敬重。与他二人同来的还有能遍识天下诸药的无非子，现在万松岭协助秋茹管理百草园。

吃饭间，保安部的一名保安走了过来，递给宋浩一封信道："宋总，刚才在大门门卫处门口的地上发现了一封奇怪的信，指名是给您的，不知是谁扔在那里的。"

"哦！"宋浩接过来扫了一眼信封，上面写有"宋浩亲收，旁人勿启"八字。

"这是谁啊？怎么不直接进来找我？"宋浩说着，启开信件，再看时，不由一怔。那上面写道：

宋浩，此信万勿令人看到。我现在很危险，请你和唐雨速来救我，只有你和唐雨是我最相信的人了，切不可带外人来。我在白水河的那座大桥下等你们。

月和铜矿一故人急书！

此信字迹潦草，当是在一种急迫的情况下写就的。

"月和铜矿一故人？是王力？不对，他不认识唐雨……原来是他到了这里！"宋浩恍然大悟。他忙朝无尘、无月二人打了声招呼，起身离去了。

宋浩来到唐雨的办公室，未及敲门便闯了进去。

正在伏案工作的唐雨见他急匆匆地进来，讶道："怎么了？"

"唐雨，纪冬阳到了这里，他现在的情况很危险，我们俩现在必须去救他!"

"纪冬阳!"唐雨闻之一惊,站了起来,"你是怎么知道的?"

宋浩将手中的那封信递上前,说道:"他写了一封求助信扔在了天医堂大门口,被保安发现了。"

唐雨接过阅罢,惊讶道:"'月和铜矿一故人',你怎么知道就是纪冬阳?"

宋浩说道:"当年我和他在这个叫月和铜矿的地方见过面,虽然当时还有一个人,但是那人并不认识你。能在信上说只相信我们俩的人,也只有纪冬阳了。他用月和铜矿来启示我,未敢以真名相告,说明他现在处境极其危险,怕这封信不慎落在别人手里暴露了他的行踪。"

"这说明追他的那些人也已经到了这里,他见情形危险才向我们求援的。"唐雨说道。

"应该是这样。在青海的时候,纪冬阳曾问过我天医堂的地址。我们现在去找他吧,将他暂时安置在一处安全的地方,避过那些人的追查。"

"等一下。"唐雨忙阻止宋浩,"你的目标太大,不能去,我一个人去好了,否则会暴露纪冬阳行踪的。"

宋浩听了,点头道:"也好,找到他后,将他送到万松岭百草园吧,那里偏僻,也比较安全,外人是入不得内的。"

"好吧。宋浩,此事你我知道就行了,不要告诉任何人,否则不但会给纪冬阳带来危险,也会给天医堂引来大麻烦。"唐雨叮嘱道。

"我知道。"宋浩点头,"纪冬阳既然相信我们,我们就尽可能地保护他的安全吧。"

"先找到他安顿下来再说。"唐雨说完,急着去了。

此时天色已黑,天医堂的大楼内则是灯火通明。宋浩站在落地窗前,看到唐雨开车出了大门,并没有直接去白水河大桥的方向,而是转向了白河镇内。

"这丫头聪明!绕几圈再过去才更安全些。"宋浩点了点头。他又担心唐雨的安全,随即给伍长打了个电话。

"小伍,是我,唐雨现在去白水河大桥那里办一件重要的事。你现在去那里守候,暗中保护她的安全。记住,不要让任何人发现你的行踪。待唐雨离开后,你注意一下她的车后有没有尾巴。若是有的话,可以调动天医堂保卫部的力量找个由头将他们引开，掩护唐雨的车顺利离去。另外，唐雨的行程你要严格保密。"眼下也只有伍长能信得过和帮得上忙了。

半个小时后，唐雨打来了电话。

"宋浩，我已经接到了纪冬阳，他现在就坐在我的车上。事情比你我所想象的要严重得多得多，回去再对你细说吧。我刚才看到有天医堂保卫部的车和后面的一辆汽车撞到了一起，应该是你的布置吧，很好很及时。另外，我现在去万松岭，将纪冬阳安置在一处隐蔽的地方，暂时不能惊动百草园的人，因为那里有上清观的人。然后我会绕道县城，再转回来，以乱人耳目。"唐雨一口气说完，随即挂断了电话。显而易见，她那边遇到了棘手的事，不方便立即赶回天医堂。

"这和上清观有什么关系？"宋浩闻之愕然。

"明天顾晓峰那边还要将李贺送过来，怎么事情都遇到一起了！"宋浩摇了摇头。纪冬阳的意外出现，似乎打乱了一切。

二十分钟后，伍长回来了。

"宋大哥，果然有人在跟踪唐姐的车，我令保卫部的车制造了一起交通事故，将对方拦下了。放心好了，保卫部的人也不知道是在执行什么任务。那辆车是外地的，现在已被交通部门连人带车都扣下了。在天医堂的地盘上肇事，可没他们的好果子吃。我已通知了交警队的王队长，让他们先扣住对方的人不放，查清了来历再说。现在此地的各个部门，对我们天医堂都是另眼相看的。"伍长兴奋地说道。

"此事办得利索！"宋浩点头称赞。"还有，小伍，这些日子可能要有特殊的事情发生，你命令保卫部要密切注意进出天医堂的形迹可疑之人，做好突发事件的应急准备。尤其是今晚的事情你不要和任何人说起。"

伍长没有多问，应声去了。

出了什么事？唐雨的话里有戒备上清观的意思。百草园那里只有无非子师兄，防他做什么？宋浩疑惑不已。

# 第三章　风云际会（二）

一个半小时后，唐雨一脸疲倦地回来了。

宋浩忙倒了杯水给唐雨，说道："不要着急，先歇一会儿再说吧。"

唐雨喝了一口水，望着宋浩，叹了一口气，这才说道："宋浩，事情变复杂了，也变得更为严重了。在白水河的大桥下我见到了纪冬阳，他上车后，我随口问了一句，在西宁的大清真寺前，他为什么突然跑掉。你猜他对我说了什么？"

"难道说是和上清观的人有关？"宋浩讶道。

"不错，纪冬阳是被你的那三个师兄吓跑的。他说……"唐雨犹豫了一下，"他说，你的那三位道家师兄是杀害他爷爷纪玄的凶手！"

"什么？！"宋浩听了，从座位上一惊而起。

"所以当他看到我们带他去见的人竟然是杀害他爷爷的凶手，立即吓跑了。上清观为了抢到无药神方，竟杀人害命了。"唐雨摇头叹息道。

"不会的，师父不会这么做的！"惊呆的宋浩扶着桌子，慢慢地坐了下来。

"宋浩，你先不要太着急，此事实在是太出人意料了。并且纪冬阳还说，追他的人有好几伙，都是不明来历的。他走投无路了，才想起找我们。我现在将他安置在了万松岭上的一个木屋里，是以前百草园的工人们为了临时歇息搭建的，现已废弃不用了，可以暂时令他容身。明天我再给他找一处安全的地方，不能令百草园的人发现，因为你师兄无非子也在那里。天医堂这边他是万万不能来的。"唐雨说道。

"师父……师父怎么能令无果师兄他们做出这样的事呢？不值得的啊！"宋浩痛苦地说道。

"知人知面不知心，你那个师父一副清高出世的样子，却也和世人一样有着贪欲。天圣针灸铜人未能打动他，一个虚无飘渺的无药神方却打动了他，也真不可思议。"唐雨摇头感慨道。

想起师父肖伯然几次和自己谈起无药神方的事，此番当是志在必得……难道师父真是这样一个伪君子吗？

"纪冬阳这个人性情狡诈无常，会不会在他知道了我和上清观的关系后，为了保护自己或是其他什么原因，而使出的挑拨离间之计？意在离间我和上清观的关系，不再让我们送他去上清观保护他的安全？"宋浩沉思许久，缓缓说道。

"我看没有这种可能。昔日在去大清真寺之前，他也曾答应去上清观暂避的，后来见到了无果他们才被吓跑的。从当时的情形看，无果他们的确令纪冬阳感到了恐惧。你回忆一下，当时无果发现纪冬阳不见了后，对你的态度突然改变。上清观对无药神方也是大感兴趣的，现在证实了我的预感。那个肖老道也厚颜无耻地令弟子们和江湖上的人一道来抢夺了。请不要责怪我对你师父的不礼貌，他对你纵有千般好处，也抵不过杀人夺物之过。"唐雨说道。

"不！我还是不相信师父会这么做！"宋浩坚决道，"我现在就和上清观联系，验证此事的真假。"宋浩说着就要给无果打电话。

唐雨忙阻止他："宋浩，情况特殊，你要慎重考虑。若是真的，就会暴露了纪冬阳的行踪，到那时你师父可能会亲自来向你要人。还有，消息一走漏，还会给天医堂引来大麻烦，想想当年天圣针灸铜人惹出的事端吧，不是我们的能力所能制止得了的。还有，生死门的顾晓峰在这个时候也出现在了天医堂，极有可能也是为纪冬阳来的。当务之急是要保护纪冬阳的安全，既然接了这个烫手的山芋，就为他负责吧。当时见到纪冬阳，他一看到我都哭了，非常可怜。这个时候，他能相信我们，也着实令我感动。刚才回来时他对我说，只要我们保护他的人身安全，无药神方的秘密日后会对我们说的。"

"这个人又开始和我们谈条件了。不管怎么样，他既然找到了我们，就保护他这个医中的另类奇才吧。你刚才说的有道理，我就暂时不和上清观联系了，静观其变。"宋浩叹息了一声道。

"你能这么想最好，我们现在万不可自乱方寸。纪冬阳找到这里后，将身上所有的钱给了一名清洁工人，让他将求救信扔在了天医堂的门前，自己未敢露面。看来有好几伙人追踪纪冬阳到了这里，生死门的人也当是为此而来。今晚的事情应该是瞒不过顾晓峰的,不过他现在还不能确定纪冬阳已经被我们藏起来了。其实在青海,我们俩就已经成为了那几伙人的目标,现在只不过将这种麻烦引到了天医堂。"唐雨说道。

"此事最好不要影响到天医堂的正常运转,我们一定要想尽办法将事态的变化控制在天医堂之外。"宋浩说道。

"现在置身事外已是不可能了。不过要想令此事不影响到天医堂也不是没有可能。你现在的身份特殊,生死门的人本是天医门派来保护你的。所以你要利用这点,顾晓峰即使有找人的意思,也不会太为难你的,因为他也是在为天医门抢夺无药神方。有他在,倒是可以防范另外的势力。"唐雨说道。

"你倒是一个女诸葛!"宋浩赞许道,"现在形势复杂,有生死门自能控制住一切。"

"不过我还有一个担心:无药神方都能令你那个清高的师父移志,难保不会令顾晓峰生出一己之私来,到时候他也有可能会不顾忌和天医门的关系而为难我们,所以,还要另有心理准备才是。"唐雨说道。

"不怕!"宋浩站了起来,毅然说道,"只有我们自己才能救自己,既然已经牵涉进了这场意外,就什么也不要怕了,也不要希望那个天医集团来庇护我们,我们自己来面对这一切吧。"

"宋浩,我很高兴看到你这么坚强,我会支持你度过这场风波的。"唐雨激动地说。

"纪冬阳能来找我们保护他,算他找对了人。我倒不稀罕他的什么无药神方,但作为医道中人,不能见死不救。这样,明天顾晓峰送李贺过来时,就将李贺转送到百草园,你趁机再重新安置一下纪冬阳。我这边来对付顾晓峰。现在开始,我那几位师兄我们也要防着点了,不怕一万就怕万一。待风声过去后,对纪冬阳再另做打算。他想秘密留在天医堂,暗中施以无药神方救人则可,不愿意就将他送到一个偏僻安全的地方,令他自行隐居便是了,总之不能令他落在别人的手里,否则最终将是死路一条。"宋浩说道。

"没想到同时来了纪冬阳和李贺这两个特殊的人物,我们有的做了。这样也好,李贺倒能掩护一下纪冬阳,日后我们往来万松岭就不会被人怀疑上了。"唐雨说道。

"还有件事",宋浩说道,"一会儿你通知孔飞和付中奇,叫他们明天一早去药厂,就说药厂的采购部门为医药馆这边购置了一批针灸器械,叫他们去验收,那边我已经安排好了。免得明天他二人见到李贺生出什么过激的举动来,李贺在天医堂的事以后也对他二人封锁。他们是金针门的窦阿姨派来帮助我们的,不要令他们有什么意外才好。莺莺说,李贺会功夫。"宋浩说道。

唐雨听了,敬佩地笑道:"你想得周道,竟然已做了安排,忙而不乱,果有大将之风!"

第二天,宋浩、唐雨、洛飞莺三人等待生死门的消息,然而到了中午,仍旧不见顾晓峰的人过来。

"我说什么来着",洛飞莺说道,"李贺师兄不是轻易就能抓到的,生死门的人今天若是不将他送来,便是失手了。又不知他会跑到哪里去,继续害人。"

洛飞莺的话音刚落,宋浩便从窗户看到两辆轿车开进了天医堂的院子里,其中一辆是昨天顾晓峰离开时乘坐的。

"他们到了!"宋浩说道,随即起身出迎。唐雨等人后面跟随。

"宋浩!"下了车的顾晓峰朝宋浩苦笑了一下,说道,"你的这位客人真是不好请,伤了我好几名弟子。"说着,向后面的那辆车内招了招手。

接着有两个人从车内抬出一个昏迷的人来。那人长相年轻,颇显英俊,只是脸上灰暗憔悴,嘴角现有血迹,衣裳破碎,应该经历了一场搏斗。

"师兄!"洛飞莺见状惊呼道。

"他没事,被我的人打昏了而已,否则是请不来的。"顾晓峰说道。

"这就是那个李贺吗?"宋浩上前看了一眼,随后道:"先抬进去吧,待他醒后再定。莺莺你跟着吧,别让他醒后胡为。"

唐雨曾与顾晓峰见过面,此时上前打了声招呼道:"顾先生好!"

"哦,是唐小姐。"顾晓峰点头笑着应了一声。

"顾先生,谢谢您为我们找到了这个危险的人物,还请里面就座吧。"宋浩伸手让道。

"好吧,我正好还有事找你。"顾晓峰说着,和宋浩进了天医堂大楼内。

唐雨叫人将李贺抬进了一间诊室内，检查了一下，见并无大碍，于是对洛飞莺说："小伍在后门备好了车，现在就将他送到万松岭百草园，然后再想法子医他。以免被人知道他在这里，生出事来。"

洛飞莺点头道："宋浩昨天说过的，就按他的意见办吧。有我在，李贺师兄醒来便不会有事了，他认识我。"

客厅内，顾晓峰呷了一口茶，然后对宋浩笑道："你要的人我送来了，能否也帮我找一个人？"

"果然！"宋浩心下一动，平静道："顾先生要找什么人，尽管说来，只要他在天医堂，我立刻将他叫过来见你。"

"这个人你认识，就是纪冬阳。根据我们得到的线索，此人已经到了这里，应该是来找你的。宋浩，纪冬阳现在是个大麻烦，希望你不要牵涉到有关他的事件中。如果你已经见到了他，还请交给我，否则被别人'请'了去，他会没命的。"顾晓峰口气严肃。

"纪冬阳？他来这里了吗？我还没有见到他啊！"宋浩故作惊讶。

"哦？是这样。"顾晓峰眼中闪过了一丝异样，随即掩去，笑了一下道："那好吧，如果他来找你，一定要通知我。放心，我会保证他的人身安全。现在这个人和你当初一样，被人四处追杀。生死门是他最好的庇护所，这点在你见到他时请转告他。"

"可以。"宋浩点头道，"顾先生的为人我放心，纪冬阳落在生死门比落在其他人手里要好得多，这点我是相信的。只是强人所难的事，不知道纪冬阳自己愿不愿意。"

"他会愿意的，因为他现在别无选择，进了生死门才有生的希望。好了，这是我的电话，一有他的消息，或者你想好了，即刻通知我。"顾晓峰说完，放下一张纸条，起身去了。

"此人已经和我摊牌了，看来是他自己要得到那无药神方，此番并非为天医门而来。"宋浩寻思道。

"师弟，你看谁来了！"门一开，无尘笑着走了进来。后面跟了三个人，却是无果、无法、无天，三人此时已换了俗家打扮。

"师兄！"宋浩惊喜道，"何时到的，怎么也不打声招呼啊，我好去接你们！"

无果笑道："刚到就过来了。天医堂果然是形势喜人啊！"

"三位师兄快快请坐！"宋浩说着，心中一动："他们在这个时候竟然也到了这里，这也太巧合了吧？"

无果坐下，笑道："师父听说你的天医堂发展迅速，还另建了中草药基地和制药厂，很是为你高兴，说你的作为大大超过了观中对你的期望，实在是出人意料地好啊！医道中兴，就在天医堂了！"

"师父还好吧？"宋浩犹豫了一下，问道。

"还和以前一样，不过现在是时刻关注着天医堂的发展，并且还在为你网罗民间的医中高手，过些日子，会有几名擅一技之长的医道中人前来加入天医堂，要令天医堂成为天下名医的聚集地。"无果笑道。

"代我谢谢师父的良苦用心！"宋浩感激之余，心中颇为复杂。"三位师兄先歇息一日，然后我带你们参观一下天医堂制药和百草园。"

"那是自然。对了，师弟。"无果此时话语一转，望了宋浩一眼，低声道："我们此次前来，是受了师父之命，请你相助完成一件特殊的事情。"

"既是师命，师兄说了就是，我当尽力而为。"

"很好！"无果点了点头，说道，"帮助我们找到那个纪冬阳。上次在西宁，他不知道为什么跑掉了。现在我们得到线索，他极有可能会来天医堂找你相助。只要他一找到你，就将人交给我们吧，带回上清观，以保证他的安全，这也是你原先的意思。有些事情也应该让你知道的好，其实我们一直在寻找纪冬阳的下落。师父对无药神方很感兴趣，这是师父多年的一个愿望，希望我们一起来达成它。"

"果然是为了纪冬阳来的！"宋浩心中暗道。

"当然可以了！"他想知道纪玄是否是被这三位师兄所杀，但问了就代表承认纪冬阳已找到了自己，于是说道："纪冬阳上次在西宁和我们走散后，就没有再和我联系过，他又如何会找到这里？现在有很多人在找他，他也应该知道来我这里很危险。况且，这个人也不相信我，否则上次就不会不辞而别地走掉了。"

"根据我的推测，他现在已经是走投无路了，你曾帮助过他，并且有让他避走上清观的计划，所以他应该还是会来找你的。各方面线索显示，他已经到了这里，但是也引来了追他的那些人。为了安全方面的考虑，短时间内他可能还不会和你联系，也在观察你这里是否能让他安全。只要他一和你联系，必须马上告诉我，要是被别人抢先得了手去，他会有性命之忧的。"无果说道。

"行，一有他的消息，我会立刻通知师兄的。"宋浩敷衍道。

"另外还有一件事"，无果口气严肃道，"天医门的人也在找纪冬阳。天医门齐家好像与你有特殊的关系，你虽然没有和师父说明这件事，其实师父早已晓得了一些情况，只是因为这是你的私事，师父也没有过问。天医门的人这几天可能也会来找你帮助，到时候师弟要分得出个轻重来。"

"请师兄转告师父，天医门齐家和我没有任何关系，我也没有理由去帮助他们。"宋浩淡淡地说。

无果闻之一怔，随即笑道："这样最好！不负师父栽培你的一片苦心，助我们达成他老人家的愿望是最好不过的了。"


县城，生死门一临时驻地，生死门的一名弟子在向顾晓峰汇报情况。

"师父，上清观的人也到了天医堂。"

"肖老道的动作好快！"顾晓峰闻之一怔，随即笑道："这个小宋浩现在可是左右为难了。"

"还有，洪晃那伙人也已经追踪到了这里，他们是天医集团的人，是否会与我们的行动发生冲突？"那名弟子又说道。

"天医集团的当家人现在并不在乎这个无药神方，洪晃那伙人是齐延风的手下。齐延风是想借无药神方在天医集团内翻身，不过我们是不能容他得手去的，一是为了他的兄弟，二是为了我们自己。况且有上清观的人在，最终也轮不到他。"顾晓峰说道。

"只是我没有想到这个纪冬阳竟然来天医堂找宋浩，将事情复杂化了，倒是令我们有些措手不及，这很有可能刺激齐延风采取极端的行动。现在命令所有的人手，密切监视洪晃和上清观的人，还有宋浩。我现在怀疑纪冬阳已经和宋浩联系上了，并被他秘密地藏了起来，否则在这个小地方不能查不到他的踪迹。宋浩和唐雨越来越聪明了，在青海甩掉了所有追踪他们的人。也是因为所有人的注意力当时都在他二人身上，令纪冬阳能避走它处，否则他是走不出青海的。这是我们的一个失误，也是没有想到宋浩和唐雨会在青海遇到纪冬阳。"顾晓峰又说道。

顾晓峰摇了摇头:"只是有一点我不明白。宋浩本来的意思是要将纪冬阳交给上清观的人,却不知中途为什么又改变了主意,令纪冬阳突然消失了,也打乱了我们的计划,现在我怀疑这是他们当时商量好的一个令纪冬阳脱身的计划。看来这个小宋浩不是我们想象的那样简单。"

唐雨从万松岭百草园回到了天医堂。"李贺在那边已安顿好了,有莺莺陪着,应该不会再生事了。"

宋浩听了,点了点头道:"这样我就放心了,此事倒真要感谢顾晓峰,没有他,我们一时半会儿的还找不到李贺,不知他还会害多少人。顾晓峰已明确向我表达了他的意思,这次来果然是为了纪冬阳。还有,上清观的无果师兄他们也到了。"

"上清观的人也来了?!比生死门的人还不好对付。"

"事已至此,就不能管那么多了,保证纪冬阳的安全是最重要的,否则就是我们助纣为虐了。"

"宋浩,真是难为你了!"唐雨叹息了一声道。

"也是没法子的事。对了,纪冬阳现在还好吧?"宋浩问道。

"我已叫小伍秘密地将他又换了个安全的地方,吃喝方面不成问题。听小伍说,他的情绪还算好。"

"待事情过去了我再去看他,小伍是个可以信赖的人,除了他,纪冬阳的事不能让任何人知道。安全起见,他现在的藏身地点,除了你和小伍,就是我暂时也不要告诉,这让我能坦然一点地去应付无果师兄和顾晓峰他们,免得被他们看出什么来。"宋浩苦笑了一下。

唐雨听了,也无奈地一笑。

宋浩在住院部巡视了一番病房后,感觉郁闷,便出了天医堂,信步来到了白水河边。他望着静静流淌的河水,回忆起童年在河水里嬉戏游泳时的情景,恍若昨日,心中不胜感慨。河边的那片树林依旧,是昔日宋浩读书和练针的地方,不远处还是那片西瓜地,两个陌生的面孔在那里劳作,物是人非,十几年的光阴一晃就过去了。

宋浩回头望了望不远处耸立的天医堂大楼,是如梦幻般地一夜间拔地而起，变成了自己施展事业的天地。眼下的诸般困难和现在的成就相比，简直算不了什么，天医堂就是自己的信心所在。

"世事真是难以预料啊！"宋浩一声感叹。

"师父派无果师兄来天医堂，就是为了找到纪冬阳获得无药神方，可是他们竟然为此而生出杀人之举，师父啊，您怎么能是这样的人呢？"宋浩痛苦之余，摇头道，"我是怎么也不相信，师父会令无果师兄他们做出这种事，以师父的修为，世间还有何事物能动其心？

"本来上清观应该是纪冬阳最好的避难之所，可是现在竟成了危险之地，我是无论如何也不能将他交出去的，否则与杀他无异。虽然见识过一次无药神方的效力，但是仍旧对这种似乎虚无的疗病之术感到迷惑。为什么这么多人对它感兴趣，使尽了手段来夺呢？其功未就，殃害先成，岂是医道正法？虽是大医之道可舍针药，却不能广济天下，又有何益处？疗民之疾，当还是以针药为本的。

"不过民间的确有特殊的医病奇法，简单效捷，这些奇法秘术也应该挖掘出来，试着探究其中的奥秘。应该成立一个中医研究部门了。"

宋浩胡乱想着，不知不觉地沿着河岸走远了去。一个人影悄然跟了上来，却是风火堂的鬼手刁成。

此时，顾晓峰站在白水河大桥上正用望远镜远远地观察着宋浩。

"刁成？他怎么也来了！此次行动并没有通知他，这个人到底在为谁做事？"顾晓峰的眉头不禁一皱。

宋浩发现自己无意中走得远了些，转身欲要回去的时候，才发现身后站了个人，不由一怔。

"你一个人出来的机会真是难得。"那人冷冷地道。

"你是谁？有事吗？"宋浩问道，心中自是懊悔在这种特殊时候还独自出来到野外散步。

"我叫刁成，我们曾有过几次见面的机会，但是你都没有发现过我。今天找你，是想和你说上几句话。"刁成说道。

"请讲。"宋浩说道，同时袖里出了一针，暗扣手中。

"我们以前是敌人，但现在是朋友，这一点请你务必相信，否则后面的话我就没有讲下去的必要了。刁成说道。

"有什么事你就说吧。"

"你现在的处境很危险,所以请你日后不要单独出来。"刁成说道。

宋浩闻之,感觉此人似乎对自己没有恶意。"这点我知道,不劳相告。并且在这里,应该没有人敢对我怎么样。"

"那是你还没有完全明白自己的处境和面临的危险。我要告诉你的是,现在已有几股对你不利的势力到了这里,随时会有人取你的性命,并且你避无可避。所以,为了你的安全,请将纪冬阳交出来,随便交给什么人。这样,你和天医堂才可以避免麻烦。"刁成说道。

"原来阁下也是为了那个人来的,可惜的是,我令大家都失望了,我现在还不知道纪冬阳的下落。"宋浩此时才感觉这个刁成似乎有点熟悉,以前好像在哪里见过。

"请你不要误会,我不是为了纪冬阳来的,而是为你来的。我现在对纪冬阳和无药神方不感兴趣,我只是想保证你和你的天医堂不受到此事件的冲击。"刁成说道。

"怎么能让我相信你呢?你说我们以前是敌人,现在却成了朋友,我不明白,我们是如何从敌人变成朋友的?"宋浩说道。

"这个你不需要明白。不过我要告诉你的是,我已经知道纪冬阳找到了你,并被你秘密地藏在了万松岭上。虽然目前我还不知道被你藏在了哪里,不过这是一个非常不明智的举动,有可能会为你和天医堂带来一场灾难。这个纪冬阳的处境比你当年的处境还要糟糕,他是一个能给你带来危险的人物,请你务必将他交出来,交给生死门和上清观的人都可以,就是不要留在天医堂内。天医堂能有现在的规模和气势非常不易,不要让这个无干的人毁了去。"

宋浩闻之一惊,这个刁成到底是什么人,好像知道了一切。"对不起,我不明白你说的是什么,我并没有将纪冬阳藏起来,因为我根本就没有见过他。"

"你还是不相信我。我再郑重地告诉你一遍,有人想趁这个混乱的局面除掉你,你不要为了那个纪冬阳令这种不利的局面继续存在下去。记住,我对你绝无恶意,都是为了你和天医堂的安全才说这么多的。好了,我不能再和你说下去了,但是请你回去后一定要考虑我说的话,不要因小失大,否则后悔不及。也会令我为难的。"刁成说完,转身去了。

"一个奇怪的人!"宋浩摇了摇头,随后返回了天医堂。

"宋浩,你去哪里了?给你打电话也不接。"正等候在天医堂大门口的唐雨,一见到宋浩,焦急地说道。

宋浩一摸衣袋,忙歉意地说:"电话忘在办公室了。怎么,有事吗?"

"莺莺的父亲来了!"唐雨说道。

"谁?"宋浩闻之一怔。

唐雨指了院子里停着的几辆豪华轿车,"莺莺的父亲洛北明到天医堂了!"

"洛北明怎么来了?"宋浩眉头一皱,随后道,"这个时候牛鬼蛇神也应该都出动了。人呢?通知莺莺了吗?"

"在接待室里。"唐雨说道,"我已经给莺莺打过电话了,她稍后便能赶回来。宋浩,洛北明说是来接李贺走的。"

"接李贺?!他的消息够快的!李贺不能交给他,否则还会令绝命针危害社会。我看洛北明来天医堂是'醉翁之意不在酒',待我去会他一会。他以前可没少给我添麻烦!"宋浩冷笑了一声。

"你说他也是为了纪冬阳来的?"唐雨颇感惊讶,但还是提醒道:"宋浩,虽然洛北明这个人很讨厌,暂且也不管他是为了什么目的而来,一会儿见到他时,还是礼貌些的好,他毕竟是莺莺的父亲。"

# 第四章　居心叵测

接待室里,一个人懒洋洋地坐在沙发上,身材矮胖臃肿,且是秃顶,眯着一双金鱼眼,令人生厌,此人正是洛北明。旁边还站了五六个随从人员。

宋浩一见到洛北明,眉头便自皱了一下,心中讶道:"这就是莺莺的父亲洛北明吗?怎么长得这样,哪里像一对父女!"

"哟!你就是宋浩吧!应该叫宋总。"洛北明看到有一名英俊的年轻人在唐雨的陪同下走了进来便知道是谁了,眼中一亮,忙起身相迎道。

"这位先生是……?"宋浩明知故问。

"小女是洛飞莺,鄙人是她的父亲洛北明。"洛北明眯起眼睛笑道。

"原来是洛先生,请坐吧。"宋浩淡淡地说,自行坐了下来。

洛北明一双金鱼眼上下翻了翻,随即在宋浩的对面坐下,笑了笑道:"小女在天医堂给宋总添麻烦了吧。那孩子自小任性,还请宋总海涵!噢!对了,以前我们洛家曾对宋总做出一些不礼貌的行为,都是误会,在这里,洛某致以诚挚的歉意!当然了,宋总应该早已原谅我洛家了,否则也不会让小女在天医堂工作的不是?误会,一切都是误会!哈哈……"洛北明发出了一阵干笑。

宋浩冷哼了一声道:"洛先生贵人多忘事,也将所有的误会都忘了吧。当年将我逼走江湖的人中,洛先生可算得上是一个大人物了。好在我命大,死里逃生了几回,活了下来。"

洛北明听了,颇显尴尬,随即一笑道:"当年的事情特殊,洛某不慎被卷入,好在能及时抽身而退。"

"洛先生,事情过去了不谈也罢,有件事还想向洛先生请教。洛先生是针灸名家,应该能为我解开这个迷惑。"宋浩脸色一肃道。

"宋总有话但讲无妨,洛某知无不言。"洛北明点了下头。

"针道可有正反之说？"宋浩说道。

洛北明脸色一变。

"爸，你怎么来了？"洛飞莺这时进来，解了洛北明的难堪。

"来看看你在天医堂工作得怎么样，顺便接你的师兄李贺回去。"洛北明说道。

"为什么来之前也不事先通知我一声，我好有个准备。"洛飞莺责怪道，有些不甚欢迎的意思。

"你这孩子这么久没有回家了，来看看你也不成吗？"洛北明面呈不快道。

"你怎么知道李贺师兄在这里？并且这么快就找来了？"

洛北明犹豫了一下，说道："本是来天医堂看你的，一个小时前才知道李贺也到了这里。你师兄的旧病犯了，惹了事端，顺便接他回去治疗。"

"爸，师兄的病情比较重，洛家的针术未必能治得了他，天医堂名医云集，还是留在这里治疗的好。"洛飞莺说道。

"莺莺，李贺是我门下弟子，他既有事，我应该对他负责，你就不用管了。难道我洛家的医术就比别家的差吗？"洛北明适才被宋浩讥讽了一顿，现又遭女儿违逆，面带愠色。

"洛先生"，宋浩说道，"李贺是天医堂的病人，在没有痊愈之前是不能出院的，这一点还请洛先生谅解。"

"是啊，爸，没有宋浩，李贺师兄就惹了大祸了，很有可能会牵涉到我们洛家的。"洛飞莺说道。

洛北明脸色变了变，将随从人员遣到了屋外。

"洛先生，李贺如今的行为势必会暴露出魔针门以前的一些作为，倘若那些非富且贵的人寻思过味来，集体上门讨个说法，洛先生能应得下吗？"宋浩道。

"宋……宋总的意思是？"洛北明犹豫了一下，试探问道。

"现在天医堂内有十几位遭到李贺绝命针所害的病人，当会成为那些人寻疑的显证。不过这些人经过天医堂的医治，病势都已逆转过来了，痊愈后就可以出院了。希望此事就此打住，日后再出现这种怪病，这方面还要请洛先生配合。"宋浩说着，望了洛飞莺一眼。

洛飞莺明白宋浩的意思，感激地朝他一笑。

洛北明此时掏出手帕抹了一把头上的冷汗，讪笑道："这样也好！这样也好！"他急于带走李贺，是想抹去这方面能令人起疑的痕迹，不想宋浩已是看透了他的心思。同时让他惊讶的是，天医堂竟能逆转李贺的绝命针，这可是他本人目前都无法做到的事。

"爸，先到我那里休息一下吧。"为打破这种尴尬的局面，洛飞莺这时说道。同时，她心中隐感父亲突然造访天医堂，当是另有原因。

"也好！也好！"洛北明起身道。

"随后我们会设宴招待洛先生，还请赏光！"唐雨一旁笑道。对方毕竟是洛飞莺的父亲，要照顾她的面子，礼节上要过得去才行。

"客气客气！"洛北明忍着心中的不快，随口应道。他没想到与宋浩初次会面，竟处下风。

望着洛氏父女离去的背影，宋浩说道："这个人是条老狐狸，想来这里分上一杯羹，人的贪欲是无穷的啊！"

"他也在打无药神方的主意吗？"唐雨讶道。

"否则来此何干！"宋浩冷笑道。

洛飞莺的办公室内，洛北明急不可待地问道："莺莺，洛家对人施反针这种事，宋浩怎么知道的？是你告诉他的吗？"

"这种事怎么能对人讲得出来！是他以前接诊过被施反针术的病人。爸，不要再做下去了，否则我们洛家真的是要大祸临头了。"洛飞莺劝告道。

"这么说，李贺的绝命针也是他破解的了？"

"是，宋浩针上的修为厉害着呢！我们洛家曾以针法自傲，却不知民间针灸上的高手多着呢！天医堂就有好几位高人。"

"宋浩这小子果然是个奇才，他的针力大长，必是得益于那尊医中至宝天圣针灸铜人。"

"爸！"洛飞莺此时一怔，讶道，"你不会还在打那尊针灸铜人的主意吧？"

洛北明摇头道："宋浩这小子福气大，如今有了天医集团和生死门，还有那个上清观为他撑腰，天下已无人再敢窥视那尊针灸铜人了。你几次接近他都谋取不成，并且还意外地和他做了朋友，我自然也是死心了。"

洛飞莺又问道："爸，你这次来天医堂不单单是为了来看看我的吧？"

洛北明闻之一笑，点头道："我的女儿就是聪明！我这次来天医堂是来找一个人。"

"找什么人啊？"洛飞莺问道。

"怎么，你还不知道吗？"洛北明眉头一皱道，"医门纪家的纪玄研究出了无药神方，但随即被人杀死在家中，他的孙子纪冬阳携此秘术逃走。这个纪冬阳曾与宋浩认识，在他走投无路之下，已经到了这里来找宋浩寻求保护。现在几路追踪纪冬阳的人马都已经到了，你难道没有得到一点风声吗？"

洛飞莺摇头道："这些事情我不感兴趣，也不想知道。爸，你还是不要参与此事中了，生死门的人已经到了这里，你争不过他们的。"

"莺莺，"洛北明此时叹息了一声道，"我这么做是为了救我们洛家。暗里施反针一事已是令人起了疑，若是得到无药神方，可治一切之症，有人来追问时，在不施针的情况下，以无药神方将一切痕迹化于无形，到时候就没有人再怀疑我们了。两种法子再密切配合，当是天衣无缝。"

"爸，你怎么还想将这种见不得人的生意做下去？纸盖不住火，早晚事发的。还是收手吧，现在还来得及。"洛飞莺恳求道。

"洛家能有今天的一切，都是得益于反针术给我们带来的财富。为了保住魔针门洛家，你必须帮我找到那个纪冬阳。"洛北明厉声道。

"爸，我来天医堂是想做一名真正能为人治病解除痛苦的医生，不想再做害人敛财的医生，所以请你不要逼我。并且你做这件事是很危险的。"

"混账东西！我看你现在是有些吃里扒外了。别以为我看不出你的心思，你相中宋浩那小子了是不是？这也是我没有阻止你来天医堂的原因，这个宋浩还大有可利用之处。你要利用和宋浩的关系，为我抢先找到那个纪冬阳。无药神方和那尊天圣针灸铜人不同，针灸铜人是独一的，而无药神方是可以复制的，只要我能先于别人从纪冬阳那里得到无药神方的秘术，仍然可以将他这个人作为人情送给天医集团和生死门，或者上清观。就算我们没有在别人之前找到纪冬阳也没关系，他此番为了寻求保护，必会将无药神方的秘术告诉宋浩，你要想方设法从宋浩那里拿到。"

"还有，"洛北明又阴沉地一笑道，"我刚刚得到一个消息，宋浩这小子可是大有背景的。他有可能是天医门齐家的后人，日后的天医集团继承人。"

"宋浩是天医门齐家的后人！"洛飞莺闻之一惊，随即摇头道："爸，你不要难为我，我不想再为你去做任何对不起宋浩的事了。"

"笨蛋！你真是聪明一世，糊涂一时，你以为只要真心以待，就能得到宋浩这小子吗？你没有看到医门唐家的那个唐雨吗，我感觉她比你和宋浩走得近。在这一点上，你的计谋都哪去了？先为我找到纪冬阳或是从宋浩那里拿到无药神方再说，然后再谋取宋浩这个人，否则日后不成事，损失就大了。"洛北明厉声道。

"我不做！"洛飞莺咬了一下嘴唇，坚持道。

"此事由不得你。不管用什么方法，只要拿到无药神方就行了，纪冬阳这个人不是我们最终的目标，不行就交给别人好了，这样也可以免去我们的危险，不得罪天医门、生死门、上清观。宋浩也是我们要谋取的目标，那些事情若是真的话，天医集团和天医堂日后就有可能是我们洛家的了。不过这方面要取决于你。"洛北明缓了缓口气道，"还有你那个师兄李贺，宋浩说的对，就暂时由天医堂医他的病吧，自会掩盖一些事情的。有所好转后，必须回到魔针门去。"

"爸，你是怎么回事，一会儿非要我为你找到纪冬阳不可，一会儿又要我打宋浩的主意。我告诉你，你乱七八糟的事我不能再管了，天医堂给了我一次重新做人的机会，我要在这里重新开始我的人生。以前的一切我不愿再去做了，请你不要来干扰我的生活。"

"你这孩子怎么如此不懂事，我所做的一切还不是为了你的将来？这几天你一定要严密注意宋浩的行踪，一旦纪冬阳联系上了他，要在第一时间通知我，勿令别人得了先去，你有这个条件，否则我们只能从宋浩身上想办法了。"洛北明说道。

"爸，我真的是不能帮你！"洛飞莺痛苦地摇了摇头。

"现在情况愈来愈复杂了，一个纪冬阳引来了生死门的顾晓峰、上清观的无果师兄他们，还有魔针门的洛北明，另外还有一个叫刁成的人。"宋浩说道。

"怎么，风火堂的鬼手刁成也到了这里?!"唐雨听了，讶道。

"他是风火堂的人？不过这次表现得有点反常。"宋浩将刁成和自己说的那些话复对唐雨说了一遍。

"如此说来这个刁成的举动是有异常。他原来是为洛北明做事的，明里暗里也曾与我交过几次手，是个高手。他和你讲这些话，是什么意思？倒是摸不清他的来历了。这其中难道又有什么阴谋不成？"唐雨疑惑道。

"刁成既为洛北明做过事，莺莺对他的情况应该比我们了解得多一些。不过……"唐雨犹豫了一下道，"这个洛北明不顾一切地赶来了这里，找到莺莺，日后有些事情可要……"

宋浩道："放心吧，莺莺不会出卖我们的，这一点我是放心的。洛北明这条老狐狸自然是想利用莺莺和我们的关系来为他找到纪冬阳，莺莺不会帮助他的。"

"希望如此。经过这么长时间的相处，我对莺莺也是有信心的……不过，洛北明跟她毕竟是父女。还有，这次事件特殊，来的人员复杂，并且多是曾经对天圣针灸铜人有过图谋的人，所以对铜人的防范也要加强。"唐雨道。

宋浩道："放心吧，铜人密藏在这栋大楼特建的密室里，那里的保卫措施是世界上最先进的电子防盗设备，没有我脑中的密码，谁也进不去。并且除了你我，目前还没有人能找到那处密室。"

"这就好。现在形势特殊，要加强天医堂的安全保卫工作，凡事要慎重，天医堂的安全和正常运营是最重要的，虽然会不可避免地受到此事件的影响，但我们一定要尽最大的努力，将这种影响限制在可控范围之内，否则我们的事业和付出的心血将付诸东流。"唐雨交待道。

宋浩道："现在要将各方势力稳住，只要他们见不到纪冬阳，就争不起来，就不会影响到天医堂，所以我们要尽一切力量来保护纪冬阳的安全。"

"这个纪冬阳也实在是不简单，能避过这么多势力的追踪。不过他此番来天医堂，也是在逼着我们保护他，你不是说过他很会谈条件吗，这次倒是为他自己创造了有利的条件，将所有的危险和麻烦抛给了我们。他现在倒好，躲藏在我们提供的安全地方，乐得个轻松自在。"

宋浩苦笑道："他这个人，这种事做得出来的。"

"所以说宋浩……"唐雨认真地说道，"真要是到了让你在天医堂和纪冬阳之间选择一个的时候,你要果断地做出决定,将这个心机深沉的人交出去免祸。时间久了,各方势力一定会迫使你做出这种选择的。"

"到时候再说吧,就是交人,也要保证他人身绝对安全的情况下交人,否则我们便是害他的凶手。"宋浩说道。

"也不能这么说,其实能保证他性命的人正是他自己,只要将无药神方的秘术说出来便是了。起码我们可以保证将他交给顾晓峰或上清观你师父那里,他的生命是可以得到保障的。纪玄之死,应该是出于他不说的固执。"

"我最讨厌强人所难的事情,尤其是因此杀人害命。纪玄这件事,日后我一定要向师父讨上一个说法,否则我会别扭一辈子。"

"你要考虑清楚了,那样做会破坏你们师徒之间的关系。在这件事之前,你师父为你所做的一切,真的是可以了,不是一般人能做到的,应该称得上是一个好师父。此事破坏了师父在你心目中的形象,但尽量不要因此破坏你们师徒间的关系,否则太可惜了。"

"唉!"宋浩无奈地叹息了一声,也不知如何是好。

"还有宋浩,李贺的病情比较重,神智失常之下竟然在叫着一个女孩子的名字。莺莺和我说那个女孩子是金针门窦家的人,二人本是处于热恋之中,因那针灸铜人产生的变故反目为仇。李贺之病,因极度思念那女孩子和内疚所致。爷爷和林老师会诊过了,也开出了方药,服后不是很理想。心药还得心药医。"唐雨随又说道。

"心病还得心药医。这比较难办,我们倒是能为李贺找来那个女孩子,给窦阿姨打个电话就行了。可是现在他们不能见面,这对双方都不合适。他们之间的恩怨化解不了,一见面还会导致激变。"宋浩说道。

"治疗一段时间看看吧。"唐雨道。

"我明天去百草园看看他。"宋浩道。

这天晚上,在唐雨的安排下,宋浩在白河镇上的一家酒楼内设宴招待洛北明,这也是为了照顾洛飞莺的面子。

酒桌上,洛北明极是奉承宋浩,大赞天医堂的功绩,自是想令自己和宋浩的关系融洽一些。宋浩坐在那里只是冷笑,由洛北明一人说去,气氛有些尴尬。好在唐雨在中间调和了几句,才没有让洛飞莺过于难堪。

饭后,洛北明回宾馆休息去了,宋浩、唐雨、洛飞莺三人回到了天医堂。

"宋浩，谢谢你今晚能这样做！"洛飞莺感激地道。

"我知道，我有不礼貌的地方，还请你原谅。"

"以洛家以前对你的行为，你能做到这点，已是令我感到很满足了。有一点请你明白，任何情况下，我不会再做出对不起你的事了。"洛飞莺意味深长地说道。

宋浩听了，笑道："这点我相信，以后不要再说这种话了，我相信我们之间的友谊。对了，问你一件事，你知道一个叫刁成的人吗？"

"鬼手刁成！他是风火堂的一名高手。以前我们洛家曾雇请过风火堂追查天圣针灸铜人的下落，就是刁成带的队。此人出手狠辣，冷酷无情，这些唐雨姐姐也应该知道的。不过针灸铜人的事件过去后，我们洛家未再与风火堂的人来往过……有件事情我还想对你说，刁成曾在烟台杀过人，就是为窦海芹藏针灸铜人的那家人。"洛飞莺低了头说道。

"什么！那对夫妇是刁成杀的！"宋浩闻之一惊，随即气愤道："原来这个人就是害死那对好心夫妇的凶手！却还在我面前假装慈善！我本就不信他，待再见到他时，当容不得他走。"

"这件事情我们洛家也是有责任的。"洛飞莺愧疚地说道。

"宋浩，当年事情特殊，不免令人生出些杀人越货之举。这个刁成本就非善类，你不信他是对的，但先不要与他发生正面冲突。"唐雨说道。

"为了得到一样东西，就不择手段，人心都是这般险恶吗？"宋浩摇头感慨道。

宋浩的手机这时响了起来，接听后，他眉头一皱，说道："无果师兄要见我……"

县城，生死门一临时驻地内，一名弟子在向顾晓峰汇报情况："师父，我们调查了刁成以前的一些资料，他加入风火堂之后为白厉做事，因其功夫好，深得白厉器重。自针灸铜人事件一起，风火堂便受雇于魔针门的洛北明，行动上主要是刁成负责。他曾在烟台杀死了为金针门窦家暂藏针灸铜人的一对夫妇，但是在后来遇上了师父，便转而配合生死门的行动了。

铜人事件过后，刁成回风火堂去了。此次意外地出现在这里，其行动目的还未可知。不过风火堂的门主白厉在接受了师父的警告后，便不敢再接触有关宋浩的一切事情了。刁成此行，当不是在为风火堂做事，而是另有雇主。"

"烟台的命案是他做的?!"顾晓峰闻之一怔，"刁成还犯不上为洛北明这种人去杀人，他身后的雇主应该另有其人，便是风火堂也不过是他的一个临时栖身之地。此番来这里，应该是受他那个真正的幕后老板指使的。只是不明白他主动现身和宋浩说了些什么，此行的目的又是什么。刁成这个人倒是念旧恩，多年前我偶然遇到他，见其义气，便传授了一点功夫给他，于是在遇到我后，帮了我们一些忙。现在看来，他身后的那个雇主，不但曾对天圣针灸铜人感兴趣，如今更对无药神方感兴趣。这个人能是谁呢?"

"难道说是他?"顾晓峰眉头一皱，随即有所恍悟道："鬼手刁成对钱财不感兴趣，那是对小钱不感兴趣，大笔的钱也一定能打动他。人之所求，非名即利，便是圣人也免不得俗。"

"难道说师父猜测出刁成的真正雇主是谁了?"

顾晓峰站了起来，脸上呈现出了一丝忧虑道："难道说是这位老朋友开始不信任我了?"

那名弟子听了，脸色一变，似乎明白了什么，接着又汇报道："师父，魔针门的洛北明也已经到了天医堂了。"

"这条老狐狸不足为虑，他不过是想借其女儿洛飞莺和宋浩的关系浑水摸鱼罢了。不过这个人和反针术留在世上实在是个祸害。那几个曾被洛家的反针术暗算过的人都联系上了没有?"顾晓峰问道。

那名弟子应道："都已经联系上了，这些人知道自己被洛氏魔针算计后都很气愤，发誓要找洛北明算账。"

顾晓峰冷笑了一声道："天作孽犹可违，自作孽不可活，也怨不得人了，到时候令他们对洛家集体发难，这些人随便哪一个都不是洛北明所能惹得起的，洛氏魔针从此从这个世界上消失了也罢。洛北明这个老东西可能也感觉到事情将败露了，所以急于找到无药神方来解救他这场灭顶之灾。不过，这个机会他永远得不到了。除非有一个人能帮他，并且愿意帮他，不过这种可能性微乎其微。"

"师父，现在对我们生死门来说，得到无药神方最大的障碍就是上清观了，其余都不足为虑。"

"你说的不错，我们目前最大的对手就是上清观了。肖老道这个人诡异莫测，心思难揣，并且宋浩还是他徒弟，所以我们的行动一定要谨慎。从种种迹象来看，纪冬阳应该早已到了这里，被宋浩藏起来了。"

"师父，明着要人可能是不方便，只能暗抢了。只是不知道宋浩将纪冬阳藏在了哪里。"

"天医堂的产业这么大，除了天医堂医药馆和药厂，还有万松岭百草园，藏一个人是很容易的事，想找可就难了。据我的推测，宋浩很可能将纪冬阳藏在了万松岭上的某个秘密地点。你们现在监视的重点就放在万松岭上吧，一旦发现了纪冬阳，抢了就走，宋浩再想阻止也晚了。我们只要无药神方，并不伤及纪冬阳的性命，得手后再将这个人还给宋浩就是了，尽量做得不伤双方的和气最好。宋浩是个医道奇才，便是没有天医门的关系，我也不想得罪他，还想与他做朋友。所以在这件事上，你们的一切行动要掌握好分寸。"顾晓峰吩咐道，"当然了，目前能拿到无药神方对我们生死门来说是最重要的，万不得已之时，应该怎么做也只好怎么做了。"

无果、无法和无天三人被宋浩安排在了天医堂，没有住在镇上的宾馆里。

宋浩来到无果的房间内，见无果在床上打坐。

"师兄，你叫我。"宋浩走上前，轻声唤道。

"你来了。"无果睁开了双眼，淡淡地道，"坐吧，我有话和你说。"

"听说魔针门的洛北明也到天医堂了。"无果复又闭上了双眼，说道。

"是的，说是来看莺莺的。"宋浩应道，心知自己的一切都在这位师兄的掌握之中了。

"洛北明明里医人暗里却在害人，有违医道正法，日后必遭恶报，这种人你还是少与他打交道为好。便是他的亲兄弟洛北辰也与他断了情义。"无果淡然说道。

"师兄说得是，我不愿与他为伍，只是因为莺莺的缘故，不得已与他接触一下罢了。"宋浩说道。

"此人这时候造访天医堂,当是另有目的。那个洛飞莺,师弟也要防着些才是。听说生死门的顾晓峰也已经来过了。"无果说着,脸上的肌肉颤动了一下。

"是的,并为我们抓到了那个施反针术害人的李贺。"宋浩说道。

"看来师弟与生死门的交情不浅。"

"他是帮天医门做事的,个中缘由师兄也应该知道一些了。"

"师弟,你真的是天医门齐家的人吗?"无果犹豫后,还是问道。

"师兄,对不起,我们不谈这件事好吗。"宋浩说道。

"哦,也好,那是你的私事,我不应该过问的。我问你,你和纪冬阳联系上了没有?"

"我现在还不知道他在哪里。"宋浩心想:"我现在的确不知他具体在哪,也不算是说谎骗你了。"

"上清观两件大事,你现在已经实现了一件,希望这最后的一件你也帮助我们实现它。这是师父的一个愿望,我们做弟子的要尽一切可能来为师父达成这个愿望。"无果说道。

"师兄",宋浩犹豫再三,还是忍不住试问道,"上次在青海和纪冬阳在一起的时候,他说他的爷爷纪玄被人索要无药神方不成,便被人杀死了,师兄听说了吧?"

无果静静地应道:"听说过此事,也是那纪玄辨不得利害,死命不交无药神方,惹恼了人,才遭杀身之祸。其实无药神方是可以复制的,犯不上拥奇自居,独藏私密,便是泄密于天下,又有几人能真正施展的来?"

宋浩听了,知道无果是不想在自己面前承认杀人之事了,于是说道:"强人所难与强盗的行径有何区别?换了是我,自己苦心研究出的成果宁可毁绝世间,也不能令强盗们抢去。"

无果睁开了双眼,望着宋浩,平静地问道:"师弟,世上之事并非你想的那么简单,纪玄之死是以奇术招祸,而非舍生取义。他的死没有什么价值,反而给纪冬阳带来了更大的灾难,令他无处安身,亡命天涯。我们找纪冬阳,确实是有私心,但是除了得到无药神方之外,也是想以上清观之力保护他的安全。也是这种传说中的千古奇方秘术太过神奇了,它的出世更是千载难逢,师父也是不想令这种秘术再绝传于世间,所以给予特殊的处理，也是无可奈何的事，这一点希望师弟能理解。上清观是出于善意，不想令此术落入歹人之手，此举，实是迫不得已而为之的。"

"对不起师兄，从现在开始，我不想再帮你们这个忙了。无药神方已令纪家家破人亡，再去逼迫纪冬阳将秘术献出，非人道之举。这件事上，算是我对不起师父，对不起上清观了。请师兄回去告诉师父，宋浩会遵循他老人家先前的意愿，将医道发扬光大，也会遵循他老人家的教导，做一个正直的人，这一点，我不会令师父失望的。"

"你……你怎么能这么说，看来我刚才的话算是白说了。你这么做是对师父有不敬之罪！师父苦心栽培你，却换来你这般无情无义吗？是你现在的翅膀硬了，不再需要上清观的帮助了，才如此放肆吗？"无果呈现愠色道。

"师兄，请回去转告师父，我愿意接受上清观的一切惩罚，我只是不想帮你们去做我自己不愿意做的事而已。无论如何，杀人未免太过分了。"宋浩闭上眼睛痛苦地说道。

"杀人？杀什么人？宋浩，你不想帮助我们也就罢了，竟然还敢诬陷我们，岂有此理！"无果愤怒地从床上跳到了地上。

"师兄，你和无法、无天两位师兄杀害了医门纪家的纪玄，这件事你不否认吧。既然做了此事，还有什么道义可言！"宋浩索性全部说出，同时袖里出了一针，暗扣手中，以防无果对自己发难。事已至此，他也不再有所顾虑了。

"胡说八道！"无果恼怒道，"我们是去过医门纪家，但是去晚了一步，那纪玄已经被人杀死，我和无法、无天见不是个事，也随后离去了。我们怎么就变成杀害纪玄的凶手了？"

"无果师兄，你不承认也罢。明白对你说了吧，你们杀害纪玄的时候，正好被赶回家中的纪冬阳看到，才迫使他亡命天涯。当日在西宁清真大寺前，我准备将他交给你带回上清观，可是当他发现竟然是你们的时候，才吓跑了。"

"你……岂有此理！他是在胡说八道！我们上清观的人再怎么也做不出杀人的举动来。好小子！真是有本事了，竟敢诬蔑起我来了。好，此事你不用再管了，上清观现在已经用不起你了。上清观的人现在就从天医堂撤走，从此恩断义绝！"无果说完，甩袖而出。

走出房间门口没有几步的无果又退了回来,抬手指着宋浩,气愤地说:"宋浩,看你清清爽爽的一个人物,没想到竟也有这么深的城府,原来是你想独占那无药神方。好!我现在就回上清观复师命,让师父来定夺。"说完,悻悻而去。

宋浩站在那里呆呆地寻思,自己是否也有些过分了。

# 第五章　真相难明

宋浩回到办公室刚坐下,唐雨便推门进了来,急切地问:"宋浩,发生了什么事?你的那个无果师兄叫上了同来的另外两位道长,还强令无尘、无月两名道长跟他离去。看他很是激动的样子,你们之间起争执了?"

"走就走吧!"宋浩无奈地一摇头道,"我还是忍不住和无果师兄摊牌了,可他竟然还不承认。他已经将话和我说绝了,我与上清观日后也许不会再有什么关系了。"

"无果代表不了你的师父,事情应该没有你所想象得那样坏。"唐雨说道:"你也太急了些,目前的形势不适合与上清观断绝关系。事已至此,你也不要过于自责,就算你的这场争执为天医堂暂时退去了一路人马。不过我看无果倒是一个直性率真的人,这里面可能还有什么误会。待寻个机会我仔细地问一下纪冬阳,他是否亲眼目睹了无果等人杀人。"

"怎么,不是纪冬阳亲眼看到的吗?"宋浩讶道。

"他是说看到杀害他爷爷的凶手了,只是昨晚时间紧迫,我也没有细问。"

"无果师兄说他们是去了纪家,可是他们去的时候纪玄已经被人杀死了,随后无果师兄他们也就离开了。有可能是这个时候被纪冬阳看到了,误以为是无果师兄他们杀害了他的爷爷。若真是这样,我岂不是误会他们了?"宋浩随自懊悔不已。

"这种可能不是没有。但是从纪冬阳对无果他们的恐惧程度来看,当时看到的应该就是无果他们在行凶,否则不会一看到他们就跑掉。并且上清观对无药神方所表现出来的兴趣非常大,他们倒是有可能在情急之下对纪玄痛下杀手的,虽非你师父本意,事既已成,他也挽回不了了,只能一路做下去了。当然,我们还没有从纪冬阳那里得到确切的答案和证据,待过几日我再细问他。现在有小伍秘密地给他送食物,我不便去那里,免得被人跟踪。"

"最好不是无果师兄他们杀的人。"

唐雨道："你现在将事情说破了，就证明了纪冬阳已经联系上你并被你藏起来了，你的师兄们有可能会另外采取行动的。"

宋浩道："不管他们了，来这里的那些人大部分都已经猜测到了，只要我们守得住就行了。以静待变。"

第二天一早，宋浩、唐雨、洛飞莺三人去百草园看望李贺。本来洛飞莺告诉了父亲洛北明，以为他会同去，没想到洛北明借口有事没去，令洛飞莺大感失望。

万松岭百草园的一栋工作楼里，李贺独自一人坐在一间安了铁门窗、上了铁锁的房间里发怔。

院子里，宋浩等人在秋茹的陪同下走了过来。无非子此时正在一处园子里侍弄着药草。无果昨晚愤怒之下将无尘、无月带走了，未来得及通知无非子。天医堂发生的事，无非子也自不知晓，仍旧在忙着他的工作。

"昨晚的情况怎么样？"宋浩问道。

"洛小姐昨天走时就给他喂了药，情绪还算稳定。我一直派人24小时看护来着。"秋茹应道。

"谢谢你秋茹，这么照顾我的师兄。"洛飞莺感激道。

"不客气，应该做的。"秋茹回以淡淡一笑。

开了铁门，众人进入房间。李贺抬头望了大家一眼，看到宋浩时，眼中闪过了一丝异样，说道："你是宋浩？"

宋浩见李贺现在神志清醒，于是笑道："是我。"

"听师妹说，你破解了我的绝命针？"李贺冷冷地说道。

"洛氏魔针中的反针术都有解针术来解，你这绝命针，也自有法可破。"

"哼！"李贺冷哼了一声道，"求治天医堂的那些人只不过被我施了七成针力而已，若是施了九至十成的针力，气血经脉逆乱，下不得针，针入即死，故有绝命之说，莫说是你，就是神仙来了也救不得。"

宋浩闻之一惊，知道这李贺果然是有重手法的，也自暗中侥幸他未对那些人施以重针法。

"既习针术，何以不入医道，却来害人？"

"伤人取趣而已。这世间的一切对我来说都已失去了意义，看着别人活得自在我难受。听说天医堂内有针法上的高手，故刺中了几个人一试，没想到还真被人解了去。要不是那些人抓到我，我会找人施下重针，看你还能救不。"李贺冷笑道。

"你的这种行为属于病态，作为病人，我可以原谅你，还请你配合治疗。"宋浩说道。

"你们以为能制得住我吗？"李贺忽然一声怪笑，起身朝宋浩身侧欺去。

"师兄不要！"洛飞莺一声惊呼。

宋浩似乎预料到李贺会有此一举，站在原地未动，在李贺右手伸至胸前之际，抬手一针，刺在了李贺的合谷穴上，自是施了一手霹雳针法。李贺满以为自己这一招能将宋浩抓到手，不曾想宋浩手势一动，疾若闪电，随即身形一震，立时定在了那里。一旁的秋茹大惊失色。

唐雨这时笑道："不出你所料，他会朝你发动攻击的。"

"宋浩，原来你有准备了！"洛飞莺惊吓道。

"不错，你不是说你的这位师兄是个危险人物吗，所以我有了防范。"宋浩笑道，随后将李贺放倒在了床上。

"你的绝命针没有我的针快。现在让我为你诊下脉吧。"宋浩说着，持了李贺的脉位，凝神定气，细查起来。

"宋大哥原来还有以针定人的本事！"秋茹这时惊讶道。

唐雨笑道："他也就会这一种防身的本事，得手则罢，否则反被人制。不过他这一招近身突袭，天下间还真是没人能挡得住他这一针的。"

"我就是被他这一招惊服的！"洛飞莺笑道。

"是吗？"秋茹望着宋浩，眼中充满了笑意，令人迷醉。

洛飞莺暗里捅了唐雨一下。唐雨站在那里未应声，她看到正在诊脉的宋浩转头望了秋茹一眼，也是笑意相对。

宋浩诊毕李贺之脉，眉头皱了一下，收回了李贺手上的针，示意唐雨等人退出了房间，复将铁门上锁。

"六脉俱损，治疗效果果然不好。我怀疑他曾对自己施下了绝命针，以针法自虐。"宋浩说道。

"什么，李贺师兄对自己施以绝命针自虐？"洛飞莺闻之惊讶道。

"不错，他是在以这种痛苦来折磨自己。半年之内若是治不得法，这个人就彻底废了。"宋浩说道。

"宋浩，我们天医堂现在也救不了他吗？"洛飞莺道。

"能救下他的命，但是很难令他痊愈，因为他在自己身上施下了至少八成的重针法。不过你放心，过些日子我会想办法为他医治的。他的运气若是好，当会康复如常。"宋浩望着前方的万松岭，饶有意味地说道。

唐雨闻之，已是会意宋浩所指，暗里点了点头。

"真的？那为什么要等过些日子呢？现在医治不行吗？"洛飞莺惊喜之余，又茫然道。

"时机还未到。治疗特殊的病，必须要等到适当的时机。"宋浩说道。

"只要师兄有得救就行。"洛飞莺感激地道。

"宋浩，"唐雨这时走到宋浩身侧，低声道，"我们回天医堂去吧，这里已经被人监视了，滞留时间长了会令人起疑。"

宋浩听了，点了点头，对秋茹说道："我们要回去了，李贺有什么情况随时通知我。"

秋茹道："今天难得你和唐雨姐姐还有洛小姐一同来百草园，我特意准备了茯苓糕，你们尝过了再走吧。"

宋浩笑道："谢谢你了！只是天医堂那边还有重要的事情要做，不能耽搁了。这么办吧，你的茯苓糕我们带回去吃。"

"也好。"秋茹略显失望，让人拎出了一只食盒。洛飞莺高兴地上前接了，放到了车里。

"宋浩，"秋茹这时走到宋浩身边，轻声说道，"百草园这里修有保存药材的地窖，很大很安全，你想放什么东西就放吧，除了我，没人会知道的。"

宋浩闻之一怔，随即明白了自己在万松岭上的行动已被细心的秋茹察觉了，感激之余，也自轻声应道："谢谢你了，回头会有人找你的。"

回来的路上，正在开车的洛飞莺问："宋浩，刚才要走的时候，秋茹对你说了些什么啊，能不能对我和唐雨姐姐说一说？"

"也没说什么,只是说她做的茯苓糕存放在一处很隐蔽的地方,旁人找不到,只有她知道,想吃的人必须通过她,因为她是百草园的主人。"说完,宋浩看了唐雨一眼。

唐雨明白了宋浩的意思,心想:"好聪明细心的丫头,竟然能察觉到万松岭上的一切变化!我做得很隐蔽了,竟未能瞒过你。既然你有把握,就入住你的百草园吧,也应该为纪冬阳换处安全的地方了。"

"秋茹不会那么小气吧,吃块茯苓糕也这么麻烦。"洛飞莺摇头道。

这时,宋浩的电话响了起来。

"宋浩,我是刁成,我对你说过的话考虑过了吗?听着,你现在只有三天的时间,三天内务必将纪冬阳交出去,才能保证你和天医堂的安全,我建议你交给生死门的人为好,这样可以将所有的麻烦引向生死门。如果在三天之后你还是做不出决定,这个局面我就控制不了了。"刁成说完就挂断了电话。

看到宋浩接过电话后的反应,唐雨问道:"谁的电话?"

"刁成。"宋浩说道。

"是那个鬼手刁成吗?他怎么知道你的电话?"洛飞莺惊讶道。

"他已经到这里了。不过我知道他是一个杀人凶手,他说的任何话我都不会相信的。"宋浩说道。

洛飞莺随即将车停在了路边,望着前方,静静地说道:"宋浩,有个叫纪冬阳的人到了这里对吗?否则我爸和生死门的人还有那个刁成不会同时出现在这里。我爸来天医堂也是为了纪冬阳,为了那个什么无药神方。但是,我不会再帮他任何忙了。"

"这点我相信。"宋浩宽慰地笑了一下。"莺莺,有些事情并非是我和唐雨想瞒你,而是你知道了无益。"

"我知道,也不怪你们。这两天我感觉气氛不大对劲,就知道有特殊的事情发生了。宋浩,唐雨姐姐,你们有什么让我帮忙的地方就说吧。"

"宋浩已经将上清观的那路人马暂时挡退,为了防止意外,莺莺,你能否令洛先生和他的人也离开这里,哪怕是暂时离开也好?参与此事件的人越少,对天医堂的影响也就越小。"唐雨说道。

"家父在这件事上的态度很是固执,未必能听我的,不过我会尽力说服他。"洛飞莺说道。

"难为你了，莺莺！"宋浩感激道。

"这也是对我们洛家人好，这点我清楚。放心好了，我今天就让家父带他的人离开此地。"

"知道你聪明，会有办法的。"宋浩笑道。

洛飞莺开车将宋浩和唐雨送回了天医堂后，驱车到了洛北明下榻的宾馆。

"莺莺，我就知道你会来的，知女莫若父嘛。怎么样，想帮我了吧？"洛北明一见到洛飞莺，兴奋地说道。

"你就关心你的事，也不问一声李贺师兄怎么样了。"洛飞莺叹息道。

"事有轻重，现在找到无药神方是我洛家的头等大事，别人的死活暂时也就顾不得了。"洛北明一双金鱼眼上下翻了翻。

"爸，这件事你想让我帮你也可以，毕竟关系到洛家的安危。但是你要听我的，否则便帮不了你了。"

"只要你肯帮助我，此事就成功了一大半。放心吧莺莺，洛家只要渡过了这次难关，日后魔针门所有产业都是你的。你有何计划，说说看。"洛北明精神一振道。

"我已经从宋浩那里得到了证实，纪冬阳的确到了这里，并已经和宋浩联系上了，不过此人现在躲藏在一个非常秘密的地方，除了宋浩谁也找不到。"洛飞莺说道。

"哈哈哈！我就说嘛，宋浩这小子不简单！只要人在他的手里，那无药神方也自然会落到他的手里。宋浩冒这么大的风险保护纪冬阳，肯定也是为了无药神方。天医堂有了无药神方，就可一日千里了，这一点他比谁都清楚。莺莺，你现在务必查出纪冬阳被宋浩藏在了哪里。"洛北明说道。

"爸，你还没有认清现在的情况，生死门和天医集团都介入此事了，还有那个上清观，你应该知道我们洛家目前还不能与其中任何一股势力相抗衡。我的计划是，就按你昨天说的进行吧，待宋浩从纪冬阳那里掌握了无药神方之后，我再想法从宋浩那里获取，这是最安全的途径。今天听宋浩话里的意思，纪冬阳也确实是想以无药神方来换他的人身安全，他二人已经达成了这种交易。但是现在各路人马汇集此地，令他们没有机会相授无药神方的秘术，纪冬阳也只有在认为自己万分安全的情况下才肯说出真法。所以，爸，你和你的人必须马上离开这里，否则我的计划就不容易进行了,你在这里,会令宋浩对我有所防范的。"

"这个……"洛北明不由得犹豫了起来。

"这不是一件心急的事,以我们的力量必须缓缓图之,着急反而会失去日后的机会。知道吗,宋浩已经说服上清观的人离开了,待他得到无药神方后会给上清观一份的。宋浩也说了,无药神方到手后,也可以给生死门和天医门一份,毕竟他们之间有着特殊的关系。这样不但可以保护纪冬阳的人身安全,又能令生死门不再威逼他。你想想,宋浩既然没有独占此术之心,我日后不就有机会了吗。而你在这里,只能增加我的障碍,令宋浩反感。还有,李贺师兄也在这里,我会请他助我成就此事的。"洛飞莺说道。

"嗯,"洛北明点了点头道,"你说的有道理。好吧,我稍后便带人离开这里。好女儿,你虑事周全,不负我望!放心好了,我这次一回去,就将洛家的产业转入你的名下,你就全力地实施你的计划吧。拿到了无药神方,一切都好说,否则,洛家也就大难临头了!"洛北明叹息了一声。

"爸,事情很严重吗?"洛飞莺忧虑道。

"不知道什么地方出现了纰漏,反针术竟然出了破绽,被人怀疑上了,唯有无药神方能掩过这一切。"

"爸,我早就劝你收手,这种事情不能做长久的,一旦出事便是大事。"洛飞莺摇头道。

"现在就是想收手也来不及了,渡过难关再说吧。"

在回天医堂的路上,洛飞莺心中不免又复杂起来,她倒是说退了父亲洛北明,可是洛家现在的确是面临着一场危机。

见到了宋浩、唐雨二人,她告诉他们已经说服父亲洛北明离开此地,二人闻之一喜。

唐雨高兴地说:"莺莺好本事,竟然又说退了一路人马。现在只剩下生死门和另外几股来历不明的人了,还有那个刁成。不过顾晓峰我估计他不会太难为我们的,必要时也要利用他阻挡一下另外的人马。"

洛飞莺站在那里,脸呈忧郁之色。

宋浩说道:"没有永远的朋友,目前最大的阻力就是顾晓峰了,他虽然不至于和我们明抢,但也会暗夺,情急之下,也会撕破脸皮的,毕竟无药神方太诱人了。我若不是曾亲见纪冬阳施过一次,此时很可能怀疑这些人在进行着一场幼稚的游戏。"

"宋浩，那无药神方真的有那么神奇吗？"洛飞莺问道。

宋浩点头道："不错，神奇得令人无法解释！这种奇妙的医人之术，以现在人们的认知来理解，不是太落后就是太超前，即便现世，也不甚实用。就像祝由十三科，现代人无法认清它的实质，但这种医术毕竟存在过，并被列入医道之中，应该有它存在的道理，也自有一定的实用和有效性。"

唐雨道："那无药神方也是治病不用药，是否就是祝由的一种变异？"

宋浩摇头道："不用药是不用草木之药，也是以万物为药，可能都是移精变气的道理，但是两种秘术，当然也可能有相通之处。内里机制，不亲自了解感知，是永远不会明白的。"

洛飞莺道："天医堂保护了那个纪冬阳，他应该也会献出无药神方作为回报，那时候再了解其内在机理，不就明白了吗？"

宋浩摇头道："纪冬阳是落难之人，此时学来有乘人之危之嫌。此术虽奇，却无大用，因其不能广济天下。并且习术之人还要有一定的阴阳学识，真正悟得了'法于阴阳，合于术数'的奥义才能理会得通，否则常人习来，也自无益。况且这种太超前的医道，现今的人们也未必会接受，勉强施行，反会遭人非议。

"但是这种东西，我们也要研究它、保护它，为若干年后的天医堂做必要的准备。纪冬阳要是有这方面的意愿，我们可以和他合作，没有也不勉强，日后由他去了便是。圣人能济世，奇人是济不得世的，显一时之光罢了。"

"这送上门来的秘术你也不想学啊！"洛飞莺心中不免失望。

"好了，现在我们已经认清了这件事，就坦然面对，以静待变吧。天医堂的一切还要照常进行，不要因此影响了我们的工作。"宋浩说道。

"那么我现在就向宋总汇报一下工作吧。"唐雨笑道，"天医堂制药发展顺利，销售额逐月猛增，上个月就有近一千万的资金回笼了，已经成为了天医堂支柱性产业。"

"这么多！"宋浩闻之，颇感惊讶。

唐雨笑道："天医堂生产的药，价廉效捷，已经成为了病人的首选，据说一上柜就被抢购一空。药厂那边也要扩大生产规模了。"

"可以，但是一定要保证药品的质量，宁可少生产，也不能以次充好。"

洛飞莺说道："医药馆的门诊量也是有增无减，住院部也是人满为患了。好在有那些老师父们在接诊之暇，全力地在名医讲习所内培养新人，现在已经有二十多人可以到一线门诊独立接诊了，大大缓解了门诊上的压力。招聘工作也进行得非常顺利，有一些志同道合的中医名家都主动申请加入天医堂。"

"形势真是一片大好啊！"宋浩高兴地说，"凡是被天医堂接受的那些中医名家，一定要给他们最优厚的待遇，令他们无后顾之忧，全身心地投入到工作中来。通知一下江河院长，近期要在天医堂内成立一个研究部门，对中医药全面地挖掘整理，开展各方面的研究工作。唐雨，你和吴老师、林老师他们商量一下，先选择几个有特色的课题，进行专项研究，待日后时机成熟了，少数民族医药也要列入我们的研究范畴。天下医道本是一家，择其长处，合而用之，也是天医堂发展的一个方向。"宋浩想起了那名藏医那嘎林龙所持的"独龙针"术。

"师父，上清观的人昨天离开了天医堂，今天魔针门的洛北明也带人离开了。"生死门临时驻地内，一名门下弟子在朝顾晓峰汇报情况。

"哦？洛北明也走了！这个小宋浩真是不简单啊！"顾晓峰从椅子上站了起来，说道："很好，这也正是我们求之不得的。小宋浩，不是我想得罪你，而是无药神方出现得不是时候，纪冬阳也不应该来这里找你。可是无药神方对生死门太重要了，天赐良机，我不能不取。"

"刁成现在怎么样了？"顾晓峰随后问道。

"他倒是没有什么异常的举动，好像在等待上面的指令。"

"以刁成的警觉，应该已经知道我到了这里，却没有前来见我，看来他在执行一项特殊的使命。他虽然没有能力也不敢阻止我们的行动，但是我们还不了解他的真正意图，所以，我有必要见上他一面。"顾晓峰说道。

这时，桌子上的电话响了起来，那名弟子上前接听，随后对顾晓峰说道："师父，是齐延年董事长的电话。"

顾晓峰接过电话道："齐兄，是我。"

不知道齐延年在电话里说了些什么，令顾晓峰脸色大变。

白水河大桥上，停着一辆黑色奥迪轿车，顾晓峰一个人坐在里面望着远处的天医堂大楼，别有所思。

数分钟后，从大桥的一端走过来一个人，正是刁成。刁成走到轿车旁边停了下来。

车窗落下，里面的顾晓峰淡淡地说道："上来说话。"

刁成犹豫了一下，坐进了车里，说道："师父找我有事？"

"不要叫我师父，我并没有正式地收下你这个弟子。"顾晓峰冷冷地说道。

"师父毕竟传授过我功夫，一日为师的道理刁成不敢忘记。"刁成恭敬地应道。

"你以前协助过生死门，我们之间也算扯平了。"

"那是弟子应该做的。不知师父今天约弟子前来是为何事？"刁成恭敬地说道。

"能否告诉我你究竟在为谁工作？"

刁成平静地说道："请师父原谅，这个弟子不能说。但是弟子保证，不会做对不起生死门的事。"

"你现在已经做了。"顾晓峰说道。

刁成沉默了片刻，说道："我正在努力化解这件事。"

"怎么化解？"

"我让宋浩两天之内将纪冬阳交给生死门。"刁成说道。

"你认为宋浩会听你的吗？"顾晓峰脸色稍缓。

"希望不大。"

"那么，你将继续执行你的任务？"顾晓峰的脸色又自一沉。

"在这之前，我想只要找到纪冬阳，令他离开这里，我便没有了继续执行这次行动的理由。可是我找遍了万松岭，仍然不见此人的踪影。"

"万松岭那么大的一片山林，想找到藏在其中的一个人，无疑是大海捞针。宋浩也很固执，不会听你的建议将人交出。到那时候，你仍然会去杀他吗？"

刁成脸色一变，说道："原来师父已经知道了一切。"

"你在为齐延风工作。"

刁成没有说话，算是默认了。

"本来我曾怀疑你是齐延年的人，险些令我误会了这个老朋友。"

"师父是怎么知道这一切的？"

"你将自己的身份隐藏得很好，以前竟连我都瞒过了，这一点我不能不佩服你。不过当你出现在这里的时候，我便怀疑到了你的身后另有雇主。虽是如此，也险些令我判断失误，没想到你的老板竟然是天医集团的另外一个人物。这件事也是我今天才知道的。你知道洪晃这个人吧，本来是齐延风派来协助你执行这次任务的。不过这个人倒是一个识时务的人，认清了这里面的利害关系，于是临阵易志，向齐延年告发了齐延风这次的秘杀行动。虽然洪晃本人也不知道齐延风派来的杀手是谁，但是除了你鬼手刁成，还会有谁呢？"顾晓峰说道。

"原来是洪晃！"刁成无奈地闭上了眼睛。

"宋浩和齐家的关系你应该知道了，他的出现，激发了齐家内部原有的矛盾，并且宋浩日后也会影响到齐延风这个齐家二号人物的地位。所以，齐延风开始对宋浩采取行动，他先挑拨宋浩和父母之间的关系，令他们之间的误会增大，以致今日宋浩仍未认祖归宗。他还实施了一次对宋浩的暗杀行动，但是失败了，引起了我和齐延年的警觉，于是不敢再轻举妄动，直到医门纪家无药神方出世，才令齐延风又感觉机会到了。一是他想得到无药神方，以图在天医门内翻身；二是想利用江湖上各种势力对无药神方的抢夺，趁乱将宋浩杀掉。于是，他将你派来了。我说的不错吧。"顾晓峰说道。

"事情的确如师父分析的这样。"刁成说道，"我多年前曾受过齐延风先生的大恩，于是便开始为他做事。针灸铜人事件，我借风火堂之力，却受雇于魔针门的洛北明，实际上则是在为齐延风追查此物。"

"为达目的，不择手段。为此你杀害了为窦家藏匿铜人的那对夫妇。"

"那是迫不得已，齐先生那边催得很急，不想给别人留下线索。但是后来无意中遇到了师父和生死门，知道你们也是在为天医集团做事，于是便和你们展开了合作。后来齐延风先生受其兄齐延年所迫,放弃了整个计划。那时才得知宋浩是齐家的后人,未来天医集团的继承人。直至爆出无药神方的消息,齐延风便通知我务必抢先得到此术。可是我虽找到了那纪玄,他却死活不说无药神方的秘密,为了防止这个线索被人得去,还有齐延风下的命令,我只好结果了他的性命。"刁成说道。

"那个纪玄也是你杀的?"顾晓峰闻之一怔。

"纪玄至死不说,证明此秘术另存于他孙子纪冬阳处,抓到他一样可以得到无药神方,而留下纪玄,会给别人留下机会,所以不得不杀了他。这是我的工作,没有办法,只能听从上面的命令。"刁成淡淡地说道。

"后来呢?"顾晓峰的眉头皱了一下。

"我费尽周折得到了纪冬阳的行踪,便通知了洪晃,令他将人带去齐延风那里。没想到他们竟然与宋浩意外相遇,纪冬阳被宋浩救走了。我知道机会已失,于是报告给了齐延风,说宋浩参与其中了,并且生死门已插手此事,追查无药神方的事必须放弃,一是我们无力与生死门对抗,二是我不想因此事得罪师父。齐延风无奈之下,命我暂且不要管无药神方的事了,他会另行派人去做,但是秘令我寻机杀掉宋浩。此事实令我犯难,宋浩是师父保护的人,弟子不敢相犯。好在此时宋浩摆脱了各方人马的追踪,回到了天医堂,我便借口机会已失,劝他暂且放弃了这个计划。但是没有想到,那个纪冬阳会来天医堂找宋浩寻求保护,我便又接到了杀掉宋浩的死命令。齐延风已经等不及了,天医堂的快速发展,让他感觉到宋浩对他不仅仅是地位上的威胁,还会导致他所有计划的失败。这个时候,我是有机会杀掉宋浩的,可是不能,因为他是师父保护的人。于是我力劝宋浩将纪冬阳交出来,令他和天医堂置身事外,我也好找个理由应付齐延风。"刁成说道。

"你在最后时刻倒有一念之善,凭这一点,我可以饶过你。"

"可是在两天之后,宋浩交不出人,我仍然会杀他,然后在师父面前领死。这是齐延风最后一招棋了,同时他也想利用宋浩的死激起你和齐延年的矛盾,从中渔利。因为师父为了无药神方也开始对付宋浩了,所以这一点我必须要告诉师父。"刁成说道。

"没想到我曾给你的一点好处你仍念念不忘,倒是很令我感动。不过我要告诉你的是,我已和齐延年达成了协议,只要我的行动不与宋浩发生正面冲突和影响到天医堂的正常经营，便可以使出任何手段得到无药神方，我不怕得罪宋浩。还有一点我也必须要告诉你，不要伤害宋浩，因为这对你来说已经没有任何意义了，你的老板齐延风正走在被齐家'发配'的路上，他将在太平洋一座私人小岛上度过他的下半辈子。他的哥哥给了他机会，但他仍不知道悔改，天医集团只好采取了措施。"

刁成闻之脸色一变，忙掏出电话，拨出了一组号码，听筒中传来了一阵忙音。

"鉴于你对我的尊重，没有做出对我不利的行为，我不想追究你的过错，但是你要保证从此退出江湖。你现在可以走了。"顾晓峰淡淡地说道。

刁成闭目叹息了一声，却感到一丝轻松，开了车门，离开了。

## 第六章　针锋相对

望着刁成远去的背影，顾晓峰笑了笑："宋浩，刁成我为你打发走了，更为你免去了一场杀身之祸。另外几股势力在生死门的警示下，也已知难而退了，现在就剩下你我了。无药神方我必须得到，这是没有人能阻止得了的，你的父亲也不能！"

想到此，顾晓峰给宋浩打了一个电话。"宋浩，我是顾晓峰，有几件要紧的事现在必须和你说明一下，我在白河大桥上等你。"

"顾晓峰要见我。"宋浩放下电话，对唐雨说道。

"看来此人也等不及了，想和你来个直截了当。我陪你去吧，免生意外。"唐雨说道。

"不用了，白河大桥就在天医堂对面，并且顾晓峰应该不会对我怎么样的。"

"也好，那我在天医堂等你。刚才小伍来电话，他已秘密地将纪冬阳转移到了秋茹安排的地窖里，说那里非常安全，除了秋茹谁也不知道此事，请我们放心。只要纪冬阳安全地在我们手里，顾晓峰应该也拿你没办法。"

"这样就好。"宋浩高兴地说道，"我们明天可以借看望李贺的机会见见他了。秋茹将百草园的规矩定得很严格，外人进不去，并且中心园区一般的工人也进不去，这点倒是帮助了我们。"

"秋茹在你眼里什么都好。我要提醒你一下，日后在莺莺面前可不要再说秋茹的好处了，否则她又在我面前发牢骚了。"唐雨笑道。

"莺莺也是小家子气！她的优点不是也很多吗？起码脾气改变了不少，要按以前的性子，一不顺心就拔枪击人了。"宋浩笑道。

"你还是勿惹恼了她为好，否则她还是什么事都能做得出来的。"唐雨笑道。

"我惹她何来？只要不要再见到她那个爹，她怎么做我都不会生气的。"宋浩说着，转身去了。

"唉！宋浩，有些事你什么时候能明白啊！"

宋浩来到了白河大桥上，顾晓峰正站在桥栏旁边凝神眺望，看到宋浩走了过来，抬手微笑着打了个招呼。

"顾先生，既然到了这里，为何不去天医堂内坐坐？"宋浩走上前说道。

"这里的风光好啊！听说你就是在这白河镇长大的，也是一种福气，山水养人，才出脱了你这个灵秀不凡的孩子。况且我现在去你的天医堂做客，怕是不受欢迎，顾某还是有这个自知之明的。"顾晓峰笑道。

"顾先生在开玩笑了，天医堂永远都是欢迎你这种朋友的。"

"呵呵，顾某能得到你'朋友'这两个字，也就心满意足了。宋浩，今天叫你来，是有几件事情有必要和你说明一下。"顾晓峰说道。

"请讲，我洗耳恭听。"

"那个刁成你见过了，你知道他来这里是做什么的吗？"

"不知道，不过此人是一个杀手，应该是来这里杀人的。"

"不错，他是来杀人的，而且目标就是你。"顾晓峰说道。

宋浩闻之一怔，"当真？不过此人举止有些古怪，还说是来帮助我的。"

"他倒也没有说假话，帮你不成，也只有杀你了。你知道是谁派他来的吗？"

"要杀我的人当然是仇人了。"

"是仇人，也是亲人。他的幕后老板来自天医集团。"顾晓峰故意未将话讲完。

"亲人！天医集团！"宋浩惊讶道，"他们为什么杀我？"随后冷笑一声道："他们本来就是杀人凶手，也不足为奇。"

"你对自己的亲生父母现在还耿耿于怀。我说的不是你想的人，而是另一个人——你的叔叔齐延风。"顾晓峰说道。

"是他要杀我？！"宋浩闻之一惊。

"是的，并且你和你父母之间的一些误会也是你这个叔叔造成的。当年你的父亲为了能接近宋子和，倒是计划了一场车祸，只是想将宋子和的儿子撞伤后，用天医门的独门秘药再将他医好，以此博得宋子和的好感。但是你的叔叔齐延风重金买通了那个司机，将宋刚撞死，而后又将那个司机杀死灭口。他想用这种方式破坏你父亲的计划，但你的父母在这种情况之下，还想将计划继续下去，被迫将你送给了宋家。因此，你的父亲继任了天医门门主。齐延风想借无药神方的乱子杀你，于是派了刁成前来。好在他与我有过师徒之情，才未实施行动，而是先劝你交出纪冬阳，想以此令你摆脱这件事带来的麻烦。不过此时又有意外之变，你见过那个叫洪晃的人吧，他也是齐延风的人，但他是个见风使舵的主，在衡量了利害关系后，他向你的父亲告密了，将齐延风的计划全盘托出。为此，你父亲采取了紧急措施，撤去了齐延风所有的职务，而后将他遣送到太平洋一座孤岛上安度余生去了。事情经过就是这样，你父亲嘱咐我，将真相告诉你。你的父母时刻在关心你。"

"即便如此又能怎样？宋刚叔还不是被他们害死的？这些能成为摆脱责任的理由吗？请顾先生转告齐家的人，我以前与他们没关系，现在也仍然没有，我姓宋，是宋家的子孙。"宋浩毅然说道。

"宋浩，你太固执了！"顾晓峰摇了摇头道，"当年发生的事已经过去了，不可挽回，而你的父母这么做也是为了你的将来，你应该理解这一番苦心。并且事情出了差错是你那二叔的过错，非你父母本意。直至今天，你父母为你所做的一切，也应该值得你原谅了。他们为你排除了一切困难和危险，那个刁成你永远也不会再见到他了，齐家内部对你的危险也已经解除了。天医堂发展得也很好，将来天医集团也是你的，这一切，都来源于当年那个你认为错误的计划。"

"顾先生，你今天来就是和我说这些话的吗？齐家对我来说已经没有任何意义了。此事不要再谈吧。"宋浩冷冷地说道。

"好吧，那是你们的家事，我这个外人也就不再多说什么了。"顾晓峰摇了一下头道。"现在，来谈谈我们的事吧。眼下所有势力都已经在你我的努力下退去了，你什么时候将纪冬阳交给我啊？"

宋浩笑了一下道："顾先生还是如此固执！我现在连纪冬阳在什么地方都不知道，也没见过他的面，叫我如何交人啊？他若真来找我，一到这里就应该被你们发现了，哪里还找得到我帮忙保护他？"

"宋浩，"顾晓峰眉头一皱，肃然道，"我今天要告诉你的是，不见到纪冬阳，我是不会离开这里的。如果你现在将此人交给我，我可以保证他的人身安全，并且日后还会复制一份无药神方答谢你。我顾晓峰说话，你应该能相信的，目前这也是解决这件事最好的方法。我不相信你能永远藏得住一个人，而他也永远心甘情愿地被你保护。你有耐心，纪冬阳未必有耐心。把他交给我，对他，对你，对我们大家都有益处。你如此固执，不会是想独占此术吧？"

"顾先生，我现在可以明白地告诉你，我对那个什么无药神方不感兴趣。你们这些急于想得到它的人也根本不清楚什么是无药神方，真的以为是包治百病的灵丹妙药吗？其实不是。就算纪冬阳愿意将此术告诉你们，你们也未必能习成，这必须有极深厚的阴阳五行术数上的修为和学识才行，不是普通人能领会的。医门纪家这些年不以医术名世，为研究无药神方耗尽心血，纪冬阳也是从小熟知五行术数，和他爷爷一起研究，一起感悟的。此术虽奇，但不能普及，尚不能为医道正法。你们即便得到施术的理法，也没用的。"

顾晓峰听了，笑了笑道："你说得有理，但是对我生死门来说，这些都不是问题，搞明白无药神方的机理也只是时间上的事。只要你将人交给我，一切都由我来处理。日后自会还你一份无药神方，何乐而不为呢。"

"原来顾先生非要得到纪冬阳，是想让他助你早日成功。可是，在纪冬阳不情愿的情况下，强迫他说出此秘术，和那些抢夺人财物的强盗有何区别？就凭这一点，我此时就是知道了纪冬阳的下落，也不会告诉你的。"

"我不想强人所难，只是想找到他和他做上一笔交易。利人利己，我想他应该不会反对的。只是你将他藏了起来，让我和他失去了这个合作的机会，这也是不公平的吧。"

宋浩笑了一下道："如果纪冬阳真想和你谈下这笔生意，他倒也是一个生意人，早就上门找你去了，又何必躲避你们呢？"

"宋浩！"顾晓峰显得不甚耐烦，说道，"没想到你这么能说。好了，我不和你废话了。总而言之，这个纪冬阳我生死门是志在必得。你能藏得了他一时，不可能藏上一世，总有一天他会出现的。那时候我不会再像今天这般客气了。"说完，顾晓峰转身坐进了车里，驱车而去。

"不送。"宋浩扬了下手。

回到天医堂后，宋浩将与顾晓峰谈话的内容对唐雨讲述了一遍。

"好险！要不是那个洪晁告密，刁成对顾晓峰有顾虑，他早就对你下手了。如此说来，这种来自天医集团的危险日后不会再存在了。"唐雨惊讶之余，心中一松。"目前只剩下生死门的人了。好在顾晓峰和你有特殊的关系，暂时不会撕破面子去万松岭强行搜人的，我们面临的危险倒是减去了一多半。不过他是个难对付的人，我们也不可大意了。"

"纪冬阳只要不露面，他就拿我们没有办法。通知一下小伍，加强百草园的安全保卫措施，可从医药馆和药厂两边抽调保卫部的精干人手。"宋浩说道。

"宋浩，依顾晓峰所说，当年天医门对爷爷一家人实施的计划是出现了意外，应该不是你的父……不是齐先生他们的责任，所以在这件事上，你就原谅他们吧。"

"过程什么样并不重要，重要的是已经产生了这个结果。不要再说这件事了，我不会原谅他们的。"宋浩摇头道。

唐雨听了，不复再言。

第二天，宋浩、唐雨、洛飞莺三人来到了百草园。

在秋茹的陪同下，宋浩先是看望了李贺。李贺此时的神态比前两日又恢复了些，见到宋浩尤有些怯意，坐在那里只是嘿嘿冷笑。

"你那一针竟将李贺师兄镇服住了！看来真是一物克一物啊！"洛飞莺感慨地说道。

"他的病情不能再耽误了，日久恐另生它变。走，我们去看看纪冬阳。"宋浩说道。

秋茹引了三人绕过了一片药圃，进了一栋大房子里。这里很隐蔽，便是外面的视线也观察不到屋子中的情形。

"那个纪冬阳果然被宋浩藏在了百草园，他果然信任我，不瞒我。"想到此，洛飞莺心中感激不已。

秋茹开启了一道暗门，说道："他就在地下室里，你们下去吧，我在上面守着，防止有人进来。"

"呵呵，你还真是建了处这么隐蔽的地方，什么东西都能藏住了。"宋浩笑赞道。

秋茹闻之一笑道："本是用来储存一些特殊的药材的，没想到还能另有它用。"

地下是一处大型的地窖,被分隔成了几间。在一间石室内,宋浩见到了满面惶恐的纪冬阳。

见是宋浩等人,纪冬阳才转恐为喜,"原来是宋大哥,我还以为这么多人是来抓我的。"

"不用担心,这里非常安全。只是暂且委屈你了。"宋浩说道,随即打量了一下这间石室:一般屋子大小,安置有床铺、电视,竟然还有一台冰箱储存方便食物。

"秋茹倒是细心周道。"宋浩暗里点了点头。

"宋浩!"纪冬阳这时朝宋浩跪下来,哭泣道,"谢谢你救我,否则我真的是没地方逃了。"

宋浩忙上前将他扶起,说道:"不要这样,你既然信任我而找到了这里,我就当尽我所能地保护你。"想起当年自己也曾有过这般走投无路的情形,宋浩心中一阵酸楚。

"宋浩,你是个真正的好人!我决定了,将无药神方全部传授给你,以谢救命之恩。以你的医道修为,一个月就能学会。除了你,我至死不再传第二人。"

"谢谢你的好意……此术虽奇,不过对我暂无大用,我也不能抽出一个月的时间来跟你学习,那要耽搁很多重要的工作。你若有心,以后再说吧。"

纪冬阳听了,略感不解。

"不过纪兄,现有一事相求,请你施术救治一个人如何?"宋浩随后说道。

纪冬阳犹豫道:"我必须要看到所医治之人,才能辨证施术。只是现在我不方便离开这里。"

宋浩笑道:"不妨事,此人就在百草园,稍后我让莺莺引他来你这里,还请纪兄施展神术。此病人特殊,我治疗起来颇费工夫,不如走一捷径,让你的无药神方来试治一回。"

"天下诸病,无不应数,既在数中,自无不治之理。"纪冬阳倒也自信。

"好,那就有劳纪兄了。"

"纪冬阳,现在我们想向你证实一件事,你爷爷纪玄前辈究竟是被谁杀害的?"唐雨开口问道。

纪冬阳听了,激动起来,愤愤道:"那三个杀人凶手我这辈子都不会忘记的!就是你们带我去见的上清观那三个人。当时我还以为你们是一伙的,后来想想,你们可能不知道他们就是杀害爷爷的凶手,否则早就将我绑起来送给他们了。"

"你当时看清楚那三个人对纪玄前辈行凶了吗,谁先动的手?"宋浩急不可待地问道。

"谁先动的手我倒是没有看到。我当时回到家里时,正好看到那三个人站在爷爷的尸体旁边,我被吓坏了,躲藏在暗处没敢出来,便悄悄地逃走了。"

"这么说,你并没有看到这三个人行凶?"宋浩追问道。

"他们就是凶手,显然是刚刚杀害了爷爷,还未来得及离开。"纪冬阳说道。

"对了,宋浩,你好像说过,那三个人是上清观的,和你是师兄弟,不会将我交给他们吧?"纪冬阳又惊慌道。

"那三人是我的师兄不假,"宋浩说道,"但请你放心,在你不自愿的情况下,我不会将你交给任何人的。另外,你可能误会我那三位师兄了。据我所了解的情况,他们赶到你家时,纪玄前辈已经被人杀害了。他们还未及离开,便被你看到了。我承认,他们也对无药神方感兴趣,但是据我对他们的了解,不会做出杀人夺物之举。所以,杀害纪玄前辈的可能另有其人。"

纪冬阳听了,似信非信,低头道:"不管他们是不是杀害爷爷的凶手,但凡来抢夺无药神方的人都不是什么好人。"

"你说的也有道理,好奇和欲望真的会改变很多人。"宋浩摇头一叹。

见过纪冬阳,秋茹引了宋浩、唐雨、洛飞莺三人在一处客厅内落座,沏了一种药茶招待三人品尝。

"师弟,刚才听工人们说你来百草园了,我过来看看你。"无非子这时走了进来。此人已有六七十岁的年纪了，灰白的胡须一大把，对宋浩这个小师弟倒也客气。

"师兄！"宋浩起身相迎道，"一会儿我也想去看你呢！还给你带来两包好茶叶。"

无非子笑道："师弟勿要对我这般客气，你上次送我的茶叶还未用完呢！"

"师兄，在这里工作还适应吧？"宋浩说着，将无非子扶在沙发上坐了。

"好啊！真是好得没法说了！先前以为我对药物的熟悉程度也就可以了，没想到山外有山，秋茹姑娘比我知道得还多，让我有了重新学习的劲头。"无非子感慨道。

宋浩笑道："我请秋茹建百草园，就是为了保证天医堂用上最好的药，否则医生开出方来，没有好药配制，影响疗效不说，还会令病人对医生失去信心。只有中医中药并重，才能真正显示出中医的本色来。"

无非子抚须微笑道："师父识人不差，你这位小师弟创天医堂医药馆，建万松岭百草园，更有药厂相辅，医药一体化，济世惠民，真是为上清观争了光了！"

"哦，对了，"无非子复又说道，"前两日无果师弟来天医堂了吧，听说你和他起了争执，将他气走了，还带走了无尘、无月两位师弟。无果师弟在半路上打电话通知我，让我也走，我回绝了他。没有师父的命令，我不会离开这里的。小师弟也请放心，我虽然不知道你们为什么起了争执，但是日后师父会处理好这件事的。无果师弟也是，仗着师父器重他，做起事来不计后果，你走你的便是了，带走无尘、无月做什么？我们可是奉师父之命来天医堂帮助师弟的。"

"师兄，真是谢谢你的支持！"宋浩感激地说。

"其实我要感谢你哩！我侍弄了一辈子药，终有一个用武之地了。就让我帮助秋茹姑娘将这百草园打理好吧。"无非子笑道。

秋茹笑道："是啊！百草园现在已经离不开无非子前辈了，前辈见识多，遍识天下诸药，这一点我可是不及的。"

无非子道："宋浩师弟和我是同门平辈，你们之间也是同辈，所以勿要称我为前辈的好。"

秋茹笑道："你们称呼你们的，我们称呼我们的。在前辈面前，我们不就是小辈吗？"

洛飞莺笑道："是啊！本来我们应该叫您老一声老师父才对，可是不行啊，这样会叫乱了的，还是叫声前辈的好。"

"这样不好，日后你们这三个女娃子中会有一个嫁给宋浩师弟的吧，称我为前辈岂不是折煞我了？"

洛飞莺、秋茹、唐雨三人听了，相视之下，各自低头无语。

无非子见状，自觉说走了嘴，于是笑道："俺出家人不懂世间的事，只知道缘分。缘分这东西说起来也很奇妙的呢……"说着话，那无非子竟自起身去了，将尴尬扔给了宋浩。

"我这个老师兄，说话也真是幽默……"宋浩讪讪一笑道。

# 第七章　祝由奇术

宋浩和唐雨随后回到了天医堂，洛飞莺留在了百草园协助纪冬阳施术治疗李贺的病。

进了办公室，宋浩说道："明天轮到我们到门诊了，晚上准备一下，能推掉的应酬就推掉吧。"

唐雨看了一下日程安排表，说道："不要忘了，下午讲习所那边还有你的一节针灸课。"

宋浩道："我准备安排学员们去观摩一下明人高武的那三具针灸铜人，直观地感受一下经络和穴位。现在时机未到，否则让大家目睹一下天圣针灸铜人，自会增进他们的针力。"

唐雨道："等到时机成熟了再说吧，现在公开教学还不到时候，不要忘记金针门窦家的教训。日后就是条件允许了，也不是每个人都能想看就看到的，一定要选择那些德才兼备的，在针法上有潜力可造就的人才行。"

宋浩道："不亲睹一回医中至宝，难成针法上的高手。便是现在，我每次观摩针灸铜人，都会别有启发。此针灸铜人给人的感觉就像是活的一样，引着你去感悟经穴的奇妙，令人每有所得。古人的鬼斧神工，真叫人叹为观止！"

"那是它和你有缘，才能令你生出这种奇妙的感觉，和它没有缘分的人，看了也是白看，瞧个稀罕罢了。事情都是一个道理。好了，药厂那边还有一些事，我先走了。"唐雨说完，别有意味地望了宋浩一眼，转身去了。

"这个丫头什么意思？"宋浩挠了挠头，听得有些莫名其妙。

唐雨刚离开，江河走了进来。

"宋总，建天医堂职工公寓楼的计划已经制定好了，规模上应该是建成一片小区。刘天刘总那边说，会在天医堂的后面征用一块地皮，这样天医堂的员工们上下班也方便些。"

宋浩道："要建部分高标准的公寓楼，分配给天医堂那些工作优秀的医生和员工。具体的分配方案你回头和唐雨、莺莺她们俩商量一下吧。还有，告诉刘天，这次的工程费用我们自己出，现在我们已经有这个能力了。工程结束后，和原来欠的账一齐给他结算了。这家伙真是大方，天医堂欠他近五千万的帐就是不急着要。"

江河笑道："这么讲义气的人我也是首遇。几乎是拼了家底来支持你，太不简单了，不过也因此做大了他们的事业。听人说，现有大财团在支持他们。"

"大财团？哪个大财团？"宋浩闻之一怔。

"这个我也不太清楚，也是听人说的。说是刘总他们为我们建成了天医堂后，他的建筑公司也出名了，被大财团相中，还有了业务上的合作。"江河说道。

"你给我查一下，和刘天他们合作的这家财团的背景，有结果后立即通知我。"宋浩吩咐道。

"这个没问题。"江河又说道："对了，宋总。上次开会，大家采纳了水明扬博士的建议，天医堂准备开辟一块中西医结合诊疗区，具体的工作已经在开展了，只是林凤义主任和宋老先生那边还有些顾虑。"

宋浩听了，点头道："很好，这也可令天医堂更加地完善。不过放心，虽然有了中西医结合诊疗区，但也影响不了天医堂以中医药为主的诊疗特色。有的中医院开展中西医结合，最后都结合到西医那里去了，那是因为他们本来就没有中医方面的基础。在天医堂，西医永远左右不了中医，只是取其部分优势互补罢了。这也是天医堂日后工作的一个重要内容，要抓紧时间细致地进行。江院长这方面有足够的经验，我放心。"

"多谢宋总的信任！天医堂给我展现才能的机会，在这里，我可以使出十分的力气来。以前在别的医院工作时，能施展出六分的能力就不错了。各方面掣肘，有时甚至令人哭笑不得。"江河感慨道。

宋浩笑道："自有了江院长的加入，天医堂被管理得井井有条，省去了我大半的精力。唐雨曾对我说过，你虽不习医，但在天医堂内，足以抵得上一个半林凤义！"

"那是唐雨对我过奖了！我哪里敢和那几位国宝级的老中医们比呢！"

江河说道，神态中也不免呈现出些得意之色。

"另外，江院长推荐的那个董明圣真是不错，任天医堂制药厂的厂长以来，业绩突出，这方面的管理人才日后还要多多推荐。"宋浩又说道。

"这个自然。"江河说道，"天医堂不但要成为医中名家圣手的聚集之地，也是各方面人才的汇集之所。天医堂的实力日后一定要超过天医集团，在医疗这方面，我们已经超过它了。"

"对！"宋浩猛然一拍桌子道，"各方面我们都要超过那个天医集团，并且我希望有一天，取消他们用'天医'二字的资格。这两个字，只有我们天医堂才能真正地担当得起来。"

江河闻之一怔，不知道宋浩为什么对天医集团的反应如此强烈。

这天晚上，宋浩在房间整理几册从图书馆借阅的书籍。天医堂的图书馆有了上清观那万余册的医学典籍为基础，又自行采购了近万册的医学书籍，已是有了一定的藏书规模，其他领域的书籍也在不断地增加中。图书馆对天医堂全体工作人员开放，颇得赞誉。

"咚咚……"有人敲门。

"请进！"宋浩应道。

门一开，洛飞莺进了来。

"莺莺，纪冬阳今天为李贺治疗过了吗？"宋浩放下了手中的书籍，一边问一边招呼洛飞莺坐下。

"治疗过了。"洛飞莺应道。

"用了什么样的方法？你看仔细了吗？"宋浩问道。

"无药神方也没什么稀奇的，纪冬阳向秋茹要了几种草药的种子，有柏子仁、酸枣仁、莱菔子、薏米仁，每样却也不多，十粒二十粒的，另外还有七枚大红枣，说是什么医门纪家的家传秘方'清心汤'，然后煮水令师兄服下。我候了一天，也未见有什么效果。纪冬阳说，要按他的法子治疗三次，每次间隔三天，九天之后方可奏效。"洛飞莺说道。

"怎么，纪冬阳这次施无药神方竟然用药了？"宋浩闻之一怔，随后恍然大悟："是了，他的情况现在特殊，不敢'明目张胆'去施无药神方的秘术，故意以药为名施治，那几种药，非取其药性，而是取其数。灵活运用至此，也算高明！"

"对于李贺的病，纪冬阳有把握吗？"宋浩又问道。

"他说九天之后自见分晓,好像很有信心的样子,也不知在搞什么古怪。这就是那个无药神方吗?也没有什么特殊的地方,太简单了些。"

"平淡之极,乃为神奇!那就九天之后看效果吧。若真能将李贺的病彻底治愈,那他和无药神方就足以抵半个天医堂了!"宋浩说道。"李贺现的情绪还好吗?"

"也是怪了,每当发现他激动或是对人有攻击举动的时候,我和秋茹只要一说'宋浩来了!'他就立即老实了,你那一针真的将他刺怕了。"洛飞莺说道。

"真的?"宋浩听了,颇感意外,笑道:"看来我也成了治疗李贺的一味药了!万事万物皆可为药,果然是有道理的。"

"宋浩,如果李贺师兄的病真的治好了,我想让他留在天医堂工作,不想再让他回魔针门了。"洛飞莺说道。

"如果他愿意就让他留下吧,我们天医堂欢迎他的加入。李贺针法集洛家和金针门窦家之长,是针法中的奇才。他能将反针术习到极致,练就绝命针,在针法上是别有悟性的,只是没有用在正地方。日后他若是能在针法正道上钻研下去,其修为不可限量。"

洛飞莺笑道:"照你所说,日后天医堂当有针灸三剑客了,那就是你和吴启光、李贺。"

"你倒是很会形容。我期待那一天的到来。对了莺莺,有件事我必须和你商量一下。"宋浩随后说道,"李贺和金针门窦家的恩怨你是知道的,日后他的病即使被纪冬阳治好了,但他的心结不解去,久则还是会忧郁成患的。他身上毕竟还持有绝命针法,所以我想,我们应该想办法化解他和金针门的恩怨,了去他的心结,以免他再生极端之举。"

洛飞莺听了,点头道:"你说的有道理,治病需治根,病根不除,还会有复发的可能。并且这件事情也必须解决,否则日后李贺留在天医堂,也是无法和金针门的孔飞、付中奇相处工作的。"

宋浩说道:"待他病好了以后,我再和窦海芹阿姨联系,让他们见上一面吧。李贺当年并非是想出卖金针门,只是事情的意外变化令他始料未及。同时也将我牵涉进了针灸铜人的事件中,也才有了现在的天医堂,想来这一切都是天意吧!"

洛飞莺叹息了一声道:"那样的话,我们洛家和窦家的恩怨也一并解了。孔飞和付中奇知道了我的身份，现在仍旧未和我说一句话。也是我们洛家欠他们金针门的。"

"对了宋浩，"洛飞莺又说道，"刚才过来时我遇到了林凤义，他让我通知你，明天下午他和爷爷几个人要开一个新药的讨论会，让你参加。他们从《奇方验抄》上又选定了一种治疗胃病的方药——保胃乾坤散，临床验证效果极佳，准备申请批号，投入规模生产。"

"通过几个月的临床验证，爷爷他们终于将保胃乾坤散定下来并准备投产了。药厂现在生产的十几种拳头产品，一半方子是各位名医奉献出的家传秘方，而另一半则是来自那册《奇方验抄》。一部《奇方验抄》，支撑起了半个天医堂制药，这是我昔日寻求此书时未曾想到的，都是师父和那位游医丁奉杰之功！"宋浩感慨道。

一部《奇方验抄》为天医堂带来了巨大的效益，宋浩没有忘记那个为此书奉献出一生心血的丁奉杰。虽然此人已不在世了，宋浩仍是感激那个为寻书提供了重要线索的丁奉杰的侄子，曾让人送去一笔巨款，以示酬谢。

这天，宋浩、唐雨、洛飞莺三人又来到了万松岭百草园。这是纪冬阳施无药神方为李贺治疗的第九天，三人来看其效果如何。

李贺此时已经住到了另一间屋子里，宋浩等人进来的时候，他正伏在桌子上看书。

"宋浩！"见到宋浩，李贺忙站了起来，脸上呈现出复杂之色。

"听说你的病好得差不多了。"宋浩友好地笑道。

"那几种安神之药数量虽少，却是配伍得极是巧妙，仅服三次，令人有大梦初醒之感！不知你是从哪里请来的这位医道高人？"

"不请自来，并且与你同至天医堂，应该是专门为医治你来的。"宋浩笑道。

"宋浩，谢谢你，将我从一场噩梦中唤醒！"李贺感激地说道。

"看到你痊愈，我们大家也很高兴，就不用和我客气了，希望你能忘掉梦中的一切，从头来过。"宋浩说道。

"听师妹说，你愿意留我在天医堂。谢谢你救了我，我愿为天医堂尽我所能。"李贺感激地说道。

宋浩笑道："你身体刚刚复原，先休息一段时间为好。"

"师兄,你真的全好了?"洛飞莺问道。

"九天内我喝了三次'清心汤',不知不觉中竟然感到全身舒畅。而且奇怪的是,先前我在自己身上下的针法竟也被解了去。看来天医堂内果是有奇人异士,针药都能解我们的反针术的。"

"真的假的?你真的感觉没事了?"洛飞莺惊讶道。

"是的师妹,我已复如常人,谢谢这些天对我的照顾。"李贺感激地说道。

"那……那个纪冬阳真的这么厉害啊!"洛飞莺惊叹道。

"此人的医术已超出我们的理解之外了。我曾问过他治病的道理,他说'法于阴阳,合于术数'而已。看来天人相应的'大数',另成天地间一种无形的奇药。'清心汤'假以药为,实则择其数罢了。"秋茹说道。

"说得不错!没想到你也能有这种感悟!"宋浩赞叹道。

"我也是猜测罢了。因为以那几种轻微的药力,是不能治得了这般重病的。并且纪冬阳让我配制药方时,数量上要求严格,一粒不能多,也不能少,故有此想法。"秋茹笑道。

"这个纪冬阳,真是超出我意料之外!"宋浩兴奋地说道,"看来这种超前的医术是我们暂不能理解的了。证实它存在就好,也可解一些迷惑。医道博大精深,我们所了解的仅仅是沧海一粟!"

"说得不错,这个世界上的确有很多我们目前还无法了解的东西。"一个声音在背后响起,众人回头看时,却是纪冬阳。

"喂!你怎么出来了?会被人发现的。"洛飞莺说道。

"我又没有做过见不得人的事,不怕阳光。"纪冬阳说道。

宋浩笑道:"也好,出来透透气,散散心。不过千万不要走出百草园,外面就非我力所能及了。"

"这个我知道。"纪冬阳说道。

这时,一名工人惊慌失措地跑了进来,说道:"秋园长,一名工友在蜜蜂园不小心被蜂蜇了,快去看一下吧。"

秋茹听了,忙道:"不要着急,我有解蜂毒的药,我这就取来。"

宋浩道:"你去取药,我们先去看一下。"随后率众人而出。

众人来到蜜蜂园,只见一群工人围着地上一个躺着的人正焦急地等待。

"宋总来看大家了，秋园长去取解蜂毒的药了。"先前的那名工人朝大家喊道。

宋浩上前看时，不由一怔，这名工人额头上被毒蜂蜇了一下，肿势正在扩大，眼睛都快睁不开了。百草园的蜜蜂园引进了几种毒蜂，其中一种大黄蜂是秋茹从万松岭上就地取种移巢过来的野蜂，未曾驯化，毒性也大，这名工人就是被此蜂所蜇。

"老道长来了！"这时工人们朝两边一分，无非子走了进来。

"唉！你们就是不听话！你们现在还和蜂群生分，必须穿防护服才行，园中不是早已规定的吗，怎么就是不听呢！若是被这种毒蜂蜇中了要害部位，抢救不及时会丢了性命的。"无非子见了那被蜇工人的伤势，也动了气。旁边的工人们都低下了头。

"师兄，秋茹取解蜂毒的药去了，一会儿就过来，应该没事的。"宋浩说道。

"有了解蜂毒的药，怕是也要疼上一天，我来试试吧。"无非子说着，扶那工人坐了起来，吩咐道："你先忍着痛，想象自己坐在冰天雪地里。"说完，无非子在旁边寻了一树枝，在那名工人前面的地上画了一个"井"字，而后嘴中不知在念叨什么，少顷，伸手于那"井"字的正中部位取了少许泥土，用唾液和了，涂在了那名工人被蜇的伤口上。

"老道长在施什么法术啊？"工人们奇怪地看着。

"师兄，你这是在……"宋浩也自茫然道。

"禁术。"无非子说道，"这是师父早年传授我的一种治疗蜂蜇虫咬的禁术，尚属祝由门。"

"祝由科！"唐雨、洛飞莺、李贺三人闻之惊讶。

纪冬阳站在旁边却是不以为意。本是他在看到这名工人后，心中"推演计算"了一番，欲施无药神方治疗，不曾想令无非子抢了先，于是站在一边默不作声地观看。

"师父也精祝由科吗？此术难道没有失传？"宋浩惊讶道。

"师父得承祖师爷遗下的祝由真本，一生精研奇门术数之学。不过师父未将此术列入医道正法，所以未传授给你。祝由之道不适合你的天医堂。"无非子说道。

"原来师父得习祝由科，怪不得对无药神方的存在深信不疑。"宋浩恍悟。

"老道长，你的法术好灵啊！现在不痛了！"那名被蜂蜇的工人此时惊喜地说道。

众人再看时，那肿势竟然神奇地消退了。短短的三四分钟之内，竟产生了如此神效，实令围观之人惊叹不已。

"解蜂毒的药拿来了！"秋茹这时跑了过来。

"你来晚了！"宋浩笑道。

"晚了？"秋茹闻之一惊，以为那名工人发生了意外。

"是用不着你的解药了，已有师兄解了蜂毒，就是那种传说中的祝由科。"宋浩笑道。

"老道长会禁术！"秋茹望着那名工人已好转的伤势，惊讶道，"学会祝由科，治病不用药！真是有这般效果啊！"

"我也仅仅会这一种而已，若治天下诸病，还得用药。祝由之道不容易领会和习得的，紧急特殊情况下一用罢了。"说完，无非子转身去了。围观的众人带着惊奇离开了蜜蜂园。

宋浩见一旁默默无语的纪冬阳，心中一动，问道："纪兄，此症让你来解，比我师兄如何？"

纪冬阳说道："这种情况下，他的效果比我快。若是有一碗现成的井水，我比他快。"

宋浩听了，朝唐雨、洛飞莺、李贺、秋茹四人道："听到没有，在这种情况下，和他们的奇门之术相比，我们这一辈子算是白学了！"

"不然。"李贺说道，"他们施术治病的效果虽奇，但仅仅是应一时一人之疾罢了，而天医堂可应天下之病，普及百世，惠及万民，其功德非一方一术之可比的。"

"说得有道理，又激起我的信心了！"宋浩哈哈一笑。

这天晚上，林凤义、吴启光、宋子和三人来到了宋浩的房间。

"宋浩，听说百草园发生了两件奇事，你那个道家师兄竟会施祝由之术，还治愈了一例蜂蜇的工人；而那个李贺的顽疾也被另一个人治好了，此位医中高手，以前怎么未曾听说啊？"林凤义先是说道。

宋浩听了，知道此时纪冬阳在百草园的事已经不是秘密了，于是将白天发生的事和纪冬阳暂避百草园的始末大致说了一遍，至于诸般危险的事情没有说，免得几位老人担心。

吴启光道："医道法门千千万万，能应病的就是好术。不过那无药神方和祝由科之类的秘术能应病却不能应时，这时候施用于天医堂门诊是不合适的。偶一为之，治疗少许疑难病症罢了。"

宋浩道："我也是这么想的，并且纪冬阳还是个落难之人，也不方便现身天医堂接诊，暂避百草园而已，去留日后再议。若是他愿意献出其术，先录存秘藏天医堂，以待研究其机理。"

林凤义听了，赞许道："这么做甚妥，勿要改变天医堂现在的中医特色为好。"

宋子和说道："无药神方！你太爷爷在世的时候，好像曾说起过，是一种传说中的医家秘术，竟被那医门纪家的人研究成了，实在是不简单！这个纪冬阳既然投奔你来，就好好地善待他吧。"

"对了宋浩，"吴启光说道，"听说莺莺的父亲洛北明来天医堂了，他来做什么？"

"他是来看莺莺和李贺的，现在已经走了。"

"这就好。"吴启光道，"这种医门败类，以后还是不理他吧，只是难为莺莺这丫头了。还有，听说李贺愿意加入天医堂，你要慎重，此人毕竟是魔针门的人，会施反针术，不要令洛氏魔针遗祸天医堂。莺莺和这个人是两回事。"

"这个我知道。"宋浩说道，"不过听莺莺说过，李贺以前是一个正直的人，和她一样厌恶洛家的作为，有改恶从善的意愿，我想，还是应该给他一个重新做人的机会。当然了，何时令他正式地加入天医堂，目前还未定下来，因为有几件事必须要在这之前解决。在我看来，李贺是个针法上的奇才，能加入天医堂，也是对我们一个有益的补充。"

宋子和道："主意还得你自己拿，我们只是给你一个建议和提醒。天医堂虽广纳贤才，但也要有所区分。有才无德之人，本事再高，也入不得天医堂。"

"我晓得的。"宋浩点头应道。

送走了宋子和、吴启光、林凤义三人，宋浩随后找到了唐雨，说道："纪冬阳藏身百草园现在已经不是秘密了，顾晓峰那边必会采取行动，你叫小伍一定要加强百草园的戒备。"

唐雨道："这么办吧，明天开始我留驻百草园，以应意外之变。"

宋浩点头道："也好，有你和小伍两位高手，应该能护得住纪冬阳了。况且只要他不离开百草园半步，顾晓峰也没办法，他总不至于到百草园内抢人吧。"

"安全起见，明天叫秋茹再给纪冬阳换个地方，并且也不能随便出来走动了。若是顾晓峰暗里偷袭，夜里闯入百草园将人掳走，我们也没办法。只要对方找不到人，我们就会有法子对付他们。"唐雨说道。

"能和生死门相安无事最好。有他们在，便能打消某些人的念头，也能止了一些对纪冬阳心怀不轨的人来此。"宋浩说道。

唐雨道："目前的情形还是对我们有利的，顾晓峰和你现在的关系毕竟是有些特殊，他应该也有所顾虑的。就是真到了那一天，我估计他也不会伤及你。我们没有见过此人的真本事，但他一定是个深不可测的高手，所以，能稳住他就稳住他，尽可能地不和他发生冲突。当然了，他要是敢明目张胆地去百草园抢人，我们也就不客气了。"

一连过去了十几天，顾晓峰那边也没什么异常举动。不过保卫部报告，生死门的人还没有离开县城和白河镇，并且每天都有人出现在天医堂和万松岭。

这天，马吉来到天医堂找到了宋浩，并带来了一位病人，是他居住在外地的一个表哥，在几家大医院确诊了绝症。

"宋浩，救救我表哥，他已经被大医院判了死刑了，前几天才通知我，我便立刻叫他来天医堂了。"马吉急切地说道。

宋浩见那病人骨瘦如柴，脸色晦暗无光，果是绝症之相，上前诊脉，却已是真脏脉现，死候显示。

"晚期肝癌。"宋浩摇了下头。

"不错，是癌症，不过天医堂不也曾治愈过几例癌症病人吗，应该有法子医治吧。宋浩，替我想想办法！"马吉哀求道。

"怕是难医过来了，绝脉都现了。这样吧，让林老师和爷爷会诊一下。"宋浩说道，也是想安慰一下马吉的情绪。

"好好！你安排吧。"马吉升起了一线希望。

宋子和、林凤义二人诊过之后，也自摇头。

"宋浩，你再想想办法吧。我从小是和表哥一起长大的，不忍心看他就这样病死。"马吉现出哭声道。

宋浩推却不过，犹豫了一下道："那就试试另一个法子吧。"

"宋浩，我们医生能医病，未必能救得了他的命！"林凤义说了声，转身去了。

"还有什么法子？"马吉将宋浩拉到一边问道。

"将你表哥的影像录下来，我找一位高人以奇法医治。若能将此绝症医过来，我这辈子什么也不做了，专务此道。"宋浩认真地说道。

马吉闻之一怔。

## 第七章 祝由奇术

万松岭百草园内，宋浩将一份录像带递给唐雨道："这是一名病人的录像，给纪冬阳看一下，不行再将病人带到这里。问问他，无药神方能医否。"

唐雨笑道："你真想用他的无药神方来医一些疑难之症？"

"这是马吉的一个亲戚，我被他央求不过，才想起了纪冬阳。本来我和爷爷还有林老师已确诊了绝症的，试下无药神方是否有奇效。"

"那就试试吧。只是不知道这影像能否令他诊得来。"唐雨说完，转身去了。

不多时，唐雨带着纪冬阳回来了。

纪冬阳一坐下，便摇头说道："这个人的信息全乱了，已是辨不得气数了。无数可辨之人，限数也就尽了，这个人活不长了。无药神方能医得百病，但救不了命，我也没办法。"

宋浩听了，感慨道："看来这世上果然是没有可起死回生的灵丹妙药。命数尽了，神仙也不能医的。医者，医病不医命，自古恒然！"

宋浩给马吉打了个电话，叫他为表哥准备后事便了，随后对纪冬阳说道："纪兄，怎么又出来了，还是暂且避于密室中为好。"

"我闷得慌，不走出百草园就是了。唐姐也限我在这院子里活动，不得出大门的一步。"

宋浩道:"有一伙人是针对你来的,现在还没有走,这么长时间都没什么动静,我总觉得不太对劲。安全起见,纪兄还是少现身为妙。"

这时,秋茹走了进来,说道:"宋浩,你果然来了。百草园门外有一个叫顾晓峰的人领了一大帮子人点名要见你。"

"顾晓峰到了!"宋浩闻之,脸色微变。

"你快回密室中,这边我们来对付。"唐雨忙对纪冬阳说道。

纪冬阳听了,意识到了什么,紧张得站了起来。

"跟我来吧。"秋茹引了纪冬阳先自去了。

"顾晓峰今天来此,怕是不好对付了。"宋浩忧虑道。

"先出去探一下他的来意再说。"唐雨道。

# 第八章　圣手毒医

百草园门外，伍长率了二十几名保卫部的人在和顾晓峰等十几名生死门的人对峙着，气氛紧张。顾晓峰站在那里含笑不语，显得胸有成竹。

"原来是顾先生到了！"宋浩和唐雨迎了出来。

"宋浩，很得闲啊！"顾晓峰笑道。

"不知顾先生今日来此荒山野岭有何见教？"宋浩心存忌惮。

"听说天医堂百草园出产之药皆是上品，今日空闲，想来这里参观一下，这个面子应该会给我的吧？"顾晓峰笑道。

"这个……"宋浩听了，倒是一时无法推却，虽然知道对方醉翁之意不在酒。

唐雨这时道："对不起顾先生，百草园是天医堂重要的药材供应基地，不对外人开放，也不适合参观，还请见谅！"

"我也不可以吗？"顾晓峰笑道。

"便是天医堂的人也不能随便进入。"唐雨说道。

"是吗？不过据我所知，有两名外人住进了百草园，其中一个是李贺吧。我们抓住他时，发觉此人身患重症，然而听说现在已经痊愈了，可是服了百草园出产的灵丹妙药吗？宋浩，我对这种药十分感兴趣，很想见识一下这种世间奇药。"

望着顾晓峰从容不迫的神态，唐雨猛然意识到了什么，忙低声对宋浩道："有些不对劲，我去查看一下纪冬阳那里。"说完，转身匆匆去了。

然而她还未走出多远，就迎面遇上了惊慌的秋茹。

"唐姐，不好了，纪冬阳被两名园内的工人抢走了，那两个人是一个月前应聘百草园的。"

"什么！"唐雨和宋浩、伍长等人俱是一惊。

"顾先生，你这招很是高明！"宋浩明白是中了顾晓峰的计谋，气愤道。

"你要是真的不欢迎我参观百草园也就算了，顾某打扰了，告辞！"顾晓峰朝宋浩一拱手，说道。

伍长此时四下望了望，不知那两人掳了纪冬阳从哪个方向走了，此时去追已经来不及了，无可奈何地看了看宋浩。

"宋浩，对不起，是我的失误。"秋茹歉意地说道。

宋浩摇了摇头，无奈地说："是我大意了，不怪你的。"

就在顾晓峰欲率人离去的时候，忽然有两个人从远处惊惶失措地跑了过来，都是灰头土脸的模样，显然是刚和人交过手，败下阵来。

顾晓峰见状，脸色一变，低声呵问道："人呢？"

一人哭丧着脸道："被人抢走了！"

"咦？！"顾晓峰闻之一惊，回头望了宋浩、唐雨、伍长一眼，天医堂内身手不凡的三人都在这里。能从两名生死门弟子手中抢下纪冬阳的人可不是一般的高手，天医堂内还另有高人吗？顾晓峰一时迷惑不解。

宋浩、唐雨等人也有些茫然，不知道发生了什么事。

"就是这两个人掳走的纪冬阳。"秋茹用手一指那两名生死门的弟子，说道。

"怎么回事？"宋浩大惑。

"天地之道，生死之门；往来出入，任由我心！"此时一洪亮的声音响起。

双方闻声望去时，俱是一怔——从一侧走来一名蓬头垢面、衣衫褴褛的老年乞丐，旁边跟着的是一脸茫然的纪冬阳。

"《生死书》！"顾晓峰此时神色一震。那老乞丐吟出的这四句话，乃是生死门历代门主秘传的《生死书》中的开篇经文。《生死书》本是生死门中秘中之秘的修炼秘法，唯门主可见。

"是他！"宋浩心中此时也是一惊。那老乞丐正是以前经常出没在太爷爷宋景纯墓地旁边之人，今日怎么竟从生死门的人手中抢下了纪冬阳呢？

"老伯，是你！"秋茹这时惊喜地喊道。"这位老伯是我以前在万松岭上看到的，见他一个人流浪，也是可怜，便收留他住在百草园旁边的一间木屋里，每天叫人送去点食物，没想到今天竟然帮助了我们。"

"哦！是秋姑娘！"那老乞丐上前朝秋茹鞠了一躬道，"秋姑娘是好心肠的人啊！承蒙供以吃住，免去了我老叫花子每日乞食的辛苦。今日发现有人对秋姑娘不敬，在百草园内明目张胆地抢人，便出手管管闲事了。"

顾晓峰此时犹豫了一下，上前一拱手道："生死门顾晓峰拜见前辈！不知前辈是何方高人？"

"生死门！"那老乞丐转身望了顾晓峰一眼，摇了摇头道："生死门三代以内已变了性了，到了你这里更是不堪。生死门本中医门修真之道，修命救己，与世无争。你却起了贪念私心，与人争那无谓之物。你要争的东西，生死门三代以上的人得到或有些用处，你如今便是得之，也是无益。那东西你借不上力，也领悟不了。好了，且随老叫花子一旁说话。"说完，他朝一侧的树林走去。顾晓峰犹豫了一下，忙在后面跟了上去。

事有意外之变，然而见纪冬阳安然无恙，宋浩心中稍安，上前安慰了一句，然后令他和伍长等人站在了一起。

"这位老乞丐原来大有来历！我小的时候就经常发现他出没万松岭上。"宋浩说道。

"他在这里这么多年了！今日看来与生死门倒是有些关系。"唐雨惊讶道。

"我也不知道怎么回事，一会儿再问吧。总之能帮我们抢回人，应该是没有什么恶意的。"宋浩说道。

半个小时后，那名老乞丐和顾晓峰从树林中走了出来。不知那老乞丐又对顾晓峰说了些什么，顾晓峰连连点头，态度甚是恭敬。

走到百草园的大门前，顾晓峰朝宋浩一拱手道："宋浩，今天的事算是我冒犯了，还请见谅！我已经答应这位前辈，生死门的人日后不会再踏上万松岭一步。其实此事我已经和你的父母商议好了，只要不和你发生冲突，不伤及你的人，还有不影响天医堂的运营，可允许我用任何手段达到目的。现在看来，我只好再退一步了。好了，我先走了，日后有机会我还是要得到那个人的。"顾晓峰望了纪冬阳一眼，转身率人离去了。

"多谢前辈相助！"宋浩随后朝那老乞丐感激地说道。

"莫要和一个老叫花子客气！"那老乞丐着意地上下打量了一番宋浩，点头道："宋景纯能有你这么一个出色的重孙，是他的造化！"

"前辈可是认识我的太爷爷吗？"宋浩讶道。

那乞丐笑道："你也一定在怀疑为什么我这个老叫花子在万松岭上待

了这么多年吧。这是我和你太爷爷在他生前打的一个赌,结果我输了,便依约为他守墓三十年。"

"打赌?竟为一个赌为太爷爷守了三十年的墓?"宋浩惊讶不已。

老乞丐随后走到纪冬阳的面前,说道:"你听好了,老叫花子也只能帮你这一次。生死门的人答应日后不再踏上万松岭半步,下了万松岭,人家再怎么做,谁也管不着了。天医堂的力量,也仅能保证你在万松岭上的安全。"

"多谢前辈!我保证一生一世不再下万松岭便是。"纪冬阳说道。

"你能明白这点就好。"那老年乞丐说完,朝宋浩说了声"想听故事就去百草园后门的那间木屋找老叫花子",然后转身走了。

伍长于是率保卫部的人退回了百草园,并亲自陪纪冬阳,以防意外。唐雨和秋茹见宋浩没有走的意思,知道他要去拜访那名老年乞丐,以解心中之惑。

"顾晓峰对这个乞丐如此敬畏,此人的身份和来历当大不一般。还有,他有意对纪冬阳说明了不能迈出万松岭半步,我看他是想为你和天医堂留下纪冬阳,当然,这也是为了他的安全考虑。"唐雨说道。

宋浩点头道:"有这方面的意思。如此高人,隐居在此这么多年我竟然不知,先前还以为是个拣野食的乞丐,看来不是那么简单的。"

秋茹说道:"我刚到万松岭的时候,就发现他在这里了。见他可怜便为他寻了个住处,没想到今天竟然帮助了我们。"

"看来好心是能得到好报的!若无此人,纪冬阳也就被顾晓峰掳走了。你们俩先回去吧,我去拜访一下这位高人,看看是何来历。另外,给他在百草园安排一处好些的房间吧,他若是愿意,我们可供养终老。有此人在,万松岭就是生死门的禁地。"宋浩说完,转身去寻那名老乞丐了。

宋浩来到了百草园后门外的一间木屋前,见木门敞开着,那老乞丐正横卧床上睡觉。

宋浩轻轻咳嗽了一声,恭敬地说道:"晚辈宋浩前来拜见前辈!"

连呼三声,那乞丐才懒洋洋地伸了个懒腰,坐了起来,笑道:"你来得也太快了些,老叫花子刚睡下呢。行了,进来吧。"

宋浩走进来,恭敬地说道:"前辈,我已命人在百草园内另行准备了房间,稍后便移过去住吧。以前不知前辈是一位高人,怠慢了,还请见谅。前辈若是愿意，永远住下才好，好让我答谢今日解围之恩。"

"不用了，我老叫花子随意惯了，住不得好地方的，有这小木屋栖身，也就不错了。"那乞丐不以为意地说道。

"敢问前辈如何称呼？"宋浩问道。

"这么多年也忘记姓甚名谁了，不说也罢。"

宋浩听了，也不再问，于是道："前辈与生死门……"

那乞丐未待宋浩说完，摇头道："有些事情与你无关，也就不必要知道了，非是老叫花子对你隐瞒什么，而是这种江湖中的隐私之事，你知道无益。"

宋浩听了，心中愈加不解。

"你坐下吧，我给你讲讲老叫花子和你太爷爷之间的一段往事如何？"那乞丐说道。

"晚辈洗耳恭听！"宋浩应道。

"嗯，你这孩子真是不差，创天医堂，建百草园，办制药厂，果然是令医道中兴之人！这些可是历代医家都不能办到的事情，不得不令人佩服！"

"前辈过奖了！"宋浩说道，"天医堂的创立，非我一人之功，若无这些志同道合的医道名家圣手，晚辈便是有此志，也无力将天医堂做到这种程度。"

"哈哈"那乞丐笑道，"你也勿要谦虚，天医堂医药并重，济世之功大矣！此般功德也不是谁人想做就能做得到的。老叫花子存世一百一十九年，能有幸见到你的丰功伟绩，也不算白活这么大岁数了。"

"什么？前辈竟有一百一十九岁的高龄？"宋浩惊讶道。

"空混日子罢了，上天让老叫花子活了这么久，竟不及你一个年轻的后生做的事多，也是令人惭愧啊！好了，不说这些了。还是讲讲我和你太爷爷的事吧，不能令宋景纯的后人知道我为他们的先人守了三十年的墓，我和他之间的赌约还不能真正的算是结束。"那乞丐说道。

宋浩惊奇不已，不知道是怎样的一次赌约，竟让眼前之人在此守墓三十年。

"三十年前，我云游到了白河镇，无意中见到了你的太爷爷，这才知道名扬天下的一代名医，素有'医侠'之称的宋景纯隐居在此。我与他意外在此相遇，彼此甚是欣慰——我二人可是神交已久的。

"当时由于时代的原因，你太爷爷并未开堂应诊，而是行医于民间，且以此维持生计，有一子一孙。有一天，白河镇上有一个地痞无赖患上了一种奇怪的病……"

那乞丐说到这里顿了一下，接着淡淡地说道："那个无赖不知被何人在身上种了一十八种毒，找你太爷爷来医。"

"一十八种毒！"宋浩闻之讶道："是什么人竟然使出这种毒辣的手段在人身上种毒？"

那乞丐听了，不以为意地说："此人是个横行市井的泼皮无赖，当是有人看不过他的作恶行径，故以惩治。"

宋浩摇头道："连种一十八种毒，惩治也太过了，他一定是得罪了什么人吧，才被人算计了。当年可是我太爷爷救了他吗？"

"当时我看到这个病症特殊，便对你太爷爷说，此人之毒天下无人能解，况且又是一地痞无赖，救他无益。你那太爷爷倒是一个慈善心肠，准备出手试试救治。我便对他说，他若是能将这个无赖身上的一十八种毒尽行解去，我答应为他做任何事情。你太爷爷于是说，那就让我在他死后守墓三十年，不得离开此地。他若是输了，也愿意为我做任何事情。"

宋浩听了，惊讶道："这么说，太爷爷当年将那个无赖身上的一十八种毒解了？"

"是啊！"那乞丐叹息了一声道："没想到你那太爷爷竟然还是一位解毒的高手，果然将那无赖身上的一十八种毒解了去。不过也因此耗竭了心血，就此过世了。于是我遵守誓约，在万松岭上为他守墓三十年。这万松岭是你太爷爷当年相中的一块盛产中草药的宝山，故而来此隐居，死后又葬于此地，也算是了其心愿。"

"就这么简单吗？"宋浩感觉这个乞丐似乎未将事情的真相完全说出，有意地对自己隐瞒着什么。

"当然了。一晃三十年过去了，我也算遵守了对你太爷爷的承诺。过两天，我老叫花子就要离开这里了。"那乞丐略显轻松之余，摇头苦笑了一声。

"好了，事情就是这样。你那太爷爷宋景纯……唉，心机真是高深莫测啊！我今天算是服了他了。在此闲居三十年，也终于令我想通了，天下万病皆可治,唯独人心不可医!"那乞丐感慨了一声,对宋浩说道:"我累了,要休息一下,你且去吧。"说完,倒床睡去,不再理会宋浩。

宋浩见状,只好施礼退出。这个故事中存在许多谜团,他决定回天医堂询问宋子和,以解心中疑惑。

唐雨驾车载宋浩在回天医堂的路上问道:"看你神色匆忙,急着赶回天医堂是为了何事?"

"我要找爷爷问一件事情。今天这个乞丐对我说了一件当年的旧事,但是我感觉他还对我隐瞒了什么,所以想找爷爷问一下。此事有些复杂,我想搞清楚。"

"哦。这个神秘的乞丐出现在这里本身就不是一件简单的事,果然是有故事的。"唐雨说道。

"这件事有些奇怪,里面有一桩离奇的医案,一个人身上竟然同时中了十八种毒,我太爷爷帮他解去了,又将这个乞丐留在万松岭上三十年……"

"你是在怀疑这个乞丐?"唐雨道。

"是的,我怀疑那个中毒的人跟这个乞丐有关,是针对太爷爷去的,从刚才的谈话中我可以猜出他也是医道中人。太爷爷全力解毒好像就是为了将他留在万松岭上,也因此耗尽了心血去世了。"宋浩说道。

"难道说这个老乞丐是一位医中的高人,更是一位用毒的高手?你太爷爷不惜以生命来应这场赌约,将他困在这里三十年,当是别有深意的!"

"是啊,这里面一定有一个不为人知的故事。"

今天正值宋子和开诊,虽是到了下午,诊室中还有十余名候诊的病人。宋浩、唐雨见了,便到旁边的休息室等候。

宋子和忙碌完了,来到了休息室内,一进门便说道:"刚才看到你俩到我诊室,怎么,找我有事啊?"

"爷爷,您老忙碌了一天了,先休息一下用过饭再说。我叫人从食堂送过来的,一会儿宋浩有事问您。"唐雨将备好的茶水饭菜端了上来。

"那就边吃边说,一会儿老林约我去住院部那边给一名病人会诊,儿科章甲方主任那边也约我去谈一下他的新药'金光散'。这种治疗小儿消化不良的新药已经通过临床验证了，准备转到药厂那边投入生产。"宋子和随后坐下用起了饭菜。

唐雨说道："金光散的生产批文这两天就能下来，药厂那边我已经通知做好生产的准备了。"

宋浩道："这个月就有两个新品种投入了正式生产，正在扩建的B区第八制药车间也快完工了。"

"三天后验收，我已经写在你的工作日程上了。"唐雨说道。

"各方面进展很快，江河院长告诉我，天医堂制药的三期工程也已经启动了，只要这个工程结束，可保证天医堂制药几年内的扩大生产不再受到生产线紧张的限制。"宋浩兴奋地说道。

"天医堂发展太快了，赶上火箭升天的速度了！这是我做梦都不曾想到的事情啊！"宋子和感慨道。

"我们现在已经能自给自足了。"唐雨笑道。

"宋浩，你不是有事吗？什么事这么急着和我说啊？"宋子和问道。

"是这样的，爷爷，"宋浩说道，"您老还记得我们以前在万松岭上太爷爷的墓地旁边经常看到的那个老年乞丐吧，此人到现在还没有离开万松岭，并且在今天还帮我们从生死门的顾晓峰那里将已经被他们掳走的纪冬阳又给抢回来了。"

"还有这种事？"宋子和放下了手中的筷子，惊讶道，"以前我就觉得这个乞丐有些古怪，当是一个有来历的人。那个顾晓峰竟也对无药神方感兴趣了！"

"事后我找到这个人询问了一下，他这么多年只身野居万松岭上竟然和太爷爷有关。爷爷可记得三十年前太爷爷和一个人立下一个赌约，是为一名病人解毒？"

"原来是他！"宋子和惊讶道，"这个乞丐就是圣手毒医杜万通啊！他当年没有离开这里？"

"圣手毒医杜万通！"宋浩、唐雨二人闻之一怔。

"你太爷爷当年曾和我说过，"宋子和说道，"他一生中最为佩服的医道中人只有两位，一个就是这个圣手毒医杜万通，另一个是人称乾坤妙手的李云长。杜万通是你太爷爷上一辈的人，没想到至今还活着，怕是有百岁以上了吧。那个李云长倒是和你太爷爷同辈，应该也不在世了。"

宋浩道："应该是这个杜万通了，他自称有一百一十九岁了。"

"一百一十九岁？差不多！"宋子和点头道，"当年我见到他时，也有个七八十岁的模样了，当了三十年乞丐，竟也得如此高寿，当是得了养生之道。此人当年和你太爷爷之间的事情我知道得也不多，只知是你太爷爷有意为之的。宋浩，你且将杜万通对你说的话先讲一遍，然后我理顺了再对你说，否则我也是无从讲起，他们当年立赌约的事我也不知道。"

宋浩于是将杜万通的话讲述了一遍。

宋子和愈听愈是惊异，在听完宋浩讲述完后，点头道："照此说来，此事我也是明白了个大概，具体的情由你还要去问他。他未对你全部说出，是想隐藏自己的身份，现在你知道了他的真实身份，他也就没有继续对你隐瞒的必要了。当年你太爷爷曾说过一句莫名其妙的话：'有一个人到白河镇了，我要想方设法将他留住，否则此人还会去施展他那种伤人太过的医术去医世的。'当时我感觉到奇怪，就问此人是谁。你太爷爷告诉我，是圣手毒医杜万通到了。此外没有再和我多说什么。从圣手毒医的称呼上可知这个杜万通是一个用毒的高手，只是不知道他的这种毒医的手段如何医世。"

"医世？医人心？"宋浩想起杜万通也说过这种话，不知是什么意思。

宋子和接着说道："这个杜万通我当年在家里见过他一面，印象很深刻，鹤发童颜，谈笑风生，不知他这毒医之名是怎么来的。后来此人没有再来过家里，应该是你太爷爷在外面和他继续保持联系。如今看来，你太爷爷当年的去世，是和这个杜万通有很大关系的。"

"他说太爷爷当年是为一名中了毒的病人解毒，耗尽了心血而去世的。"宋浩说道。

"这个毒是杜万通下的，是和你太爷爷比试医术来了。"宋子和说道，"当年此人到家里时，就极力赞叹你太爷爷为袁世凯种下了'火毒'，毒杀窃国大盗之举。"

"后来有一天，"宋子和叹息了一声道，"白河镇上一个横行市井的无赖陈朋来找你太爷爷医病。你太爷爷诊过后，很是惊讶，说他中毒了。当时我也在场，上前诊过，并未发现此人有中毒的迹象。你太爷爷对我说，他中的是一种随心而发的无形之毒，并不是一般直接中的毒药。此事到现在我也未能明白，那陈朋到底是中了什么毒。但从那时候开始，你太爷爷便一心为陈朋解毒，不知有何顾虑，一些内情也没有对我详说。杜万通今天对你说，那个陈朋当年是中了一十八种毒，实在是有些匪夷所思，看来是他暗里向陈朋施了特殊的毒药。

"你太爷爷曾对我说，能将药物施展到这般随心生善恶之念而令毒之有无的境界，这个圣手毒医可谓是前无古人后无来者了。那时候我才知道杜万通在逼着你太爷爷和他比试医术。在你太爷爷开始为陈朋解毒之后，愈来愈憔悴，乃是费尽心思研究解毒的方法。我曾劝过他停手，这样下去太伤身体了。你太爷爷说，他不是在救一个人，而是在救更多的人，人非圣贤，孰能无过，以小过丧命，惩之太过了。之后有一天，你太爷爷对我说，他费尽了毕生的能力，也仅仅将陈朋身上的毒解去了一半，再行解救，他已是无能为力了，于是交待我一些事情，吩咐我去做，并且不让我问为什么。我于是私下找到了陈朋，将你太爷爷交待的话告诉了他，让他做一件事情，而后搬家，才能保全他的性命。

"然后在第二天，陈朋在街上追打一个人，那个人是他自己花钱雇用来的，情愿被打，以获得一笔钱财。这都是你太爷爷安排的，说是非有意为恶，其毒不发。三天后，陈朋便搬家去外地了。又不到三天，你太爷爷就过世了，葬在了万松岭上。一年后，我偶然听人讲起，那个陈朋搬到外地后，开始还听你太爷爷交待的话，宁心养性，不做恶事，后来还是恶性复发，动手打人之际，忽然跌倒在地，再没有起来。此事杜万通并不知道，这也是你太爷爷让陈朋搬家的原因，目的是避开杜万通，让他以为陈朋的毒已被解去了。如今看来，你太爷爷煞费苦心地和杜万通立下赌约，是欲将他留在万松岭上，不得再于世上施展他的医术。约期三十年，以磨其性，也是想令他终老于此。没想到他竟然活到了一百一十九岁。不过这三十年来，他应该能悟明白了医术医病不能医心的道理。"

宋子和说到这里，叹息了一声道："现在才知道，你太爷爷三十年前和圣手毒医杜万通的这个赌约，是施计谋令其留下。此人倒也守约，果然坚守了三十年。我不明白他是怎么下毒的，他的毒是从何而来的，当年我为什么不能从脉象上查知。你太爷爷又为何拼了性命来困住他……"

"看来杜万通的医术类似于洛氏的反针术，在给人治病的时候，也暗留遗患，不过他在病人身上留下的是毒力，这种毒可随人心善恶而动，胡作非为时，其毒便发，否则便永远地潜伏在人体内。这实在是天方夜谭，可是目前也只能这般解释了。"宋浩说道。

"看来有些事情只有去问杜万通这个当事人了。"唐雨说道。

宋浩此时一惊道："现在就去，迟了我怕此人已经离开了。他说过，与太爷爷的赌约已到期了。"

第八章 圣手毒医

## 第九章　正心方

宋浩、唐雨二人来到百草园后门外那间木屋时，从半开的木门可望到那名老乞丐正在里面睡觉。

宋浩于是上前说道："前辈，晚辈还有一事询问，打搅了。"

"是宋浩吧，我知道你会回来的，因为在你走后我才想起来你爷爷宋子和还在呢。你现在可知道我是谁了？"那杜万通在里面应道。

"前辈果然是圣手毒医杜万通吗？"宋浩说道。

"哈哈……"那杜万通一阵爽声笑道："多少年都没有人提这个名号了，连我自己都忘了。你太爷爷因得我好苦啊！若不是他在赌约中丧了命去，我也不会受他所制，在这荒山野岭上死守了这三十年的约定。好了，你既然知道了我的真实身份，想问什么就问吧，但只有你和同来的这位姑娘还有你爷爷知道也就罢了，勿再说与旁人听，我的面子算是丢大了。"

"前辈能谨守约定，我们也会的，这个但请放心。"宋浩说道。

"那就进来吧。宋景纯啊宋景纯，你又让我在你的重孙子面前丢了一回脸，看来你是死了也不想放过我啊！"那杜万通在木屋内感叹了一声。

宋浩与唐雨走进了木屋。

杜万通坐在木床上见二人进了来，摇了摇头说道："本来在你走后我就想离开的，但一转念，我和你太爷爷宋景纯立赌为约的真相你们未必明白，并且也可能对'圣手毒医'这四个字有误解，所以决定留下来向你说明一切，隐瞒不了也就不必再隐瞒了。"

"杜前辈，三十年前的那个白河镇上的无赖陈朋，真的是前辈下的毒，进而逼迫太爷爷和前辈斗医术吗？"宋浩说道。

"你太爷爷宋景纯能无形医杀袁世凯，也算是有能在治人疾病的方药中种毒的本事了，我便有了和他斗一斗医术的想法，也是想令他知道，我这个圣手毒医并不是传说中的那么邪恶的。于是我找了一个下药种毒的目标，就是那个无赖陈朋，唬他说已患上了绝症，我愿意免费为他诊治，并赠送了他一笔钱财作为保证。其人畏死，并贪钱财，于是痛快地答应下来。我随后给了他十八剂药，命他每天服下一剂，每服一剂药便在他的体内种下了一种毒。十八天后，我见种毒成功，便对他说，他的病真的是太重了，我医不了，请他转求你太爷爷宋景纯医治，也是逼你太爷爷出手与我斗一斗本事。"杜万通说道。

"前辈既然自称非恶，又为何在陈朋身上种下了一十八种毒？岂不是在害人吗？"宋浩说道。

"我这个毒手恶医真是在世人心中种下了邪恶之名！"杜万通感叹了一声道，"你且听我细细说来。我以方药在人身上所种之毒，并非你们想象中的那种毒药，而是各种药物配制时起到的一种毒力反应，是一种鲜为人知的另一种药物间的配伍禁忌。十八反、十九畏你是知道的，性味相反的药物不能合方并用。而在我的方药中，便是性味相近的，甚则是同根而生的药物，我也能在配伍和特殊的炮制之下令其产生毒力。这种毒力并非毒性，而是一种药力的异变，能增加治疗的效果。但是倘若加以它药为引，便又在人体内产生一种反力，可由意念引发，也就是随人心而动，循善恶而作。人在和善的情况下，气血是安和的，故其毒力潜伏不动，而一旦生出恶念歹意来，内里气机便乱了，逆引毒力发作，大惊大怒下亦然。所以服我方药者，只要心平气和，可保他一世平安，想做坏事或情绪偏激便自行引毒发作，重者丧命，轻者瘫痪。我的方药是导正人心的，又叫正心方或医世方，自想令天下人尽服我之药，保个太平世界来。"

"当然了，"杜万通又说道，"我所开方药都是由正常的几乎没有毒性的药物配制的，遇到一般的病人，我也给予正常医治的，只要在方药中加入一味甘草便将其毒力解了。甘草一药是个和事佬，和百方解百毒，加入此一味，便是正常的医病方药。只有遇到心地不善之辈，我才施以毒方制他，只要他改恶从善，自可保其无恙。这是我用四十年的时间修悟出来的医道妙法，以之行世，惩恶人无数，故有了个圣手毒医的称谓。人之性，每以恶小而为之，以善小而不为，医世先正人心，保其和善，才得无患。万物皆为药，是药三分毒，只要将药物研究到了一定的火候，可别生药力，救人杀人都在一念之间。你太爷爷当年医死袁世凯的方药，与我的'毒'方，当是有异曲同工之妙。

"你太爷爷的医道修为实在是超出了我的意料，他竟然在一个月之内解去了我种在陈朋身上的一十八种毒，陈朋再次行凶作恶之际，并没毒发。并且你太爷爷又明确地指出，甘草一味与我毒方同服，能将其毒力尽行解去。我愿赌服输，应约为他守墓三十年，并且一生不再施展医术，以毒方医人。开始我本以你太爷爷的约定是玩笑之语，没想到几天后他竟然过世了。这三十年来，我时常在他墓前思考此事，也悟出了你太爷爷的一番良苦用心。是啊！便是神医，也仅能医病，而不能医人心的。当年我自持此术误入了歧途，惩治了不少有着小恶之人，令其承受大过，其实是我自己的心就未能保持平和。"

说到这里，杜万通感叹了一声道："你太爷爷因解陈朋之毒累死了，乃是我之过。我当年很是后悔，于是发誓实现自己的承诺，为他守墓三十年，且终生不再施医术，以慰他在天之灵。我本一闲人，自以为有医世之志，没想到误己害人深矣！好在你太爷爷纠正了我的行为，又令我清修了三十年，悟通了世间的道理。我杜万通自以为万事皆通，其实活了一百一十九岁也仅明白了这一个道理而已。"

这时候的宋浩和唐雨已听呆了，他二人万没有想到世上竟有将药力运用到这般高妙的境界之人，人之智，真可谓能将无穷的物质世界探至极限。

"中草药的奥秘是无限的，我们现在所知晓的药性药理还仅仅是它本身内涵的一点点而已，其间的玄机就是炮制和配伍，还有重要的一点，那就是自然之性，运作得当，可另生无尽之药力。我将一生所学，也算是经验吧，合编成了一部《正心方》，在你们来之前送给了秋茹姑娘。我虽然未将自己的本事运用好，但也不忍心自己一生研究的心血就此失传。我查明了，她是药王门的传人，心地善良，天资聪慧，对药物的感悟超过一般人，应该能看得懂《正心方》。我告诉她，正心之义，是先正己心再行救人之术。医者医不得世，济世可也。在特殊情况下，用正心之方做一回惩恶扬善之事也未尝不可。只要把握适度，自不会伤医道本意，不若我当年那样固执就行了，否则还会出现第二个宋景纯来制她的。"说到这里，杜万通看了一眼宋浩，又说道："宋浩，你是一个百年难得一见的可令医道中兴的人物，你的天医堂已经支撑起了这个重任。我不能助你什么了，那部《正心方》你若是觉得有用，可和秋茹一起研习，应该能增加你对药物的理解。"

"谢谢杜前辈！"宋浩感激地说道，"前辈是我太爷爷一生中最佩服的两位医道高人之一，今日有缘得见，是为幸事。还请前辈留居百草园，日后晚辈也好方便求教。"

"绝缘江湖三十年，我也应该走动走动了。到走不动那天，我可能还会回来的。好了，你们先去吧，我还要再睡会儿。"杜万通说道。

宋浩听了，只好和唐雨无奈地退了出来，随后朝百草园内走去。

"今天又算是领教了一回医道的博大精深了！"宋浩感慨道。

"这个杜万通竟能在平常的药物中变幻出可控善恶的毒力来，着实不可思议。另外，有一件事你不怀疑吗？"唐雨说道。

"什么事？"宋浩闻之一怔。

"那就是你太爷爷的死因。"

"太爷爷是因为解那一十八种药毒耗尽了心血过世的，爷爷也已经证实了，你又怀疑什么？"宋浩讶道。

"我怀疑这并非是太爷爷真正的死因。你想，太爷爷一世名医，自知养生保健之道，即使在那种特殊的情况下，也知道怎样保护自己的安危，不会因为穷思解毒的方法而将自己逼上绝路。"唐雨说道。

"你的意思是……？"宋浩不由得停下了脚步，茫然道。

"太爷爷身体方面也是一个原因，但不是主要的。我认为太爷爷为了留住杜万通，故意牺牲了自己，令这个圣手毒医的毒方永绝世间。在天医堂，爷爷说过，太爷爷当年曾说要千方百计地留住杜万通。当年的杜万通应该处在邪正之间，他的理想是美好的，以医道医世，但这是一种极端的行为。并且从他和生死门的关系来看，他还是一位功夫上的高手，用别的办法未必能拦得下他。太爷爷认识到了这一点，为了防止他为祸江湖，扰乱民间，万般无奈之下，施计谋瞒过杜万通，牺牲自己困住此人，当是看中了此人重信，所以才故意和他立下的这份赌约。"唐雨说道。

二人回到百草园，秋茹正在办公室里看《正心方》。

宋浩问："你能看得懂吗？"

秋茹道："这是那位老伯送我的，说是一本医方书。我看了几页，发现是一些方剂而已，药物组成倒是有些特别，寻常之药，不寻常之方，或是另有医理在里面，你们看看吧。"

宋浩上前翻了几页，见其方多无君臣佐使配伍之道，似民间的杂乱之方，于是说道："欲明其方，必先明药，你且先不按正常的药理来解，或能另有发现。不过万不可施用于人，否则有夺命之险。"

秋茹闻之讶道："这是为何？"

"一时半会儿地说不清，你且先解了这组方之药的药理，待日后我再解这全方的医理。那位前辈是想考验我们。"

秋茹道："既是宋大哥感兴趣，我闲时研究一下好了。"

"对了秋茹，你一会儿准备一桌饭菜，我要宴请那位乞丐前辈。"宋浩道。

秋茹道："房间和衣服早都准备好了，请了几次，可是那位老伯就是不来用，也未必能应你所请。"

宋浩笑道："房间衣服不愿享用，这美食应该是能请得动他的。三十年了，怎么也要改善一回吧。"

"好！我叫餐厅那边马上准备。"秋茹说道。随后打了个电话。

待一桌丰盛的酒菜摆好后，宋浩亲自来到木屋请杜万通赴宴。然而此时人去屋空。

"走了！"宋浩摇头叹息了一声，转身而回。

此时秋茹、唐雨、李贺、纪冬阳四人正等着那杜万通赴宴，见宋浩独自一人回来，便知道是怎么一回事了。

"前辈走了？"秋茹也颇感失望。

宋浩点了点头。

"这个老头很是厉害！"纪冬阳说道，"当时我眼前一花，也不知道怎么回事，绑我的那两个人就被打倒了。"

唐雨一旁心中寻思："杜万通救下纪冬阳，当是为了宋浩和天医堂，可能也是为了感激秋茹收留他之恩。不过，这些日子发生了这么多事，应该也瞒不过杜万通的眼睛，他应该知道纪冬阳避居百草园的原因，也就是说，他也多少知道一些无药神方的事。以无药神方之功，似乎可解他那药方之毒的。他虽然明白了医无医世之能，但不想令自己一生研究出的药方失传，所以传给了秋茹。以秋茹在药上的悟性，日后应该能看透《正心方》。杜万通故意让纪冬阳留在百草园，应该有令无药神方制约正心方之意，否则秋茹悟透《正心方》却不了解其危害性，所传非人，乱施此术，可就麻烦了。这个杜万通考虑得真是周全！或者，他对这一切还一无所知，单纯救下纪冬阳而已。"

用过饭后，纪冬阳拉了宋浩来到了另一房间。

"宋浩，谢谢你帮助了我渡过了这次危机！"纪冬阳感激道，"我说过，只要你能保护得了我，我就会传你无药神方。你的天医堂若是再有我医门纪家的无药神方，当无病不治了。"

宋浩听了，摇了摇头道："你这样做，岂不是表明我在乘人之危吗？实话对你说吧，除了一种避免不了的好奇，我自始至终对你的无药神方都不感兴趣，况且天医堂现在也不需要。我有个建议，也是为了你的安全考虑，你日后住在百草园内，可将无药神方的医病机理研究出来，在理论上先明确了，令人知其然而又知所以然，然后我们再考虑临床应用，这样才有真正的济世作用。否则也只是你一个人独持奇术显耀人前罢了。"

纪冬阳沉思了片刻，说道："好吧，我听你的就是了。爷爷生前也对我说过，此术特殊，多能引起人的猎奇之心，并由此招来祸端，暂不是能应世之术，也是叫我潜心研究它真正的机理，化而简之，否则天下间没有几个人能习得来悟得透。"

宋浩听了，点头道："这样就好。日后我会专门为你拨出一笔研究经费，天医堂也会为你的研究工作提供一切便利，希望有一天能揭开无药神方的神秘面纱。同时将一些医门奇术也一并列入你的研究范围吧，你要是愿意，无非子师兄可以给你做助手，天医堂的的医门奇术研究机构就从你这里开始吧。到时候，天医堂会提供一些疑难病例以验无药神方和诸般奇术之效，同时也希望用这种别样的医术来为一些病人解除特殊的痛苦。这才是你日后前进的方向。"

纪冬阳听了，感激地点头应了。

这一天，省里的一位重要领导率一个视察团来到天医堂进行工作视察，宋浩和县里的几名干部陪同视察团参观了天医堂医药馆、天医堂制药厂、万松岭百草园。天医堂仅仅用了两年的时间就发展成了现在的规模，不但带动了地方经济的发展，更成为了省内重要的产业支柱，那位领导不由大加赞赏，同时给予了肯定和鼓励。随后，宋浩又陪同视察团到县政府，做了一次关于天医堂未来发展前景的工作汇报。晚上才回到天医堂。

这时，秋茹从百草园打来了电话："宋浩，洛飞莺在中午急匆匆地来百草园将李贺接走了,说是家里起了变故,她和李贺回去处理,不方便和你告别,让我转告一声。"

"莺莺家里出了什么事?"宋浩闻之一怔。

秋茹说道:"她没说,不过看她的样子好像很严重,不知和李贺说了几句什么,李贺也脸色大变,然后二人急着开车走了。对了,洛飞莺还让我告诉你,你让她调查的事,她已经交给江河院长去做了。"

"洛家出了什么事?"宋浩和秋茹通完了电话,感觉有些不对劲,随即打电话给洛飞莺,想问个明白,但是洛飞莺的电话此时已经关机了。

这时,唐雨推门进来说道:"宋浩,莺莺今天接到了家里的一个电话,说是有事回去处理,急着向我交待了一下工作就走了。"

"秋茹刚刚告诉我了,是接李贺一起走的。我刚才给她打电话,但是她关机了。不知道她为什么走得这么急。"宋浩忧虑道。

"那我叫人去打听一下吧,看看有什么能帮上她的地方。"唐雨说道。

"也好!这些天我就发现莺莺的神色有些不对,好像预感到她家里要出事似的,我也不方便问她,没想到突然接了李贺就走了。我估计,八成是洛北明出事了。"

"洛北明这个站在火山口上发不义之财的人,早晚要出事的。唉!希望不要连累莺莺才好!"唐雨叹息了一声。

第二天是宋浩到门诊坐诊的日子,面对满屋子的病人,宋浩从容应对。直至下午三点多钟才诊完病人。他收拾了一下桌上的东西,准备到食堂去用饭,发现门外站着两个人,正笑吟吟地望着自己,却是俗家打扮的无尘、无月两名道士。

"无尘师兄!无月师兄!你们回来了!"宋浩惊喜道。

"师弟,我二人离开了这么长时间,耽搁了天医堂内的工作,实在是对不住了。"无尘歉意地说道。

"只要你们回来就好!"宋浩高兴地说。

"都怪那无果师弟太鲁莽了,硬拉我们走,我们当时也不知道发生了什么事,只好随他去了。回去后被师父训斥了一顿。"无月说道。

宋浩叹息了一声道:"当日之事,我也是情不得已,没想到无果师兄竟会……"

未等宋浩说完,无尘从怀中取出一封信,递与宋浩道:"师弟,这是师父给你的亲笔信,一切缘由都在里面了,你看了自然会明白的。我们先回住处了,准备一下,明白开诊,以补回这些天我们为天医堂造成的损失。"

送走了无尘、无月,宋浩拿着师父肖伯然的信,一时间倒不敢打开来看,他怕自己怀疑的事被师父确定为事实。

犹豫了片刻后,宋浩还是拆开了信。

宋浩我徒:

为师在此先表歉意!好奇之心,人之天性,然为师由此险堕贪念之中,愧哉悔矣。为师虽有得无药神方之意,但绝无伤人害命抢夺之心。

纪玄之死为师已查明,乃是风火堂鬼手刁成所为。此人素与生死门顾晓峰来往甚密,内情一问可知。

天医堂发展迅速,令人欣慰,其功可过万般无药神方,为师修行近百载,竟不能有此深识,愧矣!

谢过我徒,令师感悟!此事日后不再言及。

师:肖伯然

看过此信,宋浩心中一时敞亮无比。

他找出顾晓峰留给他的电话,拨通了号码。

"宋浩?"顾晓峰在电话那边显得一愣,随即笑道:"怎么,寻思过味来了,要将纪冬阳交给我了?"

"纪冬阳的去留由其本人作主,非我能决定。我是想问顾先生一件事,杀害纪冬阳爷爷纪玄的凶手,顾先生可知道是何人?又是何人所派?"

"是鬼手刁成所为,是你叔叔齐延风所派。你问这个干什么?纪冬阳想报仇也找不到人了,并且他也没这个力量。刁成现已退出江湖,你也不要再追究他了吧,此人毕竟也帮过你。"顾晓峰说道。

"谢谢顾先生相告,我只是想知道这些而已。"宋浩说完,挂断了电话,双臂一伸,如释重负。

这天早上,宋浩起床后一出门,便看到了秋伟。

"师父,你起得这么早啊!"秋伟说道。

"哦，我想去白水河边散散步，陪我去走走吧。怎么，昨晚没有回百草园？"宋浩说道。

秋伟应道："昨天晚上我和雷恒老师学习按摩要术来着，雷老师教我的指针法真是神奇，竟然可以以指代针，对那些畏针的小孩子可管用了。"

"是吗！"宋浩笑道，"指针法虽说简易，不过也要达到一定的指力才行，否则也是空有其形。指力训练方面，你和雷恒老师学习吧，他在这方面有着独特的感悟。若是能学到他三成的功力，在天医堂内你就能成为一个人物了。"

师徒二人一路说着，来到了白水河边。天医堂距离河边甚近，也就几分钟的路程，宋浩每天起来都要到河边散步，这也是从少年时就有的习惯了。

"秋伟，你现在是天医堂里最特殊的人，我交待过了，你可以向天医堂内任何一位名家高手学习医术，没有人会拒绝你的请求，想学什么，他们就会传授给你什么。你是我收的第一个弟子，自然想将你培养成一名全能的高手，将各家所长汇聚一身。我们有这个条件，所以我也就有了这个私心，你可不要枉费了我这番苦心啊！"宋浩望着流淌着的河水，认真地说道。

"放心吧师父，你直接将我放到了一个超高的起点上，我一定会努力走得更高。师爷爷和林老师说了，不出十年，我就是第二个宋浩……哦，是第二个师父。"秋伟随即歉意地一笑。

"就是我当年都没有你这样优越的条件。你也给我了一个启发，名师出高徒，我们一定要好好地利用天医堂得天独厚的条件，培养出更多更好的医家来。着重培养出几名日后可以担当重任的人物来，振一时之风，领百世之盛。从天医堂开始，中医，只能是一代更比一代强，不能再呈现出逐渐衰退的趋势了。"宋浩说道。

"师父，我有信心！"秋伟认真地说道。

"我也有信心！"宋浩笑道。

"对了师父，"秋伟又说道，"上次在万松岭上挖到的那棵大首乌，姐姐已经用古法炮制过了，九蒸九晒，制成了首乌散。姐姐说，这些首乌散就不送天医堂的药房了。这棵大首乌百年难得一见，功效非他药可比，师父终日为天医堂的事业劳心，就专门送给师父服用。每日早晚各服一勺，不但可以缓解疲劳,还可养血乌发,就算延不得寿命,也可驻颜。"

"呵呵,那就谢谢你姐姐了!"宋浩感激地笑道。

临近中午的时候,宋浩正在办公室里处理几份药厂方面的文件,唐雨推门走了进来,笑道:"又有一位高人来应聘了,不过情况有些特殊,招聘部门的人做不了主,通知了我。不过我也做不了主,还请宋总裁决。"

"是人才就留下好了,有什么难的?"宋浩道。

"是这样的:"唐雨说道,"这个人并未经过任何医学方面的专业学习和训练,什么也不懂,只是持有一种药,据说是祖传秘方,治疗口眼歪斜奇效,叫'口眼扶正散'。已经来了几天了,招聘部门有好事的人倒是拿了他送的一部分药样到住院部和门诊试了一下,你还别说,效果出奇地好。口眼歪斜是中风的后遗症,我们在这方面的治疗上,针灸和中药配合,效果也很突出。但是这个人却说他的药在 24 小时内就可完全地纠正这种症状,不论新病还是旧患。这几天试了十几例,果然如其所言。"

宋浩听了,点头道:"此方既有如此神奇效果,那就将此人留下吧。待遇从厚。可让他专门进行这方面的治疗。他虽然没有从医的证件,但是我们天医堂是得到上级主管部门特别同意的,对没有从医证件却怀有一技之长者可先行聘用,然后再补办证件。"

唐雨摇了摇头,苦笑道:"此人不是真心来应聘的,是来天医堂兜售秘方的,开价一百万。如果给他特设一间诊室也可以,效益和天医堂分成,他六,天医堂四。"

"不会吧!"宋浩惊讶道:"天医堂什么地方啊!竟以小方小术来此兜售,这不是在关公面前耍大刀吗?自不量力啊!告诉他来错地方了。他的秘方又不是灵丹妙药,专门治疗不治之症。这种中风的后遗症,效果快的我们施针灸术可在几分钟内解决问题,慢一些的,针药合用,十天半月的也会痊愈的。他的药虽然效果快些,但是我们用不着,叫他走人吧。小方固然也能治疗大病,小术也可令人致富,只是此人的做法不足道。"宋浩摇了摇头。

"那我就让这个人走了,告诉他天医堂不和他做这种生意。"唐雨说完，转身要走。

"等等!"宋浩犹豫了一下，唤住了唐雨道："他的这种药果然能在24小时内纠正任何情况下的口眼歪斜吗?"

"起码目前试了十几例病人是这样。怎么，你对这种药感兴趣了?"

"对这个人也感兴趣。"宋浩说道，"这样吧，你叫他来见我一下。天医堂内能有这种简便捷效的药，也不是什么坏事，可省去一些治疗上的麻烦和时间，更为重要的是能早些解除病人的痛苦。此人虽然有点自视过高，但如果真是一种好药，莫说一百万，二百万天医堂也会买下，留药不留人就是了。"

# 第十章　口眼扶正散

时间不长，有人敲门。

"请进！"宋浩坐直了身子说道。

门被轻轻地推开，探进了一个戴着蓝帽子的脑袋，一双浑浊的眼睛朝宋浩这边望了望，有些胆怯的意思。

宋浩见状，眉头皱了一下，说道："请进来说话！"

进来一个小个子的男人，五十岁左右，样子有些猥琐，拘束地站在门口不再朝前走动，身着蓝色的皱皱巴巴的土布衣服，脚上穿了一双布满了灰尘的老式皮鞋。

"请这边坐吧。"宋浩指了指办公桌对面的一张椅子。

那人犹豫了一下，走了过来，坐到了宋浩的对面。

宋浩将自己喝的铁观音茶斟上了一杯，推到那人面前，说道："请用！"

那人未动茶水，低着头斜着眼睛打量了宋浩一番。

"怎么称呼？"宋浩笑了一下，问道。

"姓刘，叫刘本力。"说话间，刘本力腰杆直了直。

"哪里人啊？"宋浩又问道。

"山东。"刘本力应道。

"山东人？我们是老乡啊！"宋浩笑道。

"哦！这么巧！"刘本力也点头笑了一下，然后说道："宋总找我啊？"

"听说你有一种秘方，叫做'口眼扶正散'，效果不错，24小时内可扶正一切口眼歪斜之症。"

"当然！"刘本力此时精神一振，有些得意地道，"此乃我刘家家传秘方，到我这里传了十七代了，治人无数，治一个好一个。只要将药合酒涂上，24小时内，任它歪到脑袋后面的口眼也能拉正了。不是我吹，现今世界上治这病就属我这口眼扶正散最厉害了,其他的药没法子和我的药比。并且我这秘方是最保密的,什么人也得不去。我们那儿有个教授,曾拿了我的药去大地方化验,结果也没能验出个什么成分来。因为我这药是经过特殊炮制的,就是验出了一些成分也没用,因为没有人能掌握得了炮制后的药性是多少。有几种药是有毒的,配制不准确,便要伤人的。"

宋浩听了笑道:"果然不错!请问,你在当地治一个病人收费是多少?一天又能接诊多少病人?"

刘本力应道:"治一个怎么也得给我个百八十的,有时候二十、三十的也行。我们那乡下穷,收费不高,这要在大医院,一个病收他个千八百都不成问题,城里人有钱啊!不过这个病在乡下不太多,好的时候一天能看上十来个人,都是远近闻名找来的。我就是认为我这个药绝无仅有,天下第一,所以不妨到大城市里转转。听说天医堂是纯中医的医院,每天来的病人海了去了。所以我这药要是在天医堂里用上,你们就等着发大财去吧。我这几天看了,这种病你们天医堂一天至少也要来上二三十人,一人收就算收他五百,那就是一万多啊!我们都能得个五六千吧。当然了,要是一百万全方买断,你们就自己全挣了,一年本利就全回来了。"

"刘先生倒是很会算经济账啊!"宋浩笑了笑道:"不过我还是想亲眼看看你这个口眼扶正散的确切疗效。这样吧,我安排一下,我们到门诊去再试几次,果真达到令我满意的效果,我们再商量。"

几名从各诊室临时找来的有着口眼歪斜症状的病人被集中在了一间诊室内。宋子和、林凤义、吴启光等人闻讯也赶了过来观看。

"刘先生,请吧。"宋浩说道。

那刘本力此时倒显得信心十足起来,从衣袋里取出一包药粉,和酒搅拌成糊状,然后朝一病人脸颊上涂去。口眼朝左歪斜者,涂在右侧,反之亦然。

宋浩见那口眼扶正散呈黑褐色,嗅之有种刺激的气味,却也不甚浓烈。用手捏了一点于口中尝了,舌尖略麻,其中当是有性味猛烈之药。神仙难辨膏、丸、散,也不知是何药配制成的。

此时刘本力已经为5名病人施了药,有3名病人说脸部涂药的地方开始发热起来。

刘本力说道:"我这药力大,半个小时后必须将药洗去,然后等着看效果就是了。24小时之内，保管让你们都好利索了。"

林凤义一旁听了，点头道："这药力是霸道，若真是能在一天之内令这些病人的症状都恢复过来，堪称奇方奇药了！"

有一位中年妇女，口歪眼斜令面部都走了形，并且口中流涎，已是不能自控。宋浩适才问过，那妇女是昨天晚上睡觉时不慎受了风，新得的病。因她坐在最后，刘本力一时还未能过来为其上药。宋浩不忍见她痛苦的样子，于是说道："我先用针术为你治疗吧。"

有护士端了针盘过来，宋浩取针择患部牵正、下关、承泣数穴依次下了针，略施手法。随闻陪同那妇女来的家人惊喜道："开始正过来了！"原来是在针法的刺激下，歪斜的口眼竟然在众目睽睽之下，慢慢地恢复了本位，效果尤是神速。那刘本力一旁已是看得呆了。吴启光和林凤义等人相视点头而笑。

"我们俩谁的效果快？"宋浩笑问道。

"你……你的针法快！"刘本力惊叹道。

而在此时，被刘本力涂过药的7名病人中，已经有3人的症状开始逐渐好转。

宋浩见了，点头道："我的针法虽快，可在短时间内奏效，但多适用新病，况且还需要施术者具有一定的针力才行。旧病延久者，也要数天的治疗时间，还是不及你的扶正散作用大。因为你的方法简单，有了药，人人皆可施术，这一点，你比我强。"

刘本力听了，眼中闪过了一丝得意之色。

13名病人都被刘本力施了药，此时最先两名用过药的病人感觉到施药部位有剧烈的灼热感，便喊道："太热太疼了，受不了了！"

刘本力听了，忙上前将药抹去，复用清水洗净，病人脸颊涂药的部位上呈现出一片红晕。

一个小时后，被刘本力施药的13名病人中，有4个人的症状好转了许多，其他人也皆见好转。不过因为药力过猛，有一名皮肤不适应的病人脸颊出现了少许的溃破，另行处理。

"果然是一种奇药！"宋子和、林凤义等人不免交口称赞。

"不错啊刘先生！口眼扶正散果然有神奇的扶正功效，天医堂准备收购你的秘方。"宋浩笑道。

此时那刘本力见诊室内来的这些人看样子个个不凡，得到了他们的认同，这笔生意当是能成交了，于是又生一念，犹豫了一下，说道："宋总，我决定了，要涨价。"

"涨价？"宋浩闻之一怔，"涨多少？"

"五十万。天医堂要想全方买断，一百五十万！"刘本力低了头，轻声说道。

"你不是已经定下来一百万的吗！怎么看到大家都认同了，你又涨价了。"唐雨不悦道。

"以此小术得一场富贵也就罢了，又不是什么绝世秘方，天医堂有无皆可，别的地方二三十万能收购去也就不错了。这随风涨价的本事可是比你的药力都猛！"林凤义不屑地说，然后和吴启光等人摇了摇头转身去了。

宋浩笑了笑，对刘本力说："这样吧，我还要看看这些病人最终的效果，你的药有没有什么副作用。你再等三天，三天后我给你答复。这些天的吃住都算天医堂的。"说完，也自转身去了。

唐雨跟着宋浩回到了办公室，生气地说："这个人太贪了！一百万已经算是超出所值的天价了，天医堂又不是缺了此药不可。让他走吧，我可不想看到这种人敲天医堂的竹杠。"

"我倒是看这个人很有意思，"宋浩笑道，"很能把握时机。这是人家致富的心理，也不要过于责怪，毕竟他有这种秘方，能卖出多高的价格来，也是他的本事。明后天看看这种药的最终效果再说吧，我倒是愿意成就他一个百万富翁。"

唐雨说道："这种药对皮肤的刺激性比较大，就是买下他的秘方配制出来，也只能应用于天医堂，必须把握好施药时的适应度，暂时还不能生产销售。所以，对天医堂的效益不是很大。"

宋浩道："既然是种好药，买下也无妨，留药不留人就是了。"

这天晚上，宋浩找出《奇方验抄》翻看，里面也记载了一些治疗口眼歪斜的方子。其中有一个单方，就是将蓖麻子去皮捣烂糊在患侧，对于发病时间短的口眼歪斜症状效果很好。这也本是宋家的一个方子，已经在天医堂应用了。

"口眼扶正散？咦！这里竟然有一个同名的方子！"宋浩细看之下，心中不由一动：此方是以巴豆为主药，加川乌、草乌等几味药性猛烈的中药组成。

"那刘本力的口眼扶正散药力峻猛,从对皮肤刺激的程度来看,里面当有大热之药,会不会与这同名的方药是同一首呢?我先配制出来一部分,再加以临床验证,就能看出是不是同一药方了。若是两药方效果同一,岂不是为天医堂省下了150万!"想到这里,宋浩心中一喜,忙抄下了一份。

宋浩叫来秋伟,将那张口眼扶正散的方子递给他道:"你现在马上回百草园,照此方子给我配制出几斤药来,记住,一定要严格地按照炮制的方法配制,这样才能减轻其中几味药的刺激作用。还有,这张方子只能你和你姐姐知道,暂勿泄密。"

"口眼扶正方!"秋伟望着手中的药方,惊讶道:"师父,你将那个人的秘方买下了?"

"不是,是我们天医堂自己的方子,我才发现的。想验证一下,和刘本力的药方是否是同一个。"宋浩说道。

"要是同一个药方就太好了!那个人坐在门诊吹了一天,说他的秘方震住了天医堂,天医堂一定会出高价收购的,可讨人厌了!这几种药百草园都有,要选质量最好的,我和姐姐亲自配制。放心吧师父,明天早上我就送过来。"秋伟说道。

"越快越好!"宋浩高兴地说,"两张方子若是同一个,天医堂就省去了一百五十万,否则我准备买下刘本力手中的秘方,此药的效果的确不错。"

"我现在就回百草园配药去。要真是同一个药方,那个人就傻眼了,白吹了一天!嘿嘿!明天一定让他的肠子都悔青了!"秋伟笑着,转身去了。

宋浩随后又给洛飞莺打了一个电话,可是仍在关机。

第二天早上起来,宋浩站在窗前,拉开了窗帘,放进了一片轻柔的阳光。宋浩的居室是天医堂大楼的最顶层,临窗眺望,前方景色一览无余。远处,是如白练轻纱的白水河,和那座若飞虹拱架的白河大桥。

这时,宋浩看到一辆轿车缓缓驰进了天医堂大门,停下后,秋伟从车里下来,手中拎着一包东西,兴冲冲地走进了天医堂。

"速度真是够快的,口眼扶正散当是配制成了!"宋浩笑了笑。

"师父！"秋伟见到了宋浩，将手中的一包药放在了桌子上，兴奋地说："忙了大半宿，终于配制成了。并且姐姐说了，她将几种毒性大的药又经过了特殊的炮制，基本上除去了毒性，施在皮肤上几个小时也不会对人有伤害的。"说着，打开了药包。

宋浩上前看时，先自一喜，这包口眼扶正散的颜色竟和刘本力的药样差不多，嗅之气味竟也一样，用口尝了一点，也有麻舌的感觉。

"应该是同一药方了！"宋浩惊喜道，"你先取部分，集中今天门诊上所有具有口眼歪斜症状的病人试用一下，如果有和刘本力的药同样的效果，必是同一方药无疑了。"

到了天医堂上班的时间，唐雨先是来到了宋浩的办公室，佩服地说道："下面的信息反馈上来了，昨天经刘本力施药的那十三名病人的症状在今天早上基本上都痊愈了，只有一名病人还未好，但也恢复了大半，原因是此人患此症半年了，旧疾一时难愈。此药果在二十四小时内奏效，实在出乎人的意料。看来天医堂的这个竹杠是被那刘本力敲定了。"

"呵呵，也未必。"宋浩笑道："我在《奇方验抄》中发现了一首同名的药方，昨晚已在百草园配制过了，今天且试用一下，若是同一药方，我们就不用花巨资购买了。"

"不会那么巧是同一药方吧？"唐雨惊讶道。

"这有药样，无论是外观上还是气味上，和刘本力的扶正散相差无几。"宋浩说着，将那包口眼扶正散推到了唐雨面前。

唐雨一见，惊喜道："果然差不多。你配制了这么多啊！"

宋浩道："不是还有一名未痊愈的病人吗，改用我们的口眼扶正散。另外，这批配制的样品是秋茹、秋伟姐弟俩亲自完成的，又经过了改进，将药方中毒性猛烈的几味药都减去了对皮肤的刺激性，涂几个小时也没有关系，更能增加持久性和治疗效果。效果如何，今天就能试出结果来，晚上我等消息。"

唐雨高兴地说："好！临床试药的工作我来主持，一白天的时间也应该能看出来了。若能达到和刘本力的药一样的效果就太好了！"

宋浩笑道："希望如此！刘本力那边还要好吃好喝地招待着，不管怎么样，是此人令我提前发现了《奇方验抄》中竟也有一首口眼扶正散。即使是同一药方，我们不买他的秘方，也要感激他。还有，《奇方验抄》的潜力实在太大了，我们也要抓紧时间进行发掘。"

下午三点钟，唐雨春风满面地来到了宋浩的办公室。

"大获成功！两份药百分之百是出自同一药方！"唐雨笑道，"并且我们配制的扶正散由于除尽了对皮肤的刺激性，可连涂几个小时，大大提升了治疗效果。今天一共接诊了十五名有口眼歪斜症状的病人，现在全部治愈。此事已在门诊引起轰动了，爷爷和林老师他们也都去看了。我说明了原因，令几位老爷子连呼失误，手中现成的奇方妙药竟然未被及时地发现。最后的两名病人在治疗时我故意请了刘本力来看，他惊讶得什么似的，坐立不安，怀疑又不敢确定就是他的药。我可是拿去了一斤多呢！他的药倒是宝贝一般，昨天试用时也掏就出了一点点。"

"真是太好了！"宋浩高兴地说，"无意中竟又发现了这种奇药！现在到了和刘本力摊牌的时候了，否则他不知道怎么难受呢。去叫他来，我还有话问他。"

"宋……宋总。"刘本力一脸沮丧地坐到了宋浩的面前。"你……你们的那种药是从哪里搞到的？好像和我的一样。是不是你们昨天暗留了样品，化验出成分来了？可是不知道配伍比例和炮制方法，也是不能配制出来的。还有，你们的药竟然可在脸上施用几个小时，比我的药还好啊？"

宋浩笑道："正如刘先生所言，我们即使将你的药样化验出成分来，也配制不出来真正的口眼扶正散，这就是中药和西药的区别。西药化验出成分来便可以成功地复制，中药则不然，有特殊的炮制过程在里面，药性也自然有所改变，这是不可仿制的。况且一夜之间，天医堂还没有时间和那么先进的设备去化验你的药。"

"那你们今天用的药是……？"

"口眼扶正散。"宋浩说道，"真正的口眼扶正散，以巴豆为主药，应该就是你掌握的那个秘方。这本是我们天医堂原有的一个秘方，但是以前没有注意到它，你的到来，令我们发现了它，应该谢谢你才是。"

"天医堂也有口眼扶正散？"刘本力惊讶道，"这不可能，这个秘方你们怎么会有的？"

"这也是我要问刘先生的问题。"宋浩说道，"刘先生手中的这份口眼扶正散的配方，真的是家中祖传的吗？还是什么人告诉你的？如果刘先生能说出此配方的真正来源，我就把我们天医堂掌握的此配方的特殊炮制方法告诉你。刘先生今天也看到了，我们的口眼扶正散对人的皮肤没有刺激性，可以延长用药的时间，也大大增加了治疗效果。"

"这个……"刘本力犹豫了一下，说道，"实话对你说了也无妨，是十多年前，一位游走江湖的老郎中告诉我的。"

"此人叫丁奉杰。"宋浩说道。

"你……你怎么知道？"刘本力一惊而起。

"你我的药方果然都出自丁奉杰老先生之手！"宋浩感慨之余说道："丁奉杰老先生是我的一位道家师父的朋友。刘先生可否说一下认识丁奉杰老先生的情况？"

"哦，是这么回事，我说呢！"刘本力惊讶之余，说道："那还是十几年前，我们村里的一个人从外地请来了一位老郎中为家里人治病，于是村里人跟着借光，家里有病人的都去请那老郎中来医。时值家母患有风湿病，我也请了那老郎中来家为母亲医病。不过当时家中贫困，没有钱付诊金，那老先生却也不收，为家母开了方药，说是服用一个多月便可治愈。我感激万分，将家中唯一的一只下蛋的母鸡杀了招待老郎中。他吃得高兴，又见我家徒四壁，便给了这个治疗口眼歪斜的扶正药方，告诉我说这张方子可令我一生衣食无忧，但见有这类症状的，用上便自有效。老先生给我的这张药方算是救了我一家人，虽不能大贵，但得小富。后来我寻思着，这秘方既然这么绝，何不卖给大医院获得一个富贵？这不，就来到了天医堂，没想到你们竟然也有这张方子。唉！卖不成了！它咋就这么巧呢！"

"是啊！"宋浩笑道，"这么巧合的事我也是没有想到的，否则天医堂真是打算将你的秘方买下来的，虽然刘先生开的价格高了些，不过对天医堂来说，也是值得的。事已至此，只能说声抱歉了！"

"天医堂卧虎藏龙，算我来错了地方。"刘本力无奈地说道。

宋浩笑道："为了不令刘先生白来一回，我们天医堂想为刘先生提供一些治疗中风所致的口眼歪斜症状的技术支持，除了给你一份除去那几种毒药毒性的特殊炮制方法外，你也可以在我们这里学习一些相应的针灸术和辨证用药的知识。虽然你持单方治一病，对短时间新患上的，可以说是百发百中，但是遇上患病年久的顽固之症，还要全面综合治疗的好，这样才可保万无一失。也是你我的药方都出自丁奉杰老先生处，说起来也算是一种缘分。"

"这个……"刘本力犹豫了一会儿，说道，"方子卖不成，我哪里还有脸面再待下去？那种顽固型的一百个病人中也难遇上一例，这种麻烦的病人我治一次不成也就不愿意再治了，到时候介绍给你们天医堂就是了，现在的药方足够我受用了。不管怎么说，你这个人很大气，我还是要感谢你的。买卖不成仁义在，日后若是得了其他的秘方，天医堂没有的，再来卖给你吧。"说完，朝宋浩摆了摆手，摇头叹息一声，带着遗憾去了。

其后，江河走了进来，他在向宋浩汇报了部分工作后，说道："洛小姐原来也在受宋总之命调查刘天公司的状况，她走的时候将一些资料给了我。"

"有什么进展吗？"宋浩问道。

"刘总的公司是在和一家大公司有生意上的来往，但是资料显示，那家大公司的背后应该还有大财团在资助，我这方面正在调查，估计这些天就会有结果了。"

"还有何成中，他那笔捐款我总是感觉有些异常。"宋浩说道。

"关于何成中的资料，这些天也会有人送过来的。放心吧宋总，有了洛小姐走时给我的资料，再综合我这边的人搜集到的资料，一切会水落石出的。有了确切的消息后我再向你汇报。这里面还真是有问题，我按宋总的意思几次想将欠的工程款给他的公司打过去，刘总那边就是说不急，甚至还严令他们公司的会计不准将账户给我们。"

"刘天不和我说实话，我们就自己查。谁会这么大方将五六千万的资金投入天医堂而又不想令我知道呢？"宋浩眉头皱了一下，似乎明白了什么，但又不敢确定。

"对了宋总"，江河又说道，"洛小姐和唐雨以前曾向我提过一个建议，就是开设天医堂美容院，用真正的中医中药进行美容健身，我觉得这个建议不错，并且也符合现代潮流，应该会被那些时尚的年轻人接受。如果将天医堂美容院搞起来，将会成为天医堂的另一个支柱产业。研发部已经在相关的中药美容产品上进行开发了。"

"这件事唐雨和莺莺以前和我说过，她们女孩子喜欢美，就让她们搞去吧，医药馆这边可提供技术支持。据说针灸减肥的效果不错。可先在天医堂增设一处中医药美容科，进入试行阶段，待打开局面后，另建天医堂美容院也不迟。"宋浩笑道。

这天，宋浩在天医堂制药厂视察了几个生产车间，又听了几位厂长的工作汇报。回到天医堂，刚在办公室坐下，唐雨便进了来。

"宋浩，'正心活脑丹'的生产批文已经下来了，近期准备采购原料投入生产了。"

"正心活脑丹"的原配方出自《奇方验抄》，以天麻为主药，是宋浩、宋子和、林凤义、章甲方等人经过一年的临床验证，在原方的基础上加以改进后的一种治疗心脑疾病的新药。

"太好了！"宋浩闻之一喜道，"此药日后会成为天医堂的重磅产品。"

"宋浩，还和你说个事。我爸和二爷爷晚上到天医堂。"唐雨平静地说道。

宋浩闻之颇感意外，不知这个时候唐纪和唐青山来天医堂做什么。

唐雨见了，似乎知道了宋浩的忧虑，笑了一下道："此一时彼一时，你勿要多想才好。其实二爷爷和家父对当年之举早已生出愧意，一再叮嘱我全力助你经营好天医堂，将功补过。这次是我叫他们来的，是想和你商量一下医门唐家加盟天医堂的事，二爷爷和家父同来，是想表达唐家的诚意和歉意。"

"什么？医门唐家要加盟天医堂！"这倒是一个令宋浩十分意外的好消息。

"是啊！"唐雨笑道，"天医堂如日中天，已经成了令医道中兴的中坚力量。我唐家也想为这个宏大的事业贡献一点力量。唐家现有的几所医院可更名为天医堂分部，也为日后天医堂在各地建立分支机构做个基础。"

"真是太好了！"宋浩兴奋地说："有医门唐家的加入，天医堂会更加壮大的。设立天医堂分部的事我们也曾有过计划，没想到医门唐家会先行一步。天医堂欢迎志同道合的医门派别加入，共同振兴中医事业，这也是全体医道中人的责任。唐雨，谢谢你们唐家的支持！我对天医堂的未来更有信心了！"

唐雨笑道："此事我已经和爷爷还有林老师他们说过了，几位老人家也都很高兴，说这是一件大好事。天医堂海纳百川，包容天下医道，才能更加促进中医药的发展和壮大。我们唐家加入天医堂，也是想起个示范作用，令天下医道归一，共同利用天医堂的资源和优势。更为主要的是，天医堂的发展模式是最适合中医在现今之世的发展之道的，也会令各医门派别在天医堂内百花齐放，天医堂将会起到龙首的作用，带动整个中医药事业的发展和壮大。那么，我们曾幻想的大中医时代，将会在不久的将来，提前到来的。"

"甚合我意！"宋浩高兴地说，"其实我也有过这个设想，没想到你竟然提前为我实现了。唐雨，我们之间真的是彼此心意相通的。"

唐雨听了，脸色一红，低头笑道："谁和你心意相通，顶多是不谋而合罢了。"

宋浩情不自禁地上前握住唐雨的双手，激动地说："谢谢你，是你帮助我造就了今天的天医堂，更令医门唐家加入，让天医堂成为全体医道中人共同的事业。好唐雨！得你一红颜知己，此生无憾！"

这天傍晚，唐纪和唐青山率几名门下弟子来到了天医堂。看到天医堂竟有如此规模，那二人惊诧不已。宋浩与唐纪、唐青山二人见了面，握手一笑释前嫌。当晚，宋浩设宴款待，宋子和、林凤义、吴启光、章甲方、叶成顺、雷恒、水明扬等人作陪。宋浩一番介绍，尤令唐纪、唐青山二人吃惊不已，二人也自暗中庆幸，此时加入天医堂实是明智之举。酒席上宾主欢洽，其乐融融。

第二天，宋浩亲自陪唐纪、唐青山参观天医堂制药厂和万松岭百草园，又令那二人吃惊和敬佩了一回。

经过一番协商，双方正式签署了合作协议。医门唐家的医药产业更名为天医堂，仍由唐家人主持工作，天医堂为其提供医药技术和人员等各方面的支持，由唐雨协调双方事宜。但遇有疑难病症，可转送天医堂总部诊治或由总部组成专家组前去会诊。同时决定，天医堂将在唐庄建设天医堂第二制药厂。

在签署协议的时候，唐纪笑着说："其实天医堂和我医门唐家已经不分彼此了！"林凤义、吴启光等人听了，会意地一笑。

医门唐家加盟天医堂，引起了社会广泛的关注，各大新闻媒体全面做了报道，又为天医堂做了一回具有轰动效应的广告。

# 第十一章　灵兰秘典

这天晚上，忙碌了一天的宋浩刚要睡下，唐雨急匆匆地过来。

"宋浩，有莺莺的消息了，魔针门洛家出大事了！"唐雨焦急地说道。

"出什么事了？"宋浩闻之一惊，已是预感到了什么。

"洛家几乎被灭门了！"唐雨叹息了一声道，"我刚刚得到消息，洛北明和他的儿子洛飞雄还有七名心腹弟子在三日之内连遭杀害。洛北明是在夜里回家的半路上遭到枪击的，身中十余枪，凶手来历不明，警方也毫无线索。事有因果，应该是以前受到洛氏魔针暗算的人中有人知道了事情的真相，采取了报复行动。"

"洛北明的作为果然遭到反噬了。此事恐怕要连累到莺莺和李贺，他们现在怎么样了？"宋浩忧虑道。

"他们正在家中处理善后事宜，暂时还没事。对方的这一系列报复行动应该是针对洛北明父子和那七名曾暗中对人施过反针术的弟子。不过他们现在也很危险，毕竟是魔针门中的重要人物。"唐雨说道。

"我们马上去找莺莺！这个时候必须帮助她！"

宋浩、唐雨带上了伍长和几名保卫部的人员，连夜驱车赶往魔针门洛家的所在地——天津。

唐雨在车里继续向宋浩汇报着得到的情况："洛氏父子出事后，便有风声传开，说洛家的针灸医院是暗中施邪术勒索人钱财的地下魔窟。现在洛家的那几所医院已是人去楼空，没人敢再去看病了，连工作人员都走光了。洛家要破产了。"

"多行不义必自毙！"宋浩叹息了一声道，"这也是洛北明应得的报应。被洛氏魔针暗算的人非富即贵，在明白了真相后岂会饶过他？"

"莺莺和李贺是无辜的。"宋浩犹豫了一下，拨通了顾晓峰的电话。

"顾先生，我是宋浩，半夜打扰对不起了，但是现在有一件急事想请顾先生帮忙。"

"哦，是宋浩啊。有什么事你就说吧。"顾晓峰在电话里说道。

"魔针门洛家遭变，洛北明父子和七名弟子都被人杀了。但是洛飞莺和李贺是无辜的，顾先生也知道，我和他们两人是朋友，我不想他们在这件事上受到伤害，所以想请生死门保护他们。我知道这个时候请顾先生出手相助，有点不合时宜，但是我想不到别人了。"

"呵呵，宋浩，"顾晓峰在电话里朗声一笑，"我倒是谢谢你还能信任我并找我帮忙，说明你还是将我当朋友看待的。洛家的事我已经听说了，不过你放心，洛飞莺虽是洛北明的女儿，但是她以前并未参与到暗施洛氏魔针害人敛财的行为中。还有李贺，他已不在魔针门多年，应该也没有牵涉到此事件中。虽然他最近有施过反针术与你对抗，但那是在病态下进行的，并且已被你化解了。所以，他们是安全的，没有人会动他们。尤其是洛飞莺还是你天医堂的人，是一名真正救人性命的医生，更不会有人去伤害她。这一点我可以保证。"

宋浩闻之，似有所悟，但知道洛飞莺和李贺不会被牵扯在内，亦感欣慰。

洛宅内，看到宋浩和唐雨出现在面前，一脸憔悴和悲伤的洛飞莺与李贺颇感意外。洛飞莺一时间百感交集，上前抱住唐雨哭了起来，宋浩忙在旁边劝慰。

激动过后，唐雨扶洛飞莺坐了下来。

宋浩四下打量了一番，说道："这座大宅子里怎么就你们两个人啊？"

李贺叹息了一声，说道："师父出事后，工人们都吓跑了。"

宋浩复对洛飞莺道："莺莺，你走得太急了，和我们说一声才好。"

"我接到我爸的电话，说家里近几日可能要出大事，让我注意一些，千万不要回家。我听着不对劲，就找了李贺师兄赶回来了。没想到还未到家，我爸就出事了。其实在这之前，已经有几位师兄出事了。我知道会有这一天的，但是没有想到来得这样快和这样严重。"洛飞莺哽咽道。

"此番若不是我和师妹在天医堂，也会遭此厄运的。延续了数代的魔针门就此毁了。唉！这也怨师父，你们是知道的，是反针术害了师父和那些师兄弟们。现在几所医院的经营已经停止了，洛家只能接受破产的现实了，以前造成的影响无法挽回了。"李贺摇了摇头道。

宋浩说道："事情既然已经出了，就要面对它。魔针门不应该就此结束，因为还有你和莺莺在，要肩负起这个责任来，用以后的作为来弥补以前的过失。莺莺、李贺兄，我有一个想法，也是想扭转洛家目前面临的这种困境，和你们商量一下，看看是否可行。"

"宋浩，你有什么想法就说吧，只要能挽回一点点的影响也好。我现在已经不知道怎么办了。洛家的产业虽然是通过不义之举得来的，但是我不想看着它一下子轰然塌下去。只要能对洛家以前的行为有所补救，哪怕是一点点，我也想尽我所能去做。"洛飞莺说道。

"莺莺，你能有这种想法很好。"宋浩点了点头道，"那就将洛家的几所医院更名为天医堂的分部吧，由天医堂重新开始输送新的医生和医药技术，希望通过天医堂的影响和你们的努力，令那几所医院真正地具有救人济世的意义，回报社会吧。唐雨已经令医门唐家加入了天医堂。天医堂要做大做强，只有通过大家的力量一起来完成。"

"好主意！"李贺闻之，精神一振，"虽是师父取之不义，但是以洛家这几所医院的实力和基础，引为天医堂的分部后，以天医堂的影响力，尽可除去病人的畏惧感。这样，洛家不至于破产，也令我和师妹有机会来弥补师父的过错。谢谢你宋浩，你挽救了洛家。"

"宋浩"，洛飞莺也自感激地道，"就按你说的办吧。为了代父赎过，我想将洛家最大的一所医院变成给贫苦人家免费就医的慈善医院。"

"没问题！"宋浩应道，"它也将成为天医堂第一所免费救助贫困人士的医院。一切费用由天医堂总部支付。"

"谢谢你宋浩！"洛飞莺激动得热泪盈眶。

两天后，宋浩和唐雨返回了天医堂。伍长等人留下协助洛飞莺和李贺处理善后事宜。

洛家加入天医堂后，为了挽救洛家那几所将要破产的医院，天医堂开始了大规模的人事调动。好在名医讲习所已经培训出了第一批的六十多名骨干力量，加上各科室抽调的，共计一百多人被派往天医堂洛氏分部开展工作。洛家原来的那几所单纯针灸的医院变成了综合性的中医医院。天医堂的这一动作，又在社会上引起了轰动，也将洛家原来面临的不利局面彻底扭转。

洛飞莺帮助李贺将天医堂洛氏分部的工作扶上轨道之后，不愿留在那里触景生情，加上唐雨邀请她回来筹建天医堂美容部门，何况心中别有牵挂，又返回了白河镇天医堂总部。

"宋浩，前两天我检查我爸的保险柜时，无意中发现了一个日记本。里面记载了一件重要的事，你应该会感兴趣的。"洛飞莺说着，从皮包里拿出了一本旧式的笔记本，递给了宋浩。

"洛先生生前的日记我方便看吗？"宋浩犹豫了一下，说道。

"又没有让你看别的，只看这一篇就是了。这篇日记记载的事是与医道有关的，可能对天医堂的未来也至关重要。你先看一下吧。"洛飞莺打开了日记本，翻到了其中的一页，推到了宋浩面前。

宋浩见了，笑了笑道："那我就看了。"

1974年8月24日

今至云南点苍山，遇一采药者，名石廷川。与之谈医论药，其人所谈深奥，多过《内经》之言，未曾闻也！惊其别有所学，敬而询之。

其人笑曰：我不懂医理，但以采药卖药维持生计。所言皆摘自家中藏书，觉其论可服人，故时与医者论之，以博人敬。

惊问何书，石廷川不答，只应书目众多，不能一一记之。

又问其家中藏书何来，石廷川曰：十年前购邻人一古宅，修复中于南墙发现一暗橱，内藏数百册古医书，所载医理深奥不可解，闲置家中而已。

惊其有此奇遇，当是失传之古医书，珍贵异常，欲求一观。

石廷川曰：闻先生善针术，可为家母治一疾否？若效，可酬书十册，任从中拣之。

吾欣然而应。

引至其家，为点苍山北一村寨中，当有数百年历史。

先观其藏书，竟不下三四百册，多为古医书，也有奇门术数类者。石廷川先令我读一文，是古时藏此书一李姓者遗，其文为：

唐末之时也，先祖于地中掘得竹简百余笈，尽为古医书，疑为秦始皇焚书之祸时，遗下之方技类，救人济世之书也。遂与族人抄录之，一年又六月而成，竹简复藏地下。其书皆出灵台、兰室，乃上古黄帝藏书之所，统称《灵兰秘典》，内括古经书八十六种，三千四百五十九卷，为世所未传之秘。中有《黄帝内经》三十二卷，多出世间刊行十八卷者十四卷。又有《黄帝外经》三十七卷，世所未见也。后虽经战乱，族人秘藏私传，未曾遗失一卷。然宋初，家族迁移，诸书不知所踪。

明万历中，诸书又从一石室中复得。有部分损坏者，又经修补，完好如初。族人虽得此医家秘籍，但多务于功名，少耽医事，故未有从此古书中获医名者也。复藏老宅中，以待后世有缘人。

《灵兰秘典》八十六部，言辞古奥，义理精微。揭天地之大秘，探万物之本源；穷究阴阳之本始，释明千古之医理。悟透此道，可不假于针药而能治尽天下之疾。人身自有大药，天地亦有大药。药有内外，性分大小。草木者，外药也，下工使之。针灸者，可激人身内药之力也，中工使之。上工者，不治已病治未病，不用外药用内药，不药而治。

医道真经待遇后世有缘人，偶得之者，万勿轻泄！

明人李科敬书于万历二十三年仲秋

阅罢此言，惊《灵兰秘典》八十六部为天书。观其书，有《太素脉》十七卷，析五运之微，穷造化之理，能决人富贵利达，贫贱寿夭，至理而止，是为诊法之宗；盖人禀天地之气以生，故五行之气，隐于五脏，通于六腑，呼吸之间，阴阳开合，造化玄微，靡不毕见。首重心脉，心，主也，一身之动定系焉，病之轻重，人之贵贱，唯在轻清重浊。脉清则神清，脉浊则气浊。脉分六部，变应万端，其间阴阳聚散，生克无穷，义辞奥于《易》理，非有宿慧者，不能参其机要，达理明义。古法有传，却又秘而不发，世人但闻《太素脉》名，而无有得其质者。

又有《明堂针经》三十四卷，是为《针经》之要，针家之大秘也。略览之，中述人身七十二经，分天、地、人脉，现所知十二经脉者为地脉，奇经八脉为人脉，另有三十六天脉不为人所知，偶见修炼家言及一二。生命之秘，不可测也！

又见有《医经》六十四卷，明人身内外之理，医道尽矣。《本经》十二卷，概述天地之始，医道之质；《通经》二十一卷，释天地人三才通义，世所未闻。《玉机》九卷，《上经》十二卷，《下经》十二卷，《阴阳传》二十七卷，又有《太古天元册》《奇恒势六十首》等，诸经书若干，不能尽记，略阅其言，微辞大义，存世《内经》所未含也！

看到这里，宋浩一惊而起，激动道："《内经》中便有《灵兰秘典论》一篇，看来是取自这八十六部古经书中了！并且一些古经书名偶在《内经》中出现过，如《阴阳传》《上经》《下经》《太古天元册》《大数》等。这套《灵兰秘典》当是古之圣贤悟透天地奥秘而明医道的结晶，必是将医道之理阐释尽了，直明医道本义。这批经书乃是无价之宝啊！"

洛飞莺点头道："我发现这篇日记后，也有些不敢相信，家父年轻的时候竟有此际遇，所以拿来给你看，看是否有找到这些经书的可能。"

宋浩兴奋道："天医堂若能得此《灵兰秘典》八十六部经书，足能令医道中兴！老祖宗的智慧啊！简直是超越了时空！"随即又道："对了莺莺，洛先生既然有此奇遇，应该或多或少得到了部分经书吧，这么多年来却为何不见反应啊？这其中的任何一部古医书刊发于世，都能引起中医学界轰动的。"

洛飞莺迟疑了一下道："你……你还是接着看日记吧。看完你就明白了。"

宋浩听了，复阅其文：

后，石廷川邀我为其母治病。其母病瘫，我施针三日，其母竟起。母子欢悦，感激万分。我暗施反针，意在日后索尽《灵兰秘典》八十六部，皆归我有，可控天下医道矣！

看到这里，宋浩眉头皱了一下，抬头望了一眼洛飞莺，洛飞莺坐在那里低头不语。

宋浩接着看那日记：

数日后，其母旧疾愈，新病起。我便与石廷川摊牌，欲索《灵兰秘典》,尔后可为其母施解针术。石廷川怒斥我为小人,后竟怒极反笑曰:见你医术高明,以为是那有缘人,本欲将经书尽数赠送与你,以报为母疗疾之恩,也令远古医书为世所用,谁知你竟是医中恶者。我虽偶得此经书,读解不透其中玄奥医理,从中习得一术,可制人服。日前见你眼中有异,恐有诈,便暗施你身,今令其作,一时辰之内可令你暴毙野外,做野狼食。古人云:害人之心不可有,防人之心不可无,此至理也!

我闻之,心中悔惧,随感骨肉剧痛,万蚁噬心,知已被其施术所禁。闻边疆之地,素有蛊术制人,或其果从《灵兰秘典》中习得古之禁术也未可知。忙伏地乞和,愿为其母解去反针。石廷川许之。

其母愈,石廷川令我发毒誓,不可将《灵兰秘典》泄于人知,免再为其招祸,且终生不入云南,方为我解禁。

石廷川有禁术在身,不可相犯,《灵兰秘典》已不可再图,此念遂止。后不敢再入云南半步。此生一大悔事也!

阅完洛北明的这篇日记,宋浩连连击案,大呼"可惜"。

"家父生前足迹遍布天下,唯不敢入云南半步,原来是这个原因。"洛飞莺也自摇头叹息道。

"莺莺,谢谢你有勇气让我看到洛先生的这篇日记,此事非常重要,若果有《灵兰秘典》八十六部古医书,将是中医史上的一个重大发现,甚至于会令中医产生翻天覆地的变化。这不仅仅是对天医堂,对天下医道的中兴,也是非常重要的。"宋浩激动地说道。

"你可是要去寻找这套《灵兰秘典》吗?"洛飞莺问道。

"不错。"宋浩点头,"虽然目前还不能肯定此事的真实性,但是我们应该一试。此事能让我们知道,就应该是上天赋予我们的一项使命。"

宋浩随后唤来了唐雨,让她看了洛北明的那篇日记。唐雨阅罢大惊,也自不敢相信日记所载的真实性。

"我们应该走一趟云南了,这次我们三人一同去吧。《灵兰秘典》八十六部应该还在石廷川的手中,否则流传出一部出来,早应引起医学界的轰动了。此为天意,是上天赋予我们这个时代的一座医学宝藏!"宋浩兴奋地说。

唐雨高兴地说："此行当是比寻找那部《奇方验抄》的意义还要重大！我们这次直接乘飞机到昆明吧，昆明有天医堂设在那里的办事处，让他们协助我们一起寻找。回头我给昆明办事处的赵主任打个电话，让他为我们准备好一切事宜。我们先将手上的工作处理一下，三天后出发。"

"对了！"宋浩猛然想起，"那个手中握有华佗麻沸散的任志千不是多年前从青海搬到云南去了吗，若有可能，此行顺便也找找他吧。"

唐雨笑道："你还惦记着此事，看来不得到麻沸散的配方，你是不会罢休的。"

"但有一丝的可能，我们都要努力地去做，这是我们医者的责任，也是天医堂的责任。"

"宋浩，云南之行还是由你和唐雨姐姐去吧，我现在负责天医堂美容部的工作，这方面刚刚启动，我离不开的。"洛飞莺说道。

"也好。"宋浩应道，"云南之行若是成功，找到那《灵兰秘典》八十六部古医书，你当是首功，中医史上会留有你的名字的。"

"唉！"洛飞莺轻轻叹息了一声，"若能找到《灵兰秘典》，并且如你所说的那般重要，也算是为家父赎回一点点以前犯下的罪过了。"

第二天，宋浩正在办公室里处理文件，为云南之行做好准备。突然有人敲门，随后孔飞和付中奇二人笑呵呵地推门进了来。

"宋总，你看谁来了！"孔飞笑道，让进一个中年女人。

"窦阿姨！"宋浩惊喜，忙起身迎上前来。来者正是窦海芹。

"宋浩！"窦海芹笑着张开了双臂。

宋浩见之一笑，上前与窦海芹拥抱了一下。

孔飞与付中奇相视一笑，转身退去了。

"窦阿姨，您能来天医堂太令人高兴了！"宋浩让请了窦海芹坐下，兴奋地说道。

"你的天医堂竟有如此规模，简直不敢令人相信！"

"能得到窦阿姨的称赞，说明我的工作还算可以。"宋浩笑道。

"天医堂对中医发展的功绩是无法估量的，这也是很多医道中人曾经有过的梦想，没有想到竟被你一个年轻人实现了。当年初见你时，便觉得你有一种不同于常人的气质，不仅令人有信任感，而且感觉你是个能做大事的人，故临危之际将天圣针灸铜人相托。"窦海芹认真地说道。

"在此我也谢谢窦阿姨！一尊针灸铜人打开了我人生的道路，也引出了我的事业。"宋浩感激地说道。

"一切的成功在人不在物，也是你有此志向，方能成就今天的事业。"窦海芹随后叹息了一声道："洛北明的事我已经知道了，也应该是他多行不义的报应。"

"窦阿姨，洛家遭此大变，希望你们之间的恩怨也就此解除吧。还有李贺……"

"李贺的事我已经知道了。"窦海芹说道，"孔飞和我说过李贺在天医堂的事了，虽然你不想令他们知道。"

宋浩说道："李贺当年实是无心之过，也希望窦阿姨能原谅他。"

"世事无常！"窦海芹叹息了一声道："洛家经此惨变，比我窦家当年更为严重，已是令人明白，再去计较什么恩怨已经没有意义了。对于李贺，我没有什么原谅不原谅的，只要他好自为之就是了。"

"谢谢窦阿姨！"宋浩感激道。

"医门唐家和魔针门洛家都已经加入你的天医堂了，我向你表示祝贺！另外也有一事和你相商。"窦海芹说道。

"谢谢窦阿姨，有事请讲。"宋浩应道。

"金针门以前独尊针法，已是不适应现今发展的趋势了，所以我想率金针门加入你的天医堂，如何？"

"太好了！天医堂正在急需用人之际，欢迎金针门的加入！"宋浩惊喜道。

"你有我曾经送你的那根金龙针，早可领导金针门的弟子了。我们也想效仿唐家，以窦家的医疗基础和产业为你另建天医堂分部。大树底下好乘凉啊！"窦海芹笑道。

"没问题！"宋浩笑道，"有金针门的加入，天医堂的针灸之道会更上一层楼。天医堂本来要成立一个针灸研究部门，专门研究各式针法针术和经络之谜，日后就由金针门负责吧，天医堂总部提供一切技术和财力支持。"

"想不到还未正式加入呢，你就交给了金针门一个重要的任务。好吧，我们的工作会令你满意的，其实相关的研究工作我们早就在进行了，现在如鱼得水，当会早日拿出成果来的。"窦海芹笑道。

"对了窦阿姨，李贺那边还有一个心结未解，希望……"

"这件事情我来解决吧，说起来也是一件家事，怎敢再劳你费心？"窦海芹苦笑了一下，说道。

宋浩随后引窦海芹进入密室，见到了那尊医中至宝宋天圣针灸铜人。

望着那尊针灸铜人，窦海芹不禁一阵激动。"宋浩，谢谢你将这尊铜人保护得这般完好！此铜人的真正作用是用于针灸教学。希望你日后加以善用，不枉我们全力将它保全了下来。此铜人传世近千年，到了你这里，当是天医堂的镇堂之宝了！"窦海芹感慨道。

"放心吧窦阿姨，待到合适的时机，我会令此铜人发挥出它真正的作用的。"宋浩说道。

"这点我相信，因为你有这个能力。"窦海芹点头道。

二人随后出了密室。宋浩唤来唐雨，引见了窦海芹。听说金针门也要加入天医堂，唐雨欣喜不已。

窦海芹在天医堂住了两日，参观了天医堂制药厂和万松岭百草园，叹服之余，兴奋而去，回金针门组建天医堂分部去了。

后来宋浩在一次去天医堂洛氏分部的视察中，见到了李贺身边站着一名年轻的冷艳女子，名字叫窦微。

过了两日，宋浩和唐雨离开了天医堂，由伍长开车送到了省城，然后乘上了去云南昆明的飞机。

# 第十二章　三月街天麻采购战（一）

宋浩、唐雨二人刚走出机场，就看到天医堂驻昆明办事处的赵里达主任和一名年轻人高兴地迎了上来。设在云南昆明的这个办事处主要是为天医堂制药厂设立的，负责为药厂采购三七等道地药材还有产品的销售工作。这个赵里达主任，宋浩倒是在白河镇天医堂总部见到过两次。在工作关系上，赵里达属于唐雨的下属。天医堂驻各省市的办事处都是由唐雨负责的，她现在的身份是天医堂执行副总裁。

"宋总、唐总，欢迎来昆明！"赵里达亲热地上前与宋浩、唐雨握了手。他身后那名西装革履的年轻人打量着宋浩——这是他头一次见到天医堂的老总。

"这位小伙子叫阿龙，是我们办事处的工作人员。"赵主任随后介绍道。

"宋总好！唐总好！"阿龙站在那里显得有些腼腆。

"唐总说要和宋总到大理点苍山办事，正好，阿龙就是大理白族自治州的，是当地人，日后就由他做你们的司机兼向导吧。小伙子很能干的，到办事处工作还不到一年，成绩就很突出了。"赵主任笑道。

"是吗？那真是太好了！"宋浩高兴地说。

赵主任随后请宋浩、唐雨上了一辆越野车，由阿龙驾驶，驰向了市里。

"阿龙是白族人啊？"坐在后面的唐雨问道。

"是的，唐总。"阿龙点头应道。

"阿龙可不简单啊！"赵主任介绍道，"云南省可是个天然的中草药宝库，阿龙几乎能辨识所有云南出产的药材，是我们办事处的一个宝贝人才。"

"哦？是吗？真是不简单呢！"宋浩惊讶道。

"我从小就跟随阿爹上山采药，能多识得一些罢了。赵主任在夸奖我呢！"阿龙笑道。

"你们家就住在大理州，以前可是经常去点苍山采药？对那里应该很熟悉吧？"唐雨接着问道。

"是的，我家就住在苍山里的一个寨子里，我就是在山里长大的。"阿龙应道。

"你听说过一个叫石廷川的人吗？此人几十年前就在苍山采药，我们此行就是去找这个人的。"唐雨说道。

"石廷川？"阿龙摇摇头道："没听说过有这个人，是哪个寨子里的？"

"这个我们还不知道，只知道几十年前此人在苍山采过药。"唐雨说道。

"等到我家里问一下我阿爹吧，凡是点苍山里的采药人，他基本上都熟悉。"阿龙说道。

"也好，这样找起来我们也会省事多了。赵主任，能找到阿龙给我们做向导，真是谢谢你了！"

"唐总过奖了！"赵主任笑道："一听说唐总和宋总要去点苍山，我第一个就想到了阿龙。听着阿龙，你这些天的任务就是陪同宋总和唐总找人，以及做好各方面的招待工作。"

"很高兴为宋总和唐总效劳！"阿龙高兴地应道。

"阿龙，你要是能帮助我们找到那个人，可是为天医堂立了一大功。"宋浩笑道。

"放心吧宋总、唐总，只要那个人现在还住在大理，我就能找到他。"阿龙自信地说道。

"对了赵主任，我们此番来云南，除了要找这个叫石廷川的人，还要找另外一个人，他叫任志千，应该是十五六年前从青海搬到云南来的。此人善施麻药，你可利用办事处的关系多方打听打听，看看有没有这方面的线索。"宋浩说道。

"没问题！"赵主任忙掏出纸笔记了下来，然后问道："宋总，有没有这个人更多的资料？"

"我们目前知道的也就这些。"宋浩无奈地说道。

"如果此人施麻药为人治过病，就应该能留下线索，我回去就吩咐人去调查。由于工作上的关系，我们和各级卫生部门都熟悉，先咨询一下他们，看看各地是否有过这么一个人。"赵主任说道。

唐雨看赵里达很是精明能干，点头道："是个好办法。找这两个人的事就当是天医堂总部下达给你们云南办事处的两项重要工作吧。我和宋总一起和你们进行这两项工作，能找到一个人，你们都是为天医堂立了大功的。"

赵主任听了，心中暗道："为了找这两个人，宋总和唐总竟然亲自来了云南，可见这两个人十分的重要。"

"目前最重要的是要找到那个叫石廷川的人。找到此人，有可能引起中医史上的一次革命，或是一次重大的发现。"宋浩说道。

"那个石廷川有这么重要啊？"阿龙惊讶道。

"是的，不过此事过于特殊，待找到此人，我再对你细说。"宋浩说道。

"阿龙，这是天医堂总部交待的工作，又是宋总和唐总亲自来经办的，一定要协助宋总和唐总做好这项工作。若是涉及到保密的事，一定要严守秘密。"赵主任交待道。

"我知道应该怎么做。"阿龙认真地点了点头。

汽车开进了昆明市里，在翠湖公园旁边的一处院子里停了下来。这里坐落着一栋四层的楼房，是天医堂临时租赁的驻昆明办事处。

由于唐雨事前的交待，赵主任没有惊动办事处的任何人，工作人员都在安静地工作。宋浩、唐雨二人甚至都没有赴赵主任为他们订好的接风洗尘酒席，只是在职工食堂简单地对付了一下，就回到为他们准备好的房间休息了。

晚间，唐雨听了赵主任的工作汇报，定好明天一早由阿龙陪同去大理，便回到了宋浩的房间。

"赵主任他们的工作进行得非常不错，只是抱怨产品供不应求，时常断货。我看有必要在云南筹建天医堂制药的分厂了，也能就地利用这里丰富的中草药资源。"唐雨说道。

宋浩点头道："也应该考虑同时成立天医堂云南分部了。我看这次回去后就着手进行吧。"

唐雨道："明天可先和赵主任说明一下，让他进行先期的筹备工作。"

"可以。照天医堂现在的发展势头,在各地一年发展一两处分部是不成问题的。先在国内铺开吧,待时机成熟,再将天医堂分部发展到海外去。"

第二天清晨,在赵里达和阿龙陪着宋浩、唐雨二人用早餐的时候,唐雨说道:"赵主任,云南的环境不错,根据目前的情况,我和宋总商量了一下,准备在云南筹建天医堂分部和制药分厂,你们办事处可以先进行筹备和选址工作。这方面的工作在其他地方已经展开了。"

赵里达闻之惊喜道:"真是太好了!我本来也是有这个建议的,未及向上申报呢。"

阿龙也高兴地说:"以我们天医堂的实力和发展速度,应该在云南扩展了。这里得天独厚,天医堂进驻云南,我看用不上几年,规模就能超过总部。"

宋浩笑道:"天医堂分部的规模能超过总部,那是最好的了!资金现在不成问题,关键是人才。为了应付洛家分部,几乎将天医堂的人手调空。好在名医讲习所第二批学员又上来了,可应付日后的云南分部了。"

阿龙道:"宋总,云南是少数民族聚集的大省,有着多种独具特色的少数民族医药,我希望天医堂不仅仅是中医,更能包容进少数民族医药。"

宋浩听了,点头道:"你说的不错,这方面的计划以前我们也曾讨论过,天医堂也准备成立一个少数民族医药研究所,我看这个总部就设在云南吧。天下医道本一家,各尽所长,同治天下之疾。有容乃大是天医堂的发展之道。"

用过早餐,宋浩、唐雨别了赵里达,乘着阿龙驾驶的越野车开始了大理之行。

"宋总、唐总,你们应该是第一次来云南大理吧?"阿龙说道。

"是啊。久闻大理之名,未曾目睹其容,想借这个机会好好地游览一番。"宋浩应道。

"不游云南,是人生一大憾事!找人的事交给我好了,我会请认识的朋友向苍山所有的采药人打听那个石廷川的。宋总和唐总尽情游玩大理就是了。"阿龙笑道。

"谢谢你阿龙!找人是我们此行的主要目的。"唐雨说道。

阿龙道:"是这样的,我们没有那个石廷川的确切地址,只有通过人打听。待有了线索之后，我们再去寻他。在有消息之前，宋总和唐总先在大理住下，四下走走，也不枉来一回。"

宋浩笑道："你是向导，又是主人，我们听你的安排。"

一路经安宁过楚雄至南华，汽车行进了大理州。

大理千年古城，是我国24个历史文化名城之一，也是白族的主要聚居地。苍山西立，洱海东思，景色奇绝，人间胜境。大理著名四景：上关风、下关花、苍山雪、洱海月，组成了"风花雪月"四大奇观。更有苍山一大奇迹——闻名天下的蝴蝶泉。

阿龙先安排宋浩、唐雨二人在一家宾馆住了下来，尔后驱车赶往自己居住的寨子，去向一些老药农和采药人打听石廷川的消息，并约好明天回来陪同二人逛大理、游苍山。

宋浩见天色还早，便和唐雨离了宾馆到街上闲游一番，领略大理风情，至晚方回。

第二天上午九点多钟，阿龙回来了。

"宋总、唐总，我向阿爹和寨子里的一些老采药人打听过了，他们都没有听说过石廷川这个人。不过放心，阿爹他们从今天开始会向其他的寨子打听的，让我等待消息。"

宋浩道："那我们就先等着吧，这也不是着急就能办成的事。好在有你，否则我们真是不知道从何下手呢。"

唐雨笑道："你不是说领我们游大理吗，那就开始吧！"

大理古城与下关合称为大理市，附近文物古迹众多。阿龙驾驶汽车为向导，载了宋浩、唐雨一路观光而来，先是太和城遗址和南诏德化碑，接着是杜文秀墓、感通寺、蛇滑塔等古迹。下午游城西北的崇圣寺，一天下来，宋浩、唐雨二人自是兴尽而返。

第二天，阿龙又引了二人游大理市区，先是来到了三月街。三月街又称"观音街"，源于大理白族于三月期间举行的盛大的节日，后来发展成为了这一地区重要的商业街。

"大理三月街药材市场在云南省很有名的。除了地产品种，还有从全国各地过来的近千种药材，是我们天医堂制药在云南一个重要的药材采购市场。"阿龙介绍道。

第三日，游点苍山。

苍山十九峰南北绵延50公里，纵列成嶂，雄峻挺拔，原始森林密布。一十八条溪涧，清澈凉爽，可数游鱼，瀑布飞流，轰然巨响，别成景致。主峰为马龙峰，高插云霄，极顶冷寒，终年积雪不化，银光耀目。又有玉局峰，浮云缠绕，云端远伸，似飘若游，尤动又止，人称"望夫云"，传为阿凤公主望夫所化。云、雪、峰、溪被称为"苍山四大奇观"，其中"苍山雪"与"洱海月"共组"银苍玉洱"绝世佳景。

一路走来，在听了阿龙的一番介绍后，目睹耳濡，尤是令宋浩、唐雨二人叹为观止。

休息的时候，阿龙又说道："苍山最高海拔4122米，一山分四季，野生药用植物呈明显的垂直分布，是一个天然的药材宝库，由我们当地有关部门编写的《大理苍山药物志》收载了苍山地产药材1286种。由于这种特殊的地理环境，将其药用植物资源的垂直分布划分为河谷区、低山区、中山区、高山区四类。

"河谷区在海拔1500米以下，适宜热带、亚热带药材生长，主要品种有：紫珠、余甘子、木蝴蝶、吴茱萸、钩藤、补骨脂、红花、香附、香橼、佛手等。

"低山区在海拔1500～2300米之间，野生药材资源较多，主要分布的品种有：车前草、马鞭草、荆芥、牛蒡、虎掌草、马齿苋、虎杖、黄芩、灯盏细辛、防风、半夏、南星、白花蛇舌草、金银花、白及等。

"中山区在海拔2300～2800米之间，这一区的药材资源丰富，是大理州的主要药材产区。主要分布的品种有：茯苓、紫草、龙胆、续断、三棵针、前胡、苦参、重楼、天麻、沙参、百合、玉竹、升麻、功劳、白云花根等。

"高山区在海拔2800米以上，为高山和亚高山地带，主要分布的品种有：草乌、青木香、高河菜、贝母、秦艽、岩白菜、雪上一枝蒿、金不换、雪莲花、雪茶等。"

听了阿龙的一番介绍，宋浩惊讶道："阿龙，了不起啊！苍山上的一草一木都在你心中了！赵主任夸奖你果然不虚！"

阿龙自豪地笑道："我是在苍山里长大的，走遍了苍山每一处角落，所以熟悉这山里的一切。"

宋浩感慨之余，说道："日后有机会，天医堂百草园也要在这点苍山上另建分部才是。"

唐雨笑道："天下的好地方你都想要囊括于天医堂之内，可不是一件容易的事。"

阿龙的电话这时响了起来。阿龙接听后，摇了摇头，说道："阿爹说他倒是打听到了石廷川这个人，是住在山北寨子里的。不过已经去世五六年了，他的妻子和一个儿子、一个女儿后来搬到了大理市，但是具体的地址不清楚，多与他们熟悉的人断了来往。"

宋浩道："果然是有石廷川这个人了，这就是个好消息。我们一定要找到他的家人，才能找到那批珍贵的经书。"

阿龙道："我会请我的朋友们从各方面进行查找的，警察局我也有认识的朋友，再让他们从户口上查一下石姓的人家。如果石廷川的妻子儿女还住在大理市，就应该能找到他们。"

"好主意！"唐雨赞同道，"这样看来，我们寻找的范围就锁定在大理市区了。阿龙，就用你的关系全面地寻找吧。这户石姓人家藏有一批重要的医学典籍，不仅是对我们天医堂，对整个中医学界都至关重要。"

阿龙道："我会尽力的。"

从苍山回到了大理市的宾馆中，宋浩、唐雨多了一丝兴奋：确认了石廷川这个人曾经存在，就说明洛北明的日记所载不虚，《灵兰秘典》八十六部古医书还有存世的可能。

这天早上，阿龙陪宋浩、唐雨来到了三月街，唐雨准备购买些饰物，回去后送给洛飞莺和秋茹。正走着，忽听得有人唤道："阿龙！阿龙！"阿龙回头看时，见是办事处的两名同事——采购部的李新和王洪力。

"行啊！阿龙，听赵主任说给你放假了，回家办事啊。我们现在可有的忙了。"李新说着，凑在阿龙耳侧，神秘地说道："总部来令，采购一大批天麻。不过现在行情看涨，市场上存货量又不多，这次采购任务很艰难。现在市场上还不知道天医堂制药大量收购天麻的事，否则立马能将价格翻上一倍去。赵主任让我们先摸摸市场上的存货量，然后根据行情再议。"

宋浩、唐雨二人一旁听得真切，不由增添了些忧虑。以天麻为主药的"正心活脑丹"是天医堂经过近一年的临床验证后，准备正式投入大规模生产的治疗心脑疾病的新药。首批天麻原料的投入至少要30吨，并且还要保证一年以内的生产用量，没有100吨的存货量是不能保证先期的稳定生产和销售的。此时天医堂如果公开采购，势必造成天麻价格上涨，成本也就加大了。

那李新和王洪力又和阿龙简单地聊了几句，便匆匆离去了。他们不认识宋浩、唐雨二人，以为是阿龙的朋友。

"阿龙，天麻现在的市场行情是多少？"唐雨问道。

"市场上天麻分为一等、二等和混等，我们天医堂要采购的是一等品，零售价每公斤160左右，大宗拿货140左右。如果我们在全国几大药材市场上公开采购，势必引起价格上扬，用不上两天，便会突破200。因为这两年天麻的上市量不是很大，所以造成了价格上涨。更为主要的是，有几名大药商在去年几乎是不约而同地集体进购，囤货居奇，待价而沽，造成了市场上的货源紧缺，行情也自然上涨。要在去年，价格会限在100元左右的。我们天医堂制药至少要购入几十吨的吧，最后能限于200元以内完成采购任务也就不错了。"阿龙也表达了他的忧虑。

每公斤百元左右的收购价，是比较理想的天麻采购价位。"宋浩，看来这次天医堂制药采购天麻的任务比较严峻，有可能会将成本翻倍，这是我们事先未能预料到的。事有缓急，此事我们必须介入了，否则损失会很大的。"唐雨认真地说道。

"好吧，我们回宾馆再议。"宋浩点头应道。

回到宾馆后，唐雨先给赵里达打了个电话，询问了目前所面临的具体状况，然后又联系了天医堂制药采购总部，了解了一些相应的市场资料。

天医堂制药采购部下设市场调查科，在采购每一批药材之前，对目标品种的市场进行深入地摸底调查，力争以最低的价位收购最好的药材。

此番对天麻的收购，前景着实令人担忧。根据采购部市场调查科反馈过来的资料，天医堂赶上了一个特殊时期——去年全国的天麻产量为历年来最低点，且有十数家需要天麻的大药厂和机构在去年年底之前将几大药材市场上天麻陈货收购去了近七成；与此同时，有几名实力雄厚的大药商看准了时机，也同时收购囤积，导致了今年天麻的价格大幅度上涨。著名的河北安国药材市场上，有一名叫李全的大药材商，囤积了50吨的一等品天麻；安徽亳州的药材市场上一个叫刘顺的，囤积了30吨；成都荷花池药材市场上一个叫张之发的，手中的囤货量也在30～40吨之间。这是三名有着大宗货的药商，其他手中囤积数吨的仅有五六人而已，市场散货的数量估计也就在50～60吨左右。所以以合理的价格在短时间内从李全、刘顺、张之发三人手中收购下这一百多吨的天麻，才是天医堂采购部门目前要运作的事情。要收购只能从这三人手中集中收购，一是他们的囤货数量大，能满足天医堂生产上的需求，二是不用费力从各大药材市场上收购散货，并且也不能收购那些散货，那样只能自行抬高价格。更为重要的是，天医堂已制定好了"正心活脑丹"的生产和销售计划，期限不能更改，也就是说，不能等到今年的新货上市了。

了解了这些情况后，宋浩沉思了片刻，然后对唐雨道："告诉采购部门，我们两人现在正式介入这次的天麻采购行动。有几点要采购部门的人注意：一、天医堂这次大批量地收购天麻，一定要做到保密，尽量不让市场知道我们有大量收购天麻的意图；二、最好几个药材市场的采购人员对调，尽可能地不要让人认出他们来，实在不行，这次收购行动全部换上新人；三、这次采购由我们两人统一指挥，统一行动，指挥部就设在这里。我要令天医堂这次收购天麻的行动从大理三月街开始。"

"从三月街开始？"唐雨讶道："三月街药材市场上没有我们需要的天麻数量，怎么从这里进行运作？"

"我要从三月街这里打响全国药材市场上的天麻价格战。三月街药材市场的规模没有那几个药材市场大，便于单一品种的操作。现在是信息社会，只要我们在这里运用得当，就能将这里的天麻价格变化辐射到全国的药材市场上去。以点带面，突破三月街这一关键点，就能扭转我们所面临的不利局面。李全等人囤货居奇，在于谋利，这么多的天麻压在手中半年多了，对他们来说也是压力。按市场规律来看，这么长的时间，也应该到了他们脱手的时候了，而接手的下家就是我们天医堂。但是价格上不能被他们牵着鼻子走，而是由我们决定。我要以每公斤百元以内的价格从他们手中收购下这一百多吨的天麻。"

"宋总，这怎么可能啊？"阿龙惊讶道，"那些投机的商人们囤货居奇就是待价而沽，哪里会听我们的？"

宋浩笑道："不会投机的就不叫商人了，他们是不能听我们的，但是他们要听市场的。我们要做的，就是要操纵好三月街药材市场上天麻的价格，进而影响到全国各大药材市场上去，最终迫使他们以我们定的价格卖给天医堂。具体如何操作，日后你会明白的，只是一定要按我吩咐的去做。"

"有把握吗？"唐雨问道。

宋浩笑道："这就和治病一样，什么时候用缓药，什么时间用猛药，只要掌握好火候就可以了。我是医者，病当为我所控。"

宋浩先是让阿龙将李新和王洪力找了来，又让赵里达从昆明办事处派来了五个人，随后从天医堂总部调来一千万资金，同时命采购部所有人员在各大药材市场暂时停止天麻的采购行动，密切注意天麻的市场动向和李全、刘顺、张之发三人的行动。

宋浩给阿龙、李新等人开了个会。对于宋浩、唐雨二人亲临大理，主持天麻的收购工作，李新等人意外之余，犹自敬畏。

宋浩说道："从明天开始，你们以外地药商的名义收购三月街药材市场上的天麻散货，有多少收多少。"

李新惊讶道："宋总，三月街内的天麻存货应该不是很多，我们一天就能收购光，可是这样一来，势必引起价格的上涨，对我们日后大批量收购是非常不利的。"

宋浩笑道："这只是一味药引子。我们做的是要引起天麻在三月街价格的浮动，进而先影响成都荷花池的天麻价位。一切的意外都先不要管，我们一步步地来。"

李新和阿龙等人只好点头应了，各自散去，分头准备去了。宋浩随后对唐雨大致说了一下自己这个大胆的计划。

"宋浩，你的这个计划虽然有可行性，但同时也冒了极大的风险。"唐雨提醒道。

"这一点我知道。"宋浩说道，"并且还必须在半个月内见到效果，否则我们仍旧会以两倍的成本价去收购的。不妨和这几个大药商玩一个游戏，他们以为大量囤积某一个品种，就能左右这个品种的市场价格，达到一定程度上的垄断。从理论上说，是有这种可能的，但不是绝对的。成本高了，我们销售药品的价格就会上浮，吃亏的是病人，获利的是商人。天医堂服务的是病人，我们从各个环节都要把好关，为他们负责。就算这次的收购计划失败了，我们也要按原来定的价格销售，顶多这块利润我们不要了，因为我们做的是以医药济世的事业！"

"宋浩!"唐雨听了,竟有些感动。

"放心吧,"宋浩安慰道,"我有八成的把握。采购部市场调查科提供的资料很及时也很全面,李全、刘顺、张之发这三个大药商也已经到了要将手中囤积的天麻脱手的时候了,我们要在他们抛向市场之前将价格整体拉下来。资料上说,他们收购的价格在每公斤60~70元之间,目前的状况我们是没有能力做到让他们赔钱脱手的,但是也要让他们赚不到太多的钱。就算是让他们为天医堂存了一次货,转交给我们罢了,付利息而已。对于一个真正的商人来说,商品在于流通,价值几百万甚至于上千万的货物压在仓库里,有机会就投机一下,赚个暴利,没有投机的机会,到了一定的阶段也会脱手,获取资金另囤它物。况且这次是我们要逼着他们被动脱手,只要在三月街运作好了,应该会按着我们设定的方向发展。"

"天机在于不测!这个计划的相关细节暂时就我们两个人知道吧,让他们在茫然的状态下实施,更能达到以假乱真的效果。我相信,就是神仙也会陷入到这个局中的。"宋浩随又自信地说道。

这天晚上,宋浩接到了伍长的电话。

"宋总,你让我找的那家曾经生产'天麻口服液'的药厂已经找到了,现在虽然已经转产了,但是效益也不太好,濒临破产。我问过了,对方倒是有整体转让和对外承包的意愿,价钱也不贵,一年也就十万的承包费用。"

"很好!"宋浩说道,"那就承包下一年。不过告诉对方,我们并不接手进行生产,他们应该怎么进行还是怎么进行,只是在人员方面一定要配合我们的工作,尤其是以前的那些药厂的采购员,尽可能地都找到,然后让他们按我们吩咐的去做。"

"明白。"伍长说道。

第二天中午,阿龙和李新过了来。

"宋总,三月街的天麻全部被我们收购一空,每公斤155元收的,有3吨多的数量。我们下一步怎么做?"李新说道。

"做得很好!"宋浩笑道,"连夜运出大理,然后改换包装,听候命令,时机一到,另行派人再运回三月街,全部低于市场价抛售。"

"宋总……"李新犹豫了一下,说道:"这个方法以前也有人用过,我们也这样做行吗?"

宋浩笑道："同样的方法，也会有不同的效果，这就要看谁能做到更高的境界了。别人做的是一时一地而已，我们要做的是影响全国药材市场的天麻价格。"

就在这天晚上，阿龙回来报告说："宋总，三月街药材市场上的天麻被我们收购一空后，现在已经开始有少量的货物从外地运进大理了，估计明天会更多。并且价格已经涨到了每公斤180元了。"

"意料之中。"宋浩说道："明天接着收，有多少收多少。这两天的价格应该会突破200元的。"

第二天上午十点钟，李新焦急地打过电话来："宋总，一上午还未到，三月街就有药商们从外地连夜运进来了5吨多的天麻，每公斤涨到193了，我们还继续收购下去吗？"

"继续收购，将今天运到三月街市场上的天麻全部吃进。"宋浩淡淡地说道。

当天傍晚，李新等人又将药商们紧急从各地运过来的近10吨的天麻收购一空。

"宋总，成都荷花池药材市场上的天麻已经有了上涨的迹象了。"王洪力报告说。

宋浩说道："很好，连锁反应启动了。叫人密切注意各大药材市场上天麻的价格动向，每天上下午各汇报一次。"

阿龙忧虑道："照这态势，明天三月街到货的天麻散货应该能达到15吨，后天至少也要超过20吨的。"

宋浩道："来得越多越好，明后天应该能达到价格上的一个高峰。不过到了一定的数量，价格就会开始回落，大戏也就开始了。"

第三天，三月街药材市场到货天麻14吨，被李新等人收购一空，每公斤价格飚升到了220元。

# 第十三章　三月街天麻采购战（二）

三月街药材市场上天麻价格的异常变化，自是引起了河北安国的大药商李全的注意。他给荷花池药材市场上那个叫张之发的同伴打了个电话。

"老张，大理三月街药市上的风向有些不对啊！需要大宗货的买家怎么会去那里呢？"

"谁他妈的知道怎么一回事！不过天麻的行情看涨，是对我们有利的，越高越好，我这边已经突破200了。你我去年囤积的那一批，应该快到出手的时候了。闭着眼睛也能挣它两倍，还是你老兄有远见啊！"张之发兴奋地应道。

"老张，你离大理比较近，应该派人去看一下，是哪个药厂在收购天麻。我感到奇怪的是，他们为什么选在了三月街。市场瞬息万变，还不到你我得意的时候。"李全谨慎地提醒道。

张之发道："我今天已经派人过去了，放心吧，没事。我估计是哪个小药厂在收购天麻。这样更好，市场上又减少了部分存货，价格也涨上去了。现在这个季节新货还没有下来，旧货又断了档，等到那几家需要大宗货的药厂的采购员亲自找上门的时候，什么价格还不是我们说了算？亳州的老刘昨晚也给我打电话了，问我什么时候将囤积的天麻出手。我说不用急，现在是我们三个人基本上控制住了天麻的市场，这可是千载难逢的机会，不狠狠地捞上一大笔不合算。那个在三月街收购天麻的小药厂算是给我们推波助澜了，哈哈，真是天助我们啊！"

"刘顺这个人很滑头，他会抢在我们出货之前脱手的，并且极有可能会在市场上进行抛售，那样的话多少会影响到我们的战略目的。所以，三月街那边有什么特殊的信息，暂不要告诉他。"李全说道。

张之发笑道："不用管他，我们的目标是大药厂，四五十吨以上的用量，他们没那个时间和闲心去市场上收购散货的，只能找我们。"

"老张,你听好了,天麻头两年因主要产区的自然灾害导致全面欠收,所以我们才在去年不惜血本押了一把。但是今年风调雨顺,一定会大丰收,在新货上市之前的这两个月,我们囤积的陈货必须出手。三月街的这种异常波动非常重要,可以最大限度地成全我们,也可能会毁了我们,所以你必须密切注意那边的一切动向。若有个风吹草动,一定要及时地告诉我。"李全又叮嘱道。

"行,我听你的。我会在两天之内将三月街的变化搞清楚。"

第四天,三月街的药材市场异常热闹,一味天麻给三月街药市带来了空前的繁荣。云南附近几个省市的天麻散货几乎都被抢运送了这里,达到了20多吨,高峰时每公斤价格涨到了242元,但是大批量的货物到达之后,价格开始了缓慢回落。在李新等人又收购了10吨之后,宋浩命他们及时停止了收购,静待其变。天医堂在这三天耗资近六百万收购了近25吨天麻。

宋浩望了众人一眼,微微一笑,问道:"天医堂从各地抽调的人手都到了吗?"

阿龙说道:"人和车辆配备齐全,已在大理州外候命。"

"好!"宋浩点头道,"从明天开始,已经运出大理州的那25吨天麻在更换包装后分批进入三月街,以低于市场价缓慢抛售。"

"宋总,"李新说道,"现在三月街市场还有10吨的数量,已远远超出饱和量了。我们即使低价抛售,也只能售出少量,这个时候,观望者居多,没有多少人会入市购买的。"

"这个不重要。"宋浩神秘地笑道,"还会有几十吨的天麻源源不断地运送到这里。"

"宋总是说,我们天医堂也有几十吨的天麻储备,也要运来三月街抛售?"

宋浩没有直接回答李新的疑问,而是自信地笑道:"三月街已经成为了全国天麻价格战的中心战场,从明天开始,全国各大药材市场的天麻价格会随着三月街上的变化而变化的。这就是信息社会的好处。"

第五天，天医堂的人运来了 5 吨天麻到了三月街进行抛售。这天虽然从各地运来的天麻数量明显减少，但市场总量还是达到了 20 吨左右，价格也开始了骤然回落，由早上开市时的每公斤 185 元，降到了闭市时的 162 元，基本上回落到了五天前的状态。

第六天，三月街药材市场上的天麻价格由每公斤 162 元滑到了 140 元，虽是如此，依然没有大宗交易量，只有几吨易手，但是全国各大药市的天麻价格开始趋近于三月街了。

第七天，三月街药材市场上的天麻价格由前一天的每公斤 140 元急降到 118 元。此时一个令人意想不到事情发生了——一名来自云南本省的药厂采购员竟然一下子收购去了 12 吨。天麻的价格又出现波动，上升到了 125 元。

"宋浩，"唐雨急切地来到了宋浩的房间，焦急道，"有一家药厂的采购员一下子收购去了 12 吨天麻，我们忙碌了这么多天，竟被别人坐收渔人之利了。"

宋浩听了，颇感意外，忙说道："没关系，明天下猛药救市。看来事情比我们预料到的要复杂得多，一切皆有可能发生。他三人手中的那一百多吨的天麻才是我们的主要目标，三月街这里的得失并不重要。"

此时，李全正在和张之发通着电话。

"老李啊！事情查出点眉目来了，这一个星期以来大理三月街上令天麻价格上下震荡是有人故意为之的，想将水搅浑，从中得利，暂时还不能确定是哪个药厂所为。今天倒是交易了一大宗，有 12 吨，是一家云南省的药厂趁着低价位收购去的。据我了解，这家药厂的规模不算大，三月街上的事应该不是他们的手笔，而是另有其人。"张之发说道。

"我得到了消息，天医堂制药的人屡屡在三月街上出现过，包括了不同地区的采购人员，我怀疑这次事件是天医堂所为。"李全说道，"极有可能天医堂要推出一种以天麻为主方的新药了，以天医堂以往对某一品种的采购规模来看，至少都在三五十吨以上的，但是现在各药市上天麻奇缺，他们一次性地收购不到大宗货，所以搞起了这套把戏，意在我们手中的存货。我这边调查过了，以往需求大批量天麻的药厂都已在去年有了一定的储备，所以不可能现在搞出这么大的动作。"

"天医堂！"张之发闻之惊喜道："好啊！这可是我们的大财神！不过我觉得天医堂制药厂采购部门的人现在全体患脑残，自买自卖这种小把戏早就有药厂玩过了的，小规模的玩上一次还算有效，他们这次反炒作则是选择了错误的时间和错误的品种。现在是什么时期啊，就算是将全国的天麻散货都收购过去，加起来也不过是几十吨罢了。况且敞开了收购，几十斤几百斤的散收，他们耗不起那个时间，并且更会刺激价格上涨。所以啊，他们的目标应该是我们手中的那一百多吨的大宗存货。"

"你说的不错。"李全说道，"但是他们的招数在三月街已经起作用了，天麻价格激高复降，这样下去对我们是不利的。当然了，天医堂也可能是财大气粗，用这种方法将全国的散货都吸引到三月街，然后不计成本地统一吃下，为他们的新药提前生产上市赢得时间，这是一种可能；另一种可能，就是想利用这种方法将天麻的价格在三月街上拉到最低，然后快速吃进，将我们晾在一边；还有一种可能，就是吸引各地的散货齐集三月街，造成价格暂时下降，而后迫使我们出手，真正的目的还是在我们手中的那一百多吨存货。所以，我们目前的对应之策是以静待变。你通知亳州的刘顺，天医堂最终的目的是要通吃我们，我们不管三月街药市上天麻价格如何变化，哪怕降到了每公斤几十元，也不要去理会它，天医堂的人迟早会主动找上门来的。只要天医堂意在我们的百余吨大宗存货，我们就握有主动权。"

"还有，老张，"李全又说道，"我们也要考虑多种可能。天医堂可能不计成本地在三月街吸引收购他们急需的天麻，但是也就能收三四十吨，应该还会有几十吨的不足，那么一定会找我们。我们要统一定价，这个时候不要让他们有机可乘，我们要共同守住这条防线，不管最后是谁卖给了天医堂那几十吨，都要卖出个天价来，用那几十吨抵上百余吨的价位，剩下的是额外多得，达到了我们的目标，就是扔掉了也值，货卖急家嘛。然后用那笔钱按我们原有存货的比例分配。这还不是最理想的结果，天医堂在三月街搞出这么大的动作来，就是盯上我们了，施欲擒故纵之计而已。最理想的结果是天医堂通吃，一百多吨卖他个两千多万！"

"这要连翻多少个跟头啊！"张之发笑道，"放心，刘顺的工作我来做，三人同心，能赚万金！"

第八天一大早，宋浩就对李新、阿龙等人说道："今天开始，我们要下猛药了。分成十几路人马，一部分人将三月街药市上的天麻以市价全部分批收购进来，另一部人马再运进一定的吨数来，每公斤100元抛出。尽量让三月街上的药商接手，我们回头再以高价收回来，加快买卖频率，在人家的地盘上运作此事，也要让人家赚点。说白了，就是高买低卖，赔本连吃喝都赚不到，硬逼着价格下降。"

第九天，三月街药材市场上一等品天麻的价格终于降到了每公斤103元，全国各大药材市场上的价格也随之大幅度下跌，晚上收市时止在了每公斤110元左右。

"宋总，"李新哭丧着脸道，"我们今天一天明收暗卖，高来低走，将整个三月街药市搞得炸了锅一般，仅仅这一天，我们就损失了70多万元，要不是到最后，我实在看不下去了，命我们的人自己买了自己一部分，损失会更大。这样下去什么时候是个头啊？"

宋浩笑道："没关系，我们损失得越多，事情就越逼真，也就离我们的成功越近了。这种状况还要再维持几天，胜败也就在此一举了。"

第十天，宋浩命人将收购来的天麻以每公斤90元的超低价格抛出，当晚收市时，市价终于跌破了百元大关，全国各大药材市场上也降到了百元左右。当天，天医堂直接损失了近一百万。

"各大药市终于降到百元临界点了！"宋浩兴奋地说，"事情搞得过大了，这个时候也就没有什么秘密可言了，我们在三月街的这番动作，对方也应该猜到是天医堂所为了，也到我们开始出击的时候了。通知我们的采购员，明天正式地去接触李全、刘顺、张之发三个人，告诉我们的人，要策略一些，表示出天医堂有收购他们手中天麻的意思即可，不要呈现出太大的兴趣来。"

"宋总，"阿龙忧虑道，"对方不卖怎么办？我们还要在三月街以每天损失一百多万的代价维持下去吗？现在已经乱了套了！"

宋浩摇头苦笑了一下道："我们现在是上了老虎背，下来不得了，已经没有退路了，只能背水一战。明天的动静要搞得更大些才好，越乱，越能迷惑住对方。现在是几十味药一锅煮了，综合药性也快出来了。"

"老李，他妈的，不对劲啊！我怎么越来越迷糊了！"张之发在电话里对李全说道，"这两天三月街的天麻交易量猛增啊！已降到百元以下了，我这边市场上也快降到百元大关了。不能全是天医堂在自买自卖吧？我的人估算了一下，天医堂若真敢这么整，这些天来他们至少赔进去两百多万了，没有理由这么犯神经啊。我怀疑经天医堂这样一搞，引来了我们不知的大量囤货。三月街现在像开锅了一样，都在买进卖出天麻。"

"坚持住！"李全说道，"我的人刚从天医堂制药回来，花重金买到了一个确切的消息，天医堂果然即将生产一种以天麻为主药的新药，叫'正心活脑丹'，听说是天医堂重中之重的产品，为了保证原材料不断档，顺利地生产销售，他们的计划采购量在100~150吨左右。并且要在近期投入生产，因为已经签下了大量的订单，时间上耽搁不起。也就是说，天医堂这是在背水一战，目标就是我们三人手中的那一百多吨陈货。所以我们万不能自乱了阵脚，天医堂有千条妙计，我们有一定之规。"

"话是这么说，可是现在真的是让人心中没底啊！我担心会有我们还不知道的大宗货进入到三月街，加上被吸引过去的散货量，万一天医堂收购足了一百吨怎么办，我们岂不是被人拌了凉菜？"

"不可能有那种情况发生，个人手中握有大宗存货的只有我们三个人，在去年我们集体并购之前，我是深入调查过的，所以才下了血本收购。三月街现在呈现出的是一种虚像，那是天医堂动用了庞大的资金收购了几十吨的天麻在来回地倒着买卖而已，不可能再有大宗货进入到三月街的。等天医堂的资金在三月街上耗尽，觉得前功尽弃的时候，就会主动来找我们了。我有预感，这两天天医堂的采购员就会上门了。记住，要让亳州的刘顺和我们统一作战，我们才能赚到大钱。你们要是谁在这个时候坚持不住，将手中的货出脱给了天医堂，只能说你们目光短浅。谁要是真这么做了，我也不怕。我仓库里的那五十吨，到时候卖给天医堂一半就能抵得上你们的全部。这次机会千载难逢，不好好地敲天医堂这个大财主一回竹杠，我们就枉做了这么多年的药。"李全说道。

"放心吧老李，我们都会听你的指挥，共同进退的。我们现在的家当还不是当年在你的领导下囤积五味子和人参赚来的？你是我们这个行业中的第一牛人，看东西看得准，分析得透彻，这是我们深信不疑的。"

"好！"李全说道，"只要听我的就能赚大钱。天医堂也是到了骑虎难下的时候了，在三月街上再这样继续赔下去，他们也会挺不住的。命脉掐在我们手里，什么也不要怕。他们应该是玩大发了，收不了场了。"

第十一天一大早，阿龙便过了来，失望地说道："宋总，有那个石廷川家人的消息了。他们在两年前又从大理搬走了，听说是去了昆明，但是没有人知道他们现在的确切地址。"

"哦。"宋浩听了，无奈地说道："现在顾不上这件事了，等这里的事情结束后，我们再回昆明想办法寻找吧。"

"我们今天的工作还继续吗？"阿龙问道。

"继续。"宋浩说道，"今天也应该到了我们下的猛药发力的时候了。我已经命令天医堂的采购员在今天同一时间去和李全、刘顺、张之发三人正式接触，他们的动作还算是缓药，不过能将对方的症状引出来，另一料猛药还在后面呢！还有，让那组'满载而归'的车队大张旗鼓地返回天医堂药厂吧。"

"宋总，你真是将我们都搞糊涂了。"阿龙挠了挠了后脑勺，茫然地说道。

阿龙等人走后，唐雨过了来。

"宋浩，你现在是运筹帷幄，决胜全国啊！"唐雨笑道。

"现在还不能这么说，今天是最关键的一天，胜负在此一举了。说实话，事情的发展变化也出乎我的意料了，最后什么结果，我心中也没底。"宋浩摇了摇头说道。

这一天，三月街的天麻价格降到了每公斤83元，全国各大药材市场上也终于跌破了百元大关，达到了96元。天医堂直接损失了85万，并且又有10吨的天麻被别的药厂趁机购走，天医堂为别人做了嫁衣，并陪送了不菲的嫁妆。

宋浩这一天中午和晚上的饭都没吃，坐在房间里，望着桌子上反馈回来的信息直皱眉头——事情并没有按着他所预料的发生。唐雨坐在一旁也是无语。

"没关系!"宋浩沉默了片刻,说道,"今天应该起的作用已经起了,对方虽然还能沉得住,但是结果应该会在明天显现出来。"

"明天如果对方还不动呢?"

"会有所突破的,因为我们的对手是投机的商人!"

与此同时,张之发在气急败坏地给李全打着电话。

"老刘,事情坏了!果然有不被我们知道的大宗货进入到三月街了。你还记得生产'天麻口服液'的那家药厂吧,他们的产品在市场上销售得并不成功,一年前转产了,但是仓库里却存下了六十吨的天麻,这几天三月街的大宗交易量都是他们的。"张之发沮丧地说道。

"什么!"电话那边的李全大惊,过了好一会儿,他才忐忑地问道:"消息来源可靠吗?"

"差不了,我下面的人这些天一直守在三月街观察动向,认出了那家药厂的一名采购员,一问才知道的。并且他们已经卖给天医堂几十吨了,另一家药厂也收下了十吨。今天天医堂有一个采购天麻的车队离开三月街返回天医堂制药厂了,货车上还打着横幅呢。如此看来,天医堂一开始对付的是我们,但是那家药厂的存货进入三月街之后,他们便转了目标,经过几天的反炒作后,成功地将价格拉了下来。这样下去,那家药厂的存货会全部被天医堂收购去的,加上市场上的散货,应该能满足他们的生产需求了,我们手中的囤货他们一时就用不着了。我说嘛,今天来找我的那几名天医堂的采购员傲慢得很,简单地聊了几句就干脆地走了。我们现在应该怎么办啊?"张之发急切地说道。

"这……"李全犹豫了一下,说道:"天医堂的采购员今天也找我了,应该还是对我们手中的货感兴趣的。你说的也可能是他们故意放出的烟幕弹,哪里会有那么巧,有现成的五六十吨的天麻等着他们收购?不要急,再等等。"

"老李,我和你说,假事现在也变成真事了,再这样下去不脱手,我们会亏本的。"

"再等等!"李全咬了咬牙道,"天医堂现在就是将市场上的天麻收购一空,也还不到百吨,他们还会来找我们的。告诉刘顺,坚持住。我就不信这次杠不过天医堂！"

张之发放下了手中的电话，摇了摇头："你这是什么逻辑？马上就要赔本了，还要我们坚持！坚持个屁！"

这天晚上，正在睡梦中的宋浩被一阵急促的敲门声惊醒。忙起身开门看时，却是唐雨和阿龙、李新等人，脸上都洋溢着兴奋之色。

"宋浩，告诉你一个好消息："唐雨惊喜地说，"安徽亳州的刘顺刚刚通知了我们的采购人员，愿意将他手中的 30 吨天麻以每公斤 90 元的价格卖给天医堂了。"

"太好了！"宋浩惊喜道，"三足之鼎，自断一腿，那两个也会随之倒下的。看来我们今天放出的消息和那组返回天医堂的药材车队将这个刘顺震住了。辛苦了这么多天，终于大功告成了！通知亳州方面，连夜和刘顺交易，等到天亮后李全他们想阻止也来不及了。明天我们在三月街再继续运作一天，令他们真假难辨，有些秘密也只能瞒得过他们一时，等到他们回过味来，一切都晚了。"

第十二天，欢喜了半宿的宋浩还未睡上两个小时，又被唐雨唤醒。

"宋浩，成都荷花池的张之发刚联系了我们的采购员，愿意将手中的 40 吨天麻以每公斤 90 元的价格卖给天医堂，看来他已经知道刘顺那边脱手了，也等不及了。"唐雨高兴地说道。

躺在床上的宋浩听了，倒未显示出过多的兴奋，因为一切已在意料中了，仍旧躺在那里，懒洋洋地说道："告诉那个张之发，我们的收购量已经达到了目标，但是他的货还可以全部收购，不过行情变了，价格是每公斤 85，爱卖不卖。等到那个李全再找我们时，降到 80，并且在拖上几个小时再定，也告诉他，爱卖不卖，过几个月新货就会上市的，就让他那 50 吨货放在仓库里发霉吧。"

"哦！不要听我的！"宋浩忽然坐了起来，仍旧闭着眼睛说道："通知安国方面的采购人员，先行准备好一切，待李全主动联系他们时，先敷衍一下，不过稍后即刻定下交易并立即执行，愈快愈好。那些人都是人精，有些事情他们很快便会知道的，一定要抢在他明白真相之前将交易结束。"说完，宋浩身子一歪，又倒在床上睡了过去。

唐雨闻之一笑道："明白了，你多睡会儿吧，不会再有人打扰你了。"说完，深情地望了宋浩一眼，转身轻轻地合上了门。

这天中午，李全在电话里朝张之发怒吼道："刘顺昨天晚上向天医堂出货了！每公斤90元全甩了，这个笨蛋，怎么就不能再等上几天！市场上马上就绝货了。"

"这个嘛……"张之发犹豫了一下道，"老李，天医堂不但收了刘顺的，并且今天还继续在三月街收购，价格已经掉到85了，再不脱手，就要血本无归了。天医堂一饱和，几个月内就再没有药厂会接收大宗货了，我看你……"

"老张，你不会坚持不住了，也要脱手吧？"

"我……嘿嘿，老李，实在对不住，我没你的实力大，再压在手里没有资金运作别的品种，损失就更大了，所以，在一个小时之前，我手中的存货也卖给了天医堂。"张之发干笑了一声道。

"你……"李全在电话那边已是气得说不出话来。

李全将电话摔在了地上，铁青着脸坐在沙发上，这才感觉到了事态严重。天医堂已经从张之发和刘顺的手里收购了70吨天麻，加上在三月街一路狂收的几十吨，应该不再需要他的这50吨了。他的两个朋友背着他抢先出手了，等于将他逼到了绝地。

呆怔了片刻之后，李全找到了天医堂采购员的名片，另找了部电话，犹豫了一会儿，才打了过去。

"是小王吗？我，李全，想和你合计一下我仓库里那50吨天麻的事。"李全极不情愿地说道。

"哦，李老板，怎么才找我啊！现在晚了，我们天医堂的采购目标已经过量了，要停止收购了，三月街上还有几十吨我们都不准备要了。"小王漫不经心地回答。

李全听了，忙说道："小王，帮个忙，你问下上面，如果能全部收购，我给你们最低的价位。"

"这个嘛……算了，我给你问一下好了，不过每公斤超过80，估计采购部不会感兴趣的。等我回话吧。"小王随后断了通话。

"妈的！我怎么总是感觉这里面有什么不对劲的地方。天医堂在三月街搞这么大的动作，最终还不是将刘顺和张之发的70吨全收了过去，目标就是我们啊！并且已经有几家小药厂趁机在三月街和天医堂抢食了，那家药厂真的有60吨库存进入三月街吗？"李全思虑片刻，又打了个电话。

"黑子，你那边的事调查得怎么样了？"

"老板，我已经找到那家生产'天麻口服液'的药厂了，联系上了一个副厂长，约好了晚上吃饭，到时候我会问出真相。五万块钱应该能买一句真话来。"

"要快！我们的这次生意是赔是赚，就在对方的那句话了。"李全吩咐道。

刚放下电话，另部电话又响了起来。

"李老板，我是天医堂制药的小王，我问过领导了，你手中的那批货每公斤78元卖不？李老板要是同意，半个小时后交易。不同意的话我们今天就将三月街的那几十吨天麻每公斤80元全收了，然后停止采购天麻的行动。这是天医堂总部给我们下的最后的命令。请李老板现在就给我一个答复。"采购员小王淡淡地说道。

"这个……"李全犹豫再三，最后无可奈何地说道："好吧，半个小时后交易，按你们定的就是了。"

放下电话，李全忙又拨通了一个电话号码，急切地说："黑子，你现在只有半个小时的时间了，马上找到那个副厂长，用10万买他的一句真话……20万也行！"

"不行啊老板，对方在开会，现在找不到他啊！怎么这么急，等到晚上不行吗？"

"我现在一分钟也等不得了，这半个小时的时间决定我们是多赚个四五百万，还是本金出货。不惜代价马上去找到这个人，把20万给他，问他真的有那60吨的天麻库存吗？"李全大吼道。

"好吧，我尽快找到他。"电话那边的人也自无奈地应道。

半个小时后，天医堂的几名采购员出现在了李全的面前。李全望了望旁边那部等待消息的电话，犹豫再三，终于无可奈何地吩咐旁边的人道："和他们到仓库出货吧。"

一个小时后，那人回来向李全报告："老板，50吨天麻出货完毕。天医堂已将货款转在了我们的账户上。也是怪了，昨天就停在我们仓库外面的那些货车原来是天医堂的，好像知道我们今天要将这50吨的天麻卖给他们一样，早已做好了准备。并且来的人很多，抢着和我们的装卸工人一起装车，很急的样子。"

"你说什么？！"李全一惊而起，"天医堂的货车昨天就已经到了这里？"

"是啊。现在已经出了安国了。"

"上当了！"李全恍然大悟，冷汗直冒。

接着，桌子上的那部电话响了。

"老板，我找到那个副厂长了，他一听说我要给他20万，高兴得连工作都不要了。马上出来见了我，说是他们的药厂早快破产了，哪里有60吨的库存天麻到市场上去卖？他们的药厂在半个月前就被天医堂的人承包了，但是没有接手生产，而是要利用他们的人制造出这个假信息放到市场上去，如老板所料，是天医堂玩的一个把戏。三月街的采购行动开始就是一个阴谋，终极目标就是压低我们手中存货的价格。"

"晚了！一切都晚了！就在十分钟之前我们刚刚出完货。天医堂的采购阴谋已经完全得逞了。真是大手笔啊！宁可在大理三月街上赔进去几百万，也要将我们圈进这个大局之中。天医堂内藏龙卧虎，不仅仅是医术高明，这场商战也被他们玩得炉火纯青！这50吨的天麻，等于是我们代天医堂在去年收购下来，并无偿地为他们保存了大半年。高啊！真是高啊！"李全叹息着，瘫坐在了沙发上。

# 第十四章　古宅探秘

　　下午三点多钟，宋浩才醒了过来，洗漱后开了房间的门，遂觉一股花香扑面而来，一大束鲜花呈现在了眼前。门外站着笑吟吟的唐雨以及赵里达、阿龙、李新等 30 多名天医堂在此地的工作人员。

　　"受大家之托，我代表天医堂采购部向宋总献花！"唐雨笑道。

　　"哦！谢谢大家！看来安国方面也已经成功交易了。"宋浩高兴地接过了鲜花。门外响起了一片掌声。

　　"50 吨全部吃进，并且是以每公斤 78 元的低价格收购的。"唐雨笑道。

　　"78！谁这么有创意啊，比我定的还低了 2 元！当是逼着那李全交易了。"

　　"采购部安国区的王谨。"赵里达在旁边应道。

　　"好！这个王谨临时发挥得不错，50 吨能省下 10 万，就作为奖金奖励给他好了。这次参与采购行动的所有人员都有重奖。"宋浩说道。

　　话音刚落，门外又响起了一片掌声。

　　"宋总，你太英明了！"赵里达激动地说："我们要正常地去收购，消息一放出，天麻价格必会猛涨。被药商囤积的那 120 吨的天麻，没有 2200 万是下不来的，如今竟被我们仅仅用了一千多万就整体拿下来了。虽然在三月街高买低卖损失了 370 万，但总体上我们却省下了七八百万。奇迹啊！在这种情况下竟创造出了这种采购奇迹，只有宋总这样的魄力能做到！"

　　"宋总，这种大手笔真是令我们长见识啊！唐总已经将所有的事情都和我们说了，原来不仅仅在三月街这里，宋总在其他的几处地方也设了伏兵，简直是天罗地网啊！"李新一脸崇敬地说道。

　　"兵贵神速，也在奇出，对症下药而已。"宋浩笑道。

　　随后赵里达、阿龙、李新几个人留下，其他人员散去了。

　　李新汇报道："宋总，我们在三月街这里收购的天麻已经基本上全抛出去了。虽在得知安国方面得手之后，我们也随即停止，但也仅剩了两吨多点而已，加上全国各地运过来的散货，八成以上被其他的药厂趁机收购，各大药材市场已经没有大宗存货了。在新货下来之前，每公斤怕是要涨到三四百元了。现在各地药农之间已风传'要发达，种天麻'，估计到了明年新货上市，整体价格才能有所下降。"

宋浩听了，点头道："此番虽获全功，但也只能用一次，旧计重施不得了，也是再不会有这样的机会了。而天麻一药日后将是我们天医堂制药的长年必购品种，所以，为长远考虑，天医堂要专门建立一个天麻种植基地，以减少成本，更解日后之急。这方面的工作待我们回到天医堂后研究一下，然后在年内实施。"

赵里达、阿龙、李新等人听了，点头赞许。

宋浩、唐雨随后结束了大理之行，回到天医堂驻昆明办事处，准备在昆明继续寻找石廷川家人的下落。又住了半月有余，虽是经赵里达等人百般努力，仍旧一无所获。

这天，唐雨独自拉了宋浩去滇池游玩散心，没有让办事处的人员陪同。宋浩心中有事，虽是面对眼前的大好美景，也是提不起兴致，坐在一旁望着眼前湖水碧绿、波光粼粼的这颗"高原明珠"发呆。

这时，宋浩的电话响了，接通后，里面传来了阿龙惊喜的声音："宋总，有石廷川家人的消息了！"

"什么！找到石廷川的家人了！"宋浩忙站了起来，异常惊喜地说道。

"真是太不可思议了！石廷川的儿子石云就是我们天医堂驻昆明办事处的人员啊！前些日子还和我们一起在三月街进行天麻收购来着。今天早上，赵主任派我和石云去楚雄办事，我们俩在车上闲聊的时候，石云无意中说起他家是从大理搬到昆明去的，和我是同乡。当时我就随口问了一句，他的父亲叫什么名字，他说叫石廷川，当时我惊讶得差一点将车开出路基。"

"竟有这么巧的事！你们马上回办事处，我们也马上回去。"宋浩高兴地说。

"我们正在返回的路上了。此事刚才告诉了赵主任，赵主任也让我们俩尽快赶回来，楚雄的事另派人去办了。"阿龙说道。

二人回到办事处的时候，阿龙和石云还未到。赵里达兴奋地迎了出来，笑道："阿龙已经通知宋总和唐总了吧？没想到我们这些天的工夫白费了，石云就在我们身边工作，还到处地去找他，也是想不到他竟是石廷川的儿子啊。这是我工作上的失误，没有将石云安排在寻找石廷川家人的任务中，否则他早就自报家门了。"

"这是谁也预想不到的事。阿龙说石云也参加了三月街的天麻采购战，是哪一个？"宋浩说道。

"和宋总见过几面的，不过当时人太多，宋总未必对他有印象，等一会儿石云回来一看就知道是谁了。"赵里达笑道。

在赵里达的陪同下，宋浩和唐雨坐在厅中等候阿龙和石云的归来。

一个小时后，阿龙和一名黑瘦的年轻人走了进来，那人当是石云了，果然是在三月街见过的天医堂采购人员。

"宋总，听阿龙说，你在找我？"石云站在那里恭敬地说道。

"是石云吧？没想到找了你这么久，竟然就在办事处工作，今天才知道。"宋浩起身相迎，让石云坐下，然后说道："你的父亲叫石廷川，原在苍山采过药，后来你们家搬到了大理，应该是近几年才又搬到昆明的吧？"

"是的。"石云应道，"听阿龙说，宋总和唐总此番来云南就是专程来找家父的。可是家父在六年前已经去世了。"

"令尊不幸过世的消息我们前些日子已经知道了。现在我们想通过你或者你的母亲了解一些事情。"宋浩说道。

石云低头叹息了一声道："家母在两年前也因病过世了，现在家中只有我和一个在念大学的妹妹生活。宋总有什么事就对我说吧，我一定知无不言。"

"哦，你们兄妹俩倒真是不容易！"宋浩感慨之余，说道："事情是这样的：我们在一份资料里发现了一篇关于令尊石廷川先生的记载，他无意中收藏到了一批古代的医书，我们想知道这批古医书现在的下落。天医堂准备重金收购，这批古医书不仅是对天医堂，而且对中医事业的发展都具有重要的意义。"

"古医书?!"石云听了，茫然道，"并没有听父亲说起过他收藏过古医书的事啊，以前也未在家中见到过，起码在我的印象中是没有。搬了两次家，也没有发现过什么古书旧本的。"

"那么，你母亲生前可曾对你提到过这件事？或者说给你留有什么话?"宋浩忙又问道。

石云摇了摇头道："没有，家母当年随我们兄妹搬到大理市后，住了三年，因为妹妹在昆明上学，我也在昆明工作，所以就将家搬到了昆明。可能是水土不服吧，搬到昆明后仅仅一年，母亲就生了病，后来过世了。她老人家走的时候也没有交待什么特殊的话，只是让我照顾好妹妹。"

"这样啊。"宋浩听了，不免感到些失望。

"石云，"唐雨这时说道，"你们家原来住过的那座老宅子还在吗?"

"唐总是说我家原来住在村寨里的那座老宅?"石云说道："当年父亲去世后，正好有一个当地的生意人找上门来，说是很喜欢这座老宅子，愿意出五万元钱买下，当时这是笔很大的数目，母亲就同意了，也是准备用这笔钱供我和妹妹上学。卖了老宅后，我们一家便搬到了大理。"

宋浩听了，忙说道："我现在怀疑，那批古医书被你的父亲又藏在了老宅中，因为那些书当年就是在老宅中发现的。这样，我现在给你和阿龙一个重要的任务，就是回到村寨中，将那座老宅再买回来，由天医堂支付这笔费用。若是发现那批古医书还藏在老宅中，仍然属于你们石家，天医堂会出高价收购的。"

石云说道："这是宋总交给我的工作，我和阿龙尽量去完成。既然是天医堂收购，若能买下，那座宅子便是天医堂的产业，里面发现的一切也自然属于天医堂，收购古医书之说就无从谈起了。若家父生前果真藏有一批古医书，我也希望能在这座老宅中发现，就当我们石家两代人为天医堂做了贡献吧。"

宋浩听了颇受感动，拍了拍石云的肩膀，赞许道："谢谢你能这样说，不管怎么样，都是你们石家的人为我们提供的线索。待找到那批古医书再说吧，天医堂不会忘记你们的。此事非常重要，不要怕花钱。实话对你说，那批古医书如果还在那老宅中，并且能被我们找到，就是用我们此次天麻采购战中省下的那七八百万买下这座老宅也是值得的。"

"石云，阿龙，"赵里达认真地说道，"既然宋总如此看重那些古书，你们一定要顺利地将那座老宅子买下。并且此事暂时要保密，以便于你们的行动。从现在开始，这就是你们的工作了。"

宋浩道："成功买下之后，立即通知我，我和唐总会马上赶过去的。"

赵里达说道："到时候办事处这边会派出人手帮助宋总找那批藏书。"

宋浩笑道:"用不着太多的人,有我们几个人就够了。到时候赵主任派一辆密封的货车,将那批古医书安全地送回天医堂总部就是了。"

石云、阿龙二人随后兴致勃勃地驱车往大理州去了。

回到房间,唐雨说道:"我对石家的那座老宅也仅是一种怀疑而已,万一没有那批古医书,就是白白浪费一笔钱。"

宋浩道:"《灵台秘典》八十六部应该还藏在那老宅中,因为近代并没有惊世骇俗的奇书问世,否则流到民间,早已风行天下了。我认为当年洛北明的卑鄙行为令石廷川受了惊,恐这些经书日后有可能再给家人带来什么麻烦,所以当年在驱逐了洛北明之后,又把那些医书藏了起来,这就是石云兄妹不知道此事的原因,当年他们还小不记事。石廷川当年意识到了那些书的重要性,也可能由于时代的缘故,当年处在文革时期,全国都在破四旧,又经历了洛北明施反针的这件事,他认为还不到令这批珍贵的医书面世的时机,所以又藏在了老宅中,以待日后有缘人。石云的母亲应该也知道此事,甚至藏书的地点,至于为什么没有向石云兄妹交待,就不得而知了。我猜测是怕此藏书日后给石云他们兄妹二人惹祸,所以宁可将宅子卖人,经书永藏,令此事就此淡没世间。"

唐雨听了,点头道:"你分析的有道理,应该是这样子的。"

第二天上午,阿龙打来了电话:"宋总,我和石云昨天晚上就赶到了老宅所在的村寨,见到了那座宅子现在的主人。为了预防意外,石云对他说,他想回购老宅,准备作为一个闲中度假的去处。可是对方说现在这座老宅升值了,没有五十万他是不卖的,并且他也不想卖。我看对方的意思是想抬高价钱,这座宅子现在值不了这么多钱。石云对这件事很生气,不想让天医堂出这么高的价格收购这座宅院,准备再和对方讲讲价。"

宋浩道:"那就再给对方加高点,不要怕花钱,今天务必将宅子买下来。你和石云的心情我理解,但是此事至关重要,不要耽搁时间,免生意外。"

阿龙应道:"好吧,我一会儿和石云再过去一次。其实宋总能多给我们几天时间,二三十万我们是能拿下的,我们昨天打听了,这个宅子现在的主人做生意赔了钱,也有将宅子脱手的意思,只是我们现在过于主动了,他才趁机抬价的。"

宋浩听了,笑道:"谢谢你和石云能为天医堂着想,但是你们现在做的事情不是一桩生意，而是一件重要的大事，所以勿在价格上计较。这样，你和石云去和房主再谈一次，可以发挥你们的智慧，但是今天一定要有个结果。否则对方听到什么消息，就会狮子大张口的，反对我们不利。"

"放心吧宋总，今天晚上之前一定将宅子买下来。"阿龙说道。

中午，阿龙又打来电话，兴奋地说："宋总，事情成了！在上午和你通过电话后，我和石云商量了一下，觉得不能太便宜了那个房主，于是没有直接去找他，而找到了村寨里另一座有些年代的老宅，愿意出高价收购，和对方胡乱讲了一通价后，还主动地交付了一万元的定金。你猜怎么着，原来的那个房主听到消息后，连忙找到了我们，主动降价五万，并且宅子里的东西一概不要，只和家人轻身搬出去。石云告诉他，已经买下另一座宅子了，还交付了定金呢。原来的那房主于是又主动降价三万，说他的宅子有几百年历史了，很有文物价值的。我和石云又装模作样地去查看了一遍，和对方定下四十二万成交。石云现在和房主在屋里签合同呢，我们一会儿就去将产权手续办了，宋总和唐总明天就可以过来了。"

"此事办得好！你们很聪明！"宋浩赞叹道。

"嘿嘿！"阿龙笑道，"这是我们在三月街上向宋总学到的欲擒故纵之计，真是管用啊！"

宋浩听了，笑道："能学以致用，厉害！不用等明天了，既然那宅子已经买下，我和唐总稍后便赶过去。"

"也好。"阿龙应道，"我和石云在大理市内等候宋总和唐总到来。"

车到大理，已近傍晚。虽然三月街天麻采购战已过去半月有余，重归此地，却也恍若发生在昨日，紧张的情形历历在目。

见到阿龙、石云，宋浩赞扬了二人一番，尔后由阿龙驾车，朝苍山里的那座村寨驰去，石云的车在后面跟着。

一座古老的白族村寨藏在秀丽的山林之间，山奇水清，仿若世外桃源。

两辆汽车在一座古朴庄重的宅院大门前停了下来，这里便是石云的故居。

宋浩下了车，望了望这座老宅，显然不同于村寨里的其他房屋，当是在几百年前仿中原样式建筑的一座宅院。

石云走过来介绍道："这种汉族式的老建筑建在这白族村寨里是很特

别的，也很少见。听老人们讲，是几百年前一个做生意的李姓汉族人在这里建造的，应该是看中了这苍山的美丽景色吧，也有说是那个李姓商人是为了在这里安置一个妾室而建造的。这座村寨不知从什么时候起，就有零星的汉族人来此地居住了。我们石家也是在父亲年轻的时候搬到这里的——为了在苍山里采药方便。"

阿龙说道："现在里面家具和家用电器一应俱全，都是原来的房主留下的，我和石云又采购了一些食品，日后我们可以住在这里，再慢慢地寻找我们要找的东西。"

"宋总、唐总，这座老宅现在是属于天医堂的产业，请进吧。"石云打开了院门。

这果然是一座有几百年的古建筑了，原来的房主人也在努力地保持它原有的风貌，雕刻图案的木制门窗和旧墙陈瓦有一种古朴的气氛。

这套院落按前后宅设计，前面是正堂，大厅宽敞，古式桌椅陈设。后院为内宅，总计12间房屋，两侧又有厢房，内设厨室。屋中和院中地面全以方形大理石铺就，稳重庄重。

宋浩前后观看了一遍，说道："这套院在苍山景区内，四十多万不贵。石云，当初你们家五万就给卖了，实在是卖亏了。"

石云笑道："此一时彼一时，那时候能卖上五万，已经是很高的价格了。这座村寨偏僻一些，很少有游客来观光的。"

宋浩道："不管怎么样，我们现在已经成功地进来了。我宣布，今天开始，我们四个人就住在这里了，明天正式开展工作，寻找那批藏在这座老宅中的经书。"

第二天一大早，宋浩便被外面一阵"乒乒乓乓"的声音吵醒。出门看时，原来是阿龙和石云二人早已迫不及待地持了准备好的工具，在院落里四处敲打着可疑的地方。

宋浩见了，不由得摇头笑了笑道："找归找，可不要破坏了房屋的构造。这座古宅，日后我们还要安排人到这里度假用呢。"

阿龙应道："放心吧宋总，我们会归复原样的。"

石云说道："宋总，这宅子还是我们家当年搬走时的原貌，一点没有变动。那批经书若真是被我父亲藏在了这里，应该还在的。"

宋浩听了，点头道："这样最好不过了！你父亲是位很谨慎的人，所以未曾将那批经书流传出去一册，我可以肯定书就藏在这座院落中。资料上说，那批经书有几百册之多，会占用很大的一块地方，不是那种不易寻找的目标。"

阿龙说道："一人藏物，万人难寻。实在找不到的话，就用推土机将宅子推平了，掘地三尺。找到经书后将宅子重建就是了。"

宋浩摇头道："旧物一旦毁坏，再怎么重建，也是得其形而已，古朴的氛围和气息是再也找寻不回来的。所以，还是不要走到那一步才好。"

石云道："现在就是想做也做不成了。我听原来的房主说，这座老宅已经被大理州的文物部门定性为需要被保护的古文物建筑了。虽归私人所有，但只有居住和转让权，没有拆建的权力。"

"哦，没关系，这地方不是很大，用心找，应该能找到蛛丝马迹的。"宋浩说道。

"早餐好了，现在休息，吃过早餐我们一起寻找。"唐雨走过来笑道。

四个人随后来到了厅中用早餐。

宋浩说道："昨晚我又看了一下关于这座老宅和发现那批经书的资料，石廷川先生当年是在这宅院里一面南墙的暗橱里发现的经书，他极有可能又将经书藏回了那里。所以，我们先按着这条线索查找，范围就相应缩小了些。"

"南墙？"阿龙问道："没说是院中的南墙，还是哪间屋子的南墙？"

宋浩道："只有'南墙'二字，别无其他。"

阿龙道："那就将所有的南向的墙体都仔细地查一遍，有这个线索就省力多了。"

唐雨道："也不能将所有南向的墙体上面都凿些窟窿去找吧，那样也会破坏房屋结构的。我看先用尺子量吧，你们想想，普通的墙体内是藏不得数量那么多的经书的，只有宽度异常的墙体才能砌有暗橱。"

"聪明！"宋浩称赞道。他想起了山东蓬莱的宋家老宅中那间曾秘藏天圣针灸铜人的密室。

四人兴致勃勃地用过了早餐，石云随后寻来了圈尺，在唐雨的指挥下和阿龙量起墙体来，宋浩则站在一旁观察。

在排除了前宅的墙体后，四个人又来到了后宅。宋浩进了一处相邻的屋子后，又走出来站在院子里端详。随即，他感觉到了异样，忙唤了正在另一边忙碌的唐雨、阿龙、石云三人道："先过来量这里，我感觉这间屋子不应该这么窄，这里面有问题。"

屋里屋外地测量了一番后，阿龙兴奋道："就在这里了，这两间屋子的隔壁墙怎么会有一米厚呢？其中肯定有空间。"

石云惊讶道："我在这里生活了也有十年，怎么没有注意到啊！"随后找来了锤子在墙壁上敲了敲。"是空的！"石云惊喜道。

"那就砸开它吧！"阿龙伸手接过石云手中的铁锤，开始砸向墙体。

宋浩与唐雨相视而笑，各自欣然。

阿龙力壮，几铁锤下去，就将墙体砸开了一个窟窿，露出了断碎的青砖。

"真的是中空的！"石云一旁惊喜道，"我去找手电来。"随后跑了出去。

阿龙用铁锤在墙体上砸开了一个脸盆大的洞口，里面黑暗，看不清东西，便迫不及待地伸进手臂进去摸索起来。

"里面什么东西也没有啊！"阿龙摸索了一阵之后，颇感失望地说道。

"不会吧，应该是你砸开的位置不对，这么大的墙壁里面，能放进很多东西的，那些经书也未必能填满。"宋浩忙自我安慰，也担心找错了地方。

"手电来了！"石云持了一只手电筒跑了进来。

"我来看吧。"宋浩接过手电，朝里面照了照。

"果然是空的！"宋浩心中一紧，忙探进头去，借着电筒的光亮发现这夹壁墙里空荡荡的，并无一物。

石云道："我身形瘦，钻进去查看一下，里面是否还有别的机关暗道。"说完，在阿龙的帮助下，石云钻进了夹壁墙内。阿龙随手将手电筒递了进去。

唐雨安慰道："从那间屋子来论，这处墙壁属于南墙了。石廷川当年应该就是从这夹壁墙里发现的那批经书。他可能是认为，自己能发现这里，别人也可能会发现这里的，所以再次藏书时更换了位置。暂时虽然未找到，却再一次肯定了此事的真实性，洛北明的那篇日记是不虚的。"

"不错！"宋浩再次燃起了希望，说道，"今天第一次查找，就能找到这处暗空的墙体，成绩已经很好了。"

这时，石云灰头土脸地从墙内钻了出来，摇头道："是空的，什么也没有。"

阿龙失望道："空欢喜一场了！"

宋浩道："这仅仅是开始，并且能发现最原始的藏那批经书的地方，今天就算是没有白忙活。看来我们的方法还是很有效果的，现在将所有的墙体都测量一遍，包括院墙。那批经书若是藏在地面以上，就应该会藏在墙壁内的暗格之中。"

结果一天下来，排除了所有的墙体暗藏经书的可能。

第二天，阿龙和石云搬来了梯子，开始查找房屋高处有可能藏东西的位置。这座古宅不像北方的房屋，没有棚，所以查找起来也很容易。忙碌了一上午，仍一无所获。

"现在只有一种可能了，"宋浩说道，"那批经书被埋藏在地下了。地面上的寻找工作就到此为止，我和唐雨下午先预设一下可疑的地点，然后明天开始正式启动地下的挖掘工作。这项工作还是由我们四个人来进行，不用再调来人手帮助了，以免耽搁办事处的工作。阿龙、石云，吃过午饭后你们两人开车去一趟大理市，置办部分挖掘的工具，再采购一些食物回来，我们要准备进行一场持久战了。"

# 第十五章　天一生水

宋浩开始重新观察这座老宅，通过这两天的寻找，那批经书藏在地面上建筑物内的可能性已经不大了。

"石廷川是个聪明人，恐日后洛北明再来寻找那批经书，所以藏在了一处隐蔽的地点。这处地点令他放心到可以容妻子儿女们日后将这座老宅卖掉，而这个秘密仍藏在这里，若干年后再让有缘人来发现。"宋浩这样想道，"可是也因此给我带来了寻找上的麻烦！"

唐雨这时走了过来，说道："宋浩，不要着急，慢慢查找就是了。现在我们假设一下，若是让你将那批经书埋藏在这座老宅中，你准备选什么样的位置来埋藏？我们不妨找一些这样的可疑点来进行挖掘。"

"有道理！"宋浩点了点头，进行了一番观察之后，在几处角落里的大理石砖上做了标记。

阿龙和石云从大理市购置了部分挖掘工具回来，其中有两件短小的工兵铲，可在狭窄的空间内进行作业。

第三天一早，宋浩和阿龙、石云三人开始了地下的定点挖掘工作。唐雨则负责后勤保障，准备一日三餐及茶水侍候，倒也分工明确。

几人先对宋浩做了标记的地点进行挖掘。他们先将上面的石砖掀起，在一米左右的范围内垂直挖掘；挖到一米至一米半深，若无异常或是遇到了坚硬的岩石，便将土石重新填上，复归原貌。

宋浩与阿龙、石云三人轮流作业。开始时阿龙和石云执意不让宋浩伸手，在宋浩的坚持下，那二人也只好作罢，心中颇为感动。

结果挖掘了五处可疑点后，一天下来仍旧一无所获。宋浩、阿龙、石云三人累得精疲力竭。

晚上吃饭的时候，石云坐在那里唉声叹气，摇头道："父亲和母亲生前为什么不将这件事告诉我呢？明确了一个地点，我们找起来就不用这么费劲了。"

宋浩说道："石先生这么做也是为了这批经书的安全，同时也为你们兄妹着想，怕此事会给你们带来麻烦。石先生的本意是想将这批经书安全地留给后世有用之人，所以埋藏得很是隐蔽，这番苦心，我们也应该理解，我们多下些力气就是了。"

又闲聊了一会儿，阿龙忽然想起一件事来，说道："宋总、唐总，有件事想向你们反映一下，那就是我们天医堂制药的产品和天医集团的产品同摆在一家药店的柜台上，由于名称上相近，经常发生混淆的事情。天医集团的销售员也曾向我们抗议过这件事，说我们有商标侵权的嫌疑。"

宋浩道："勿管他们。当初天医堂商标注册的时候，我们也曾向工商部门的人咨询过，两者虽名称相近，但并不算侵权，与天医集团无涉。"

阿龙道："我们也是这样回应对方的，后来也就不了了之了。在我看来，天医集团的这个老字号，在国内市场已经被我们天医堂压去了，对方在发怨气而已。"

"哼！"宋浩冷笑了一声道，"我们天医堂制药的产品也快销售到海外市场了。只要满足了国内市场的需求，就朝海外市场进军。要让人们知道，世界上只有一个天医堂。"

唐雨听了，知道宋浩此时的心思，无奈地暗里叹息了一声。

阿龙又说道："不过令人感到奇怪的是，自我们天医堂的产品上市之后，在一个地区若是有天医集团的同类产品，对方便很快地就会撤走，另销它处，不愿与我们针锋相对地竞争，这也是我们天医堂制药的产品一出来，就在市场上很快打开局面的一个重要原因。"

宋浩听了，怔了一下，随后道："那是因为我们天医堂的药好，对方知道竞争不过我们，才主动退缩，也是有自知之明的。"

"是啊！质量才是最重要的。我们天医堂的药到哪里都受欢迎，一直是供不应求的。别的药厂的销售员都羡慕我们呢，说是做天医堂制药的销售员是人生最幸福的事，因为人家都主动找你要货，几乎不用上门推销。只要新药一生产出来，我们天医堂的销售员便都成了香饽饽了。"

石云也自豪地笑道："乘着大船好航行！天医堂就是我们的骄傲！"

宋浩、唐雨二人听了，欣慰之余，相视而笑。

晚间，宋浩躺在床上，思考着明天的工作。唐雨端了一盘水果进来，放在桌子上后，于床边坐下，望着宋浩双手磨出的水泡，心疼地说："疼吧，我来给你处理一下。"

宋浩笑道："没事，只是好久没有做这种力气活了。天降大任于斯人也，必先劳其筋骨嘛，我这算不得什么。"

唐雨叹息道："没想到会这样麻烦。"

宋浩道："我们这算是顺利的了，能找到石家的后人，又找到了这座老宅，上天很是照顾我们，知足者常乐吧。"

唐雨道："那就再找找看吧。对了，我今天联系了莺莺，了解了一下天医堂的工作进展。知道吗，上个月药厂销售的回款已经历史性地突破一个亿了。"

"是个好消息！"宋浩听了，高兴地说："天医堂这几年的顺利发展，足令我们欣慰，我们终于可以做自己想做的事了。下一个目标是，我们要在各省市都建立起天医堂的分部，然后再开拓到海外去。那个时候，才是一个大中医时代的来临！中医造福的人群，不仅仅是我们中国人。"

"宋浩，你想得总是比我们远。"唐雨一脸崇敬地说道。

"呵呵，这就和治病一样，治好了几种病症之后，也要为以后的健康着想。怎样益寿延年，我们就要怎么去做。万物一理，医之道，便是天道，也是世道。"宋浩笑道。

"宋浩，"唐雨犹豫了一下道，"你既然能想通这些道理，有些事情也应该想开才是。适才饭桌上阿龙说了，天医集团宁可失去一定的市场份额，也不和我们天医堂搞竞争，你应该明白这里的原因。"

宋浩听了，闭上眼睛，沉默不语，过了好久，才叹息了一声道："我知道你的意思，但是那个心结我永远解不开，也是永远不会原谅他们的。虽然爷爷原谅了他们，但我不会原谅。非我固执，这种事情不发生自己身上，无法感受到其中的痛苦。我累了，此事暂不谈吧。"

唐雨听了，摇了摇头，起身叹息了一声，带上房间的门去了。

"爸爸！妈妈！"宋浩轻轻呼唤了一声，泪水从眼角流下。

又是三天过去了。几人屋里屋外，前院后院，一共试探挖掘了近二十处之后，仍旧一无所获。

"难道说，那批经书没有被石廷川藏在这座老宅中，而是埋藏在了别处？还是我们没有挖掘到那里？"宋浩焦虑地在堂屋中来回走动，随后又不自觉地踱步到了院子里。时至中午，阳光正足，宋浩偶一回头，发现堂屋正中地面上，有一块大理石地砖呈现出的阴影与旁边的石砖有异，一时未做理会，又踱步进了屋内，不自觉地又瞟了那块石砖一眼，却发现阴影消失不见了。

"这地面上的石砖都是一样的啊，怎么在屋外面看会有些差异呢？"宋浩觉得奇怪，便又走到院子中，回身看时，果然又发现那块石砖与其他的不同。他又回到屋中，蹲在那块石砖旁边仔细观察，伸手摸了一会儿，感觉这块石砖上面竟然浮有一层潮气。正午的阳光射在屋中地面上，其他地砖表面显得干燥，唯此块有异。

"这下面难道有什么东西不成？"宋浩心中一动，忙唤来了正在休息的阿龙、石云。

"将这块地砖掀开，看看下面埋藏了什么东西。"宋浩说道。

"是那批经书吗？"阿龙惊讶道。

宋浩道："应该是别的东西，令这块石砖的表面潮湿。下面也不可能有水道，否则不能独显出这一块来。挖开看看吧。"

阿龙寻来工具，和石云一起将那块石砖撬起，下面是一层细碎的沙石。二人随后各持了工兵铲进行挖掘，挖到约一尺深的时候，碰到一块正方形的石板。

"这是个带盖的石龛。"石云说道。

阿龙道："体积不是很大，整体挖出来再说。"

接着，二人从沙土中挖出了一件边长约有50厘米的正方形石龛，宋浩上前伸手，三人将其抬了出来。

"里面装了什么东西啊？"石云说着，一边用工具循着石龛上部的一条缝隙撬动，开启了那块石盖。

阿龙旁边见石盖动了，伸手去移，一只淡青色的瓷碗呈现出来。

"原来是一只碗啊！我当是什么宝贝呢！"阿龙失望地摇了摇头。

宋浩也是颇感意外，伸手取出，放在眼前端详着。这是一只表面呈天青色的瓷碗，造型朴素淡雅没有任何修饰，直径有30厘米，大于普通的饭碗，应该是用来盛汤菜的，手感却极是润泽滑腻。尤其令宋浩奇怪的是，可能是光线令人眼睛眩晕的缘故，乳白色的碗中，似乎盛有什么东西，虽看似空无一物，但是里面的空气也令人感觉到很浓的样子。

"这堂屋地下埋一只碗做什么？"宋浩微讶道。

石云道："应该是一种镇宅之物吧，建这座房子时埋入地中的。但是听说有埋金银的，没有听说埋碗的。以前在昆明市看到过一个工地上，在拆除旧房子时，发现过一只用来做镇宅之物的乌龟，应该有上百年了，从地下挖出来时，竟然还活着呢。"

"镇宅之物！"宋浩点头道，"有道理。可是用一只碗显得轻了些吧。"

"怎么，你们开始挖堂屋的地面了？"唐雨这时走了进来。

宋浩举着手中的那只青瓷碗笑道："今天算是有所收获，挖到了一只瓷碗。"

唐雨见了，讶道："是从这里挖出来的？可能是有什么讲究吧。"

唐雨随后接过来，端详了一会儿，笑道："这应该算是一件文物了吧。你还别说，看似普通，但是令人愈看愈爱看，有一种特殊的感觉呢。明代的青瓷碗应该值几个钱，卖掉也是可惜了，不妨用它盛汤来给你们喝。"

宋浩笑道："算了，你还是放在一边吧，用这种地下出土的东西盛东西吃，会让人感觉不舒服的。"

"那就用来装水果吧，那个果盘刚巧被我打碎了。"唐雨说着，持了那只青瓷碗去了。

阿龙、石云两人又将挖掘出来的沙石填了回去，铺好了石砖，一切恢复原样，这一天的工作也随之结束。

又是数天过去，凡是可能埋藏东西的地方都挖过了，还是一无所获。整座宅院内的地面一片狼藉。

宋浩失望之余，回到房间里休息。可惜这座古宅已经被定性为文物加以保护了，否则他还真想将房屋推倒进行地毯式的搜索挖掘。

"宋浩！"唐雨这时端了那只青瓷碗兴奋地进了来。

"真是奇怪了！这只碗盛的葡萄竟然放了三天都没有变质腐烂。以现在这样炎热的天气，一般的水果放在冰箱外面，隔宿就会变坏的。"唐雨说着，将装有一串葡萄的青瓷碗放到了宋浩的面前。

宋浩看时，碗里那串葡萄像是刚洗过一般，还挂有水珠。他知道唐雨不会和自己开这种玩笑，不由惊讶道："怎么会这样？这只青瓷碗岂不是有保鲜功能了？"

唐雨说道："你们挖出这只碗的当天，我便拿去洗净了，准备装水果用。后来想起你说过，这地下出土的东西盛东西吃会让人不舒服，所以就放弃了。当时里面已经装了这串葡萄，随手放在一边，就忘记了。现在算来有三天了，这串葡萄竟然还和新鲜的一样，真是奇怪极了，所以拿来给你看。这只碗看似普通，却有这种特殊的功能，有些不可思议。我想明天带回昆明，找个文物专家鉴定一下，看看是种什么宝贝。"

宋浩听了，点头道："也好，这里的工作我看也告一段落吧。天医堂那边还有许多工作等待我们去处理，不能在这里耽搁太多时间，我们俩出来得太久，也应该回去了。日后就由阿龙和石云二人在空闲时继续来这里寻找吧。既然一时间找不到那套《灵兰秘典》，就不要在这上面耗费过多的精力和时间，有空时再进行这项工作就是了。"

"这样也好，就按你说的办吧。我现在给赵主任打个电话去，让他找个文物专家，待我们回到昆明时为我们鉴定一下这只碗。"

宋浩随后找到了阿龙、石云二人，说道："看来寻找那批经书有些难处了。我和唐总准备明天赶回昆明，也就不回来了，天医堂那边还有很多工作等着我们去做。这样，这里的寻找工作我们不要放弃，继续进行下去，这个任务就交给你们两个人了，先清理一下，然后也回昆明办事处工作吧。我回到昆明时会和赵主任说明一下，每个月专门为你们俩放几天假继续来这里找。就当这是一项大工程吧，只是辛苦你们俩了。天医堂总部会为你二人专门支出一笔经费，可由你们俩随意支配，以利于你们的寻找工作。一旦有所发现，请在第一时间通知我，我会尽快赶过来的。怎么样，有什么困难吗？"

"宋总，既然您和唐总相信我和石云，这里的后续工作就交给我们好了。我们这回要从院门开始，一米一米地朝里面挨着挖，我就不相信找不到。"阿龙说道。

石云说道："放心吧宋总，我们就是将这宅子翻过来，也要找到那批经书。"

宋浩笑道："我们的目标应该在地下，所以尽可能不要破坏地面上的建筑。此事不是件着急的事，你们慢慢查找就是了。我回去后会在天医堂设一专线专门和你们俩联系，不管有何进展，要及时地通知我。这项工作一旦成功，是具有重大历史意义的。"

阿龙说道："这是宋总和天医堂交给我们的重要任务，我们一定尽全力去完成。我想过了，日后我和石云要重新定位寻找，一片瓦一块砖也不放过。只要那批经书还藏在这宅子中，我们就有信心找到它。"

"好！"宋浩欣然道，"有什么困难，不管是生活上还是工作上的，要及时通知我，天医堂会为你们解决的。我也为天医堂能有你们这样的好员工而感到高兴。"

阿龙和石云听了，相视一笑。

第二天一早，宋浩和唐雨与阿龙、石云二人分别，带上了那只青瓷碗，驾车返回昆明。

"赵主任那边已经安排好了，据说请来了一位在文物收藏界很有名的老先生，人称董老，收藏丰巨，富可敌国，且对文物的知识非常渊博，过眼之物，莫不能辨其真假、晓其来源。我们无意中挖到的这只碗，这位董老也一定能知道它的来历。"唐雨说道。

"也仅仅是一只奇怪的瓷碗罢了，便是有些文物价值，充其量也不过几十万，甚至百多万罢了。"宋浩不以为意地说道。

天医堂驻昆明办事处。

赵里达在他的办公室里向宋浩、唐雨汇报情况："这位董老在文物收藏界是极其有名的一个人物，尤其是在文物鉴赏方面，在全国都数得着的。不过这几年已是有意淡出，不再为人进行鉴定的事了。就是省市的一些大员们请董老去鉴定他们收藏的器件，都被婉言拒绝。也是现在真正的好东西不多，怕俗物污眼吧。昨晚在接到唐总的电话后，我便想起了朋友曾说起过，文物界有此一位人物。于是我是请了一位与董老相识的朋友引见，开始人家是不同意的，但是听说了是天医堂宋总的东西，立刻就应了，说是他的陈年旧疾就是吃了天医堂生产的药才治好的，真是给了宋总的面子呢。人一会儿就到，我的朋友去车接了。"

宋浩听了，不由有些后悔道："没想到赵主任竟为我请了一位权威专家，这怎么使得呢？我们不过是从地下挖出了一只普通的瓷碗而已，随便请一个懂行的人看一眼就是了。如今请了董老来，见我们兴师动众的，竟然是为了一只普通的瓷碗，会被人家笑话的，也是有怠慢人家的意思。我看这件事情就算了吧。"

赵里达听了，颇有些为难地望了望唐雨。

唐雨笑道："人已经在来的路上了，这时候回绝人家有欠礼貌。就让那位董老来看一眼吧。实话对人家说，我们无意中从地下挖到了一只青瓷碗，好奇心使然，故请了他来，别无他意的。"

宋浩应道："也好。"

这时，楼外院中传来了汽车鸣笛的声音。赵里达临窗下望，惊喜道："人来了！宋总、唐总稍候，我去迎一下。"说完，急着去了。

宋浩走到窗前朝楼下望了一眼，见从车上先下来一名中年妇女，而后搀扶下一位穿着中山装的高瘦老者——当是那位董老了，另有一名中年男人从车里下来，应该是赵里达的朋友了。

此时赵里达从楼内迎出，他的那位朋友介绍了一下。赵里达与那董老握了一下手，寒暄了几句，而后进了楼内。

不多时，门外传来了脚步声。宋浩和唐雨开门相迎。

"这是我们天医堂的总裁宋总和唐副总，这位就是董老。"赵里达为双方介绍道。

"董老您好！实在是不好意思，竟然惊动了董老亲自前来。"宋浩与董老握了下手，颇有些歉意地说道。

"天医堂以医药济世救人，行的是公德之事，老朽也是受惠之人，既是宋总相邀，老朽岂敢不来？"董老望了望宋浩，点头应道。

"董老高抬晚辈了！"宋浩谦逊道，随后请了一行人等屋中落座。

赵里达又介绍了那位请来董老的朋友李东北，宋浩向对方表示了感谢。

又寒暄了几句，宋浩让唐雨将那只青瓷碗端了过来，对董老说道："董老，这是我们在大理州点苍山的一座古宅内挖到的一只瓷碗，我们对文物一窍不通，所以想请个专家来鉴定一下，却万万没有想到惊动了董老大驾，别无他意，好奇而已。就请董老看一眼吧。"

"哦！"董老应了一声，双手接过了那只瓷碗，仅仅看了十余秒，就随手慢慢地放在了桌子上，而后面无表情、一言不发地坐那里。

宋浩见了，心中悔道："果然是一只极普通的碗，竟敢请这样高级的权威专家来鉴定，岂不是俗物污眼，惹对方生气了吧。"

此时随同董老来的那名中年妇女眼中却闪过了一丝惊喜之色，站起来说道："董老鉴定文物有一个规矩，就是现场只能让这件文物的真正主人留下，其他人还请回避。"

唐雨、赵里达、李东北三人听了，便起身和那名中年妇女退出了屋子，在隔壁的房间等候。出房间门的时候，那中年妇女在唐雨耳边低声说了句："应该是件好东西，否则董老不会这么隆重的。"

屋子里仅剩下了董老和宋浩二人。董老望了宋浩一眼，淡淡说道："宋代青瓷，汝窑真品。"

"哦。"宋浩不以为意地应了一句。

那董老见了宋浩淡然的神态，点了点头，说道："对宋总来说，几千万的东西也是无所谓的了。要知道自唐瓷以下，至宋代青瓷达到了古今工艺水平的极致，这其中又以汝窑青瓷为最。据老朽所知，汝窑瓷存世者不过几十件而已，多是青瓷中的极品，每一件都能拍出天价来。这只青瓷碗是一个典型之作，它的'天青色'是当时朝廷钦定的颜色，虽是造型质朴无华，平淡无奇，却是耐看得很。它内里的神韵是在软润亮泽的质感中透发出来的，轻和柔润，便是上好的玉质碗也远远不及。"

"这只瓷碗会价值几千万？董老说的是这个意思吗？"宋浩心中颇感意外，倒也不以为意。"谢谢董老的指点。不过这碗有一种奇怪的功能，那就是能保鲜。这也是我们无意中发现的，放进一串葡萄，在这种炎热的天气里竟然三天没有变质腐烂。这也是我们请董老前来，为我们解惑的一个主要原因，至于价值几何，倒是次要的。"

"这只青瓷碗有保鲜功能？"董老闻之一怔，忙双手端起那只碗又仔细地观察起来。随即，他不由自主地站了起来，继而眼呈惊喜之色，接着激动地道："这……这难道是传说中的那只'天一碗'？！"

董老将手中的青瓷碗极其小心地放在了桌子上，然后双手扶桌，寂然不动，宁神定气，俯视碗中。

宋浩不明白董老为何出现这样的举动，不好去惊扰，便于一旁坐着，静候其变。

时间一分一秒地过去，董老俯视空无一物的青瓷碗足有半个多小时，脸上的惊喜之色愈来愈浓。

宋浩这个时候才感觉有些不对劲，怕董老再这样出神地看下去，那只空碗会夺去了他的魂魄，于是上前轻声唤道："董老，您没事吧？"

"呜呜……"董老此时竟激动不已，老泪纵横，在宋浩的搀扶下，朝那只青瓷碗叩拜了三次。

"没想到在老朽有生之年，能有幸看到这件传说中的神物！"董老激动之余，对一脸茫然的宋浩说道："宋总啊，你得到的这只碗乃是传说中的'天一碗'，又称'天一神碗'。是烧制这只碗的时候，各种因缘际会，出了这件万古不见的'天瓷'来。据说当时暴雨雷鸣，连炸了数窑，唯烧制此碗的窑保留下来。天一碗出窑后，呈以异象，被视为神器，本是欲献朝廷邀功的，却被那窑官起了私心盗去，朝廷震怒之下，不知令多少无辜的窑工丢失了性命。此乃神物，别具灵性，是无价之宝，所谓价值连城，就是此时用一座昆明城也换不下这只天一碗。"

宋浩扶了董老于一旁坐下，惊讶道："董老，恕晚辈眼拙，实在是看不出这只碗有什么特殊之处，也仅是有些保鲜的作用罢了，何以令董老认为是神物呢？"

"物至极者，皆有灵性！"董老感慨道："老朽刚才说过了，这只天一碗在出窑的一瞬间，各种因缘际会，令其达到了一种'天瓷'的境界，可以通神。能在炎热的天气中令装在里面的水果数日不腐，便可见其不同于常物了。这其中的道理老朽也不明白，大凡灵性之物，皆有鬼神不可测之功能。看来宋总还未能发现此天一碗真正的玄妙之处，待日后静心久观，应该会有所发现的。"

宋浩见眼前的这位老爷子竟然会被这只青瓷碗感动得喜极而泣，当是长久浸染器玩所致，倒也被对方的这种精神所感动，于是未加思索，随口说道："这种东西对我来说无多大的意义，董老若是喜欢，就送给您老人家吧。宝物也罢，神器也罢，不过一只瓷碗而已，对我实无大用。董老是文物收藏的专家，权为藏品中增一物件，算是物得其用了。"

那董老闻之一怔，不敢相信自己的耳朵，随即摇头道："宋总年轻有为，心胸博大，创天医堂以医药济世，已是有了无上功德，所以这只天一碗才会被宋总遇到。老朽不才，却是不能接受宋总这番好意，也是不敢受，因为老朽是没有那种能力和福气拥有这件宝物的，也是这么大年纪了，不想因此折寿。能有幸目睹一回，已是祖上积德，万般荣幸之至了。文物收藏也是有一种说法的，就是过我眼，即我有，所以老朽已是很满足了，更是谢谢宋总给了这么一个机会。"

宋浩听了，心中也自暗生敬意，笑了笑，不再勉强。

董老随又问道："宋总适才说，这只天一碗是在点苍山里一座村寨中的古宅挖掘到的，是这样吧？"

宋浩道："不错，是我们在寻找其他东西的时候，无意中发现的。好像是被那座古宅的原主人作为镇宅之物而埋藏地下的。"

"当是以神物佑宅吧。没想到这只天一碗竟然流传到了云南大理，被作为镇宅之物埋藏地下达五六百年之久。"董老感叹道。

"请教董老，您老为什么对这只天一碗的历史如此熟悉，并且就能认定是那汝窑出产的宋代青瓷呢？"宋浩问道。

"实不相瞒，我董氏的祖先就是那个将天一神碗盗走的窑官。我祖上改名易姓，隐居偏远之地，不过在明初时，因一次意外，遗失了天一碗，从此再无它的消息。这也是一个仅限在我董氏族人中流传下来的传说，外界是不知道的，世人也不知汝窑曾出产了一件神品——天一碗。看来这件神物还是与我董家有缘的，令我这个董氏的后人见识到了族里传说中宝物。"董老说道。

"原来这天一碗还有这样的一段传奇！"宋浩感慨。

董老道："刚才见到这只碗时，我虽然一眼便鉴识出了它是宋代汝窑的真品，但是未曾想到就是那只天一神碗。当你说出这只碗有保鲜的功能时，才引起了我的注意，俯视感觉之下，碗中果现异象。宋总，你且来感受一下这天一神碗的妙处，只要眼睛盯着碗里就是了。"

"难道说是能看到什么吗？"宋浩惊讶道。

董老笑道："碗里乾坤大，内中奇妙只可意会不可言传，你试过便知了。"

宋浩心中一动，好奇地走上前，俯视那只空无一物的天一碗。

和当初发现此碗时的感觉一样，只觉得这碗中的空气有点浓。在盯看了五六分钟之后，感觉碗中的空气愈来愈浓了，似乎在动。十余分钟之后，宋浩惊讶地发现，本是空无一物的天一碗中，竟然奇妙地出现了一碗清水，有八分满，水面未及碗沿。

"怎么会凭空地看到一碗水来？"宋浩心中惊讶之极。

接着，更加令宋浩惊奇的景象出现了——天一碗中水波微动之际，竟然隐现出了两尾寸许长的鱼苗来，一尾黑色的，一尾红色的，在水中欢畅地游动，煞是好看。

忽现如此奇妙的景象，自是令宋浩一惊。他不由抬起头来，再复视碗中，那两尾小鱼已不见了踪影，连那碗清水也消失了，仍旧空空如也。

"这不是幻觉，而是实实在在看到的景象。告诉老朽，你看到了什么？"董老在旁边说道。

"先是看到碗中出现了一碗清水，而后竟出现了两条小鱼苗，一条黑色的，一条红色的。"宋浩惑然道。

"宋总在十五分钟内竟能看到两条鱼，真是不可思议！老朽用了多半个小时也仅能看到一条。族中的那个传说，说是一般的人都能久视见水，不足为奇，能见有游鱼者乃是有福之人，见到的尾数越多，福气越大。据说大富大贵之人，在看到游鱼后，还能在眼见鱼愈长愈大，甚至有数寸长的彩色游鱼跃出水面的奇观。"董老说道。

"真的啊？这碗果然是一只宝碗啊！"宋浩惊讶道。

"天一碗！天一生水，原来是以这种奇妙的现象定名的。名副其实啊！"宋浩猛然间恍然大悟。

"不错，天一神碗就是取天一生水之意。"董老说道。

"那么水从何来？鱼又从何来？"宋浩惊问道。

"如果以碗内暗里有独特的构造，造成人视觉上的幻视效果，而能看到碗中生水的景象，在科学上还能解释得过去，可是那游鱼的出现就不可思议了，只能说是天一生水，天外来鱼了！"董老说道。

"大千世界，无奇不有啊！"宋浩感慨道。

"是啊！自然界中还有许多人类无法知道的奥秘，也就暗示了我们，生命的过程，就是一个不断探索的过程。"董老感叹之余，认真地说道："宋总，这只天一碗与你有缘，就好好地珍藏吧，可与相知的人共享其奇妙景观，不过不要公开为好，以免招祸。天一神碗足以作为天医堂的镇堂之宝，保佑天医堂发展壮大，以医药济世利民。天一生神水，天医堂也应能生产出更多更好的奇药来！"

"谢谢您董老，令我感受了一回通灵宝物的奇妙。没有您的指点，这种奇观，我可能一辈子也发现不了。"宋浩感激地说。

"应该谢谢你的是我。让老朽验证了族中那个传说，竟是一个真实的传奇！"董老感慨道，"这只天一碗是我中华之奇珍，民族之瑰宝，盛世方出。天意令其安家在天医堂，可保天医堂医药万世不衰，这才是我民族之幸事！"

## 第十六章　原来如此

"怎么样宋总，看董老的意思，那只青瓷碗很珍贵吧？拿到文物市场上能拍到多少钱？"送走董老三人，赵里达有些迫不及待地问道。

宋浩笑道："多少钱董老倒没有说，只是说这种碗世上独此一只，卖掉可惜了，不如放在家里装水果好呢。"

"哦，看来是个普通的古瓷碗，董老是在安慰宋总呢。与其说是请董老来鉴定这只古碗，不如说是董老想乘这个机会来见一见宋总。"赵里达故作明白人，笑着说。

唐雨闻宋浩话中有话，知道这里面可能有事，未言语，只是笑了笑。

宋浩取了天一碗和唐雨回到了休息的房间，回身关紧了门，然后神秘地对唐雨道："我们得到了一个宝贝。"

"我估计也就值个几百万，看将你高兴的，以为捡了多大的便宜呢。"唐雨笑道。

"你错了，这只瓷碗现在已经不能论价值几何了，董老说，就是一座昆明城都换不下来这只碗。"宋浩说道。

"算了吧你！"唐雨不信，"看来是这些天掘地将你累出毛病来了。这只碗的好处也就是能做个简易的冰箱罢了。"

宋浩随后将董老的话和自己看到的奇观对唐雨说了一遍。

唐雨闻之愕然。

"来，眼见为实。"宋浩将天一碗摆在自己和唐雨的中间，两人头顶着头开始盯着碗中的变化。

数分钟后，唐雨说道："这只碗里还真是令人有些眼晕呢！哪有什么鱼啊？宋浩，你不是在逗我开心吧？这种小孩子的游戏你也玩。"

"别着急，静心看，一会儿就有了。"

"喂喂！真的看到水了啊！"唐雨一惊而起，随后两手端起天一碗，凑在眼前仔细地看了又看，接着又倾斜了一下，意将天一碗中的水倒出来。

"呵呵，这是神水，你倒不出来的。"宋浩笑道。

"这……这碗中的水怎么又没有了呢？"唐雨惊讶道。

"你要是能将水从碗里倒出来那才叫奇怪呢，就不用交水费了。"宋浩笑道。

"真是怪啊！"唐雨惊讶之余，复将天一碗放在桌子上，又和宋浩头对着头地看了起来。

大约十多分钟后，唐雨轻声地惊呼道："宋浩，我看到鱼了！"已是不敢再有大动作，恐将这异象又惊散了去。

"我也看到了。"宋浩说道，"你看到了几条？"

"三条。你呢？"唐雨兴奋地应道。

"三条！还是你有福啊！我才看到了两条。"宋浩微讶道。

"一条黑色的小鱼，一条红色的小鱼，还有一条黄色的。真是太美了！"唐雨激动地说，眼睛仍是不敢离开碗面，怕这种奇景消退。

"我只看到一条黑色的和一条红色的，你看到的那条黄色的在哪边啊？"宋浩问道。

"在那条红色的旁边，怎么，你看不到吗？"唐雨轻声应道。

"没有啊！"宋浩不由得摇了摇头，"看来你比我有福。董老说了，看到游鱼的数量越多的人越有福。祝贺你了！"

"真的啊！"唐雨兴奋地说。

"宋浩，你快看，这鱼在慢慢长大啊！"唐雨又自惊讶道。

宋浩也自惊讶道："是啊！我也看到了，由开始时的一寸长，现在长到两寸长了，真是太奇怪了！"

宋浩、唐雨二人又对着天一碗观看了好一会儿，觉得眼睛累了才止了。

"宋浩，这碗中怎么能幻化出这种奇异的景象呢？太不可思议了！不是我们的幻觉吧？"唐雨此时还是不敢相信。

宋浩道："不会出现集体性的幻觉的，只能说是这只天一碗过于神奇了。不知道它内里是怎么样的构造，竟令人产生出错觉或者说是幻视来。"

"对了！"宋浩此时童心大起，笑道："天一生水，凭空生鱼，也仅是虚像，若是放进去实物，能不能一变俩？你当初也是忘记放入碗中葡萄的个数了吧，多了些你应该也未注意。如此宝碗，可能还是个聚宝盆之类的神物。我且试试，能否生出钱来，那样我们什么也不用做了，整天候着它为我们生出大把的钱钞来就是了。"说着，还真将一张百元大钞放进了天一碗中，随后将碗放进了橱柜里。

唐雨见了，抿嘴一笑，未言语。

二人随后又见了赵里达，问了寻找任志千的事，也自无个结果，无奈之余也只好作罢，于是让赵里达订购了两张明天从昆明飞往天医堂所在省城的机票。

当天晚上，赵里达安排了一席送别宴，宋浩、唐雨二人不好推却，应邀而往，随后兴尽而归，回办事处休息了。

第二天一早，宋浩起床，本要出去散散步的，想起还有件事未证实，于是开了橱柜，将存放在里面的那只天一碗取了出来。

"咦!?"宋浩此时不由一怔，碗中赫然摆放着两张崭新的百元钞票。"不会吧！天一生水，也能生出钱来啊！这……这怎么可能呢？"

宋浩持了那两张钞票来到唐雨的房间，将手中的钞票在她的眼前晃了晃，惊奇道："真的生出钱来了！"

"哎呀！你得到了一个聚宝神碗！"唐雨睁大了眼睛，惊讶道，而后转过身去，忍不住哈哈大笑起来，直至笑出了眼泪，笑弯了腰。

宋浩见了，这才恍然大悟，明白是唐雨暗中放进去了一张钱钞，和自己开了个玩笑，于是摇了摇头，释然笑道："好在是假的，否则这只天一碗真的能生出钱来，这个世界就是个神话世界了，我这二十多年好不容易建立起来的世界观就要彻底崩溃了。"

这天上午，宋浩、唐雨二人乘飞机回返了天医堂。

宋浩、唐雨的归来，令众人高兴不已。三月街天麻采购战早已被药厂的采购员们渲染得神乎其神，宋子和、林凤义、吴启光、水明扬等人虽然未尽知其中缘由，但对宋浩能制造出这么大的声势和动作来，成功地低价收购下了百余吨天麻，皆是大加赞叹，佩服万分。

当天晚上，宋浩将天一碗给几位元老看了，但未将天一碗的秘密说出，只是说在云南得到了一个神奇的青瓷碗，请大家观赏一下。

天一生水，凭空现鱼的奇妙景观令众人惊讶不已。不过啧啧称奇之余，都认为宋浩是买回来了一种高科技产品，是多维动态的效果令人眼睛产生了一时的错觉而已。

其中吴启光、水明扬和章甲方看到了两条游鱼，宋子和、林凤义、雷恒、叶成顺、洛飞莺等人看到了一条，无尘、无月两位出家的道士仅仅看到了一碗清水而已。

第二天一早，宋浩便拉了唐雨和洛飞莺去万松岭百草园，除了去看望秋茹之外，也是要让秋茹见识一下天一碗。

洛飞莺坐在车里，不是滋味地对旁边的唐雨说道："有什么好东西都忘不了他的那个秋家妹子！"

唐雨知道宋浩是童心未泯，炫耀一下而已，自是摇头一笑。

百草园内，秋茹见到宋浩回了来，欢喜地迎了。

在未向她说明的情况下，秋茹竟然在天一碗中看到了四条游鱼，着实令宋浩和唐雨大感惊讶。随后，宋浩说出了天一碗的相关秘密和历史。秋茹和洛飞莺听了，目瞪口呆，始知天下有此一件神物。

洛飞莺惊奇之余，轻声对唐雨说道："唐雨姐姐，看来这个秋家妹子比你我都有福，人家看到了四条鱼哩！"

宋浩随后询问了一下纪冬阳的情况。

秋茹说道："他正在按你交待给他的任务研究无药神方的作用机理，已是全身心地投入了，除了专门派去送饮食的人外，不见任何人。"

宋浩听了，点了点头道："他能用心研究是最好的了，也不枉我们保护了他一回。"

秋茹此时又端起了那只天一碗，偶然心中一动，说道："宋大哥，这只天一碗可否借我一些时日？此碗有此异能，又有保鲜的作用，我想试着以此碗培育一些药物的种子，看看是否能增加药物的性能。听说有些植物的种子被带到外太空，能产生一些异变而变得优良。这只天一碗或许是人间的另一小宇宙，可能也能令培育在其中的药种变异。"

"好想法！"宋浩闻之惊喜道，"这只天一碗是在出窑时经历了天地异变而形成的一件奇物，我们不应该将它看作一件只能用来观赏的小玩意儿。若能在你这个药王手里得以善用，生出些灵丹妙药来，可是大大的功德了！此碗就放在百草园好了，希望你能试验成功。"

唐雨也高兴地说："是啊！我怎么就没有想到呢，用此天一碗装药，也应该会产生些异变的。虽然生不出钱钞来。"

秋茹、洛飞莺二人听了，又自哈哈一笑，宋浩放钱的事，刚才唐雨向她二人说过了。一旁的宋浩则是尴尬地挠了挠头。

"对了莺莺姐，"秋茹笑过之后说道，"按你给我的'面药'配方，我已经准备好了一批，经过特殊炮制后，除去了药中对皮肤有毒副作用的成分，你稍后派人来取吧。"

"这么快啊！谢谢你了。"洛飞莺高兴地说。

秋茹笑道："对你的美容科，百草园要大力支持，这也是支持我们女人的梦想。"

"'面药'？什么'面药'？"宋浩问道。

洛飞莺道："这是我和爷爷还有老林翻遍了《奇方验抄》和上清观赠送的那批医学藏书，找到的美容配方。有几种已经试用过了，效果很好，不亚于那些有名的美容产品。"

"好！"宋浩点头道："我们天医堂也要研究出具有中医药特色的美容产品。这可是一个还未得到完全开发的大市场，天医堂要占有这个先机。"

洛飞莺说道："可不是嘛！经过一段时间的免费试用，美容科现在天天人满为患。"

宋浩道："那就再为你开辟出两间科室来，待你的美容科发展壮大了，我会在天医堂医药馆旁边为你单独建一座天医堂美容院。而且还可以在天医堂分部都成立美容科，将天医堂美容院连锁天下。"

洛飞莺听了，兴奋地说："真的啊！你的支持可不要变，我有信心将天医堂美容院办得比天医堂医药馆还具有中医药特色，并且规模上也要超过天医堂医药馆。"

唐雨笑道："你有这个信心就好，中医药美容应该会发展成为天医堂的一个支柱性产业的。"

宋浩道："既然如此，莺莺，天医堂总部会为你支出三千万研究经费，此事你可以和秋茹的百草园联合运作，你就放开手脚干吧，要是日后你的美容产品能将那些外国的名牌产品比下去，当是为中医的发展做了独特的贡献。中医药美容特色要以医为主，药为次，人之美丽取决于内里气血的状态，所以要根据每个人的体质，以中药进行内里的调节，先令人达到健康的状态，内外同一，真美自出。医药不仅仅是为了医病救人，也能涉及多种产业，这就为中医在现代的发展提出了一个新的课题。以人为主体，医道则能与万事相通！"

唐雨道："不错，天医堂医药馆和美容院都要以医为主，无论是治病还是求美，要直达本质。天医堂的名医高手，从某种意义上说，都是美容专家，因为他们能令一个人达到内外同美的最佳状态，这才是天医堂美容院的优势和特色。再加上所有的美容配方用药都要经过百草园，可以达到天然无毒副作用的效果。仅凭此两点，足可将世界上所有的美容院比下去。"

"听了你们的话，我……我好像获得了无穷的力量！"洛飞莺挥了挥拳头，大声说道。

宋浩坐在办公室里处理着去云南这些日子积累下来的待他批复的文件，有人敲了一下门，随后江河走了进来。

"宋总，你找我？"江河说道。

"嗯！"宋浩应了一声，未抬头，仍在忙着手中的活，"江院长，在我去云南之前，你说会在几天内将我交给你的事调查清楚，这么长时间过去了，为什么还没有结果？"

"这个……"江河犹豫了一下，说道："宋总，实不相瞒，在这件事上，我遇到了阻碍，唐总那边……"

"唐雨怎么了？"宋浩抬起头来。

"是这样的，"江河说道，"就在我调查上有了重要进展的时候，不知为什么唐总找到了我，命令我停止一切有关刘天和那笔资金的调查行动，说是日后若宋总问起，有她顶着。没办法，我只好停止了一切相关调查。"

"是唐雨！"宋浩眉头皱了一下，然后说道："好吧，此事暂且与你无关了，请将唐总找来，我来问她。"

江河点了一下头，转身出去了。

"唐雨在对我隐瞒什么？难道说有些事情她已经知道了？却为何不对我讲呢？"

十分钟后，唐雨和水明扬一起走了进来。

"水先生！"宋浩忙起身相迎。

三人随后在一侧的茶几旁边坐了。唐雨说道："宋浩，江院长的事与他无关，是我命令他停止调查的。看来到了和你说明一切真相的时候了。水主任，先由你来说吧。"

水明扬笑了笑道:"宋总,首先向你表示歉意。当初我来天医堂毛遂自荐,其实是受了朋友所托,明白来讲,我是另聘年薪来服务于天医堂的。而这位每年支付给我一百万美元年薪的人,就是天医集团的齐延年先生。"

"水先生是天医集团派来的!"宋浩闻之一惊。

"水主任在来天医堂之前,是天医集团设在欧洲的几所大医院的首席外科专家。"唐雨说道。

"唐总很聪明,在我来天医堂不久,她就知道了我来此的缘由和真实的身份。我来天医堂是齐先生另行聘请我来帮助你的,以令天医堂达到包括外科手术在内的全能大医院的治疗水平。来天医堂的这些日子里,我真切地感受到了中医的独特魅力,也庆幸自己有机会来到这样一个地方工作,我现在敢这样说,天医堂的综合治疗水平已经达到了世界领先地位。在这里,有许多在西医看来不可治愈的疑难杂症,在中医药的治疗下,都奇迹般地痊愈了。我现在向宋总坦诚一切,并且衷心地希望此事不要给我日后在天医堂的工作带来影响,这里已经成为了一个令我重新学习的地方。回头我会和齐先生说明此事,不再接受他的聘请,而是真正地受聘于天医堂,一切仍维持以前的条件。"

水明扬说到这里,朝宋浩和唐雨点了一下头,说道:"我还有个手术,先去了。"说完,起身离去。

望着默然不语的宋浩,唐雨说道:"现在,你应该明白了吧。刘天他们当初投入建设天医堂的所有资金和业务支持都是天医集团的齐先生暗中提供的,包括承包下整座万松岭,以作为天医堂的药材供应基地。你不要怪刘天他们始终没有对你说出实情,这是齐先生和杜阿姨再三吩咐的,怕你知道了会拒绝接受。天医堂能快速地发展到今天的规模,得益于天医集团对我们的资金投入。虽然,没有天医集团的支持,今天的梦想,我们仍然会实现,但是那至少要延迟三到五年。我知道,因为当年的事,尤其是宋刚叔的死,你不能释怀。但自从齐先生和杜阿姨找到了你后,他们全部的心思几乎都用在你身上了,你不认他们,他们仍旧在默默地为你贡献着。也请你原谅我的一番苦心,在知道了事情的真相之后,没有及时地告诉你。因为,这是你亲生父母对你的帮助,不能因为你的固执而拒绝,我考虑了这件事可能会慢慢地打开你的心结,更为重要的是,这对天医堂的前期发展是至关重要的，不能因为你的个人情绪而阻碍大局。"

其实除了水明扬一事，唐雨所说的话，宋浩已是预料到了，他让江河调查此事，就是想证明自己心中的猜测。

"时间会冲淡一切，包括仇恨。宋浩，请你勇敢地面对这种现实好吗？你知道杜阿姨的思子之痛吗？她为你中间病倒了几次，后来在我的安排下，她能在近距离内看到你，才获得了一些安慰。在天医堂，在昆明，在大理三月街，齐先生和杜阿姨都去过，都在暗中支持你，为你加油，更为你感到自豪和骄傲。"唐雨说道。

"你是说他们曾出现在我的身边？！"宋浩惊讶道。

"是的，都是我的安排。原谅我这么做，我不忍心看到你们一家人就这样相峙下去。"唐雨说道。

宋浩没有再说话，他走到窗前，望着前方的白水河，心中不免感慨万千。

"宋浩，"唐雨走到宋浩身边，柔声道，"世界上母爱是最伟大的。你还记得我曾为你送过来的几种特殊的甜点心吗，那是杜阿姨亲手制作的。"

宋浩仰头叹息了一声，没有言语。

"对了，你还记得何成中吧，他一共向天医堂捐赠了一千五百万。第一次的那五百万倒是他本人捐赠的，而后的那一千万是齐先生请人代转，托何成中捐给天医堂的，那笔资金解了天医堂燃眉之急。齐先生和杜阿姨想方设法通过各种渠道支援天医堂的建设，在全力地帮助你，更是请生死门的人为你解除了一切麻烦。当年宋刚叔的死是你那个叔叔齐延风造成的，非你父母本意，并且齐延风现在也已遭到了惩罚。一切就让它过去吧。齐先生和杜阿姨在努力向你进行补偿，你应该接受的。"

"他们是在补偿，在补偿他们心中的愧疚。宋刚叔就是死在他们策划的阴谋中，不能说是意外，因为那个结果是他们造成的，这是不可否认的事实。爷爷目前还不知道这件事，若是知道了，他老人家能受得了吗？我还有什么面目来面对爷爷呢？他们这些所谓的补偿比起宋刚叔的死都微不足道，就是拿整个世界来进行补偿也没有任何意义。他们对天医堂所做的一切，我毫不领情，也不会原谅他们，更不想再见到他们。谢谢你的好意唐雨，你不是我，无法理解我心中的感受。也请你日后不要再安排他们私下见我了，更不要去做爷爷的工作，让爷爷接受那个残酷的事实再来劝说我。上天对爷爷已经不公平了,就不要让爷爷再涉及到此事中。这件事以后也不要再谈了,好吗?"宋浩痛苦地闭上了眼睛。

唐雨听了,又失望地摇了摇头。

第二天早上,秋伟进入到宋浩的房间时,发现他脸色苍白地躺在床上,憔悴至极。秋伟大惊,忙通知了大家。

"心病!心病还得心药医,只有靠你自己寻找那种心药了。"林凤义在为宋浩诊脉之后,摇头说道。宋浩和天医门齐家的关系,唐雨已经对众人说明了。

在林凤义和唐雨的建议下,宋浩移居万松岭百草园安心静养。

宋浩得到了秋茹精心的照料,唐雨和洛飞莺也暂且放下了手中的工作来陪护他。

当天晚上,伍长将宋子和送了过来。

"爷爷,您老怎么来了?"宋浩见了爷爷,忙坐了起来。

唐雨朝秋茹和洛飞莺各使了一个眼色,二女会意,和唐雨退了出去,留下他祖孙二人说话。

"怎么样,宋浩,感觉好些了吧?"宋子和关切地问道。

"我没事爷爷,不用为我担心,我只是感觉有些累而已,休息上几天就好了。"宋浩应道。

"唉!"宋子和轻轻叹息了一声,说道:"爷爷知道,你的压力太大了,天医堂这一大摊子事都需要你来主持,你是累倒的。还有啊……"宋子和顿了一下,又语重心长地说道:"唐雨都对我说了,是你的父母为天医堂提供了资金支持,帮助了你。他们有能力这么做,也是应该的,你坦然受之便是了,勿要多虑,最主要的是天医堂能顺利地发展壮大,这比什么都重要。爷爷知道,你心中始终转不过那个弯来。一切的事情你的父母都朝我解释过了,我也原谅了他们,事情过去了也就算了。况且也是你父母当年之举,才给你带来了种种机缘,否则你留在天医门内,也只是做个大家公子罢了,或能别有作为,但是不可能创办今日的天医堂。从这件事情上来讲,你的父母是有功的,并且他们又为你提供了大力支持。他们纵有万般不是,毕竟是你的亲生父母,不妨就认了他们吧,一家人得以团圆,爷爷也就没有什么心思了。况且在事业上,也是对你和天医堂的发展有利的,天医堂若能和天医集团强强联合,医道中兴指日可待。其实已经有人分辨不得天医堂和天医集团了,以为它们本是一体的,况且它们本来就应该属于一家。"

"爷爷,有些事情我……我是无法去面对的。"宋浩低了头,说道。

"当然了,你有自己的主见,爷爷也尊重你的决定。只是希望你和你的父母不要过于生分了,这样不好。其实在唐雨的安排下,我和你的父母也见过几次面,他们也是劝我在这件事情上遵从你的意见,不要勉强于你。他们现在对你所做的一切,不能说是补偿,而是在尽他们为人父母的责任,无可厚非。并且我认为,也是林凤义、吴启光、唐雨我们几个人的意见,天医堂在制药方面应该和天医集团展开合作了,这是天医集团的优势,他们有着世界上最先进的生产设备和最高的生产水平,对提升天医堂制药的实力是大有裨益的。"

"天医堂和天医集团合作……"宋浩眉头皱了一下。

"这只是我们几个人的意见,最后的决策还要取决于你,为了天医堂的发展,就不要让个人的情感影响到事业。"宋子和说道。

"这件事容我考虑一下,以后再议吧。"宋浩说道。

"宋浩啊!"宋子和又自感慨地说道,"我们和天医堂都处在一个大好的时代,要抓住这个机遇,早日令医道中兴才是我们医者的责任。"

"我知道。"宋浩点了点头。

宋子和离开的时候,唐雨将他送出了百草园门外。

宋子和道:"宋浩的心结还需要他自己慢慢地解开,此事也不要过急。我们现在要做的事就是努力地开展天医堂和天医集团的合作,这也是他父母的意思。待天医堂和天医集团融在一起,一切水到渠成时,所有的事情也就迎刃而解了。前些日子和齐先生见面时,他便有意将天医集团国内的产业交给宋浩来继承和管理,那可是有几个天医堂的实力啊。我怕宋浩一时不会接受,也就劝齐先生缓图,不可操之过急。唉!这个宋浩,怎么就转不来这个弯呢!"

"爷爷,其实是因为……"唐雨欲言又止,"那就这样吧,我们日后努力劝说宋浩令天医堂和天医集团展开合作,然后再让他慢慢地接受一切。只是他现在仍旧固执得很,不愿意和齐先生和杜阿姨见上一面。"

"这需要我们慢慢做工作。我看天医堂和天医集团合作的事,你可以先和齐先生他们洽谈了,并且可以暗里进行,到了一定程度时,再告诉宋浩，令他阻止不得就是了。这不仅是为了缓和他和他父母之间的关系，也是为了天医堂的长远发展打算。我们也可在董事会上通过这件事，宋浩也要尊重多数人的意见不是?"宋子和说道。

"爷爷，您的想法真是高明，到时候宋浩自会顺理成章地接受天医集团，还有齐先生和杜阿姨了。"唐雨高兴地说。

# 第十七章　合作

第二天天色见亮的时候，宋浩便醒了，感觉虚弱的身体恢复了一些，于是起身悄然出了房间，没有惊动隔壁的唐雨和秋茹，一路出了百草园，漫步于万松岭上。

清爽的空气令宋浩精神一振，尤其是空气中还混合着药草的异香，几十亩药圃中已有晨起的工人在劳作了。

一路走来，竟是到了宋景纯的墓地。它站在宋景纯的墓前，回想着这些年来的阴晴冷暖，感慨良多。

"宋大哥，原来你到了这里，让我好找！"秋茹提了一只保温瓶走了过来。

"服药的时间到了，却找不到你的人了。"秋茹将药瓶递上前，笑吟吟地说："这是爷爷开的方，我配的药。"

"谢谢你了！"宋浩感激地说道，随后接过药，乘温服下了。

"今天感觉好些了吗？"秋茹关切地说。

"好多了。本来没什么，可能是累的，却让大家这样关心我，真是过意不去啊！"

"你是天医堂的支柱，不能有任何意外的。工作上也要注意劳逸结合，本身就是医生，应该明白这些道理的，何以将自己累成这样，吓得人慌。"秋茹有些责怪道。

"谢谢提醒，日后会注意的。"宋浩笑道。"对了，你的成绩不错，药圃已经基本上覆盖万松岭了。"

秋茹道："除了为天医堂提供部分上好的药材外，这里将成为一座培育优质药种的基地，为百草园日后供应更多的药种，也只有这样，才能应得下天医堂药材上的需求。我的理想是，有一天，天医堂的所有用药，包括药厂方面，我们都能自给自足，并且用的是天下质量最好的药材。天医堂的药品是一个品牌，百草园的药材也是一个品牌。"

"好啊！"宋浩高兴地说："你的计划与我的一些想法不谋而合。天医堂若是想长远发展，必须要有自己的生产基地提供足够的药材，才能不受原材料市场变化的影响。这样，可以将你的计划做成一份计划书报上来，总部研究之后，付予实施。"

"宋大哥，和你做事真是痛快！总是能给予我们最大的发挥平台。"

"呵呵，"宋浩笑道，"只要人有七分本事，天医堂就能令他发挥出十分来。"

宋浩仅在百草园静养了四天，便又回到天医堂，投入到各项工作中。众人见他身体确无大碍，也知道他的性子，倒也未再劝阻，只是在出诊量上少安排了些。

宋浩先是处理了一些待他批复的文件，有一份文件引起了他的重视。这是天医堂制药生产和销售部门共同递上来的一份文件，急需批复。大意是在生产方面，天医堂制药仅仅维持原有品种的生产就已超负荷运转，几条新投入使用的生产线也被新研发出的品种占用了。虽然现在有两处正在建设中的制药分厂，但是需要在六至八个月以后才能竣工投入生产，远远满足不了目前扩大生产的迫切需求，以及不断研发新品种的速度。两部门建议寻找实力雄厚的大药厂进行战略上的合作。文件后面还有一个天医堂董事会的批文，董事会基本上认可了这个建议，下面有唐雨、宋子和、林凤义、吴启光等人的签字，就等宋浩这位天医堂总裁的最后决策了。

宋浩随后找来了唐雨，说道："药厂生产部和采购部递上来的这个建议不错，只是，有大药厂愿意和我们合作吗？要知道我们天医堂的药不管在哪里生产出来，我们的商标是不能改变的，对方也仅是严格按照我们的要求代理生产而已。"

唐雨道："这方面我们已经进行了调查，眼下就有一家大医药集团符合我们的生产要求。"

"哪一家？"宋浩问道。

唐雨犹豫了一下道："天医集团。"

"天医集团！"宋浩闻之一怔，随即摇头道："这不行，你应该知道我现在面临的情况，怎么会和天医集团合作呢？"

"宋浩，"唐雨道，"我们现在是谈工作上的事，不要将个人情感掺于其中。为了天医堂的发展,我们必须选定一家实力雄厚的医药集团,而天医集团在各方面都符合我们的条件。在中药品种的生产规模上,天医集团现在世界排名第一,有世界上最先进的生产设备。它在中国国内就有十二家大型的药厂及七家医药公司,仅这十二家药厂的生产规模就足以保障天医堂产品及时和顺利地生产销售。还有重要的一点,我们和天医集团展开合作后,就可以马上打通海外的销售网络,借天医集团在海外现成的销售渠道,天医堂的药品就可以畅通无阻地销售到海外市场。"

"你说的是有道理,但这是我们的一厢情愿,天医集团不会采取这种方式和我们合作的。难道说他们就不怕天医堂抢占天医集团的市场份额吗?"宋浩摇了摇了头道。

"不会。"唐雨说道,"因为这是一个双赢的策略。并且我们已经和天医集团的人接触了,初步确定了合作意向,就等你的批准了。"

"什么!你已经和天医集团的人就此合作意向开始接触了?!"宋浩闻之又是一怔,他心中明白,这是唐雨和爷爷等人在逼着自己往这条路上走。

"是的。"唐雨平静地应道,"天医堂制药的生产形势不等人,我们必须在短时间内解决这件事。具体的合作意向我们正在和天医集团的代表商谈,这也是董事会的决定。由于这几天你在百草园养病,没有通知你,不过最后的决策权在你,所以说我们也没有越权。宋浩,为了天医堂的长久发展,天医集团是我们目前最佳的合作伙伴。是的,我和爷爷他们这样做,不排除为你和你的父母缓和一下关系,但是更为重要的,天医集团的确是最好的合作伙伴,尤其是齐先生对此合作事宜也是十分地认可,说这种强强联合对天医集团的发展也是极为有利的。"

宋浩听了,沉默不语。这件事对他来说是意料之外、情理之中。他心中也十分清楚,和天医集团的战略合作,对天医堂的发展具有极其重要的意义,并且从一开始,天医集团就已经对天医堂的建设做出努力和贡献了,这是回避不了的事实。

唐雨在旁边颇有些紧张地等待着宋浩的答复。虽然她和宋子和等人有强迫宋浩和天医集团合作的意思,但若宋浩强烈反对,这项合作计划也只能搁浅——除了宋浩是天医堂的总裁,有着最终的决策权力外,毕竟也要照顾到他的感受。

宋浩望着窗外的白水河足有半个多小时，而后转过身来，对唐雨淡淡地说道："既然董事会已经做了决定，我再行否决也没有什么意义。"说完，在建议书上签下了自己的名字。

唐雨见了，心中一松，欣慰地一笑。

"其实你是天医堂的执行副总裁，也应该有这个权力的。"宋浩又补充了一句。

唐雨将宋浩签署好的文件拿在手中，笑逐颜开道："这才像干大事的人嘛！有魄力！另外，我还要告诉你，待天医堂和天医集团正式签署合作协约时，是要你和天医集团的董事长齐延年先生同时签字才能生效的。"

"这个……我还是不去了吧，你代我签字就是了。"

"这就由不得你了！"唐雨说完，拿着文件转身去了，像怕宋浩反悔一样。

宋浩站在那里，无奈地摇了摇头。


唐雨一回到自己的办公室，便迫不及待地打通了齐延年的电话。

"齐先生，宋浩答应我们之间的合作了。"唐雨高兴地说。

"真的？"齐延年意外之余，惊喜道，"这个倔小子，终于缓过劲来了。唐雨，谢谢你们所做的工作，让宋浩终于接受我们了。"

在和唐雨短暂地通完电话后，齐延年对着一旁的杜青苗激动地道："听到了吗？我们的孩子开始接受我们了！"

"年哥！"杜青苗一时间激动得泣不成声。

"这样最好了！我们的努力没有白费！"齐延年长吁了一口气道："先令天医集团将内地的产业逐渐融入天医堂，然后再在适当的时机，整体划入天医堂名下。有了这种名义上的合作，我们日后可以光明正大地去见他了，他也没有理由不见我们了。循序渐进，尽我们的一切努力去感动他，总有一天，他会认下我们的。"

随后，天医集团派出了一个商业代表团，由李同领队，与天医堂代表唐雨等人商谈合作事宜。一开始，李同还在为天医集团的利益据理力争，直到他接到了齐延年的一个电话。

"答应天医堂方面提出的所有条件,并且还要有几点补充……"齐延年在电话里吩咐道。

"这……董事长,我们这样做岂不是将天医集团拱手让给天医堂了?"李同听完齐延年的话后,一头雾水。

"我就怕对方不要呢!"齐延年畅然一笑道。

接下来的商谈十分顺利,甚至于出乎唐雨的意料。在这份拟定的合作协议里,天医集团几乎是为天医堂无偿生产,并且负责海外市场的销售。唐雨随后明白了这其中的意味,于是照单全收,将协议草签了下来。李同等天医集团的谈判代表们摇头不已。

尤其是在这份协议草签的当天,唐雨暗中接受了齐延年汇过来的10亿资金,以作为天医堂继续发展之用。此事唐雨也仅告诉了宋子和、林凤义两人。林凤义感慨道:"这个宋浩,还是个双料聚宝盆!不但能聚来人才,还能聚来大财,天医堂何愁不兴,医道又何愁不兴?"

宋浩看到这份草签的协议后,眉头一皱道:"天医集团这么大方吗?"

唐雨忙说道:"这后面还有几项说明,天医集团和天医堂的合作不仅仅是一种商业上的合作,也是天医集团在为中医事业的发展做贡献。因为天医堂现在已经成为中医发展的重要力量,天医堂的经营模式是医药行业不可替代的典范。天医集团这么做也是想起到一种表率作用。

"天医集团的前身是众医门之首的天医门,只是他们这么多年来的发展重药轻医,有些脱离医道的轨道,没有承担好令医道发扬的责任。而天医堂现在做到了这一点,医药并重,所以天医集团也是想借天医堂来了却他们愿望不曾实现的遗憾。齐先生给我打过多次电话,反复强调了这一点,就是希望天医堂集天下之力,共同担负起令医道中兴的历史责任。"

宋浩听了,没有一点反驳的余地,心中却是隐隐感到了齐延年的用意。想起自己创办天医堂的初衷,对眼前这份有"兼并"天医集团之嫌的协议,也未表示出什么异议来,并且对双方的这番良苦用心,自己也不能再表示出什么异议。

一个星期后,省城某大酒店内,各大媒体聚集。一位省长亲自主持了天医堂和天医集团的合作签约仪式,宋浩也又一次见到了齐延年和杜青苗夫妇。齐延年和宋浩这双父子成为了闪光灯下的焦点人物。

"齐先生,谢谢天医集团对天医堂的支持,达成了我们之间的合作。"

宋浩与齐延年握了握手，心情颇为复杂地说道。

"宋总年轻有为，这都是我们应该做的。"齐延年也是颇为尴尬地与宋浩握了一下手，对宋浩称呼自己为"齐先生"，心中百感交集。

唐雨和杜青苗见齐氏父子虽然是在这种场合下"握手言和"，但也终于将双手握到了一起，不由相视而笑。杜青苗发现，宋浩有几次暗中用眼光扫向自己这边，当是在意她这位母亲的存在，幸福感油然而生。

在随后的酒会上，宋浩被有意地安排在了齐延年和杜青苗两人之间的位置落座。齐延年主动地劝酒，杜青苗则是不断地为宋浩搛菜，宋浩倒也未表现出那么不近人情，礼貌性地应付了。同桌的宋子和见此情形，不知暗里擦拭了几回激动的眼泪。

当天晚上，杜青苗拉了齐延年到宋浩的房间欲和宋浩说话，想再联络一下感情，却发现人去屋空。闻讯赶过来的唐雨不无遗憾地告诉他俩，宋浩已经和伍长连夜回白河镇天医堂总部去了。

杜青苗听了，一时酸楚，又流下泪来。

齐延年劝慰道："这孩子今天表现得已经很不错了，有些事情还需一步一步地来。"

接着，唐雨陪着杜青苗说了会儿话。对这个帮助宋浩创建天医堂的能干的女孩，杜青苗已是将她当作自己的儿媳妇来看待了。在以前和这次合作中，唐雨都起了重要的作用，杜青苗心中尤是感激。

唐雨告诉齐氏夫妇，宋浩的心结，就是对当年宋子和之子宋刚之死无法释怀，也是不能原谅和认下他们夫妇的根结所在。

"时间会淡化一切的。"唐雨随又安慰道。

"那个宋刚虽是死于另一个阴谋之中，但也是我们计划上的失误造成的，这一点，我们对不住宋家，宋浩也有理由来怨恨我们。"齐延年后悔莫及。

"并且宋浩再三交待，此事的真相万万不可令爷爷知道，否则他这一生可能都无法去面对爷爷，所以我们也不能通过爷爷去劝说宋浩。不过不管怎么样，这次天医堂和天医集团的成功合作，已是令事情开始有了转机。"唐雨说道。

"我们在这件事情上会慎重行事的，不会再给宋浩和宋老先生增加痛苦。唐雨小姐，谢谢你在其中斡旋，令我们一家人终于有了一个坐在一起吃饭的机会。"齐延年感激地说。

"不必客气！"唐雨笑道，"一是为宋浩着想，二也是为了天医堂的发展着想。"

"宋浩身边能有你相助，我们就放心多了。让你受累了。"杜青苗拉着唐雨的手，关切地说道。

"其实宋浩能有你们这样的父母，他也应该感到自豪的。你们的支持和帮助可以令宋浩的梦想提前实现。"唐雨应道。

"聪明的唐雨！"杜青苗赞许道，"我们会尽一切努力帮助宋浩实现他的理想，而我们的梦想就是一家人能快乐地生活在一起，他能叫我一声妈妈，就是我一生中最为幸福的事了。"

齐氏夫妇随后去看望了一回宋子和，然后才回到了自己的房间。

"唐雨这孩子真是不错，不仅帮助宋浩掌管天医堂大小事务，还令医门唐家也加入了天医堂，和你当年一样能干。我们的儿子有眼光！"齐延年赞叹之余，高兴地说。

"不如说是我们的儿子有魄力！"杜青苗兴奋地说："天医堂内还有个女孩子叫洛飞莺的，也是不离浩儿左右的。另外听说百草园那个被浩儿请来的秋茹姑娘也是个大美人，也是对浩儿有意思的。"

"呵呵，"齐延年笑道，"你知道的倒是真详细啊！"

杜青苗道："那当然了，我可是浩儿的妈妈。只是这三个女孩子都很优秀，三人虽都对浩儿情有独钟，也是难为浩儿了。要是让我选，就选唐雨了。可又怕浩儿放不下另外两个呢！"

"实在不行，就一屋藏三娇吧！"齐延年开玩笑道。

"呸！这种话亏你这个当爹的说得出口。"杜青苗嗔怪道。"好在我们还未将浩儿带到海外去，否则让那几个世家的千金瞧见了，不知还要惹出多少事端来呢！"

齐延年笑道："这就是优秀男人的好处，风流之事，有时自己不惹，也会找上门来的。不过放心吧，浩儿会将自己的事情处理好的。"

和天医集团的合作大大缓解了天医堂制药在生产上的压力，更为天医堂在各地创办分部节省了大量的资金和人才资源。在之后的日子里，天医堂又相继在几个大城市成立了分部，一路做得是风生水起。此时人才的短缺成了天医堂迫切需要解决的一个问题。

在天医堂总部召开的分部负责人年会上，唐纪、窦海芹、林凤义、吴启光等人提出了一个建议，由天医堂发起成立"中国中医民间发展联合协会"，大量招收中医人士入会，天医堂择优秀人员聘任，以解各分部人才急缺的问题。这一提议宋浩欣然而应，并且提出建立"中医民间发展奖励基金会"，由天医堂每年出资一千万，以奖励那些对继承和发展中医学有突出贡献的民间中医，不分国籍、性别、年龄，只要在中医的研究上有特殊建树，皆可获得此基金会的奖励，奖励金额20万~100万不等。这一建议获得与会者的一致通过。

天医堂发起"中国中医民间发展联合协会"的消息一经公布，来自全国各地的报名者半个月内就达到了7600多人。大家一致推举宋浩为会长，唐纪、宋子和、林凤义三人为副会长，又任命了秘书长若干，自此，"中国中医民间发展联合协会"正式成立了。在以后的几年时间里，会员迅速地扩展到了30多万人，成为了全球最大的民间性中医协会。

通过对"中国中医民间发展联合协会"会员资料的统计，宋浩发现有许多擅一技之长的中医人士。这些人虽非全能医者，但每以手中的绝活专治某一病种而享誉一方。于是天医堂广泛聘用这些奇人异士，在各分部成立中医特色专科，天医堂也令这些志同道合的医家们看到了中医的未来和希望。天医堂以海纳百川之气势，包容天下医者，令其发展势头更为迅猛。

在"中国中医民间发展联合协会"和"中医民间发展奖励基金会"相继成立后，又一个大胆的计划在宋浩心中形成了，那就是创建"天医堂中医学院"。

天医堂名医讲习所的作用愈来愈明显，除了名医授课，更主要的是令学员们在门诊实习，理论联系实践。各位老中医带出的学生们皆有出色的表现，为各分部输送了大量的一线医生。对于表现突出的人才，天医堂都给予了赏励，除了各种福利待遇，每个人还分到了一套设施齐全的个体公寓式的宿舍。

在当地政府的大力支持下，他们征用了天医堂旁边的一块土地，开始建设天医堂中医学院。工程自然是交给了刘天的建筑公司，刘天保证，5个月内将一座配套完整的教学楼交付天医堂。招生工作与校园建设工作同时进行，天医堂打出了招生广告——天医堂中医学院，令你的孩子实现从小学直接迈入大学的梦想！精彩传奇的人生，从天医堂开始！

此招生广告一出，举世轰动！

这是宋浩、唐雨、宋子和、林凤义、吴启光、章甲方、洛飞莺、叶成顺等人研究了多时才敲定的一个独特的招生计划。学习中医要从小开始，那就是从小学毕业生中招收学生，打破了世人习以为常的小学上初中，初中升高中，高中上大学的传统理念。

第一批学生招收200人，有意者先报名，递交个人详细的资料，由天医堂派人进行面试，通过后才能被录取。录取的学生入住天医堂中医学院，开始十年制全额免费教学，成为名副其实的专业大学生。第一批的200多名学生，是从一万多报名者中一一挑选出来的，并且宋子和、林凤义等人亲自参加了面试择生，为了能招收到适合学习中医的后备人才，这些老中医们可谓不遗余力，也是要从其中选定自己的嫡传弟子。

在这期间，根据国家教委的规定，同步进行初、高中的课程教学，重点是增加了中医方面的专业课，并且进行立体式的教学。首先计划培养这些学生对中医的兴趣，令他们了解中医发展的历史；而后在百草园熟悉各种中草药的种植和炮制，同时进行药理、药性方面的实践教学；定期到天医堂医药馆的门诊部进行实习性的"巡视"，令学生们耳濡目染，真正地去接近中医的实践行为。接着要背诵基础类的中医口诀和学习人体解剖，熟悉人体结构和经络、穴位的分布，随之是对古文知识的加强培养，为他们日后学习中医古籍经典打下基础。试学期为一年，在这一年内，确实对中医没有学习兴趣的学生可选择离校，另择一般的学校学习。两年之后，再对学生们进行全面的系统教育，逐步渐进。

进行全面系统的七年教学之后，再根据每个学生的特点和兴趣进行专科分系，譬如中药系、针灸系、中医系、按摩系等等。在为医药馆培养医生的同时，也在为天医堂制药厂和百草园储备后继人才。还有一个外科系，由水明扬担任系主任，是天医堂中医学院最为特殊的一个西医科系。

天医堂中医学院的教材都是由宋子和、林凤义、章甲方等人分工编写的。他们对国家正规的中医学院的大专和本科教材进行分析，在其基础上进行调整，使内容更适合年龄较小的孩子学习。

天医堂中医学院的创建和独特的招生行为，宋浩颇费了一番周折才获得了国家教委的正式批复。天医堂中医学院被定为国家传统中医教育试点单位。也是天医堂的影响今非昔比，加之天医堂中医学院独特的招生和教育模式深合中医教学之道，国家教委也采取了灵活的方式给予了特殊支持。

这是天医堂中医学院计划招收的学生班。根据天医堂各分部急需人才的情况，在原来的名医讲习所的基础上，又增设了七组成人班，学员是从"中国中医民间发展联合协会"的会员中招收的。这项工作在天医堂中医学院还在建设的时候就已经开始实施了。

这一时期，天医堂上下忙碌得不亦乐乎。天医堂中医学院的建设和招生工作同时进行，天医堂美容院也在天医堂医药馆的旁边破土动工。原来的美容科经过发展壮大，要从医药馆分离出来。同时又有四处天医堂的分部创立，此时，天医堂设在各地的分部已经达到了十四处。宋浩计划在之后的两年内，在全国各省市都建立天医堂的分部机构，而后再分建到重要的大中城市。

这一系列计划的顺利实施，齐延年暗中汇给天医堂的那10个亿起了重要作用。宋浩倒是个甩手掌柜的，对天医堂的经济状况从不过问，有个想法说出来让人去实施就是了，所以这笔资金唐雨也未让他知道是怎么回事。

天医集团原有两处大型的中医药研究机构，不仅注重于药品的研发工作，而且有着世界上最先进的研究设备，对中草药的研究一直走在世界前列，在和天医堂合作之后，也顺理成章地与天医堂原来的科研部门合并，组成了"天医堂中医药研究中心"。不过在中草药的现代研究方面，宋浩、秋茹、章甲方、唐纪等人为天医堂中医药研究中心提出了一个方向和宗旨，那就是对中草药的现代研究，不可全部采取现代的科技手段去研究其成分，而来确定某一味药的功能效用。因为中药是讲究寒、热、温、凉和性味归经的，并且炮制方法不同，又可产生不同的药效，对这方面是要进行专门的研究的。现代的科技仅仅能分离出某一种药物的化学成分，而无法去辨别它气味的厚薄和自然之性。医者意也，用药亦然。

# 第十八章　天医药库

这天，宋浩正在办公室和洛飞莺讨论天医堂美容院未来发展的问题。唐雨这时打来电话，兴奋地说："宋浩，有空吗？有空的话请来吴老师的诊室一下，让你见识一位奇人。他竟能在服食某种药物之后，以身体感觉到这种药物的归经现象，实在是神奇极了！"

"哦！还有这种奇人！我马上过去。"

宋浩和洛飞莺随后来到了吴启光的针灸诊室。此时唐雨和林凤义都在，与吴启光正在兴奋地谈论着什么，旁边的椅子上坐了一名有些拘束的年轻人。

通过唐雨的介绍，宋浩这才明白了原委。这名年轻人叫陶则龙，在县城一处工地上打工，本是陪一名患病的同乡来天医堂看病的，在林凤义那里，他无意中说起自己一吃东西，身体的某些地方就有一些奇怪的反应，或麻、或跳。他的话引起了林凤义的注意，把脉之下，竟觉这个陶则龙的脉象有种奇怪的"透彻"之感。林凤义愈发地好奇，便将陶则龙领到了吴启光这里，被吴启光确认为"经络敏感人"。根据陶则龙所述身体奇怪的现象，令其嚼服了几种中药。在服用了干姜数分钟之后，陶则龙便说，他的腹部和手臂的某些地方有轻微跳动的感觉。吴启光细查之下，惊讶地发现，那里正是脾经、胃经、心经、肺经循行的部位，而干姜一药，正好也入此脾、胃、心、肺四经。又令陶则龙试服了几种药物，他在身体上的感觉，与那几种药物的归经是有八九分一致的。这种意外的发现，令吴启光、林凤义、唐雨三人惊奇不已。

宋浩听完后，惊讶道："古人如何发现药物的性味归经一直是个谜，难道说竟是以人体本身感知的？那神农尝百草就是这样的吗？可是以一人之力，难以尝遍天下之药啊！"

吴启光道："不管怎么说，古人能定义中草药的归经，以人体来感知也是一种途径。并且也证明了经络的存在。'内景隧道,唯反观可视之'。医道中人不可能都有那种修为,但是有天生经络敏感之人,也是能感觉到经络存在的。而陶则龙天赋异禀,对药物异常敏感,又能神奇地反映在经络上,与药书所载多相符合,也当是有了一个佐证。"

宋浩点头道:"这是经气之变!研究中医,研究经络,当立足于一个'气'字,而后辨以阴阳,就好办多了。人对'气'的感应,是最直接和迅速的。"

宋浩对陶则龙说道:"你现在做什么工作的?月薪是多少?"

陶则龙道:"在县城一家工地上打工,一个月能有一千多块钱。"

宋浩道:"想不想到天医堂工作?"

陶则龙茫然道:"我又不会给人看病,来这里能做什么?"

宋浩笑道:"你对中药敏感,并能具体地反映在经络循行的部位上,可定此药物的所归之经,你可是千古难遇的奇人啊!我们天医堂准备特别聘请你到中医药研究中心去工作,月薪一万。放心,不是拿你去做药物试验,而是在安全的情况下想再具体地验证古人所定的药物归经的准确性。"

陶则龙听了,惊喜道:"真的啊!我……我同意!"

吴启光笑道:"我们针灸科发现的那几名'经络敏感人'也都在中医药研究中心工作,让我们得以研究经络之谜。你比他们都特殊,应该当宝贝来对待的。"

林凤义感慨之余,摇头道:"古人已经发现并且证明存在的东西,我们还要再去验证,很难说是进步了还是落后了。"

宋浩笑道:"一切的研究工作我们都要从源头开始,要知其然而又知其所以然,这才是我们研究中医和人体生命奥秘的本义。古人告诉了我们他们的伟大发现,而我们要了解其中的机理,才能更令现代人信服。否则这层神秘的面纱不揭去,难以令伟大的中医散发光芒。"

"宋浩就是宋浩,想得比我们深、比我们远!"吴启光敬佩地笑道。

这天晚上,宋浩给远在云南大理的阿龙打了个电话,询问寻找经书的事。阿龙告诉宋浩,他和石云利用空闲时间,正在那座老宅子里逐寸地进行寻找,只是目前还无所发现。宋浩告诉阿龙,不要急,耐心地寻找就是了。

忽一日，青海塔尔寺的那嘎龙林喇嘛来到了天医堂，以个人名义来进修学习针灸术。宋浩对他热情接待，并安排了吴启光的针灸科室。那嘎龙林应宋浩之请，向众人展示了"独龙针法"，令大家惊叹不已。那嘎龙林的到来，开启了天医堂与少数民族医药学者的交流，藏医、蒙医、苗医等少数民族医药中有着特殊疗效的医药技术逐渐被天医堂所采用，并在天医堂中医药研究中心的少数民族医药研究部门进行研究。

这天，李贺主持的天医堂洛氏分部转过来一份特殊的病案，引起了天医堂针灸研究所的注意：有王氏患者，病虚痨，泛无力，访遍数省名家，皆曰不治。后至天医堂洛氏分部，李贺诊之，针药所不能为，亦曰不治。病者哀求，李贺为其所动，转思古人曾有以灸法逆转疑难绝症之病例，于是处以灸方，择要穴数处，令其归家自灸。三月后，病家喜来谢之，竟获奇效，病愈八分矣！其所患虚痨绝症，竟以灸法活命。

宋浩阅毕此病案，感慨道："中医之神奇，是在治疗效果上的神奇，而取之治疗方法上的平淡。"

于是命天医堂针灸研究所另立艾灸研究部，与洛氏分部和金针门窦氏分部紧密配合，独研灸术。半年后，成果显著，推广于天医堂各针灸科室。艾灸一术，竟与针法平分秋色，且在那些针之不能、药之不可的疑难病种的治疗上，效果出色。

天医堂针灸研究所是天医堂中医药研究中心的分支机构，广泛收集、整理、挖掘民间各种奇异针法，且将部分针法进行临床应用。

在针具上，除了蜂针，还有蜞针、棒针、木（竹）针、皮肤针、电梅花针、辊针、空心针、气针、火针、温针、蜡针、电针、磁穴针、磁电针、磁极针、自血针、穴位埋线、小针刀、蟒针、皮内针、激光针等。

人体不同部位的奇效针法有：耳针、头针、面针、眼针、鼻针、口针、舌针、颈针、项丛针、脊针、腹针、手针、足针、足像针、手相针、腕踝针、对应点针法等一系部位奇特针法。

在刺法的研究上，综合古今各家手法，除了吴启光的"冰火神针"和宋浩的"霹雳针法"外，对流传于民间的各式刺法也进行了广泛研究整理。

其中李贺所主持的洛氏分部还发明了一种"冰针"。是由来自金针门的窦微无意中在一册针灸古籍中发现的，书中记载古人曾以清水凝冻成细小的"冰针"为人疗疾治病，择穴刺入，冰体在穴中融化，在短暂的时间内，取以冰之寒性，疗以热疾，以补医者手法上的不足。在古时，此"冰针"之法，只在北方的冬天才能采之用之，但由于细小的冰体质脆易折，不甚实用。不过窦微受其启发，加以改进，在此基础上又采用了配制相应药物制成的洁净药水，抽入特制的注射器中放进冰箱冷冻，而后在冰水混合状态下进行穴位注射，寒意绵长，作用持久，方便实效，在治疗某些热性疾病时，应手而效，效果奇佳，起到了针药合用的双重作用。后又反用，取相应的药水加热，在人体能忍受的情况下穴位注射治疗寒证，效果亦然，类似"火针"而又不尽然，在一定程度上倒是取代了"冰火神针"。

宋浩对天医堂中医药研究中心的重视程度，每每令人出乎意料，他不但为中医药研究中心提供每年一个亿的研究经费，而且命天医堂总部及各分部的名医圣手们每年要抽出一定的时间到研究中心指导工作，带去自己的临床心得，由研究人员加以整理。不但研究古人的医药经验，也结合现代的中医药研究进展，全方位地对中医药加以研究探索。古老的中医药，在天医堂中医药研究中心里进行了古今最为具体和最为完善的整合。

天医堂美容院也取得了骄人的成绩，针对不同体质人群给予对应的中药美容调理剂内服，对人体进行全面的调理，还人健康之美。配合"面药"的使用，令那些爱美的女士们自信地显耀于人前。

天医堂内服外用的美容产品，开创了一个还人自然真美的美容时代，天医堂美容院也渐渐成为了天医堂中不亚于天医堂制药的支柱性产业。

天医堂逐渐摸索出了一种适合中医在现代发展的模式，并走出了一条特色的发展之路。

这天，宋浩和章甲方从儿科住院部查完病房出来，迎面遇上了孔飞。

"宋总，唐总陪了一位客人在你的办公室等你。"孔飞说道。

"哦！"宋浩随后和章甲方招呼了一声，回到了自己的办公室。

一进门，宋浩不由一怔——原来那位客人是齐延年。

"齐先生你好！"宋浩还是礼貌性地上前与齐延年握了握手。

"宋……宋总！"齐延年不自然地笑了笑。

"齐先生，没有别人的时候，您还是叫他宋浩吧。"唐雨不失时机地笑道。

"也好。"齐延年感激地笑了一下。

宋浩未置可否。天医堂与天医集团的合作，已是让齐延年有正当的理由进出天医堂，还和宋浩直接地见面了。

"宋浩，我今天来天医堂是有一件极其重要的事情与你商谈。"齐延年郑重地说道。

"哦。"宋浩淡淡应了一声。唐雨把他拉到了齐延年的对面坐下。

唐雨沏了壶龙井茶，为这双父子各斟了茶水，然后也坐在了一旁。

"业务上的事，齐先生直接和唐雨说就行了，她有权决定一切。"宋浩淡淡地说。

齐延年没有理会宋浩冷淡的态度，而是认真地说道："我和你谈的这件事不是现在业务上的事，但是也关系着天医堂和天医集团日后的发展，那就是找到'天医药库'！兹事体大，你且容我慢慢说来。"

"天医药库！"宋浩、唐雨二人闻之一怔。

齐延年呷了一口茶水，然后说道："此事本是天医门的一个秘密。天医门的事你应该也知道一些，旧时为众医门之首，门中医术秘法冠绝天下。可惜我领导不利，再加上诸多因素，已是风光不再，变成了重药轻医的纯营利性质的商业集团，实是有违齐氏先人济世救民的初衷。好在各种机缘令你创办天医堂，算是将已偏离了医道正轨的天医门又拉了回来。你今天的成绩，令我愧疚又感欣慰。"

齐延年感慨之余，又说道："那还是在清朝末年，当时天医门的门主，也就是你的曾祖父齐良……"

说到这里，齐延年微微停顿了一下，见宋浩没有什么反应，于是继续说道："当时你曾祖父因为给慈禧太后治愈了一种顽疾，令天医门名震朝野，得到朝廷厚赏，故天医门又有御医门一说。后来有一位蒙古王爷都都尔患有重病，特差人请了你曾祖父远涉蒙古为其治病。你曾祖父用安宫牛黄丸治愈了都都尔王爷的中风惊厥之症，蒙古诸王公贵族闻讯而来，纷纷请你曾祖父为他们疗疾治病。于是你曾祖父和天医门人施以医术，治愈了诸多疑难杂症。都都尔王爷和那些蒙古的王公贵族们为了感谢你的曾祖父，便许下诺言，只要蒙古草原上有的，天医门尽可取之。

"于是你曾祖父说，他身为医者，不求金银珠宝，但能求得一些治病救人的好药足矣。来时一路上见蒙古草原牛群遍地，其中或偶有生牛黄者，又见麝群遍野，当是富产香囊，若能得此二药，别无他求。同时他告诉都都尔王爷，治好他病的安宫牛黄丸就是以牛黄和麝香为主药的。都都尔王爷和那些蒙古的王公贵族们闻之不以为意，因为对草原上的牧民来说，只有生病的牛才会长出这种对他们来说没有用处的黄色石头，闲时猎麝也是他们的一种休闲娱乐活动，两物易得。

"都都尔王爷从你曾祖父那里讨要了安宫牛黄丸的配方，说是要大量收集这药方上的药，然后赠送天医门，酬谢救命之恩。你曾祖父说，按方索药，大可不必，只要方中贵重的牛黄、麝香、犀角、朱砂四味就可以了。都都尔王爷当时问，要多少？你曾祖父也开玩笑地说：多多益善！都都尔王爷回应道：没问题，日后各收集几车让天医门来取就是了。你曾祖父闻之，当时也是一笑而过，未以为意。时值天医门内有事，你曾祖父便从外蒙返回了关内。

"后来时局动荡，清朝覆没，民国兴起，中国也陷入到了混乱的局面中。你曾祖父对蒙古王爷的许诺也忘记了，因为天医门也面临着生死存亡。为保天医门不受国内战乱的影响，你曾祖父那时已经开始实施将天医门迁往海外的计划了。直到有一天，外蒙来人，找到了你的曾祖父，带来了一个令天医门上下惊喜的消息——蒙古王爷都都尔和曾受过天医门恩惠的蒙古王公贵族们竟然为天医门收集了一大批牛黄、麝香、犀角、朱砂。原来在你曾祖父走后，整个蒙古草原就开始了一场轰轰烈烈的杀牛取石和猎麝取麝香的行动，数年未止。安宫牛黄丸的奇特疗效，也令都都尔王爷推崇备至，准备让你曾祖父和天医门为他配制一批，流传后世，以作子孙备急之用。所以那些蒙古王公贵族们不遗余力，各命领地上的牧民们宰杀病牛，猎手们狩猎麝群，以大量获取牛黄和麝香，然后统一集中在都都尔王爷的府中。那时候在蒙古草原上还未有保护野生动物的概念，生长在蒙古草原上的麝群就成了捕杀的目标。都都尔王爷从王公贵族们的手中收集朝廷赏赐和入蒙的商人们赠送的部分犀角和朱砂，并且还不惜重金请商人们为他代购犀角和朱砂两药，以至于引得很多商队将大量的犀角和朱砂运到蒙古获利。来人还带来了那四种贵重药物的部分样品，牛黄皆是天然牛黄中的上品；麝香是除去囊壳的麝香仁，竟然还是呈颗粒状的极品当门子；朱砂也都是质量上乘的'镜面砂'和'豆瓣砂'，红鲜透光，质纯无杂；犀角是从南亚各国和非洲商运来的全形犀角，那支样品足有数斤之重。你们俩知道这四种珍贵的宝药，那都都尔王爷各收藏了多少吗？"齐延年随后闭目问道。

"多少？"宋浩和唐雨异口同声地应道，二人早已被此事惊呆了。

齐延年缓缓地道："牛黄1400公斤之多，麝香180公斤之多，全形犀角275支，朱砂9600公斤。即便在大药商的手中，这些药也都是以克来计的，而在都都尔王爷那里，竟是以几百斤来数，匪夷所思啊！这是一座富可敌国的宝库，已是无法估算它的价值了。是那都都尔准备赠送给天医门的，所以称之为'天医药库'。"

"这么多！？"宋浩和唐雨一惊而起。这四种药本已珍贵异常，数量上竟如此丰巨，古今罕见，是千古不遇的一座宝库。

齐延年接着说道："你曾祖父闻之震惊万分，没想到当年一句戏言，竟令那都都尔王爷当成一件真正的事情给做了。于是对来人说，他所带来的这些四药样品，便已是万金不易了，不敢再去奢求那数量庞大可抵一国之力的药库了。来人却说，他们的王爷敬重天医门的医术高超，故备这批药物相赠，也是实现当年的诺言，蒙古人重信，也是对朋友的敬重。并且这四药已备，他人得之无益，只有天医门能善加利用。你曾祖父知道此事重大，应该亲自前去和都都尔王爷说明此事为好，这也是古往今来，天下间的牛黄和麝香在数量上收集得最丰巨的一次了，天医门几百年也用不完的。但这般大礼，医门又不能轻易地照单全收。当时天医门内外事物缠身，又暂不能远涉蒙古和那都都尔王爷商量如何解决此事，左右为难之际，只好令来人先回，对他说待过一段时间天医门再去蒙古和都都尔王爷商量如何接收这座药库，并再三叮嘱，要做好牛黄、麝香二药的密封保存工作，以免泄散气味。来人领言而去。

"你曾祖父在以后的日子里，开始变卖天医门的资产，尽可能地筹集资金，准备之后再去接收那批贵重药品，否则他也是不敢就这样收下这般大礼的。但是世事难料，时局忽起变化，外蒙古在前苏联的操纵下，脱离了当时的国民政府，宣布独立。紧张的局面令天医门不可能再进入外蒙古接收那批贵重的药品了。同时国内风云变幻，令天医门处于进退维谷之中。更加不幸的是，你曾祖父当时由于过度操劳，又加上年迈体弱，竟至一病不起。就在这时，蒙古都都尔王爷又秘密派人前来，告诉你曾祖父，由于时局动荡不安，那批贵重药品他已经秘密地埋藏在了领地中一处隐蔽的地方，来人带来了一份藏宝图，让天医门日后有机会可自行前去掘取。你曾祖父见了，倒也略感心安，于是命天医门加紧了迁移海外的计划。在这期间，你曾祖父不幸病逝，那座埋藏在外蒙古的天医药库，也就成为了天医门历代门人的一个牵挂。

"天医门人后来移至海外发展，因各种因素，一直未得机会去蒙古国寻找那批埋藏的天医药库。后来我接手了天医门，根据现实的情况，更名为天医集团，并进入到国内发展，同时也在蒙古国投资创办了一家公司，意在以此为基础，寻找天医药库。但是在近二十年的时间里，我组织了六次大规模的探宝行动，耗费了大量的人力财力，都以失败而告终，未曾找到都都尔王爷埋藏天医药库的地点，并有几名探险队员意外遇难。当年为了防止事情泄露，被外人所知进行盗取，那份藏宝图绘制得很是隐晦，没有明确标出天医药库的埋藏地点。但是你曾祖父一看到藏宝图后，当时就知道了准确地点，不知他和都尔王爷之间有什么默契。可惜的是你曾祖父在去世之前，未能及时地将这个秘密明确地指示给天医门人。我们后人手中虽握有这份藏宝图，却是看不透其中的奥秘所在，以致于六次寻找未果。

"我这次又组织了一个寻找天医药库的探险队，准备进入蒙古国进行大规模寻找，也是最后一次了，再寻找不到，我也准备放弃了。这次特别邀请了生死门的顾晓峰前来相助，也是顾晓峰和他的生死门最后一次帮我们了。我之所以来找你，是因为顾晓峰的一句话提醒了我，说是财找有缘人，我曾六次寻找未果，应该是那座天医药库与我无缘。宋浩你风头正盛，当是有大福之人，或许那座天医药库与你有缘。所以我想请你加入这最后一次的探险行动。当然了，顾晓峰也是玩笑之语，我们不可当真。你只要随队前往就行了，权当到蒙古国旅游了，只需协助顾晓峰领导那支探险队就可以了。"

"是这样！"宋浩闻之，不免心动，转头望了唐雨一眼，唐雨早已呈现出了兴奋之色。

"天医药库对天医堂和天医集团意义重大，不仅仅是四样贵重药材数量丰巨，更为主要的是，这四样药材中除了朱砂现在可以用钱买得到外，其他三者都属于奇缺药种，若能找到天医药库，就解决了天医堂一百年内在生产上对这三种药的需求。这其中还有一个重要的意义在里头，中药救急之功本是比西药快捷的，只是苦于没有好药。你们知道的，牛黄开窍豁痰、息风定惊、清热解毒之功，麝香开窍醒神的作用和犀角的清心热、凉血解毒之功效，都是其他的药物所不能代替的，也是那千古名方牛黄安宫丸、至宝丹、苏和香丸的主药。中药本是开急救之先河的，找到天医药库，就能利用这批贵重的药物显示出中药的急救之功。

"这次探险行动是在那份藏宝图上发现了新的线索，而且在那片区域经过这么多年的地质勘察后，又有了新的发现，所以我才决心再寻找一次。此番行动必须有我们自己的人参与，我本想亲自参加这最后一次行动的，但是天医集团在海外的机构急需我回去处理一些事务，我和你……你的杜阿姨近日要回美国去。所以请你代表我参与这次行动。探险队的车这两天就会来天医堂接你们的，到时候由内蒙古出境，进入蒙古国。这次探险队的主要成员还是以前的那些人，由顾晓峰领队。进入蒙古国后会有人接应的。"

"齐先生，这次探险行动找不到天医药库也就罢了，但是万一找到了，那么贵重的一批药品，地方上会让我们顺利地运送回来吗？"唐雨这时问道。

"问得好！"齐延年点头道，"这方面我们早已做好了准备，并且已经和蒙古国当地政府达成了协议。对方知道我们是在寻找一座宝藏，但是不知道我们在寻找什么，所以在协议中规定，若是我们找到宝藏，里面的财宝和当地政府平分，而非金属的东西归我们所有。放心吧，我安排好了一切，只要发现天医药库，你们的任务就算完成了，剩下的事情会有人处理好的，会将那天医药库以合法的程序完好地运回国内，送到天医堂。天医堂这边可以多去几个人，数量由你们自己定。"

宋浩此时已经没有了拒绝的理由。神奇的天医药库，真的能埋藏有数量上如此丰巨的牛黄、麝香、犀角、朱砂吗？尤其是对现今药材市场上奇缺且价格昂贵的天然牛黄、麝香、犀角三药来说，达到这般收藏量，简直就是一个奇迹。有了这批药物，对于全面开展中药的急救项目，令世人对中医药重新认识，意义重大。也因为这几种药价贵且真品难求，天医堂有几种效果奇佳的新药未能投入大规模生产。若是有了天医药库这批药，真的是可供应天医堂百年内的生产需求了。

看到宋浩眼神中流露出的兴奋，齐延年知道他已经在期待这次探险行动了，心中一笑，随后起身道："先这样吧，你们准备一下，然后探险队会有车来接你们的。我先走了。"

宋浩和唐雨送走了齐延年，这才从刚才的兴奋中冷静了下来。

"此事未免过于离奇了。况且天医集团的人寻找了六次未果，这次行动又能有什么收获呢？"宋浩说道。

"虽是这么说，但有一点可证明，天医药库是真实存在的，它的价值是无法估算的。我们现在还不能看到那份藏宝图，不知为什么持有图也没有找到天医药库，可能是天医集团以前派出去寻宝的人出现了错误的判断。待见到顾晓峰之后，我们最好再重新研究一下那份图纸才好。"唐雨说道。

"也只能这样了，这次带上伍长，我们三人一起去。"宋浩说道。

宋浩找来了伍长，说了过几天随天医集团的探险队去蒙古国寻找一批贵重药材的事，让他做好相应的准备。伍长听了，非常高兴。

接下来的两天里，宋浩、唐雨二人开始对天医堂的工作进行调整。此次探险，时间上是不会短的，为避免在他二人不在的时期，天医堂出现管理上的断档，他们便将天医药库的事和宋子和、林凤义、吴启光几个人说了。几人听后惊讶不已，说是若能将天医药库找到并运回天医堂，对天医堂日后生产配方中含有牛黄、麝香、犀角、朱砂四药的药品，如牛黄安宫丸等，不仅仅是获得生产的保证，更是能在药效上达到最佳效果，意义非凡。

宋浩随后又召集了江河等天医堂中层以上的干部，全面交待了日后的工作，尤其是强调了天医堂中医学院和美容院的建设，还有正在实施的招生计划，都要抓紧进行，不可懈怠。

然而就在宋浩交待完这一切之后，却意外地接到齐延年打来的一个电话。

"宋浩，我考虑再三，这次探险行动你还是不要去了吧。因为是要远涉戈壁沙漠，比较危险，我怕你出意外。并且你……你杜阿姨也反对你去冒险。"齐延年在电话中说道。

"……"宋浩感受到了一种被人呵护的暖意，一时无语。

在沉默了片刻后，宋浩说道："寻找天医药库意义重大，还是让我去吧，有唐雨和伍长陪同，还有顾先生他们，应该不会有什么事的。况且这种非凡的探险经历不是什么时候都能遇上的，对人的意志也是一种磨练。危险之事，我也不是未曾遇到过，但都有惊无险。这件事已经激起了我的好奇心，如若不去，将会有所遗憾。"

"好吧，那我们就尊重你的决定。明天早上我会派我的秘书李凡去接你们。李凡也曾参加了两次寻找天医药库的行动，有什么事尽管找他好了。你是代表我去的，要配合探险队的工作。顾晓峰和探险队会在内蒙古与你们会合。"齐延年说道。

第二天一早，两辆越野车开进了天医堂的大院内，从前面那辆车上下来了一位戴着眼镜文质彬彬的年轻人。此人就是齐延年的随身秘书李凡，宋浩与唐雨以前倒也与他见过几次面。

等候多时的宋浩、唐雨、伍长三人随后分别上了那两辆越野车，一路扬尘而去。

"宋总，董事长吩咐，这次行动就当你们天医堂的人随队观光了。有事但请吩咐，愿意效劳。"坐在前面的李凡恭敬地说道，显然是对宋浩与齐延年的关系有所了解。

"还是叫我宋浩吧。听说李大哥也参加过两次寻找天医药库的探险行动？"

"是的，我曾代表董事长参加了第五和第六次的行动。"李凡说。

"看来李大哥对寻找天医药库的事比较了解，给我们讲讲详细的情况如何？"宋浩说道。

"没问题。"李凡笑道，宋浩称呼他为"李大哥"令他倍感亲切。"第一次的行动是在十二年前，董事长从海外聘请了一批专业的探险家组成了探险队，并且之后的五次行动，都是由这支探险队进行的。天医药库是当年一位蒙古王爷赠送给天医门的一批贵重药材，由于历史上的原因，未能及时地运回来，而被埋藏在了戈壁阿尔泰山中的某个地方。因为是在蒙古国境内，为了给探险队提供便利，也是为了日后找到天医药库后，蒙古国政府能提供方便，顺利地将天医药库中的贵重药物以合法的途径安全地运送回国内，董事长便令天医集团先在蒙古国进行投资，进行部分项目合作。后来还和当地的政府达成了一个协议，由天医集团组成探险队寻找一个传说中的宝藏，在找到宝藏后，金银珠宝类与对方平分，但是特殊标明了非金属之物尽归天医集团所有，属于文物类的则归蒙古国政府所有。在以后的数年中，前三次的探险行动都无果而终。三年前，在第四次的探险行动中，还出现了意外，牺牲了三名探险队员。其中一人是在死亡峡谷迷路失踪的，另外两人操作失误，从悬崖上坠落。因此次事故，寻找天医药库的行动停滞了一年，在两年前又重新启动，开始了第五和第六次的寻找。这两次我都代表董事长参加了，但是也没有结果。这第七次是最后一次了，再寻找不到天医药库，董事长也就放弃了，因为天医集团已经为此耗费了巨大的财力和物力，再这样没有结果地进行下去，也就没有什么意义了。"

"天医药库！"宋浩暗中感慨了一声，知道齐延年付出了如此巨大的代价，在没有任何结果的情况下，仍是要尝试最后一次的，可见天医药库的价值和它的吸引力了。

# 第十九章　喀伦土堡

当天傍晚，在内蒙古与蒙古国接壤的一座边境小镇上，宋浩、李凡一行人与等待在这里的探险队会师了。

先是见到了顾晓峰和五名生死门内的弟子。顾晓峰对宋浩、唐雨、伍长三人的到来表示了欢迎。随后介绍了探险队的队长汪丰，此人是一名华人探险家，是齐延年重金请来的探险方面的专家，天医集团前六次寻找天医药库的行动，都是他带的队。这支探险队原有20多人，加上生死门和天医堂的人，达到了33人，共计12辆越野车，装备齐全。

在旅馆的房间里，汪丰、顾晓峰、宋浩、唐雨四个人开了个小型会议。

汪丰告诉宋浩，探险队将从内蒙古边境出境，进入蒙古国后，会有人接应。汪丰随后在桌子上展示了一张陈旧的羊皮纸，这便是当年的那位蒙古王爷都都尔让亲信绘制的藏宝图，上面的山名地名虽是以蒙古文标示的，但旁边已是注明了汉字。

汪丰指了地图说道："我们此行的目标就是进入到蒙古国的戈壁阿尔泰山脉中一处被人称为'死亡峡谷'的区域，天医药库就被那位蒙古王爷都都尔埋藏在了那里的某个地方。首先我们要到达阿尔泰山脉边缘的喀伦土堡，那里原是都都尔王爷一处猎场的驻地，现在已经荒废了，已作为我们探险队数次进出戈壁阿尔泰山的一个基地了。"

宋浩见那喀伦土堡位于藏宝图的右下角，点了一点红色标记，在上方，便是一大片箭头乱指的区域，当是那戈壁阿尔泰山了，当中有蓝色的圈记，旁边标明"死亡峡谷"。

汪丰这时咳嗽了一声，用眼光扫了扫宋浩和唐雨，然后说道："我们这次根据齐先生的要求，对死亡峡谷的可疑地点再重新寻找一遍。不过那是一片危险地带，人一旦误走进去，便容易迷路，生还出来的希望很小。

在以前的六次探险中，也意外地牺牲了三名队友。所以在进入到死亡峡谷之后，一切行动要听从指挥，万不可擅自离队，只有这样才能保障你们的人身安全。这一点必须牢记。我答应过齐先生，怎么带你们去的，还要怎么样带你们回来。"很显然，他将宋浩和唐雨当作观光客了。

宋浩笑道："放心吧汪队长，我们就权当是去旅游的，不会给你们工作带来麻烦的。"

"这样最好！"汪丰点了一下头道："寻找天医药库是我和顾先生的事，不过宋先生作为齐先生的全权代表，有权随时中止这次寻找天医药库的行动。"

宋浩听了，眉头皱了一下，对汪丰后一句话感觉有些莫名其妙。

"当然了，"汪丰又笑道，"我们这最后一次行动，最好能找到天医药库，那么多的牛黄、麝香、犀角，若是放到国际市场上去，至少也值几十亿美元呢！"

第二天一早，探险队出发了。先是到了一处边防检查站，办理了相关的出境手续和通过一系列的检查之后，车队被放行通过，进入蒙古国境内。

在蒙古边防哨卡，又受到了蒙古边防军的例行检查，在确认没有携带违禁走私物品之后，放行通过了。前面有几辆汽车和一群人等在那里，接应探险队。

一名中年男子迎上前，和汪丰、顾晓峰等人握手之后，在汪丰的引见下，亲热地与宋浩握手道："你好宋总，我是天医集团设在蒙古国投资公司的负责人张凯扬。欢迎来到蒙古。"

张凯扬随后又介绍了他身边的一位蒙古人和林，是蒙古国政府人员。和林朝后面招了招手，有人从汽车上卸下来十几支步枪和部分子弹——天医集团经过特殊交涉，每次探险行动由蒙古国地方政府为探险队提供防卫性武器，以应对在探险的过程中有可能遭受到的狼群的袭击，但是禁止以这批武器进行违法的狩猎活动。

一行车队经过了五六个小时的行程之后，来到了一座镇子上。张凯扬在这里已经为探险队准备好了充足的给养，还有部分不能通过边防站运进来的通讯和探测设备。

宋浩、唐雨见天医集团为此做了如此充分的准备工作，暗中称赞不已。

经过了一番准备和一夜的休息，第二天一大早，探险队告别张凯扬与和林等人，一行12辆越野车浩浩荡荡出发了，朝戈壁阿尔泰山山脚下的喀伦土堡驰去。

车窗外展现出了天然牧场的万里草原风光。蓝天无际，碧草无边，水草丰美，牛羊遍地。草势随风摇曳，起伏如浪，波卷荡漾开去。绿草丛中又有鲜花缀拥，五彩缤纷，草香花香浓烈，风吹而来，怡人心脾。天然美景若斑斓织锦，瑰丽壮阔，令人陶醉。

"真美啊！好像在画卷里一般！"唐雨惊叹道。

"生活在这万里草原上，实在是人生的一大享受啊！"宋浩也感慨道。

朝行暮宿，在接下来的几天里，宋浩也认识了探险队中的一些人：周军、刘施杰、李正光、王培同、仲永佩、祖全、宁国。但是宋浩感觉，这些人对自己和唐雨、伍长很是冷淡，甚至包括李凡，可能是这几个无用的"观光客"的到来，对探险队并无实质上的帮助，甚至有时候还会成为累赘。宋浩暗里摇了摇头，也未加理会。

一次休息的时候，汪丰指着远方一片巍峨起伏的山脉轮廓对宋浩说："那里就是戈壁阿尔泰山了。不过望山跑死马，明天傍晚我们才能到达山脚下的喀伦土堡。"

隔天傍晚，探险车队终于到达了戈壁阿尔泰山的山脚下。所谓的喀伦土堡是建在一座土山上的石土混合建筑群，本是当年那位蒙古王爷都都尔设在这片猎场的一处驻地，此时早已破败不堪，不过还有部分房屋可遮风挡雨，所以成为了探险队七次进出戈壁阿尔泰山的一个基地。

这里的地貌很是奇怪，站在喀伦土堡上可以看到前方是肥沃的草场，但旁去数里之外，便是那一望无际、寸草不生的茫茫戈壁，伟壮而凄凉。

一路行来，看惯了秀美养眼的草原风光，忽又望见那壮观雄浑的戈壁沙漠，宋浩心中一荡，拉着伍长开了越野车要去那里身临其境一番。唐雨则是摇头一笑，自己准备晚餐了。

进入了戈壁地带，伍长又将越野车开出了很远才停了下来。

宋浩下了车来，不由自主地一声惊呼。时值傍晚时分，夕阳西下，余晖斜射，映得本是奇形怪状的戈壁地貌更加诡异，加以戈壁阿尔泰山的庞大阴影笼罩，令前方的那片谷地里耸立的土壁沙墙、怪岩乱石，变得尤为恐怖可怕，令人望而生畏。

"白天来这里应该能好看些，现在……不是时候。我们还是回去吧。"宋浩生出了怯意。

伍长闻之一笑。

喀伦土堡内，由自备的发电机供电，几处房间内亮起了灯，大家围桌而食。吃的是刚烤好的全羊肉，是在来的路上从牧民那里买来的草原肥羊。

"夜里常有狼群来袭，最好不要走出土堡。一旦被狼群拖走，仅凭这十几支步枪在黑夜里也是无法展开救援的。草原上的狼群一来就是几百只，与其遭遇上，我们也只能固守土堡，而不能出击。"汪丰叮嘱道，并有意望了宋浩一眼，显然是刚才宋浩和伍长未经他的同意去戈壁看风景，引起了他的不快。

宋浩歉意地笑了一下。

"明天我们就正式进入死亡峡谷进行寻找天医药库的工作。宋浩，我看你和唐小姐还是留在土堡内吧，那边的工作比较危险，不适合你的。不然也会留其他的人看守车辆和物资。"汪丰说道。

"我们既然已经来了，就不想做个闲人。哪怕是帮助大家打打下手也好。"宋浩说道。

"随你。"汪丰道。

用过晚餐，汪丰又在桌子上展开了那份藏宝图，和顾晓峰商量明天具体的工作分配，宋浩站在一边观看。

"死亡峡谷所有的可疑点，我们在以前的六次寻找中都已经仔细查过了，并没有发现天医药库的存在。但这是最后一次寻找，所以还要将那些可疑点重新筛选一遍。根据以前对那一带地形的勘测，我们准备将死亡峡谷外围的区域也列入寻找的范围。"汪丰说到。

旁边的宋浩看了一会儿那份地图，说道："死亡峡谷虽被画在了地图的中间，但天医药库未必就被埋藏在了这里，这张地图有可能将我们带入了一个误区也说不定，否则为何六次大规模的寻找都没有结果？"

汪丰听了，先是一怔，随后笑道："这份地图上标示得明明白白，天医药库就埋藏在这个蓝色的圈子内，而这个蓝色的圈子就是整个死亡峡谷的区域。只是天医药库中的药材，所占的体积不是很大，被埋藏在了某处小山洞里，所以极其不易查找。若按你所说，天医药库不在死亡峡谷，那会在哪里呢？总不能将整座戈壁阿尔泰山作为我们的寻找目标吧？当年那位蒙古王爷将此藏宝图交给天医门时，就是在明确地告诉天医门的人，天医药库就是埋藏在死亡峡谷的。地图上所有的箭头都指向了这里，应该差不了的，只是被埋藏得极其隐蔽罢了。我们这次带来了大量的炸药，对可疑的地点进行定向爆破，应该能将一些隐藏的暗洞炸出来。"

"哦，我也只是说说而已，对于寻宝这种事我不在行的，不要听我的意见好了。"宋浩说道。

汪丰与顾晓峰听了，相视一笑。

宋浩觉得无趣，便回到了房间休息。唐雨已将房间收拾好了。由于探险队知道了他二人是恋人的关系，所以被"格外照顾"地安排在了一个房间里。不过没有床铺，而是在地上铺了毛毯，各钻进自己的睡袋就是了。

李凡这时过了来，说道："宋浩、唐小姐，我和伍长兄弟就在你们的隔壁，有事唤我一声就是了。"接着，他又神秘地说："我的那个黄色背包里有一部卫星电话，是在发生特殊的事件和遭遇意外时可以和董事长直接联系的专线，同时也能在第一时间通知张凯扬。你们俩要和外面联系时，可私下取用，但是不要让人发现。明白我的意思吗？"

"明白！"唐雨感激地笑道。

"明白就好！"李凡笑了笑，道了声"晚安"转身去了。

熄了灯后，宋浩躺在睡袋里，有些迷惑地对唐雨说道："那份藏宝地图，我怎么看不懂呢？即便没有标出天医药库的具体所在，也要有所暗示才行啊，怎么能将若大个死亡峡谷都圈进去呢？枉费了天医集团六次之功，仍无所获。就是再找上十次也是没用的啊！齐……齐先生说，当年天医门门主齐良一看到此图，便知道了天医药库的具体所在，他为什么一看就知道呢？那个蒙古王爷应该给了他什么暗示。"

"你是说，天医药库有可能没在死亡峡谷，而是被埋藏在了另一个地方，并在藏宝图上标明了？"唐雨惊讶道。

"这只是我的一种猜测。不过已经被汪队长给否定了。"

"你猜测得不无道理，既然在死亡峡谷找寻不到天医药库，为什么不能试试别的地方呢？"

"别的地方？你是说整座戈壁阿尔泰山吗？"宋浩摇了一下头道："那样寻找起来无疑是大海捞针，也没什么意义了。行了，睡吧，明天到了死亡峡谷，我们再实地考察一番。有可能最不被人注意的地方，就是天医药库的所在呢。若再找不到，天医集团费了这么大的力气，也真是遗憾，那座天医药库被永远地深藏这里，再过个几百年，药效全失，也更是可惜了……"说着说着，宋浩睡去了。

不知什么时候，"砰砰……"忽然传来了几声清脆的枪声，将睡梦中的宋浩和唐雨惊醒。二人不知发生了何事，忙持了手电筒出门查看。

一出门迎面遇上了周军，周军说道："没事没事，回去睡觉吧，土堡外面来了狼群，适才放了几枪震一震，以让狼群知道我们有武器，知难而退，否则会在外面转一宿的。"

"狼群！"宋浩闻之讶道，"真来了狼群啊？"

周军道："不信你去看看！"

宋浩随即和唐雨来到了喀伦土堡高厚的土石墙上，上面站有两名持枪值勤的探险队员——刚才就是他们开的枪。漆黑的夜色中看不到什么，只是发现喀伦土堡的周围闪烁着无数的萤火虫。然而当宋浩、唐雨二人注目细看之时，才惊恐地发现，那些闪烁着的萤火虫竟然是无数双幽光碧绿的狼眼睛，四下里全是，布成了一个圈子，将喀伦土堡团团围住。好在探险队是住进了喀伦土堡中，若是宿营在野地里，只怕难以抵挡。

宋浩倒吸了一口冷气，惊恐道："这么多的狼，我们明天如何敢进入到那死亡峡谷里开展工作？"

一名值勤的队员笑道："这个山区的狼群一般不在白天出来活动，并且怕枪，现在它们知道我们的实力了，一会儿也就散去了。便是进入到山里工作，只要在晚上选择安全的地方宿营，狼群也不会偷袭我们的。"

"哦，这样就好。"宋浩心中稍安。

果然，土堡外面的狼群为枪声所震，逐渐散去了。

回到房间中的宋浩一晚上也未睡踏实，他开始感觉到了这里的怪异。从那闪烁的幽光碧绿的眼睛中，宋浩感受到了一种说不出来的恐怖，好像那狼群的眼睛这些日子一直在盯着他，时不时地便能令他莫名地生出一股寒意来。

天色微见亮，探险队便开始了进入戈壁阿尔泰山的准备工作。山中无路，是要徒步进去的，并且至少要在死亡峡谷工作上一个星期。汪丰留下了两名队员驻守喀伦土堡，看守车辆及部分物资装备。其他31人将全部进入死亡峡谷中，进行寻找天医药库的工作。

用过早餐后，一行人马开始朝山中进发。汪丰告诉宋浩，一直走到中午才能到达死亡峡谷。好在宋浩和唐雨没有被安排负载给养与物资设备，只背有自己的物品，山路虽是难行，倒也勉强坚持了。

一路所见的山形地貌奇特，怪石嶙峋，不见草木，旷谷深幽，巨岩突起，每见各式形态，生命无踪，一片死寂，唯闻风吼和沙石滚动的声响。

临近午时，一片宽阔的山谷呈现在眼前，当是那死亡峡谷了。走进去，便见那巨岩旁卧，大石横陈。歧路纵横，延伸无尽，宛若迷宫。两侧悬崖高耸，望之俨然，石落人惊，风扬沙起，荡于谷道之中，更是显得雄浑粗犷。

探险队稍作休息之后，便开始了工作。由于有过六次经历，众人倒是忙而不乱，一切在有序地进行。宋浩、唐雨、李凡三人的身份特殊，没有被安排做具体的工作，可随意闲逛，但汪丰再三叮嘱，不可走远，否则迷路难寻。

其实到了这种地方，宋浩、唐雨二人哪里还有闲情逸致，便和李凡权作一路，去寻找那天医药库了。

李凡来过两次，比较熟悉些，便自告奋勇地带路前行，也不过是将原来的老路复走一遍罢了。

宋浩四下里望了望，摇头道："我怎么也想不通，那位蒙古王爷怎么会将天医药库埋藏在这里呢？没有任何道理啊！路途远难行不说，以人力将那批药材运进来，也应该没有什么秘密可言了。即便是为了保密，那也要在地图上明确告之的，否则划出这么大的一块范围，哪里能找得到呢？我看那藏宝地图有问题。"

"你是说那份藏宝图可能是假的？不会的。"李凡摇头道，"这是天医门几代门主秘传下来的，是董事长亲自交给汪丰队长的，让他以经验来判断天医药库的埋藏地点。并且他们一致认为，天医药库就埋藏在这死亡峡谷之中。"

宋浩说："我并不是说那份藏宝地图是假的，而是我们的判断出现了失误，被地图上看似明显的标记引入了歧途。真正埋藏天医药库的地点应该就在地图上，并且被标明了的，只是被我们忽略了。等到晚上，我们从汪队长那里要过地图，以我们的感觉重新判断一下。有时候，越是有经验的老手，越是容易被假象迷惑住。"

李凡听了，点了点头道："你说的有道理，我们的目标不应该只限在死亡峡谷的，应该将地图上所有的地点都清查一遍。只是汪队长已是认定了死亡峡谷，未必能听我们的。"

唐雨道："那我们就按自己的判断去寻找。不过汪队长始终将目标定在这死亡峡谷里，也应该有他的道理，所以目前我们的寻找重点也应该在这里才是。如果这里果真没有希望和寻找的价值了，我们再另寻线索。"

宋浩点头道："不错，先这么进行吧。"

此时，身后传来了几声巨响，那是探险队在进行爆破，以找出可疑的暗洞。两侧高崖上偶然显现的几只狼族派出侦察的"斥侯"，被爆炸声所惊，立时远遁，不敢复至。

两个小时后，李凡认识的路径走到了尽头，前方呈现出了一片幽深的乱石堆。

"前面属于危险地带了，汪队长曾告诉过我，不能进去，否则会迷路的。并且这里汪队长他们也曾仔细地寻找过了，没有什么发现。我们换个地方再走走吧。"李凡说道。

宋浩应道："也好……"

未待宋浩说完，唐雨忽然说道："既然到了这里，就应该进去看看。"说着，拉了宋浩朝前就走。

宋浩觉得唐雨的举动有些奇怪，刚想问，唐雨则低声道："先进去再说，有人在跟踪我们。"

"有人跟踪！？"宋浩闻之一怔，也随唐雨走进了乱石堆。后面的李凡见了，说了声"等等我"，也跟了上来。

待走远了些，宋浩讶道："你搞什么鬼，在这里怎么会有人跟踪我们？"

唐雨道："其实我早就察觉了，一直有人在暗中跟踪我们，不知是探险队中的谁。"

宋浩闻之笑道："应该是汪队长派来的人，怕我们走丢了出什么意外，跟在后面保护我们而已。"

李凡朝后面望了望，说道："没人啊！"

唐雨道："但我有种被人监视的感觉，我不喜欢这种暗中的保护。这样吧，我们再朝里面走深些，将这个人甩掉，和他捉个迷藏。"

宋浩童心大起，笑道："好极！否则在这石头谷里真是无聊呢。"

然而当三人刚要行动时，忽听后面有人厉声呵道："站住！不要再往里去了。"一个人影从一侧站了出来，却是李正光，手中持着一支步枪，眼中闪过了一丝慌乱的神色。

"是李大哥啊。"宋浩笑道："看来这个游戏玩不成了。不过放心，我们走不远的，迷不了路的。"

"请三位马上离开这里，返回去，这是汪队长的命令。"李正光冷冷地说。

宋浩听闻对方的口气不是个味道，便说道："好吧，我们帮不了你们什么，也不应该给大家再添麻烦。这就回去。"说着，拉了一下唐雨和李凡回身走去。

"不让来这里就算了，什么态度！"李凡不满地嘟囔了一句。

唐雨则是一言不发地拉了宋浩一路急着走去。待将李正光甩在了后面，唐雨忽说道："这个人有些不对劲，很怕我们去那片乱石堆里。他的样子不像是在为我们的安全担心，而是担心我们会在那里发现什么。"

宋浩闻之一怔，恍悟道："不错，适才他的态度的确有些反常。看来此人不是跟在后面保护我们的，而是在监视我们。"

李凡惊讶道："他……他为什么要监视我们啊？这支探险队在给谁干活不知道吗？"

唐雨道："你们俩继续往回走，吸引他的注意力，待我折回那片乱石堆看个究竟。"说完，唐雨朝旁边一闪，随即不见了身影。

宋浩眉头皱了一下道："可能这个人天生就是这种待人的态度吧，被我们误会了。算了，待唐雨回来再说，我们俩先将他引离这里。"

于是宋浩、李凡二人加快了脚步，身形在布满了巨石的山谷中忽隐忽现，令李正光看不清前面到底有几个人。

走了好一会儿，待前方见到探险队的人了，宋浩便和李凡分两路而行。

后面的李正光见宋浩、李凡已经回来，茫然地又四下望了望，显是没有见到唐雨的身影，令他有些不放心。不过见宋浩朝顾晓峰那群人走去，以为唐雨也应该在附近，摇了摇头，便自走开了。

顾晓峰正在和汪丰研究藏宝图，见宋浩一个人回了来，汪丰问道："怎么不见唐小姐？"

宋浩道："到那边去了，一会儿回来。"

"哦。"汪丰朝站在远处望着这边的李正光看了一眼，未再做理会，继续和顾晓峰研究地图。

宋浩蹲在一边，也仔细地观察起地图上的各种标记。

汪丰指了几处箭头说到："这里都是我们寻找的重点地方，再一一排查一遍。"

顾晓峰点头道："图上所绘和这里的实际地形很是相符，目标应该就在这座山谷里。掘地三尺也要找到天医药库。"

汪丰见旁边的宋浩看那地图看得甚是入迷，笑道："怎么，你有什么发现吗？说来听听，可能对我们也有启发。"

宋浩道："暂时还没有。汪队长，这份地图借我一晚吧，我再仔细研究一下。"

汪丰闻之笑道："想研究拿去看好了，倒是希望你能一眼看出天医药库的具体所在，也不枉费了我们六次的行动。今天的工作就这样，明天继续。"说着，将那地图卷起，递给了宋浩。

顾晓峰笑道："宋浩，累了吧，营地在那边建好了，先去休息一下吧。我们真希望借助你正盛的运气找到天医药库，我对天医集团也算有个交待了。"

宋浩笑了笑道："要不是顾先生当初的一句话，我也没有机会来这里。找不找得到，要看我们大家的运气了，我能不给探险添麻烦就不错了。"说完转身离去。

"这个宋浩就是创办天医堂的那个人吗？"汪丰望着宋浩的背影问道。此人一心寻找天医药库，对天医集团和天医堂的事不甚了解。

"正是此人。他还是天医集团的继承人。"顾晓峰说道。

"什么？他将来还是天医集团的继承人？！"汪丰惊讶道。

宋浩在营地里见到了伍长，随口问道："怎么样小伍，今天的工作累不累啊？"

"宋总，"伍长朝周围看了看，见附近没有人，于是说道，"我看这样找下去，永远也不会找到天医药库。这些人根本就是在敷衍，哪里有认真寻找的意思？"

宋浩闻之一惊，忙将伍长带进一顶帐篷内，问道："此话何意？"

伍长道："这些人所进行的工作在我看来没有任何意义，想不出天医集团为何重金请了他们来，费了一番周折到了这里，却在糊弄人。他们随便爆破了几处地点，接着煞有介事地胡乱寻找了一番，将几处洞穴内的石头搬出来了事，就是在闹着玩嘛！"

"怎么会这样？"宋浩闻之一惊，实是大出意料之外。

# 第二十章　宝藏

伍长的一番话，令宋浩大感意外，想起今天又被李正光跟踪监视，觉得这支探险队大有蹊跷，于是说道："这样，晚饭后你找到李凡来我的帐篷里议事，唐雨现在去查一个可疑的地方了，待她回来后我们再行商量。"

伍长应了一声去了。

营地的晚餐刚开时，唐雨及时赶了回来，朝宋浩摇了一下头道："还没有发现什么，明天我再去一次。"

宋浩见旁边无人，便将伍长的话对唐雨说了一遍。唐雨闻之一惊道："难道说是这支探险队出了问题？在明知找寻不到天医药库的情况下，为了骗取天医集团支付的巨额佣金，在欺骗着齐先生？"

宋浩道："我也在怀疑探险队的意图。不过李凡也曾跟队来过两次，他的任务是监督探险队的工作，发现有异常不可能不对齐先生报告。我已叫小伍去找他了，晚上我们再问个明白。"

"汪丰带领的这支探险队一定有问题。"唐雨说道，"好在有顾晓峰和生死门的人在这里，我们一定要将这个问题查清楚。"

"顾晓峰……"宋浩的眉头皱了一下。

探险队的营地建在山谷中的一块五六米高的平缓的巨型岩石上，上下是用石头临时建成的台阶，晚上将石头撤去，便可有效地避免狼群的袭击。

晚饭后，伍长和李凡来到了宋浩的帐篷里。唐雨见临近的几顶帐篷内的人都到另一侧去了，暂时无人，便向宋浩点了一下头，自己坐在帐篷的入口侧望风。

李凡倒是先开口道："刚才小伍已将事情对我说了，这没什么，由于多次寻找天医药库未果，令大家的情绪上都产生了懈怠的心理，并且是在清查原来已经找过的地点，所以探险队的人显得有些漫不经心。不过……"

李凡望了望帐篷外面，压低了声音道："探险队里的人都是汪丰的人，在这里，一切由他说了算。我们还要靠他们进行工作，此事不要对汪丰讲明了好，免得他产生抵触情绪，不利于工作的进展。此事我也曾向董事长反映过，所以这次董事长又请了顾晓峰和生死门的人同来，和我们一起监督。其实不仅是汪丰和他的探险队，董事长对此事也有些失去信心了，但又不甘心，所以又组织了一次探险行动。"

"原来是这样。"宋浩点了点头，说道："天医集团既然还在努力，就不能令探险队这样懈怠下去，也要用心地去寻找才好，找不找得到是另一回事。明天我亲自监督他们的工作，总不能令天医集团白花费佣金吧。"

李凡道："你应该能有这个力度的，我以前也曾督促过他们，可这些人不将我放在眼里，该怎么做还是怎么做，董事长也吩咐过我，配合他们，我也就没法子了。说白了，他们就是在磨洋工，混得佣金罢了。董事长也明白，但又不甘心放弃，也只好由他们了。"

宋浩道："那为什么不换另一支探险队，换上新人？"

"寻找天医药库的事，董事长也不想令过多的人参与其中。即使最后找不到，董事长放弃了，这支探险队的人也会跟着放弃的，也是在磨去他们的信心而已，令他们日后不再私下涉足此事。"

宋浩道："看来是指不上探险队的人了，那我们就自己寻找。"

说着，宋浩将份藏宝图展开来，与唐雨、李凡、伍长研究了半天，最后的结论也和汪丰的意见相同，天医药库应该就是埋藏在这个死亡峡谷中，只是面积太大，无个准确目标。不过宋浩仍旧感觉这份地图有问题，但又一时间说不出哪里不对，久看无果，只好作罢。

第二天，宋浩将地图还给了汪丰，在李凡的陪同下亲临现场，监督探险队的工作。唐雨则趁人不注意，隐了身形又去查看那片乱石堆了。

宋浩亲临现场监督，果然起了作用，探险队的队员们开始认真卖力地工作起来。汪丰站在一旁，倒是暗中冷笑了几回。

山谷中的寻找工作是枯燥的，几个小时后，宋浩也看得有些乏趣，倒是对探险队的队员们磨洋工有些理解起来——明知道没有希望的无谓工作，实是令人没有动力的。

偶一回头，发现汪丰和顾晓峰远离众人，不知在交谈什么，不过只有汪丰一直在说着话，顾晓峰在听而已。进入蒙古国境内后，这种情形宋浩也无意中看到过多次，倒也未曾理会，以为那二人在商谈寻找天医药库的事。

中午，唐雨还未回来，宋浩想让伍长去找一下唐雨，却不见了伍长的身影。

"李大哥，看到小伍了吗？"宋浩对走过来的李凡说道。

李凡走到宋浩身边，低声说道："唐小姐刚才回来过，好像有什么发现，将小伍找走了，还叫我暗中通知你，注意汪丰这个人。"

宋浩闻之一惊，一种不祥的感觉涌现了出来。

傍晚的时候，宋浩发现李正光和周军等人正在四下里找人，显是他们发觉不见了唐雨和伍长的身影，感觉到了慌乱。本是宋浩吸引了他们的注意力，没有留意唐雨和伍长什么时候离开的。

汪丰对李正光和周军等人斥责了几句什么，令那几个人更加惶恐。随即，他们又都站在那里，目光望向一侧。宋浩见了，便顺着他们的目光望去，才发现唐雨和伍长此时正坐在远处的一块石头上，冷冷地望着汪丰他们。李正光、周军等人发现了唐雨和伍长后，才略显轻松，各自若无其事地走开了。

"看来唐雨在乱石堆那里发现了什么。"宋浩心中道。

开晚饭的时候，唐雨才和宋浩聚到了一起，暗里递给了宋浩一个眼色。宋浩会意，简单地和唐雨聊了几句别的话，吃完饭后便各自走开了。旁边坐着的是李正光、周军几个低头用饭的人。

晚上，宋浩和唐雨在帐篷中各钻进了睡袋里，一直默不作声。待夜色沉寂之后，唐雨感觉帐篷外面无异常时，这才靠近宋浩，贴在他的耳边压低了声音说道："我今天在乱石堆那里发现了一具尸骸，被藏在了一处隐蔽的洞穴中。从部分还未腐烂的服饰来看，应该是探险队在第四次行动中牺牲的一个人。但是令我惊讶的是，这具尸骸的头骨上有一个圆孔，我怀疑是弹孔，此人生前遭到了枪击。"

"是被人枪杀的？"宋浩听了，大吃一惊。

唐雨接着说道："我想起伍长跟随叶成顺学习过摸骨术，根据一个人的骨骼多少能判断出一些这个人生前的体貌情况，于是我暗中回来将伍长又找了去。伍长看后说，这个人生前比较瘦，个头能有一米七左右，他也认同那处头骨上的圆孔是遭到枪击后形成的弹孔。宋浩，事情开始变得复杂了，这个人是被探险队的人枪杀的，而不是迷路失踪和发生了意外身亡的。齐先生对这支探险队已经失控了。种种迹象表明，汪丰和他的人不是在应付天医集团，而是这其中另有阴谋。"

"他们竟然杀了人，说明他们的目的不仅仅是为了骗取天医集团的佣金，难道说是……"宋浩忽地一惊，"难道他们已经发现了天医药库，秘而不宣，是想占为己有？"

"应该有这种可能！"唐雨说道，"探险队在第四次的寻找天医药库的行动中发生了意外，竟然一下子牺牲了三条人命，我怀疑就是在那次的行动中汪丰他们发现了天医药库。当他们看到那批贵重的药材后，便想侵吞占有，将意见不同的人杀了灭口，然后谎称仍未找到天医药库，迫使齐先生放弃后，他们再转移走。这批药材太贵重了，足以令任何人起异变节。"

"那么在这几年中，他们为何不私下将这批药材转移走呢？"宋浩问道。

"这四种珍贵的药材中，有两种是现今国际上交易的违禁品种，那就是麝香和犀角，这么大的数量是不能轻易地令其面世的。况且天医集团还和蒙古国政府有协议，他们若是私下运走，是要冒很大风险的，一旦被蒙古边防军发现，是要受到严惩的。我猜测他们是想等到齐先生主动放弃之后，他们再和蒙古国政府合作，或者想方设法偷运出境，再到国际黑市上交易。在天医集团没有放弃之前，他们暂时还不敢有所行动，天医药库现在在名义上是属于天医集团的，一旦他们的阴谋暴露，不但会失去这批药，也会在世界上无处容身。"唐雨说道。

"你分析的有道理。"宋浩道，"没想到这些人的心这么黑这么狠！我说嘛，一见到这些人我便感觉有不对劲的地方，原来他们暗怀鬼胎，一直在欺骗天医集团。我明天就去找顾晓峰，有他和生死门的人在，加上我们，应该能对付得了汪丰这伙人。他们虽然持有枪械，但生死门的人还是有能力解决他们的。"

唐雨道："好在有顾先生在，否则我们在发现了这个秘密后是很危险的。明天你和顾先生讲明后，令他的人将汪丰的人逐一制服，再将天医药库的秘密逼问出来。"

"放心吧，既然被我们知道了真相，就容不得他们得逞了去。"

"嘘！外面有人。"唐雨警示道。

随后二人便止了话语。

第二天一早，宋浩出帐篷时，正好看到顾晓峰在远处散步，便离了营地，走向了顾晓峰。

"宋浩，早啊！"顾晓峰问候道。

"顾先生早！"宋浩应了一声，四下环顾，见有几名探险队的人距离这里比较远，于是说道："顾先生，你认为我们这次能找到天医药库吗？"

"实话说吧，"顾晓峰摇了摇头道，"汪队长他们六次寻找未果，这次应该也一样，我认为是没什么希望的。汪队长他们也是尽了力的。"

宋浩听了，眉头皱了一下，问道："顾先生对汪队长怎么看？"

顾晓峰道："我和汪队长早年就是朋友了，也是通过我的引见，天医集团才雇用了他的这支探险队进行天医药库的寻找工作。对于多番行动没有收获，汪队长也是深感歉意的。你这次来，应该能证明他们的工作是努力的，但是运气没有那么好，我看，再找上一些日子，不行就终止这次行动吧。"

"原来是这样！我考虑考虑吧。"宋浩将本欲对顾晓峰说的话又收了回去，又闲聊了几句，便转身去了。

望着宋浩离去的背影，顾晓峰若有所思，随即轻轻叹息了一声。

宋浩找到了唐雨，二人来到了一块巨石后面。

"顾先生怎么说？"唐雨问道。

"我没和他说。"

"为什么？"

"我感觉顾晓峰的态度有些暧昧，甚至我怀疑他已经知道了一些事情，并且和汪丰达成了某种默契。"宋浩说道。

"怎么，你不信任顾晓峰？"唐雨惊讶道。

"从纪冬阳那件事上，我便已经对这个人不信任了。在巨大的利益面前，他也会出卖朋友的。几千万美元未必能打动他，但是几十亿美元呢？他还会对朋友忠诚吗？刚才他说了，他和汪丰是故友，并极力地在为汪丰说话，也有意令此次行动提前结束。我此时若是将真相说破，他也未必能帮助我们。看来，我们还是自己救自己吧。"

"怎么会这样！"唐雨忧虑道。

这时，伍长和李凡走了过来。伍长随后站在一旁为三人放哨。

"你们找我？"李凡说道。

"李大哥，问你一个事，"宋浩说道，"在第四次行动中，出现意外的那三个人都是谁？"

李凡说道："有两名探险队的人，另一个是董事长的代表庄利国。庄利国开始就参加了探险队的所有行动，不幸在第四次的行动中遇难了。"

"此人长得什么样？"唐雨问道。

"人长得比较瘦，个头有一米七左右。问他做什么？"李凡应道。

"没什么，问问而已，你先去吧。"唐雨说道，随后望了宋浩一眼，事情也都明白了。

待李凡走后，宋浩说道："现在先将汪丰等人稳住，尽可能地查出天医药库的埋藏地点，而后我们再想办法脱身。现在离去，虽然安全，但于事无补，我不想让他们的阴谋得逞。"

在接下来的几天里，宋浩、唐雨二人真正地"关心"起探险队的工作来了，和汪丰等人日出而作，日落而息，除了令对方感到被监督外，同时也在查找天医药库的线索，暗中也命伍长监视探险队的其他人。此番重返死亡峡谷，对方不可能不去查看一下天医药库的。

在探险队进入到死亡峡谷第五天的时候，一直晴朗的天空开始变得暗淡起来。汪丰见了，便对顾晓峰、宋浩二人说道："怕是要有雨了。我们此次进山带来的给养也消耗得差不多了，暂且返回喀伦土堡吧。待雨过后，再进山里继续寻找。"

顾晓峰和宋浩表示了同意。

探险队在傍晚的时候回到了喀伦土堡，避过雨天的同时，也开始了休整。当天晚上，下起了大雨，到第二天清晨也没有停下来的意思。汪丰等人倒是盼望着这样不用工作的天气，皆显得轻松起来。

望着窗外面的大雨，宋浩在考虑着如何从汪丰等人身上找到天医药库的线索——必须在离开喀伦土堡回国之前找到，否则日后天医药库就会被汪丰等人私占了。旁边的桌子上展开着那份地图，汪丰正坐在那里装腔作势地和顾晓峰研究下一步的工作安排。顾晓峰坐在那里倒是一言不发，显然是对这一切已无了兴趣。

望着漫天垂落的雨水，宋浩心中一动，回身对汪丰道："汪队长，你说天医药库被埋藏应该有近百年了吧，若是埋藏和保存得不是很好的话，譬如说被雨水倒灌进埋藏的地方，那些贵重的药一经水浸，这么多年下来，难免药性不保。一旦药性失尽，我们即便找到，也没有多大的意义了。那牛黄、麝香和朱砂都是怕水的东西，犀角虽不怕水浸，但年代久了，也会遭到侵蚀的。"

汪丰听了，淡淡地说："是啊！若真是这样，即便找到天医药库，我们的努力也是白费了的。没有了药用价值，和废物没什么两样。"

宋浩见那汪丰神色自若，心中倒也一松，知道天医药库仍旧安然无恙，看来被保存得很好。

宋浩念头一转，又说道："就算没有遭到水浸损坏，但时隔多年，朱砂和犀角或能没事，牛黄和麝香可就不一定了，这两种药的透力极强，百年下来，气味怕是已散尽了，就是还保存些气味，药力也怕是大不如从前了。大凡药材放置年代久远，也多会失效的，虽存其质，已失其性，也和废物一般无异了，不能再入得药了。"

"这样啊……"汪丰不由得抬起头来，问道："那如何来鉴别药效的有无呢？"

宋浩见状，心中冷笑了一声，说道："就拿牛黄来说，如果将它涂在指甲上，药效如故的，便会产生'挂甲'和'透甲'现象，经久不褪色，一试便知了。麝香便不好说了，若是香气散尽，质地陈化，药效也失之八九了。"

"哦……"汪丰听了，坐在那里若有所思。

宋浩随后向汪丰讨了那份地图，拿回房间中研究去了。

待第三天的早上，那雨才逐渐地停了。

一大早，宋浩到水房洗漱。所谓的水房是那间屋子的地中间有一眼可饮用的泉水，喀伦土堡当年建在这里，也多是因此水源之故。

水房里已经有几个人在洗漱了，汪丰也在，他正在洗手，见宋浩进来，便转过了身去。宋浩与几个人打了声招呼，洗漱完就出去了。

宋浩离了水房，在土堡的土石墙上遛了一圈回来，经过水房门口的时候，发现汪丰仍在水房中冲洗着他的手指。宋浩感觉有些奇怪，倒也未做理会，自去了。

早饭后，汪丰开始组织探险队二进死亡峡谷继续寻找天医药库。

"汪队长，我和唐雨这次就不去了，留下看守土堡吧。"宋浩说道。

汪丰听了，先是一怔，随即笑道："怎么，吃不了那份苦了？也好，你和唐雨小姐留下就是了，我们此去按计划再寻找一星期，怎么也得对得起齐董事长不是？"说话间，汪丰左手持了根香烟朝嘴上吸去。此时见宋浩已是产生了倦意，暗中不免有些得意。

宋浩随着汪丰吸烟的动作不经意地扫了一眼，忽地发现他左手大拇指的指甲略带黄色，心中一动。

宋浩和唐雨留待了喀伦土堡，站在土石墙上目送探险队再次进入戈壁阿尔泰山的死亡峡谷。李凡和伍长也随队同去，继续监视探险队的动静。

"我们留在这儿无可作为，为什么不和他们同去？"唐雨问道。

"因为我怀疑……"宋浩顿了一下道，"天医药库就埋藏在喀伦土堡内！"

"为什么会有这样的判断？"唐雨惊讶道。

"那份藏宝图！"宋浩说道，"昨天晚上我研究了一宿，终于被我发现了一个可疑点。"

望着已经消失在山口处的探险队，宋浩拉了唐雨道："随我来看。"

二人进了房间，宋浩取出了那份地图，说道："汪丰这次进山都忘了向我要回藏宝图了，看来他已经不再需要这个蒙骗我们的道具了。"

宋浩随手将地图展开，唐雨上前看时，惊讶道："喀伦土堡所在位置原来是暗红色的标记，现在怎么变得鲜红了？"

宋浩道："我不过是用湿巾擦拭了一下，就便成这样子了。"

唐雨恍然大悟道："原来这点红色标记是用朱砂点上去的！"

"不错！"宋浩说道，"是用上好的朱砂点上去的，时过多年，仍旧鲜红如新，所用者当是天医药库中的朱砂。我昨天晚上也是凭借这一点，怀疑天医药库就在喀伦土堡内。"

"我明白了！"唐雨惊喜地说，"当年天医门的老门主齐良在滞留蒙古时，受到了那位蒙古王爷都都尔的盛情款待，应该也来过喀伦土堡所在的猎场进行了一次狩猎活动。那蒙古王爷所绘制的藏宝图，以那四种珍贵药物中的朱砂点示喀伦土堡的位置，已是明确地指出了天医药库的埋藏地点，但是为了掩人耳目，故意将死亡峡谷也绘进其中。当年天医门的老门主齐良接到此图时，由于那朱砂是新点上去的，鲜红明亮，加上他也来过喀伦土堡，所以当时就明白了天医药库的埋藏位置。将近百年的时光过去后，那点朱砂标记染上了灰尘，掩去了光泽，令人忽略了。也是没有人能想到，那蒙古王爷会将天医药库就这么轻易地埋藏在喀伦土堡，不明白内里缘故的人，已是被那份藏宝图乱了思路。可是汪丰怎么会发现这个秘密呢？"

宋浩道："他的探险队进出戈壁阿尔泰山都是以喀伦土堡作为基地的，来过几次之后，加上住得久了，可能是在第四次行动时在这里无意发现了天医药库的所在。见这么一大批贵重的药材，按他的话说，在国际市场上至少也值个几十亿美元，于是起了私心，与探险队的人商量，合伙吞并，但是遭到了庄利国和两名还有良心的队员的反对，于是便将他们三人杀了灭口，回报是出了意外事故，天医集团又为此损失了一笔赔偿金。"

宋浩接着说道："其实在我发现地图上的喀伦土堡朱砂标记时，也仅仅是产生了怀疑而已，还未敢肯定，想和你留在土堡内找一找再说，但是汪丰的行为，证实了我的怀疑。昨天我有意和他说了一番话，他为试验这批贵重药材是否失去了药效，于是在昨天晚上进入了天医药库中，按我的话取牛黄来试。那牛黄虽是陈存了近百年，但保存得极好，药性未失，于是在汪丰的指甲上出现了'挂甲'现象。药力透甲之后，令他百般努力也不能冲洗去。今天早上在水房我就发现他在长时间地洗手，后来我跟他说话，他正在吸烟，被染了色的指甲不经意间暴露了出来，让我发现了。"

"你观察得真是仔细啊！"唐雨敬佩道。

"中医四诊望、闻、问、切，而望为之首，作为一名医家，当要明察秋毫。况且我早已感觉这些人的眼神有些不对劲了，包括顾晓峰。"宋浩说道。

"你真是愈来愈厉害了！我们现在就寻找天医药库吧！"唐雨兴奋地说。

"不行，到了晚上再说，防止汪丰的人突然回来，发现我们的行动。晚上再找吧，夜间群狼出山，没有人敢在晚上回来的。不过我们要先找到天医药库的入口再说。"宋浩说道。

随后二人将土堡的大门从里面封锁了。若有人回来，只有叫门，从里面开启后才能进入到土堡中。

宋浩、唐雨二人开始在土堡内搜索起来。

在找了十几处房间无所获之后，二人来到了汪丰的房间。宋浩刚要推开房门，唐雨忙阻止道："等一下！"

唐雨上前从门缝的低矮处握住了一支细小的枯草，而后才推开了房门。

"这个汪丰果然谨慎，这个方法倒是能证明是否有人曾到过他的房间。"宋浩说道。

"这同时也说明了他的房间有问题。"唐雨说道。

宋浩闻之，精神一振道："莫非天医药库的入口就在这间屋子里？"

二人小心翼翼地进了屋内，四下查看了一遍，并未发现可疑之处。房间中除了一张桌子之外，就是几件汪丰个人的行李物品，地上和每间屋子一样，都铺有晚间睡觉时用的毛毯。

唐雨望了望地上的那块毛毯，有所悟道："探险队要在死亡峡谷作业五六天的，别的房间的人都将毛毯卷收起来了，以防潮气。这块毛毯仍未动，应该不是汪丰忘了的。"

说话间，唐雨上前将那毛毯掀起。一块方形的石板呈现在二人的眼前，与地面上其他石板相比，这块显得有些色淡，除了毛毯，在以前也应该是有其他的物品掩盖在上面的。

"是这里了！"宋浩蹲下查看时，见石板旁边有处缝隙很大，可容手指进去，于是伸手下去，用力一抠，竟将那块不是很重的石板掀了起来。下面呈现出了一处幽深的洞口，一股浓烈的药香涌了上来。

"麝香！"宋浩、唐雨二人异口同声地惊喜道。

此间屋子内的这处地洞，显是当年喀伦土堡里的一处地下储藏室，所以入口设计得并不是很隐秘。也是当年探险队的人多，在清理能住人的房间时，被汪丰无意中发现了的。近百年中，曾有无数路经喀伦土堡的牧人和商客借住这座早已废弃的土堡，却从未有人发现过这处秘密地窖。

宋浩和唐雨止住了心中的好奇和冲动，复将石板盖上，然后退出了这间屋子，一切归还原样。

"宋浩，李凡那里不是有部卫星电话吗，在这里能直接联系上齐先生，我们应该将这里的真相报告给他，让天医集团及时地采取措施，保护天医药库，以防它变。"唐雨兴奋之余，不失冷静地说道。

"李凡没有将那部卫星电话带去死亡峡谷吗？"宋浩问道。

"没有。"唐雨应道，"早上探险队出发时，李凡见我们留在了土堡，便没有带上他的背包，还暗示我看好他的物品，指的就是那部在应急情况下才能使用的卫星电话。"

"如此最好！你去取来吧，我和……和齐先生说，让他尽快派人来这里，控制局面。"宋浩说道。

待唐雨取来了那部卫星电话，宋浩拨通了齐延年的电话号码。

电话那边的齐延年在听完了宋浩的讲述后，平静地说道："宋浩，好孩子！你又做成了一件大事！听着，你和唐雨几个人的处境很危险，现在先装成还不知道一切的样子，待汪丰和他的人回来，就通知他终止这次寻找天医药库的行动，全部人车立即返回国内。在你们离开后，我这边会派人联系当地政府的武装人员进驻喀伦土堡，守护天医药库。记住，你们能安全顺利地返回国，就是胜利，剩下的事情你就不要管了，我会处理好一切的。孩子，你的安全赛过一切，同时我也为你的聪明才智感到骄傲和自豪！"

夜色降临了，远处传来了野狼的嚎叫。

宋浩和唐雨又检查了一遍土堡的大门和四周的情况，确认安全之后，这才持了照明设备来到那间屋子，开启了地洞的入口，进入了地窖之中。

地窖内十分宽阔，里面摆满了一排排大小形状不同的缸，和几长趟数层叠落在一起的瓷罐，那四种药物牛黄、麝香、犀角、朱砂都被密封保存在了这些缸和瓷罐里。有几只缸口被启开了，里面是上等的朱砂和犀角。

在另一口大缸里，竟然发现了满缸的块状牛黄。

充满了地窖的麝香之气是从一只精致的青瓷罐中发出来的，是一只被开启过的瓷罐，里面保存了数斤麝香，是极品当门子，将积蓄了近百年的香气散发出来。那些瓷罐是专门储藏麝香的，由于封闭完好，竟令药性香气仍旧保存如初。

"宋浩，你快来看这块牛黄！"唐雨持了电筒，照着一口粗缸，惊叹道。

宋浩走至近前看时，不由一怔，这口缸里面竟然装有一整块牛黄，估计能有十公斤以上的重量，可谓是一块极其罕见的"牛黄之王"。

这块"牛黄之王"当年的那位蒙古王爷都都尔在蒙古草原上广泛征收牛黄时，有一名牧人牧养的牛群中，有一头十多年的病弱的老牛。这头老牛不知患有何症，瘦骨嶙峋，唯腹部奇大而实，起初不知生有何物。因其无用，便被牧人弃之于草场上，任其自生自灭。过了数年后，那牧人惊奇地发现，那头老牛仍旧顽强地活着，只是腹部变得更加沉重了。时值那杀牛取石讨赏的消息传来，那名牧人便抱着侥幸心理将那头老牛杀了，令这块罕见的"牛黄之王"面世了。牧人在王府以这块大牛黄换走了十头健壮的牛，庆幸不已。

宋浩、唐雨二人望着眼前这座堪称人间奇迹的天医药库惊叹不已。虽埋藏在此近百年，但是经过密封保存，未令药物陈腐变质，药力性味如初。

二人丝毫未取，退出了地窖。将房间中的一切皆恢复原样，又将门缝中的那支细小的枯草夹在原处。

"特殊的时期，特殊的地域，特殊的人物，才造就了这批珍贵异常的天医药库！不知有多少动物的性命在里头，若不加以善用，实是有愧这座天成宝库！"回到自己房间的宋浩，连连感慨。

唐雨道："我们现在以静制动，尽可能不动声色地让这支探险队顺利地返回国内。中间若有异变，有顾晓峰在此，当无大虑。即使他和汪丰达成了某种默契，但此人城府极深，也有一定的正义感，应该不会伤害你的。这个人虽有可能被这批巨财诱惑，不过以他的性格，也只能有暗取之心，而不会有明抢之意，不和他撕破脸皮，在一定程度上，他对我们也会有所照顾或者是有所顾忌。"

宋浩道："不错，暂且和他保持这种关系就是了。小利不能令他忘义，但巨财难保他不会变节，从他的态度和眼神中我已是看出异常来了。他和汪丰此时也巴不得我们取消这最后一次行动回国，然后他们再折回从容取之。"

唐雨道："齐先生那边不是说会处理好这一切的吗，我们只要将探险队带回国内就是了。"

由于发现了天医药库，宋浩、唐雨二人兴奋得一夜未睡，同时也在商量着如何防止意外之变。天亮的时候，二人才相拥着小憩了一会儿。

临近中午的时候，忽听得土堡外有人叫门。宋浩、唐雨登上土石墙上看时，见是刘施杰、王培同、祖全、宁国四个人回来了，其中祖全、宁国二人被刘施杰、王培同搀扶着。

"我们有两个人在死亡峡谷作业时受了伤，汪队长让我们带他们回来养伤。"王培同朝土石墙上的宋浩喊道。

宋浩望了唐雨一眼，二人会意一笑。

宋浩将那四人让进了土堡内，故作叹息道："没想到又出了意外，我看这寻找天医药库的工作再这样进行下去也没什么意义了，不找也罢。你们谁回死亡峡谷通知一下汪队长，将探险队撤回吧，我决定了，这次行动到此结束。"

那四人听了，皆露出了惊喜之色。刘施杰自告奋勇道："我脚力好，让我去吧。"

宋浩点了点头，那刘施杰便兴奋地转身折回山里去了。

宋浩和唐雨随后为祖全、宁国二人处理了伤口——伤势都甚轻，且伤在不重要的部位上。

在宋浩、唐雨为那两位伤者重新处理伤口的时候，王培同则趁机出去巡视了一圈。回来后，一脸轻松的神色，应该是没有发现什么异常之处。

傍晚的时候，汪丰和顾晓峰率探险队回到了喀伦土堡。

"应该再让我们继续寻找几天，尽了力便是。这样回去，实在是有愧于齐董事长。"汪丰说道。

"其实齐先生那边对这次的行动也未抱有多大的希望，只是做最后的尝试罢了，如今又有人受了伤，再坚持下去没有任何意义，所以我决定终止行动。这事你们既已尽了最大的努力，齐先生那边也应该能理解。"宋浩耐着性子对汪丰说道。

"那好吧，你是齐董事长的全权代表，有权决定本次行动继续还是终止，我们也尊重你的意见。今晚准备一下，明天一早探险队全体回国吧。"汪丰轻松地说道。

此时顾晓峰坐在一旁一言不发。

晚饭后，宋浩站在土堡的土石墙上观看远方夕阳西下时的戈壁景象，感觉有一人悄然走至身侧，转头看时，见是顾晓峰。

"顾先生！"宋浩点头示意。

顾晓峰淡淡一笑，朝前方观望了一会儿，说道："宋浩，你是一名出色的医生，唐雨更是一名武术行家，对今天那两个人的伤势，应该明白是怎么造成的吧？"

宋浩闻之一怔，笑了笑道："情有可原。对这种枯燥的寻找工作，任何人都会厌倦的，只不过找个借口让我们取消行动罢了，其实我也想回去了，天医堂还有许多的工作等我处理。七次寻找未果，当是天意了，强求不得了，再找下去只是空耗财力而已。"

"你是这么认为的？"

"当然！"此时宋浩已是明白，顾晓峰对自己如此轻易地终止本次行动起了疑心。对方有些事情瞒不过自己，同样，自己所做的事情有些也瞒不过眼前这位江湖高人。

"宋浩，我们此番空手而归，回去后实在是无法向我的那位老朋友交待。"顾晓峰说道，并盯住了宋浩的眼睛。

"也是没办法的事，任何人来也都会是这种结果。不过此行也不算白来，还是有所收获的。"宋浩淡淡地应道。

"有所收获？"顾晓峰脸上的肌肉颤动了一下，肃然道："不知有何收获？"

"看到了万里草原的无限风光也是人生一大快事！顾先生不这么认为吗？或是顾先生见多识广，天下任何物事都不放在眼中了吧。"宋浩笑道。

"你倒是抬举我了！"顾晓峰神色稍缓道。

"对了,圣手毒医杜万通前辈曾让我转告顾先生一句话。"宋浩道。

"哦?什么话?"

"杜万通前辈说,人心善恶,非医药所能控,只有人自医自省,才能保存住那般纯良天性,若能再不被外物迷惑,大是大非分明,便是入了圣贤之道了。"宋浩认真地说道。

"受教了!"

第二天一早,探险队收拾行装准备离开喀伦土堡。坐在车中的宋浩望了一眼喀伦土堡,欣慰之余,与旁边的唐雨相视一笑。

这一幕,被坐在另一辆越野车中的顾晓峰收在了眼中,他眼中闪过了一丝异样,随即靠在座位上慢慢地闭上了双眼。

"一切都在按着我们的计划进行。"坐在顾晓峰旁边的汪丰兴奋地说道。

探险车队离开了喀伦土堡,经过了数天的行程,到达了中蒙边境。迎接探险队的还是那位蒙古人和林,收回了借给探险队的枪械。此时却不见了那位每次都迎送探险队进出边境的张凯扬,换成了天医集团驻蒙古国企业中的几名普通的工作人员。

随后探险队出了蒙古国境进入了中国内蒙古境内。在那座边境小镇上休息了一夜之后,仍由李凡送宋浩、唐雨、伍长三人回天医堂。

告别了顾晓峰、汪丰等人,伍长驾车而去。

坐在前座上的李凡这时说道:"昨晚我便接到了董事长的电话,让我今天务必亲自送你们回天医堂,还让我告诉你们,张凯扬已经率人进驻喀伦土堡了。这是怎么回事啊?"

宋浩听了,心中一松,笑道:"此事还是回去问问你们的董事长吧。"

一个月后,汪丰私下率了他的探险车队以探险的名义又秘密地进入了蒙古国境内,来到了喀伦土堡,准备将天医药库偷运出去。然而当他们进入那座地窖时,地窖内已是空空如也。

此时,天医药库中的那批珍贵的药材早已被秘密地运送到了天医堂制药厂的仓库中了。顾晓峰在与齐延年进行了这最后的一次友好合作后,再无消息。

一年后一个美丽的晚上,灯火辉煌的天医堂总部大楼内,宋浩坐在自己的办公室里处理着一些文件，阅读着令人振奋的消息。此时的天医堂与天医集团已经合并，定名为"天医堂中医药发展集团"，简称"天医堂集团"。这时的天医堂已在全国包括香港、台湾、澳门在内的多数地区共创立了五十多处分部，还在海外三十多个国家和地区成立了天医堂海外分部。中医药在天医堂的推广下，已逐渐地在世界各地开花结果。

忙碌了一晚上的宋浩，无意中一抬头，才发现天已大亮了。

他来到了窗前，望着前方如白练一般的白水河，不胜感慨。此时的白河镇，已经发展成了世界闻名的"中医药之都"。宋浩知道自己和天医堂仍是任重道远，天医堂肩负起了医道中兴的责任，而自己还有许多的事情仍待完成，还未出世的《灵兰秘典》、正在研究中的古术奇方……

宋浩来到了另一侧窗前，看到了不远处天医堂中医学院的学生们在出早操。从那些生机勃勃的孩子们的身上，宋浩看到了中国中医药事业发展的未来，不由快意地一笑。

太阳从东方缓缓升起，放射出了温暖的阳光，照耀着这块神奇的土地。

一个伟大的时代——大中医时代，终于到来了！